忽必烈

Kublai Khan

以谏为铭 以武服疆

雷池月 著

(上)

SPM 南方传媒 | 广东人民出版社
·广州·

图书在版编目（CIP）数据

以谏为铭，以武服疆：忽必烈／雷池月著．—广州：广东人民出版社，2024.1

ISBN 978-7-218-16431-1

Ⅰ．①以…　Ⅱ．①雷…　Ⅲ．①长篇历史小说—中国—当代　Ⅳ．I247.5

中国版本图书馆 CIP 数据核字（2022）第 257222 号

YIJIANWEIMING, YIWUFUJIANG: HUBILIE

以谏为铭，以武服疆：忽必烈

雷池月　著

出 版 人： 肖风华

责任编辑： 马妮璐

责任技编： 吴彦斌　周星奎

装帧设计： VIOLET

出版发行： 广东人民出版社

地　　址： 广东省广州市越秀区大沙头四马路 10 号（邮政编码：510199）

电　　话：（020）85716809（总编室）

传　　真：（020）83289585

网　　址： http://www.gdpph.com

印　　刷： 三河市中晟雅豪印务有限公司

开　　本： 710mm×1000mm　1/16

印　　张： 38　　**字　　数：** 456 千

版　　次： 2024 年 1 月第 1 版

印　　次： 2024 年 1 月第 1 次印刷

定　　价： 99.00 元（全二册）

如发现印装质量问题，影响阅读，请与出版社（020-85716849）联系调换。

售书热线：（020）87716172

目录

卷一 —— 通向大位的道路

卷二 —— 得失互见的开国大政

卷三 —— 在艰难的南征中实现统一

卷四 —— 做超越古今的第一雄主

卷五 —— 在失望中的跌扑与蹒跚

卷六 —— 晚年：进取不息和征伐不断

卷——壹

Volume 1

通向大信的道路

父亲的死带来的变化

唆鲁禾帖尼听到拖雷暴死军中的消息后，当场昏厥过去。

前来报信的宫女法蒂玛赶紧用大拇指的指甲狠狠地掐唆鲁禾帖尼的“人中”，直到她猛地颤动了一下身子，然后轻吁出一口长气醒了过来才松手。法蒂玛把头俯向她耳边轻轻地说：

“这时候你可要挺住啊！相信万能的主，他会为他忠实的仆人主持公道的！”

唆鲁禾帖尼本能地握住胸前的十字架，跟着法蒂玛念起了祷文：

“我们在天上的父，愿人都奉你的名为圣……”

法蒂玛是窝阔台西征时掳回的女子，故乡在遥远的大马士革。她从小就和族人一起受洗为基督教聂思脱里教派的信徒。来到蒙古帝国的京城大斡耳朵以后，她和许多来自西亚的聂思脱里信徒，继续信奉耶稣基督。而且，她利用窝阔台对她的宠信，在后妃贵妇中进行传教活动。拖雷的妻子唆鲁禾帖尼便是最早的最虔诚的信徒之一。由于信仰的缘故，她两人之间建立了一种最亲密的关系。

“怎么可能呢？他是那样的强壮……”祷告之后，泪流满面的唆鲁禾帖尼望着法蒂玛说道。

“据快马传递过来的消息说，大那颜（蒙古军民对拖雷的尊称。那颜，意即老爷）是祷告天地，自愿代合汗（窝阔台）死去的。”

唆鲁禾帖尼不大明白法蒂玛这番话的意思，满脸狐疑地望着她。法蒂玛进一步解释道：

“南征大军从中原回来的途中，大汗病倒了。萨满教的巫师说是此次在金国屠戮太过，尸骨堆积，惊动了山川神祇，故此作祟，应派人往各山川祈祷祭祀，禳灾避祸。谁知派人祷祀以后，合汗的病不但不减轻，反而加重，几至昏愦不省人事。此时巫师又说，罪孽重了，需亲王代死，才能保全合汗。大那颜入帐问候合汗哥哥的病，听说此段情由，便对合汗说道：‘父亲当年选你做了大汗，你便是我的主上。我在哥哥跟前，忘了事要你提示，睡着了要你唤醒，今后若失去了哥哥，谁来提示我？谁来唤醒我？且百姓万民，又靠谁来治理？我出征以来，杀戮无数，罪孽是深重的，神明要责罚，应该由我来承担，谁让我杀的人最多呢？今日就让我替哥哥死了吧！’大那颜说完，就喝下了巫师念过咒誓从合汗身上祓除衅涤的水，他只觉头晕目眩，回到自己帐中，当晚便死去了。”

唆鲁禾帖尼听完，当下便认定这完全是编造出来的一篇谎话。她问法蒂玛：

“你相信这些是真实的么？”

“当然不！”法蒂玛侃切地答道，“大那颜说的那段话哪里像是他的口气呢？”

“是啊，那全是窝阔台自己心里想说的话。拖雷是被他们毒死的！”唆鲁禾帖尼说罢又痛哭起来，并且不时发出咬牙切齿含混不清的咒骂。她和法蒂玛在一起时不需要任何隐讳和做作，完全能够推心置腹，甚至可以说，法蒂玛就是她安排在窝阔台身边的坐探。当然，在很多方面，她又视法蒂玛为自己的老师和向导。

“我该怎么办呢？窝阔台不会就此罢手的。”

“不！你想错了，窝阔台目前不会向你们孤儿寡妇下手。那样做会暴露他自己的嘴脸，他也不想被别人指为杀弟的凶手。”法蒂玛一语破的地分析着事情的前景，“当然，他可能慢慢地削减你和你儿子的军队。你现在该做的是让你的儿子们尽快率兵开上西征前线去，走得越远越好，你自己则只有韬光养晦，做一个与世无争不问尘事的基督徒。里里外外我自会暗中帮你应付。你的儿子一个个龙行虎步、聪明英武，只要平安过了眼前的祸劫，不出十年，你就会有报仇雪恨的机会。”

唆鲁禾帖尼对法蒂玛这番话深以为然。当前最重要的是保住儿子们的安全，而要得到安全的保障就必须曲为容忍不动声色。她抓住法蒂玛的手，一边抽泣一边说道：

“我听你的，你要为我多拿点主意。”

果不其然，不久就传来了大汗（窝阔台）的命令，将拖雷直属的军队速勒都思等三千户授给阔端王子（窝阔台的长子）。拖雷的老部下失吉忽秃忽、速敦那颜、忙哥撒儿等心有所危，便来向唆鲁禾帖尼投诉，要她以未亡人的身份向窝阔台提出质问，因为照惯例，像这类重新分配军队的事都是必须与诸王商议而后才能决定的，合汗一人独断，不能不使有功者寒心。但是唆鲁禾帖尼因为接受了法蒂玛的建议，决定低调处理此事。她劝忙哥撒儿等人服从大汗的旨意，并且说，自己和几个儿子所领属的军户已经够多的了，不应和阔端王子多计较。

窝阔台的动作本来就带有些试探的用意。当他看到自己的命令能够毫无阻滞地得到贯彻，也就放松了绷得很紧的心弦，没有再进一步对唆鲁禾帖尼和她的几个儿子——蒙哥、穆格、忽都、忽必烈、旭烈兀、阿里不哥等采取打击的措施，形势相对稳定下来。

说起窝阔台和拖雷两兄弟之间的矛盾，可真是由来已久。术赤、察合台、窝阔台、拖雷，是一母同胞的兄弟。他们的母亲孛尔帖是成吉思汗的长妻。根据蒙古习俗，只有长妻所生的儿子才享有父业的继承权。于是，当成吉思汗的帝国建立以后，他的这四个儿子每人被授予一个王国。他们是帝国的四根基柱，被称为“四曲律”。“曲律”，在蒙语里是杰出、优秀，超越于其他的意思。长子术赤的封地在今天的额尔齐斯河以西、咸海和里海以外的广大地区（大到往西北方向“马蹄所能到达之处”）；次子察合台的封地则是今之阿尔泰山以西直至撒马尔汗、布哈拉一带，大约包括原西辽国的全境；三子窝阔台的封地在两个哥哥的中间——从阿尔泰山、喀拉额尔齐斯河往西到阿母河流域。至于四子拖雷，他的领地在“帝国的中心”，也就是蒙古本土。在他的东边，今之大兴安岭两侧地区，是成吉思汗赐给他几个弟弟的领地。中心以东的合称“东道诸王”，中心以西的合称“西道诸王”。

拖雷的领地为什么在“帝国中心”呢？因为蒙古人自古以来的规矩是：父亲在世时，年长的儿子要分家另过，只留下幼子在身边；幼子被称为“斡赤斤”，即守住火种和炉灶的儿子，也就是这个“家庭的根基”。当然，日后，他也便是父亲财产的继承者。除了这个原因，谁都知道，拖雷是成吉思汗最疼爱的儿子，从小带在身边，让他参与军政大事。成吉思汗晚年事无巨细都要和拖雷商议，正因为这点，拖雷才被尊称为“大那颜”，享有极大的权力。

1219 年 6 月，成吉思汗西征花剌子模。出师之前，一场立储之争终于公开爆发了。

看到大汗的衰老，四皇后也遂本想劝阻他亲自统兵出征，但成吉思汗自恃体力尚健，坚持亲征，并且说：

“我一时还死不了！就算是死了，死在为帝国开创基业的疆场上，也不冤枉。”

“可是陛下年事已高，万一有不测之事，帝国的大局该由谁来掌管呢？”也遂含着泪说道。

“你这话倒也有理。”成吉思汗沉吟不语，他在思考是否应该定下一个继承皇位的人。有继承权的无非就是这四个儿子，各有长处，虽然他最宠爱的是拖雷，但那三个哥哥未必会肯拥戴幼弟。许多年的时间在犹豫不定中迁延过去了，看来此事已经不能再拖下去。于是，他当即把四个儿子唤进帐来，向他们征求意见。

成吉思汗是一代雄主，但处理家庭问题却实在有些婆婆妈妈拖沓不清，这种完全需要乾纲独断的事，怎么好进行商议呢？他把来龙去脉稍作交代后，便向术赤问道：

“你是长子，你先说，将来愿意继位么？”

还没有等到术赤答话，那边察合台早已发作，对着父亲大声嚷道：

“父汗怎么问他，难道想让他继承大统么？他是蔑里乞人的野种，我们怎么能被他管辖？”

“胡说！”成吉思汗呵斥察合台，那声音虽然也透着威严，但似乎总有些底气不足。

“我母亲当年不是曾被蔑里乞人掳去么？后来返归，途中便生了术赤，父亲难道忘记了么？”察合台不仅不收敛，反而将母亲的尴尬往事和盘托出。他的嚣横和粗野于此也就不难想见。成吉思汗被他突然将此一军，竟一时想不出应对的话儿，术赤在一旁却已是忍无可忍了，一把揪住察合台的衣领，厉声说道：

“你这目无亲长的畜生，竟敢如此胡说。你不过是有几斤蛮力，此外还有什么能耐！我俩今日先比骑射，再比摔跤。我若箭法不如你，甘愿剁去手指；我若被摔倒，我就死在地上，再也不起来了。”

“比就比，我还怕你么？”察合台丝毫不肯相让，也一把揪住术赤的衣领，两人扭在一处。

这时，听到喧闹声而赶过来的王公贵戚们连忙上前劝解。成吉思汗的弟弟别里古台说：

“察合台，当年你母亲协助你父汗开辟草莱，兴家立国，经历了无数艰难苦楚。你母亲的贤良端庄、任劳刻苦，真是如日月之明，天下共仰。你是她亲生儿子，怎么可以信口胡说来辱没她。你母亲被蔑里乞人掳去不过数月，回归的途中便生了术赤，显见是被掳前即已有了身孕，这些都是我等众人亲见亲闻的

“是啊！察合台，你听明白了么？从今以后再休要胡言乱语。”成吉思汗这两句话说出来全无分量，就像一个颟顸昏愦的田舍翁，被纷乱如麻的家务纠纷搅得乱了方寸无所适从。

察合台似乎也受到了触动，微微一笑说：

“像术赤这般的本事原也用不着争。我和他两人还是跟随在父汗帐下效犬马之力好了。”他这段话意思有些含混，不知是说术赤没本事，还是说自己没本事。不明确的前提却又导出一个明确的结论——两人都不是继承大统的材料。在场的人还未完全领会他的意思时，他突然话锋一转，向成吉思汗及诸王大声说道：

“弟弟窝阔台素称谨厚，军民都赞他‘有宽弘之量、忠恕之心’。

多年来四方征战，有勇有谋，立功无数。选他做汗位的继承人，国中的官兵百姓一定都是衷心拥戴的。”

成吉思汗内心是倾向立拖雷为王储的，但察合台的话也并非毫无道理。他被刚才的冲突闹昏了头，看看周围，诸王都沉默不语，想来是不便于表态。于是，他回过头又问术赤：

“术赤，你的意思如何呢？”

术赤对自己的尴尬身份何尝没有自知，他并不想争汗位，只是不能容忍察合台的狂悖无礼。窝阔台平日对自己倒还恭谨顺从，自己既属无望，不如爽快让给他，于是答道：

“察合台已经说过了，就是三弟吧！”

“拖雷，你呢？可有话说？”成吉思汗转向拖雷征询意见。

拖雷一直在冷静地观察着刚才的这一幕。此时大概只有他和窝阔台两人内心最为清醒明白。察合台的这一手完全是窝阔台事先设计好的，他敢肯定！这两个哥哥之间异常亲密的关系早就引起他的注意了。察合台是窝阔台手中的枪，他把术赤刺倒了，如果此刻自己提出什么异议，这支枪就会立即刺向我拖雷，窝阔台却可以始终不动声色。父亲在家事上缺乏决断，诸王即使观望，事情的结果也是可以预料的，不如装个糊涂且顺了窝阔台的意。

“父汗，我只知跟着哥哥们吃饭、睡觉、打仗，别的事管不着哩！”

拖雷的话让诸王们一阵哗笑，就在这哗笑声中成吉思汗确定了窝阔台为自己的接班人。

西征开始以后，术赤带着部队向里海以北的钦察草原推进。这支劲旅一直穿过南俄占领基辅和车尔尼戈夫以后才奉命班师，但术赤却再未回到父亲身边去，他在里海与黑海之间的草原上新建了一座都城，整日优游享乐。父亲召他，他托病不至。可是有人告诉成吉思汗，说看见术赤在野外打猎。成吉思汗信以为真，以为他装病拒召，正打算派人去抓他，却传来了他病死的消息。想起这个长子幼时所受的颠沛流离之苦以及长成后东征西讨的战功，成吉思汗心中不免恻然，颁旨让术赤的次子拔都继承了他父亲的位子（长子无才，甘愿让贤）。

1224 年，西征的成吉思汗耐不住印度河上的酷热，终于决定班师东返。但他并没有回到大斡耳朵去，从和林行宫他又挥师向南进攻西夏，这是 1226 年孟春的事。不过用了一年多一点的时间，他就彻底灭亡了西夏，而他自己也终于一病不起，死在了征途上。拖雷扶柩北归，并以监国的名义接管了军政大权。这个局面维持了两年之久，一直到了 1229 年夏天，才在曲雕阿兰的大斡耳朵召开了东西道诸王的库里台大会，正式通过成吉思汗的遗命，让窝阔台登上了汗位。在这两年里，顾命大臣耶律楚材在拖雷和窝阔台双方都做了不少工作，由于拖雷表示了拥戴窝阔台的决心，大权的交接总算顺利完成。

开始，窝阔台根本不敢到大斡耳朵来即位，尽管成吉思汗的遗命众所周知。他呆在自己的领地霍博，一再推辞，不肯赴会。就在库里台大会上，他也还是说：

“按照蒙古体例，幼子继承父位，主持家帐。大那颜（拖雷），是大行皇帝的幼子，日夜扈从父汗，亲聆教诲，熟悉扎撒（政务）。今有他在监国，我怎么可以继汗位呢？”

窝阔台这话是有道理的。当然最根本的原因是当时绝大部分军队掌握在拖雷手里。成吉思汗留下的军队共有十二万九千人，其中十万一千人由拖雷继承统领，其余的二万八千分给成吉思汗的母亲（月额仑）、三个弟弟（帖木哥、斡赤斤、别里古台）和四个儿子（术赤、窝阔台、察合台和忽兰皇后所生的阔列坚）。窝阔台不过分得四千兵丁而已。拖雷手下的十万一千大军，是跟随成吉思汗开创基业的基本队伍，自然不愿意拖雷交出兵权，于是就出现了忽里台大会商议四十日尚无结果的局面。后来，窝阔台虽然即了汗位，却没有办法解决上述问题。他表面上对拖雷言听计从、亲密无间，内心却为这种难处的关系而苦恼。他当然不想让拖雷留在曲雕阿兰的大斡耳朵，恐怕变生肘腋，猝不及防。于是，拖雷便长年奔波在讨伐金国的前线，然而军功不断累积却已无爵可赏，这也不免会形成更大的隐患。

所有这些，拖雷的妻子唆鲁禾帖尼都观察到了。她曾经向拖雷提出过警示，但拖雷说就算你说得对，又能有什么办法。当 1232 年秋天拖雷的死讯传来时，唆鲁禾帖尼的第一个反应便是：终于发生了，这无法避开的惨剧。她断定这是一起政治谋杀！她接受了法蒂玛的思路，努力保持自己远离权力是非的未亡人的形象，把儿子们（除了幼子阿里不哥）一律遣送到极边远的前线去，以策安全。这时，伐金的战事正进入到最后的关键性阶段，拖雷的几个儿子都是独当一面的勇将，窝阔台果然没有采取其他的动作来对付他们。

1234 年，金亡于蒙古。北中国完全臣服在蒙古大汗的统治之下。虽然这时蒙哥已经成为一支举足轻重的军队的统帅，并且深受窝阔台的宠爱，但唆鲁禾帖尼仍然不想让自己这个最有实力的长子回到窝阔台身边来。而由于蒙哥曾经被窝阔台收为养子，在三皇后昂灰身边生活过多年，现在要召回京城和林也可说是名正言顺的。

就在唆鲁禾帖尼踌躇为难之际，1235 年初春，窝阔台又开始了大规模的西征。

征西大军的统帅是拔都。他继承了父亲术赤遗留的钦察汗国，地理位置本处于西进的前锋，而且，父亲生前和朝廷的疏远以及安于钦察君主之位的心曲，他全都心领神会，所以西征的决定可说正合他意。唆鲁禾帖尼通过法蒂玛和拔都建立了联系，她让拔都提出以皇子贵由（窝阔台健在的长子）和皇侄蒙哥率部从征。窝阔台很爽快地答应了，并且把最勇猛的大将速不台派给他作先锋。大军出发以后，唆鲁禾帖尼松了一口气。她信托拔都是有道理的。因为术赤在诸兄弟中只和拖雷一直保持着亲密良好的关系，作为术赤的继承人，拔都不可能向着窝阔台和察合台两家，所以和拔都建立互为呼应的关系是索鲁禾帖尼和孩子们安全的重要保证。

蒙哥把已经成年的弟弟穆格、忽都和忽必烈都带上了西去的征途，那年忽必烈刚满二十岁，已是弓马娴熟，正想建功立业。诸弟中，蒙哥最喜爱的是忽必烈，让他跟随着自己，一则便于照看，二则让他多学习些临战指挥之术。

西征其实还是很艰苦的。路线如此遥远，根本就没有也不可能有后勤补给。原则上是走到哪吃到哪，抢到什么吃什么。当然随军有大批牲口，肉和奶的基本供应不至于断绝。制造军需和日用品的工匠也是随军行动的，这些工匠大都来自沿途的掳掠。蒙古人能吃苦，中亚绵亘数千里的沙漠荒原地区没能阻止住他们前进的决心，而肥美的钦察草原却多少有些令他们流连忘返。十多年前，术赤来到这里决心就地建立自己的国家，他再没有回到蒙古去。窝阔台却并不满足于占领钦察，他要证明蒙古的马蹄最远能达到什么地方，那个地方才应该是帝国的边疆。

年青的忽必烈心中同样燃烧着开疆扩土的渴望，但他对当时蒙古军队普遍实行的“三光（抢光、烧光、杀光）”政策颇不以为然。他很赞赏耶律楚材用极浅显的方式所说明的道理：“人都杀光了，生产都破坏了，占领土地又有什么用？”他曾经对哥哥蒙哥说：“世上最可宝贵的就是人。有了人，便什么奇迹都可以创造出来。要确保帝国的富强，应该减少杀戮，让这些人创造财富。”但蒙哥是个生性狠辣的人，特别是遇到抵抗的时候，他会变得十分暴躁、残忍。因此，忽必烈的话对他并未起多少作用。

钦察有个叫八赤蛮的首领，率部在伏尔加河下游一带森林中出没，经常袭击蒙古军。蒙哥和速不台合军在伏尔加河口附近里海的一个小岛上生擒了八赤蛮。士卒于大帐中献俘，两旁一声喊：

“八赤蛮，见了蒙哥王爷，还不赶快下跪！”

那八赤蛮浑身血污，竟然还微微一笑道：

“我也是一国之主，既然被擒，便不想苟且求生。况且我又不是骆驼，为何要向人下跪？”

蒙哥当即大怒，要把他拖出斩了。忽必烈却为其倔勇而感动，便在哥哥身后低声道：

“此人勇气超常，在钦察各部中定然有些威望，不如暂时收押，待其感化，或能为我所用。”

蒙哥当时依了忽必烈的话，谁知不久拔都就发来向俄罗斯进军的命令，蒙哥觉得此等不驯服的俘虏颇为碍事，出师前还是一刀砍了。

在俄罗斯境内，第一场大战是围攻梁赞。梁赞侯爵尤里 · 伊戈列维奇的儿媳塔玛拉十分美貌，且骁勇过人，时常戎装上阵。攻城主将速不台本来好色，尤喜金发碧眼皮肤白皙的俄罗斯妇人，那日阵前见到塔玛拉，惊为天人，必欲得之而后快。他亲自督军猛攻，恨不得立时将城池踏破。苦战了三个昼夜，城中人抵挡不住，蒙古兵一拥而入。尤里之子雅可夫被俘，塔玛拉随尤里等逃入内堡。速不台命雅可夫在堡下唤塔玛拉到塔楼前讲话。塔玛拉真的出来了，满脸冰霜，站在楼上垛口处对丈夫说：

“你叫我出来做什么？你应该为这座城市而死，我也一定会为我的丈夫而死！”

速不台站在楼下色迷迷地仰着头说道：

“只要你肯下来见我，我一定饶恕你们夫妇，而且我还要给你许多的好处。”

“狗鞑子，你把我看作甚等样人？别人可由你凌辱，我却只要一息尚存便不放过一个鞑狗！”

速不台气得哇哇叫，手起刀落，便把身边的雅可夫斩为两段。就是那一瞬间，塔玛拉也从楼上跳下，摔得血肉模糊，当场殒命。速不台眼见夺美无望，恶向胆边生，便下令屠城。可怜这梁赞城中十数万无辜百姓尽成了蒙古兵的刀下冤鬼。忽必烈对速不台的表现甚为不满，可是自己却无力制止，说给蒙哥听，他也只是置之一笑。

接下来的一个多月时间里，拔都的军队一路攻克科龙纳、莫斯科、罗斯托夫等城，直逼弗拉基米尔大公国首府弗拉基米尔城。大公尤里二世命两个王子守城，自己带领部分主力驻在北面的昔迪河（今伏尔加河上游）上，想等两个弟弟——基辅大公和诺伏哥罗德大公的援军一到，便与蒙古军在野外进行决战。可是，援军并没有来，弗拉基米尔城却已被攻破。两个王子都在巷战中殉国，最后一批妇孺民众躲入东正教堂，仍拒不投降。蒙古兵便在教堂四周点火，直到把里面的男女老幼悉数烧成焦炭。

摧毁了弗拉基米尔城，拔都便命令军队北上昔迪河，寻找那尤里二世进行决战。尤里二世虽没有等着援军，却也无可回避，只能纠集附近各部兵马，拼死应战。蒙哥先差忽必烈带领属下骑兵，突入俄军阵中，见人就砍，横冲直撞，几趟来回，就使俄军阵容溃乱。此时蒙哥再亲率劲旅，每支小队组成一个圆圈，把溃散的俄国军队围在当中，一口一口地将他们吃掉。尤里二世见大势已去，带了两个侄儿想突围。俄罗斯地域辽阔，他想去别处重新组织力量再与蒙古人拼杀。

谁知这位大公时运不济，跑了不过数十步远，便被忽必烈一箭射落马下，箭头深入颅内，不多一会儿便没了性命。

忽必烈的箭法是很不错的。也许是因为他自幼患有足疾，刀枪拳脚的功夫不如人，因而下决心苦练弓箭的结果。1226年，成吉思汗西征返国时，十一岁的忽必烈和九岁的弟弟旭烈兀来到亦马河（今鄂毕河上游）边迎接祖父。两兄弟在祖父面前表演射猎，旭烈兀射中一鹿，忽必烈射中一兔。兔子的行动何等快捷，一个十一岁的孩子竟一箭中的，实非易事。成吉思汗看到两个孙子小小年纪，如此了得，喜不自胜，下令就地大犒三军，以志庆贺。

跟随拔都西征多瑙河

灭了尤里二世，拔都本想往东去取诺夫哥罗德，但一路尽是森林、沼泽，颇不便于蒙古马队进军，于是他下令将前队改为后队，掉转马头又往西走，连续屠掠了斯摩棱斯克、车尔尼戈夫诸城，只是在科泽尔斯克打了一场硬仗。

科泽尔斯克的领主瓦西里是个血性男子，他对全城民众说："蒙鞑子绝无人性，所到之地，无论降与不降，总之都没有活路。与其束手待毙，不如拼一死战！即使死了，也不会辱没先人和斯拉夫大地。"他的话激起了百姓的同仇敌忾心理，大家一齐动手，修补城堞，开挖壕沟，备下了强弓毒箭，准备迎敌。头一阵是速不台率兵攻城，俄方一齐放箭，只因箭头有毒，被射中者便死，蒙古兵顿时折损了数百名，只得败下阵来。第二阵是蒙哥的军队继续攻城，结果还是一样，死伤一大批，无功而退。一次又一次的进攻，一次又一次的败退，一个月过去了，见毫无成效，蒙哥想撤兵去打别的地方，可是速不台却不同意。又僵持了一个月，蒙古将士战死在科泽尔斯克城下已达八千名之众。这时，忽必烈向蒙哥献了一条妙计：

“如此日久无功，对我不利。不如我军诈作退兵，诱他来追。追不着时，他必返回。那时我们将部分兵士扮作敌军混入城内，只待他防备松懈时，便打开城门。只要我大队涌入，何愁此城不下！”

忽必烈的计策得到蒙哥赞赏，他只问了一句：

“那斯拉夫人深睛高鼻，我蒙古军士任你如何装扮却也难得混淆，只怕被人认出。”

“哥哥难道忘了，我营中现有许多波罗维赤（钦察人）兵丁，长相恰与斯拉夫人十分相似。”忽必烈早就想到了这一点，而且波罗维赤人大多能操斯拉夫语，混进城去极难被识破。

“好，就依此计行事。”蒙哥拍板了。

计划进行得十分顺利。蒙古兵一退，瓦西里果然带兵出城追赶。蒙古马队，本不是容易赶上的，只是他们并不疾驰，老让罗斯人看得见追不着。追了百十里地，瓦西里便集合队伍返城去了，其时数十名蒙古奸细便混入其中。回城不到两日，蒙古兵又齐集城下。瓦西里照常布置将士小心防守。蒙古人不时发起攻击，照例被敌军击退。如此扰袭持续了两日，到第三晚，守城敌军不免有些倦怠。到了后半夜，城门口几个值班兵卒被准备多时的蒙古奸细一齐干掉。等到睡梦中的敌军士兵惊醒，城外的大队蒙古兵马已从洞开的城门口潮水般涌入。瓦西里只好率部众作拼死决斗。杀到天明时，敌军已零落不成阵伍。瓦西里心想，再打下去，徒取灭亡，不如逃出城去，另作计较。于是虚晃两招，便跃马冲向城外，看着将近城门，只听得弓弦响处，自己左肩已中了一箭。箭射入很深，痛得瓦西里坐不住，从马背上翻落地面。此时一名蒙古小校赶了过来，一把将他擒住。好个瓦西里，抽出腰间匕首，一刀刺入那蒙古人前胸。蒙古小校受伤忙松开双手。瓦西里站起身来，还想再逃，无奈这时多名蒙古兵已经赶到，他自知求生无望，便一纵身跳入被士兵们的血染红了的护城河中，自溺身亡。你道那射中瓦西里的一箭是何人射出？少不得又是忽必烈——他一直在注视着瓦西里的动向。

这是1239年的冬天。拔都的大军在高加索草原上休整。屡战屡逃的钦察首领霍都思罕为了避开蒙古军队的锋芒，率性带着数万百姓逃往匈牙利去了。拔都听说马扎尔（匈牙利）人乃是一千年前从蒙古草原西迁来此，当年开疆辟土，历尽艰辛，至今民风强悍如昔，英勇善战。拔都极想会会这些来自同一块土地的早年的征服者。恰在此时，基辅大公雅罗斯拉夫听得蒙古军队在杀了他哥哥尤里二世满门之后已经退走，自己连忙赶往弗拉基米尔城即了兄位，把基辅交给了车尔尼戈夫大公米哈依尔镇守。米哈依尔先前在车尔尼戈夫力战不降，从城上用滚沸的汤水浇伤了许多攻城的蒙古将士。闻听他来到了基辅，正欲西进的拔都便决定先取基辅，然后转攻匈牙利。

第二年（1240）春天，蒙古军又开始了大规模的进攻行动。基辅倒不难打，米哈依尔听说蒙古大军到了，不敢多接战，便把城防交付给部将狄米特里，自己逃往波兰去了。狄米特里刚上阵就受了伤，为了保全城中老小免遭涂炭，只好向拔都请降。拔都这回倒也大度，免了全城军民之罪，并召见狄米特里，问他有关匈牙利和波兰等地的山川形势和民情风俗。那狄米特里恰是个善观风色巧于舌辩的人，他揣知拔都有意西进，便只拣逢迎的话说：

“匈牙利和波兰两国，都比俄罗斯富庶十倍。土地肥沃，人烟辐辏。大军一路征战，十分劳累，那里正是最好的将息休整之地。”

“沿途之上可有些什么险要的关隘堡寨？”拔都觉得他的话可信，因而接着发问。

“波兰、匈牙利乃是平原国家，无山险可据。河上之冰尚需月余才融化，此时渡河如履平地，方便得很……”狄米特里还想说下去，却被旁边忍无可忍的速不台一声喝断：

“你花言巧语无非是想促我大军早日离开，这点小计谋当我等识不破么？”速不台不大想继续西进了。乌克兰物产富饶，金发白肤的美人更令他目不暇接。就留在此处消受一番有什么不好？一味打下去，谁知道波兰、匈牙利前面还有些什么地方！于是他忍不住要当众驳斥狄米特里。但蒙哥和忽必烈却是赞成西进的。忽必烈反对杀戮无辜，然而却主张强权统治，最好能把人类统一在大蒙古兀鲁思（帝国）治下。只有统一，才便于实行王道。

拔都何尝不知道狄米特里的用心。他怂恿我等西征，好保全自己的国家少遭些蹂躏，为人君者这点最起码的善念，不难理解。反正不管你劝与不劝，我总是要继续西进的。拔都决定兵分两路，一路由速不台率领，进攻波兰；一路由自己亲统，直逼匈牙利。忽必烈的人马拨在速不台麾下，蒙哥则留在拔都身边。

速不台的儿子兀良合台，年龄和忽必烈相近。两人军伍凑在一处，甚是投契。那兀良合台比他父亲尤为骁勇，质朴豪爽。忽必烈暗中想到，日后定要让此人为自己所用。

波兰国王博列斯拉夫四世的统治实际上只限于首都克拉科夫附近的直属领地，整个国家已分散为若干个小封国，各自为政。速不台和忽必烈这一支大军，从冰上跨过维斯杜拉河后长驱直入，到达克拉科夫城下。博列斯拉夫四世带着家眷逃往莫拉维亚，大部分居民也弃城逃散。速不台对城内没有多少财物可抢甚为气恼，下令一把火把克拉科夫烧成一片废墟，然后挥师进入西里西亚。西里西亚侯爵亨利，先退守到奥得河西岸的莱格尼茨城，在那里集结起波兰军、日耳曼十字军和条顿骑士团共三万余人的队伍，与蒙古人展开一场血战。

日耳曼人没有和蒙古人交过手，恃勇轻进，在莱格尼茨城外与兀良合台遭遇。兀良合台先从高处看到敌军人数甚多，气势甚猛，便下令自己的部队后撤，并急速通知后队的忽必烈。两军一退一进，合在一处。忽必烈与兀良合台商议了片刻，便领军他去。兀良合台就地等候敌军追来。日耳曼人看到兀良合台后撤，以为他怯战，士气高涨，一个个跃马争先扑了过来。兀良合台此时也抖擞精神，发一声喊：

“巴图鲁（好汉们），给我杀！”

两军随即搅在一处，拼死搏杀。日耳曼人在欧洲素以强悍著称，而蒙古人则是久经征战所向披靡，这两军之间初次交锋厮杀之激烈自不难想象。打了约摸个把小时，蒙古兵纷纷抛戈弃甲，往后逃跑，兀良合台自己也落荒而走。日耳曼人杀得兴起，在后面穷追不舍。跑了数十里地，经过一处低洼地，忽必烈带领的一彪人马正候在路口，放兀良合台的兵马过去后，便迎着日耳曼追兵拼斗起来。

日耳曼人对这股突然出现的劲旅，虽然不免惊愕，但也并不害怕。双方杀了片刻，只是个平手。这时只听得一阵马蹄声和呐喊声响起，竟是兀良合台领着他的部队，又从日耳曼人背后杀将过来了。虽然还是那批人，却全不是先前的败军模样，一个个骁勇无比、气势逼人。日耳曼人知道自己中了对方的诱敌之计，先自有些气馁，再加上前后两面迎敌，更显力不能支，队伍被逼向洼地中央集中。忽然，只听炮声大作，一片片石块从四周的高地飞向日耳曼人密集的阵形——原来忽必烈趁兀良合台与日耳曼人对抗的那点时间，在此洼地布置了一个炮火围歼的“口袋”。日耳曼人此时走无可走，躲无可躲，不多时便尽数被歼。

蒙古军打扫了战场，集结队伍继续前进，正好波兰军第二梯队来到。兀良合台趁对方尚无准备，当即挥师杀入敌阵。忽必烈、速不台随后冲上，顿时把波兰军分割成数段。这些波兰军本来是惊弓之鸟，经此一冲，便向北溃散。此时天色已晚，波兰败兵跑了一程便撞上了后面的三梯队——条顿骑士团的队伍。不及招呼，双方竟自相残杀起来。等到弄明真相，蒙古追兵已经赶到。条顿骑士团听得日耳曼人已全军覆没，哪里还有心抵抗，稍一接触便纷纷溃逃。那亨利侯爵率领的后军，因天色昏黑，不敢冒进，正在打探前军消息。当闻知溃败的消息，亨利正打算退兵时，蒙古军队已经杀奔过来。他只得整顿队伍勉强应战，不多时，后军便被杀得零零落落，所剩无几。亨利情知不妙，准备策马逃走，身上忽被一枪刺中，大叫一声跌落马下。波兰残部几次想上前救护，却都被蒙古马队冲散。过了一阵，只见阵中突然燃起一片火炬，照亮了一面蒙古军旗，旗尖上悬挂着一颗血淋淋的人头，不必问，那就是曾威震一方的西里西亚大公亨利被蒙古人枭首示众了。受此一惊，波兰人尽数逃散，先前逃来波兰的车尔尼戈夫大公米哈依尔也从此再无消息。

速不台随即又向南侵入莫拉维亚，波希米亚（今之捷克）国王派遣勇将雅罗斯拉夫前来援救。雅罗斯拉夫坚守奥尔木茨城，蒙古人久攻不下。速不台便命令部队在附近大肆焚掠，然后再向东南，进入匈牙利王国，来和拔都的军队会合。

匈牙利国王别拉四世先前收容了钦察的霍都思罕带来的四万民众，勒令他们改信了天主教，自以为做了一件取悦上帝的大事。当然他也知道这样一来和蒙古人的战争就将不可避免，于是他积极准备，一方面大肆征兵练兵，一方面修筑工事、阻塞道路。但一切尚未就绪时，蒙古军已经来到了佩斯城下（佩斯与布达隔多瑙河相连，今称布达佩斯）。一个名叫沃古林的天主教士，召集部分教徒及士兵，冒冒失失冲出城外，与蒙古人决战。结果中了拔都的诱兵之计，最后被迫撤入一片沼泽地，几乎全数被殪毙于泥潭中。

这时匈牙利各路援军渐渐到齐，约摸有六万之众，加上钦察人的流亡武装两万人，军力已不算小。但这却是一支乌合之众，根本没有建立真正的统一指挥系统。贵族领主们在布达城召开会议，商议对策。有人说道：

“蒙古人进攻我马扎尔（匈牙利），原是为了搜寻钦察的霍都思罕。当初我们不收留霍都思罕和他的四万兵民，便不会遭遇今日的险局。”

“是啊！”马上就有人附和，“这是我们自取危亡之道。我们应该把钦察人请回老家去。”

“这是什么话！他们现在已经是上帝的子民，我们怎么能不讲道义送他们入虎口！”反对的意见当然也有，主要是来自国王的支持者。

会议并没有什么结论，但风声却很快传出去了。数万钦察人惶恐焦躁，情绪浮动。

当会议的有关情报被忽必烈知道后，他略加思索，心生一计，并立即报告拔都：

“马扎尔人现在兵势还很强，不可小看，而且其中还有相当部分的钦察人——此所谓必死之寇。我想现在首先要设法离间他们。”

拔都觉得这位小兄弟说得颇有道理，便问：

“那你说该如何离间呢？”

“第一，我们要放出消息：只要马扎尔人杀了霍都思罕，我们便退兵。第二，我们要多派出些我军中的钦察士兵，四出抢掠马扎尔人财物，强奸杀人亦无不可，只推说是逃亡来此的钦察人所为。同时也可派人混入对方钦察人中，散布流言说马扎尔人将于他们不利。”

拔都听了，微微一笑。心想忽必烈不过二十出头，便有如此心机，日后作为不可限量。拖雷叔父虽死得蹊跷，但有子如此，也大可含笑于地下了。他当即要忽必烈按所说计划去组织落实，并命令所属各部给予支持配合。

离间计果然获得了极大的成功。先是马扎尔人和钦察人互相猜忌，仇视愈演愈烈。马扎尔人说钦察人忘恩负义，恶习不改、烧杀奸淫，无恶不作。钦察人则说马扎尔人以大凌小，心怀鬼胎，阴险虚伪，不可信任。最后竟互相仇杀，以致国中大乱。匈牙利上至王公贵族，下至平民百姓，都埋怨别拉四世不该收留钦察人。别拉无奈，只得把霍都思罕囚禁起来，钦察人众四处逃散，有些又投入蒙古大营效力。

霍都思罕虽被囚禁，蒙古人却并无退意。别拉再次妥协，把霍都思罕处死，但蒙古人还是不肯撤军。这时匈牙利人发觉自己一厢情愿的想法似乎错了，看来无论有没有钦察人，蒙古军队都要进攻匈牙利，现在只有横下一条心抵抗了。别拉集合城中的部队，主动杀出城外。蒙古军队屡胜之师，不免有些懈怠，一时猝不及防，阵形被冲破，虽奋力拼杀，但伤亡甚多。拔都便想引兵稍退。谁知退令一下，阵形更为混乱。别拉见状，驱使大队人马追杀过来。霎时间，拔都的统帅部陷于危急之中。此时，东北方向鼓角齐鸣，旌旄飘舞，又来了一支人马。拔都以为是别拉的援军，心中暗暗叫苦。直到那队人马靠近，看清了旗上的大字，才知道是速不台和兀良合台父子。于是两队合军一处，再与别拉厮杀。别拉见对方援军到了，只好埋怨自己无手刃拔都的气运，收兵回城。

拔都自然也不会去追别拉，率兵回到大营，与诸将会商破敌之策。忽必烈说道：

“此去不远，多瑙河有一支流，名为萨约河，渡过此河，便到了佩斯城下。此河上游水浅，且有石桥，我军可派主力一部，将别拉诱出城来，与之在上游厮杀。另派一部，从下游结筏渡河，绕到敌后，绝了他的归路。别拉腹背受敌，断无不败之理。”

“这是条好计！”拔都点头说道，“我亲自领兵去上游与别拉拼斗，看哪位将军愿带兵去下游结筏渡河？”

“我去下游！”答话的是速不台：“今晚我即安排兵士结筏。明日下午，上游便可进兵了。”

作战计划就这样定下来了。第二天正午，拔都亲自带队直奔萨约河上游。别拉得到情报，不敢怠慢，亲率主力来争河上石桥。匈牙利人也是以好武尚勇闻名，何况此战是为了保护父老妻儿免遭蹂躏，自然奋勇争先。他们在桥头沿河一线，排成密集队形，硬弓强弩，一次又一次地阻止了蒙古人夺桥的企图。面对着自己的士卒大量被杀伤，拔都手下的一员猛将巴哈图恼恨已极，他左手持盾，右手执刀，大吼一声：

“有胆量的跟我来！”

他随即组成了一支百人敢死队，自己带领着杀上桥头。桥面狭窄，匈牙利军队无法展开，敌不过这一群亡命敢死之徒，退到了桥的那头。这时巴哈图身上已中箭无数，宛如一只刺猬，狂叫数声，倒地死去。百名敢死队员大约也只剩下一半，但后续部队却很快地跟上来了，他们整个控制了石桥。别拉立即带着队伍撤回城中。当匈牙利人退走以后，速不台的部队才从下游赶来。拔都恼恨速不台迟到，以致计划落空，当下便要收军回营。但速不台说：

“大王要回去就回去吧，我不攻下佩斯城，誓不收兵！”他接着便命部队开始了攻城战。

拔都本不想跟他协同行动，但手下诸将都要求投入攻城战斗，于是决定留下来，并派出队伍配合速不台。别拉四世看到如此众多的蒙古军队攻城，不免有些惊惧。他回想起夺桥战斗中蒙古人的骁勇，自忖己方决无胜算，不如先逃往奥地利，向德意志皇帝弗里德利克二世和教皇格里高利九世求援。当晚，他带领部分兵丁乘夜色渡过多瑙河远遁异国。国王跑了，都城当然很快陷落，速不台的军队连烧带杀，把一座佩斯城毁灭殆尽。

拔都却仍对速不台的迟到耿耿于怀，在军前众将集会时愤愤地说：

"萨约河上一仗，倘非速不台误约迟到，便不致丧了我的良将巴哈图！"

速不台却不服这一指责，侃侃声辩道：

"我先前说的是下午发兵，大王却在午前就下令进攻，那时我筏子还未扎好，如何能赶过来拦截？说我误约，不敢从命。"

这时诸将忙从中解说，都谓佩斯城已经攻下，正当庆贺，前事不必再提。拔都见大家都如此说，又想起速不台素来狂悖，兼之自己对他虽有节制权却并无处置权，也就作罢了。会议决定，继续追击别拉。

1241年夏秋之间，蒙古军循多瑙河而上，一路烧杀焚掠，整个欧洲陷入惊恐之中。奥地利大公和波希米亚国王联合起来进行了一次有力的抵抗，使蒙古大军暂时放弃了进攻维也纳的意图，驻兵在多瑙河以东地区休整部队，为冬季攻势作准备。岁尽年初，拔都下令从冰上渡过多瑙河，再次进军奥地利，只说要捕捉别拉四世。

此时的别拉已如丧家之犬。奥地利大公对他屡加欺凌，他不能不担心自己落一个与钦察霍都思罕同样的下场。而德皇弗里德利克二世和教皇格里高利九世自己还正在作战，对别拉的求援都是表示一些空洞的同情。教皇还说要为他祈求上帝的怜悯和帮助，可是上帝能与蒙古人作战吗？别拉意识到在奥地利再呆下去处境危险，于是，他往南行逃向克罗地亚，听说拔都的追兵又赶来了，他只好逃到亚得利亚海里的小岛上去。也是他命不该绝，就在这走投无路的情况下，蒙古大军得到了大汗窝阔台死去的消息。

窝阔台是去年十一月间死的，快马驿传也足足花了三四个月时间才把消息送到，这时已是1242年春末季节。拔都接到讣告后，立即要贵由（窝阔台长子）和蒙哥轻装兼程赶回和林奔丧。他自己则带领部队先在亚得里亚海滨进行一番搜掠，攻陷了斯帕拉托和卡塔罗等城市，然后取道塞尔维亚，经过瓦拉吉亚（今罗马尼亚）和摩尔达维亚等国，回到基辅罗斯，最后到达自己在伏尔加河下游的大本营。

他这一路班师东归，走走停停，悠闲惬意，待回到伏尔加河畔时，已是1243年年初了。

拔都对窝阔台素无好感。父亲术赤生前因所谓出生背景的疑点而蒙受的耻辱是刻骨铭心的，以长子而最终被莫名其妙地剥夺了继承权，虽说是“心甘情愿”，但毕竟难以消除那隐藏得极深的愤懑和屈辱。他占领了钦察就再也不想回到蒙古故地去。拔都从小便深受父亲的影响，对朝廷有一种疏离情绪。他知道几个叔父中，父亲只与拖雷比较相投，因此他也就对蒙哥、忽必烈诸弟兄较为亲近。察合台和窝阔台，他从来是敬而远之。得知了窝阔台的死讯，他马上让贵由和蒙哥赶回和林，贵由是皇长子，蒙哥曾是皇养子，于情于理，都应回去奔丧。他让忽必烈留下来，随着自己缓缓东归，而且到了钦察草原就索性停下来不走了。

朝廷内的重要事件和内幕，唆鲁禾帖尼都会派人及时通报拔都。婶母和侄儿间这种内外应和的关系对双方都是有好处的：唆鲁禾帖尼希望拔都保持强大的实力足以维护和帮助拖雷一系的后人；拔都则需要唆鲁禾帖尼随时提供信息以便诸事可以有预而立，而且他也需要蒙哥、忽必烈兄弟的支持。由于此时六皇后乃马真氏已经称制临朝，拔都估计今后一个相当长的时期对汗位的争夺将不可避免，自己卷进去无益，而且也无用，不如远距离观望一些时日再说。

他把这个想法向忽必烈透露了，忽必烈也深以为然。他想，现在更不是我拖雷家族的人说话的时候，不过机会也许不会太遥远了。

窝阔台死后的政权之争

窝阔台本来很强壮，之所以在五十六岁的时候就死去，完全是晚年纵情酒色的结果。

作为皇帝，好酒好色，本是常情。问题在于他毫无节制，而这种无节制乃是因为左右有人蓄意引导。他十分宠信的一对男女，一个叫阿杜拉赫曼，另一个便是法蒂玛，两人本是同乡，行动配合似乎十分默契，一人诱他酗酒，一人诱他淫乐。阿杜拉赫曼本是商人出身，窝阔台欣赏他聪明狡黠，精于计算，便任命他当监税官，后来又掌诸路税课。这人盘剥百姓果然有一套，数年间，窝阔台的库房里就大有积余。而他劝窝阔台饮酒，有套基本理论：“半醉半醒，其乐如仙。求乐避苦，人之本性，况贵为人君者乎？不饮何以为乐？不乐何以显贵？”一派胡言，却令窝阔台十分受用。

顾命大臣耶律楚材看到皇帝日夜在杯中寻找“仙境”，心中惶急，便想出了一个进谏的方法。他找到一块滤酒的酒槽上铁制的槽口，献到窝阔台面前，并且解释道：

“陛下请看，这酒液流经槽口，铁都能腐蚀成这等模样，人的五脏六腑，难道能比铁还强么？哪里有不损伤的道理？”

窝阔台此时倒也心有所动，喃喃答道：

“朕日后自会留意，少饮也就是了。”但他的这种态度维持不了多久，往往几天过去，他又故态复萌，仍旧坚守“为人君者，不饮何以为乐、不乐何以显贵”的原则立场。

法蒂玛更是有意要掏虚他的身子。每当窝阔台半醉归来，她便亲授他房中御女之术。法蒂玛想必在西亚时受过此等专业训练，还会调制些固精壮阳的药物，把个窝阔台调教得如金刚附体一般，每夕必御数女，联床大会上不连战告捷决不收兵。窝阔台自以为龙马精神锐不可当，实则是内精亏耗已临危境。

1241年春天，他因为猎后多饮，身体已经出现过一次危象。皇后把耶律楚材召进宫来商议。耶律楚材说自己已为皇上推过“太乙数”了，皇上命数未绝，只是政务失调，遭致天谴，宜颁布大赦诏令，以解天怒。窝阔台稍稍清醒后，便立即照办。后来病情果然好转。耶律楚材乘势劝他戒酒，他也老老实实熬了几个月不去享受“神仙之乐”。到了这年冬天，他觉得自己精力已经恢复，先是着法蒂玛安排了两次联床大会，虽不如前时勇猛，却也还能鏖战到决胜关头。之后，心里便不免想念那杯中的快乐。若在宫中再作长夜饮，耶律楚材辈便会出来谏阻，要能出行在外就好随心所欲了。阿杜拉赫曼心领神会：“陛下，冬季狩猎系本朝旧制，何不循例到郊野散散心？”

此议正合窝阔台之心。于是带着扈从亲信外出行猎五日，夜夜饮酒，到了临回宫前一晚，更是喝到夜半以后，大醉乃罢。第二天早上，准备起驾时，皇帝却已经倒在床上动弹不得。当时还有一丝气息，抬回宫时便一命呜呼了。

酒和色，如两把利斧，左右齐下，终于把窝阔台这棵大树伐倒了。

窝阔台生前曾立皇孙失列门为皇储。但失列门还是个孩子，他父亲阔出是窝阔台的次子，因没有多大权力和影响，此时就没人替他说话。皇后脱列哥那（乃马真氏）一心要立自己的儿子贵由为帝。贵由是窝阔台健在的长子（大儿子合失早死），于理本也说得过去。不过要推翻窝阔台的遗命却有些为难。她首先找顾命老臣耶律楚材商议，她知道这等大事没有耶律楚材的支持难以办成。

“立君大事非外姓臣子所敢妄议。”耶律楚材沉稳老练，先不表示任何态度。

“先帝在日曾令皇孙失列门为嗣，但失列门年幼，皇长子贵由，远在钦察未归，所以一时难以定议。”乃马真氏还是逼着耶律楚材表态。

“先帝既有遗命，就应该遵照执行。”耶律楚材不是不知道乃马真的企图，却竟然作出一个完全违忤她念头的回答，乃马真一时语塞，不知说什么好。此时屏风后闪出一个人来：

“皇子未归，皇孙尚幼，何不由母后称制？”耶律楚材细看说话之人，原来是阿杜拉赫曼。心想这人真是大胆跋扈之极，便应声道：

“为人臣者不宜就此随意建言，须审慎。”

“暂时称制，料亦无妨。国不可一日无主。为了社稷百姓，我也不必太避嫌。”这乃马真氏也是急不可待，竟爽爽快快表示要称制临朝。耶律楚材本来还打算再劝谏几句，只见那边阿杜拉赫曼怒目而视，一副要拼命的样子，心下明白他们原是早串通好了的，自己多说无益，可能还要遭害，于是把一些话又咽了下去。

阿杜拉赫曼与乃马真皇后的关系早就不正常，只是别人没有去调查落实。乃马真需要他为实现自己的权谋服务，而他也想利用乃马真进一步巩固已有的地位。法蒂玛本就是阿杜拉赫曼长期的合作伙伴，而且她也很得乃马真氏的宠信，不过她的目的就是希望自己能把握一切机会捣乱——她从骨子里恨蒙古人。

处理完窝阔台的丧事，乃马真氏便正式临朝听政了。有了阿杜拉赫曼和法蒂玛这两个人的“辅佐”，乃马真氏的朝政如何是不问可知了。眼看着这两人内外蒙蔽、狼狈为奸、私植党羽、排斥旧臣的所作所为，最难受的就是耶律楚材。他是成吉思汗临终顾命的大臣，有些别人不愿管或不敢管的事，他不能不管。但管了也白管，乃马真氏十之八九不听他的。有次他看到乃马真氏将用了玉玺的空白公文纸交给阿杜拉赫曼，意思是他想办什么事自己往上写就行了。耶律楚材十分气愤，不禁大声进谏道：

“朝廷诏敕，天下用命；宪章之重，君臣共守。岂可以御宝（玉玺）空纸，竟授臣下。老臣今后将不敢奉诏了。”

乃马真氏被他说得无词以对，只好把那番“好意”收回，心里可实在不高兴。过了几日，她又降一道旨，说只要是阿杜拉赫曼要办的事，令史（中书省的官吏）若不肯行文，就有断手之罪。耶律楚材其时正是中书令（中书省长官），当然不能面对如此荒谬的懿旨无所表示，于是谏道：

“中书省的职责，先帝即付于老臣。令史不过办事人员而已，怎能承担那样的罪责呢？只要是合理的事，我自然应当奉行；如明知是不可办的事，则处死也不办，何况乎断手呢？”

“老东西，给我滚出去！”乃马真氏发火了。

“老臣事太祖、太宗三十余年，无负于国家！”耶律楚材也不肯示弱，说罢，脱掉帽子昂首而出。阿杜拉赫曼当即对乃马真氏说道：

“如此狂悖无理，应当从重治罪！”

“他是先朝功臣，我总要格外优容些对待。今日不计较了，日后再说。”乃马真氏还是有些头脑的，目前不能轻易处罚耶律楚材这种人，影响太大，再说，老头儿还有用。

果然，不久就传来消息，“东道诸王”之一、成吉思汗仅存于世的幼弟帖木哥大王率兵西来，要入朝问权奸误国之罪。乃马真氏这一惊非同小可。这位小叔王兵强马壮，此来要夺汗位岂非易如反掌？她立即找阿杜拉赫曼商议。

“可战便战，不可战便守，不可守便走。”这阿杜拉赫曼的战略总方针倒也简要。乃马真氏问：

“走？往何处走？”

“自然是往西走，天下大得很，怕什么？”阿杜拉赫曼的最后一步棋便是迁都西窜。这在他本无所谓，带着财产回老家去。可是乃马真后就不能不彷徨失计，迁都不是小事，弄不好朝廷就此覆灭。她决定还是召耶律楚材进宫，问问他的意见。耶律楚材当然不同意迁都：

“朝廷乃天下根本，根本动摇，天下必乱。至于帖木哥大王进京之事，可命他儿子去他军前诘问，亦可教他留下兵马，自己入朝。”

乃马真氏听得耶律楚材这么一说，稍觉放心。她根本不知道帖木哥的儿子一直留在都内。于是，她当即要耶律楚材去落实办理。同时，她又派出信使去往贵由营中，催他快些回到和林来。这时距窝阔台去世已有年余，可贵由的军队才到达也迷里（今新疆额尔齐斯河以西临近哈萨克斯坦的地区）。贵由为什么不急于回来呢？而他不回来就不便于召开立新汗的库里台大会。

帖木哥率兵到了半道，心里又有些犹豫起来：自己赶到和林去到底值不值得？虽然帖木哥被称为“斡赤斤”，斡赤斤，也就是继承家业的幼子。但帝位早已由哥哥成吉思汗授予了儿子窝阔台，自己是表示过要忠心拥戴这位侄儿的。现在窝阔台死了，他老婆脱列哥那（乃马真）不把汗位传给窝阔台指定的继承人而自行临朝摄政，本不合法，但应该首先提出异议的不该是我帖木哥。这妇人宠信奸佞，紊乱朝纲，纠察之职也并不在我一人。带兵进京，实在并不名正言顺。而且进京除奸以后，我又当如何呢？立一个新汗？我不辞劳苦图个啥？自己当大汗？难免要被人嘲骂，而且不一定当得下去，东、西道诸王说不定会把矛头一齐对准我。“千夫所指，无疾而死。”我守住自己的封国逍遥快活不胜过到和林去做众矢之的？正好此时儿子从和林赶来，说起了汗廷对他进兵和林的惊恐，并且告诉他贵由的部队已经到也迷里……这就促使帖木哥作出决定，掉转马头，带着兵卒回到兴安岭下自己的封地去了。

贵由在1243年秋冬间就回到了和林。但库里台大会却一直召集不起来。主要原因是西征诸王东归行动迟缓，而拔都则根本借口腿病（大约是关节炎）而拒绝到会。朝内弄权的阿杜拉赫曼和法蒂玛担心贵由登基后自己会失势，因而反复向乃马真氏进言，说拔都是长支宗王，如不到会，恐难以服众。他们怂恿乃马真氏一再遣使去催请拔都。拔都自然是请不动的，而时间就这么在军使的往返奔波中过去了。阿杜拉赫曼依然气焰嚣张、我行我素；耶律楚材目睹朝政日益败坏而自己无法匡救，忧愧成疾，不数日便溘然谢世。乃马真氏念他是有功老臣，欲按例赙赠，阿杜拉赫曼在一旁悻悻然道：

“他历事两朝，官居宰辅，天下贡献，只怕有一半落在他家，还要什么抚恤？”

乃马真氏被他说得将信将疑，便派了两名亲信去耶律楚材家察看，见他家只有几架古琴及古今书画金石遗文数千卷。话传了出去，耶律楚材清廉的名声更广为流传。

不知不觉，乃马真氏临朝称制就四年了。西征军都已经回到和林，拔都仍然请假不来。脱哥列那乃马真皇后觉得不能再等了。这已是 1246 年。春季，她病倒了，几乎不能起床，但她坚持着爬起来视事，她知道，不安排好这件事，自己死也不能闭眼。脱哥列那乃马真皇后是个刚强女子，因此她当即拍板，不等拔都了，立即召开库里台大会。会前她广结善缘，金银珠宝和名爵官位，毫不吝惜地赏赐给她认为需要拉拢的人。这一招还真有效，在库里台大会上，到会诸宗王一律表示同意由贵由继承大汗之位。

唆鲁禾帖尼也支持贵由继位。她的态度是很关键的。作为拖雷一系的家长，她和幼子阿里不哥掌握着相当大的军事力量，还有蒙哥、忽必烈、穆格等另外几个羽翼丰满的儿子更令人不敢小视。乃马真氏对唆鲁禾帖尼曲意逢迎、百般笼络，她不能让拖雷一系再公开站到拔都方面去。唆鲁禾帖尼虽然是一副不关心尘俗世事的模样，但还是表示了对贵由的支持。她分析了形势，拖雷家族目前虽然处境已无危险，但还不具备去追求更大政治目标的条件。而且拔都和拖雷一系的特殊关系有一个重要前提，那就是窝阔台家族的合法统治地位。一旦这个前提变了，关系会向哪方面发展还很难说。

贵由登上汗位后不过一个多月，乃马真氏就因病情恶化不治身死了。这正好给贵由提供了整肃朝廷的机会。在西征回来后的两年多时间里，贵由亲身感受了阿杜拉赫曼和法蒂玛肆无忌惮播乱朝政的黑暗和混乱，他深知正是这两个人实质上阻碍着他登基。当时，他们之所以得逞就是靠着自己母亲脱列哥那的宠信和庇护。现在，这一切该清算该结束了。他把清除阿杜拉赫曼和法蒂玛当作自己即位后的首要任务。当权者的决心一下，搜集罪证材料自然不是什么难事，何况这两个人作恶多端呢？很快，有司就以贪赃枉法、诬害忠良等罪名给阿杜拉赫曼定了一个大辟之刑。至于法蒂玛，因为是后宫中人，并未公开参与朝政，比较难以定罪。不过最后还是找到了罪名，说她以巫蛊之术扰乱后宫。所谓巫蛊之术，就是指她搞的宗教活动。当时信基督教（聂思脱里派）的人不少，怎么指为巫蛊呢？只因基督教初传至东方，为了争取信众，传教者多自作主张，把东方神秘主义的玩意儿结合进去不少。比如法蒂玛，就不时玩些上帝附体的把戏，代上帝发言，被以巫蛊定罪也就不足为怪了。她的结局是被裹入一块大毡，投进了斡尔寒河。

唆鲁禾帖尼曾经想救助法蒂玛，但法蒂玛树敌太多，特别是贵由对她极为痛恨，必欲去之而后快，如果过分出力保全法蒂玛，怕引起猜忌，自己多年来保持的清静淡泊的形象就会大打折扣了。法蒂玛如果真的能和天父对话，那么到另外一个世界去未必不是好事。

当然，唆鲁禾帖尼没有力保法蒂玛，还有一个更重要的原因，那就是她不愿意跟贵由把关系搞僵了。贵由对她很客气，不仅态度很尊崇，而且主动和她商议朝政。唆鲁禾帖尼心里当然清楚，贵由是不想把她推向拔都那一边去，他至少要让拖雷一家人在他和拔都之间保持形式上的中立。他目前要对付的是拔都。

贵由即位后第二年，便任命野里知儿带为征西军统帅，指挥镇戍波斯的全部军队，并命令诸王从自己部队中每十人抽二人编入西征军。西行所经各国均由野里知儿带统辖，还授予他经略叙利亚、伊拉克及格鲁吉亚（整个高加索地区）的全权。该地区所有的苏丹和统治者都要向野里知儿带纳税。这简直是一种空前的授权，其用意很明显是针对拔都的。高加索山以北就是钦察草原，拔都在高加索地区早就派驻了军队。两军遭遇，冲突不可避免。

第二年（1248 年）开春，贵由亲率大军浩浩荡荡从和林往西进发。贵由说他是去也迷里，因为那里的空气有利于他养病。也迷里本是窝阔台汗国之地，贵由要去也在情理之中。但是唆鲁禾帖尼却认定他别有用心，她立即秘密派人前往钦察报告拔都，要他早作防范。拔都觉得与贵由的一场决战不可避免，于是也率领军队一路缓缓向东而来。

不过贵由确实有病。大军出发不过一个多月，他就病倒在驻地横相乙儿不能再走了，而且很快死去。他的死留下了一个谜。因为他得的是拘挛症（大约是现在所称的舞蹈病），发作时手足及全身扭曲，十分痛苦，但却未必会突然导致死亡。因而有谣传说他是被拔都派来的人毒死或者打死的。

贵由的妻子斡兀立海迷失当时也在西行路上，她决定秘不发丧，只派人把贵由的死讯通知唆鲁禾帖尼和拔都，并说明自己准备暂时摄理国政，等待再立新君。唆鲁禾帖尼和拔都通了信息，都觉得依眼前形势，一动不如一静，且看窝阔台家族下一步有何动作。于是他们表示同意斡兀立海迷失摄政。同时拔都又在自己的驻地阿拉脱忽拉山通知东、西路诸王前来参加库里台大会，商议选举新汗。窝阔台、察合台两系的宗王们都拒绝前来与会，他们有意不买拔都的账。斡兀立海迷失派了巴剌作代表出席。来得最齐的自然是拖雷家的人，唆鲁禾帖尼派蒙哥带着他的几个弟弟一齐到会。拖雷的儿子们觉得忍了这么久，现在是出头的时候了。

会议是拔都召集的，主持人自然也是他。但会议的形势似乎却是由数千里之外的唆鲁禾帖尼控制着。因为第一，她的家族掌握着最强大的军事力量，谁有实力谁就有发言权；第二，与会诸王中她的儿子具有人数上的优势；第三，她和拔都已经达成默契。她坚信拔都会实现自己的诺言——把蒙哥推上大汗的位置。

在拔都说明了会议的宗旨目的以后，会场上是一片反常的寂静。很明显，大家不说话，就是在等待巴剌先开口。巴剌望着虎视眈眈的诸王们，先自气馁了三分。他当然更不想说话，但是他作为斡兀立海迷失皇后的代表，又不能不说话。他终于清了清嗓子，缓缓说道：

“昔日太宗（窝阔台）在位时，曾立皇孙失烈门为嗣，各位大臣，想必都知道。现由皇后斡兀立海迷失摄政，待失烈门成年后再行亲政，各位王爷，应该是没有异议的罢？”

“既然太宗有遗命要立失烈门为汗，早就该立，为何又立了定宗（贵由）？难道那也是太宗的遗命么？”说话的是忽必烈，他声音洪亮，出语简洁，一下子就抓住了对方立论的最大漏洞，堵得巴剌无法开口。但是巴剌身负的使命不允许他就此罢休，他不能不声辩：

“太宗晏驾之时，失烈门年幼，而国不可一日无长君，所以改立定宗。现定宗又崩逝，且失烈门稍稍长大，当然应遵从太宗遗命。“

他的话才说完，座中忽然响起一声粗豪的讪笑。那是拖雷的第八子穆格，性情尤其出名的暴烈，只见他提高声调说道：

“太宗遗命，谁敢违抗？只是脱哥列那皇后和你们这班朝臣，上次立定宗为帝，已经违背遗命，今日反教我等遵遗命行事，这岂不是自相矛盾么？”他的话其实只是对他哥哥忽必烈那番话的补充，只是更进一步把巴剌推到难以继续声辩的位置，因而立即赢得一片掌声。巴剌顿时面红耳赤，再也说不出话来。

速不台的儿子兀良合台也在座，他自然是倾向于拖雷家族的人。只见他站起身来说：

“巴剌说，'国不可一日无长君'，我很同意他这句话。现在诸王中年长而声望著称的，拔都应称第一，何不就举他为大汗？”

“不行！我才德不足，不愿嗣位。”拔都立即作出很恳切的答复。当然，“才德不足”是谦辞，“不愿嗣位”倒是实情。如果真是自认“才德不足”，就不是“愿”或“不愿”的问题了。至于为什么“不愿”，原因大约也很复杂，但有一点最重要也最确实的理由，就是他确实舍不得钦察草原。黑海沿岸气候温和、物产丰美，比蒙古戈壁强多了。

“王既不愿自立，那么就请您择定一人，早决大计。”关键的时候又是忽必烈发话。

从兀良合台的建议到忽必烈的表示，这一切仿佛是一场戏。目的就是把拔都不知不觉送上一个最权威的发言地位，任何人无法再节外生枝。果然，拔都很爽快地接过话头说：

“我国幅员广阔，若不是像太祖一样聪明睿智的人，就不堪接掌汗位。我看蒙哥合适。”

“好，好！就这么定了。”忽必烈等几兄弟连声附和，其他人还敢说什么呢？

蒙哥少不得要起身固辞，说些才德不济之类言不由衷的套话。穆格却听得不耐烦了：

“大众都请拔都选择，哥哥你也没有反对。现在选了你，你却推三阻四，好没意思。”

“穆格说得对，你不要推辞了。”拔都一锤定音。

决议产生了，巴剌只好回和林向斡兀立海迷失如实汇报。皇后和窝阔台系的宗王们当然极不高兴，商议之后，决定派出专使告知拔都，在阿拉脱忽拉举行的库里台大会的决议无效。理由是：一、地点不适宜。按祖宗制度，忽里台大会从来未在西方汗国举行过；二、人员不够数。除窝阔台、察合台两支的宗王外，东土诸王国路途太远也未到会，不符合法定要求。

拔都接到这边的通知，倒也并未动气。他又派出专使送来文书，说“祖宗大业，未可轻授，今既已举蒙哥为大汗，还望皇后俯顺众意。如必须在东方召开库里台大会，亦无不可……”云云。然后，他派两个弟弟——别尔哥和脱哈帖木儿率部队护送蒙哥东返蒙古，自己则仍驻守在西方，以保持内外呼应之势。同时，他遣使通知东、西路诸王到斡难河与怯绿连河之间的蒙古故地参加忽里台大会。

窝阔台系宗王仍然藉故迁延，不肯到会。察合台的儿子也速蒙哥则干脆不予理睬。

在一次又一次的信使往返中，时间飞快流逝，不知不觉，距离贵由去世又已是两年有余，冬去春来，便是1251年了。

在潜邸积蓄知识和经验

忽必烈三十六岁了。他二十岁参加西征，二十七岁才回到东土。回蒙古以后的这些年里，他可没有白白耗费光阴，跟着汉儒认真学习，系统地接受了汉文化的熏陶，甚至还得到了一个“儒教大宗师”的称号。

读了汉书，就不免对汉地感兴趣。他一点也不像拔都那样留恋西方，那里的人民虽然英俊魁梧，但生活却大体还停留在茹毛饮血的阶段，比蒙古人文明不到哪儿去。可是汉人就大不相同，衣食住行，处处都显示出由悠久的文化所积累的先进。他最喜欢了解中国历史上那些帝王们的事迹，特别赞赏唐太宗统一国家、治理百姓的才能和度量。他听说唐太宗在为秦王的时候，就注意延请四方文学之士为自己讲论治国之道，这成为他日后取得丰功伟绩的重要前提条件。忽必烈决心效仿李世民，也在自己周围网罗了一批优秀的汉族知识分子。最早来到忽必烈身边的是赵璧、窦默、姚枢、王鹗、刘秉忠、张文谦、张德辉、李冶等人，尽是当时闻名的饱学之士。

忽必烈最早信任最早的汉儒是赵璧，他总是习惯地称赵璧为秀才而不呼其名。至于窦默，本来是隐姓改名在乡下教书，被忽必烈发现后强召入自己府中。忽必烈问他治世之道，窦默首先给他讲的是三纲五常，忽必烈听后说：

“人道之端，最重要的也莫过于此了。不懂三纲五常简直就不能在世上做人。”

窦默接着又给他讲帝王之道，对他说：

“为帝王者，首先要正心、诚意。帝王的心正了，则朝廷远近无人敢不归于正。”

忽必烈听了深以为然，从此对窦默十分尊重。窦默又荐来了姚枢。姚枢更是献上了《治道书》数千言。书中首先将治国平天下的大道理汇集为八大项，即修身、力学、尊贤、亲亲、畏天、爱民、好善、远佞。其次又陈述了救治时弊的三十条，每条之下还详述了运作的宽严标准，细致具体。忽必烈因此把姚枢更视为奇才。

作为忽必烈最重要最忠诚的谋士的刘秉忠，年青时在邢台衙门里当小公务员，郁郁不得志，终于有一天投笔而去，隐居于武安山中，并当了和尚，僧名子聪。这个子聪和尚云游到南唐寺，恰逢当地一名僧人应召去见忽必烈，听说他博学多才艺，便邀他同行。见了忽必烈，对答之间甚为投契。子聪从此成为忽必烈的股肱亲信，简直时时不离左右。这是一个介乎释、道、儒三者之间的人物，始读孔孟之书，继入释迦之门，又精研《易》理，天文、律、算之学无一不晓，既能畅议天下大事，还会占卜未来凶吉，身上很有几分神秘色彩，而这种神秘色彩正是中国历史上军师一类角色必须具备的。

还有一个张德辉，倒是典型的儒生。忽必烈慕名把他请到藩邸，开口便问他：

“孔子死了这么久了，他的德性还在么？”

“圣人与天地相始终，无往不在。殿下能行圣人之道，圣人的德性就能在此实现。”讨论这种问题正是儒生的拿手戏，张德辉侃侃答道。

“有人说，辽国亡于佛，金国亡于儒。是不是这么回事？”忽必烈紧接着又问。

“辽国的事我不太了解。金国之亡则我亲眼得见。其宰辅大臣中虽有一两个儒者，其余的却全是武夫世爵。官吏中儒生出身的大概不过三十分之一，议论军国大事，大多不让他们参与。国之存亡，应由那些主要掌权者承担责任，和儒生没多少关系。”张德辉这番见解，忽必烈深以为然。他不禁又提出了一个问题：

“祖宗定下法规制度，但不完善处甚多，该怎么办？”这是个很含蓄的问题，然而对话者双方却都能心照。张德辉的回答也很含蓄，他指着桌上的一个银盘说道：

“创业之主，有如制造这盘子，先是精选最好的白银，再由最好的工匠设计打制，自然想交给后人传之永久。但掌管它的人一定要是谨厚细心者，如不得其人，不但银盘会损坏，而且还可能被人窃去。”

忽必烈听后沉默了许久才轻声说道：

“这正是我心中不敢忽略的一件事。”

他又问：

“农家劳作十分辛苦，为何衣食不得周全？”

“农夫终岁勤苦，种地养蚕，所得到的产品择最好的送交官府，剩下差劣的才用以奉养老人，而治民的官吏，还要横征暴敛，老百姓怎么能不挨饿受冻呢？”

张德辉的回答很有几分民主主义色彩。忽必烈听了也似有所悟，接着他问：

“带兵的武官和治民的文官，谁的危害更大？”

“军无纪律，残民虐民，危害固然不轻；但如果地方官千方百计盘剥民众，使百姓处在水深火热之中，其危害就尤其巨大。”

张德辉这一套是标准的孔孟学说，确实使忽必烈受到很大的影响。忽必烈成了一个非汉族人中很少见的尊孔派。他在举行了一次隆重的祭孔典礼之后问张德辉道：

“你觉得孔夫子会满意这样的祭典吗？”

“孔子为万世王者之师，有国的君主就该尊重他，修建庙宇，举行祭祀。其实尊崇与否，于圣人无损也无益，不过是由此可以看出君主崇儒重道的心意如何！”张德辉的回答滴水不漏。忽必烈马上就表态：

“今后的祭孔典礼都按这个规格举行。”

忽必烈这样热心于搜求汉族知识分子，并且如此虚心地向他们咨询治国平天下之道，究竟怀有一种什么动机，应该是不难推测的。虽然他此时正全力以赴地支持兄长蒙哥登上汗位，但内心深处可能已抱有一个更远大更宏伟的向往和期待。

1251 年 6 月，拔都决定不再无谓地将立汗一事拖延下去。他一方面指示弟弟别尔哥等推定唆鲁禾帖尼做主持人，发出在曲雕阿兰大斡耳朵举行库里台大会的通知。另一方面，他以自己的名义申令东、西路诸王：推举蒙哥为汗已经确定无疑，谁敢从中作梗，他将绳之以国法。此时各汗国的王公大臣，谁不惧怕拔都的威势，除了窝阔台和贵由的子孙，再加上察合台的儿子也速蒙哥外，接到通知的人都按时赶到斡难河南的曲雕阿兰。会上也无人敢生异议，一致通过了阿拉脱忽拉大会上推蒙哥为汗的决议。定宗皇后斡兀立海迷失等也再无话可说，只能眼睁睁看着蒙哥择日登基。

登基典礼十分盛大。亲王、后妃、文臣、武将，各自分班，站列东西两厢。忽必烈以皇弟的身份，站在最前面的位置。礼成之后，追尊拖雷为皇帝，庙号睿宗。

在庆贺新汗登基的宴会上，蒙哥身边的一名饲养猎鹰的随从薛杰带来一份紧急情报。原来薛杰在野外放鹰时，遇着一支车队，他认得领队的三位王爷，乃是失烈门、脑忽（贵由之子）和察合台之孙也孙脱。突然间一辆车的车辕折断，从车身里露出许多兵器，薛杰估计这三位王爷此来不怀好意，于是赶回来报告。

蒙哥听罢，不动声色，只把亲信将领忙哥撒儿叫过来，嘱咐了几句。忙哥撒儿领命而去。大约过了两个时辰，忙哥撒儿带进来二十个人，为首的名叫按赤台，说是奉了失烈门、脑忽、也孙脱三位王爷之命，前来祝贺叔王新登大汗之位（三位王爷都是蒙哥的侄辈）。运送礼品的车队及三位王爷随后就到。蒙哥笑道：

“难为这三位王爷的好心，你等既先来了，就先入席饮宴吧！”

说完，他又嘱咐忙哥撒儿几句，便径自走开了。忙哥撒儿出去作了周密布置，宴会一罢，即将这二十人尽数拿下，途中的车队及三位王爷，也吩咐军队包围，一概押送和林。当晚，蒙哥就审讯了按赤台等人，要他们招认谋反行逆之罪。那按赤台只是大声呼冤不止。蒙哥无心纠缠，便命忙哥撒儿继续审问。忙哥撒儿本是暴烈之性，加上此时只想早些破案立功，便一味地使用酷刑。按赤台受刑不过，开口痛骂，然后索性撞墙而死。

蒙哥此时的心情多少有些矛盾。虽然他认定三王以祝贺为名，是想发动突然袭击，因此自己不能不给予严厉的反击。但他又觉得自己才登大位，多行杀戮总不是好事，何况要处理的是家族宗亲，这影响肯定是很不好的。他在自己的大帐里踱来踱去，拿不定主意，偶一抬眼，看见门外立着值班随从亚拉瓦赤，此人是他在西征中掳得的一个回回，跟随他多年，忠实勤恳，且老成持重。蒙哥此刻很需要从别人那里得些启示，便随口问道：

“你是个阅历丰富的人，遇事又有主意，此刻能帮助我解开心中的疑团么？”

蒙哥并未说出自己的心事究竟是什么，亚拉瓦赤也不问，却答出一段颇富哲理的话：

“我是个西域人，只知道一些西域的故事。从前马其顿国王亚历山大灭了波斯之后，想进军印度，所属将领中不少人持有异议，拒绝执行命令。亚历山大派人回希腊向他的老师亚里士多德问计，亚里士多德并不回答，只是带着来人走入花园，一路上遇着那些长出荆棘杂草之处，便命园丁统通挖锄干净，另植新苗。这时来人已经领悟了亚里士多德的意思，立即返回报告亚历山大。亚历山大听后，便将那些持有异议的将领，视情节或杀或撤，然后发兵，平定印度。大汗是否可以参照处理呢？”

蒙哥听了，点头称善。便下令将所有随按赤台前来“贺喜”者一律处死。沿途知情不报的官员，也杀掉好几个。蒙哥想，反对派的根子还在和林，自己必须回和林去严加查处。

回到和林，首先把失烈门和脑忽这一对堂兄弟发配到边远军州摩多齐，永远禁锢，不许再回和林。其他只要是附和太宗、定宗一系的王公大臣，尽行查处；参与了阴谋的，杀！持一般对立态度的，罢免放逐。那定宗皇后斡兀立海迷失和失烈门的生母，处在这种情形下，犹不知收敛，反而时常怒形于色，口出怨言。蒙哥听得烦躁，命忙哥撒儿带兵入宫，把这两个女人拖至官署，严刑究问。这两人贵为国母，几曾受过这种待遇？熬不过酷刑，便胡乱招认。最后被定了一个厌禳的罪名（便是《红楼梦》里赵姨娘请马道婆干的那类勾当）。斡兀立海迷失被判死刑，失烈门生母则和法蒂玛一样被裹毡投河（其实也是死，不知何以会轻了一个刑等）。不仅如此，蒙哥一不做，二不休，索性连窝阔台的妻子、前太后吉里乞帖忽尼也逐出后宫，安置于和林西北荒野中居住。太宗、定宗后妃的财产，一律没收，分赐诸王。从此以后，窝阔台的子孙和拖雷的子孙，世代为仇。

镇压异己当然还必须有进一步的动作。蒙哥十分痛恨察合台之子也速蒙哥多年来的对抗态度。他一方面派出十万军队驻防于按台山等与察合台汗国接壤处，另一方面他拉拢了察合台的长孙合剌旭烈，并支持他去察合台汗国争夺王位。原来这合剌旭烈本曾被察合台指为继承人，只是后来定宗贵由出来干预，说是“子在，孙不可继承汗位”，随即把一向跟他跟得很紧的察合台次子也速蒙哥册立为汗。合剌旭烈本已即位五年，被平白无故赶下台，怎能不心怀愤恨？于是他投向了蒙哥这一边。蒙哥派他去执行对也速蒙哥的死刑判决，合剌旭烈命中无福，走到半路上死了。但他的妻子兀鲁忽却是个人物，她带领部分人到达察合台斡耳朵所在地阿里麻里，硬是把跋扈一时的也速蒙哥杀了，自己接掌了察合台汗国。

蒙哥又下令逮捕了驻波斯的统帅野里知吉带。这野里知吉带本是贵由派往高加索地区去对付拔都的，蒙哥正好把他交给拔都去处死。为了让窝阔台家系永远无力夺回失去的汗位，蒙哥把窝阔台汗国的土地分成若干块，授给那几个没有参与反抗他的阴谋活动的窝阔台的后人：额尔齐斯河流域归合丹和灭里；海押立地区归海都；也迷里地区则给了脱脱，他们每个人有相对独立的权力，但都没有多大的实力，因而也不可能有太大的作为。

蒙哥取代了失烈门的地位，实际上是一场政变，但却没有引起太大的震动。窝阔台家系几乎是毫无反抗地把政权让给了拖雷家系，这中间的原因除了拖雷家系掌握了足够强大的军事力量以外，唆鲁禾帖尼高明的政治手腕是极重要的一条。她善于在逆境中保存实力，更善于分析敌我形势，争取和利用同盟者，孤立和分化敌人，最终为她的儿子夺得了天下。唆鲁禾帖尼在蒙古史上被誉为“第一贤母”，甚至超过了成吉思汗的母亲月额仑。

蒙哥的即位实际上开始了大蒙古兀鲁思的分裂。从此，各路诸王都刻意经营自己的地盘。旭烈兀被派出去征服巴格达的哈里发，他就在那带地区（从伊拉克到巴基斯坦）经营自己的小王国。忽必烈被指令主管漠南地区，他也是尽量把治理的重点放在汉地，培养和重用汉族智囊，他已认定汉地将是他今后主要的活动舞台。

漠南，泛指大漠以南，大体上就是金国原来统治的从辽东到西夏的整个中国北部地区。蒙哥一开始是把漠南的军事、民政大权全部授予忽必烈的，这当然体现了最大的信任和期待。可是在欢庆的宴会上，忽必烈注意到了姚枢沉默甚至带着忧虑的反应，散席后他问姚枢：

“刚才大家都兴高采烈地表示祝贺，只有你面色凝重，独处一旁，到底怎么回事？”

姚枢略微踌躇了一下，然后答道：

“今天下论土地之广大，物产之富饶，人民之殷实，财富之丰厚，哪块地方能比得上漠南汉地？大王你尽占了，那么天子还剩下什么？过些日子，朝廷必后悔而要夺回。不如只领兵权，其余事务交付有司，那样才势顺理安。”

“你说得对，我一时没想到。”忽必烈诚恳地对姚枢说。接着便将姚枢的建议上奏蒙哥，蒙哥果然立即表示同意——想必已经开始“后悔”。

这时候，子聪给忽必烈上书，提出了治理漠南的一系列具体的政策性建议。

首先，他给忽必烈鼓劲，要他正视自己今日所处之历史性地位。子聪说，昔日周武王是哥哥，周公是弟弟。周公筹划改善天下政事，夜以继日，坐以待旦，周朝能有八百年天下，靠的是周公当初打下的基础。今日皇上是兄，大王您是弟，该常想着周公的故事，尽力仿效。千载的勋业，一时的机会，现在就看你自己的把握能力了。子聪和尚接着陈述的几乎是一个完整的施政纲领，主要的内容包括：

一为规范官吏的考核监督制度。子聪说，天下之大，非一人之可及；万事之细，非一心之可察。应选择开国功臣的子孙，担任各路官员监守之职，督责旧官遵守王法，考察其治绩，以定升降。从前官无定制，清廉者无以升，贪滥者无以降。宜参照古代制度，定百官的爵禄仪仗等待遇，保证他们的地位和收入。侵犯了民众利益，按律治罪。威福者，君之权；奉命者，臣之职。现在百官自行威福，为所欲为的情况，一定要严加禁止。

二为整顿财政。子聪说，天子以天下为家，兆民为子，国不足，取于民，民不足，取于国。国之府库仓廪，用以助民；民之身家产业，以资国用。今地广民微，赋敛繁重，民不能堪，应把百姓的负担减掉一半或三分之一。借贷还息本金的，一概赦免。纳粮应就超过近，途中耗费应予扣除。统一度量衡，减少欺诈。原定各种税率，已不为轻，现在有些官府私自加科征税，口称为国家辟财源，实则削民害国。他们的真正目的并非利国，而是残民以自利。

三为改良狱政。子聪说，天下之民，未闻教化，明施教令，使之知畏，犯罪者自然就减少了。法令的设置，不宜繁杂。在过去旧例的基础上，增设民间需要的法规十几条就够了。有了法制，对没有犯死罪的，要详细审查然后判决；对犯了死罪的，要申报朝廷听候裁断。鞭笞一类刑罚，要比较古今制度，统一规定。不许私设牢狱，严禁鞭背之刑，以彰好生之德。

四为发展文教事业。子聪说，自古以来就有庠序学校，今郡县虽有学，但并未官办，应恢复古制，修建三学。选拔人才，以测试经义为第一，辞赋、策论次之。并设科举，太宗已有遗命，办起来不为难了。开设学校，择开国功臣子弟受教，师资则应严格挑选。孔子为百王师，立万世法，今各地庙堂虽不少毁于战火，但保存得也很多，宜令州县祭祀一如旧制。近代礼乐之器敝旧，应及时修整。应召集金国太常寺的旧人员，让他们教导后学。礼乐之器备人存，就是太平之基，王道之本。本朝仗太祖皇帝的威福，开创了亘古未有的基业，这其实也是天地神明的保佑。宜访名儒，循旧礼，尊祭上下神祇，和天地之气，顺时序之行。

五为其他。子聪建议颁行新历，因为原来使用的辽国历法，颇多差误。并在各州郡设置更漏，使百姓养成时间观念。子聪还说，国灭史存，古之常制，应组织人员撰修《金史》。

最后，子聪说了两点为人君者应当铭记于心而终生受用的道理：

一是明君之用人，犹如大匠之用材，随其巨细长短而施以规矩绳墨。君子不以言废人，不以人废言，大开言路，才能成天下、安百姓。要慎选左右谏臣，让他们时时于无形中给人君以讽喻，能从最细微处发现和思考问题。

二是君子之心，归于理义；小人之心，归于利欲。君子得位，能容小人；小人得志，必排君子。明君在上，不可不察。孔子说："远佞人”，又说“恶利口之覆邦家者”，就是这个意思。

忽必烈仔细地研究了子聪的条陈，心中许多感慨。汉族的文化真是精深博大，值得蒙古人认真学习。子聪把当前统治者最需要考虑和处理的事务，说得多么清楚透彻啊！不过有些内容还很难照办。比如赋税减半之类，虽说考虑到了百姓负担的沉重，但是否同时想到了百废待兴国用之不足呢？温都尔哈马尔等人奏请赋外加科等等，也许确实怀有自利的目的，但只要能增加国家收入，也未必就可以一概否定！取消高利贷当然也很有道理，但放高利贷的人为帝国的财政所作的贡献可不小，怎么好去过分地损害他们的利益呢？

再说，忽必烈想，这种条陈上给我还是不太合适的。条陈中所言之事大部分是给君王作参考的。我不过是管理漠南地区的一名宗王而已，不该自己考虑的事情考虑得太多，是一种不明智的表现，尽管皇帝是自己曾经一同出生入死的哥哥，也未必就一定不会引起猜忌。忽必烈逐渐地懂得了许多人臣之道。不过他还是尽量用自己已经接受的某些观念去影响蒙哥。有个叫伊洛瓦齐的蒙古断事官（蒙古官制简陋，断事官即地方行政、司法长官，行事多专擅横暴），曾有办一天案，杀了二十八个人的纪录。其中有一人是犯盗马罪，本已处杖刑然后开释，刚好这时有个人来献刀，伊洛瓦齐便立即把那个盗马者追回来，一刀杀掉，试试所献之刀是否锋利。忽必烈听说草菅人命到了这种程度，便决定亲自过问此事，他召来伊洛瓦齐问道：

“处了杖刑，又复斩首，这是什么刑法？”

伊洛瓦齐自然答不出，但并不认错。

“凡死罪，必须详细审断然后才能行刑，像你这样一天杀二十八个人，定然有许多无辜或罪不及死的人！”忽必烈继续训斥道。

伊洛瓦齐骄横暴戾已成习惯，他带着官印直接去见蒙哥，并对蒙哥说道：

“此印是先朝太宗赐与臣的，今陛下即位，是继续用这印，还是准备换新印？”口气咄咄逼人。

这时赵璧正随忽必烈在侧，看到伊洛瓦齐这种目无君父的狂悖态度，立刻驳斥道：

“用不用你，圣上自有裁断，你怎么敢以此来进行要挟？”说完就夺过他的印，放在蒙哥的面前。蒙哥沉默了半晌，最后表态说：

“朕也不能像你那样随意杀人啊！”

伊洛瓦齐被罢黜了，而且终生未再起用。

蒙哥似乎对赵璧印象还不错，他问赵璧：

“天下究竟该怎么样才能治理好啊？”

“请先杀掉你身边亲信的那些坏蛋！”赵璧的回答简单、直截，蒙哥可老大不高兴了，脸色一下子阴沉下来。他始终不习惯汉人在他面前有放肆和自以为是的表现。虽然，他内心有时不得不承认这些汉族知识分子说得有道理，因而按他们的意见办事，就像罢黜伊洛瓦齐之类，但做起来时总有些勉强。像赵璧这样说话，换个场合，也许他就要发火了。

忽必烈带着赵璧退出去以后，对他说：

“秀才，你难道真的浑身是胆？我刚才可是为你捏了两手汗啊！”

忽必烈了解蒙哥，知道尽管自己付出了许多努力，但要使蒙哥像自己一样接受汉文化、重用汉族人，那是不可能的事。

征服大理，就藩西京

1252年，蒙哥登基后的第二年，忽必烈接到了要他远征云南（大理国）的命令。

大理国建国于十世纪中叶（五代时后晋）。唐末，南诏国衰落了。乌蛮（今彝族）蒙氏政权被推翻，随之是一段混战的局面。直到白蛮（今白族）段氏兴起，他团结白蛮、乌蛮各部，统一了云南，建都大理。大理国的疆域包括今云南全省，贵州、广西西部和四川南部及缅甸、泰国、老挝的一些地方。大理国主要民族是乌蛮、白蛮。因为乌蛮人数最多，势力也最大，境内其他少数民族多被乌蛮人统治。十三世纪中叶开始，大理国君权旁落，各民族之间的冲突和战争连绵不断，国家又陷入了混乱。

蒙哥决定远征大理，其实还是为侵略南宋作准备。他只知道那里离南宋的后方很近，而且居住着许多汉人以外的民族。他的计划是，征服了大理，一方面可以获得大量攻宋的兵源（非汉族人打汉族人比较顺理成章），一方面可以从西南方向包抄到长江中游，形成对长江下游南宋政权的夹攻之势。

然而由于这时四川还在南宋手里，进入大理国的道路可不大好走。必须从甘肃出发，通过吐蕃地区的雪山草地，才能进入云南。忽必烈并不在乎征途的艰险，他决心在南征中一展自己的抱负和才干，这毕竟是他第一次单独主持对一国的作战。首先，他用速不台的儿子兀良合台担任自己的前敌总指挥，他信得过这个一起远征波兰的老战友。其次，他组成了一个善于思考和判断的第一流的参谋部。这个参谋部里有姚枢、子聪、张文谦等一批满腹韬略的儒生。忽必烈开始把指挥基地设在临洮。他坐镇在这里集中部队、准备粮饷和辎重，一切就绪后拟定了一个分三路进军的计划：兀良合台率西路军，苏赫率东路军，自己亲领中路军。第一个战略目标是进占吐蕃。

出发前，忽必烈在营中设宴。他再次问那些智囊，此次出师应以何事为要领。

“孟子有言：‘不嗜杀人者能一之。’人君不嗜杀人，天下可定，况蕞尔之西南夷乎！”说话的是儒生徐世隆，开口孔孟，真是三句不离本行。忽必烈总觉得这些儒生说话常常有失分寸，既然是说“人君不嗜杀人”，何必说与我听？我又不是人君，也许他们故意这样来表达自己内心的期望。忽必烈很客气地回答徐世隆：

“真像你说的那样，那我这次就定能成功了。”

姚枢听忽必烈的口气，似乎还有点不太以孟夫子的话为然，于是决定再做些这方面的宣传工作。他给忽必烈详细讲述北宋初年曹彬奉命征江南的故事，讲到曹彬为了防止部将入城有杀掠行为而在攻城之前装病最终和诸将达成了禁杀的盟誓，忽必烈凝神注目，频频点头。

“曹彬下江南，做到了不妄杀一人，不焚掠一屋。”姚枢总结性地说道。

第二天一早出师，忽必烈在马上对姚枢说：

“汝昨日所言曹彬不杀人事，我也能做到。”说话间神色诚恳、爽快，似乎真的是经过了一番思索后的表态。姚枢也在马上表示祝贺：

“大王能做到，此实生民百姓之幸，国家社稷之福啊！”蒙古军队取道吐蕃南下是一趟十分艰苦的远征。虽然蒙古人对荒漠中的远征已习以为常，但过去“鞑靼马蹄所到之处”，毕竟没有像吐蕃这样的高寒地区。在战略计划中，进入吐蕃只是借道，但实际上，它却成为和征服大理有同样重大意义的军事行动。忽必烈把那些四分五裂的吐蕃封建主先后收降到大蒙古帝国的治下，从此广大的西藏地区正式归于中央政权的版图之内，忽必烈本人也开始接受藏传佛教的信仰，而藏传佛教此后在元朝的政治、经济等各方面都产生了巨大的影响。

在吐蕃，忽必烈还有一个最大的收获，那就是找到了自己的佛学导师，即历史上大名鼎鼎的八思巴。八思巴本名罗追坚赞，是西藏萨思迦教派的首领班迪达的侄儿。班迪达当年曾和窝阔台之子阔端在凉州签订过一个归附协议，后来长期住在凉州，向侄儿传授佛法，同时负责向蒙古呈缴大量的金币、珍宝和其他贡品。八思巴是个神童，小小年纪，精通藏、蒙、汉、梵等多种语言，熟读经书，参晓佛理。忽必烈和他一见之下，便觉得十分投机。其时，班迪达刚死，忽必烈便要八思巴迁入他营中，经常和他在一起，这年八思巴才十八岁。此后的二十多年里，他帮忽必烈做了不少事，最卓著的贡献是创立了蒙古文字。

过草地、爬雪山的征途虽然艰苦，但却没有遭遇过激烈的抵抗。1253 年秋冬之间，忽必烈的大军和兀良合台的西路军都已经进入了云南大地。在大理北面四百余里的金沙江地段（今之丽江纳西族自治州），当地的摩赛蛮（即纳西族）挡住了去路。忽必烈在纳西诸部酋长中做了一些分化瓦解的工作，然后消灭了几股坚决抵抗的力量，招降了几个最有影响的大酋长，最终完全控制了局势。从这里，忽必烈发出了致大理国的招降书，想兵不血刃地进占大理，谁知大理国态度强硬，把派去的使臣都杀了。

大理国王段兴智是个性格暗弱的人，国政都落在权臣高祥、高和兄弟手中。闻听蒙古人已自北而南潮涌而至，段兴智想投降，但高氏兄弟不肯，他们杀了来使，要与蒙古兵见一高低。白族民众的抗战情绪还是高涨的，一名叫阿达拉的酋长，仗着自己的寨子依山枕江、地势险要，竟令兀良合台的部队受阻月余无法前进。后来还是采取断绝汲水之道迫使对方出寨决战，才最终以多胜少攻陷了这座半空和寨。两路蒙古军同时发起对大理城的猛攻，那高氏兄弟居然也敢于出城应战，只是实力太弱，一触即溃，裹挟着国王逃向押赤（今昆明）去了，把国都奉送给了蒙古人。

忽必烈因为大理国杀了他派来的招降使，心中十分愤恨，甫入大理，便要下令屠城。这是一种习惯性反应，以前随拔都、蒙哥西征，每攻克一个敢于抵抗的城池，蒙古大军总免不了屠城或焚掠一空。可是这次忽必烈身边有一批汉族的幕僚，他们站出来劝阻。

“杀死使臣、拒绝投降的，只是高氏兄弟，城中百姓没有罪，请大王保全他们。”说这话的是张文谦，然而忽必烈却依然没有收回成命的意思。这时，姚枢在一旁开口了：

“大王出师前不是说过能为曹彬之事么？”

这话倒确实触动了忽必烈，他缓缓说道：

“屠城并无成命，只是将士愤积于心，恐不免大肆杀戮。然而此时前军已然入城，禁杀之命临时行文也来不及了。”

显然，忽必烈也并未打定禁杀的主意，虽然他说的是实情——

军队已经入城，下令有所不及，但是，姚枢却不仅有原则，而且有机智，他随即命人取来丝帛，就在上面以统帅忽必烈的口气写下一道禁杀令，然后把这块丝帛绑在旗杆上。同样的禁杀旗制成了许多面，再令中军军士策马擎旗分别驰向大理城的各个街区。忽必烈当然不能反对他这样做。命令很快通谕全军，大理的百姓总算躲过了一场大屠杀。忽必烈由此也获得了“仁恕”的美名。

南征的第一战略目标已经实现，忽必烈便准备班师回朝了。他把兀良合台留下来，继续完成征服云南全境的任务，同时准备力量东出贵州、湖南，以便在大军南下攻宋时能够从侧翼配合、接应。兀良合台受命之后立即开始向东进军，连破彝族城寨，兵临押赤（昆明）城下。那时滇池水面远比现在广阔，昆明城紧贴着滇池，几乎三面环水，只有北面是丘陵高地，地形险要，兼之城防坚固，极不易攻。兀良合台炮攻北门，未能奏效，改用火攻，也不成功。于是便用了一个扰敌之计，不时鼓号齐鸣，做进攻状，当城里人鼓气凝神严阵以待时，城外的攻击准备却又中止下来，弄得守兵不知蒙古军队在搞什么鬼！如此翻来覆去地折腾，没日没夜，城中将士如何能不疲乏不懈怠？到了第七个夜晚，城中守军实在打熬不住了，临近五鼓拂晓时分，大部分人已沉沉睡去。此时，兀良合台的儿子阿术带领一批敢死队偷袭成功，一顿乱杀，城中军民终于溃散。

阿术此时还不到二十岁，其勇武比祖父速不台和父亲兀良合台更有过之而无不及。特别难得的是他比祖父、父亲更多一分智略，所以日后成为忽必烈的股肱之臣——这是后话。阿术看到敌军已溃，连忙择其主力一路，穷追不舍。追到昆泽地方，终于生擒了大理国王段兴智。兀良合台派人将段兴智送到蒙古去见蒙哥。这回蒙哥却学会了使用怀柔政策，不但不杀，反而赐他金符送他回国，并仍旧享有摩诃罗嵯（大王）的称号和待遇，条件是帮助蒙古军队讨平那些未臣服的部落。

忽必烈班师之后，越发注意起用汉人。南征大理使他更加深信，汉族文化对蒙古的立国、开国、强国、享国实在是太有作用了。

忽必烈的封地在关中，于是他开府于京兆（即长安）。他决心先把京兆地区建设成为王道乐土，而当务之急他以为是推行儒家的教化。为了使人民知礼义、重纲常，他任命姚枢的弟子许衡担任京兆提学（权力和影响超过现在的教委主任）。这许衡是个坚守程、朱之道的理学家，一贯以维系纲常为己任，并且不是停留在口头上，而是贯彻在行动中——从我做起，从自己的周围开始。他经常对人说：

“任何时候都不能让纲常废弛，如果在上位的人（统治者）承担不了这个责任，则在下位的人就要担当起来。”

许衡说到做到，他乡居未仕的时候，周围地区丧祭嫁娶的事都因为他的倡导而遵从古礼，每村都办起了学校，读书之风大盛。他就任了京兆提学，关中的老百姓都因慕他的名而十分欣喜。那时关中才从蒙古对金国的长期战争中解脱不久，文化教育还是一片凋敝，许衡来了，各郡县纷纷建学，一片文教复兴的景象。

忽必烈听说栾城的李冶才德超群，不但学识渊博，而且深得治、平之道，便派董文用去请他到长安来。李冶来了，忽必烈以很谦虚的态度和他进行了一番推心置腹的谈话。

“素闻仁卿才学兼优，而甘于栖隐不愿炫耀，久欲一见，今能应邀而来，实令本王不胜欣慰。”仁卿是李冶的字，一见面就以字相称，足见忽必烈礼贤下士之诚意。不要小看一个称呼，亲切和平等的意味尽在其中，这是平衡关系的基本技巧。

忽必烈首先提出的问题是1214年金迁都到南京（今开封）以后

朝中最贤良的大臣该数谁。

“沉着稳健，只有完颜仲德。”李冶答道。

“那么完颜哈达和布哈怎么样呢？”忽必烈又问道。他问到的这三个人都是1233—1234年间蒙古灭金的战争中死节的大臣。完颜仲德是尚书左丞，文武全才，勤政忠君，金哀宗南逃到蔡州之后那一年时间的危局全靠他支撑。蔡州城破后，他坚持巷战到最后一刻，投水自尽。完颜哈达和伊喇布哈两人是金国的统兵元帅，指挥对蒙古的抗战一错再错，最后在1233年先后被俘，因拒降而被杀。忽必烈听李冶对完颜仲德评价极高，便联想到哈达和布哈。李冶答道：

“此二人既缺少谋略，又不懂军事，金主却信之而不疑，最终导致了金国的灭亡。”

“那么，你怎么评价魏徵和曹彬？”忽必烈一下子把问题又扯得老远。魏徵和曹彬是他最欣赏的两位古人，故而想听听李冶的评价。

“魏徵公忠谋国，屡有说论，面对皇上，知无不言，唐代的诤臣中，魏徵是第一人。曹彬伐江南，不曾妄杀一人，其德性可比之于周宣王时的方叔、召虎，至于汉朝的韩信、彭越、卫青，霍去病等，都不可比肩而论。”李冶答道。

“今日之臣子中有像魏征那样的人么？”

“当今之世，侧媚成风，想找一个魏徵那样的人，实在难乎其难！”李冶倒不怕伤众，一竹篙打翻一船人——满朝文武没什么好东西！

“那么当代有贤才么？”忽必烈并不在乎这种对世风的批评，他有自己的看法：哪个时代都差不多，正直敢言的总是少数。他关心的是现在是否能多发现几个杰出的人才。

“天下之大，从来不会缺乏人才，只要寻访就能得到；相反，不以为意则无所发现。这是简单不过的道理。当代儒生魏珰、王鹗、李献卿、蓝光庭、赵复、郝经、王博文等，都是有用之才，而且都是大王聘招过的人，只要大王提拔使用，什么事不能干？只怕用不了这么多罢了。而四海之广，又岂止这么几位而已？大王能诚意搜求，自然都会集中到您帐下来。”

这段答复多少有点空泛，忽必烈希望他荐举杰出的人才，李冶却谈了一通求才的道理。虽然提了几个名，也并非特别出类拔萃之辈。忽必烈便换了一个角度提出新的问题：

“天下究竟怎样治理才算得法呢？”

这种问题对于李冶这类儒生来说，其实最为简单不过。一套现成答案，可谓烂熟于胸。他们读圣贤书，琢磨一辈子，无非盼着有朝一日能遇上明主向自己提出此问。今日机会总算来了，于是李冶侃侃而谈：

“治天下的事，难则难于登天，易则易于反掌。”说到这里，李冶停下来，捋捋胡子，一副舍我其谁的派头。他瞟了忽必烈一眼，见对方并无很强烈的反应，便又接着说：“无非是有法度则治，名实相符则治，进君子、退小人则治。有这几条，天下就能大治，这岂不是易于反掌吗？反之，无法度则乱，有名无实则乱，进小人、退君子则乱。这就是说，取乱之道也很简单，所以说求治难则难于登天。

“而且，为治之道，不过就是立纪纲、立法度而已。所谓纪纲，其作用是维持上下尊卑之间关系的稳定；所谓法度，则是通过赏罚来收惩恶扬善的功效。今天的大官小吏，甚至兵丁差役，都可以纵情恣意，以私害公，这就是无纲纪。有功者未必得赏，有罪者未必被罚，甚至有功者或反受辱，有罪者或反获宠，这就是无法度。法度弛废，纲纪败坏，天下居然还不产生变乱，真可说是幸运了。”

忽必烈觉得李冶这段话道理并不错，只是听起来有点不舒服。不过，他倒并不想对一个应召的儒生过分介意，想起前不久发生的地震，他想听听李冶有些什么认识，便问道：

“早些日子发生地震，它的原因究竟是什么？”

李冶是个儒生，无论什么自然现象他都只能从社会、人文的角度去作出解释：

“天裂为阳不足，地震为阴有余。天道为阳，地道为阴，阴气太盛地道就会反常。前回的地震，或是奸邪在君之侧，或是女祸盛行，或是谗臣当道，或是刑罚不公，或是征伐频举，以上五者必占其一。上天爱君，如爱其子，地震便是一种警示。若能辨奸邪，去女祸，屏谗慝，慎刑罚，慎征讨，上称天心，下合人意，则可转凶为吉了。”

忽必烈认为这段话说得在理，而且颠扑不破——试问哪朝哪代以上五个方面不有所缺失？故而地震也是历代以来时有发生，人君当然应该把它视为上天的警示，不过地震既然是被那五个前提决定为不可更变的普遍性的结论，那么这种警示的作用似乎也就不大，因为地总是要震的，忽必烈又不禁有些疑惑。

李冶这人毕竟太书生气了，世务经济似乎不太在行。忽必烈想为他安置一个清闲而显要的位置，然而李冶却不受，在京兆住了一阵子，坚持要走，回到乡下去当教书先生。

这时蒙哥遣使下旨，说要在漠南靠近蒙古之处新建一座都城，具体筹办由忽必烈负责。忽必烈知道子聪和尚精于天文、地理，便命他去相地。子聪在外地转了一大圈后回报说，桓州以东、滦河以北的龙冈是吉地。忽必烈亲自查看以后，便留下子聪负责建城的工程。城名开平府，后又称上都，位于今内蒙古正蓝旗。忽必烈从这里再回到京兆长安，发现地方形势出现了他完全没有料到的变化。

蒙哥从他周围亲信那里知道了忽必烈这些年经略漠南施行汉法甚得民心，提供情报的人当然还会暗示他警惕这个怀有雄图大略的兄弟。蒙哥是长子，父亲拖雷去世时他已成年，而忽必烈还是个十多岁的孩子，长兄如父，可以说忽必烈是在蒙哥的关怀和庇护下成长的，兄弟间感情不可谓不厚。但是作为最高统治者，蒙哥也懂得政权比亲情更重要的道理。他所师从的汉儒给他讲述的历史中，皇家父子兄弟相残的故事太多了。与其让矛盾发展到火并的程度，不如及早防范使之弭解于无形。主意既定，蒙哥派出阿拉克达尔和刘太平去主持陕西四川行省，其用意便是架空忽必烈的权力。

行省，即行中书省，是沿袭金国的一种地方行政机构。蒙哥时期，行省的置废变化很多，具有明显的中央派出的执行阶段任务的性质。这回阿拉克达尔和刘太平来到长安，气势汹汹，稽核财政，整顿吏治，旬月之间，有问题没问题的官员关押的关押、撤换的撤换，搞得上上下下人人自危。等到忽必烈回来，面对的真是一片山河变色、人事全非的局面。他惊愕之余，终于愤怒起来，且露于言表：

“京兆关中的官吏，本归我管辖，大半也是我亲自委派，难道全部都是贪赃枉法之徒？定是我出师云南期间，有人在大汗面前进了谗言，我要入朝辩白，查办这班佞臣！”

姚枢在旁边看到忽必烈愤怒的表情，听到他激烈的言词，连忙劝阻道：

“皇帝是君，是兄，大王是臣，是弟。上下尊卑，正是纲常中的第一要义。既然如此，这种事情又岂是可以辩得明白的？长期远离朝廷，只恐祸之将至。为今之计，不如带着王邸里的所有亲眷，自归朝廷，作久居的打算。这样自然表明自己心地的清白，所有的谗言不攻而自破，皇上的疑虑也就不辩而自消。”

“你说得也是。”忽必烈很赞赏姚枢在关键的时候来提醒他避免因一时冲动而造成过错。

忽必烈携家带眷回到和林，两兄弟在朝堂上相见。忽必烈按姚枢所说的大意奏明蒙哥：

“臣在外征战日久，十分想念陛下，故将家室尽归都下，以便时时得觐天颜，常侍左右。”

蒙哥望着自己的弟弟，依然是那张质朴而刚毅的面孔，眯缝着眼睛，表情谨厚而恳切，嘴里却说着言不由衷的话语。蒙哥心头似有无穷的感触，但说出口来的话却一样地言不由衷：

“朕恐皇弟在外远征，过于劳累，想召你回来休息休息。朕与皇弟久不相见，也想念得很。此外别无他意。”话刚出口，他又后悔，怎么叫“别无他意”，这不是有些“此地无银三百两”么？

忽必烈还想继续说点什么，无非是些为自己申辩的话，但当他听出蒙哥最后一句“此地无银三百两”的失误后，马上意识到自己再说下去，正是重复“隔壁王二不曾偷”式的愚蠢表白。他抬起头看了蒙哥一眼，只见哥哥的眼中闪着泪光，霎时自己也鼻头一酸，泫然泪下。

兄弟俩都想起了寡母唆鲁禾帖尼生前一直要他们兄弟和睦团结互保的教导，想起了过去艰难险阻的年代里深厚的兄弟情谊。他们对坐着流了一阵眼泪，谁也没有再开口，要说的一切都随着泪水流逝了……

蒙哥的死带来的机遇

其实，远征去得最远至今尚未班师的是蒙哥和忽必烈的弟弟、拖雷的第六个儿子旭列兀。

1253 年秋天，忽必烈征大理的部队开拔不久，旭烈兀就率领数万大军往正西方向进发。第一个目标是木剌夷——里海南岸的一个国家。拔都西征时大军曾从这里经过，掳掠一番往北方钦察草原去了。此番木剌夷国主听说又是蒙古人前来，便想求和。旭烈兀坚持只有国主亲自出降一条生路，那国主鲁克乃丁却不爽快，一味延宕，总不肯出城归降，拖到后来，迫不得已，还是应允了全部的投降条件。旭烈兀恼恨木剌夷的反复犹豫，杀了国主，并下达屠城的命令。

木剌夷少数死里逃生的人逃往巴格达，旭烈兀接着便向巴格达进军。巴格达是黑衣大食的都城，此时的黑衣大食已经衰落，如何抵得住蒙古人的攻击？败了数阵，首领哈里发便自缚出城请降。旭烈兀命他派人告谕城中军民，只要弃械出城，可以免死。城中人闻命便蜂拥逃出城外，蒙古人却见一个杀一个。城中人不出逃了，蒙古人于是开始进城，连续十七天烧杀抢掠，把繁华了数百年的东方大都会巴格达彻底摧毁。据说光被杀的百姓就达八十万人之众。灭了黑衣大食，旭烈兀接着进攻叙利亚。叙利亚信奉基督教（聂斯脱里派）的民众甚多，而旭烈兀的统兵大将怯的不花也是基督徒，因而该国民众受到了一定程度的保护。占领了大马士革后，旭烈兀打算班师回国。他把怯的不花留下来，给他两万军队，要他继续南下巴勒斯坦、埃及。怯的不花遣使到开罗招降，遭到拒绝，双方在巴勒斯坦进行决战，怯的不花战死，蒙古全军覆没。埃及的部队进占叙利亚，在幼发拉底河上与旭烈兀的伊利汗国交界。蒙古人的最后一次西征到此为止，埃及人有效地阻遏了他们通向大西洋海岸。

忽必烈和旭烈兀出征的胜利又激起了蒙哥投身战场的渴望。作为蒙古人的皇帝，只有亲自从敌人手中去夺取土地和人民，才能赢得尊重，树立声威。蒙哥决定御驾亲征。征哪里？放眼天下，只有南宋是首选的目标。近在“卧榻之侧”，物产丰饶，且又摆出一副“衣冠上国”的嘴脸，凡此种种，都是应该讨伐的理由。

蒙哥组建了两路伐宋大军。左翼军由诸王塔察儿率领，从中原一路南下。右翼军由蒙哥本人率领，从四川一路南下。他没有要忽必烈领兵，而让他留在新都开平休养。其实，他之所以要亲征，也就是为了抵消部分忽必烈在中原汉地的影响，要让汉人百姓领受他蒙哥汗的“天威”。虽然那天在殿上，兄弟两人相对流了一场眼泪，但眼泪不过是感情活动的产物，人却并不能时时生活在情感的支配之下，涉及到最根本的利害时，该怎么干还得怎么干。

蒙哥的大军从东胜渡过黄河，直抵六盘山地区集结，号称十万之众。当后勤辎重准备完毕后，随即由陇州出宝鸡而南下汉中。嘉陵江上游这一带多年来都是蒙古和南宋交战的前线。蒙古驻利州的守将汪德臣到行在来朝见蒙哥，蒙哥赐酒并奖励了他以往的功劳，又问他：

“很多人都说起你建立利州城守住汉中一线，功在国家。今天见到你，才知道你身材如此矮小，胆子却特别大。敌人来夺过你的城么？”

“托陛下洪福，一次也没来过。”汪德臣答道。

“他们被你的威名镇住了。”蒙哥笑着说。

这时正值洪水季节，要进攻剑门必须横渡嘉陵江，利州就处在白水汇入嘉陵江处，面对汹涌湍急的水势，蒙哥问汪德臣能准备多少船只过河，汪德臣答道：

“大军百万，不可以长期淹留此地而误了兵期，如今只有另想办法。”

当晚，汪德臣就组织士兵百姓，架起了一座坚实的浮桥，保证了大军渡河如履平地。

蒙哥高兴极了，就以汪德臣为先锋，果然一路上过关斩将，势如破竹。前后不过一个多月时间，巴蜀大地已得了大半。1259 年正月，蒙哥的人马已将川东重镇合州团团围住。守合州的宋将王坚是一条硬汉，蒙哥派降将晋国宝入城招降，王坚却把晋国宝绑赴演兵场，宣布了他卖国求荣的罪状之后，一刀砍了。这样一来，全城军民无比感奋，涕泣誓师，要与合州城共存亡。蒙古军攻了几个月，仍未得手。汪德臣横下一条心，组织敢死队强攻，打了整整一夜，天明时只见城上城下尸体狼藉，层层相叠，惨不可睹。汪德臣站在城下愤然高叫道：

“王坚，快投降吧！为你城中的百姓生灵……”话犹未毕，城上一块大石猛然击下，汪德臣把头一偏，但躲闪不及，身体已被大石击中，手中的令旗也被击落。蒙古军见主帅受伤，吓得纷纷后退。攻城之战仍无结果，而汪德臣当晚就因伤势太重而毙命了。

汪德臣的死令蒙哥大为光火，他把指挥部设在合州城外钓鱼山下，日夜不停地发起猛攻，发誓要在最短期间内拿下合州。自己带领的右翼军虽然在合州受阻，但入川以来在其他各地的进展却颇为顺利。最令蒙哥失望的是塔察儿率领的左路军出师以来寸功未建，围住樊城好几个月，仍攻不进去，最后只好退兵。拨归塔察儿指挥的诸王及将领们纷纷劾举他只顾吃喝玩乐贻误军国大事。蒙哥想来想去，最后决定还是请忽必烈出来统领中原南下之兵。

忽必烈在开平“休养”的日子不短了。表面上，他什么事也不管，可私下里，他对国家大事十分关心。天天和幕僚们在一起，分析形势，商议对策，等待于己有利的时机到来。接到要他重新带兵的圣旨，他并不喜形于色，只是带着自己的智囊团，不慌不忙地，由河北转河南，经相州至濮州，渡淮水，入大胜关，直奔湖北大地。在邢州（河北邢台），他接掌了塔察儿交出的兵权，在濮州（河南濮阳）他召来了谋士宋子贞、商挺、李昶等，在相州（河南安阳）他又向隐士杜瑛问南征之策。一路上，他已经拟就了一个完整的作战方案，而进攻的第一个重点目标就是鄂州（今武汉市之武昌）。

忽必烈觉得宋子贞提出了一个重要观点：

“本朝威武有余，仁德不足。南宋军民之所以拒不归顺，就是因为怕死，若真能执行投降者不杀，胁从者不追究的政策，南宋的郡县凭一纸檄文就能平定。”

这话说得很对！忽必烈早就认为该彻底改变一下蒙古人的征战观念：动不动就屠城，除了工匠、美女，一概杀光；财物能带走的抢光，带不动的则烧光。被自己征服了的地方，却什么也留不下，这是何等愚蠢！今后要学习和仿效汉族人的王道政策，实行王道便能长治久安，让所有被征服的民族世世代代做自己的忠实子民。这才是征服者统治者应有的胸怀。

然而，儒生一味地强调“以仁德服天下”，也常常失于偏颇，忽必烈又想起不久前派郝经去宣抚江淮时，临行前他对自己说的一番话：

“古之统一天下者，以德不以力。南宋今天并未出现败亡的事端，我军全体出动，诸王在后方窥伺时机，百姓在野外忍受贫困，我只看到了危机的先兆，却看不到胜利的前景。”

这话有些煞风景，可郝经还要接着说：

“我国家兴起于北方大漠，灭金，灭夏，克成都，平大理，蹂躏诸夷，奄征四海，前后已五十年，自古以来用兵没有这么久这么多的先例。作战，就要征兵，要增赋，百姓所受之苦，难以言尽。今伐宋以图统一，气势虽锐，力量虽强，方法恐怕就有问题。要不四川方面的战事，怎么会久而无功？”

忽必烈对这套反战的说教感到难以忍受，本想打断他，此时郝经却又把话锋一转：

“殿下应派人禀知皇上，遣使去宋，要他们称臣纳贡、割地罢兵，以利吾民生息，后图大举。如不从命，殿下便可传檄天下，使百姓尽知殿下仁而不杀之意。那时一军出襄、邓（鄂、豫），一军出寿春（安徽），一军出淮扬（江苏），三道并进，东西连横，则大功可成。”

这后面一段话总算是对战争的一点积极的建议，忽必烈便不计较他先前的荒谬了。隐者杜瑛对于南征之策的回答最令忽必烈满意，他没有儒生的老一套废话，只是从容说道：

“汉、唐以来，君主赖以立国的无非是法、兵、食这么三件事。国无法不立，人无食不生，乱无兵不守。今之南宋，把这三件事都忽视了，看来非亡国不可！宋军防御重点在襄、樊，如果大军在汉水下游先得了手，然后回师以捣其背，围歼襄樊之敌，则大业可定矣！”

忽必烈极欣赏这段话，并不禁感叹道：

“儒生中有这样的人才么？”

可惜的是杜瑛总推说有病，不愿意随大军一同南下，令忽必烈心中十分遗憾。

1259 年 9 月，当忽必烈进驻黄陂正要对鄂州发起进攻的时候，从合州来的信使报告了蒙哥在一个多月之前病死的消息。

信使是弟弟穆格派来的。穆格希望忽必烈即刻回师北上，准备应付因皇帝去世而形成的复杂政治局面。忽必烈详细询问蒙哥的死因，信使说，大汗因合州久攻不下，怒气郁结而成病，一日又在阵前被飞石所伤，雪上加霜，病情日见恶化，终于不治。忽必烈相信信使的话，因为蒙哥远在前线，周围并无策划阴谋的政敌。现在国内无君，确实令人担忧，但蒙古人历年远征在外，朝中天子缺位乃是常情，也不必太以为意。他暂不打算回京，于是对信使说：

“我奉命南来，岂可无功而返！”

忽必烈带着高级将领和幕僚们来到长江岸边，登上香炉山，俯瞰江面形势。南宋的水师是一色的大舰，队列整齐，阵容强盛。舰上旌旄迎风飘舞，刀枪映日闪光。忽必烈望望众人，俱都沉吟不语，谁都清楚，蒙古军队并无水面作战的经验，要战胜南宋水师，横渡天堑长江，确实不好说有无胜算。忽必烈自己心里也在估量，这时大将董文炳在一旁说道：

“长江天险，宋方素来靠着它作为国家的屏障，势必要死守。首先必须打掉他们的气势，才能战而胜之，请殿下让臣试试。”

董文炳准备了三天，训练了一支数百人的敢死队充当前锋，由自己率领从陆上对宋军营寨发起进攻。同时他命弟弟董文用、董文忠指挥一批小型舰只，并鸣金击鼓，让士卒们高声呐喊着扑向宋军舰队。宋军多年疏于武备，尽管外表很壮观，却一触即溃，堪称一批酒囊饭袋。董文炳在陆上的搏杀首先占了上风，而陆军阵脚一乱，江上的水师也跟着失了斗志。董氏兄弟乘胜进击，宋军望风股栗，退往下江。忽必烈也不追赶，只把大军运过长江，直向鄂州（今武昌）开去，不二日，鄂州合围，江南震动。

鄂州是交通要冲，军事重镇，南宋当局决不能轻易放弃，派出了右丞相兼枢密使贾似道坐镇汉阳，策应鄂州守将张胜。当时赶到鄂州前线的还有高达、曹世雄、向士璧率领的数路大军。张胜轻率出战，结果在阵前被杀，只是因宋方后援强大，蒙古军一时却也无法攻下鄂州。高达是宋方一员屡建战功的猛将，看不起贾似道，骂他是裙带官儿（贾似道的姐姐是宋理宗的宠妃），甚至当着众将领的面，在贾似道出阵督战时说："戴儒生头巾的人怎么能指挥作战呢？"还有甚者，高达每次出兵前都要贾似道亲自去慰劳才肯出动，否则就派出成批的军士到贾的中军帐前喧哗闹事。曹世雄、向士璧看到高达这些狂妄表现，假作不知，弄得贾似道十分难堪。从此他对这三个人衔恨在心。宋军这样的司令部当然也无法行使得力的指挥，双方在鄂州江上就这样对峙了一个多月。

冬天，一个大雪纷飞的日子。两骑快马从北方大道奔向忽必烈的大营，是王妃弘吉剌氏派来的信使，带来了紧急而重要的消息：一个策立阿里不哥的阴谋正在积极筹划中。

阿里不哥是拖雷和唆鲁禾帖尼的幼子，长期驻守和林。因为有着"家庭根基——火与灶的看守者"这一身份，围绕着他的财富和军队早已形成了一个强大的政治集团。蒙哥死后，阿里不哥及其支持者立即采取了一系列措施，准备夺取汗位。首先是一连串的军队调动引起了忽必烈王妃弘吉剌氏的注意。当她得知布防活动就在距开平一百里的地方进行时，便派人去问阿里不哥的得力助手阿拉克达尔：“发兵这样的大事，太祖皇帝的曾孙真金（忽必烈的长子）在此，为什么不让他知道？”

阿拉克达尔无法回答。这人是忽必烈的老对头了。当年奉蒙哥之命到长安主持省政、钩考财务的就是他。接着，阿里不哥发布敕令，以亲信托里赤为断事官，行省设在燕都（今北京），号令诸道。又令阿拉克达尔、浑都海发兵关陇（今甘、陕），刘太平、霍鲁海办集粮饷，准备控制秦蜀（今陕、川），总之他准备占据一切有利地势，逼迫忽必烈就范，承认阿里不哥为大汗。

形势如此险峻，弘吉剌氏只得派出信使，通知在数千里外前线的忽必烈，要他赶紧率部北还，以便采取对策。

对策是什么呢？忽必烈立即召集将领谋士开会商议，最后通过了郝经的建议。他说：

“《易》经有云，知进退存亡而不失其正者，其惟圣人乎！”郝经说话前引经据典是一个习惯，仿佛不如此就不能立论。他停顿一下接着说：“国家自平定金国以来，致力于向外扩张。士卒疲弱，国库空虚。塔察尔、旭烈兀等诸王，在大汗缺位的情况下，莫不对神器抱觊觎之心。如果他们抢先有所动作，殿下您就会处于腹背受敌之势，大势去矣！”

然而谁都知道塔察儿、旭烈兀并不构成真正的威胁，郝经把话锋一转进入正题：

“现在阿里不哥已令托里赤主持尚书省，占据燕都，按照国家图籍，号令诸道，这摆明已经是在行使皇帝的权力了。殿下虽然素有人望，又手握重兵。但如果阿里不哥真的宣布奉先皇遗诏，登大宝之位，一纸诏书下到中原来，那时您还能回得去么？”

这番话不能不令忽必烈心惊肉跳，他也曾想到过这种情况，此刻禁不住问道：

“然则依伯常之见又当如何呢？”伯常是郝经的字，忽必烈常常以字称呼汉人儒臣，以示亲近之意。郝经不假思索，缓缓答道：

“愿大王以社稷为念，果断与宋议和。要他们割让淮南、汉上、梓州、夔州两路土地，确定两国疆界和每岁贡币数目。此时，置辎重于后，率轻骑直赴燕都。殿下一到，则彼等之奸谋自然冰消瓦解。另一方面，遣一支人马去途中迎接大行皇帝的灵柩，收纳皇帝玉玺，然后遣使召旭烈兀、阿里不哥、穆格等亲王到和林为先皇治丧，并派官吏到全国各地进行安抚，命令王子真金镇守燕都。总之，把各方面的主动权抢在手里，这样就能确保大宝有归、社稷安定了。”

忽必烈和与会者都认为郝经说得有道理。为了保证撤兵的顺利进行，首先要虚张声势，以进为退。忽必烈放出消息，声言要从江上直下临安。贾似道被吓得不轻，幸亏这时坚守合州的王坚派人顺江而下送来了蒙哥的死讯，贾似道才稍稍松了一口气。他派遣宋京请和，并请忽必烈委派代表，双方直接谈判。赵璧主动请命，愿意赴鄂州城上充当议和使者。忽必烈同意了。双方在鄂州城头正式会晤。

宋京本是来求和的，说话也就直截了当：

“贵国如肯凯旋班师，敝国愿割江为界，且每岁奉银二十万两、绢二十万匹。”

这样的条件本来已经符合蒙古方面的心愿，但为了争得撤兵的主动，赵璧却并不马上松口。他扮出一副大大咧咧的派头，很不以为然地说：

“大军在濮州集结时，如果你们提出这种议和条件，或许还可以答应。现在都已经过了江了，还说这些有什么用？贾制置（似道）现在在什么地方？”那神情似乎是就要攻打临安，而且志在必得、胜券稳操。

宋京于是只有不厌其烦地翻来覆去地讨价还价。赵璧爱理不理地敷衍应付着，时不时用眼瞟一下城外自己军营的方向。原来在他临出发时，忽必烈曾经叮嘱道：

“你登城以后，要注意看我营中的大旗。只要大旗一动，你就赶快回来。”

终于赵璧看到军中大纛在左右摇晃，心里明白忽必烈的总指挥部已经悄悄撤走，于是站起身来故意装出不胜其烦的表情说道：

“算了，算了！初步就这么定下来吧！岁贡银、绢各二十万，两国以长江为界。我营中尚有他事，今日到此为止，如有异议，以后再说。”

赵璧追上忽必烈的队伍，然后一齐轻装快马直奔燕都而去。贾似道得到确切情报时，他们已去了百里之遥，追杀已不可能，只能就近攻击几股殿后的辎重小部队，俘获几个伤病掉队的散兵游勇，然后制造了一个所谓“鄂州大捷”的弥天大谎，具表上奏朝廷。表文中不仅没有向蒙古乞和割地赔款等内容，反而把蒙古人的北撤说成是被自己重创之后狼狈向北方逃窜。糊涂的理宗皇帝信以为真，把自己这位盗名欺世的妻舅看作了再造国家的功臣，不但大加赏赐，甚至还为他在临安举行了盛大隆重的入城欢迎仪式。面对着一群如此低劣的对手，忽必烈的北撤其实并无必要作出那样精心的安排——南宋的军队是根本不敢也没有力量进行追击的。

忽必烈南征之初，就通知了远在云南的兀良合台，要他出兵策应。兀良合台以儿子阿术为先锋，率领着数千蒙古骑兵和数万云南各民族兵丁组成的部队，越过横断山脉，击溃南宋守军六万之众，克服宾州（广西宾阳）、象州（广西象州），入静江府（广西桂林），又连破辰（湖南沅陵）、沅（湖南怀化），直抵潭州（长沙）城下。潭州和鄂州一样，也坚守了两个月。忽必烈决定北撤时，通知兀良合台解除潭州之围，率兵北上。兀良合台的部队到达鄂州时，忽必烈的指挥部和主力都已经撤走了，只留下张杰、阎旺率少量部队殿后。为了便于迅速赶上大部队，他们搭起了一座横跨新生洲湖面的浮桥。这是一着险棋，因为行进在浮桥上的部队无法抵御相对强大的宋军水师的攻击。贾似道果然采用了部将刘整的建议，出动大型舰队攻断了浮桥，把蒙古军最后面的那一部分（总数约七百多人）全部消灭在湖荡中。贾似道靠着狙击兀良合台小股殿军的胜利，又换来了更多的奖赏。以枢密使、右丞相进太子少师，封卫国公。褒词中这样写道：

诸路大捷，鄂围始解，江汉肃清。宗社危而复安，实万世无疆之休！

顺利地登上了大位

忽必烈回到开平，已经是第二年（1260 年）春天了。开平与和林，是当时蒙古帝国的两大政治中心。阿里不哥长期留守和林，那里是他的根基所在。而开平则是忽必烈亲手筹建并驻屯多年之地，有他的全套班底。

回到开平，忽必烈便抢得了政治上的一份主动权。事不宜迟，迟则生变。忽必烈赶紧通知诸王到开平来聚会，定天下大计。他的整个智囊班子积极行动起来：制造舆论以争取各方面的同情；周密部署以防范可能的对抗；制定施政纲领；设计政权机构；草拟即位诏书和安排登基大典……忙得不亦乐乎！

合丹大王（窝阔台第六子，亲蒙哥的）、塔察儿国王（帖木哥瓦赤斤之孙）、穆格大王（忽必烈之弟）及多数文武大臣都听命来到了开平。旭烈兀大王远在波斯，也派来了亲信使臣。只有阿里不哥拒不理睬，自己不来，也不派人来。来到了开平的这班王公大臣当然都一致表态拥戴忽必烈即皇帝位。忽必烈对于中国历史已经十分熟悉，知道任何一位非按先皇遗命即位的皇帝都必须有辞让再三的表演，于是他也依样画葫芦，推让了三次，王公大臣们也照例“固请”了三次。最后，廉希宪义正词严地说：

“先发制人，后发人制，逆顺安危之间，千钧一发之势。殿下不可以屡辞而误大事。”

忽必烈这才做出一副猛然醒悟后终于决定勉为其难的表情，接受了大家的劝进。登基的时候发表的诏书，于做作的斯文中倒不失坦率：

朕惟祖宗肇造区宇，奄有四方，武功迭兴，文治多缺，五十余年于此矣。盖时有先后，事有缓急，天下大业，非一圣一朝所能兼备也。先皇帝即位之初，风飞雷厉，将大有为。忧国爱民之心，虽切于己，尊贤使能之道，未得其人。方董夔门之师，遽遗鼎湖之泣。岂期遗恨，竟勿克终。肆予冲人，渡江之后，盖将深入焉。乃闻国中重以签军之扰，黎民惊骇，若不能一朝居者。予为此惧，胡骑驰归。目前之急虽纾，境外之兵未戢，乃会群议，以集良规。以意宗盟辄先推戴，左右万里，名王巨公，不召而来者有之，不谋而同者皆是。咸谓国家之大统，不可久旷，神人之重寄，不可暂虚。求之今日太祖嫡孙之中，先皇母弟之列，以贤以长，止予一人。虽在征伐之中，每存仁爱之念，博施济众，实可为天下主。天道助顺，人谟与能。祖训传国大典，于是乎在，孰敢不从！朕峻辞固让，至于再三，祈恳益坚，誓以死请。于是俯顺舆情，勉登大宝。自帷寡昧，属时多艰，若涉渊冰，罔知攸济。爰当临御之始，宜新弘远之规。祖述变通，尽在今日，务施实德，不尚虚文。虽承平未易遽臻，而饥渴所当先务。呜呼，历数攸归，钦应上天之命；勋亲斯托，敢忘列祖之规？体极建元，与民更始，朕所不逮，更赖我远近宗族，中外文武，同心协力，献可替否之助也！诞告多方，体予至意！

这是一篇很有特点的诏书。首先，它具有独特的历史价值，在它之前，蒙古人可称为历史文献的只有一篇成吉思汗致汪罕书，汉译文本使用的当时的白话文体，所谓“甚不驯雅”，而这篇登基诏书就是第一篇以规范的汉文起草的重要文告，开始了政治生活和历史记录中汉语占主导地位的新时代。

其次，这篇诏书的文风和内容也是很奇特的。从开始到“岂期遗恨，竟勿克终”这一段是交代历史背景，很坦率地承认了立国五十年来“武功迭兴，文治多缺”的传统状况，并表示对蒙哥一朝“尊贤使能”“未得其人”的遗憾。这些都可说是尚未脱出此类诏书的惯例。最后面一段，即从“自惟寡昧，属时多艰”到“诞告多方，体予至意”，是一般性的表态，和别的即位诏书也大体类似。只有中间的大段文字，最具特色，是一种混合着广告风味的叙事文体，记述了他从被推戴到勉强从命的全过程。开始是说形势的发展要求他接受“国家之大统”“神人之重寄”，为此，“名王巨公”“不召而来”“不谋而同”，一心要推戴他忽必烈登上九五之尊。紧接着是一段赤裸裸的吹嘘，什么“大祖嫡孙”“先皇母弟”之中“以贤以长，止予一人”；什么“征伐之中”“存仁爱之念”“博施济众，实可为天下主”；又像是别人的赞誉，又像是自己的表白。话越往下说越离谱，说自己“峻辞固让，至于再三”，说别人“祈恳益坚，誓以死请”……帝王下诏，自夸自大到这种程度的还真不多见，虽然这些都是出自汉族儒臣的手笔，但确实反映了忽必烈本人的思想状况。忽必烈毕竟是汉化程度不深的蒙古人，虽然他也学会了装模作样地辞让，却不像汉人皇帝那样对自己的演技充满自信。他仍然强烈地感到必须再直接说明一下自己即位的理由和条件。于是，使这份诏书因为过分吹嘘而显得滑稽可笑的同时也表现出一份坦率、憨直。

忽必烈即位之后所确认的当务之急是加强帝国内部的自身建设，在这方面有两件大事：一是制定施政的路线纲领；一是建立和健全统治机构。他认为帝国长期以来政治建设实在是太不够，所带来的后患已经日益明显。

首先他向儒臣们征询"治天下之大径、养民之良法"。子聪和尚根据数年前自己所提建议的精神，参照旧典古制中的方法，写成书面条列，上奏以闻。河南经略使史天泽奉召入朝说道：

"朝廷当先立省部以正纲纪，设监司以督诸路，霈恩泽以安反侧，退贪残以任贤能，颁俸禄以养廉，禁贿赂以防奸，庶能上下丕应，内外休息。"

忽必烈心想，史天泽的建言还是抓住了要害的，虽然有些地方失之迂阔而很难操作。他讲的无非是三点：一是"立省部""设监司"。这条提得切实而且及时，没有明确职责、也没有办事机构的状况再也不能继续下去了，行政和监察部门是首先不可或缺的。二是"霈恩泽"以"安反侧""退贪残以任贤能"，说得固然不错，但就有点不切实际。反侧之徒未必都是恩泽所能安抚，滥用恩泽，则有功之士将为之气馁。贪残已经彰显者当然要退，贤能未经验证者却很难认定，始而贤能继以贪残者也不乏人。三是"颁俸禄""禁贿赂"，这两个环节之间有一定的因果关系，官无优俸，则难免以权营私，其甚者必滥行枉法舞弊之事，贿赂欲禁亦难。而贿赂公行，法纪败坏，虽有优俸亦不能养廉。

这个史天泽真算得上是文武全才。他本来是河北的地方豪强出身，以身高力大、精通武艺协助他哥哥史天倪称霸一方。后来史天倪被金国元帅武仙所害，他愤而投到蒙古方面效力，以灭亡金国替兄报仇为己任。他在蒙古军中因有胆有识而立下不少功勋，深受窝阔台和蒙哥的信任。这次从南方撤军前，他正好带领部队在重庆大破宋军。由于他一向待人宽厚，朝野都深为敬重。他四十岁以后才认真读书，后来却具有很高的文化和政治水平。担任河南经略使等职务，颇有政绩。对这样能文能武的干才，忽必烈决定要作为朝中的栋梁使用。

然而，此时的蒙古帝国，虽有栋梁，却没有安放这些栋梁的政权机构。忽必烈深深懂得，再用过去那套简单的行政建制，绝不可能对广大的汉人地区实行有效的统治。成吉思汗时期，断事官就是最高行政长官，统管一切。丞相（大必阇赤）位在大断事官之下。兵权由左、右万户执掌。窝阔台即位以后，设立了中书省，以耶律楚材任中书令，并有左、右丞相。但这个中书省只是一个秘书机构，所谓丞相（必阇赤）就是令史（秘书）而已。忽必烈改组后的中书省才真正具有政务中枢的性质。

稍后，他设立了管理军事的枢密院和负责监察的御史台，这两大机关和中书省相比，虽然权力、官阶有大小高低的区别，地位却是平行的，都是直接对皇帝负责。其次，中央还建立了一批监（如司天监）、寺（如大理寺）、院（如翰林院）、司（如按察司）、卫（如千牛卫）、府（如大宗正府）等衙门。作为中央派出的机构，有行省、行台、行院、宣慰、廉访等。

中央各机构的职司和宋、金大体上一致，但也有些差别。比如蒙古的宣政院，专门管理全国的佛教事务，同时又是吐蕃地方军政管理机关，它和中书省、枢密院、御史台平级，成为“四大班子”之一。

又如大宗正府，并非如别朝的只管皇室宗亲的诉讼之事，而是扩大到对宗亲辖下全体蒙古和色目人行使司法权。

所谓行省、行台、行院，就是中书省、御史台和枢密院派驻地方的分支机构，上下保持垂直的领导关系。行省以下的行政区划，依次为路、府、州、县，各级政权，设一名达鲁花赤（意为总管官），由蒙古人充任。其副手，如同知、判官、知事等等则一般委任色目人或汉人。总之，做到了官有常职，位有常员，食有常禄，建立起一个较为完整的官僚机构体系。

对于自己比较信任的人，他先后都将其安排到一些重要的岗位。王文统被任命为中书省平章政事；张文谦为中书左丞；廉希宪、商挺为陕西、四川等路宣抚使；张启元为京西路宣抚使等等。随着这些汉族儒生的被重用，许多地主大族和知识分子都以为这是新朝廷的兴旺气象，纷纷准备效命，而不再视自己为亡国之民。

然而，朝中虽然大事粗定，外部形势却还并非那么令人乐观。首先是阿里不哥于五月份在和林召开了库里台大会，自立为大汗。支持他登基的人除了阿拉克达尔和托里赤之外，还有蒙哥汗的儿子阿速带、玉龙答失、昔里吉，察合台的孙子阿鲁忽，旭烈兀的儿子出木哈儿等诸王。蒙哥汗的一些旧臣，如留守六盘山的大将浑都海、驻守成都的密里火者、驻守青居的乞台不花等也是支持阿里不哥的。阿里不哥又命霍鲁海、刘太平等在陕、甘策应，意图控制秦陇，以利于和忽必烈争夺中原。

京兆（长安）是忽必烈经营过多年的地方，他深知这一地区对整个中原大地具有何等重要的牵制和影响力，故而决不能让阿里不哥的意图得逞。他决定把自己最倚重的廉希宪派到那里去，名义是陕、川等路宣抚使，首要任务就是抢在霍鲁海等人动手以前把他们解决掉。

廉希宪，畏吾尔人。父亲布鲁海牙早年归附成吉思汗，深得宠信，曾任宣慰使、廉访使等官，政声颇佳。因为倾慕汉文化，布鲁海牙在就任廉访使时说：“听说古时候多有以官为姓的，现在岂不是天意要我信廉么？”于是他将全家人都改姓廉，并各取了一个汉名。希宪是他的第二个儿子，自幼便沉稳正直、聪慧大方、有异常人。十九岁时被选送忽必烈身边充当近侍。希宪对于儒家经典著作怀有特殊的好感，一册《孟子》更是时时不离左右。有一天，忽必烈召他，他正在读《孟子》，匆匆忙忙把书塞在怀里就进去了。忽必烈问他胸前鼓鼓囊囊的是什么，他只好老老实实把书掏出来呈给忽必烈。这是宪宗（蒙哥）初年的事，那时的忽必烈对汉学已有一定根基，看到这个贵族青年如此好学，便颇感兴趣，问他：

“你将《孟子》时时带在身边，想必十分精熟，可能说出书中要义之所在么？”

廉希宪稍稍思索之后，便侃侃答道：

“一为性善之说，二为义利之说，三为仁暴之说。此三者当可视为《孟子》之要义。”

“你为我详细解释一下。”忽必烈说，他觉得廉希宪概括得固然不错，但不知他领会的程度如何。

“所谓性善之说，是孟子论述人的本质的理论基础。恻隐之心，仁也；羞恶之心，义也；恭敬之心，礼也；是非之心，智也。此四者，人皆有之，无此四端，非人也。仁义礼智，求则得之，舍则失之。人有贤愚，非才（材）之罪，才禀于气，气有清浊，禀其清者为贤，禀其浊者为愚。惟学而知之，则气无清浊，皆可至于善而复性之本。此之谓人皆可以为尧舜。”

忽必烈点点头，廉希宪接着又往下说：

“所谓义利之说，是孟子伦理学说的理论基础。王者欲利其国，大夫欲利其家，庶人欲利其身。上下交征利，国家就危险了。君之于臣，十分取其一分，亦已多矣！但如果全社会都把义字放在利字的后面，则上下相夺，最后不把国王弑杀并占有他的一切，贪欲便不会得到满足。所以说，利，乱之始也。以利为心，惟利是求，天下无不乱之理。人臣怀利以事君，人子怀利以事父，人弟怀利以事兄，必然带来国家和家庭的解体；人臣怀仁义以事君，人子怀仁义以事父，人弟怀仁义以事兄，则国家和家庭一定能兴旺发达！”

忽必烈越听越满意，脸上露出了由衷的笑容。廉希宪略作停顿后又接着说道：

“所谓仁暴之说，是孟子政治学说的理论基础。以力服人者有意于服人，而人不敢不服。以德服人者无意于服人，而人不能不服。故齐桓、晋文，其霸业服人，非心服。汤以七十里，文王以百里，以德服人，心悦而诚服。民之归仁，犹水之就下，兽之走圹也。暴政把天下百姓变成自己的对立面，仁政把百姓凝聚在自己的周围。暴君之失天下，就是失去了民众，其实就是因为失去了民心。王者之得天下，就是要得民众，也就是要得到民心。”

廉希宪只能简要地作出如上的表述。他不敢讲得太多、太久，那样会给主子留下一个狂妄而浅薄的印象，说到这个分寸上就足够了。忽必烈听得正满意，笑眯眯地对他说：

“不错！你深得孟子学说的精髓。今后该送你一个绰号，就叫你‘廉孟子’。”

“廉孟子”这个称呼很快就在朝野流传开了。

廉希宪并不是一个只会读书的文人。有一回，随忽必烈在野外行猎，他腰间也挂着箭囊，但却一矢未发，旁边的人以为他这样的书呆子挂着箭囊只是做扮相而已，有那不识趣的竟要从他的箭囊中取箭来射。这时只见廉希宪微微一笑，对那人说道：

“你以为我不会射箭么？只是弓力或许不及尔等之强罢了。”

周围的人听他说了此话，都把眼盯着他看。廉希宪不慌不忙从别人手中接过一把劲弓，从腰间取出箭来，一连射了三支，支支中的。众人都看傻了眼，事后都叹服地说：

“‘廉孟子’竟是个文武全才，真了不起。”

前面说过，忽必烈南征大理后，原来的领地京兆（长安）被蒙哥派去的阿拉克达尔和刘太平整治得一塌糊涂。当廉希宪得到情报，知道阿里不哥要刘太平和霍鲁海（阿拉克达尔已调走）控制关中陇右以策应和林方面的动作时，连忙对忽必烈进言道：

“刘太平、霍鲁海在关右，浑都海在六盘山，此呼彼应，再加上征南军散处在陕、川之间者为数不少。如果刘太平与他们勾结串通，那形势可就十分险恶。此人平日虽畏惧您的英武，但阿里不哥一声令下，彼倚关中地形之胜，作起乱来，制服他也殊为不易。”

忽必烈经他提醒，便当机立断地说：

“既如此，就烦卿亲自去京兆收拾局面。军政大事，由卿独自担当。”

廉希宪以陕、川安抚使的名义从开平出发时，霍鲁海、刘太平等也立即赶往京兆，想抢在廉的前面发起兵变。但刘太平等只早到两日，还未来得及作好各方面的准备工作，廉希宪便也进了长安城。整个形势非常紧迫、危急。

京兆一带的官吏们不少人都曾在刘太平、阿拉克达尔的“整顿”中吃过苦头。当时，廉希宪曾以宣抚使的身份宣称，军政事务如有过失主要责任应由他本人承担，与僚属没有关系。他这个态度保护了不少官员。这次他们听说廉希宪来了，纷纷站到他周围表示要竭忠效力。

廉希宪首先派遣使者携忽必烈的圣旨去六盘山安谕浑都海，想先稳住形势，再逐个分化瓦解这些敌对分子。谁知过了两天，守城军士便捕获了一名浑都海派来的密使。通过讯问，廉希宪才知道浑都海反意已决，密使便是他派来通知霍鲁海和刘太平的，要他们于某日某时同时举事。密使说，同样的消息还送给了驻在成都的密里火者和驻在青居的乞台不花。事关紧急，不能再按部就班了，必须采取果断措施，先发制人。廉希宪召集僚属，对他们说：

"主上刚刚即位，委付给我们的责任就是制止图谋不轨者的叛乱阴谋。对方马上要动手了，如果我们不抢在前面，将后悔无及。"

"愿听大人调遣。"僚属们众口一声。

廉希宪当即命令万户刘黑马、京兆治中高鹏霄、华州尹史广协同行动，当晚就在长安城内对刘太平、霍鲁海及其党羽进行拉网式大搜捕。刘黑马是蒙古宿将，当时的七个万户之一，带有一支强大精悍的部队。高鹏霄和史广是地方官，熟悉情况，互相配合。真是有百密而无一疏，天尚未明时，危险分子数百人已按预先开列的名单悉数捕到。经过一番突击审讯，浑都海、阿拉克达尔等人的阴谋暴露得一清二楚。廉希宪当即决定，刘黑马率部往成都，捕杀密里火者，令总帅汪帷正往青居诛乞台不花。

刘黑马一路倒颇为顺手。他和商挺一同南下，途中严密封锁消息，到了成都郊外，假传圣旨命密里火者到营中议事，席间埋伏甲士，当场就绑出斩了。密里火者虽有反形并无反迹，刘黑马矫诏擅杀方面大员，其罪不小。但是忽必烈充分信任廉希宪，当密里火者的儿子告御状时，忽必烈说：

“这件事是我布置的，今后不要再告了。”

汪惟正去青居捕杀乞台不花却难办得多，因为他没有军队，而关中也无兵可派。廉希宪自作主张，命汪惟正之弟汪惟良统帅秦、巩诸州的兵马向六盘山进发。惟良以忽必烈未发旨为辞，廉希宪就解下自己佩戴的虎符银印交给汪惟良，并对他说：

“这是皇帝赐给我的密旨印信，你只管按我说的去办，其余的事不用操心。”话说完又付给他一万五千两白银，作阵前赏功之用。并拨发库银赶制军衣，汪惟良十分感激，奉命而去。乞台不花还不知道浑都海与自己勾结一事已经暴露，来不及防备就被处死了。

正在这时候，忽必烈遣使发下对霍鲁海等人的赦罪诏书。这一纸诏书的发出反映了忽必烈在镇压异己力量的行动中还有些犹疑不定。他不想被人看成是篡位的阴谋家，更不愿别人说他为了巩固地位而不择手段。他希望阿里不哥及其拥护者能够放弃野心承认失败。但这些都是一厢情愿的幻想。廉希宪对形势有更准确的认识，这是一场你死我活的斗争。当情报人员把诏书的内容提前通知廉希宪时，他当机立断，命人把刘太平等人在狱中绞死（明正典刑都来不及了），然后陈尸于通衢大道，并告谕四方。完事之后，他再出衙接旨，使这份赦罪诏书可能带来的消极效果得以避免。处死了叛党，既能震慑敌人，又能安定民众。

紧接着，廉希宪便上表请罪。其罪有三：

一、停赦行刑，违背了圣上宽仁的本意；

二、征调诸军，不符合朝廷制定的章法；

三、擅自委任将帅，是严重的越权行为。

忽必烈看了这份请罪表文，深感满意。这时他已经认识到自己的赦罪诏书多所不当，一念之间的妇人之仁几乎造成极坏的政治影响。

幸亏廉希宪胆识过人，果断处置。虽然有专擅僭越之嫌，但权衡利弊，宁愿多几个这种敢作敢为的专擅之臣，否则身边尽是些恪守成规因循苟且的庸人，天下大事还有什么希望？想到这里，他对周围的臣僚们说道：

“经书里所说的‘行权’，就是这个意思！‘将在外，君命有所不受’，为将帅者，通权而达变，是不可缺的功夫，否则定然难负重任。”

事后，他又特此下了一道诏书作为对廉希宪请罪表文的答复，其中说道：“朕委卿以方面之权，军国事务，悉由卿视所宜而定。不必拘于常制，坐失时机。”同时，他又赐给廉希宪一个金制的虎符，正式授予廉希宪节制秦、陇、巴、蜀诸路军马的权力。

卷——贰

Volume 2

得失互见的开国大政

大元初立和叛乱迭起

刘太平、霍鲁海、密里火者、乞台不花虽然都一一被翦灭，但盘踞在六盘山地区的浑都海却并不因此而稍生归顺之心，相反更坚定了一反到底的意志。浑都海手头有三万精锐，他又勾结四川守将纽邻，准备一同举事。廉希宪派在四川节制诸军的蒙古将领八春，发现了纽邻的不轨意图，先下手逮捕了其党羽五十余名，并将其中两个重要知情者押送京兆（长安），请廉希宪审讯后一并处死。

怎么样处理这件事，廉希宪与僚佐们商议。

“自然是全部斩首，以震慑叛逆诸军。”大多数将领和幕僚都持同一个观点：杀！

“浑都海不能乘势东来，是因为他缺乏侧翼的配合。因此他十分看重纽邻在四川的动作，你们说是不是？”廉希宪向诸将提出询问。

“大人所见不差。”众人必须承认他说得有理，虽然回答有些参差、犹疑。廉希宪接着说：

“今四川之兵，众志不一，必怀反侧。纽邻的部将被八春所捕，其下属的军卒很可能铤而走险，那样造成的危害就难以估计了。”廉希宪稍作停顿，给大家留下一点思考的空间，然后说：

“参与过作乱密谋的人，都害怕被处死，现在如果一并宣布给予宽大，他们一定会感恩效力，把他们拨入八春营中，不失为上策。”

众部属都觉得这个决策虽然有点过于大胆，但却很正确，化消极为积极——由乱转治之道，莫过于此。果然，纽邻的军队在将帅被捕以后，士卒们疑惧交加，骇乱四出而无法禁止。后知将帅平安，转悲为喜，人人感悦，甘愿效命。八春的队伍一下子就扩大了精骑数千人。

浑都海知道四川方面已没有什么希望了，便西渡黄河，占领甘州（今张掖）。这时另一个忽必烈的老对头阿拉克达尔（阿兰答尔）从和林率领部队前来与浑都海会合。两支人马纠合在一起，势力增大了许多，与忽必烈属下的第一仗就大获全胜。顿时关右一带，人心浮动。消息传到朝中，不少人都主张放弃潼关以西的川、陕地区。廉希宪却沉得住气，指出退守中原是一种极为有害的战略计划，他会同联合亲王合丹和汪惟良、八春等人的部队在甘肃和敌人展开了一场决战，结果将敌军非俘即斩彻底消灭，还抓住了数名叛乱头目，在京兆枭首示众。战况报到了朝廷，忽必烈喜不自胜，在朝堂大声称赞道：

“希宪是个真正的男子汉！”

论功行赏，廉希宪被拜为平章政事，并在京都赐宅一区。那年他才不过三十岁。

忽必烈即位以后，经常想到的一件事便是他不能再像前面的几位君主一样仍视自己为蒙古的大汗，他要成为他所仰慕的那些中国皇帝的后继者，做一个中国历史上的新朝代的开国君主。做中国皇帝，就得遵照中国的传统，首先是建元，即择定一个年号，这是汉武帝后所有中国皇帝登位要做的第一件大事。忽必烈为自己定的年号叫中统，就以他即位的1260年为中统元年。蒙古帝国直到此时才正式有了纪年。光有纪年当然还不够，忽必烈决定效仿北魏孝文帝，全面接受汉族的传统文化。要做到这一点，首先就必须大量重用汉人。在他第一批任命的全国十路宣抚使中，汉人竟占了七人之多，这证明了他当时接受汉化的决心之大。虽然若干年后，随着环境的变化和种种来自其他方面的影响，他这条亲汉崇汉的思想路线出现了许多反复，政策也随之作了较大幅度的调整，但那些都是后话了。

中国历史上任何一个朝代，都有自己的国名。特别是那些少数民族建立的政权，只要入主了中原哪怕一小部分地区，也一定要为自己取一个汉字的国名。蒙古人当然也不应该例外。忽必烈早就想到这一点了，但是自己的帝国该用个什么名号呢？他却迟迟定不下来。一般的国号都是地名的转借，或是开国君主受封之地（如刘邦之于汉、李渊之于唐）、任职之地（如赵匡胤之任宋州节度使）；或是王国直接统治的地区（如五代的蜀、吴越，北朝的秦、凉、赵、燕）；或是本民族的发祥之地（如契丹之辽、女真之金）……所有这几种择定国名的方式，对蒙古帝国都不合适。忽必烈早已认定自己将建立一个历史上地域最辽阔的大帝国，用局部的地名作国号肯定要不得，而自己的祖先又从来没有接受过什么封号，至于蒙古民族的发祥地也根本就没有汉字的地名……总而言之，必须另辟思路来考虑确定帝国的名号。这件事拖延了十年之久，最后，在至元八年（1271年），才根据刘秉忠（就是子聪和尚，此时已恢复俗名姓）的建议，以“大元”为国号。取的是《易经》里“大哉乾元”之义。忽必烈认为，这“元”字真是内涵丰富、妙用无穷。它是万物之始，是百善之长，至大、至尊、至上，用作国名，既别开生面，又寓意美好。在确定国号的同时，忽必烈颁发了一道敕文，其中这样说道：

……为秦为汉者，著从初起之地名；曰隋曰唐者，因即所封之爵邑。且皆循百姓见闻之偶习，要一时经制之权宜，概以至公，不无少贬。我太祖圣武皇帝，握乾符而起朔土，以神武而膺帝图，回震天声，大恢土宇，舆图之广，历古所无。顷者耆宿诣庭，奏草申请，谓既成于大业，宜早定于鸿名。在古制以当然，于朕心乎何有！可建国号曰大元，盖取《易经》乾元之义，……称义而名，固非为之溢美；孚休惟永，尚不负于投艰。嘉与敷天，共隆大号！

这番话里倒是说出了定“元”为国号的思想背景，除了什么“耆宿诣庭，奏草申请”一语是无中生有的编造，其他的话确实反映了忽必烈本人在国家名号问题上的想法。

忽必烈在1260年登基建元之初，就派翰林侍读学士郝经为国信使，翰林侍制何源、礼部郎中刘杰为副使，出使南宋。一方面是礼节性地通报即位之事，另一方面则是来落实当日从江上撤军时贾似道所承诺的议和条件。但是贾似道回朝以后谎报战功，还混上了少师卫国公的地位，根本就没有向朝廷提起过议和一节。现在见蒙古人派来使节，要兑现那“岁奉银、绢各二十万”的条件，不免有些慌张，此事若张扬出去，他贾某人如何还混得下去！不得已，只好使一个掩耳盗铃之计，瞒着朝廷，把来使幽禁起来再作计较。郝经被扣留在真州（今江苏仪征）忠勇军营中，他多次给宋理宗上书，请求召见或归国，但都被贾似道扣留不报。其时因蒙古方面的江淮大都督李璮数次向宋两淮制置使李庭芝发起进攻，虽然动作并不大，贾似道却以此为藉口说郝经等人并非为议和而来，口称议和，不过是为军事行动打掩护而已。面对贾似道的指责，郝经在答辩中说：

“停止军事行动，与民休养生息，使两国和平相处，这是我国皇帝陛下的意思，朝中之人尽知。现在李璮发起进攻，制造纠纷，将来以违诏之罪论处，他是免不了要受罚的。他的个人行为和使臣的使命毫无关系！”

宋理宗闻知北方派来了使者，也说应该接待并商谈有关事宜。但贾似道却回复道：

“和或是战，不能完全按蒙古人的意思办。他们的来使如果真的遵循邻国相交的外交原则，我当然会让他们来见皇上。”

贾似道含含糊糊这么一说，宋理宗也就不再过问此事。大半年过去了，忽必烈看到郝经等人音讯全无，便又派出崔明道、李全义等人到李庭芝营来探问消息，李庭芝说代他们转奏朝廷，以明究竟，谁知仍然是没有下文。忽必烈气不过，便打算对宋朝方面大举进攻。他在给各路将帅的谕旨中写道：

> 朕即位之后，深以戢兵为念，故前者遣使于宋，以通和好。宋人不务远图，伺我小隙，反启边衅，东剽西掠，曾无宁日。朕今春还宫，诸大臣皆以举兵南伐为请，朕重以两国生灵之故，犹待信使还归，庶有悛心，以成和议。留而不至者，今又半载矣，往来之礼遽绝，侵扰之暴不已，彼尝以衣冠礼乐之国自居，理当如是乎？曲直之分，灼然可辨。……当整尔士卒，砺尔戈矛，矫尔弓矢。约会诸将，秋高马肥，水陆分道而进，以为问罪之师。尚赖宗庙社稷之灵，其克有勋！卿等当宣布腹心，明谕将士，各当自勉，毋等朕命！

这篇诏书里对双方关系演变的是非曲直判断得基本准确。忽必烈本来是想即时发动对南宋的报复进攻，但还没有来得及做好各方面的准备，北方又传来阿里不哥纠集余党蠢蠢欲动的消息。忽必烈心里清楚，自己的这个小弟弟不会轻易放弃野心，而不彻底解决好他这个问题，自己的帝位便时时会遇到威胁。于是他果断地决定，亲率大军出塞，到和林方向去找阿里不哥进行一场生死决战。

在唆鲁禾帖尼的七个儿子里，阿里不哥最小，也最受她的疼爱。拖雷去世的时候，阿里不哥还是个幼童，唆鲁禾帖尼没有把他送到边远的战地去从刀光血影中寻求自保之道，而是把他直接庇护在自己的羽翼之下。这样做，难免会出现以下两点结果：一是阿里不哥因为缺少军事、政治等方面的实际锻炼而不像他的兄长们那样具有经验和能力；一是他在养尊处优的环境里形成了一些贵族子弟的不良秉性，如狂妄、浮躁、狭隘、残忍等等，心高气傲又志大才疏。

蒙哥还活着的时候，对忽必烈经营中原的业绩颇有疑忌，但对长期屯守在和林的阿里不哥却从来也不在意。蒙哥南征以后，阿里不哥在和林专权秉政、作威作福，并且逐渐形成一个以他为中心的政治权力集团。蒙哥一死，他立即采取了一系列的步骤，积极抢夺地盘和权力，准备当皇帝。但他毕竟有些心虚，不敢抢先即位。而当四月份忽必烈在开平单方面召开库里台大会称帝建元以后，阿里不哥紧接着便在五月里于和林召开库里台大会，宣布就大汗位。天无二日，国无二君，一场火并，绝难避免。阿里不哥第一个动作是抢夺关中以及川陕的控制权，结果被廉希宪挫败了，阿拉克达尔和浑都海都丢了性命。

阿里不哥并不打算就此罢手，于是导致了忽必烈的亲征和林。阿里不哥自忖无法和忽必烈占绝对优势的军队进行正面对抗，便率队伍逃往自己的分地谦谦州（今叶尼塞河上游南部地区）。忽必烈见他逃窜，也就撤兵南返，只派亲王移相哥留驻和林。阿里不哥以谦谦州为根据地，逐渐控制了察合台和窝阔台两个汗国的地域。他曾授权给察合台的孙子阿鲁忽接管察合台王国的政权。阿鲁忽的势力大起来以后，却不愿再听命于阿里不哥。双方发生激战，互有胜负。后来阿鲁忽投向了忽必烈，把阿里不哥的势力赶到了伊犁河一带地方。阿里不哥不善治民，把伊犁河谷糟蹋得不成样子，百姓忍无可忍，奋起反抗，逼得他无法立足，又只好带着人马回返，他伪装愿意归顺忽必烈，却对移相哥进行突然袭击，占领了和林，并不断发兵南下骚扰。

忽必烈决心彻底解决兄弟之间无法调和的矛盾，再次领兵北征。终于在昔木土脑儿展开了一场决战。在这之前，阿里不哥的实力已经大大削弱，许多兵将陆续倒向了忽必烈一边，而且由于忽必烈实行了极为有效的封锁政策，本来就经济困乏的和林更陷入物力和财力的绝境。一场大战下来，阿里不哥溃不成军，终于不得不向忽必烈彻底投降。至此，漠南漠北恢复了统一。忽必烈就此取消了和林作为都城的地位，设立宣慰司都元帅府直接管理和林乃至漠北的军民事务。

在征剿阿里不哥尚未取得最后胜利的时候，江淮大都督李璮在山东叛乱，忽必烈的新政权又面临着一场极大的考验，对南宋的军事行动也只好暂时搁置一边。

李璮原是山东益都一带的地方豪强。金朝后期，特别是金宣宗南迁以后，黄河流域的州郡出现了许多独占一方的军事集团，有的是改变了性质的农民义军，有的是联防自保的地主武装，有的是脱离朝廷的官府军队……源流虽然不一，发展过程却大体相同，他们以军事力量控制相关地盘，任命官吏，征收赋税，处理刑罚，俨然一方诸侯。这些地方武装势力的头目多是汉人，对于蒙、金双方的战争，无所偏向，谁对自己有利，就投靠谁。在复杂的战争形势下，有的降蒙，有的降金，有的无所归属，有的朝降而夕叛。从成吉思汗时期开始，蒙古方面就很重视争取这些地方豪强势力。当时制定的政策是：一，凡纳土归降者，即命为当地长官，仿照金朝的官制授予官职（如元帅、都督、州尹等），后来又根据功劳再授给蒙古官职（如万户、千户之类），官职可以世袭；二、蒙古派达鲁花赤（意为镇压者）对他们进行监督。要求他们送子弟入朝为质、出兵从征和交纳贡赋。这些地方豪强具有类似“诸侯”和“藩镇”的特权，因此当时就被称为“世侯”。这些世侯中势力最大的几家是：西京的刘黑马、真定的史天泽、顺天的张柔、东平的严实、济南的张荣和益都的李璮。

李璮的父亲李全原来是山东农民义军红袄军的领袖之一，后来投降南宋，得了个京东路兵马副都总管的名义，便就地招兵买马，攻城略地，控制了胶东州县，成为介于金、宋、蒙之间举足轻重的势力。蒙古兵南下山东，李全投降，被授职山东淮南楚州行省。窝阔台即位后不久，李全就死了。李璮继承了父亲的职位和权力，统率六七万军队，称霸一方，换了个益都行省的名字。

李璮割据山东三十来年，对蒙古朝廷表面效忠，骨子里则无时不在为自己打算盘。他的策略可以概括为欺骗、要挟和索取这三条。欺骗的手法主要是谎报敌情、夸大战功。他经常上奏，说南宋整军备战，又派了什么什么人集中战舰若干艘、部队若干人，有大举进攻的迹象；或者说自己如何率部抵抗击退了宋军的进犯。要挟的内容则无非是说自己处在与南宋对峙的前线，面对宋方强大的兵力，自己力量不足，无法抗衡，朝廷如不增拨钱、粮，则形势危急。通过上述的欺骗和要挟，最后归结到一点，就是无餍足地索取。数十年来，朝廷奖赏和增拨的金银真是不计其数。忽必烈刚一即位，又给他加授了江淮大都督的官职。

李璮实力不断膨胀，野心也不断膨胀。他根本就不相信蒙古人能够长久统治中国。特别是窝阔台死后，蒙古人内乱的苗头人所共见，说不定哪一天时局就会不可收拾。当忽必烈和阿里不哥在漠南漠北同时称汗的时候，李璮认为他预料的那一天已经来到了，于是选择在忽必烈御驾北征的时候正式揭起叛旗。

李璮的叛变是处心积虑的，各方面的思考和准备不能说不充分、不周密。在总的方针上，他还是以恢复大汉衣冠来争取广大民众的同情和支持。为此，他一方面向南宋称臣，请求援助，一方面联络蒙古朝廷中的汉人实力派，希望他们能配合行动、互为呼应。至于具体的步骤，他的安排也比较细致。军队的训练、城防的修葺、军需的储备，这些事情他都实实在在抓了好些年了。他的儿子彦简长期在京中作人质，为了彦简他脱身，李璮准备了一架专用驿车，多次来往于山东和开平之间，临起事前，将彦简藏在车中星夜赶回益都。

李璮的岳父王文统深得忽必烈的信赖，在朝中身居中书省平章政事的要职，也就是宰相。王文统了解并且参与了李璮的阴谋，但他却并未及时从京师逃出，大概是过于自信，以为无人能找到他从逆的证据，忽必烈也不会怀疑他有逆心——为人臣者，官居相位，还有什么可追求的？他相信自己留在京都，事情如出现反复，也许还有一个说话的余地。

李璮的许多算盘都打错了。头一条，投宋，他并非出于真心，而南宋也根本不可能对他给予信任，只是许了一个保信宁武军节度使、督视京东河北等路军马、齐郡王的封号，其他什么实际支援也没有。这也难怪，当初李全、李璮父子追杀宋兵是极其凶狠残忍的，旧恨难消。而老百姓三十年来，在他的统治下已经吃够了苦，谁还会把他当作民众的救星呢？听说他反了，纷纷逃窜山林，或入城郭自保，以至于“自益都至临淄数百里间，寂无人烟”。第二条，四出联络，北中国的各路地方势力他都挂了钩，希望他们一起行动。结果除了山西太原总管李毅奴哥、达鲁花赤戴曲薛等少数几个外，很少有人响应。相反，他寄以希望的众多汉人军队，后来都成为镇压他的主力，因为那些汉人“世侯”知道李璮的行动没有成功的可能，犯不着把自己搭进去。第三条，王文统留在中枢，是一着险棋，最后不但未能留下一个进退的余地，反而更引起了忽必烈的愤怒，使矛盾进一步激化。

忽必烈是在北征途中得知李璮叛乱的，当时这个消息确实令他震动。忽必烈深知山东地理位置的重要，益都行省辖治着从胶东半岛至淮河下游一带，北连都省（即中书省直辖地、号称腹里），南接宋壤，正所谓要冲之地。为了确保这个敏感地带的安全，忽必烈毫不吝惜地给予李璮官爵和财富的封赏。忽必烈完全没有想到李璮会叛变，他独霸一方，予取予求，还要怎么样？更何况他还有一个老丈人在朝中做宰相啊！难道这些汉人的心是永远不能被驯化的吗？他们骨子里或许始终不肯承认和接受我这个“非我族类”的君主！忽必烈对这个问题想了很多很多，只是一时还没有完全理清头绪，不过他已经开始对自己重用汉人、推行汉化的政治路线产生怀疑和动摇。

山东东路宣抚副使王磐，闻知李璮叛乱，及时脱身逃走。忽必烈立即派人把他召到驿站，命随征的姚枢向他详细了解益都的情况。王磐的判断非常简单明确，只有一句话：

“竖子狂妄，很快就会失败的！”

忽必烈听了并不放心，便问姚枢道：

“卿家对事态的发展作何估计呢？”

“摆在李璮面前的有上、中、下三策。”姚枢答道。

“何谓上策？何谓中策？何谓下策？”忽必烈又问。

“李璮如果乘我大军北征未归，集中兵力，从胶东沿渤海湾直捣幽燕，封锁居庸关，必然使天下人心惊恐，大局动摇——这是上策；如果他能诚心与宋联合，借坚固的城防作持久之计，并不断骚扰北方，使我军疲于奔命——这要算是中策；至于下策，那就是他出兵济南，等待山东、河北的诸侯们响应，和他一起行动。这是一条死路，他只有等着被擒。”姚枢的这一番分析确实很精辟，从战略上对李璮作了三个不同的估计，并指出了这三种方案的前途。忽必烈从心底里觉得佩服，并接着问道：

“你看他现在可能会出哪一策呢？”

“必出下策无疑。”姚枢答道，“以李璮之为人，根本不具备出上策的魄力和胆量。而中策本属可行，可惜他和南宋之间嫉恨太深，彼此利用，能相安无事，就已不易。而无强大后盾，李璮不敢作持久之想。李璮最大的希望是黄河两岸群雄并起，朝廷无法控制，他就可以坐大一隅最后收拾天下。故其必出下策。”

“对，你说得有道理。”忽必烈禁不住开口称赞姚枢，这番分析使他放心，使他对未来事态的发展抱定了乐观的态度。他想：

李璮既然把一班汉人“世侯”视为自己“天生的”盟友，我就偏要把这些汉人部队派到山东前线去，让他们去消灭李璮这个逆贼、傻瓜。

尽快实现了山东的稳定

李璮的叛变，虽然不在人们意料之中，但也并不十分令人惊异。一个作威作福割据一方的武夫，错误估计形势，贸然蠢动，这种事见于史者甚多。但是作为忽必烈深为器重的干才王文统竟然也参与谋逆，这就实在让人难于接受。忽必烈为此特别痛心，当然也特别痛恨。

王文统是益都人，少时好读书，精于权谋又能说会道，被李璮赏识，留在幕府中出谋划策；后又以女许配李璮为妻，关系自然亲密。忽必烈即位后，搜求天下英才，励精求治。他身边的子聪和尚（刘秉忠）、廉希宪等人就推荐了王文统。王文统一调入京师就受到重用，第一个被拔擢到中书省平章政事的位置上。他也确实是个干才，特别是在整理财政、经济事务方面颇多建树，最显眼的一笔也许是创立交钞。交钞就是现之所谓通货。王文统发行的货币是丝为本位，每银五十两可以换丝钞一千两，其他货物的价值，一律按丝钞折算。后来又造了一种中统元宝，每一贯折合交钞一两，二贯折合白银一两。凡国家发行的元宝交钞，不限年月，诸路通行，也可以用以缴纳赋税。这种统一货币的政策对工商业的发展和百姓生活带来了极大的便利。此外，王文统在整顿赋税、改革漕运等方面也做了不少工作，使忽必烈的国库日见充盈，减轻了行兵作战中的财政压力。总之，从这方面看，他还真是个合格的宰相。

当然，也有一些人（主要是以窦默、许衡为代表的儒生）对王文统的看法一直不好。在儒生们看来，王文统这种人身上有太多的法家、纵横家的气味，所谓“学术不正，处以相位，必祸天下”。窦默曾向忽必烈进言说：

“臣事陛下十有余年，深知陛下急于求治，时时以利百姓、安社稷为念。但先帝在时，有小人擅权，总管天下财赋，进献奇货，炫耀奢华，以讨先帝的欢心，使陛下爱民之念不能尽展。现今陛下顺天应人，诞登大宝，天下生民，莫不欢忻踊跃。不过平治天下，必须用正人君子。短见小人，一时功利之说，决不能订立国家根本。有些小人，靠献殷勤乞怜取宠，只要注意不让他们的主意得逞就行了。但那种心怀叵测，揣摩圣意，以利害得失来取悦于人主的人，其目的是要排斥朝内诸贤，以便独操政柄，此所谓苏秦、张仪之流，望陛下明察。”

窦默这些话，很明显，就是针对王文统而发的。但那时王文统深得宠信，其地位不是儒生们一两段话能够动摇得了的，何况乎儒生们还很缺乏政治斗争的技巧。有一次忽必烈召见窦默和姚枢，谈到当世人才，自然提及了王文统。窦默和姚枢都以为这是个进言的机会，便说：

“此人学术根底不正，其才干越出众，便越能危害国家，实不宜处以相位。”

忽必烈听到这话就不太高兴。儒家有个毛病，总爱指责别人“学术不正”，这是董仲舒“罢黜百家”时留下的老病根。只要能办好事情，学术上属哪一家又有什么关系！忽必烈想起在相州召见的杜瑛，献进兵之计何等中肯，却并非儒生。儒生有儒生的用，但不能说非儒生就一定危害国家。忽必烈不以为然地反问：

“那谁来当宰相才合适呢？”

窦默竟然没有听出忽必烈口气不对，忙不迭地答道：

“依臣看来，没有人比许衡更合适。”

忽必烈更不高兴了。许衡是姚枢的弟子，虽然精研理学，深得朱、陈之道，但却未必有治世的长才。当着姚枢的面举荐许衡，这不明明是拉帮结派吗？看到忽必烈脸上的不悦之色，姚枢机敏地把话题转移了。

王文统自然也知道哪些人反对他，他用更积极的手段来对付自己的政敌。因为忽必烈很关心儿子的教育问题，王文统乘势上了一道表，先是极言用儒家经典来训导王储的重要性和必要性，然后就正式建议由当代大儒姚枢任太子太师、窦默为太子太傅、许衡为太子太保。对授予这样十分显要的官位，王文统表面说“名不正则言不顺”，但谁都看得出来，其真实用意是把这伙人打发到皇子身边去，使他们不能经常在忽必烈周围说三道四。

窦默因为屡次进攻王文统却丝毫未见成效，便想躲进东宫，在皇子保护下免遭更大的报复，跟姚枢商量了一下，他打算接受这个任命。但是许衡却不同意，他说：

“这样做不合纲常大义。试想，照礼仪而言，师傅与太子要处在东西相向的位置，师傅坐，太子才能坐。可是，你们能够这样做么？如果不能，那就是自废师道，岂不会贻笑于天下后人么？”

许衡说得有道理，于是三人一齐立于殿下，向忽必烈提出不接受任命的请求。理由是：

“太子尚未立，怎可虚设太师、太傅等官称？”

偏偏忽必烈还看中了他们三人是教书的好材料，拒不接受他们的辞呈。反反复复，他们力辞了五次，才总算撤销了任命。当然，忽必烈为此感到不快。过了两天，许衡被任命为国子祭酒（相当于今北京大学校长），姚枢授职大司农（类似今农业部长），窦默则仍旧当他的翰林院侍读学士（类似今社科院高级研究员）。不久窦默就因病去职，许衡也办了病退回老家去了。

在王文统和儒臣们的政治斗争中，王文统无疑是占了上风的。可是，李璮的叛乱却暴露出王文统竟然是谋逆的贼臣，这个情况不能不使忽必烈在震惊之余感到难堪，他必须果断而迅速地作出处理，以尽量减少恶劣的影响。他先是亲自召见王文统，冷静而坦率地问道：

“你教唆李璮谋叛，不是一年、两年了，这已是天下共知的事。现在我问你到底给他出了些什么主意？一条一条给我说清楚！”

王文统倒是沉得住气，毫无慌张失态的神色，仍像平时奏事一般从容答道：

“臣也记不清楚了，容臣稍作回忆然后全部书写出来，再呈陛下核实。”

他洋洋洒洒写了一大篇，忽必烈命他当庭读来。其间有这样的话：“蝼蚁之命，苟能存全，保为陛下取江南。”忽必烈见他实质性的问题没交代什么，还在卖弄聪明，厚颜无耻地说些大话，想蒙混过关，便打断他的话头说：

“时至今日，你还想东拉西扯地骗取朕的宽大么？真是欺朕太甚！”

说毕，忽必烈命左右把指控王文统的物证呈上来。那是被缴获的李璮从洺水寄给王文统的三封信。当王文统看过这些信件以后，终于露出惊慌失措的神色，恐惧的汗水沿着双颊滴落在前襟上，如簧之舌再也鼓动不起来了。

因为那些书信里有“期甲子”的字样，忽必烈便问王文统道：

“这甲子之期是指什么时候？要干什么事？”

王文统期期艾艾、战战兢兢地回答道：

“李璮久蓄反心，只因为臣在中枢任事，不敢立即发动。臣早就想告知陛下逮捕李璮，然而陛下正忙于对北方用兵，边患一时未靖。臣算来，到甲子还有数年，于是定这么个起事时间，臣以为总可以把他的反期往后拖延……”

“不要讲了！”忽必烈听到王文统仍是一片谎言，推卸罪责，便怒不可遏地喝止住他。

王文统不敢再开口。静默了片刻，忽必烈用一种颇为沉重的口气说道：

“朕将你从布衣中拔擢出来，把国家大政交给你，待你实在不薄，你为什么竟忘恩负义要谋反？”忽必烈自己觉得无话可说了，更不愿意再听到王文统的诡辩谎言，便吩咐左右将王文统押往狱中，听候处置。

在宠信王文统的问题上，自己是有责任的。忽必烈深深意识到这一点。但是当务之急并不是站出来承认错误，而是要尽量消除错误带来的影响。他把姚枢、王鹗、子聪和尚、还有张柔等人召进宫来，把有关王文统的材料和罪证让他们一一传阅，然后问他们道：

“你们说王文统该受到什么惩罚？”

“人臣无将，将而必诛。”这是文臣们的一致意见。只有张柔一人大声疾呼道：

“当处剐刑！”

张柔的态度特别激烈也是事出有因的。他是汉族“世侯”中势力最强大的一个，现在地位和自己相仿的李璮出了这种事，他不能不受到极大的震动。他觉得忽必烈召他张柔商议如何处置逆党，实际上是有意识地检验一下他的态度，因而他本能地表现得比其他人更激烈。

“你们用同样的话表示出意见来。”忽必烈又提出一次问题。他需要更明朗更一致的态度。于是在座的人便齐声答道：

“应当处死！”

王文统和他的儿子王荛就这样被处了死刑。事后，忽必烈对群臣说：

“从前说王文统不可用的，只有窦汉卿一人（汉卿是窦默的字），倘若还多那么一两个人说，朕怎么会不考虑考虑呢？”这是为自己开脱的话，他不能在臣下面前承认自己用人不当的错误，这么说两句，也算对大家有个交代。同时他立即下旨召还了病退在家的窦默。

李璮果然如姚枢所估计的出了下策——占领济南，等待其他各路“世侯”起兵响应。事态的发展当然令他失望。那些曾经允诺过或者默许过配合行动的人，不仅没有站到他一边来，相反地成了忽必烈的征剿大军的主力干将。朝廷几乎动员了漠南的全部军队，而到达第一线的蒙古指挥官除了亲王哈必赤外，便只有阿术，其余差不多全是汉族将领。史天泽、张柔、韩世安、董文炳、严忠济等各率精兵杀气腾腾地直奔济南而来。李璮是二月里举事的，三月中，他就已经被围困在济南城中动弹不得了。

开始，李璮还率部队出城抢掠朝廷军队的辎重，自从遭到阿术的一次邀击折损了四千余人之后，就再也不出济南城了。忽必烈原来是任命哈必赤总领诸道兵马，此时又命令丞相史天泽亲临前线，所有将领一概受他节制。史天泽观察战地形势后，对哈必赤说：

“李璮这厮素称狡猾，其兵马训练有素，可算得精良，不宜以一时之力角胜负，应该待以岁月，其被围日久，不攻自毙。”

哈必赤也深以为然，于是大军在城外深沟高垒，进一步遏制李璮出城骚扰或突围。忽必烈接着又派来宋子贞到前线参议军事。宋子贞的看法和史天泽也差不多：

“李璮拥众自东而来，坐守孤城，粮尽援绝时便是死期。现只有增筑外城，防其突围是当务之急。”围城之外，再筑一城，把济南变成一只铁桶一般，那李璮如何还能外出！

张柔的儿子张弘范此时任行军总管，代表他父亲临前线，意在从实战中建功。出发之前，张柔叮嘱儿子道：

“你参与围城之战，不要避开险恶之处。要知道，险则自己不敢懈怠，士卒也有置死地而后生的勇气，而主帅考虑到险地的不易设防，有敌来犯则必全力以救援，所以，处险地易于立功。”

张弘范担当城西的围困任务，城西正是险地。李璮不断出兵作试探性进攻，各门的围兵都被他冲击过，但他就是不冲张弘范的营伍。张弘范识破了对方的伎俩，对将士们说：

“我营地势最险，不易防守，而李璮偏偏不来进攻，故意示弱，必将出奇兵来偷袭。”

他命令士卒在外城以外又筑长垒，长垒后埋伏甲士。同时又趁夜色把护城壕沟自己这一侧加宽了数尺。第二天拂晓，李璮果然派部队拥着飞桥前来进攻（飞桥，即架在壕沟上的梯子，便于后续部队通过）。可是，壕沟加宽了，飞桥够不着，不少士兵就陷入壕中被动挨打，有从壕沟中爬出来的，冲入垒门，又被早就埋伏于此的甲士杀个精光。

张弘范立功的消息传到京师，他父亲张柔听后高兴地说："真是我的好儿子！"张弘范是忽必烈一朝立过大功死后被封王的重要人物，济南一战是他崭露头角的开始。

到了这年（1262）秋天，坚守了近半年之久的李璮终于山穷水尽支撑不下去了。董文炳看到了这一点，便亲自到城下喊话：

"反贼就是一个李璮，其他的将士只要过来了就是自己人，不要执迷不悟自取灭亡呀！"

他这么一喊，李璮的爱将田都帅和一些兵丁缒城而下，投降了朝廷，城内的士气越来越低落。可是李璮仍然日夜督战，拒不肯降。城里的军粮所剩无几了，便把士兵分配到市民家中，强迫百姓取出贮存的粮食给军人吃，不久百姓的粮食也吃光了，就命令军士杀老弱妇孺，大家吃人肉。

吃人肉的日子又怎么能长期维持下去呢？不愿意吃人的或者怕被人吃的便只有千方百计地外逃。李璮虽然实行严厉的镇压，外逃者一律处死，但到了这种绝望的境地，谁还会怕死呢？正所谓"民不畏死，奈何以死惧之"。

城池终于被攻破了。李璮见大势已去，把心一横，先亲手杀掉自己的妻妾，然后乘舟入大明湖，准备投湖自尽。但他毕竟是个舍不得死的人，在湖里转悠了好久，直到敌军的舟舰从四面围扑上来，才咬咬牙一头扎进水里。谁知道大明湖的水太浅，还没来得及淹死，他就被急于求功的蒙古官兵从水中捞起，捆了个结结实实，送到史天泽的大帐中。

参加平叛的诸路"世侯"差不多都来到了史天泽的帐中，一个个精神亢奋而又略显紧张。李璮押上来了，严忠济走到他面前问道：

“你这么干到底是什么意思？”语气威严而又平静。大家都是老熟人，当然不用装腔作势，这句话像是责问，又像一种试探，看看李璮此时究竟抱定一种什么态度。

“我约你们起兵，你们为何都不守信用？”

李璮这一句话使大帐中的空气陡然紧张起来。张宏、韩世安等人沉不住气都大叫起来：

“这厮不认罪，还想攀诬大臣，该杀！”

“杀了他，杀了他！”许多人都一致附和。严忠济更不答话，从腰间抽出短刀，向李璮肋下刺去。李璮痛得倒在地上，嘴里嚷嚷道：

“你们怎可如此黑心？约好了的……”

严忠济并未刺中李蹭的要害，他不敢担这么重的干系，刺一刀，不过是泄恨，并且警告李璮：时至今日，应该勇敢承担责任，死出个样儿来，东攀西扯，害人也不能救己。

史天泽是在座官位最高的人，他止住了喧哗，叫人将李璮扶起来，自己几乎和颜悦色地问道：

“圣上待你不薄，近年来赏赐无数，又加官晋爵，你为何背恩弃主谋逆作乱？”

李璮瞪大眼睛直勾勾望着他，答非所问：

“你也是签了文书的，答应起兵，又不作数。”

史天泽脸上也挂不住了，便唤身边的色目人卫士打断他的双臂。

“你们不守信用，不敢起兵……”李璮还是重复那些话，只是熬不住痛，声音越来越弱。

史天泽又命人断了他的双腿，敲掉他的牙齿。那李璮却仍然喃喃地说：“你们说了话不算数……”史天泽忍无可忍，做了一个手势，旁边早有人上前一刀结果了浑身血污的李璮。

李璮被俘后被杀的情况，忽必烈很快就知道了。他没有追究史天泽的擅杀之罪。很多事现在不能细查，查也未必查得清楚。谁也不能证明李璮说的是不是真话，即使是真的，现在也不能究办，不能把他们逼到李璮那条路上去。这些汉族“世侯”们，多数从祖父成吉思汗伐金的时期就已经投顺了蒙古，程度不同地都立过战功，现在他们手头的军事力量加在一起也是十分强大的。因此对他们只能继续采用笼络和利用的办法。但是，今后要避免再出现李璮这类事情，必须使用些新的办法，要迫使汉人“世侯”们交出军队和实权。

根据上面这些想法，忽必烈一方面对汉人“世侯”，特别是史天泽等人表示关怀，对他们此次的战功表示慰劳和奖励；一方面让人在朝中造舆论，说李璮叛乱的根子在于“世侯”们享有太多权力，地方的军政和民政大权过分集中在这些人手中。这种舆论使得“世侯”们一个个心惊肉跳、不能自安，他们深知擅杀李璮一事忽必烈不可能不产生怀疑，但也偏偏一字不提，这分明是蓄意优容。现在各种流言满天飞，这不是逼着我们自己主动找台阶下吗？台阶怎么下？无非是交出兵权来。史天泽觉得自己义不容辞应该带个头，于是赶紧上了一道奏章，说：“兵民之权，不可并于一门，行之请自臣家始。”既然自己开了口，就不再是君恩凉薄了，忽必烈当天就批了一个照准，史门子弟解除兵权者达十七人之多。开了一个头，下面接着就好办了。史天泽的亲家李伯佑，还有严忠济、张柔、张宏等地方军阀都相继被解除了兵权。这些人制造分裂和叛乱的隐患消除了，从此他们也更加死心塌地地为新朝服务。

忽必烈对汉人的亲近心理从此开始大打折扣，认为汉人的历史文化传统具有太强大的影响力，他们不会完全甘心让一个比自己落后的民族统治，即使他们迫于各种原因向你臣服供你驱使，内心深处仍然视你为蛮夷异类，一有机会，他们就会背弃你，把你从统治者的宝座上掀下来。蒙古人对中原的统治不能没有汉族豪强势力的支持，但是在利用这些汉人的同时，必须保持清醒的头脑，不能太放手，不能太信任，否则危险将常伴在身边而防不胜防。相对来说，色目人就安全得多，他们来自许多国家和民族，一般都不在乎谁来做他们的君王，只要你是他的主人，他就会乖乖地向你效忠。可以说，从这个时候起，忽必烈开始把任用色目人当作一项政治原则来贯彻。

为了限制汉人的势力，忽必烈接着又宣布了一系列举措，主要有如下几项：

一、地方上的民政和军政两权分立，互不统辖并且互不干预，使官员之间形成一种相互牵制、相互监督的关系。

二、废除官爵世袭，撤销汉官的封邑，解散私家军队，对那些“世侯”们实行迁转法（即易地为官），从而杜绝了地方势力形成根深蒂固尾大不掉局面的可能。

三、建立枢密院，由中央直接控制全国军队、调遣各军将领，将不得专兵。而军队归属将领正是产生军阀现象的根本原因。

四、地方政权一律由蒙古人担任达鲁花赤（镇压者、监察者），色目人担任同知，汉族人担任总管。从此，色目人成为蒙古人统治中原的主要助手。

通过上面这些措施，汉族人再无可能掌握地方的最高权力，再也不可能建立一支完全由汉族人控制的军队。当然，其中也有例外，比如董文炳兄弟，就被特许保留董家军。

董文炳能享有这种特殊待遇，当然和他历来的表现有关。当年忽必烈受命征大理，董文炳带了四十多个军士随军殿后，经过吐蕃的雪山草地时，马都累死了，人也只剩下两名，一边一个，挟着病弱不堪的董文炳继续南下，一天走不了二、三十里路，只靠死马肉充饥。但他们坚信自己能渡过难关，赶上大部队。后来是跟在忽必烈身边的董文忠（文炳之弟）带人去接应他们，才终于让他们从绝境中生还。从那时起，忽必烈对他便建立了一种特殊的信任，凡是分派最重要的任务就总是想起他。登基以后，建立侍卫亲军，忽必烈说：

“亲军除了文炳，谁都难当其任。”

于是便授他为侍卫亲军都指挥使。君臣平日相处，忽必烈常呼董文炳为“董大哥”，皇上如此称呼臣下，难道不是绝无仅有的亲近、信任和尊重么？济南城破的时候，哈必赤把降卒两万余人分配给各支蒙古军队，示意各营杀掉。董文炳该杀两千多，他赶紧去找哈必赤进言：

“济南军卒都是受李璮胁迫而从乱的，杀掉他们，恐不符皇上的仁德之意。”

哈必赤不能不考虑董文炳的话，传令止杀，但此时被杀掉的已经不少。消息传到忽必烈那里，他想山东尚未平靖，高压政策只会使动乱加剧，董文炳不失为有远见的将才，最好让他来收拾局面，于是诏谕董文炳任山东经略使。董文炳确实没有辜负忽必烈的信任，他到达李璮的老巢益都时，只带着几名随从便服入城，到了府署之后，不设警卫，就召集李璮的文武旧部共集庭下。那些人一个个战战兢兢，有的更是自知必死，不料董文炳却对他们说道：

“李璮逆贼，已经伏诛。尔等众人，过去不管做过些什么，一律都算是胁从。既是胁从，此时就该与逆贼划清界限。皇上本至仁圣德之心，不咎既往，望尔等各安其位，尽忠职守，本经略使将视其表现，另行陟罚。”

一番话，说得在场的李璮旧部心悦诚服，其中不少人感激涕零，匍匐于地，向北叩首，山呼万岁。董文炳神情庄重，不动声色。

山东的局面就这么稳定下来了。虽然后来又有过李璮的余党毛璋兴兵作乱的事，但终究因为没有什么人响应，很短时间就平复了。

难以分辨的忠奸好坏

李璮的叛乱虽然很快就被平定，但这次叛乱所带来的影响却远非短期所能消除，在政治生活方面，特别是在用人路线和民族政策方面，某些影响甚至导致了方向性的变化。

王文统是忽必烈的一块心病。这个人是怎样来到我身边、又是怎么爬上了如此重要的位置？忽必烈不能自控地老在想这个问题。他在处死王文统时下过一道诏书，其中说：

> 人臣无将，垂千古之彝训；国制有定，怀二心者必诛。何期弼辅之僚，乃蓄奸邪之志。平章政事王文统……倚付不为不深，待遇不为不厚……审其有反状者累年，宜加肆市之诛，体予至怀以著滔天之恶……负国恩而谋大逆，死有余辜，处相位而被极刑，时或未喻。咨尔有众，体予至怀。

这些话无非是为了释去民众心头的疑惑，至于他本人，并未能就此安下心来。他不能不分析自己宠信的臣僚中是否还有异己分子，外藩还好说，特别可怕的是像王文统这样的心腹之患。即使没有，今后又如何避免这类心怀鬼胎的人再混到自己身边窃国秉政?

忽必烈的这些心理活动当然很容易被周围的人察觉和感知。有些人因之会小心谨慎，处事如临深履薄，也有些人会认为这正是排除异己或嫁祸于人的良机。

赵璧一直十分妒忌廉希宪经营关中所取得的成绩和信任。趁着眼前这个机会，他要利用忽必烈疑虑重重的心理把廉希宪拉下马来。

“臣闻廉希宪在关中笼络人心。宋之将领家属在北地者，每岁发给钱粮；在宋任官职者，其子弟可以越境省亲。陕地之百姓，只知感念他的恩德。是其居心有不可告人者。”赵璧说的本是事实，他想先试探一下忽必烈的反应。

“唔——这也是希宪的一点仁者之心。”忽必烈轻描淡写地答道，似乎有点装糊涂。

“陛下，当年王文统之进用，本是廉希宪、僧子聪等人引荐。”赵璧仍不甘心，又提出一个要害性问题，见忽必烈没有反应，便接着说：

“关中形胜之地，希宪在当地深得民心，又兼有商挺、赵良弼做他的助手，此事只怕还要陛下关注一二。”

忽必烈当然听出赵璧的意思来了，他是要借朕之手来打击政敌。虽然他所说之话并非毫无参考价值，但此时不能有任何鼓励的表示，他应该懂得朕不是那种可以任人操纵的庸君。想到这里，便满脸冷漠地说道：

“希宪从小就跟随着朕，朕岂能不知其心！商挺、赵良弼都是正派人，有何可虑！”

赵璧听到皇上如此说，便不敢再开腔了。但事有凑巧，当时正好担任兴元判官的费寅犯了罪，因为想借立功表现来减轻处罚，便诬告陕、川宣抚使廉希宪和副使商挺在李璮叛乱期间修缮京兆（长安）城防，训练兵马，意图不轨。并且说参议赵良弼可以作旁证。这是中统四年（1263 年）的春天，李璮之乱已经平定好几个月了。忽必烈下诏命商挺、赵良弼二人进京面圣。先前，他虽然没有赞同赵璧的谮言，但内心里却已经受了影响，现在既然又有人揭发，就不能不认真对待了。他要查一个清楚明白。

忽必烈第一个就召见赵良弼，开门见山地问道：

“廉希宪和商挺在京兆修城缮甲，笼络人心，潜蓄异志，是否确有其事？从实讲来。”

赵良弼还真是被弄了个措手不及，因为他毫无思想准备。稍一定神，他就想到一定是有人在谗言惑主、诬害忠良，登时一腔义愤涌上心来，激动的泪水溢出眼眶，不禁哭出声来：

“两位大臣忠肝义胆，勤勉王事，绝对不可能有不轨之心，臣甘愿以生命担保，不信可以剖开臣心以明真相。”

“住口！”忽必烈喝道，“你能为何人作保？你身为参议，知情不报，必是沆瀣一气，同流合污，尔等以为朕愚瞽可欺么？”

“陛下，如不相信微臣，便请命人剖开臣心，看是否可昭日月！”赵良弼毫不示弱，口气还咄咄逼人，真的把忽必烈惹恼了，他唤一声：

“来人哪！这厮牙尖嘴利，与我割去其舌！”

旁边便有武士张罗着要来割舌，谁知赵良弼竟毫无惧色，仰首向天说道：

“今日良弼纵然一死，也不能瞒心昧己，诬害忠良！”一字一顿，铿然有声。

整个便殿都静了下来，准备来割舌的也停止了一切动作。少顷，还是忽必烈开了口：

“先把他带了下去，一齐听候发落。”

接着便是召见商挺。商挺地位高一些，且素有贤名，忽必烈的态度自然与刚才有所不同：

“卿在关中、怀孟两度做地方官，都有治绩。但参劾你的言论却越来越多，究竟是同僚中有人敌视你，还是你自己地位高了律己不严心生懈怠呢？”忽必烈这话口气好似平缓，分量却并不轻，不等商挺开口回答，他接着又把话题扯到另一个方面去：

“去年评论王文统的言论很多，只有你却没有说过一句话。”这是在敲山震虎了，潜台词是你是否因为自己也心怀鬼胎而不敢说话呢？

商挺是何等乖觉之人，一听便知道忽必烈此番问话的要旨何在。只见他不慌不忙答道：

“臣素知王文统之为人，在朝时便不止一次对赵璧讲过，想陛下犹能记也。”

商挺一上来便点出赵璧，因为他知道赵璧与廉希宪不合套，在忽必烈面前进谗的想必就是他。这样拖出赵璧，使忽必烈猛一下不知如何表态。他根本不知道商挺向赵璧说过什么，此刻既不便肯定又不便否定：肯定，则证明赵璧果然是个打报告的小人；否定，则证明赵璧并未忠实而及时地向皇上反映情况。商挺也不等忽必烈回答便把话题转到另一件事情上去：

“臣在陕、川已历三年，多有过失。其间出谋奔走以应付局势的事是做过的，至于功成则归于己、失败则推咎于人的勾当，臣从来不敢。陛下如以为臣有罪，臣甘愿就死。”

这是几句很硬扎的话。忽必烈听了，反倒不好再说什么，商挺下去以后，他对着自己身旁的驸马忽剌出、枢密副使合答等，数落着商挺这么些年来的主要功绩，可称为大计者有一十七件。忽必烈叹了一口气，自言自语般地说：

“商挺立了这么多功劳，还说他有罪，那么，谁还愿意替朕出力呢？”抬起头又对旁边的人说，“你们都要明白这一点啊！”

然而已经立案的事却还是要继续查下去。忽必烈派中书右丞纳哈接替廉希宪主持陕、川行省，负责核实费寅所检举的罪行，结果自然是查无实据。廉希宪奉诏还京，当忽必烈召见他时，他并不为自己进行任何辩解，只是说：

“当关中发生叛乱（指阿里不哥称帝后阿拉克达尔、浑都海等人制造的叛乱）时，四川也处在一片混乱中，在那种急于星火的形势下，臣处理很多事都只能当机立断，因时制宜，甚至不可能和幕僚们商议。如费寅所告讦的某些情况，应予治罪，则其罪只在臣一人身上，臣请陛下立即将臣逮送有司治罪。”

忽必烈被廉希宪这番襟怀坦白的表现弄得反而有些不好意思起来，下意识地把手在御座的扶手上搓来搓去，语气迟滞而含混：

“当时说的话，天知道，朕也知道，卿何罪之有？”忽必烈大约太紧张，说错了话却没意识到。“当时的话”，是什么话？谁的话？按他的意思应该是说“当时的事”，即指平叛时的成绩和贡献，上天和皇帝都是知道的。我承认你有功，这不就行了吗？然而廉希宪依旧沉默着，以沉默来抗议朝廷居然轻信小人的诬告。忽必烈接着又说了一番慰勉的话，最后诏命廉希宪任中书省平章政事，总算把尴尬的局面应付过去了，廉希宪当然也懂得“见好就收”。

事后有一天，忽必烈把廉希宪召入内宫，闲聊一些他登基以前在藩邸时的旧事，说得动了情，便把赵璧所进谗言泄漏给廉希宪听：

“赵秀才说王文统是你所荐，王文统被诛，又不见你有何态度。朕由此才不得不有所怀疑。”

“陛下可还记得在湖北前线的事么？”廉希宪问。

“当然记得。”忽必烈用疑惑的眼光望着他。

“那时贾似道在鄂州城下建一道环城木栅，只用一个晚上就完工了。陛下十分赞赏贾似道的精明干练，对左右的扈从大臣们说，我怎么才能得到一个像似道这样的能臣呢？僧子聪和张易就说，山东有个王文统，才智过人，现在李璮帐下作幕僚。陛下后来就诏问臣，臣的答话是：‘臣也听说过，不过未识其人也’。”廉希宪这段话并未怎么蓄意辩解，只是把所谓“廉希宪举荐王文统”的历史事实全盘托出，从而让那些指控自己的不实之词不攻自破。

“朕也记得这件事。”忽必烈只简短地回答了一句，声音很轻，仿佛带点愧意。赵璧的谮言终于没有起作用，事情过去了，那个“告发者”费寅最后以谋反罪判了死刑。

当紧迫的军事政治斗争过去以后，忽必烈意识到，作为一个称职的帝王，这时就应该集中精力抓好富国裕民的大事——突出经济建设这个中心。有哪些大事呢？无非是兴修水利、奖励农桑、整理财赋、安置流亡人口等等。正好，中书左丞张文谦荐举一位“精习水利、巧思过人”的奇才郭守敬入朝。

郭守敬，河北邢台人，是世界科技史上数得着的顶尖级的人物之一。他一生最杰出的成就是在天文学方面，但因为精于测量、数学，也在水利方面作出了辉耀历史的贡献，而且他正是从水利起步，开始了一生的伟大事业。他在受到忽必烈的召见后，一连提出了六项水利方面的建议：

一是通往中都（今北京）的漕河，只到京东通县，将漕运的粮食等在通县转陆路车运入城，虽然只有几十里地，每年却需费雇车钱六万缗。只要引京西玉泉山之水经高粱河灌入积水潭，再经通惠河往南复向东，连结漕河（大运河），漕船便可直接入城到达今天的什刹海一带，雇车钱就全部省下来了。此外，在蔺榆河口径直开渠引水，由蒙村、跳梁联结杨村运河，以避开浮鸡甸那段水浅而又风浪险恶的航道。

二是从顺德（今河北南部、治所在邯郸）达泉引水入城中，分为三渠，流向城东，灌溉城东的大片缺水农田。

三是顺德澧河往东流至古任城，失其故道，淹没了农田一千三百余顷。将这股水流引归河道，一可以恢复大量良田，二可以自小王村处经滹沱河连结御河，通行舟楫。

四是磁州东北滏、漳二水合流之处，引水由滏阳、邯郸、洺州，下经鸡泽汇合于澧河，可灌田三千余顷。

五是怀孟（河南沁阳）的沁水虽可浇灌，但仍有部分从堰坝上流走的余水，往东与丹河的余水相合，引其流至武陟县北，汇入御河，可灌田二千余顷。

六是在黄河上，从孟州西开渠引水，经由新、旧孟州中间，顺着河的北岸，流到温县南部，再流入大河，其间亦可灌田二千余顷。

忽必烈仔细询问了郭守敬所提计划的有关细节，每了解一个项目，就不禁发出一声感叹：

“当官的都能像郭守敬一样，那就绝不会被人指摘为尸位素餐了。”随后他授给郭守敬提举诸路河渠之职，很快又将他任命为都水监，也就是相当于今天的水利部长了。

在忽必烈看来，发展经济，既是为了富民，更是为了富国。他历来不太欣赏藏富于民的说法，百姓嘛，像孟子说的“老者衣帛食肉，黎民不饥不寒”就行了，财富的过分集中反而会带来一系列社会问题。但是国家则不然，府库不丰，帑用不足，则必不能安定持久，百姓再富足也只能成为别人掠夺的对象。

为了进一步充实国库，他注意搜求懂得经济事务的理财高手，可惜这样的人才很少。历年来，才智之士逐一被自己罗致，但其中最杰出的一批人都是儒生，他们在理财方面的观点大多不合自己的口味，许多建议，只可用“迂腐”二字以名之。好不容易遇上了一个王文统，可惜又被证明是“叛贼”。忽必烈想起那些善于经商的回回，他们往往富甲一方，如果起用这些人管理财政，国家的富足是不难实现的。就是在这种背景下，阿合马登上了政治舞台。

谁也说不清阿合马是怎么走近忽必烈身边的，但谁都承认他是一个心藏机巧、能言善辩而且抓经济确实有两手的人。阿合马是个回回，来自西边的伊斯兰世界。作为色目人，他不可能对汉文化有多深的了解，然而他却懂得管理经济事物好坏的标准是国库进钱的多少，而国库要进钱就必须从盐、铁两项着手（他知道管仲和桑弘羊么？未必！）。比如他以国营方式办的铁厂，年出铁一百零三万七千斤，制造了农具二十万件，获利折换粮食达四万石；又如他下令禁止销售山西百姓自己煮的硝盐，迫令军民僧道一律购买官盐，每年盐课便从一万二千五百两增加到一万七千五百两。有这么些看得见摸得着的“政绩”，他能不受到忽必烈的宠信么？

为了让阿合马更好地发挥作用，忽必烈设立中书左右部，分管财政经济，由阿合马担任主管，并兼诸路都转运使，全国的财赋都由他统管了。阿合马仍有些嫌中书省碍事，要求享有每事得专奏的权力，即由他直接向皇帝汇报工作而不需再通过中书省。在以儒生为主的汉族官员眼中，阿合马只不过是一个乘时侥幸的利禄小人，对他受到如此重用早就想不通，自然不会在这个问题上让步。中书左丞张文谦奏道：

“分设机构管理财赋，自古以来也有先例，但是中书省不得预闻，却绝对没有这个道理。中书省不过问，那么国家政事还怎么管理？”

忽必烈觉得这话也对，于是便没有同意阿合马的要求，但对阿合马的信任并未稍减。

中书省汉族大员与阿合马的紧张关系需要有人来协调平衡。忽必烈先是撤销了中书左右部，并入中书省，把阿合马提拔为中书平章政事。这样显然有利于阿合马放手推行为国敛财的政策。为了不让汉族官员们产生过于激烈的反应，同时也遏制阿合马专权跋扈的苗头，忽必烈又启用了一位受到汉族官员支持的蒙古贵族安童担任中书右丞相。右丞相即可说是首相，是中书省（政府）的最高官员，其下是左丞相、平章政事、右丞、左丞和参知政事（这些都是相当于副总理或国务委员的官）。这是一个很重要的安排。此后阿合马倚忽必烈之宠，无恶不作，但终究不能毁掉大局，一个重要的原因便是安童对他进行了许多有效的抵制和约束。

安童是成吉思汗最得力的助手木华黎的曾孙。木华黎是被册封为鲁国王的元勋，安童以勋族后裔的身份，在他十三岁时，就被召为宫中宿卫。那是忽必烈刚即位的中统元年（1260 年）。安童的母亲是忽必烈的皇后弘吉剌氏的姐姐，经常在宫禁中来往。有一天，忽必烈看见她，便问起安童的情况，她答道：

“安童虽然年纪小，但必将是辅弼你治理天下的栋梁之臣。”

“你怎么能确定这一点呢？”忽必烈问道。

“每退朝回来，他总是找那些老成持重的人谈话，从来不和与自己一般年纪的人嬉戏。”

忽必烈听了很高兴，从此更加器重安童。

中统四年（1263年），有司捕获了阿里不哥余党千余人。忽必烈的想法是把这些人全部干掉，但又还有些犹豫。他问正在他身边的安童（虽然安童这时不过十多岁）道：

“朕想置这批家伙于死地，你觉得如何？”

安童稍稍想了想，很庄重地答道：

“陛下，人各为其主。您刚刚平定了大乱，便以感情用事，大开杀戒，那还怎么能从精神上去感召那些还未归附的人呢？”

忽必烈听了，望着他，不免吃惊：

“卿如此年少，怎么能说出这般老成的话来？你说的正和我所想的一样。”

忽必烈最后这一句当然并非由衷之言，但他确实从安童这里受到了启示，那一千多人因而得以保全了性命。

忽必烈要安童举荐一名懂得治国之道的汉人，安童便引见了马邑人崔斌。崔斌为人介乎儒侠之间，倜傥不群，豪放磊落，在皇帝面前议论时政得失，危言谠论，指斥是非，无所避讳。忽必烈正好处于锐意求治欢迎批评建议的时候，因而对崔斌的疏狂之处不但不以为忤，反而十分欣赏，大有相见恨晚之意，从此经常将他带在身边。

1265年（至元二年）春天，忽必烈出巡京郊，崔斌少不得是随员之一。忽必烈想找崔斌谈点什么，便命左右召他。崔斌闻命而至，下马步从于忽必烈身边。忽必烈笑着说：

“卿步行如何跟得上朕？且上马说话。”

崔斌骑上马，君臣并辔而行，边行边说。

“卿以为当前为政的大事，应推何者为先？”忽必烈侧过脸，向崔斌问道。

“臣以为莫过于任命宰相。”崔斌答道。

“你给我说说，你认为哪些人可以当宰相？”忽必烈用一种不很认真的态度对崔斌说。

“臣以为惟有安童和史天泽是相才。”

忽必烈对崔斌的这个答复半晌没有表态。他沉默着，任胯下的马儿缓缓前行。如果换了别人，面对皇帝的这种表情，心中难免不安：也许自己失言了吧？“君恩如朝露”“伴君如伴虎”，虽说是闲谈，焉知不会为此而获罪呢？但崔斌则不然，他反而策马抢前一步说道：

“陛下难道是以臣为猥鄙之人，所举为相之才不符公议，故而心存疑惑吗？今天所有近幸之臣都在，请检测群意，以便陛下裁断。”

忽必烈看着他这种果敢的作风，觉得有趣，便表示同意：且看他如何来“检测”舆情。只见那崔斌策马到路边，立在马镫上，大声说道：

“圣上有旨，问安童当宰相合不合适？”

随从的大臣、将领、内外禁军的士兵竟一齐山呼万岁，表示对安童的拥戴。忽必烈看到崔斌制造的这种戏剧性场面，从内心感到高兴，甚至在马上发出了爽朗的笑声。

到了秋天，安童就被任命为中书右丞相、光禄大夫、食邑四千户。这时他才二十一岁。考虑到自己年轻，他上殿请辞：

“当今之时，东、北、西三方虽定，江南尚未归附。臣以年少，谬膺重任，恐怕四方会因此而有轻慢朝廷之心！”

忽必烈从辞呈里更看出了他的老成持重，带着感动的神色劝谕他说：

“朕为此事经过了深思熟虑，朝中没有人比你更合适担任丞相之职。”

这是一次相当大的人事调整，忽必烈把原来的丞相全部免职了，大约也是为了给安童创造良好的工作条件，免得有人掣肘。同时还委任了一名初登政坛的左丞相，这就是后来名震华夏的伯颜。伯颜从小跟父亲在旭烈兀建立的伊利汗国生活，长大以后，被派到中原来奏事。忽必烈看他生得魁梧奇伟，说话又条理分明，动了爱才之心，便说：

“这号人才怎么能在诸侯殿下为臣呢？留下来为朕效力吧！”

伯颜确实也没有辜负忽必烈的期许，出谋划策，常常比廷臣们高明。忽必烈于是对他日益器重，甚至为他做媒——命安童把妹妹许配给他。安童家的门阀远比伯颜高，忽必烈担心安童会不太乐意，便主动解释道：

“伯颜不是凡品，做伯颜的妻子，决不会辱没你们家的门庭。”

很快，大舅和妹婿同时拜为中书省的正、副长官，真可谓是旷古未有的恩典了。伯颜是干才，诸衙百事有难以定夺的，他往往三言两语就能处置明白，群臣无不佩服。但他只是左丞相，位在安童之下。忽必烈赞赏安童，但对他的学识和经验还是有些放心不下，毕竟太年轻了。为此，他传旨令许衡入中书省议事，意思是让许衡给安童当顾问，可是许衡请病假不肯上任，还是安童亲自去到许公馆，反复与他详谈，向他求教，他才答应为安童出力。

忽必烈后来亲自对许衡说：

“安童年尚幼，不完全懂事，希望你多多辅助他。你有什么好建议，都可以先告诉他，让他转达朕处，朕会善加择办的。”

许衡唯唯奉旨，并且对忽必烈说明道：

“安童聪敏过人，而且又很有原则，告诉他一些古人的言论，他都能领会贯通。遵照圣旨，臣不敢不尽心，只是有些担心旁人从中离间，有人离间，事情就不好办。”

其实，许衡是过虑了。安童诚如他所说，是个很有原则的人。他不仅十分尊重许衡，后来又奏请把姚枢、刘秉忠等人请入中书省议事，在此后的十年时间里，他依靠周围的汉儒官僚的支持，和忽必烈所宠信的阿合马集团进行了长期的斗争，并且取得了相当的成效。

廉希宪斗不过阿合马

朝廷内复杂纷纭的派系斗争，常常令忽必烈为难，但也渐渐让他悟出一些道理，他认识到：政治理论和政治实践并不是总能保持一致的，有时候甚至完全是两码事。儒家的政治理论确实十分美好，简直可以说令人神往，可是用以治世牧民，则很难操作。所以一些儒臣往往给人以迂腐的印象。相反，像阿合马这种对儒术一窍不通的人办起事来却实在明快而有功效，令人主不能不对他们格外满意。

许衡入中书议事之后，上书皇帝，提出有关时政的五大建议，洋洋洒洒数千言，其要义为：

第一，北方民族入主中夏，必行汉法，乃可长久。故后魏、辽、金，历年最多。陆行宜车，水行宜舟；幽燕食寒，蜀汉食热；国家之当行汉法亦是此理。不过，以国朝勋旧，一旦要他们下从臣仆之谋，改就亡国之俗，那确实是件难事！臣以为，寒之与暑，各在一端，其相互变化，总是由微而渐，积一百八十余日始得其尽。变法之事，如能待以岁月，心坚而确，亦必有成。主要靠陛下尊信而坚守，不杂小人，不责近效，不恤流言，则致天下大治有望。

第二，中书省政务繁杂，然其要者在用人、立法。比如说，头发不用手理而用梳理，吃饭不用手而用筷子，梳子和筷子，是手掌握的，人君的用人即是此理。大家都吃饭，而只有厨师能调和五味；人人都看见日月，而只有天文家能推算亏蚀之期，这都是因为他们得法。古云："为政必因先王之道。"口之所食，身之所衣，皆古人遗法不可违改，难道天下国家大事，古之成法反可违？治人者，法也；守法者，人也。人法相维，上安下顺。

第三，民众从来都是被欲望驱动的，没有主宰就难免混乱。上天念及这一点，所以设了君王和师长，这是最艰难的任务。人君统治万民，日理万机，言行无失，很难做到。所以有的从前说过今天忘记、今日规定日后又自违，可否异同，变易不定，纪纲不得布，法度不得立，天下惊疑。故人君要做到不受喜怒所蒙蔽、不受爱憎所牵制。有喜怒，奸佞之徒便可乘其喜而市私恩，鼓其怒而张权势；有爱憎，奸人可借其爱以济私，藉此憎以报怨。甚至本无喜诳他喜，本无怒激他怒，本不足爱妄誉而使之爱，本无可憎强谤而使之憎。这样一来，则进者未必为君子，退者未必是小人；奖者未必有功，罚者未必有罪，而人君尚不悟己之受欺，相反还信任奸佞以防天下之欺，何等可笑！受欺不悟，犹可说也，而如唐太宗明知宇文士及之佞而不能斥，唐明皇洞见李林甫之奸而不能退，就更可怕了。上以诚爱下，下以忠报上，这本是常理。但也有不然，比如禹抑洪水以救民，而传至太康无道，百姓仇怨而去，为什么？又如汉高祖布衣起事，天下景从，人心所向，而天下平定之后，群臣于沙中谋反，又是为什么？无非就是因为爱民于前、失德于后；宽仁得天下于前，爱憎行诛赏于后，所以百姓感到失望和不平。古今人君，有恩泽于民而民众怨且怒者，都是这么一个道理。

第四，当前的经济政策只知敛财之巧而不知生财之由，只知防人之欺而不知养人之善。如果能重视农业，优待农民，把游惰之民组织起来从事农业生产，十年之后，仓府之积，定非今日可比。自京都至州县，皆设学校，皇子以下至庶人之子弟，均接受教育，明父子君臣之大伦，十年以后，上知所以御下，下知所以事上，上下和睦，又非今日之可比矣。生产、教育，二者为纲，纲举目张，不举纲，他事皆不可期。

第五，天下之安定，在乎民志；民志定，士安于士，农安于农，工商安于工商。如果民但知求利禄，士但知求尊荣，四方万里，各怀无厌无耻之心，天下之事不堪设想。人君之喜怒不可不审，审而后发，否则事后知其不可喜必悔其喜，知其不可怒必悔其怒，甚至先喜后怒，先怒后喜，于是号令变化无常，臣下无所适从。古之贤君不易喜怒，其未发时，虽至近也不知道；其发时，虽至亲也不能改；于是号令简而无悔，无不中肯而有效。

许衡的这一篇《时务五事》的奏章，在历史上甚为著名。他一生奏表不少，但从不留底稿，以至这是惟一保存下来的一篇。忽必烈看了之后，当面自然说了不少嘉奖的话，还赏赐了名药美酒要许衡好生调养身体，并表示对奏章上的各点自己要仔细研究、逐项落实。所谓落实就是应付的意思了。怎么落实？忽必烈心想，数千言，大多是空泛迂阔的儒家教条，除了办学一项外，其他并无具体建议。其一、二两条，行汉法、明法治，虽然说得对，也不过是言人之所言，并无新意。此后数条，特别是第三条和第五条，全是论为人君之道。光是第三条，就足足两千多字，也不出乎平时所讲的那一套，都只是阐发孔孟之学理。其中还说：

"孔子曰：'为君难，为臣不易。'为臣之道，臣已告之安童矣。至为君之难，尤陛下所当专意也！臣请言其切而要者。"

这简直把朕也当成安童了。安童年幼，请他当顾问，以师事之，也在情理之中。朕居九五之尊，难道还要向师父求教怎样当皇帝！儒生自以为可以教人怎样当皇帝，那他们自己怎么不当？自己当岂不更称职？当然他们也自知不是为人君的材料，因而也没有这样的野心和胆量。看来，儒生的话不可多听！当然，也不可不听。而且，历代明君，对这些儒生的话都摆出一副很愿意听的姿态。在这方面，朕一定要做得不比别人差。何况，这些人有知识，好思考，讲原则，许多建议是很有用处的。更重要的是，需要他们在朝中制约那些精于庶务的能臣、权臣，阻遏这些人因大权在握而忘乎所以为非作歹。忽必烈觉得，要当好皇帝，为政之要在用人，而用人的诀窍就在于平衡君子与小人的关系。满朝的利禄小人，个个务实躁进，其结果必然是纲纪废弛，乌烟瘴气；然则满朝的正人君子就更不行，人人恬淡持中无所进取，朝政如一潭死水，最后是国蹙民穷。再说，人君也是血肉之躯，声色之乐，孰能不好？不蓄财货，又如何能逞其乐？完全按儒家的规范来做皇帝，那皇帝做得还有什么乐趣？倒不如不做了！皇帝要满足自己的欲望，就必须依靠那些所谓"小人"。没有哪个明君不宠信几个"小人"，但如果把"小人"看得比"君子"更重要，那就不是明君而是昏君了，这就是界线之所在。

阿合马就是一个"小人"，但他理财又确实有些本事。忽必烈急于富国，看到他有办法来钱，于是对他十分器重。1264年（至元元年），把阿合马的中书左右部并入中书省，任命阿合马为中书平章政事，第二年又设制国用使司（相当于财政部），命阿合马以平章政事兼制国用使（相当于副总理或国务委员兼财政部长）。阿合马并不是白吃干饭的人，他有不少动作，对国家经济的发展起了促进作用。比如调节地方贸易、改铸金银通货、开采石棉矿、以共生矿锡的收入来维持国家银矿的开采经费等等，大约都取得了良好的成效。

国家要搞高积累，就不可能不损伤百姓的利益，而要坚持推行这一政策，也就必须任用一些酷吏、恶吏采用暴虐的手段来对付可能遇到的抵制与反抗。所有这些，和儒家的政治原则是水火不容的。所以一开始崔斌就说：

“与其有聚敛之臣，宁愿有盗贼之臣。”

他这话是说给忽必烈听的，这意思很明显：盗臣（贪官）的危害是局部的，而且受害的民众还可以寄希望于圣天子；而聚敛之臣的害民残民是全局性的，民众的怨恨会指向君主。

但是忽必烈根本就没把这些话听进去。

到了1265年（至元二年），忽必烈又决定设立尚书省，取代制国用使司，以阿合马任尚书省平章政事。阿合马觉得自己已经得到忽必烈的绝对信任，于是用事刚愎、专擅，全不把朝臣们放在眼里。依常例，尚书省、枢密院和御史台虽和中书省平级，但所有重大奏章需一律先送中书省合议后，由中书省签署奏闻。但阿合马慢慢把这种规矩置诸脑后，什么事情都直接向忽必烈汇报，根本不理睬中书省。中书省右丞相安童对这种现象忍无可忍了，告了一状：

“臣前番奏言尚书省、枢密院、御史台应各循常制奏事，其大事需待臣等议定后再行奏闻，陛下已下旨照此执行。今尚书省一切均直接上奏，似乎违背前旨。”

话虽然说得缓和，但分量是很重的。忽必烈不好替阿合马辩护，他也知道此时不宜为阿合马辩护，于是，用装糊涂的态度说道：

“难道是阿合马以为朕颇信任他，便敢专权如是耶？他这种行为是不对的！朕再下一旨重申，如卿之所奏行事就是。”

安童立即趁热打铁，又继续进言道：

“阿合马所用的部属，中书左丞许衡认为大多是不称职的奸滑之徒，不过因为已有旨同意委任，如不授官，恐影响不好。宜加强考核，以鉴定其是否能胜任，日后再定陟罚。”

这是一个令人很难否决的建议，忽必烈当然又表示了同意。成立尚书省时，曾经规定，诠选官吏，由吏部提名，呈尚书省，再由尚书省转中书省奏闻。现在阿合马擢用私人，不由部拟，也不通过中书。安童如实向忽必烈反映，忽必烈便令人问阿合马，阿合马的答复是：

“事无大小，皆委之臣，所用之人，自然宜由臣自择。”口气硬得很，不肯退让。

安童知道阿合马在这点上不会后退。用人权是第一大权，阿合马当然要紧紧抓住不放，于是，他便以妥协的姿态向忽必烈表示：

“从今以后，惟重刑及调任上路总管这样重要的事务才属臣管理，其他的事就一概交付阿合马好了，以便于明确事权。”所谓明确事权，其实就是明确责任。安童明白，此时阿合马地位稳固，撼动不易，但日后总免不了要出大问题。今天明确事权，明天就不容他推诿责任。

忽必烈正希望安童有这样的表示，以便于阿合马更加放手工作。果然，在皇帝准安童之奏以后，阿合马便有了一系列的举措，修订计划、搜括（增加）户口、增收盐课等等。国家的收入是增长了，百姓的负担却更加重了。

阿合马手里有财权、有人权，还觉得不够，他希望自己和权力能不受到监督和制约。他找到一个机会又向忽必烈进言：

“庶务财政责成地方各路，钱、粮交付转运使司，但又从旁设置监督机构，让他们办事诸多不顺。请陛下传旨罢去御史台及诸道提刑司。”

但是这次他受到了廉希宪的坚决抵制：

“立台（御史台）、察（察院、即提刑司），是自古相传的制度，内则弹劾奸邪，外则察视非常，为民众解除疾苦，没有比这种职能更有益于国政的了。如果照阿合马的意思办，其结果必然是上下专恣，贪暴公行，事情还能统管得了吗？”

阿合马倒也想不出什么辩驳的话，只好把自己的计划收了起来。

朝中大臣们看到阿合马权势日张，免不了阿附于他，能和他对着干的也就是安童、廉希宪、许衡等人而已。安童是首相，对阿合马的种种表现感受最深，也最难以容忍。虽然他明知忽必烈庇护阿合马，自己一时对付不了，所以遇事能不说就尽量不说。但在得知阿合马让儿子侯赛因当上了大都路总管并兼领大兴府尹时，他觉得自己非说不可了。他先是参劾大都路总管及其下属多人不称职，请皇帝命吏部另行择人。忽必烈没有作出反应。安童又启奏道：

“阿合马、张惠，倚宰相之权，经营商业，网罗天下大利，黎民百姓受其盘剥、荼毒，苦不堪言，哭诉无门。”

忽必烈听了不能不心有所动。授给你权柄是让你为国库聚财，如果以权营私，蓄敛家产，那还了得？必须给阿合马敲敲警钟，要他不要忘了自己在给谁办事。可是把阿合马召来一问，他不但不承认罪错，反而振振有词：

“这话是谁说的？臣请与之当廷辩论！”

忽必烈随后又召见安童，询问他的指控有无实据，安童大约准备也不充分，回答说：

“中书省左司都事周祥，奉阿合马之命（此时尚书省又并入中书省，阿合马仍任平章政事），经营木材牟利，其罪状已勘查明白。"

“如果罪证已经查实，应当给予严肃处理。”忽必烈说。但是处理了周祥，也奈何不了阿合马。

枢密院有人甘心当阿合马的仆从，竟然奏请由大都路总管侯赛因共同签署枢密院的命令。这件事触怒了许衡，他面奏忽必烈道：

“国家事权，不过是兵、民、财三者而已。现在父亲（阿合马）管理民政和财政，儿子（侯赛因）又典掌兵权，成什么话？陛下决不可许。”

“你是担心他谋反？”忽必烈问许衡。

“他虽不反，但这却是反的必要条件。”许衡的回答十分清楚准确，忽必烈也觉得有道理。他故意把话传给阿合马听，让他自己去掂清分量。当枢密院再次奏请以侯赛因同佥枢密院事时，他拒不准奏，并且用轻蔑的口气说：

“侯赛因，一个做生意的回回而已，普通政事还弄不明白，怎么能参与军机大事呢？”

话虽如此说，阿合马一门子侄兼领的官职越来越多，兵、民、财，各路要津无所不据。他知道许衡阻止了对侯赛因的任命，从此处处与许衡为难，许衡一介儒生，哪里是他的对手！只好多次提出病退的申请，但忽必烈一直不同意。中书左丞崔斌又一次参劾阿合马：

“阿合马曾向皇帝陈请免其子弟之职，可是言行不一。今天他本人任中书平章，而子侄们有行省参议、有礼部尚书、有院达鲁花赤，一门显要，自食前言，有亏公道。”

后来，忽必烈下旨罢黜了阿合马子侄们的官职，可是阿合马本人却一直稳如泰山。而从阿合马入中书以后，中书省的汉人大员陆陆续续被排挤替代。张文谦、姚枢、商挺、许衡前后离开中书，连一直担任右丞相的史天泽也未能幸免。一开始是造舆论说史天泽居相位多年，亲党遍布朝廷内外，作威作福，渐不可制，发展下去，必为国家大患。忽必烈接触到此类奏报次数多了，终于一道诏书，罢了史天泽的政事（停职审查）。并准备组织一个专案班子来负责审讯。这时廉希宪挺身而出向忽必烈进言：

“天泽追随陛下日子很长了，最了解史天泽的，莫过于陛下。陛下还在潜邸（未登基）时，就对他多所任使，无论领兵打仗、开府牧民，都有突出的成绩。陛下知道他可以付托大事，所以才用为辅相。小人一旦有攻讦他的言论，陛下当熟思天泽平日的表现，是否有横肆不臣的言行？陛下今天信任微臣，故臣得知陛下此诏。他日如有人告发臣，臣也难免被疑。然则臣等任政府要职，陛下之疑信如此不定，臣何敢自保？既然天泽可罢，则臣亦当罢！”

廉希宪这几句话口气相当硬，然而又确实有道理。忽必烈半天没吱声，最后才说：

“你先退下吧！朕要好好想一想。”

第二天，忽必烈给了廉希宪一个答复：

“昨天晚上朕想过了，天泽无可对讼于台院，着即恢复职权。”这件事就这样过去了，史天泽仍然做他的第二首相，然而不到两年，史天泽还是被从相位上挤了下来。

廉希宪爱说直话，又和阿合马对着干，尽管是忽必烈左右最亲信的旧部，终究在中书省也呆不下去，先是降为左丞，后来索性罢去。廉希宪是个肯负责、敢负责的人，看着不顺眼的事他都要管。比如一名内侍入朝堂传旨，说某事当如何如何，廉希宪立即呵斥道：

“此阉宦干预朝政的开始！”说完立即奏请忽必烈，把这名太监狠狠打了一顿。

又如方士请为忽必烈炼制丹药，要中书省划拨经费，希宪不许，进宫对忽必烈说了一些秦、汉皇帝被方士蒙蔽，服食丹药，伤身害命的故事，并启发忽必烈道：

“尧、舜的寿命那么长，可不是因为服食丹药。”

忽必烈听了只得承认他有理，炼丹便作罢。

不久，忽必烈因受帝师八思巴的影响，虔信佛教，并且命令廉希宪也接受佛门之戒，当个在家居士。可是廉希宪却对他说：

“臣已经受过孔子戒，岂可再受别戒！”

“孔子亦有戒吗？”忽必烈不免惊奇。

“为臣也忠，为子也孝，孔子之戒，不过就是这两条。”廉希宪缓缓答道。忽必烈被他这个答案弄得不知该说什么好。

有人控告四川将帅钦察，忽必烈一听之下大为光火，立即命令中书省派人前去诛杀。第二天，廉希宪上殿复奏此事时，忽必烈大怒：

“你们怎么到现在还迟迟没有执行诏敕！”

“钦察乃一方大帅，就因为一个小人告发而被诛，民心能不震骇吗？把他拘捕起来，押送进京，与告发者对质，罪证确凿后再公布于天下，那样较为适宜。”廉希宪沉着地回答道。

事后果然证明，系小人诬告，钦察无罪。

廉希宪是非原则分明，而且又每每表现得那么直截了当，有时甚至慷慨激昂，这不能不引起忽必烈的不快。终于有一次，忽必烈对他说：

“卿昔日追随朕时，朕尚只是宗王，而卿多所容受，态度平和。朕今为天子，卿为臣下，何故与朕言事，神色越来越激烈？”

廉希宪并不因皇帝的质问而有所收敛：

“王府事轻，天下事重。臣在政府（中书省），一味顺从陛下，而不能尽臣工之责，是为失职——天下将受其害，非臣不自爱也。”

虽然忽必烈并没有继续指责他，但事情发展下去，皇帝终于觉得无法再容忍，终于在1270年（至元七年）找到一个机会罢了他的官。当时有个西域人，叫匿赞马丁，在宪宗蒙哥时代做过大官，积蓄资产甚巨，被怨家告发了贪赃枉法罪，拘押于大都狱中。正好赶上忽必烈此时宣布了一道大赦令，于是这个匿赞马丁也被释放了。秋凉了，忽必烈从上都开平回到大都燕京，原告又一次上告说匿赞马丁罪不该赦。状子落在廉希宪手上，而这件案子原本不是他处理的，他便在原来判决上加批了一句：

“天威不测，怎么可以独对此案例外呢？”

事后，他又入见忽必烈，向他汇报了上述情由。可能匿赞马丁其人过去参与过什么反忽必烈的阴谋，因此忽必烈是倾向于告发者一方的，也不赞成释放匿赞马丁，他对廉希宪坚持赦免的做法很恼火，便说：

“大赦诏书上只说赦免囚犯，难道提到了要把匿赞马丁也放掉吗？”

“臣等也不见诏书上说到不赦匿赞马丁呀！”廉希宪答道。

忽必烈的问话本来不太合逻辑，既是大赦令，又怎么可能逐个点名赦免呢？廉希宪的答复表面也有些不合逻辑——谁不知道大赦令上没有注明不赦匿赞马丁呢？但廉希宪是有意用这种回答来反衬出皇上问话的荒谬性。果然，忽必烈发怒了，呵斥道：

“汝等号称读书人，这么做法，该当何罪？”他没有说清楚有罪的“做法”究竟是指什么，是不该坚持依赦令放人还是不该顶撞皇帝？看到忽必烈发怒了，廉希宪却还不知道转弯，相反，他又继续顶上一句：

“臣等忝为宰相，既有罪就当罢退！”

这句话把忽必烈顶到墙上了，使他即使想后退都没有余地，而他此时也不想后退了，要找这么个台阶还不容易呢！他接着便说：

“那就照你们自己的意思办吧！”

你自己要退，那还有什么话说！就在当天，廉希宪和左丞相耶律铸一起被罢免。

廉希宪走了，忽必烈当然清静了许多，但多年的君臣之情却使他常常思念这个桀骜不驯的“廉孟子”。有一天，他问身边的侍从：

“希宪呆在家里，成天干些什么？”

“读书。”侍臣的回答非常简单。忽必烈听了良久不发一语，然后叹息般地说道：

“读书固然是朕多年来所教导的，但是读了书而不肯用，读得再多也是白读。”

显然，忽必烈还是想起用他，只是希望他不要再那么执拗。

在忽必烈看来，读书总该有目的，所谓经世济民。说穿了，一肚子文章韬略，不就是为了“卖与帝王家”吗？否则，为读书而读书，那不就是“书呆子”傻蛋一个吗？

偏巧这时阿合马也在场，他以为这是落井下石的好机会，便接过忽必烈的话头说：

“读什么书！希宪每日在家与妻妾宴饮玩乐。”

忽必烈听见阿合马如此说，知道是恶意中伤，不禁勃然变色，驳斥道：

“希宪素来清贫，哪里有钱宴饮作乐！”

阿合马自知理屈，也不禁有些羞愧地低下了头。

不久，廉希宪病了，医生说要用砂糖作药引，家里竟然没有，阿合马知道后，遣人送去二斤，廉希宪拒不接受，并且对家人说：

“就算这东西能救命，我也不愿为活命而受奸人的馈赠。”

忽必烈听说了此事，派内侍以皇帝的名义赐给砂糖等物。他心里清楚，廉希宪是忠直之士，本应该使用和爱护，但是忠臣确实常常让皇帝受不了，不能不给点颜色让他们适可而止。

廉希宪罢官后不到一年，中书左丞许衡也在一再请辞之后获得恩准。许衡知道自己继续留在中书不仅抑制不了阿合马，而且早晚会惹祸上身。正好当时忽必烈准备建立太学，于是任命许衡为国子监祭酒，选择了一批蒙古子弟让他来教育。国子监祭酒（太学校长）确实最适合许衡，他又推荐了十二名自己的学生担任斋长，把太学办得十分出色，训练出一批极其中规中矩的蒙古儒生。

此时，中书省几乎成了阿合马的一家天下（至元十二年安童也被调离），忽必烈曾经说：

“明天道、察地理、尽人事，兼此三者，才是称职的宰相，回回人中，只有阿合马是宰相之才。”

专权误国的贾似道

贾似道在谎报鄂州大捷之后，权势日隆，炙手可热。正好蒙古方面阿里不哥和李璮相继作乱，对南宋的军事压力大大减轻，给贾似道的专权窃柄、作威作福提供了良好的外部环境。他简直可以为所欲为、无所不为了。

小人得志，第一件大事就是报复。贾似道忘不了在鄂州前线时，高达、曹世雄、向士璧三人对他的轻侮和藐视。只有一个吕文德倒还知情识趣，看来是可以信任的。于是，他就利用吕文德围绕着高、曹、向三人的一些缺点过失上纲上线反复奏报朝廷，他自己则从旁推波助澜，最后，高达被罢免、曹世雄自杀、向士璧问了死罪。贾似道才算是出了胸中一口恶气。

宋潼州安抚副使（驻节泸州）刘整，素与高达友善，听说了贾似道的报复行径，心不自安。正好此时，与贾似道一路的俞兴主持四川防务，而俞兴与刘整关系又一直不好，果然不久，便以军费开支账目混乱等由要成立专案班子查处刘整。刘整不服，上诉于朝廷，但毫无结果。他又害怕、又气愤，百般无计，派人和蒙古成都经略使刘嶷接洽投降。刘嶷派儿子元振去泸州受降。有人怀疑刘整诈降，因为他是世受国恩的宋朝宿将，可是元振说：

“宋权臣当道，赏罚无章，有功将领先后被设计翦除，将士如何不离心离德！且刘整本非南人，居泸南重地实非得已，投降之举无可疑者。”

刘元振到了泸州，刘整立即出降。元振甩开随从下马步行与刘整见面，以表示胸襟坦荡。第二天，两人并辔入城，元振甚至免除甲胄身着便服。宴会上气氛尤其热烈，元振喝得酩酊大醉，刘整被他的诚恳感动得无以复加。

刘整长期以来是南宋的重要将领，国家的防务状况他了然于胸。对他的来降，忽必烈是很高兴的，当即授以夔州路行省兼安抚使。

俞兴得知刘整降了蒙古，当然立即发兵征剿。刘元振留在泸州和刘整一起守城御敌。俞兴的攻势很猛，兵势也更强，泸州几乎要被攻陷了，刘元振带来的蒙古将校们说：

“形势如此危急，宜思变通之策。刘整不是自己人，跟他死在一块，没有必要吧！”

“人家带着城池投归我国，我们又已经受降，怎么可以遇到危急就弃之不顾呢？而且泸州的得失，关系到国家利害，我决定与城共存亡。”元振的一番话光明磊落，其他人不好意思再提逃跑的建议，只好横下心来死战。不久，蒙古的援兵到了，里应外合，把俞兴打得大败而逃。

刘元振的表现深得忽必烈之心，不久，刘嶷病死，忽必烈就命元振承袭了成都经略使的职位。刘整也相继被任命为南京（开封）宣慰使。刘整在受到忽必烈召见时建议说：

“攻宋的方略，第一个攻击重点应该是襄阳。襄阳在灭金时本归我朝所有，后来放弃，宋人将它建成为强大的战略据点。只要收复了襄阳，沿汉水而下长江，则宋可平也。”

忽必烈觉得他说得有理，便当即决定调集各路兵马，由阿术和刘整负襄阳方面的指挥之责。接着，刘整又向忽必烈进言：

“南人守襄阳主要靠吕文德。然而这是一个贪财的人，可以利诱之。请陛下遣使给他送去玉带之类的馈赠，然后要求他在襄阳城外建立一个交易市场，只说是互通有无。”

忽必烈自然明白刘整的意思，便依计而行。使者来到鄂州，见了吕文德，送过礼品，提出建立市场的要求。吕文德果然应允。使者又说：

“南人不大讲信用，安丰等地也建过榷场（商市），每每为盗贼所掠，希望能在此筑土墙以保护货物。”

筑墙这种在军事上极敏感的事，吕文德再糊涂也不会随口同意的。使者接着又说：

“这个榷场确实有利于我方，但我们双方不是也可以就此互惠互利联络感情么？”

吕文德同意向朝廷请示。不久，榷场就在樊城城外建起来了，蒙古方面在鹿门山筑土墙，墙外互相贸易，墙内筑有堡垒，驻屯兵卒。从此蒙古人的军事据点便到了襄樊城下，不时可以派出兵哨对外城地区进行袭扰。镇守襄阳的是吕文德的弟弟吕文焕，早已看出蒙古人的筑城之计于己方大为不利，便给哥哥写信谏阻。等到吕文德醒悟时，城已筑好，除了埋怨自己的短见之外，就没有别的补救之法了。

阿术和刘整先后来到了襄樊前线。阿术当年随父兀良合台攻大理时就已经以勇猛闻名，史称他“有智略，临阵勇决，气盖万人”。

1267 年（至元四年）八月，他初到襄阳，就在牛心岭设伏成功，一举斩获宋军万余人。九月，刘整率部到来后，和阿术一起巡视战地。走过虎头山，来到汉水东面的白河口，阿术说：

“如果在这个地方筑垒，封锁江面，就可以切断对襄阳的粮食供应，将军以为如何？”

“对，我也正想到这点。”刘整答道，“此破襄阳根本之计也。以我方之精良骑兵，谁也无法抵挡，只是水战一时还不如宋军。我们要夺彼所长，造战舰，练水兵，那就大功告成啦！”

“将军所见极是。”阿术说，于是两人联名奏闻朝廷，建议白河口建城、训练水师等等。忽必烈对他们的想法全部表示同意。

夹江而建的城堡很快完工了，阿术又在汉水河中一小洲上建堡，与白河口城堡相应。眼看增援的宋军再无法溯汉水而上襄、樊，守城的吕文焕极为恐惧，便遣谍报人员以蜡丸藏书往鄂州告知吕文德。吕文德是个狂妄无知的谄佞小人，他竟然还发脾气，大骂来人：

“你这厮分明是妄言邀功。就算有筑城之事，那也是假象。襄、樊城池坚深，后勤储存足可支持十年，回去要吕老六（文焕）坚守。如果蒙古人真有什么动作，待春水一下来，我就去收拾他们，只恐怕到时候他们已逃走了。”

吕文焕对兄长的愚庸只能发出一声苦笑。

第二年春天，吕文德没能来，蒙古方面却来了史天泽。以宰相之尊，史天泽带着枢密副使忽刺楚亲临襄樊前线指挥一切。吕文焕听说史天泽到了，还派人送盐和茶叶等物表示礼貌，可是史天泽不买账，只督促军民赶筑一道长围，使南北根本不能再相通；已筑的各堡之间，也全部用土墙联结起来。至此，襄樊已陷入蒙古军队的重围之中，虽然大进攻还没有开始。

南宋朝廷里不少人都主张起用高达去解襄阳之围。可是贾似道怎么会同意用高达呢？当御史李旺正式向贾相爷提出建议时，贾的回答是：

“我如用高达，把吕氏家族搁在哪里？”

李旺从贾似道那里出来以后，只能叹口气说：

“安定了吕氏，只怕赵氏（宋室）就危险了。”

吕文焕听说要派高达来，心里也很不自在，和幕宾商量，有位幕宾献上了一条妙计：

“这事易办得很。现在朝廷以为襄阳很危急，所以准备用高达；如果我们报捷于朝廷，那么高达一定就不会成行了。”

刚好这时宋军捕获了几名蒙古骑哨，于是吕文焕就上表报捷献俘。他大概根本不知道朝廷并没有援襄的切实打算，看到高达没有来，还以为是自己的“捷报”起了作用。

贾似道刻意保护吕氏家族，当然事出有因。吕文德对他来说确实十分有用。控制朝廷大局不能光依靠几个在中央机关任要职的党羽，一定要有实力强大的地方集团与自己相呼应。吕文德兄弟控制着长江中游，兵军众多，而吕文德本人对贾似道的意图往往领会得最深刻、贯彻得最卖力。每当贾似道一摆出要撂挑子的姿态，吕文德就会送来前方吃紧的战报。使满朝上下都担心这位再造河山的相爷会置天下危亡于不顾。至于贾似道要打击什么人，如制造曹世雄、向士璧等人的冤案，吕文德更舍得出力。

贾似道为什么会成为这样一个身系国家兴亡的重要人物呢？这不是三年两载所能做到的。他自从鄂州前线回朝以后，利用理宗皇帝的昏庸，不断地排除异己，独揽大权，特别是在册立赵禥为太子的过程中，他不仅卖力，甚至可说是台前幕后一手操纵。1265 年（宋咸淳元年、蒙古至元二年）赵禥登上了帝位，即后来庙号所称的宋度宗。新皇帝以贾似道有定策功，百般尊崇，进位太师，封魏国公，而且朝拜时，还向他答拜还礼。赵禥称呼贾似道为“师臣”，朝臣则称呼贾似道为“周公”，其威势简直空前绝后。

然而，贾似道并不满足于这些。办完宋理宗的后事，他就直接回到台州老家去了（反正离京城临安也不远，朝政实际上仍在他的控制之中）。接着就传来吕文德关于蒙古人进军的紧急情报（是按贾似道的密令发的假消息），度宗和朝臣们无不惊惶，最后由皇帝和太后共同签署了手诏才把贾似道请到临安。他要当太师，按宋朝的制度，太师需先建节于外（外放节度使）。于是皇帝便授他一个镇东军节度使，他发怒道：

“节度使，无非是些最粗鄙的武夫而已！”

节度使持节出京是很隆重的事。贾似道出节那天，临安市民万众围观。可是他走了不多远又称日子不吉利，打道回府。“节”这东西是天子授权的象征，从来都很神圣，为了喻示一往无前决不屈折的意思，出去了，是不能折回的。贾似道这一举动，使朝野为之骇然。

太师当了不到半年，他又扬言要回台州。度宗被他逼得没法子，以至于行拜礼挽留他。这时在旁边的参知政事江万里赶紧拉住皇帝说：

“自古没有这样的君臣之礼，陛下不可拜，似道也不可再言去。”

贾似道当时确实有一点难堪。下殿以后，他举起牙笏向江万里行礼致谢道：

“今天要没有您，似道差点成了千古罪人。”

话是这么说，他心里从此极恼火江万里。加上他和江万里经常在皇帝身边侍读，皇帝每有疑义提出，他全无应对的能力，只有江万里能一一答对。这种情况令皇帝觉得可笑。皇帝一笑，贾似道的羞惭更直接转化成仇恨。后来，终于罢去了江万里的参知政事。

有一次朝臣们在一起议事，大概众人的想法有点不合贾似道的意，他突然厉声说道：

“诸君要不是我提拔，怎么能到此地位？”

这话未免太刺耳，可是大家都保持沉默，不敢提出异议，只有礼部侍郎李伯玉接口道：

“伯玉殿试第二名，就算平章不予提拔，伯玉地位也可以至此！”

贾似道当时脸带怒色，只是没有发作，随后便把李伯玉外放为隆兴知府。

咸淳三年（1267 年），贾似道又说要回家养老。这回为了挽留他，度宗皇帝特授他平章军国重事的头衔，五日一朝，赐私邸于西湖葛岭，供他休养于其中。从此他除了五日一次乘船入朝，不再到官署办公。大小朝政，就由他的幕宾廖莹中和堂吏翁应龙处理，必须他表态的事，由书吏转呈。他紧紧抓住的只是一个人事权，凡弹劾、推荐、征召、调迁、罢黜等等一概要由他拍板。想求美差的人必须向他奉献，正人君子日渐绝迹于朝中，不是自动请退就是被他排斥。

过了两年，吕文德患背疽死去。死前，他对自己的错误有所认识，特别是想起同意蒙古人建立榷场一事，总是悔恨地说：

“误国家者我也！”边说边以手击额。

吕文德一死，贾似道便任命自己的女婿范文虎为殿前副都指挥使，接管了吕文德的兵权。范文虎是个畏敌如虎又好说大话的家伙，在江汉一带一败再败。后来临安派李庭芝督师援救襄、樊，范文虎致信贾似道，说自己“带兵数万将入襄阳，一战可平，但愿不要事事听命于朝廷，事成则功归之于恩相。”李庭芝约他进兵，可他只顾与妓妾娈童玩乐，推说请示尚无结果不敢轻举，拖一天算一天。

襄樊被围这么久，形势十分危急。贾似道却若无其事，沉湎于湖光山色之间悠哉游哉。先前的五日一朝已改为十日一朝，入朝不拜，退朝时，皇帝还要起身相送，直到这位“师臣”走出殿庭才归座。而葛岭的贾公馆里，楼阁亭榭，美不胜收。贾似道还修了一座“半闲堂”，里面供着自己的塑像。他娶了一名宫女叶氏，还蓄养了不少娼妓、尼姑，纵情淫乐。他又十分好赌，常与一班赌徒在府内聚赌。局外人谁也不敢往他的宅院里多看一眼。有一次，他一名妾侍的兄长来探视妹子，在门口要进不进地犹疑一阵，被贾似道看见了，当即不问情由，就把这人绑了投入火中。他最热衷的娱乐是和姬妾们趴在地上斗蟋蟀，随着虫儿激烈地厮杀、呐喊助威声和欢呼声、惊叫声、惋惜声，闹成一片，得宠的门客会乘机调侃：

“啊？这就是贾太师的军国重事啊？”

他担任着平章军国重事的职责，可真正的军国重事却被他置诸脑后，自己不管，也不许别人管。谁对他提起边防事务，就不免受到贬斥。有一次，度宗赵禥问他：

“襄阳被围已三年有余，师相有何处置之法？”

贾似道猛听此言，不免一惊，但随即稳定下来，从容不迫地应对皇帝：

“北兵已退，陛下从哪里听来这种消息？”

“刚才一位宫中嫔妃所言。”度宗回答说。

贾似道没费多少力就查清了向皇帝说及此事的宫嫔，过了不几天，找了一个诬告的借口，将她赐死了（自尽）。朝中人总算都知道了贾太师的心意，从此谁也不敢再提边防的事。

浙江兰溪有位士人，名叫金履祥，身在山村，心忧天下，他进献了一个“牵制捣虚”之策。所谓“牵制捣虚”，就是将重兵由海上运往蓟、燕，直奔蒙古心腹之区，其时襄、樊之围不攻而自解。这个战略设想虽然显得大胆一点，但也并非完全不可取。宋军一向有较强大的水师，打造和征调船只也并非难事，但是谁能承担计划的组织和实施之责呢？贾似道听了汇报之后只斥责为“迂阔无用”，大概是因为献计者不过一介布衣，因而也没有再多方追究。

到了 1272 年（至元九年），襄、樊被围已达五年之久。平心而论，吕文焕为坚守这座孤城确实费尽了心力，若不是他有一股子认真、刻苦的韧劲，襄樊一线早就被元兵占去了（顺便说一句，忽必烈已在 1271 年正式用“元”为国号，并改中都为大都。此后叙事，蒙古一律改称元朝）。以城中的状况而言，粮食倒还有一些，食盐、燃料和布帛却已经十分匮乏。

樊城守将张汉英，招募了几名游泳健将，将求援的蜡书藏在发髻里，人则躲在草堆下面浮水顺江而下。求援信里写道：“元兵在鹿门筑堡，汉江江面已被封锁，需设法从荆州、郢州方向发来援救之师。”这几堆藏着谍报人员的干草引起了元兵注意，倒不是怀疑下面有人，而是想把干草钩捞起来作柴火烧。江面隘口处本来狭窄，元兵动手甚是容易，不一会，草堆下的人全被捕获。想和荆州、郢州方面联系的想法落空了。

宋京湖制置使李庭芝，这时也奉到了移屯郢州的命令。他所率的将士全部分驻于新郢和均州、河口一带，战略目的当然是增援襄、樊。郢州（今湖北钟祥）在襄阳南面汉水的下游，而均州（今丹江口）、河口（今老河口市）在襄阳西北汉水的上游。从郢州北上援襄几乎是不可能的事，阿术利用鹿门的地形所筑的城堡已经完全控制了江面。头年八月，范文虎曾指挥两淮水师及直属精锐十万人，在鹿门和阿术大战了一场。元军在汉水东西两岸列阵，布置了强大的炮火和弓弩队形，正面则以水师攻击宋军前锋，宋军水师三面受敌，自然不支，而元军却可以从水上陆上互为呼应，更何况居于上游，当时汉江又涨水，范文虎的军队接战不久，就丢旗弃鼓，乘夜色南逃。这一仗，元军俘获的宋军官兵、舰只和辎重不计其数。从此，宋军方面也无人再作溯汉水而上援救襄樊的设想。

李庭芝总算是个有心人，他查明了汉水上游有条叫清泥的小河，自房州（今房县）武当山谷流出，便组织一批工匠兵丁在这条山间小河里打造了一支轻型船队。这批船结构特别，每三舟结成一舫，只有中间那条用来装载物资，旁边的两条，船底是虚的，甲士伏于船舷边，也可以潜于水下，担任中间那条船的护卫。李庭芝在当地出重赏募集了一批敢死之士，总数约三千人，都是来自襄、郢、均、房诸州的骁悍善战的民勇。有两支来自巴山山脉深处的地方武装，分别由两个姓张的头领统率，应募来到李庭芝帐下。李庭芝和他们洽谈之后，深感这两个张姓头领智勇过人，且深得部下拥戴。于是便分别授予都统之职，要他俩带领这支轻舟突击队冲破元军封锁增援襄、樊。

这两位张都统，一个叫张贵，绰号“矮张”；一个叫张顺，绰号“竹园张”。两人在李庭芝那里领了将令，便集合部众进行战斗动员。向这样的部队进行战斗动员是不需要什么长篇大论的，甚至连国难家仇这一类煽情成分都可以免去，只见“竹园张”张顺跳上点兵台大声嚷道：

“此次突击入襄阳，人谓九死一生，我谓有死无生——”说到此处，他略一停顿，用眼光扫一扫下面的听众，看看有什么反应。只见在场官兵都神色凝重，他知道这开头两句已经产生了预期效果——悲壮感被激发起来了。他便接着说：

“汝辈参加此次行动，或者有人并非出自本心，如果是这样，现在立即退出，本都统并不怪罪。勉强随行，生死关头必然畏葸不前，那时就坏了我的大事了——不死于敌，也必死于军法！”

“誓与都统共生死！”

“不入襄阳誓不回还！”张顺的话还未住口，四周已经响起一片高呼。群情十分激奋。

张贵、张顺看到如此情形，知道士气可用，立即就将士卒编入船队，乘着汉江涨水，顺流出发。一路经团山，进高头港，入汉江干流后，重新将船队结成方阵，每船配置火枪、火炮、燃炭、巨斧、劲弓，等到将近午夜时，就正式向襄阳进发。张贵率队在前，张顺领兵殿后，各船方阵之间以红灯为联络信号。船队顺风顺水，很快便到了磨洪滩。此处水浅，只见元兵水师舰船相接，竟至横断江面，没有留下一点隙缝。张贵、张顺指挥军卒先用火枪、火炮猛射。元军并无防范，半夜时分被枪炮惊醒，不免先自失了锐气。靠近时，宋军又用劲弓强弩向仓皇出来应战的元兵轮番射去，元兵许多人刚走出舱外便被射落入水。少顷，两军相接，张贵、张顺命令将炭火点着，把元兵舟舰之间相连的横江铁练一截一截烧软，然后用利斧将其斩断。被隔开的元军船只被掀翻、被烧毁者数以百计。元军的防线被突破了，但元军的抵抗并没有停止。从磨洪滩以下一百二十里间，张贵、张顺的船队一边作战、一边前进，元兵且战且退，根本无力阻挡。天刚亮的时候，宋军增援部队终于到了襄阳城下。

襄阳军民已经五年没有见到过援军。当张顺、张贵的船队带着枪炮声、呐喊声出现在汉江水面上时，全城的人都激动得不能自已，勇气顿时增长百倍，自发地冲出水城门（襄阳的北门）去接应援军。受了重创的元军倒也不再缠着打了，他们目送宋军的援军全部进入襄阳，再撤回封锁线上，修补被毁的防御体系，把一座襄阳城重又围困起来。

入援的部队受到襄阳军民的热烈欢迎。可是清点人员时，却不见了张顺。直到几天以后，有人发现汉水中有一具浮尸，逆流而上，到了襄阳城下的浮桥边便停住了。人们围过去一看，那死者身披甲胄，手执弓矢，怒气勃勃如生，细认之下，不是别人，正是“竹园张”张顺。把张顺打捞起来，才看到他身中四枪六箭。在场军民见他死得如此壮烈，许多人流下了悲愤的眼泪。因为死者阵亡已是数日前的事，照理说尸体应该已被冲到了下游很远处，可是人们眼见的竟是逆流而上的奇观，而且手执武器，满脸栩栩如生的怒气，这难道不是英勇不屈的将军在显示灵异吗？襄阳的军民一传十、十传百，都说“竹园张都统”已经升天就了神位。他们收殓了张顺的尸体，并为他建造了一处庄严而朴素的坟墓。

襄阳的失守震动了南宋朝野

吕文焕想把张贵留下来和他共守襄阳，然而张贵却不以为然，他对吕文焕说：

"此次突破元军封锁，顺利进入襄阳，适是证明我军士气昂扬，元军并不足畏。我既来得，为何便去不得？我欲率领部众顺流而至郢州，一路之上，毁去元军的防守设施，打通汉江航道，引郢州之兵北来，彻底解除襄阳之围！"

"下游元军兵将多、火力强，江上之堡寨密集，通过当不如上游之易。"吕文焕提醒他说。

"兵所恃者，惟一个勇字，有勇则无坚不可摧。破上游之敌，全赖将士之勇，岂可谓易？"张贵似乎不高兴吕文焕的话，接着他又说，"再者我与张顺都统入襄原为打通援路，如仍在此困守孤城，则去原意甚远。我将愧对英勇殉国的张顺都统的英灵了。"吕文焕见他执意要出战，也不便多加劝阻。两人商议，先招募精通水性的勇士两名，要他们带着蜡书顺流而下去到郢都，通知范文虎，告知张贵率众南下的时间，要范文虎派兵在句林滩以下、龙尾以上的江面接应。这两名勇士都是能潜伏水下多时的游泳高手，且能捱数日不食之饥。尽管元兵的封锁较过去更为严密，连环铁索长达数十里，还在水中布满木桩——名为“撒星桩”，元人自夸是鱼虾都难以通过，但这一切都并未能阻止住两位勇士的去路。他们带着短锯，在水中遇到木桩，即将其锯断，就这样，他们到了郢州，并带着范文虎的复书又逆流而上回到襄阳。范文虎约定屯五千兵在龙尾洲上，只待张贵船队一到，立即配合夹击元军。

既然已经定好时间，张贵也就不再拖延，当即召集部队，与吕文焕告别，准备出发。部队点名登舟时，突然发现少了一名小校，此人日前曾因过失受到鞭挞的处分。张贵大吃一惊：

“这厮定是挟怨叛逃了。我的计划必将泄露于元军。现在只有赶快出发，对方可能还未来得及知道一切。”说毕他就下令鸣炮开船。

张贵的船队乘着夜色，顺流而下，一路上冲破了不少元军的堵截，斩断了许多江中的铁链和木桩；夜半时分，到达了小新河。阿术和刘整分别率领舰队等候于此。岸上的元兵高举着芦苇做的火把，把这段江面照耀得如同白昼。张贵和他的部下本已抱定必死的决心，因而也并不被元军的气势所吓倒，他们使用火枪、火炮和弓弩与元军展开了殊死的拼搏。他们边战边进，过了句林滩，龙尾洲已经在望。从江上望，只见舰船相接，旗帜纷扬。张贵想，这定是范文虎派来的五千援军，两军会合，就不怕斗不过元兵了。张贵命令举流星火为信号与对方联络，那边的船队一见举火便马上迎了上来，看看到了眼前，才发现对面船上全是元军。原来，龙尾洲上的宋军因早两天风浪大而临时决定退兵三十里扎营，而元军却得到了张贵帐下叛逃的小校提供的情报，抢先占据了龙尾洲，以逸待劳，等候张贵船队的到来。

张贵和他的部属已经连续战斗很长时间了，本指望在此得到友军接应，夺取胜利，谁知此时竟陷入了前后被夹攻的绝望境地，失望加剧了疲乏的感觉，虽然仍然坚持奋战，但终究抵挡不住强大得多的敌人的进攻，最后几乎是死伤殆尽。张贵自己身上受创数十处，再也支持不住，晕死于地，被元兵俘虏。

阿术喜爱勇士，看到被俘的张贵，便想劝他投降，但是张贵早已有死的思想准备，根本不接受阿术的任何好意，阿术终于只好下令将张贵杀死。为了打击襄阳军民的士气，阿术命令四名降卒抬着张贵的尸体到襄阳城下，并要他们对着城上的宋军高呼道：

“尔等识得矮张都统么？”

城上的宋军看到张贵的尸体，都哭了起来。吕文焕命令将张贵的尸体抢进城，把张贵和张顺两人葬在一处，并且立了一座庙，供奉两人的灵位。

襄阳军民从此不再对援军抱什么希望了。

刘整本是南宋宿将，熟知军务，对他的降元，宋廷方面当然极为恼火，而且也感到害怕。李庭芝想了一条离间之计来对付这个朝廷大患。他请准授刘整为卢龙军节度使，封燕郡王，派一名和尚带着委任状、印信及兵符等，还有李庭芝本人的亲笔信，到元军大营来会刘整。还没见到刘整，和尚就被捕了，因事关重大，他们立即报奏到忽必烈处。忽必烈命令张易和姚枢负责调查处理。刘整心中无鬼，便自请赴朝面见忽必烈。见到皇帝，他跪倒尘埃，自诉道：

“宋人害怕臣在襄阳前线指挥作战，想出此反间计，想借陛下之手以杀臣。臣对所控之罪实在一无所知。请陛下明察。”

忽必烈当然能判断这种把戏的意图所在，他想，朕岂是如此容易上当的人？刘整不但不能治罪，相反要另加赏赐，让他回前线去继续指挥作战。他要刘整给宋廷写了一封信，质问对方的用心并斥责这种伎俩的无耻。

和刘整一同掌典襄、樊前线汉军的阿里海牙向忽必烈提出先攻樊城的建议，他说：

“襄阳之有樊城，就如同齿之有唇，唇亡则齿寒。我军进攻，宜先取樊城，樊城一破，宋军失去呼应声援之势，则襄阳可不攻而得。"

“卿所言甚是。”忽必烈深以为然。刚好这时有回回人制成新炮来请功。这是一种巨型石炮（利用机械原理抛石，而并非火药引爆），设计精巧，省力而又射程远。忽必烈检阅之后命令将新炮送往襄阳前线参战。

刘整带着新炮回到军中后，选择在鹿头山高地新筑城堡，樊城守兵见状便出城来争夺高地的控制权，双方展开激战。元兵千户随世昌亲临阵地，指挥兵丁一面筑城一面作战，突击奋战了一个通晚，终于将城筑成。这时刘整又挑选了二百名敢死队员在阵前设置炮帘（炮位前方的掩蔽物，防避敌方的火器和箭矢），这些人是完全暴露的，正好成了樊城守军射杀的活靶子，一时矢石交加，死伤了一大半。但炮帘终于是立起来了，石炮开始发挥威力，首先是向江上宋军的船只抛射火种和燃料。其时正在隆冬，北风劲猛，风助火势，不一会江上便成了一片火海，配上满天飞扬的大雪，景象壮观已极。樊城守将范天顺和牛富驱兵出城，想夺回元军新建的炮垒，但刘整和随世昌正想立功，趁此奋力拼杀，那随世昌虽受伤多处，血流满甲，却气势愈壮，高声在阵前督战。又斗了片时，宋军见胜利无望，只好又退回城里去了。

阿里海牙用回回新炮虽有效果，但却未能解决根本问题。转眼过了年，已是 1274 年（至元十年）正月，樊城依然未能攻下。行军万户张弘范在前线巡视时，被宋军流矢射中手肘，待包扎好伤口后，他心中已有了计谋。他立刻去见阿术，说道：

“襄阳和樊城隔汉水南北相望，吕文焕在水上横以铁索，架设了浮桥。我军从陆上攻樊城，襄阳则出师来救，致使我军久攻不克。如果我军先截断对方的水上通道，使隔河之兵不能来援，我军水陆夹攻，樊城、襄阳先后可下矣！”

阿术同意张弘范的意见，立即组织实施，派出一支水上敢死队，带着机锯、利斧，去破坏襄、樊间的浮桥。吕文焕当然出兵来争，张弘范则另以部分精锐与宋军接战，掩护敢死队施工。不到两个时辰，浮桥就被彻底摧毁了，襄、樊之间的江面全被元军所控制。阿里海牙随即在陆上展开对樊城的猛攻。失去了襄阳的声援，樊城成了孤城，终于被元军攻破。范天顺眼见元军潮水般涌入，知道已无能为力，他仰天长叹道：

“生为宋臣，死为宋鬼！”说罢拔剑自刎。

牛富却不肯立刻就死，他要在死前再多杀几个元兵解恨。他身边已聚集着大约百来名敢死之士，他们转战在樊城的街道上，逢着元兵就杀。元兵没有想到城破了还有这么一支不怕死的队伍，竟会进行这种绝望的抵抗，因而一时未能集中优势的兵力来对付他们，以致在巷战中造成了不小的伤亡。牛富带着这百十号人，足足坚持了几个时辰，最后终于被元兵的火攻之计围困在一条街上无法再四处转移。他们之所以能与元兵周旋这么久，除了以死相拼这一条外，就是靠的地形熟悉、运动灵活，现在火势把他们转战的出入路径封死了，他们终于面临绝境。牛富此时已身负重伤，自然不愿被俘，他向着街边一条石柱一头撞去，然后滚入火海之中。他身边的裨将王福看到牛富已经投火殉国，便对周围的弟兄们说道：

“牛将军已为国捐躯，我岂能再苟活下去！”

王福说毕，亦赴火而死。一时还有好多宋军士兵也纷纷投身烈焰，为国死节。

樊城的抵抗是很壮烈的，军民活下来的为数不多。自杀殉国的京湖都统制范天顺苦守孤城，可说是尽了最大的努力，力尽城破，更能从容一死，保全体面。范天顺是范文虎的侄儿，可是那位叔父就根本不能和侄儿相提并论。

樊城被破，襄阳人心大恐。本来这时物资的匮乏就已经严重到难以为继的程度，再加上人心浮动，形势危急到了极点。吕文焕每次上城巡视，都要望着南方恸哭一场才下来。哭也不能解决问题，他派遣过无数批人，冒死通过封锁线，向朝廷求援。贾似道每次接到求援的表章，就上书度宗皇帝要求派自己上前线指挥作战，但每次都是一面上书请战，一面又阴使御史台的谏官们阻止自己出朝。阻止的理由很简单，无非是“师臣是天下人心之所系，不可以轻动”云云。这回樊城破了，贾似道又申请统兵出朝，他在朝堂上说得慷慨激昂：

“此危急存亡之秋也，非老臣出师不足以遏制元虏之凶焰，请陛下准臣率兵援襄。”

度宗赵禥也不知如何是好，便将此事交大臣们廷议，又是监察御史陈坚等人奏道：

“师臣公忠谋国，心昭日月，人神共鉴，但我朝中只有一个师臣，若令师臣出朝，顾襄阳则不能顾淮上，顾淮上则不能顾襄阳。还是只有镇守中枢以兼顾天下，才是上策。”

赵禥是个没头脑的家伙，于是又挽求贾似道留下。

临安这边全是放些空炮，什么实际动作也没有，而阿里海牙却把他的新式火炮运到了襄阳城下。这种炮的火力之猛是宋军没有领教过的。第一炮便命中了襄阳城上的谯楼（报时间的更鼓安放之处），响声如雷，城内许多人被吓得乱了方寸，甚至不少将领也偷跑出城向元军投降。吕文焕心下明白，城是再也守不下去了。

忽必烈早有明示，襄阳已经围攻了五年，一定要争取招降。这一方面是因为宋军处于山穷水尽之势，硬拼徒然增加死伤和杀戮；另一方面他对吕文焕颇有好感，觉得这人有能力也有毅力，是个将才，要让他为自己所用。对忽必烈的诏示，刘整心里可大不以为然。他一心只想杀进襄阳，手诛吕文焕，这不仅是为了立功，更主要的是为了报复。早些日子，他曾以老同僚的身份策马到襄阳城下和吕文焕对话，无非是劝吕文焕当机立断、择善而从，可是吕文焕不但不听，反而恶语相向，并命令身边的弩弓手向刘整放箭，刘整猝不及防，要不是身上穿着一袭厚甲，当时就回不来了。从那以后，刘整就决心要力克襄阳、血洗襄阳。

阿里海牙知道刘整的心思，并非常坚决地劝阻了他。刘整听阿里海牙解析了忽必烈的旨意所包含的目的，不能不把报复的心思抑制下来。阿里海牙显然比自己更了解忽必烈，弄不好自己立功不成反而招过，那又何苦呢？

当吕文焕已经丧失斗志的时候，阿里海牙带着随从骑马到襄阳城下，喊话要吕文焕听诏。

“岂有此理！我乃大宋臣子，怎么能听他主子的诏？”吕文焕口里如此说，人却还是登上了城楼。

“吕将军，我大元皇帝有亲署的诏书给你，待我读与你听。”阿里海牙边说边双手展开诏书，也不容对方再答话，便开口念道：

“……尔等拒守孤城，于今五年，宣力于主，固其宜也。然势穷援绝，如数万生灵何！若能纳款，悉赦勿治，且加迁擢……”

谁说不是呢？吕文焕想，我苦守了五年，作为臣子，我对得起赵宋朝廷了。现在这种状况，再打下去，确实是害苦了数万襄阳百姓。要我纳款投降，便不咎既往，并予迁升。看来忽必烈还是够宽厚的，但是他说的这些话是否可信呢？需知多少元兵死在襄阳城下啊！这些蒙鞑子能真正做到不计前嫌吗？

看到吕文焕脸上狐疑不决的神色，阿里海牙知道他心意已动，只是存有顾虑而已，此时最关键的是要他相信我方的诚意，他一时又想不出别的什么有效方法，便从身后掏出一支箭来，擎在右手中，挥动两下，并大声对城上说：

“吕将军，我知道你是一个有胆略有主见的人。皇帝陛下对你的爱惜确实出于至诚，不可再有疑虑，贻误良机。我，阿里海牙，可以对天盟誓，如果我所言有半点虚假，便让我有如此箭！”说毕，他两手用力，将箭折为两段。

吕文焕被阿里海牙诚恳的态度感动了。当然，此刻他的潜意识里已经有种强大的力量在推动他进入这种感动，因为，他除了感动之外也没有别的出路。他并不愿意如范天顺一样选择死，他觉得自己没有理由再为赵宋皇帝去死，他无负于朝廷，而是朝廷有负于他。他命令打开城门，亲自到城外迎接阿里海牙。

阿术把前线司令部移进了襄阳，并遵照忽必烈的命令让阿里海牙陪吕文焕一同入朝觐见。忽必烈向吕文焕重申了他在诏书里许下的承诺，在给予许多赏赐的同时，任命他为襄阳大都督。吕文焕在叩头谢恩之后，进一步建议道：

“今陛下已得襄阳，顺汉水而下，郢州城小而无险可据，取之甚易，文焕愿为先锋。”

忽必烈看到吕文焕刚刚归降，便能主动请缨，一方面为自己的得人心而高兴，一方面又不禁对吕文焕产生了几分鄙薄之心。怎么能够对故国旧主一下子如此翻脸无情呢？那个刘整也是同样一种表现，真不知道这个以礼仪之邦自居的南方大国怎么会培养出一批这样的将领！然而，朕对这种人可不能嫌弃，一定要好好地笼络他们，也许有朝一日能发挥出意想不到的作用。忽必烈扮出一副真诚的微笑嘉奖道：

“卿所奏甚合朕意。朕早知卿忠勇多智，望今后能善体朕意，公忠国事，朕有赖多矣！”

把吕文焕打发回襄阳以后，忽必烈便召集朝廷重臣商量南征的大计。大家都说：“乘破竹之势，席卷三吴，此其时矣。”为了做好实施这一战略计划的筹划准备工作，忽必烈成立了东西两个前线司令部。西面的行荆州等路枢密院事，驻襄阳，由史天泽、阿术、阿里海牙等负责；东面的行淮西等路枢密院事，驻正阳（今安徽寿县），由合丹、刘整、董文炳等牵头。过了年，便是1274年（至元十一年）正月，忽必烈又召开了前线将领会议，商议进兵之策。会上自然是群情踊跃，都积极请战。阿里海牙说：

“自古荆襄乃用兵之地，得之则天下大势尽在掌握之中。今汉水上游尽为我所有，顺流而下，宋之平定可计以时日。”

比阿里海牙地位更高的阿术接着进言：

“臣近在江、淮略地城，见宋兵之势弱于往昔。以士气而言，彼竭我盈，此时不发起总攻击，则将错过一个难得的时机。”

忽必烈征询史天泽的意见，他是这群人中地位最高、资历最深而且年龄最大的，他的阅历经验决定他必能提出精确老到的看法。

“南征是国家大事，必须由朝廷重臣主持。”史天泽苍老而沉厚的声音响起来，“统率诸军，非有安童、伯颜这样的人不可。混同四海，今日并非难事，但将不得其人，则事有可虑者。臣老了，当个副手倒还是够格称职的。”

忽必烈稍稍考虑了一下，开口说道：

“依卿之建议，可用伯颜为统帅。”

大家都觉得伯颜合适。安童虽然地位更高，但中书省总还要人主持。阿里海牙又说道：

“我师南征，必分为东、西、中三路，现有之兵尚不敷使用，至少需增兵十万人。”

忽必烈同意了，立即命令中书省下令各地征兵，总额暂以十万为度。同时又在汴梁打造战舰八百艘，准备经漕路由宋州、宿州、泗州而入淮，再经楚州、扬州而入江，以配合荆湖地区的进攻。总之，今后的关键战役必将在长江上打响，所有准备工作要围绕这点进行。

襄阳失守的消息传到了临安，满朝震动。贾似道满脸的忧国忧民之色，对度宗说道：

“臣屡次请求亲自到边境去指挥部署，可陛下就是不同意，如果早先让臣到前线督师，想来情况不会如此之糟！”

度宗赵禥纯粹是个沉迷酒色的混蛋，当太子的时候，好色的名声就远播宫外，登了大位，就更肆无忌惮了。宋代宫廷的规矩，嫔妃每夜入侍皇帝，早晨要到閤门谢恩，并由管事大臣记下日月。就是这个赵禥，在他刚当皇帝那段时间，一天早晨谢恩者竟达三十余人，可见这家伙好色到了什么程度！此时，他听到贾似道这样说，生怕这位“师相”真要上前线，忙说：

“师相一人系天下安危，自当居中运筹。”其实他只是在复述贾似道党羽们的谀词。

贾似道听赵禥如此说，更来了劲：

“事态这么紧迫严重，如果臣不到前线上下驰驱，联络调度，将会出现大可忧虑的局面。”他的脸色凝重、声调低沉，那种“救天下苍生舍我其谁”的气概和心胸简直令人感动——当然谁也不会感动，朝臣们无论是他的党羽还是他的对头，都早已清楚这位“师相”的底细，而皇帝赵禥则最怕他离开，表演得越好越不能走。

“……师相不可一日离朕左右！”赵禥喊出声来，似乎差不多又打算跪下来求他了。

于是，朝堂上议来议去，也都一致同意“师相”不可离京，只是决定对改革枢密院采取几条措施，如加强保密、防止泄漏军机，提高效率、避免稽迟边报之类，全是些不得要领的空话。但是遭受这样严重的挫败，总不能完全不总结一下原因追究一下责任吧！刑部尚书兼给事中陈宜中奏言，襄、樊的失守，主要是由于范文虎怯懦逃遁，其罪当斩。贾似道当然不会同意斩掉自己的女婿，便给了一个降职为安庆知府的处分。监察御史陈文龙奏言，范文虎失襄阳，还让他知安庆府，岂不是当罚而给赏吗？陈文龙还提到新近被任命为沿江制置使的赵溍，说此人“乳臭小儿，何堪寄此大任？”这个赵溍之所以能得此高位，靠的是给贾似道献上了许多宝玉，之所以把矛头对准赵溍，当然就是要揭贾似道的老底，贾似道能不光火吗？他下令贬陈文龙知抚州，而后又唆使别人弹劾而将陈文龙罢官。

太府寺丞陈仲微上书言事，比较尖锐地剖析了皇帝、宰相对国事危殆所应负的责任。其略曰：

> 襄阳之陷，罪不专在庸帅、疲将、懦兵，君、相当分受其责。天子曰罪在朕躬，大臣言咎在臣等，宣布十年养安之谬，深

惩六年玩敌之非，则救过虽已无及，悔往尚愈于迷。今覆护之意多，克责之辞少，陛下乏哭师之誓，师相饰分过之言，……君道相业，两有所亏。顾此何时，而在廷无谋国之臣，在边无折冲之帅！鉴之先朝宣和未乱之时及靖康既败之后，前之俛首吐心、奴颜婢膝者，即后之奉贼称臣、叛君卖国之人也。……迷国者进慆忧之欺以逢其君，误国者护耻败之局而莫能议，当国者昧安危之机而莫之悔。臣常思之，今之所少，不止于兵，阃外（战区）之事，宜将军者制之，今则一级半阶，率从中（中枢）出，斗粟尺布，退有后忧，平素无权，缓急有责。……因诸帅有辞于缓急之时，故庙堂不得不掩恶于败阙之后。有谋莫展，有败无诛，上下包羞，噤无敢议。是以器杖、甲马，不足以肃军容，壁垒、堡栅，不足以当敌骑。号为帅阃，名存实亡也。城而无兵，以城与敌；兵不知战，以将与敌；斗不知兵，以国与敌；光景蹙近目睫矣！惟君相幡然改悟，天下事尚可为也。

那贾似道怎么能受得了这种指责？找了个借口把陈仲微黜斥到江东当提点刑狱。至于宋度宗赵禥或者根本没有见到这份奏折，或者见到了仍然无动于衷，总之，他没有就这份词锋犀利的上书发表过任何意见。

武汉三镇的大会战

1275年（至元十一年）的春天，忽必烈到上都（开平）小住，听到了许多关于辽阳行省国王帖木格扰民害民的奏报。对这些东路诸王的后王们，忽必烈是有充分估计的。他知道这些人今后还会出乱子。从长远来看，要来个彻底解除是毋庸置疑的，但现在却还不是时候，一则因为他们目前并不具备对朝廷构成威胁的实力，二则因为自己必须集中精力完成南征大业，如果分散精力，不独南征不利，而且北方广袤，驱军深入，劳师糜饷却难以奏效。忽必烈想，眼下要派一个有能力有威望的人到北方去稳定局面、镇慑不法。

派谁去合适呢？忽必烈自然想起了已经赋闲在家达四年之久的廉希宪。

廉希宪被任命为北京行省平章政事的诰命很快就发表了。临到出发上任时，忽必烈命令内侍用肩舆（轿子）将廉希宪抬进宫来。君臣刚一相见，不免有些尴尬，一番行礼如仪之后，便不知话该从何说起。还是忽必烈放得开些，而且他也不得不把此番差遣的意思说清楚：

“想当年朕在潜邸，卿便在朕左右，每与朕议论帝王之道，对朕颇多启发。卿诚可谓深明事理、洞知机务。”忽必烈从遥远的历史说起，意在调动情绪，使谈话的气氛因美好的回忆而变得温暖和谐起来。见廉希宪不置可否，忽必烈又接着说：“宪宗殡天之时，卿屡次陈说天命，劝朕鄂汉班师。这些朕一直都是牢记于心的。丞相这位子实在应该由卿担任，硬要退下去也是一时的推诿之计。”见廉希宪仍然没什么反应，忽必烈想，各种铺垫的话都不必多说了，还是赶紧说明此行往辽阳去的真实用意算了：

“辽阳行省户不下数万，又是先朝诸国王、驸马的分地所在。许多蒙古族的无赖集中在一起，难免不出点问题。好在这些人都知道你的本事，所以命你前去镇守，望体察朕的这番用意。”

廉希宪的北京行省治所在大定府（今内蒙古宁城）。他一到那里，果然民心大悦。从前那一路的亲王、驸马们有什么事都派人到衙门里来传令旨，地方大小官吏得站着听命。廉希宪下马伊始，首先把这条革正了。无论哪家来了什么人，进了大堂，一律得跪着和他说话。这对那些贵戚们的声势可是一个不小的打击。但谁都知道廉希宪的地位和背景，因此没有人敢站出来反对。法治于是一天天正常起来。

有一个自称“驸马”的小子，带一伙人住在城外，出于敲诈的目的，把某一家境富裕的百姓扣押起来，说这人的祖父曾经向他借了有息贷款，逼迫他立即偿还。数十年的利上加利，可是一笔巨款，这个百姓也从未听先人说起过有这么一笔债务，于是便一状告到了行省衙门。廉希宪马上派人去收捕“驸马”。那小子也不含糊，竟然骑着马直接闯入行省衙门大堂，大模大样往榻上一坐。那廉希宪在忽必烈面前尚且“论事激切”，岂能容得这一套！立即命亲兵把那厮摔下堂去跪在地上，然后问道：

“国法明文规定不许设私狱，你是什么人？竟敢随意羁押良民？”

那小子当然无话对答，但态度却仍然不肯驯服，他和帖木格国王有交情，不相信这个当官的能有什么特别的能耐敢不买国王的账。廉希宪看到他倨傲的表情，也不多说，便吩咐大刑伺候，首先给他上了三十斤的镣和四十斤的枷。刑具一上，这家伙颜色大变，知道今日遇见了硬对头，赶忙跪下来哀求廉希宪从宽处理。这时，帖木格国王也派来了使者为此人求情。于是廉希宪便松了刑具，要他签字画押，取保候审，随传随到。当天夜里，这个“驸马”便带着他一队人马逃得无影无踪。事情传到忽必烈那里，不久，就有诏书把帖木格诏归本国，由廉希宪独摄行省事务。

朝廷准备南征，发下款项要求行省购马六千五百匹。廉希宪从辽东方面购得羡余马（良种）一千三百匹。这本是一件可以邀功的好事，可是他却说：“全献上去不是显得自己在夸勤吗？”他把那些宝马分给完成任务不好的行省、路、府，所有的款项交还给国库。

忽必烈的长公主和驸马入朝觐见，一支庞大的随行队伍沿途围猎行乐，破坏农田，损伤民业，受害百姓向廉希宪求诉。廉希宪面谕驸马，指责了他扰民的不是，并表示要上奏忽必烈。驸马是久闻廉希宪的威名的，顿时乱了方寸，只好回报公主。公主倒还有些头脑，马上亲自出面接待廉希宪，一面给他进酒一面说：

“随从的小子们不知法纪，扰民害民，我们实在不知道，有管束不严之责。请接受我的赔款一万五千贯钱，作为对受害百姓的补偿。无论如何请不要遣使入朝奏闻皇上。”

皇帝的女儿尚且如此尊重廉希宪，贵戚中还有谁敢肆行不法呢？

这时候，忽必烈已经作好了全面南征的准备。照例，大举出兵之前总要有一篇冠冕堂皇的檄文。檄文的作用就是“正名”，“名正”才能“言顺”，才能克敌成功，否则，师出无名，必是不义之师，难逃失败的厄运。忽必烈的檄文（南征诏书）说道：

> 爰自太祖皇帝以来，与宋使介交通。宪宗之世，朕以藩职，奉命南伐，彼贾似道复遣宋京诣我，请罢兵息民。朕即位之后，追忆是言，命郝经等奉书往聘，盖为生灵计也，而乃执之，以致师出连年，死伤相藉，系累相属，皆彼宋自祸其民也。襄阳既降之后，冀宋悔祸，或起另图，而乃执迷，罔有悛心。问罪之师，有不能已。今遣汝等水陆并进，布告遐迩，使咸知之。无辜之民，初无预焉，将士毋得妄加杀掠。有去逆效顺，别立奇功者，验等第迁赏。其或固拒不知及逆敌者，俘戮何疑！

这篇文字基本上倒也算是实话，不过把战争的责任推在宋方未免太过牵强。宋廷仅仅因为扣留了郝经等人，就该加之以“师出连年”的战争么？忽必烈的所谓“问罪之师，有不能已”，不能不令人疑惑，“不能已”的理由在哪里呢？它给人的印象是一篇诚实的强权至上的宣言。

忽必烈本来早就表态，以伯颜为南征前线最高统帅，但临到出师前，伯颜和史天泽还是同样的中书左丞相的官衔，行省于荆湖。而荆湖和淮西是为南征而设置的两个不相辖属的行省（最初是行枢密院，后改为行省），于是史天泽建议道：

“现在大军即将南下，荆湖、淮西各置行省，势位既不相上下，号令必不能统一，长此以往，难免会坏事。”

“依卿之见当如何处置？”忽必烈问史天泽。

“当改淮西行中书省为行枢密院，荆湖、河南等路行中书省，一并归其节制。臣年老多病，无力典兵作战，请陛下专任伯颜一人，主持行院军机，以伯颜之才，当不负陛下之重托。”

忽必烈很为史天泽这种态度所感动，识大体，顾大局，举荐贤能，忠心谋国。五十年来出将入相，立功无数，却一贯谦虚谨慎，从不自矜其能，也不争权夺利。这几年来，他屡次提出致仕（退休）的请求，前不久还上表文说：“前代用人，二十从政，七十致仕，所以资其才力，悯其衰老，养其廉耻之心也。今入仕者不限年，而老病者不肯退，彼既不知自耻，朝廷也不以为非，甚不可也。”见解何等精辟！也许他确实感到疲倦了，七十三岁了，忧勤国事、转战沙场已经五十余年，还不该让他休息么？至少不应该再在前线受矢石之危、奔波之苦。于是，忽必烈说：

“卿自朕祖宗以来，躬擐甲胄，跋涉山川，出力可谓多矣！他日河山一统，卿之功当居首位。卿年事已高，如有小疾，可以北归，善自调护。朕日后尚有事致问于卿。”忽必烈说得极动感情，当场赐给史天泽葡萄酒、补药之类，送他到北地避暑。

史天泽退休不到半年就在真定老家去世了。

忽必烈按史天泽的建议，组织好了前线的指挥班子。伯颜奉命出师，陛辞时，忽必烈说：

“自古以来，善取江南者，只有曹彬一人。你不嗜杀，你就是朕的曹彬！”

“臣谨遵圣命，请陛下放心。”伯颜答道。

九月里，伯颜命令元军分三路进攻南宋。他自己和平章政事阿术统率中军由汉水直扑郢州。刚出师便赶上汉江平原涨秋水，到处汪洋一片，无舟楫难以通行。伯颜观察、分析了水情，知道陆上积水深不过人，便对三军说：

“长江我们还要打过去，难道能被这点积水挡住了去路吗？”

他命令一个熟知路径的壮士骑马在前引路，大队紧随其后，果然全军顺利地走出了积水区，来到盐山，这里距郢州二十里地。

郢州城分为新郢和旧郢两部分。旧郢城在汉水北岸，以石为城，新郢城在汉水南岸，江面用木桩和铁链横串起来，战舰密布，配备着强大的火炮和弓弩，凡河港通道，一律用木栅封锁，并设置了防御工具。元军向郢州发起进攻，遭到张世杰的激烈抵抗，无法得手，伯颜派人去招降张世杰，也是无功而返。阿术找了几个老百姓，向他们了解周围的地理形势，有人说：

“沿汉水九郡的精锐武装现在都荟集于两座郢城，城坚器利，挟江背水，水师从江面进攻，岸上骑兵无法掩护，确实难以攻克。不如袭取下游的黄家湾堡，堡西有条小河港，往南流入藤湖，从这条河沟里拖船入湖，再转入汉水只有三里路远，大军便无须在此劳师糜饷，而可以乘流南下直取长江了。”

吕文焕也觉得这个意见很好。但有人提出：

“郢城，南北交通的咽喉之地，不将其攻克，恐在我后方为患，或阻碍我军归路。”

事情最后由伯颜拍板决定，他果断地说：

“用兵的缓急之道，我清楚。大军全面南下，怎么能斤斤计较一城之得失！”随后，他下令放弃对郢州的进攻，顺流而下，派总管李庭、刘国杰攻取黄家湾堡，由堡西小河内荡舟入藤湖再进汉水。伯颜和阿术率司令部人员殿后，担任警卫的人员不上一百人——他们料定了郢城的守军绝对不敢出城来追袭。

元军进发到沙洋（今湖北沙洋农场），伯颜派了两名被俘的宋军带着招降的黄榜进城。守城的王虎臣、王大用根本不予理睬，杀了来人，焚掉黄榜。伯颜又差吕文焕到城下喊话招降，得到的回答是迎头一通乱箭。看来招降一途无望，伯颜便趁北风大起之时顺风势向城内发射金汁炮（瓦器内盛熔化的金属液体）。抛射进城的金汁瓦弹落地开花，城内四处起火，烟焰冲天，宋军无处藏身，沙洋于是被攻破。伯颜生擒了王虎臣、王大用，其余人一概屠戮。

元军接着又向新城进攻，新城守将都统制边居谊率部坚决抵抗。吕文焕命军卒将在沙洋屠城中割下的人头陈列于城下，并且把王虎臣、王大用押至阵前，命令他们向边居谊喊话。边居谊毫无反应。第二天，又让王虎臣等继续喊话，边居谊终于露面了，对城下元军说：

“我只想跟吕参政（文焕）说话！”

吕文焕听到军士的报告，以为边居谊对自己有特殊好感，只愿找我吕某一人议降。于是，他兴冲冲地驰马到城下，还未来得及开口，便只听得一片飕飕之声，埋伏在堞孔垛口间的弩箭雨点般向他射来，他转身策马要走，右臂已中了一箭。接着，马也被射中了，向地面倒去，吕文焕跟着也滚到了地上。城上的宋军正要用挠钩来擒他，幸好几名随从及时一拥而上，把他挟起来换上另一匹马，逃归本营，吕文焕这才算是重新捡回了一条性命。

但是新城终归是守不住的。首先是总制黄顺和副总制任宁相继出降，接着军官士兵中又有不少人打算缒城而下投降元军。边居谊把一批有叛降之心的官兵驱赶到城门口，全部斩首。这个行动意在向吕文焕示威，吕文焕恨得咬牙切齿，倾全军之力猛攻城池。边居谊虽然用准备好的火具进行了有效的抵抗，但双方力量悬殊，支持不了多久。首先是外堡被元军攻破，元军像蚁群般附着坍塌的城墙形成的斜坡拥入城内。边居谊知道抵抗已无法继续下去，他先是拔剑自杀，然而竟没有死，他只好又投入战地的熊熊大火以结束自己的生命。他部下的三千人仍然奋力拼杀，直到全部死光。边居谊一家老小也自焚尽节。

伯颜从心里钦佩边居谊，发令购求他的尸首。对着尸首，他观赏感叹了一番，心里想，出师以来，只攻克了两座城池，而两城军民几乎死得一干二净，照这样打下去，自己怎么好向忽必烈交代呢？他要我做曹彬第二，我却反其道而行之，杀一个鸡犬不留，别弄得将来功不抵过、功成而受罚，下场战斗就要切实注意这点了。

汉江下游最后一个军事据点是复州（今湖北天门）。复州知州翟贵不战而降，倒是解除了伯颜怕杀人太多的包袱，他下令诸将不得入复州城，否则以军法论处。复州城不在汉江边，大军仍然由汉江上前进，驻屯于蔡店，作渡长江的准备。阿术先派阿里海牙来问渡江日期，伯颜不答，第二天，阿里海牙又来问，伯颜还是顾左右而言他，不作回答。第三天，阿术自己来了，见面就问伯颜不答复阿里海牙是什么意思。

“渡江这样重要的行动，皇帝陛下把全权授予你我二人，还可以让第三个人知道么？”伯颜回答他，神气严肃，阿术不禁有些惶然。两人随即共同视察了汉阳、汉口一带的形势，最后商定了渡江的路线和日期。

当时，宋淮西制置使夏贵，以战舰万艘分据于江汉要津。都统制王达守阳逻堡，京湖宣抚使朱谊孙，以游击军扼守江汉以上荆湖地带。元军想从汉水直接入江，万难通过。阿术有名叫马福的部将报告说，如果能从汉水东北面汉口开坝将船队引入沦河，再经过湖面一段水路，就可从阳逻堡西边的沙芜口进入长江。伯颜听说之后马上派人到沙芜口一带侦察，得知夏贵也派了精兵在此驻防，伯颜不动声色，发兵进围汉阳，并且声言要取汉口渡江。夏贵中了这条佯攻计，调动精锐来援救汉阳。伯颜一看机会来了，马上命令万户阿剌罕出奇兵兼程倍道袭击沙芜口。占领沙芜口后，立即在汉口开坝，把大军船队由汉江引入沦河，再转道沙芜口进入长江。一日一夜间，元军数以万计的战船接踵而来，数千艘布置在沦河湾口，堵截宋军的追击。数以十万计的南下大军这时已屯布于汉口以下的长江北岸，等待发起攻击的命令。

阳逻堡就在沙芜口下游不远处，是江北一个重要军事据点，扼守着通往大江下游的水道。宋军长期经营此处，修筑有坚固的城防，配备有精良的兵力。伯颜一方面准备攻城的战具，一方面派人入堡内招降。照规矩，送进堡去的还是俘虏的宋军，进去了一批，毫无反应，也不知道是杀掉了还是留下了。第二批、第三批接着送，终于有人捎来了回话：决不投降！而且守将王达还耐心解释一番不降的道理：

"我辈受宋厚恩，安有背叛归降之理？惟有戮力死战，报效国家，是男儿应尽的天职。未来之激战，是报国的良机，即令死，也能俯仰无愧于天地，岂不甚好？我们早已备好了兵甲，就是为了今日决一死战。"

说到此处，本来话已说完，但他又作了两句十分形象的补充：

"今天我大宋天下，就如同赌博孤注，是输是赢就在此一掷了！"

伯颜知道在这种时候冷静到这种程度的人，想劝他归降是没有希望的，于是他开始从陆上从水面同时发起攻击，光是水师就动用了白鹞子（一种战船）达千艘以上。攻了三日，毫无进展，城堡的防御措施太有力了。有人引荐一位术者（占星卜卦之徒）来见伯颜，说是不妨问一问战局的前途。伯颜抱着一种无可无不可的态度，便要术者说个究竟。术者言道：

“天道南行，金、木相犯，若二星交过，则大江可渡。如逆天行事，徒增伤亡而已！”

伯颜本不相信这一套，从鼻孔里冷笑一声，便把术者打发走了。他已经构思了一个计划，派人请阿术来到大营，向阿术征求意见：

“人们都以为我军一定要攻克阳逻堡，才能渡江。这座城堡防务如此严密，再攻上十日、八日也是徒劳。我另有如下设想：你今夜率三千精兵，乘船直趋上游，在其防卫薄弱处，行捣虚之计，强行渡江，对南岸进行袭击，你登岸之后立即派人通知我，我再安排破堡战事。”伯颜的这一想法竟与阿术不谋而合，阿术说：

“强攻城堡，确是下策。如果把现有战船分一半驶往上游，先停泊在青山矶下，看准时机再一致行动，宋军首尾不能相顾，必败。”

伯颜把战役方案确定以后，第二天，就命阿里海牙和张弘范率部进攻阳逻堡，攻势很猛，堡子有些吃紧，宋淮西置制使夏贵便上汉阳方面调动军队增援。到了傍晚，阿术趁着昏黄的夜色，率领部队，溯流而上四十里到达青山矶。下半夜，天下起了鹅毛大雪，将近黎明时分，阿术远远看见南岸露出一片片沙洲，认定这是一块便于登岸的滩头阵地，便下令诸将由此处渡江。步兵在前，骑兵与战马在后，战船分批将他们送往对岸。

第一批登上南岸的是行军万户史格的部队。史格是史天泽的儿子，勇猛善战。阿术的主力由二十五个万户的部队组成，每五个万户又受一名万户统帅。史格便是这任统帅的万户中的一个。按照阿术的部署，史格应该在河滩沙洲地带等待后续部队，然后再向南岸纵深推进。可是史格一是急于立功扬名，一是轻视宋军实力，冒冒失失带着刚着陆的千把人就冲向了宋军的江防部队。驻守这一带防线的宋荆鄂都统程鹏飞，早已发现元军的渡江动作，集中了相对强大的兵力，严阵以待。史格和他率领的部队，刚冲上江堤，就遭到了一顿迎头痛击。虽然奋力拼杀，终究寡不敌众，片刻激战之后，千把人就被歼灭了数百，史格本人也三处受伤。正在十分危急之时，阿术领着后续部队也登上了沙洲，赶快攀上江堤，投入厮杀。这是一场拼实力的消耗战。鏖战一阵之后，战场形势发生了变化。登陆的元军越来越多，战马也陆续运过了江，元军有了马，如虎添翼。气势越来越盛，程鹏飞和他的将士眼看支撑不住了。

史格一上来就折损了数百军卒，本有轻敌之罪责，此时更是一心要将功折罪，使出了十二分的勇力，他虽然身上又中了流矢，但毫无退缩之态，指挥着部队直往宋军人多处杀去，呐喊声中，刀光闪处，只见血珠飞溅，人仰马翻。程鹏飞的部队被压得往后退去，但元军并不罢休，穷追不舍。宋兵退一阵，元兵追一阵，追追杀杀，一直把宋兵追进了鄂州（武昌）大东门。程鹏飞全身七处受伤，差点被俘。

阿术俘获了宋军遗弃的船只近千艘，立即在江上架设浮桥，让大部队排成队列走过长江，同时派人把战报快速送往伯颜的大营。伯颜接到捷报，喜不自胜，便布置诸将急攻阳逻堡。元军既已过了江，阳逻堡作为江上要塞的作用便几乎不存在了。夏贵心想，自己带着舰队留在此处支援阳逻堡已经没有什么意义，若再回到上游汉口、武昌间江面或汉口、汉阳间的汉水上去，弄不好长江中游很快被元军控制、封锁，自己的舰队断绝了东归之路成为瓮中之鳖。既然如此，三十六计，走为上计，宜早不宜迟。当晚，夏贵就带着他的三百艘战船顺流东下，逃离了战场。一路上他也没有闲着，纵火焚掠，意思是坚壁清野，不给即将来到的元军留下什么可资利用的东西，实质上是让官兵放肆劫掠大发横财。夏贵一路下窜到庐州（今安徽合肥）才止住了脚步。庐州是他自己的大本营所在地。

夏贵逃走了，阳逻堡当然难以再坚守下去，王达和定海水军统制刘成都在城破时战死，而其下八千部众据说全部被杀，无一人得免。伯颜想当曹彬看来终究是一句空话。当时，元军诸将曾全体建议以水师追击夏贵，伯颜却说：

“阳逻堡大捷，足可使宋人丧胆。我正欲遣使去通告沿江宋国军民，现在我们放夏贵走，不正好是让他充当我们的信使么？”

“丞相所言极是，夏贵老儿，走到哪里也不会再有能为，他日擒之也是易事。”众将都一齐附和伯颜的话。事情也确实如此，夏贵已经七十来岁，又贪生怕死，放走他有什么关系！

伯颜将自己的统帅部也迁移到大江以南，和阿术的前敌指挥部会合在一起。接着伯颜召集将领会议，研究下一步的进军方向。会上有的人提出应该顺流而下，取蕲州（今湖北蕲春）、黄州（今湖北黄冈），乃能威慑浙、皖，震动临安。但是阿术不同意这种意见，他说：

“直接出师下游，假如鄂、汉（武昌、汉阳）之敌与荆湖之敌会合，其势张大，断我归路，事当如何处？不如先取上游之鄂、汉，虽然可能延迟十来天时间，但却是万全之策。”

伯颜最后拍板，按照阿术的方案办。于是大军便杀奔上游而来。伯颜的水师此时已是绝对优势，不多时间便控制了整个武汉三镇地区大江和汉江的水面，为了给固守在城内的军民制造心理恐慌，伯颜把俘获的宋军船舰数千只集中在几处江面，放起一把火，直烧得满江通红、烟焰冲天。城中果然人心惊恐。当时宋京湖宣抚使朱禩孙本已率师从江陵来援，还没有到达，便得知阳逻堡已被元军攻破，远远又只见武汉方面一片火光，以为三镇已经不保，自己再率军赶去也是送肉上砧板而已，于是索性一声令下，掉转船头，又把部队开回荆州去了。

外援已经无望，城内兵力薄弱，首先是汉阳的守将王仪顶不住了，向元军请降。鄂州（武昌）一直是靠汉阳作屏障，现在汉阳降了，朱禩孙也跑了，鄂州变成了一座绝望的孤城。吕文焕把部队排列在武昌城下，对着城上喊话：

“你们宋国，向来倚仗江、淮天堑而已，现我大军已经过江、淮如履平地，你们还能指望什么？早投降，少受罪，你们不投降还等什么？” 他自己投降才不过年把时间，就算这番话是出自诚心，说出来也未免显得太脸厚了一点。然而鄂州城中已经没有人敢出来指责他。知州张晏然觉得无力守下去，决定投降。躲在城内的程鹏飞也同意带着部队一起投降。

鄂州城中，只有一个幕僚张山翕不肯屈服于元人，元兵的将领们都说：“拖出去砍了！”

可是伯颜却说：

“此人真义士也！”下命令将张山翕释放。伯颜这么做也不知道是真的出于对义士的敬佩还是有意识地羞辱一下所有的宋军降将。

忽必烈收到伯颜的告捷文书以后，非常高兴，立即下诏表彰诸将的功绩，并且同意了伯颜的几点建议：以程鹏飞为荆湖宣抚使，给他增拨军粮；命阿里海牙率四万将士镇守鄂州；伯颜和阿术统领大军继续东下。

江上连捷赶走了贾似道

元军进军蕲州、黄州，顺利得简直有些出人意料。伯颜派程鹏飞入黄州去招降陈奕，陈奕有意投降，便遣人到伯颜处请降，并求赏官爵。伯颜说：

“你既然愿意率众来归，何必还考虑名爵？”但他还是委他一个沿江大都督。伯颜是从心里厌恶鄙弃这种人的，但他懂得政策的重要性，必须尽可能收买这些南宋官吏，以减小进军的阻力。何况乎什么“沿江大都督”纯粹是个空衔头，以他一个黄州守吏，沿江一带他能“都督”谁呀！陈奕得了这个头衔，却是大喜过望，赶紧献城投降。接着又以书信招谕蕲州的守将管景模，管景模倒是拖了几天，等过完了阴历年，才正式投降。这鄂东一带，本来是吕氏家族的地盘，各郡将吏大多是吕文德的旧部，只要吕文焕一纸招谕送去，无不望风归附。

伯颜的大军很快就进入江西。宋兵部尚书吕师夔督师江州（今江西九江），可他并不“督师”，却来“督降”，他和江州知州钱真孙协商一致，派人迎降，恭恭敬敬把伯颜接进江州城。吕师夔还别出心裁，在庾公楼设宴为伯颜接风，并选宋皇族赵姓女子二人，盛装华服，到席前“三陪”。谁知道伯颜不好这一套，当下发开了脾气：

“本大臣奉圣天子明命，兴仁义之师，向宋廷问罪，岂以女色移吾志乎！立即撤去！”

好在吕师夔脸皮厚，全不觉得有什么难堪。

在江州投降的还有附近一大帮南宋的守土将吏。如知南康军叶阊、知德安府来兴国、知六安军曹明等人。当时只跑掉了一个知安东军陈严，自杀了一个知寿昌军胡梦麟。伯颜这一段进军可算得是兵不血刃，他觉得自己真的有点儿做曹彬的感觉了。

过了江州，前面就是安庆。伯颜曾经认为安庆地势甚高，城防坚固，兵精粮足，若发起强攻，一时不易得手，而且驻守在安庆的是元军的老对手宋枢密副使权知安庆军范文虎，一场艰苦的战争看来不可避免。谁知道正当伯颜在为拟定作战方案深思熟虑的时候，范文虎竟派人带着名酒佳馔到江州来谒见伯颜。来人转达了范文虎赤裸裸的投降意图：

“行枢密院（元朝的淮西行院）曾遣使到安庆城来谕招降之意，众将中有人不从；今特敬候丞相大军到来，内外相应，当可尽归顺之心。”

伯颜看到自己担心的难题竟如此顺利地得到解决，高兴极了，立即命阿术率部先行接洽收降事宜。范文虎毕恭毕敬地把阿术迎进了安庆城，交接城防的时候，安庆通判（监督地方官的中央特派员）夏椅服毒自杀。

伯颜根据忽必烈的旨意，授给范文虎两浙大都督的官衔。又是一个“大都督”，而且这个“大都督”更有意思——“两浙”（浙东、浙西）是南宋的畿辅之区，重要性自不待言，但现在却并未被元军占领，要让这个官衔实至名归，那还得靠你自己卖力干，为王前驱去开疆扩土。

说到“卖力”，南宋的降将们大多具有这种精神。大约他们的原则是：既然已经投降，就要降得实心实意，死心塌地。在范文虎之前，最重要的降将就是刘整和吕文焕，他们都是南宋的宿将，非常熟悉南宋的防务机要，因此元军南下少不得要倚重他们为向导——既是作战的先锋又是筹划的顾问。后来，大约是因为两人为主子效命的积极性都太高，有点互不相容，这本也是走狗在一起时常见的情形，可是刘整因为投降的资格老一些，便不像吕文焕那般谦虚谨慎，有时在蒙古人面前也忘乎所以，特别是对阿里海牙常有不买账的表现。忽必烈根据这个情况，为了调动各方面的积极因素，便把刘整调到淮南前线。刘整一心想立功，到了淮南，雄心勃勃，想带领部队从苏皖一带渡江，于是向伯颜建议道：

“丞相率大军从襄、樊东下，宋室一定会悉尽全力抵御于上江一带，其东方防务必然空虚，待我率兵由下游过江，直逼临安，可一鼓而胜之。丞相不知以为然否？”

可是伯颜不同意，不同意的理由是：

“皇帝陛下向我下达诏命时意思很清楚，设淮南之兵只是为了造声势，使宋兵不能全力西顾，至于东面之师渡江，我未曾闻命。”

刘整没办法，只好率骑兵去攻打无为军（今安徽无为）。谁知道无为是块硬骨头，久攻不克。这时候传来了吕文焕鄂州渡江立了大功的消息，刘整禁不住长叹一声发出了委屈的呼喊：

“首帅（伯颜）有意制约我，使我成功落后于他人。语云‘善作者不必善成’，看来果然如此！”他因为委屈积累成忧愤导致发病，而且就此一病不起，死在了无为城下。

贾似道却是有几分怕刘整的，一直不敢和刘整正面对抗，听说刘整死了，他高兴地说：

“此天助我也！”接着就上表出师。当然，这也是形势所逼。鄂州被元军占领以后，临安朝野震动。太学生和大臣们都上疏，说局势危急非“师相”亲自出征不可。度宗赵禥在年前秋天就死了，还没有来得及看到鄂州的陷落，继位的皇帝是年仅四岁的赵显。贾似道当然具有了一手遮天的权势，可是责任一般总是和权力成正比的。到了这时候，他还不站出来能行么？难道让一个四岁的孩子来“挽留”自己？于是，他挂上了都督诸路兵马的衔头，并在临安建都督府，派孙虎臣总统诸军，委黄万石参赞军事。这一文一武的孙、黄二人都是畏敌如虎的草包——试想贾似道能用什么像样的人呢！

鄂州十二月（至元十一年）失守，贾似道是1275年（至元十二年）正月出师。他抽调了各路兵马共十三万人，从临安缓缓北上。装载着金帛辎重和供他个人享用的物资的船队，首尾相接，拖了上百里路长。船行到安吉州（今浙江安吉），搁浅在河堰浅滩上，动不了啦！派了千余名兵丁下水拖船，还是拖不动，最后他只好又换乘别的船，经新安、池口，到达芜湖。

安庆已经降元，芜湖就是前线。南宋在这一带集结的兵力并不算少，然而却到处弥漫着失败主义的情绪。贾似道在江面上会见了屯兵于江北的夏贵。那夏贵倚老卖老，并不把“师相”放在眼里，他从袖中取出一幅符不像符、谶不像谶的东西给贾似道看，上面写着“宋历三百二十年”七个字。贾似道吃了一惊，然后低下了头，什么话也没有说。此时是1276年，距离赵匡胤开国的公元960年已经有三百一十七年了。这不是公开说还有两年多国祚将终吗？贾似道身为朝廷首辅，竟然对这种谣涿之言不敢驳斥，当然，也不敢承认。到了1279年，南宋果然亡国，不多不少，正好三百二十年，不知道夏贵从哪里得来的这份先见之明。

贾似道在芜湖还遇见了江淮招讨使汪立信。汪奉旨往建康（今南京）募兵支援江上防务。这两个人原来政见不合，在朝堂常有冲突，今日相逢，却都没有了吵架的兴致。贾似道尤其是一脸的赤诚，拊着汪立信的背边哭边说：

“早先没有听你的意见，以至于搞成今日这个局面，惭愧、惭愧啊！”

汪立信似乎也只剩下无穷的感慨，说道：

“平章啊、平章！瞎贼（汪立信视力不好，曾被贾似道骂为瞎贼）今日更是一句话都说不出了。”

贾似道问汪立信打算去何处，汪立信答道：

“江南已经没有一寸干净的土地，我要去寻一片赵家的土地，就是死，也要死个清白！”汪立信说完就去了建康，但那里已是一片混乱，将吏都逃散无踪。他知道自己留在此地无所作为，便领着数千人奔向高邮一带，伺机再作后图。

贾似道心里仍然想与元军媾和，什么条件都可以接受，只要对方不再进军就行。他派人给伯颜送上荔枝（时值二月，想必是干荔枝）、黄柑等果品，表示慰劳，接着又命宋京到元军大营正式求和。这个宋京胆子还是蛮大的，当年在鄂州议和的也是他，许诺了一大堆条件都没有兑现，如今居然又敢来见元军。无怪乎阿术一见到他，就传令推出去斩了——阿术的父亲兀良合台当年从云南班师北归，担任忽必烈大军从鄂州撤军的殿后，受到宋军追袭，吃了一点小亏，折损了千百号人马。而撤军本是双方议和的产物，贾似道派兵追袭是为了欺骗朝野舆论而采取的背信弃义的做法，对于元人来说，此种做法确实可恶。

“两国交兵，不斩来使。望丞相明察。”宋京既然敢来，当然也不会一吓就乱了方寸，他急中生智，搬出了两句从说书艺人口里听熟了的话。

“贾似道又想用什么鬼话来哄骗人？”伯颜止住了阿术的“拖出去砍了”命令的执行，问宋京。

宋京听伯颜如此一问，觉得话头活动了，于是赶紧鼓动如簧之舌，又是逢迎，又是辩解，又是许诺，这时候，只要是能够想得出来的话，他绝不会吝惜口水。他知道，只有千般逢迎，才能让蒙古人高兴，形成良好的气氛；只有百般辩解，才能多少让对方不再计较自己方面的失信，减轻一点怀疑；只有不顾一切地许诺，才能让蒙古人上钩。条件不优厚，对方不会动心，对方不动心，那还有什么达成和议的可能！他自己可能都记不清开出了多少空头支票，他只记得贾似道交代的一条原则：只要元军不继续进攻，什么都可以商量。

阿术看到伯颜眯缝着眼在听宋京胡说八道，担心伯颜会被那些优厚的许诺说动了心，如果他又同意与对方议和，那可就大大失算了。眼下的宋军已不堪再战，摧枯拉朽，一举可破，议和只是给对方提供喘息休整、东山再起之机，于大局有害无益。他走到伯颜身边提醒道：

“宋人是不讲信义的，他说了这么多无非是骗得一时的苟安。眼前必须坚持把南征进行到底。如果我们放开贾似道不打，那么已经降服的江上州郡，今年夏天保不住又会丢掉。”

伯颜心中何尝不明白这些，他是在考虑如何处置才最合适。听了阿术的建议，他微微一笑，然后沉稳严肃地对宋京说道：

“大军未渡江时，议和入贡是可以的，条件也好商议。现在沿江州郡都已经归顺了大元，事情就不好谈了——如果一定要谈，也可以，让贾似道亲自来我营中面议。”说罢，他真的派武略将军囊加歹带随员到宋营通知贾似道，并且要贾似道回书表达。那贾似道如何敢自己到伯颜军中来？书也不复，和议自然也就作罢。当囊加歹从宋营回来后，伯颜也将宋京放回去了。

元军从安庆下行，到达池州（今安徽贵池）。池州知州逃走，通判赵卯发代理州政。他修城缮甲、囤积粮草，准备和敌人周旋到底，可是带兵的都统张林一心想投降，并屡屡用话来打动他，每当说到要紧处，赵卯发就脸一板，眼一瞪，怒气填膺，一副马上要发作的样子。于是，张林后来也不敢再提了，只是在领兵巡江的时候，偷偷差人到元军营中联系归降的事。在城里，张林表面上还在协助赵卯发守城，背地里则四处散布投降言论，蛊惑人心。渐渐地，城中兵卒都倾向于跟着张林投降，赵卯发成了孤家寡人，号令不出府门。赵卯发并不傻，知道自己已无能为力，于是置了一桌酒，将自己的家属亲友召集在一处，与他们诀别：

“池州城将被攻破，我奉命守土，不能弃城而去。食君之禄，忠君之事，我当与城共亡。你等可先行出城求一生路。”

“君能做忠臣，我便不能做忠臣之妻么？”妻子雍氏说，她不愿意抛下丈夫去逃生。

“殉国不是该要求妇人女子做的事。”赵卯发说。

“请让我比你先死一步。”雍氏仍然坚持。

“夫人不必如此急着要死。”赵卯发笑着开导妻子。此时此刻，他居然还能笑对众人，确实算得上少见的沉稳豁达。赵卯发随即把所有的资财分给弟弟、侄儿等人，打发他们出城，家中的仆人、婢女也一律遣散。第二天，元军开始进攻，赵卯发在书案上写了十六个大字：

国不可背，城不可降。夫妇同死，节义成双。

然后两夫妇一同在厅堂上悬梁自尽。

张林打开城门，把伯颜等迎入城内。伯颜问怎么不见太守（知州），旁边人回报说已经自杀殉城。伯颜深为叹息，命令将赵卯发夫妇遗体好生装殓，合葬于一墓，自己还亲临致祭。

其实，贾似道命孙虎臣统率的七万精兵，此时就驻在池州下游不远处的丁家洲。而且，夏贵部下的二千五百艘战船也停泊在不远处的江面上。贾似道本人则统后军五万屯守在鲁港。以南宋方面聚集于沿江的兵力而言，并不比元兵弱，但是这些统军的将帅却一个个愚庸怯懦、贪生怕死，既无战的勇气，更无胜的信心。

伯颜充分了解宋军将领怯战的心理。他一方面命军士制作了数十个大筏，上面堆了许多干柴，扬言要火烧夏贵的舰队；另一方面却命阿术带领数千艘战船，冲击孙虎臣的部队，伯颜本人则指挥步、骑兵夹岸而进。

阿术的船队首先发动攻击。他命令部队擂鼓呐喊，乘着风势往孙虎臣的阵地扑过来。孙虎臣的先锋姜才是个有胆识、有经验的战将，他看穿了阿术的意图是从气势上压倒宋军，然后冲破宋军船队的阵形，而阵形一旦瓦解，宋军必然作鸟兽散，所以关键是稳住阵脚，只要队形不乱，便可以与敌拼杀。姜才大声发令：

“元军战船冲到何处，该处兵士就奋力搏杀，元军未到之处，一律不许乱动，违令者斩！”

宋军将士照令行事，阿术每一只冲入宋军船阵的战船都立即被激烈的拼杀胶着在原地，进不去，也退不出，如果下令后撤，就会全线溃败。阿术没有料到会出现这种情况，宋军阵形没有被冲垮，自己反而陷入了被动作战的境地，此时此刻只能硬着头皮打下去了。但水上作战，本是南兵所长，拼斗的时间一长，这一优势愈加明显。船上行动灵便的宋军，渐渐占了上风。姜才正要下令转入反攻，忽然从岸上射来两发炮弹，落在孙虎臣乘坐的旗舰旁边——原来是伯颜的炮队已从陆路赶到。元军有了岸上炮火的支持，士气立刻又有所恢复。双方的厮杀又进入相持状态。

“轰！”一声巨响，元军的炮弹击中了孙虎臣的旗舰，前甲板上两名水军被掀翻落水。这一炮把孙虎臣吓得魂飞天外，慌慌张张走下旗舰，躲进旁边爱妾所乘的小船。正在苦战的宋军中有人看到孙虎臣上了小船，便发一声喊：

“孙步帅要逃走了！”

这一喊可非同小可，姜才好不容易维持住的军心动摇了，许多人不待号令便退出战斗，整个阵形立即大乱。战斗形势急速逆转，宋军眼看要溃败。停在江中的夏贵，看到这般光景，立刻命令拨转船头逃离战场。船队经过贾似道的指挥船时，也不停留，夏贵只在船头高呼：

“敌众我寡，前方已经垮了，后军是顶不住的了，师相赶快自择主意吧！”

“什么？你说什么？”贾似道被夏贵弄得不知所措。但说话之间，夏贵的舰队已经匆匆顺流而下，队形混乱，人声嘈杂，只听得他们喊道：

“前军败了！”“前军败了！”

贾似道总算明白了，孙虎臣的前军战败，现在当务之急是赶紧撤退，于是下令鸣金收兵。这一鸣金，自己统率的数万军队又是一片混乱，船队忙着起锚掉头，你碰我，我撞你，互相妨碍，接着是互相谩骂，简直不成军阵了。贾似道也顾不上部队的调度了，自己带领几只船先向下游驶去。这时，孙虎臣的败军也向下游逃来，前军后军搅成一团，更是乱得不可收拾。阿术看到宋军这情形，喜不自胜，用旗语指挥各营元军前后左右四面出击，截杀那些斗志全无、败逃溃散的宋军，在船的、落水的，见一个，杀一个，那元军越杀越勇，越勇越杀，一时也不知道到底有多少宋军被杀！至于船上遗留的军械、辎重及粮秣都全数被元军掳得。

贾似道一直逃到珠金沙，才停下来。他下令召夏贵等将领议事。来得最早的是孙虎臣，一见到贾似道，就捶胸大哭，抽抽噎噎地说：

“我的士兵简直没有一个肯奋力效命的，元军的炮火又那么猛，败得如此狼狈，我还有什么脸面活下去啊！”一边说，他一边从侍卫手中去夺刀，似乎是准备自杀。

“算了，算了，事到如今，只有多想想下一步该怎么办了。”贾似道说，那表情有些鄙夷，也有些无奈。夏贵则不然，带着讥讽地微笑着说：

“我可是曾经与元军血战过的人。”那意思是说我知道你在推卸败责。夏贵瞧不起孙虎臣，认为他资历浅，攀升如此之快全是靠夤缘侥幸。贾似道看到夏贵那副嘴脸，心里也不高兴，你夏贵前次鄂州之役，一逃了之，今番兵溃鲁港，还不也是你率先逃离战场？不过夏贵资格老，而目前支撑危局又需用人，贾似道也不好与他计较，只得强忍恼怒、尽量平静地说：

“下一步当如何是好呢？”

“所有精锐都在这一仗中拼光了。”夏贵叹着气说，“相爷如今只有往扬州方面招集溃兵，同时再从各地征调勤王之师，以图再举。为保皇室安全，圣驾宜先迁都海上，以避敌锋。”

“老将军将率部何往？”贾似道问。

“老夫当死守淮西。”夏贵早已打定主意先回淮西合肥老巢去，保存住实力再说。他说完就出帐而去，而且不打招呼就带着队伍走了。

贾似道和孙虎臣只好顺流撤到扬州。第二天，从丁家洲、鲁港战场溃散下来的兵卒一群群地也赶到了扬州。贾似道忙派人到岸边，树起贾字帅旗，招集败兵，可是没什么人理睬，有些败兵甚至开口谩骂，有些话骂得极其难听，贾似道虽在船上也听得到，可此时他只能装聋作哑，不然的话，又能把这些人怎样！

南宋的精锐部队经此一战，损失得所剩无几了。贾似道呆在扬州，只能一方面上书请迁都，一方面通知各州郡继续募兵。

迁都一事，至关重大，小皇帝赵显的祖母太皇太后谢氏交给朝中大臣讨论。意见纷纭，莫知所从。最后还是太学生上书说，“陛下移跸他处，不是庆元（今宁波）就是平江（今苏州），形势再紧迫时，便从海上撤往福建，但是，怎么不想想，我们能去的地方，别人也能去！迁都只能带来惊扰而决无其他好处。”

话说得有理，终于把迁都之议搁置下来。然而贾似道仍然坚持奏请迁都，他完全不明白自己经此一败已经失尽朝野人心，大臣们不但不会再听他的话，相反有些人已经在努力和他划清界限，以免连累了自己。最典型的要算知枢密院事兼权参知政事陈宜中。他本来是靠贾似道的提携才得以擢升到这样的高位，现在他为了保全自己，竟落井下石，参劾贾似道：

“贾似道丧师辱国，罪不容诛。请杀此奸臣以肃纲纪，以振人心，以谢天下。”

太皇太后也知道贾似道多行不义，天怨人怒，杀了他自然是得民心的事，但念及他往昔的“功劳”，又实在有些于心不忍。别的不说，当年立自己的养子赵樭为帝，赵樭（度宗）死后，又立小孙儿赵显，主持其事的，都是这个贾似道。不能只计其过不念其功啊！而且当前形势危急，诛杀大臣，只怕更加引起人心浮动。再说他姐姐贾贵妃，当年得宠于理宗，但并未在立赵樭为太子一事上制造过障碍，对自己也很尊重……总之，贾似道杀不得！于是，她下旨道：

“贾似道勤劳三朝，怎可以一朝之罪，失待大臣之礼！”太皇太后接着便宣布对贾似道败兵渎职之罪的处分：免去平章政事和诸路兵马大都督之职，其诸多害民扰民之政令一律废止。

赶走了贾似道，启用的便是又一个投降派头子陈宜中。陈宜中当上右丞相兼枢密使，打击贾似道的党羽倒是不遗余力，自翁应龙、廖莹中以下被罢掉了一大批官员，同时，他放手提拔自己的亲信。朝政当然不会有什么好转。陈宜中也是个心狠手辣的人。殿前都指挥使韩震不识时务，此时又奏请迁都，这虽然是附合了贾似道的建议，但他本人与贾并无多少瓜葛。陈宜中为了表白自己反贾立场的坚定，竟定下一条毒计，召韩震议事，却在门后埋伏壮士，用铁椎出其不意将韩震打死。韩震是带兵的，手下的亲信将领便想叛乱，但因力量不够，只能带着韩震的家属往元军营中投降去了。当时丞相章鉴看不过意，曾说：“韩震奏迁都，并无他意，遽然置之死地，是不是太过分了！”陈宜中听了极为恼火，便唆使御史弹劾章鉴“颟顸无能、贻误国事”等莫须有的罪名，将其开缺回乡。其实章鉴为人平和宽厚，官员们曾送他一个绰号，叫“满朝欢”。陈宜中连这等人也不愿放过，其狠刻也就可见一斑了。然而南宋朝廷就只能用这等人。

南宋朝中公忠国事的大臣、勇敢善战的将领不是没有，但不是遭到放逐，就是不被重用。故相江万里被迫退休，闻襄、樊兵败，就在后园掘池，号为止水，元军将至，与其家人投池溺死。临死时只说了一句话："余虽不在位，当与国共存亡。"江淮招讨使汪立信听到鲁港兵败的消息，知道大势已去，便对左右人说："我今日犹得死于宋土！"然后上表向朝廷致最后的祝福，三日不食，扼吭（用手掐住颈项）而死。汪立信当年提过不少抗元的建议，被贾似道斥为"瞎贼"。当伯颜听到他们的死讯时，感叹地说道：

"宋有如此人才，如果真能使用，我们怎么能到这方土地上来！"

卷——叁

Volume 3

在艰难的南征中实现统一

文天祥走上历史舞台

忽必烈也没有想到，进军南宋会如此顺利。他很清楚，战事进展顺利的一个极重要的原因是宋国上下没有斗志，朝内没有得力的大臣，战地没有勇敢的统帅，投降的将吏简直像原上的草，闻风而偃。这些降将中并非没有能人，如吕文焕、刘整等，都是久历戎行、身经百战的角色。他们在宋军时，或是受疑忌，或是得不到支持，最终都被迫选择了投降，可是一旦加入元军，如虎添翼，骁勇非常，争功破敌，唯恐后人。他们深知宋军虚实，熟悉山川地理和民俗民情，没有他们作先锋、任向导，元军是绝难取得如此战绩的。吕文焕在襄阳坚持了将近六年，不能说不是条好汉。越是这样的好汉，越是要争取他归降，并且加以重用。你看，襄、樊一破，此后的战争就几乎可说是势如破竹。

自从李璮作乱，忽必烈对汉人就增长了一种猜疑和疏远的情绪。在他身边多年最得信任的汉族官僚集团不知不觉就削弱甚至近于消失了。贾似道兵败之后，忽必烈收到由张晏然领衔的鄂、汉及沿江投降的一批宋臣的上书，其中说道：

“宋之权臣奸佞，不履行原先所签之和约，又进而扣留国使，等等罪行，实非宋主所知。臣等敢仰祈圣慈，只追究权奸擅命之臣，而无令赵氏乏祀绝后。”

忽必烈看到此处，心生感慨。他们大概是看到战争的结局临近，生怕我灭了赵氏的香烟，为人臣者，虽已臣服异国，犹能系念故主，并敢于联名向朕提出，算是难得！这些都是汉儒教化的结果。朕当年随军远征至罗斯、波兰、匈牙利等国，那些民族作战的勇猛胜于汉人，但他们及一切色目人等何曾有过汉人这样的胸臆？忽必烈下旨召张晏然等赴阙，亲自对他们说：

“卿等所言极是。你等既不忘旧主，必能忠心辅佐我家。朕已下谕，命伯颜暂时按兵不进，并遣廉希贤（廉希宪之弟）等持国书出使宋廷，宋室果能悔过来附，既往之愆，朕何必再行追究？对于权臣贾似道，朕尚且都不打算清算他的罪恶，朕怎么会让赵氏断绝香烟呢？如果他们执迷不悟，将来的事，朕就不好说了。只有让老天来鉴察、让历史来评价。”

这时贾似道已经把被扣留了十五年之久的郝经等人送回。郝经浑身是病，老弱不堪，许多见到他的人都不禁为之落泪。忽必烈亲自接见并慰问了他，随之又派出了廉希贤等人去临安招降宋室。这时正是1275（至元十二）年夏天，忽必烈要伯颜按兵不动也是为了让士卒们歇暑，免得因南方的酷热而折损了兵力。但是伯颜却不愿执行这道旨意，他上奏道：

“宋人倚江靠海，就好像一只已脱险境的野兽，现在虽已掐住了他的脖子，一松手，他就会跑掉而难以再抓住了。”

忽必烈觉得伯颜说得也在理，于是答道：

“将在军不从中制，兵法也。”意思是既然兵法说过在外执行任务的将领不一定接受朝堂的部署，那么你自己看着办好了。我既已说过暂不用兵，就不能又命令你进兵。忽必烈又下一道诏书命伯颜以行中书省驻建康，而这时伯颜的军队并没有到达建康。

忽必烈现在最信任的当然是像伯颜这样的蒙古人，其次则是阿合马、廉希宪这样的色目人，但是，他心里还是深深懂得在自己的帝国里汉人所处的重要位置。要有效地统治占人口绝大多数的汉人，不依靠汉人是不行的。在藩王府时跟随自己的汉儒们现在多数都老了，许衡、姚枢、窦默、商挺，都只能让他们休养安逸了。子聪（刘秉忠）去年八月无疾而终，忽必烈想起他在自己左右三十多年，小心缜密、不避艰险，多所建言，从无隐碍，预卜未来，每每奇中，功劳不可谓不大，但却从未占有过崇高的权位。人已然死了，想再给他什么补偿也来不及了。今年又死了史天泽。他忠心耿耿为帝国出力五十余年，人比之为郭子仪、曹彬，多难得的人才啊！想起这些，忽必烈就觉得今后在用人方面，还是要多多注意汉官的选拔。可惜的是，汉人中之后来者，各方面的素养都不如前辈，目前看来，久经考验证明确实可以信赖的，除了董氏兄弟和张弘范等人外，还并不多。

忽必烈觉得和蒙古、色目人官吏相比较，汉官的最大特点是关心民众几乎是一种习惯而成自然的心理状态。蒙古人、色目人，由于种族的原因，对广大汉民因缺乏感情而冷漠甚至残暴乃是常见的现象，能克服这点的人必然受过很深的汉化教育。而汉官中，即使是读书甚少或者人品不佳的，也懂得做官必须爱民的道理，当然能否身体力行又是另一回事，忽必烈爱好汉文化，对历史尤其关注。他深知皇帝当得成功与否，关键的标准便在于对百姓的态度，所谓“民贵君轻”“水能载舟，也能覆舟”这套道理，他也完全领悟于心。他想当一个成功的皇帝，和那些“圣君”“仁君”并列于史册，但是要做到这一点却并不容易，他需要有人从旁边经常提醒一下自己。董氏弟兄在这方面就做得很不错。

比如董文炳，至元七年统军于山东，驻屯在鲁南沂州。这里与宋接壤，地瘠民贫，兵粮从来都是靠内地州郡调集。可是朝中有人提出应该就地征调军粮，以减轻朝廷负担。忽必烈有个习惯，只要是有利于国库增收的建议，他都照准，并立即下诏要各州县执行。董文炳得知后，命令收回州县收到的诏书。各州县害怕担当违旨的罪名，董文炳说：“那就暂停执行吧！”他随即派员持表上奏，表文中说：

“本地征集军粮有三不可：与敌接壤之处，此一做法使敌人尽知我军虚实，此一不可；边民已经为驻军和支援前线作出不少牺牲，征购军粮又要增加他们的负担，此二不可；我方百姓负担加重，生活困苦，敌方军民怎么还会愿意归附我朝呢？此不可之三。”

忽必烈想通了，撤回了先前下发的诏书。

董文炳的弟弟董文忠年前也阻止了忽必烈差点就亲手制造的两起冤错案件。当时，忽必烈刚刚从上都回到大都，听了两起案件的汇报。一件是汉人殴伤蒙古人，一件是太府监卢甲盗剪库藏的官布。也许他心情不好，对这种并非十分严重的案件竟大动肝火，命令一律处死。董文忠勇敢地站出来进行劝阻：

“执法机关对犯了死罪的囚犯，尽管本人已经画押认罪，也还要详细复审，怎么能够因别人一句两句话，就随意处以极刑？请把案件交付有司衙门复查核实再令定夺。”

忽必烈对案件本身并无了解，不过是一时发火作出的裁决。此时便接受董文忠的建议，并派董文忠和近侍们分别核实这两个案子。结果很快出来了，果然两案都有被诬的情节，忽必烈下诏一律原谅。事后他对近臣们说：

“当朕发怒的时候，你们都不敢说话，要不是文忠及时提醒朕，几乎就错杀了两条无辜的性命，那样朕就要被天下人议论了。”

为了旌表董文忠的忠直，忽必烈奖给他一个金樽。太子真金知道此事后赞叹道：

“天子之怒如雷霆之震，董文忠能从容谏止，作为人臣，这实在是难能可贵的品质啊！”

太府监卢甲后来备了厚礼，哭着向董文忠叩谢救命之恩，董文忠拒不肯受，并对他说：

“我从来不认识你，之所以救你于危难之中，不过是维护国家法律的尊严，怎么会受你报答！”

忽必烈清楚，像董氏兄弟这样的臣属实在是不可多得，所以他才把他们视同自己的兄弟。

还有一个张弘范，年纪轻轻，比他父亲张柔办事更谨厚、作战更勇敢，而且也更具大臣的风范。还是至元三年（1266年）的时候，张弘范在大名府做总管，因为闹水灾，常常自行决定免除百姓租赋。朝臣中有人提出要问他一个专擅之罪。张弘范自请入朝，对忽必烈奏道：

“臣以为朝廷把粮食储进小仓不如储进大仓。”

“你这话是什么意思？”忽必烈问他。

“今年这么大的水灾，如果一定逼百姓交租赋，国库虽然装满了，而老百姓却死的死，逃的逃，明年的租赋从哪里来？要是百姓能不致逃亡，则每年都有可靠的收成，这不就是陛下的大仓么？”

“说得好！这事不要追查责任了。”忽必烈情不自禁地大声称赞张弘范。他觉得张弘范哪里像一个出身于赳赳武夫的汉侯世家的贵公子，简直赶得上历史上那些大名鼎鼎的治世儒臣了。

从这个角度去考虑，忽必烈是宁愿把所有的重要岗位都委托给汉官的。但他作为一个蒙古人的皇帝，不可能这样做，尽管他认为汉人（北方汉族）不像南人（南宋臣民）那样心怀叵测，因为他们已经臣服于蒙古数十年（许多将吏已经是在本朝成长的第二代），脱离汉人统治则已有二百甚至三百年了。没有理由再怀疑他们对朝廷的忠心（十年前的李璮叛乱究竟是个别现象）。但是，他不能摆脱周围蒙古人的影响，他必须平衡蒙古贵族和汉人官僚之间的矛盾，他不能做出令蒙古贵族们太失望甚至反感的事来。而且，对汉人终究还是不能一点也不提防，汉人不是自古以来一直强调所谓“华夷之辨”，一直在反复念叨“非我族类，其心必异”吗？汉族人，有着太深厚的文化传统和太强烈的民族自尊心，他们终究不会永远甘为人下。忽必烈想起这些的时候，又还是觉得汉人作为帝国的臣民只能排在蒙古人和色目人的后面。忽必烈见到过世界上许许多多的民族，大都并不在乎哪个民族的人当他们的皇帝，只要皇帝能保障他们的财产和自由等权利就行了。那个名叫亨利希的波兰国王不就是日耳曼人吗？波兰人愿意跟在他和他的条顿骑士团后面作战。汉人就很难做到这一点，特别是一直生活在汉族政权统治下的南人更难。所以，对待南人应该有更严厉的政策，要把他们排在北方汉人的后面，加以区别对待。当然，对其中有用的人才，还是要充分利用。

其实，忽必烈对南人的估计还是太高了一点，真正能忧君国之忧的并不多。伯颜从芜湖出发，一路之上兵不血刃，建康（今南京）、宁国（今安徽宁国）、隆兴（今江西南昌）、太平（今安徽当涂）、和州（今安徽和县）、无为（今安徽无为）、涟州（今江苏涟县）等路、府、州、县相继迎降。不到一个月时间，常州（今常州）、平江（今苏州）的守吏也先后以城降，眼看元兵就要迫近临安（杭州）了。这时，朝廷台、省首脑一级的高官竟一下子跑掉了数十人，如知枢密院曾渊子、左司谏潘文卿等皆在其内。还有的官员（如签书枢密院事文及翁、同签书枢密院事倪普）为了达到脱离朝廷的目的，竟唆使御史参劾自己，以便弄个开缺回家的处分，但时间紧迫，那边还未来得及上奏章，这两位却已经先溜出城去了。朝会时，朝堂里一片萧索气象，没剩下多少人。太皇太后得知以后，实在气不过，下一道诏书张贴在朝堂内，里面有几句这样的话：

> 我朝三百余年，待士大夫以礼。吾与嗣君（赵显）遭家多难，尔大小臣工未尝有出一言以救国者，内而庶僚叛官离次，外而守令委印弃城，耳目之司（监察和情治部门）既不能为吾纠击，二三执政又不能倡率群工，方且表里合谋，接踵宵遁。平日读圣贤书，自许谓何！乃于此时作此举措，生何面目对人，死亦何以见先帝！天命未改，国法尚存。其在文武，并转二资（大家提两级），其负国弃余者，御史台觉察以闻。

这些话其实是白说，逃亡之风已经禁不住了。太皇太后憋了一肚子火，可又不敢放肆发出来，维持局面还得靠这些官吏，不能操之太切。凡属留下来的，每人赏两级待遇，这样的奖励现在还能吸引人么？有叛逃的言论和行动的，让御史台上奏，奏上来又如何？没有下文。这样的禁令能产生什么作用？

不过朝廷的危急也还是令不少人揪心，特别是外地不像朝廷这样挤满形形色色的投降主义者，忠义之士更为多见。当太皇太后的征召勤王之师的檄文到达以后，各地还是不大不小组织了几支义军。奉诏赴阙。湖南提刑李芾遣将率兵三千进京。随后，朝廷命他知潭州并兼湖南安抚使。李芾的朋友劝他不要去赴任了——湖北已经失守，湖南还守得几天？并且说：

“实在不得已的话，你就自己去，不要携带家眷，免得到时候走都走不掉。”

“我难道不会为自己打算吗？只是世受国恩，过去虽然未被重用，但总没有忘记该如何报答。现在朝廷信任我，我必须做到以家许国。”李芾的回答斩钉截铁，后来的事实也证明他确实是一条响当当的硬汉子。

也就在这个时候，数百年来光耀史册的英雄人物——文天祥，大踏步地走向了历史的前台。

文天祥，庐陵（今江西吉安）人。祖上并非官宦世家，不过薄有田产而已。他的父亲文仪虽未中过科举，但却饱读诗书且心得独到。母亲曾德慈也粗通文墨，深明大义。文天祥自幼聪敏过人，好读勤思，在他父亲的亲自教导下（文仪因家道中落，开办学馆，自任塾师），很快就经、史、子、集，或通晓，或涉猎，俨然一介儒生，后来又在白鹭洲书院受业于名儒欧阳守道，精研举业（应试之学）。1256年（宋宝祐四年），他以二十一岁的年纪，就被理宗皇帝御笔亲点为鼎甲第一名进士（即状元）。可是还没等到给他授官，他的父亲去世了，他只能遵制在家“丁忧”三年。三年之后，文天祥因为反对宦官董宋臣而拒绝了两次任命，一直到1262年，他才接受了秘书省正字的实职，次年，外放为瑞州知州。在瑞州，他不畏强横，伸张正义，深受百姓拥护。1264年，理宗皇帝死了，他被提升为江西提刑。由于得罪了贾似道，一年多以后被罢官。又过了一年多，1267年，他被任命为吏部左郎官，后兼任学士院权直，参与草拟朝廷的各种文书，第二年，又被人家挑刺罢了官。直到 1269 年，江万里、马廷鸾两位忠直之臣出任左、右相，文天祥才又被任命为宁国知府。他在宁国干了不到一年，但却颇有政绩，很受人民爱戴。

1270 年文天祥再度担任学士院权直，专门负责给皇帝起草诏书。当时的贾似道权倾一时，炙手可热，皇帝所有诏书的草稿必须先经他阅改再呈请御览已经成为一项制度。可是文天祥不买他的账，好几次直接把奏稿送到皇上那里。贾似道经常玩“乞归养”（请求退休）的把戏，逼着皇帝挽留他，以便更彻底地控制朝政。但文天祥代皇帝拟的两个批示却严厉地批驳了贾似道，不准所请，却没有褒奖慰留的话。贾似道气坏了，指使别的直院官改拟批示呈给皇帝。度宗赵禥是不敢得罪贾似道的，他没有用文天祥所拟的稿而用了贾似道授意拟的稿。文天祥被迫两次请求免职，干了七个月学士院权直又被挤出了官场。到 1273 年，文天祥被起复为湖南提刑，又只干了八个月，调任赣州知州。在赣州还不到一年，便接到了朝廷的勤王诏书。

这一年多的形势发展太快，元军破襄、樊南下，竟一路打到了临安附近，国家立即陷入了生死存亡的关头。挽狂澜于即倒，也许正是文天祥的抱负。尽管他是一介书生出身，并不知兵，此时，他却以最快的速度组织起一支勤王之师。他网罗了不少人才，更招募了不少兵勇，不数日间，他统率的勤王义军便已号称数万之众，其中有广东、江西一带的地方官军，郡县豪杰，溪峒山蛮。赣南、粤北全面动员，声势不可谓不大，但队伍的质量显然并不高，因为部队没有受过训练，没有作战经验，没有固定可靠的后勤补给，真要投入战斗，其作战能力肯定是成问题的。但是文天祥不怕，他就带着一支这样的部队出发勤王了。他的幕僚和部将如方兴、朱华、王炎武等人都曾劝他：

“现在元兵三路大军汹涌而至，直入畿郊，威震内地。您带领着这万数乌合之众前去抗击，不等于驱赶一群羊去和猛虎搏斗吗？”

“我也知道是这么回事。”文天祥对他们说：“不过国家养育臣庶三百余年，一旦有急，征天下之兵，竟无一人一骑应命。我对这种状况极为愤恨，所以不自量力而甘冒风险，希望以此激发天下忠臣义士闻风而起。符合了真理，计划才能实现；聚集了民众，抗敌才能成功。如此，则社稷江山还有希望保存下去。”

所有听到这话的人，谁能不感动、不赞同呢？不过内心里总还是觉得有些问题并未完全得到解答。文天祥当然能够看透他们这点心思，他不再作正面的解释，只是双手用力摁住桌面，用沉重的声音一字一顿地说道：

“乐人之乐者忧人之忧，食人之食者死人之事。”道理说到这里也就到了头了——受了别人的恩赐和豢养，就该替人分忧，甚至以生命来报答。既然如此，为臣民者效命国家，也就不该再计较什么成败利钝甚至生死存亡。

队伍是拉起来了，但面临的困难却很多，最突出的问题是这几万人要吃饭、要装备，还要发饷。朝廷是根本无法拨发款项的，地方筹饷也很有限。文天祥决定以身作则、毁家纾难。他在官场已经呆了十七年，虽然为官清正而且异动频繁，但总还是积累了一些私产，此时他把家中所有财产全部变卖充作军费，一点不剩，连妻妾女眷的金银首饰都悉数献出。他的母亲曾老夫人为了支持儿子的救亡事业，把自己陪嫁的首饰盒都捐了出来，然后带着文天祥的妻小奔赴千里外的广东惠州去投靠在那里任知州的次子文璧。文天祥的这一行动在赣南粤北一带产生了很大的影响。“榜样的力量是无穷的”，民众中掀起了热烈的捐献高潮。一时间，军需问题得到了缓解。

军需无虞，接着便要着手狠抓训练。把这样一群乌合之众变成一支纪律严明能攻善战的军队，决不是一件易事。他从整肃军纪入手，让士兵们经受最严格的操演训练，前后只花了二、三个月时间，便大见成效。一支军伍整齐、军威肃飒的部队终于开始向前线开拔。出发之前，在赣州郁孤台下举行了场面隆重而壮观的拜将仪式。文天祥以枢密副都承旨、江西安抚大使之职，领大将军之印，总理军政大权。全体将士跪倒在拜将台下，听宣读皇帝的“专旨”，文天祥高捧印信、宝剑、令旗，在宣布了一系列任命之后，指挥全军依次上路。那时候，真的是群情振奋，士气高昂，有一股“不斩楼兰誓不还”的气概。谁知道队伍才走到吉州（今江西吉安），便接到了朝廷要他们留屯隆兴府（南昌市）的命令，不许他们继续向临安进发。

为什么要他们在南昌停下来，原因是多方面的。当时，忽必烈暂时放松了对临安正面的军事行动，战争主要引向了东西两个方向。一是阿里海牙从鄂州向湘北（岳阳）和鄂西（江陵）上游地区进攻，一是阿术从建康向扬州、镇江下游地区出击。南宋朝廷从来就没有什么抗战的决心，在贾似道罢相之后，执政的陈宜中、留梦炎也是两个不折不扣的投降派，再加上太皇太后谢道清乃一个妇道人家，更是畏敌如虎。

他们的身家性命危在旦夕的时候，便高呼地方将帅入京“勤王”，而形势稍有好转，便立刻变了主意。因为当权者有种本能的敏感——外镇提兵入京总不会有什么好事，历史上的例子太多了。不少野心家都是从“勤王”开始，最后达到了挟持君主、独揽朝政、控制天下的目的。而这些人开始无不以忠臣义士的面目出现，可是到后来却变得令人无法辨认。所以，外地兵将不得擅入畿辅，这是一项制度性常识。更何况文天祥这支义兵一开始就遭到不少人的非议。江西制置副使黄万石妒忌文天祥的影响如日中天，心中难受，便拟了一个奏折，历数文天祥部队的种种不足之处，并且加以夸大，把它说成了一支毫无纪律、战斗力低下的草莽、乌合之众。他还唆使两名江西地方官捏造事实，诬告文天祥纵兵抢劫。这两个人，一个是抚州知州赵必是，一个是宜黄县令赵时秘，他们在状纸上把部队行劫的时间、地点写得有鼻子有眼。枢密院对此正式进行了查问，文天祥又不得不据理驳斥，以明真相。于是进军的时间自然就耽搁下来了。

文天祥这时已是箭在弦上，不得不发。他如果把队伍停在南昌，不用多久，就会变成一支失去号召力和凝聚力的地方武装，而最后必然瓦解。“勤王”义军不去“勤王”，却坐食于桑梓，那么军队本身会怎么看他？地方百姓又会怎么看军队？轰轰烈烈、热气腾腾的局面马上就会丧失，百姓将不再支持，士卒也将迅速逃散。自己所付出的努力将全部付诸东流，自己所怀抱的理想也将无从实现。文天祥想到这一切，便反复向朝廷申述这支军队应该投入前线的种种理由，坚持请求让他率军按预定计划开赴临安。开始朝廷仍不同意，但后来舆论对陈宜中颇多指摘，说他不该留难文天祥，陈宜中为躲避风声，便离岗休养。要留梦炎代相，留梦炎为应付形势，命黄万石带部分江西部队入卫京师。黄万石怕死怕苦，不敢奉旨，正在拖延搪塞间，太皇太后谢道清又发来专旨，召文天祥火速率部入临安拱卫京师。

谢道清作出这个决定的背景是：元军在扬州、镇江攻势加紧了，临安又濒于危亡之境，她想起文天祥还是一注可以利用的资本。

在江上军事、政治的齐头并进

当临安已经十分危急的时候，忽必烈却没有如旁人所料地一鼓而下之。他主要的目的就是要让赵宋朝廷在完全绝望的情况下投降。现在直逼临安，宋室君臣一定会逃逸他方——陆上可以追击堵截，可是元军不可能封锁杭州湾，海上的路还宽得很！必须先将他们稳在临安，集中兵力消灭宋国在上江和下江的军队。他们的本钱拼光了，便不会再指望到别处东山再起。

阿里海牙和阿术也都持这个观点。阿里海牙率几万部队驻在鄂州，早就想有所动作，听到下江那边捷报接二连三，他都急死了，面前是摆在两湖地区的一块肥肉，自己能坐失这千载难逢的立功良机吗？他向忽必烈奏道：

“江陵，宋之巨镇，地处长江上游，驻屯精兵不下数十万，我军若不乘此破竹之势把它拿下来，等到夏秋水涨的时候，敌军顺流而下，只恐鄂、汉之城亦难守住。”

忽必烈当然知道他这番话夸张了些，江陵（湖北荆沙）哪来什么数十万宋军？便有数万人，在那个胆小鬼朱禩孙统帅下，哪里会有胆量顺流而下来取鄂、汉？不过，阿里海牙的建议是正确的，江陵的问题必须解决。这不仅仅是为了拿下江陵，而是为了：第一，可以与在四川进军的汪惟正遥相呼应，对川东部分顽抗之敌形成合围之势；第二，上取江陵，必先下岳州（湖南岳阳），湖南郡县亦可就此传檄而定。于是他同意了阿里海牙发兵溯江而上的请求，并赐给许多玺书要他沿途遣使招降。

这时阿术也送来了请出兵攻击扬州的奏表。担任同签书枢密院事的赵良弼发表意见说：

“宋之重兵在扬州，宜先以大军破之，由此可以直捣钱塘（杭州）。”

忽必烈也同意了阿术进攻扬州的计划。

先说阿里海牙这边的情况。阿里海牙在湖北这一阶段实行了不少很得民心的政策。比如他开仓放粮赈济流亡，安置他们从事荒田开发；又如他对赵宋宗室滞留在鄂的子孙，一律发放救济，让他们衣食无虞，而且还任由他们使用旧服饰和旧钱币，这对于瓦解敌方的斗志是极为有效的手段。此外，他还给那些东南宋占区的商贩，发放通行证，让他们回家，免除部分行商税；开放湖获之禁（允许采伐芦苇），造兵船数百艘以免征船扰民……所有这些都说明阿里海牙是个很有政治头脑的人。他的这些政策所取得的安定民心的效果，保证了他可以毫无后顾之忧地向长江上游地区进军。

阿里海牙军抵岳州时，南宋安抚使高世杰会合郢州、复州（今湖北天门）、岳州三州以及上游一些州郡的战船共数千艘，扼守于荆江口（今荆江门，在岳阳建新农场）。阿里海牙督率各翼水师屯于东岸（即江北，此处长江南北走向），高世杰则在洞庭湖中结阵（当年此处江、湖连结，并未如今日之有二公里陆地隔断）。双方展开了激战，结果是宋师大败，阿里海牙追入湖中，擒获高世杰，当场将他斩首。这一下，吓得岳州总制孟子缙赶紧派人到元营举城投降。

过了岳州，便到江陵。守城的除了京湖宣抚使朱禩孙，还有一个湖北制置副使高达。高达早先在鄂州对贾似道有不敬之处，十多年来一直受到排挤，对朝廷早生怨忿之心。这次阿里海牙来攻，高达率兵迎战，大约也是由于他根本不想打，故每仗皆败。败了数仗之后，他便向朱禩孙和其他官吏说，仗打不下去了，不如降了罢。他是名将、宿将，他说要降，别人还有何话说？何况像朱禩孙这种人只怕是早就想降，不过因为军队在高达手里他不好开口而已。

阿里海牙入城受降之后，便要朱禩孙下命令要他管辖的地区统统投降。那些两湖南北的官员并无一人违命，于是，归州（今湖北秭归）、峡州（今湖北宜昌）、郢州、复州、鼎州（今湖南澧县）、辰州（今湖南沅陵）、沅州（今湖南黔阳）、靖州（今靖州）、随州（今湖北随州）、常德、均州（今湖北十堰）、房州（今湖北房县）等州郡相继归降。阿里海牙根据忽必烈授予的权力一律给这些州郡官吏保留原职。改朝换代，却能照旧做官，这些南宋降官自然是皆大欢喜，矢志效忠。

忽必烈接到江陵捷报后，自然也喜不自胜：阿里海牙真是不负朕望。他对近臣们说：

“伯颜东下，留下阿里海牙孤军守鄂，朕还一直为他担心呐！现在荆南全境平定，朕东下之兵也可以再无后顾之忧了，阿里海牙真是有勇有略、国之干城啊！”

他当即亲笔草拟诏书褒奖阿里海牙，并且授高达为参知政事，召朱禩孙至上都，本来想授以高官显职，可惜朱禩孙无福消受，到了上都，便水土不服，一场大病，丢了性命。

刚好蕲州投降的管景模带着儿子管如德入朝觐见忽必烈。忽必烈摆出一代圣君的表情问道：

“朕何以有天下？宋何以亡天下？”

“陛下有德有福，自然有天下。”那管如德伶牙俐齿，颇善于拍马，“襄、樊乃宋之咽喉要地，陛下塞了它的咽喉，它不亡国还等什么？”

“说得好！”忽必烈称赞道。这马屁虽然短短两句，却很令他受用，便禁不住又补充道：

“朕治理天下，最爱惜人命，凡有罪之人，必要当面质对复审再回，查证落实后再行处罚。不像宋国权奸之擅权肆虐，写上一片纸、几句话就可以随意杀人。汝父子只要一心奉职，替朕出力，便不必惧怕他人的妒忌之口。”接着他就下命令授管如德为湖北招讨使。

赏官归赏官，并不意味着可以对一个刚投降的南人委以方面大计。当阿里海牙上表请派重臣开府江陵主持大政时，忽必烈意识到这是一件非同小可的重任。他想来想去，决定把远在漠北的廉希宪召回来——只有此人才识相当。

廉希宪尽快赶到了上都开平，这时是1276年的夏天，忽必烈正在上都避暑，立即就召见了他。忽必烈很亲切地赐廉希宪座，然后说道：

“荆南现在已收归我大元版籍，要使新附之民有感恩之心，使未附之民有向往归化之意，非择一见识远大、器量恢宏、治民有方的人去主持政务不可。朕遍思朝中大臣，惟卿最宜当此重任。宋室方面看到我朝有臣如此，亦足以降其心。”忽必烈说到此处，稍事停顿，看看自己一顶“高帽子”送过去究竟产生了什么效果。但只见廉希宪仍是一脸木然、正襟危坐，于是他又接着说：“南方地势低、湿气重，对你的身体确实不太相宜，但这次是以至关重大之事托付予卿，想必卿不会推辞吧！”

廉希宪仍然没什么反应，似乎是在等待忽必烈的下文。然而忽必烈却不知道还该说些什么，只是连忙下诏令赐给廉希宪禄田数百亩以赡养家属；又赐良马五十匹供随从乘骑，这些赏赐终于逼得廉希宪不得不开口表态：

“臣一向担心自己才疏学浅，不能胜任陛下的重托，从来也不敢以身体健康不佳为由推辞圣命，不过陛下新赐种种臣却不敢接受。”

廉希宪终于领命上路了，临行时忽必烈亲授给他的特权是可以自授三品以下官吏。

时值盛暑，而从上都至江陵数千里路途，廉希宪却只用了不到一个月时间就赶到了。到达江陵的那天，阿里海牙率领下属官员郊迎于城外，并且在一片尘土飞扬中行叩拜大礼。江陵的老百姓都看傻了，这来的到底是个什么了不起的大官呀？连阿里海牙都要对他行跪拜之礼！廉希宪到任伊始，就下令严禁剽掠、鼓励商贩，立即就把社会秩序和民心稳定下来。接着他就着手抓宋国官吏的留用安置工作。第一步，他把宋宣抚使司（朱禩孙那个衙门）和制置使司（高达那个衙门）内幕僚胥吏中能干事的全部录用下来，先解除吃饭问题，使不致流离失所，然后又从中选择二十余人，授予和他本人才识相当的实职。廉希宪这样做，让跟随他一起南下的元朝官吏心里不平衡，遂对他的政令多方留难。廉希宪对他们说：

“今天大家都是元朝的臣子，无分南北，皆效命于大元皇帝，还用得着对谁抱有怀疑吗？”

南宋积习，官吏晋谒长官，一定要准备珍玩礼品，现在他们来见廉希宪，也搞这一套，结果被廉希宪拒绝了，并对他们说：

“你们有些人仍袭了旧时的职务，有些人还得到了迁升，这应该感念圣上的恩典，尽力报效。今天你们送给我的东西，如果是你们自己所有，我得了，是为不义之财；如果是公物，那你们就形同盗窃；如果是自民间搜刮而来，那也不能说不是一种犯罪行为。你们应当戒之、慎之啊！”

所有送礼的官员都感激叩谢而去。

廉希宪随即又颁行了几项造福于民的德政：

一是凡被俘获之人，如有人敢杀害之，以故意杀害平民罪论处；为军士所虏者，如因病而被弃，可准许别人收养，病愈，故主不得再领回。

二是立契卷典卖妻、子者，从重治罪，所得收入一律没收充公。

三是宋时江陵守吏在城外拦河蓄水以抵御元军的进攻，廉希宪下令决坝放水，得良田数万亩，用以安置贫民。

四是开仓动用沙市地区政府计划外的积谷二十万斛，以赈济公安县一带的受灾饥民。

五是兴办教育，选配教官、置办经籍，并且经常亲临学校为诸生授课，鼓励学生求学。

廉希宪的这一系列举措，很快就产生了十分良好的政治影响，令西南溪峒地区百姓向往。思州（今贵州沿河）、播州（今贵州遵义）的田姓、杨姓两大族人和宋重庆制置使赵定应，都越境至江陵请降。忽必烈得到奏报后感叹地说：

“先朝非用兵不能得地，今希宪可令数千百里外之民越境纳土，其治化之功可以想见。”

某个守关官吏偶尔获得江陵人寄出的私人书信，以为是机密情报，不敢拆阅，一直呈缴到御前，由枢密官员当殿启读，其中有这样的话："归附之初，人不聊生。皇帝派遣廉丞相出镇荆南，不仅使民众渐受德化，连昆虫草木，也都被其恩泽。"忽必烈听到此处，不禁感叹道：

"希宪不嗜杀人，所以能有这样的治绩。"

江陵作为新占领区的施政样板所产生的效应使忽必烈深有感触。军刀和战马只能完成征服的第一步，彻底实现对一个国家、民族的有效的征服和统治，还必须依靠政治。怎样才能做到"不战而屈人之兵"？什么叫作"攻城为下，攻心为上"？廉希宪的实践已经作出了很完整的回答。真是不可多得的良臣啊！他虽然是色目人，但对汉文化的理解可谓极深极透！忽必烈想，今后一定要进一步贯彻这条路线，他对新近授官为行省参知政事的降将高达下了一道诏书，其中有这样一段话：

> 昔我国家出征，所获城邑，得后即委去之，未尝置兵戍守，故此年年征伐不息。夫争国家者，取其土地人民而已。虽得其地，而无民，则其地谁与居？今欲保守新附城壁，使百姓安业力农，蒙古实未尽知其道，尔则熟知其事，宜加勉旃。湖南州郡，皆汝旧时部曲，其未归附者何以招怀，其生民何以安业，悉听汝视方便而为之。

下面该回过头来说说阿术率军进兵下江的情况。建康以下，扬州是第一重镇。宋军在这里驻有重兵，作为对临安的最后的屏障。忽必烈清楚地意识到，只要能消灭扬州的宋军，或者只要能围困扬州，临安就会失去依恃而陷于暴露挨打的境地。他果断地命令阿术向扬州进军，然而扬州守将李庭芝和姜才却是两条宁折不弯的硬汉，誓死与元军周旋到底。

阿术开始想招降，派人持招降玺书入城，李庭芝二话不说，把来人杀掉，玺书也烧了。阿术便令总制张俊出阵迎战，同时又带来一份宋叛将孟子缙写的招降书。李庭芝又是一把火烧了招降书，把张俊在阵前枭首挂在旗杆上示众。另一方面，他慷慨地拿出金、帛、牛酒犒赏将士，使扬州城内人人感奋、士气高昂。

阿术见招降不成，便大军直扑扬州。扬州都统姜才立三叠阵，在三里沟迎战阿术。阿术一时未占上风，便假作败状，姜才率兵追赶，阿术停下来，两军便在扬子桥边一场恶战。扬州拨发官雷大震身先士卒，勇猛杀敌，最后被元军飞矢射中坐骑，当场倒地在阵前壮烈殉国。当两军隔着一条小河对峙时，张弘范领蒙古铁骑十三人强行渡河冲向宋军，但宋军阵地并未动摇。张弘范立即引军后退以诱敌。果然，姜才手下一将领手擎大刀跃马直向张弘范冲来。张弘范早已有备，看看对方临近，突然勒马反辔一枪刺去，说时迟，那时快，直透对方心窝，致其随即落马。这时元兵欢声动地摇旗呐喊杀将过来，宋军气夺，终于败退。阿术和张弘范驱军一路追赶，宋军溃逃中自相践踏以至跌落河沟中死去的不计其数。姜才肩头也被流矢射中，只见他一手拔出箭头，继续挥刀奋战，元兵被他的英勇气概镇住了，不敢进逼。姜才带着余众退入扬州城，更下定了死守的决心。

阿术见城池一时攻不进去，便按照忽必烈的意图实行围困战术。他指挥兵士与民伕筑起长围，从扬子桥直至瓜洲，东北面跨湾头至黄塘，西北面直到丁村务，整个扬州都被整个封锁起来，再无法与临安相通，成为宋军在江北的惟一一座孤堡。

姜才深知必须改变此种被动的局面，他和副将张林商议，不惜一切代价，要打破元军的封锁。一天晚上，他俩乘着夜色，率领步、骑兵共二万之众，对元军扬子桥木栅发起攻击。守栅万户史弼抵挡不住，连忙向阿术告急。阿术带着总管管如德（即两个月前忽必烈授为湖北招讨使的那位）等从瓜洲赶来支援。到了天亮时分，这支援军才赶到扬州桥，只见姜才的部队夹水为阵，军容严肃，气势威武。阿术指挥骑兵渡水夹击其左翼，但右翼宋军立即扑过来形成反夹击之势，阿术回头再攻击右翼，左翼守军又尾随而至。总之自己的队形展不开，而宋军的阵脚却丝毫未乱。

阿术灵机一动，便引军作撤退状。姜才见阿术退兵，以为是破敌建功的机会到了，便把令旗一挥，命部队掩杀过去。谁知这一追击反倒松动了自己的阵脚，阿术退不多远，便反过头来和宋军展开了一场混战。混战中，宋军结阵呼应的优势没有了，兵自为战，将自为战，打了不到半个时辰，宋军便渐渐不支而败退，阿术把所有的预备兵力都投进去一顿穷追猛打，宋军终于全军溃散，副将张林被管如德生擒，姜才带着少数军卒逃入城中，当场被元军砍杀的将士多达万余人。

扬州危急，临安震动。太皇太后谢道清诏令张世杰与刘师勇、孙虎臣等率水师万余艘，由淮东兵马钤辖阮克已等配合，水陆并进，赴吴门（镇江）方面抵御元军。张世杰率舟师到达焦山水面后，下令以十舟为一方阵，用缆绳捆系在一起，在江中抛锚，非有号令，任何人不得起锚，违令者斩。这是“置之死地而后生”的策略，以决死的姿态来激发必胜的信心。

阿术带着随从登上石公山瞭望宋营形势后，当即说道：

“此种舟楫连环之阵最宜用火攻之。”他随即组织了健壮而善射的军士上千人，用巨舰装载着，分两翼夹射宋军船阵。阿术本人率舟师从中路配合作正面进攻。元军的火箭射向宋军船队，只见篷樯俱焚，火光四起，烟焰蔽江，宋军走不能走，战不能战，锁在一处挨火烧，许多人跳入江中被淹死。张弘范、董文炳、刘国杰这几员猛将各率其精锐，猛冲宋军阵地。张世杰看到败局已定，已经无法重新组织起抵抗的队形，只好带着随从及部分水师，逃奔圌山而去。阿术和张弘范带兵追赶，一路缴获的白鹞子战船达七百余艘。刘师勇逃回常州，孙虎臣逃回真州（今江苏仪征），张世杰请朝廷发兵救援、补充，竟毫无结果。元军在这一仗中，崭露头角的人是刘国杰。他本是女真族人，姓乌库里，入中州后，改姓刘氏。因为身材魁梧，力大无穷，又兼善骑射，很受忽必烈宠爱。南征时，除了封他怀远大将军官职外，还授给“巴图”名号。巴图，蒙古语英雄的意思。刘国杰排行第二，从此人称他刘二巴图，这个刘二巴图后来在帝国的军队里起了很突出的作用。

焦山的这一场惨败，主要原因还是指挥的失误。水陆并进本来是四路兵马，到了战场上却根本未能互相配合，因为他们都必须听命于远在临安的都督府指挥，而都督府却还不止一个，陈宜中和留梦炎这两位丞相一人主持一个。两个平行的指挥机关各自凭着自己的想象发布命令，当然只能是瞎指挥一气。将帅们的行动可说是根本无法协调统一。这个问题在出师之前就被平章政事王爚发现并指出过，他说：

“陈、留二相宜有一人亲至吴门督师，如果他们去不了，臣虽老而无能，若受命前往，虽效死于疆场，臣亦不敢辞。”

太皇太后没有理他的茬。焦山的败信传至京师后，王爚又上奏道：

“军事行动事关重大。以二相并建都督府，决策于庙堂，臣实不知其理安在。当时臣请命出征，无非是为大敌当前，如无陛下亲征，则当有大臣督阵。今前线诸将心力不一而遭致挫败。不知我国家尚堪几败！臣不得其职，又不得其言，乞罢臣平章之职。”

太皇太后当然不会接受他的辞呈。这时又有翰林学士刘九皋等人上书，参劾陈宜中，说：

“宜中擅权，党同贾似道，袒护弃城逃跑及投降的叛臣。文天祥率兵勤王，信谗而阻挠之；贾似道丧权辱国，阳请致罚而阴实包庇；元兵薄国门，而不发勤王之师，宰相当出督，而畏缩犹豫；张世杰步兵而用之于水，刘师勇水兵而用之于步，指授失宜，因致败事……”

陈宜中得知刘九皋等上书之事，一方面散布流言说此事是王爚在幕后唆使，一方面撂挑子回家不管事了。太皇太后最需要的其实就是陈宜中这种人，看见他走了，急得不行，速派四批人去请，可陈宜中仍然在家装病不出。太皇太后没法子了，竟把上书的刘九皋逮捕入狱，并且亲手下诏书说：

“人言王爚与陈宜中必难久处。爚近奏乞免平章，辞气不平，诚如人之所言。可罢爚平章军国重事，以少保、观文殿大学士充醴泉观使。”就这样把王煸的官给罢了。“某某观使”之类是宋代安置退职、罢职官吏的一种虚衔，并无具体职务，只领一份俸禄。王爚本是个清正刚直的人，罢官之后，一气病倒，没多久就死了。

形势如此危急，不得不将诸路勤王的部队调入临安地区以拱卫京师。已经在吉州驻屯了三个多月的文天祥这时终于接到了向前线开拔的圣旨。队伍过了衢州之后，他又和张世杰的队伍会合了。此时张世杰在圌山已经把焦山之役的败兵收容集合起来，并招募一些新兵，凑起了约五万人马。文、张两军加在一起，可说又是十万之众了。部队来到临安，文天祥军驻西湖岸边，张世杰部驻六和塔附近。整个临安城像刚打过强心针剂的病人，君臣上下都重新有了一些生气。然而这时替代陈宜中为右相的留梦炎，也是一个无心抗战、有意投降、阴险狡诈、惯弄权术的人。他和文天祥当然无法合作共事，不但对文怀着严密防范之心，而且只等机会就要下手夺走文的兵权。文天祥开始还意识不到这一点，一到临安就忙着上疏，说道：

“本朝惩五代之乱，削藩镇，建都邑，虽足以矫尾大之弊，然国势因而渐弱，故敌至一州则一州破，至一县则一县破，中原陆沉，痛悔何及！今宜分境内为四镇，建都督统御于其中。其四镇分建于长沙、隆兴、番阳、扬州。长沙以广西、湖南为基本，责其取鄂；隆兴（南昌）以广东、江西为基本，责其取蕲、黄；番阳（江西波阳）以福建、江东为基本，责其取江东；扬州以两淮为基本，责其取两淮。地大力众，乃足以抗敌。约日齐奋，有进而无退，日夜以图之，彼兵力分散，疲于奔命，而吾民之豪杰者，又伺间出其中，如此则敌不难却也。”

平心而论，文天祥这番建议多少有点迂阔、空洞、脱离实际而缺乏可操作性，但他的一腔抗敌热情还是可贵的。留梦炎这种人不可能珍视和保护这种热情，相反他把这份奏章贬得一无是处，根本不上报朝廷。为了实现夺其兵权的目的，留梦炎给了文天祥一个“兼都督府参赞军事”的头衔。都督大权在留梦炎手中，当他的参赞岂不就是把自己的军队交给他么？文天祥政治上的敏感还是很强的，他上表坚辞不肯受命。留梦炎看到自己夺兵权的图谋失算了，只好选择第二方案——把文天祥和他的部队挤出临安去。他奏请太皇太后同意，让文天祥以浙江、江东制置使，兼江西安抚大使，知平江府事。平江（苏州）虽然并不远，但总算离开了朝廷，可以免得他倚兵自重跟自己作对。再说，元兵都已经近在咫尺了，还有什么远的地方可派呢？

文天祥这时已经看穿了留梦炎的心思，你想挤走我，我偏不走。他又上表请辞。留梦炎几次以太皇太后的旨意催文天祥出师，最后还授他以端明殿学士的名义知平江府。这种头衔已经是和使、相并列的地位了，文天祥还是不动，一直到十月间，他才去平江就职。临走还上了一疏，说“朝廷姑息牵制之意多，奋发刚断之义少，乞斩师孟，以鼓将士之气”——要求处死最恶劣的投降派分子兵部尚书吕师孟。

这时候，伯颜正回上都去向忽必烈汇报战况，准备对南宋实行总攻击。忽必烈授他为右丞相。伯颜却辞不肯受，理由是：

“阿术功多，臣受赏宜居其后。”

忽必烈听从他的建议，乃以阿术为左丞相。同时命令伯颜攻临安、阿术攻淮南、阿里海牙攻湖南，其余万户宋都木达等攻江西。忽必烈还特别关照伯颜：“只要宋君臣来投降，赵氏族属一律加以保护，其宗庙维持原状。”

两个朝廷，是完全两种不同的气氛和态势。

临安的南宋小朝廷投降了

贾似道在鲁港兵败之后，经营多年的权力基础一下子土崩瓦解。他不敢回临安，只好蛰伏于扬州观望形势。眼看着政权落入他人之手，亲信党羽如翁应龙、廖莹中辈一个个被举告、诛杀，至于一班善于观察风向伺机而动的政客，此时更是摇身一变使出落井下石的手段。陈宜中是靠贾似道扶持提携而登上政坛的，可是他竟第一个上书请诛杀似道以惩误国之罪。真是人心叵测呀！此后，太学生、御史台、侍从大臣们纷纷上表，都说要杀贾似道以谢国人，好在太皇太后一律驳回，不从所请。贾似道知道太皇太后虽然能拒绝这些治罪的请求，却不能再次让他重掌政权，也就是说，他必须接受自己的政治生命已经终结这样一个事实。但是事情需要有个了结，只有在受到惩罚性的结论之后，自己才能摆脱待罪之身的状态，退出朝廷去颐养天年。于是，他上表自劾败兵之罪，一方面给自己扣了几顶“指挥不当”之类的空帽子，一方面把责任推到夏贵、孙虎臣的身上，最后请求保全性命放归山林。太皇太后接到贾似道的自劾表文，分析了一下朝野舆情，决定顺台阶下，便诏命解除贾似道的官职，由李庭芝派人从水上送贾似道回台州为母亲守丧。

可是贾似道毕竟是个不知进退的混蛋。处在这种存亡未卜的险境，他竟然贪恋扬州风花雪月醇酒妇人的生活而不肯离去。他的母亲刚刚去世，可他竟违背祖制不遵圣训回家守孝，这就意味着他又增加了不忠不孝两项大罪。告讦他的表文雪片般飞向朝廷。当时王爚还在位，便把情况报告太皇太后，并且建议说：

"贾似道既不为国尽忠，又不为母尽孝，请下诏切责，以塞朝野之议。"

贾似道知道自己不能再这么混下去，只得带着妻妾僮仆一支大队伍取道绍兴——太皇太后诏令他居住思过的地方。但是绍兴的官吏竟闭门不纳，说是不愿这样的坏人玷污了绍兴的土地。王爚这时又向太皇太后奏道：

"本朝权臣为祸，未有如贾似道之烈者，上至大臣，下至百姓，上疏请诏其罪，不计其数。陛下皆抑之而不行，置人言于不顾，何以谢天下！"说毕建议将贾似道发往婺州居住。

谢道清只好照办。可是婺州人听说贾似道要来，四处张贴布告，不许他入境。朝廷再下诏书徙贾似道往建宁府（今福建建瓯），这一干人等到了建宁，也不敢声张，借住在城南开元寺内。贾似道随行这么多女眷，住在和尚庙里，本就抢人眼目，更兼那贾似道又是个耐不得寂寞的人，这一路风尘仆仆，担惊受怕，顾不上行乐，今日总算有了安身之地，免不得又要和妾侍们调笑作耍。和尚庙里男女嬉笑欢歌之声如何能不传出去？到第三天上，开元寺已被建宁百姓围了个水泄不通。众人挥拳高嚷：

"打死贾似道！"

“贾似道滚出建宁！”

地方官怕事情闹大，若贾似道真有个三长两短，难得担干系。于是赶紧上报朝廷。御史台上书言贾似道罚不当罪，应斩之以正国法。太皇太后不表态，御史翁合再上书称：

“贾似道总权罔上，卖国召兵，专利虐民，滔天之罪，人人能言。迫于众怒，仅谪建宁。夫建宁实朱熹讲道之阙里，虽三尺童子亦知向方，闻似道名，咸欲呕吐，况见其面乎？宜远投荒服，以御魑魅。”

这封奏折总算给了朝廷一个台阶下。问题在于哪里算荒芜之地呢？太皇太后最后下诏，贬贾似道为高州（今属广东茂名）团练副使，安置于循州（今广东惠阳），籍没家产，派人监押上路。然而没有人愿意担任押送贾似道的这趟差使，一是谁也不想和这样一个狗屎堆一样的人打交道；二是怕沿途百姓拦截驱逐，无法完成使命。

过了好些天，终于有一个叫郑虎臣的人自动领命。郑虎臣现任会稽县尉，他父亲原来受过贾似道的迫害，他想这是他为父报仇的好机会来了，于是欣然接了这个旁人不肯问津的差事。他来到建宁开元寺，首先是遣散了贾似道身边的数十名妾侍僮仆，接着又撤掉了贾似道轿子的顶盖。时值秋日，岭南地区的太阳还十分厉害，一贯养尊处优的贾似道整天曝晒在阳光下，那滋味不问可知。一路上，郑虎臣要轿夫们用浙江话编些山歌嘲骂贾似道，自己也时不时点名申斥他，总之不让他有片刻好受的时光。

贾似道一生何尝受过如此的窘迫和屈辱，但“人在矮檐下，不得不低头”，只能默默忍受，心里还在幻想有朝一日太皇太后会力排众议恩赦和重用自己。郑虎臣却以为肉体折磨再加上百般羞辱会逼得他无法忍受而自寻短路。他们乘船沿建阳溪而下，到达南剑州（今福建南平）黯淡滩时，郑虎臣竟忍不住启发贾似道：

“江水如此清澈，何不死于此地？也算是寻得了一处好死所，能洗去若干罪孽。”

可是那贾似道哪里是个舍得自尽的人！他卑躬折节地厚着脸皮辩解道：

“太皇太后许我不死，我若自杀，是为不忠。”

郑虎臣只好陪着他继续往南走去。贾似道经不起长途跋涉，越走越瘦弱，郑虎臣没有完成报仇心愿，越走越烦躁。这时已是初冬，太阳虽已不再赤热，老天却无休无止地下起雨来，那日行到了漳州木绵庵，被淋湿了的一行人便在庙中借宿。众军士淋了雨，又冷又累，心中有气，都纷纷咒骂贾似道这个倒霉鬼害得大家受苦。郑虎臣听得心中火起，接口说道：

“吾为天下人杀贾似道，就是死了也无遗憾。”他命令军卒们将贾似道的儿子及妻妾拘押于另一处屋中，自己亲自动手，将贾似道勒毙于厕所里。一代权奸就此命赴黄泉呜呼哀哉了。郑虎臣后来果然为此付出了生命。那是陈宜中来到福建后，以擅杀的罪名将他处死。

前线的战事这时进入了某种胶着状态。扬州、常州，都久攻不下，完全不似去年（1275 年）冬和今年春上的景象了。为什么会出现这种变化呢？昭文馆大学士姚枢向忽必烈作了番分析：

“陛下去年下不杀人之诏，伯颜渡江，兵不逾时，西起蜀川，东薄海隅，降城三十，户逾百万，自古以来，南征未有如此之神速者！今年自夏至秋，一城不降，皆由前线军官不思国之大计，不体陛下之深仁厚德，肆行劫掠剽杀所致。扬州、焦山、淮安，人人作殊死战，我纵有获胜之时，亦付出重大伤亡。宋室早就已经是风雨飘摇的境况，可是临安方面依然坚持抵抗而不肯投降。何故？好生恶死，人之常情就是因为惧怕我军招降止杀的诺言不可靠。现宜重申止杀之诏，使赏罚必立，恩信必行，圣上可以少费操劳，国家可以节省军力。”

姚枢的这番建议没有得到忽必烈积极的反应，并不是忽必烈觉得他说得不对，而是因为忽必烈对南宋的顽强抵抗感到恼火。这时候再重申止杀令，会不会更助长南宋抵抗力量的气焰呢？他虽不号召杀戮，但必要的时候还是要临之以威，让对方在强力面前恐惧并且屈服。

阿术围困扬州已经半年有余，可是仍然攻不进去。城里的一切可吃的东西都快吃光了，每天都要饿死不少人，尸体枕藉于道路，层层叠叠，惨不忍睹。可是李庭芝守城的决心丝毫也未动摇。元将阿拉罕攻破了扬州外围的银林东坝，守将赵淮夫妻俱被俘获。阿术对赵淮说：

“你若能招降李庭芝，我必保荐你当大官。”

“让我去试一试吧！成败则未可料。”赵淮竟然爽快地答应了。阿术不知道赵淮的底细，以为他是真心，便带着他来到扬州城下，命人请李庭芝到城头对话。当赵淮看到李庭芝果然出现在城楼上时，立即放声叫道：

“李庭芝，你是个男子汉，要死就死，千万不要投降，千万不要投……”

阿术见赵淮竟敢戏弄自己，不由大怒，顺手一刀将他砍死马下。

李庭芝和城上的宋军却从赵淮的惨死中受到激励，更加坚定了死守扬州的意志。

伯颜亲率一支大军，以吕文焕为向导，向常州发起进攻。常州告急，朝廷派遣张全带领二千人马前往救援。张全是个毫无将才的胆小鬼，更何况只领着区区二千士卒！驻在平江的文天祥，考虑到常州的重要战略价值，便从自己营中拨出三千人，由朱华、麻士龙和尹玉统率驰援常州，统一由张全节制。

麻士龙配合张全在虞桥首战元军。元军人多，宋军人少，麻士龙率部奋勇拼杀还是抵挡不住。张全一看形势，不但不上前支援，反而带着自己的人，逃往五牧。麻士龙手下总共才五百人，虽然人人英勇、个个顽强，最后的结局却只能是全军战死。

五牧是运河上的口岸，重要的战略据点。朱华带着他的广东部队驻守于此处。他深挖沟堑、广设鹿砦，要和敌人长期周旋。谁知张全退到此处却命令他撤除防御工事。好在元军尾追而至，朱华还未来得及执行张全的命令，双方就已经接了仗。自辰时打到午时，四个时辰下来，双方未分胜负。朱华的粤军确实够英勇的，而修筑的工事当然也起了作用。到了晚上，元军绕过山后去袭击尹玉率领的赣军。尹玉手下的江西兵也很能打，消灭了元军一千多人，但毕竟还是寡不敌众，渐渐败了下来。这时张全领着部队停在运河东岸，在整个战斗过程中，他不发一兵，不放一矢。尹玉的部队顶不住了，许多士兵往河里走，泅往张全所率的船队，攀住船舷求救。毫无天良的张全竟命令军士用刀剁掉那些攀船士兵的手指，被砍指者纷纷落水，溺毙者不计其数。还未下水的败兵在尹玉的鼓动下又重新奋起，和元军作殊死战。这一仗一直打到第二天清早，杀死了不少元军，尸首堆积田间，触目皆是。但这时尹玉手下总共不够五百人，而元军却越杀越多，源源不断。尹玉亲手杀了数十名元兵，自己也中箭受伤，最后力尽倒地被元军俘获。元兵痛恨他的英勇，用四根长枪交叉横在他颈项上，一顿棍棒活活将他打死。他的部下全部战死，无一人投降。

文天祥派出的部队几乎拼光了，张全却安然无恙。文天祥当时就想斩了张全以警告所有临战畏死的败类，但都督府不同意，因为张全是陈宜中的亲信，他们作出的处理决定是“念其旧勋，准予立功赎罪”。

常州眼看是守不住了。但知州姚岩、通判陈炤和都统王安节、刘师勇却是清一色的抗战派，誓死不投降。伯颜派来好几批人，跟他们百般譬喻，劝他们投降，但他们丝毫不为所动。伯颜气极了，命降将王良臣驱使城外居民，运土筑垒，并且把活人跟土混在一起筑。这还不够，他还杀死大批百姓，煎油作炮弹，射进城去，烧毁房舍。这种歇斯底里式的进攻虽然残酷，但并未令姚岩等人畏缩，又坚持了两天之后，城门终被攻破。姚岩自杀，陈炤和王安节则带领军民与元军巷战。这当然是毫无希望的困兽之斗。曾经有人提醒陈炤道：

“城北东门尚未被元军堵合，能冲出去。”

“离开此城一步，就是死不得其所！”这是陈炤的回答，他已经决定追随姚岩与城共存亡，只不过要在死前再多杀几个元兵。没多久，拥入城来的元军将他们团团围住，陈炤、王安节和左右官兵全部被乱刀砍死，只有刘师勇带领手下数十骑，拼命杀出重围，逃奔平江。

伯颜被常州城的坚决抵抗激怒了。在城外杀了那么多乡民还不解恨，进城以后又下命令屠尽常州生灵，连鸡犬也不留。他知道自己做不成曹彬，他也不再想做曹彬，他认定蒙古人用曹彬那一套永远也征服不了江南。

常州屠城的事当然也汇报到忽必烈那里，忽必烈未置可否，他当然并不主张屠城，但蒙古人对抵抗者实行屠城乃是一种传统，作为对未降之敌的威慑手段还是有效果的。而且小小常州，充其量还剩下三、两万人而已，对比起当年旭烈兀在巴格达连杀十七天杀掉八十万人的“壮举”，杀掉常州这点桀骜不驯的百姓也算不了什么。

常州既破，伯颜命阿拉罕进攻独松关，独松关位于浙江余杭，乃是临安的门户。掌握着最高指挥权的陈宜中、留梦炎，竟命令文天祥放弃平江（苏州）回守独松关。这实质上不是什么军事部署而纯粹是个政治阴谋。放弃平江，元军便可从运河直下临安，而文天祥从平江赶往独松关至少要费两天时间，这样一来一往岂不是两头失蹋！文天祥向都督府提出分兵驰援独松关的建议，但两个都督府一致不同意（仿佛是商量好了要让宋王朝快些完蛋），并随即发来催他启程的命令，说是“阿拉罕已攻陷广德军四安镇，着火速入卫京师”。文天祥只好率部离开了平江。

文天祥刚走，平江通判王举之、都统王邦杰等立即开城投降。驻军在六合塔下的张世杰直到看到文天祥的先遣部队，才知道弃守平江的消息，他赶紧提兵去救，走到半道上得到了平江已降的消息，气得他咬牙切齿。回到临安，则独松关也已为元军所破——文天祥还未赶到那里，守将张濡就逃跑了，元军得来毫不费力。临安这回是真的势如累卵了。

文天祥和张世杰两支人马合起来大概还有三四万人，他俩商议了一下，准备作最后的拼搏，于是便一齐向太皇太后提出建议：

“江南各城，虽然先后失守，但赖有扬州，确保了淮东安全。而福建、广东，尚是一城未失。现临安内外可集合的部队约有五六万之众（夸大了一点），如出死力与元军血战，也未必毫无胜算，苍天有眼助我得胜，则淮东之师可出而截其归路，国事犹有可为也。”

谢道清一个妇道人家，对拼还是不拼，拿不定主意。但陈宜中却主意明确得很，他说：

“孤注一掷，此乃血气之勇。如战而不胜，岂不是社稷宗庙一切都毁于一旦了吗？”

谢道清听了此话，便也拿定了主意投降：

“王师务宜持重，不可轻举妄动，以逞侥幸，宜另思万全之策。”

还有什么万全之策！要保住宗庙，忽必烈不是早就说过只要肯投降，赵氏当不令乏祀吗？当时，秘书监陈著曾上疏支持文天祥，他说：

“与其坐以待困，何不背城借一！万一有幸，则人心振奋，其勇可贾。且敌人也并非真胜在智力，不过乘胜而长驱直入，一旦受挫，则两军主客强弱之势立异，其悬军在外，我惧之何有？”

陈宜中怎么能听得进他这一套，一纸命令将他发往台州去任知州。

过了不几天，左丞相留梦炎逃跑了。朝廷大事落在陈宜中一个人身上。其实这时除了乞和也没有别的大事了。他派遣工部侍郎柳岳去元营乞和。柳岳奉命到无锡面见了伯颜，先是卑躬屈膝说了一堆承认错误赔礼道歉的话，并且奉上了陈宜中为求和致伯颜的信。这封信的主要内容是把年初元朝派来议和的廉希贤和严忠范两人被杀说成是盗贼所为而非朝廷之意，请元兵班师允和。

伯颜看了信冷笑一声道：

“事到如今还想谎言搪塞、推诿罪责。谁不知道廉、严二公是在独松关被张濡所杀，廉尚书当时还未死，送到临安伤重不治才殉国的。你等南人凶横狡诈，不可信，不可信……”伯颜说到此处若有所思地停下来，他想起自己对廉、严两人的死似乎也负有一份责任。当时，廉希贤和严忠范奉忽必烈旨意去临安议和，道经建康时，曾经向伯颜提出要求派兵护送。伯颜的答复是：

“使者的力量表现于言语而不在兵旅。随兵太多反而引起对方的疑虑。”

经廉希贤一再固请，伯颜才同意拨给五百兵丁。五百兵丁做警卫嫌多，做部队嫌少，反正没起什么作用。伯颜心想自己当时是否考虑不周呢？而且更重要的是自己是否有意跟廉希贤为难？因为他记得自己曾经对廉希贤产生过一些抵制情绪，廉希贤年纪轻轻，才二十七岁，就当了工部尚书，难道不是靠哥哥廉希宪受皇帝宠信得来的么？而廉希宪开府江陵德化西南的政绩又多少有点令他不快，也不知道廉希宪对他弟弟的死有些什么想法……伯颜想着这些，面色显得十分凝重。

柳岳一看陈宜中的信没产生什么好反应，心中害怕，但他究竟是个搞外交当演员的坯子，此时他临场即兴诌出一番理由，边哭边诉道：

“敝国嗣君年幼，又在衰绖（守孝）之中，其情可悯。自古以来礼不伐丧，望丞相察之。凡所有种种冒犯贵朝的事情，都系奸臣贾似道所为，似道误国，已经毙命。望丞相念我君五岁小童……”他的话没有多少逻辑性，尽管一把眼泪一把鼻涕样子怪可怜，伯颜却不愿再听下去，喝断了他：

“汝国杀我议和使臣，我国才兴师讨伐。你国既然启衅，种种后果都是咎由自取。昔吴越钱氏纳土，南唐李氏出降，这不都是你国所行的故事么？昔日取人江南，今日江南被人取，又何须恋恋不舍？汝国得天下于小儿，亦失之于小儿，汝国君五岁，柴宗训也只得六岁，天道循环报应，丝毫不爽，你何必还多说废话。”

一番话说得柳岳哑口无言，伯颜随即派囊加歹随柳岳一同回临安谕降。

柳岳回来向陈宜中复命。陈宜中又奏请太后派柳岳和宗正少卿陆秀夫、侍郎吕师孟随囊加歹再赴元营乞和。这回的条件更明确：赵㬎向忽必烈称侄，并且岁贡银若干万两、绢若干万匹。临行时，谢道清又嘱咐道：

“银、帛之数卿等可视情定多少，只要肯退兵就行。称侄如不允则称侄孙亦可。”

然而伯颜对于忽必烈是做伯父还是做伯祖父并不感兴趣，一口回绝了议和的请求。柳岳赶回临安报告乞和再次被拒的情况，陈宜中又奏请谢道清派柳岳再赴元营，请求封宋为小国。可是柳岳在半道上被强盗杀死，未能到达伯颜进驻在平江的司令部。陆秀夫等了好些日子，不见柳岳回来，便只好自己赶回临安，向谢道清陈说伯颜态度的强硬。太皇太后这回连陈宜中的意见也不征求了，立即要陆秀夫代表她去向元军称臣。如此彻底地投降，连陈宜中都觉得有点难以接受，可是谢道清说：

“只要能保住社稷宗祀，称臣也在所不计了。”

她命令御史大夫刘廷瑞拟就一道称臣表，并派监察御史刘屈奉表去见伯颜，表上说“上尊号，岁贡银二十五万两，绢二十五万匹，乞存境土，以奉烝尝（祭祀祖宗）”。并且约定日期，在长安镇，由伯颜和陈宜中面议其余细节。

陈宜中却并不愿意承担投降宰相的罪名，他没有遵约前往长安镇议事，却率群臣入宫，请太皇太后迁都闽粤。经他万般哀求后，谢道清同意迁都，命令宫人准备行装，但到了傍晚，一直不见陈宜中来请驾，她发开了脾气：

“我本就不肯迁都，而大臣们反复进劝，现在决定迁都了，他却又音信全无，这不是欺我么？”说着说着，她把头上的饰物珠宝取下来，狠狠地摔在地下，并吩咐宫人关闭宫门，无论谁请见，一律不接纳。其实，陈宜中说的是第二天动身，谢道清方寸已乱，根本没有听清楚。

这时文天祥和张世杰还是想和元军背城一战，陈宜中不同意，他想的是迁都到闽粤后再作计较。可谢道清此刻却又不愿走了，她命令监察御史扬应奎带着降表和传国玉玺去元营请降。那封降表真是写得可怜巴巴令人不忍卒读，其文曰：

> 宋国主显谨百拜言：显眇焉幼冲，遭家多难。权奸贾似道，背盟误国，至勤兴师问罪。显非不欲迁避以求苟全，奈天命有归，届将焉往！谨奉太皇太后命，削去帝号，以两浙，福建，江东、西，湖南，二广，四川，两淮见存州郡，悉上圣朝，为宗社生灵祈哀请命。伏望圣慈垂念，不忍是三百余年宗社遽至陨绝，曲赐存全，则赵氏子孙世世有赖，不敢弭忘！

伯颜接到这封降表和传国玉玺，十分高兴。他终于让自己的战略意图完满实现了。这么些天来，他陈兵于临安外围地区却一直没有发动进攻，这当然不是因为他对自己的军事力量没有信心，以他的兵力进攻临安是稳操胜券，而满营兵将更是跃跃欲上——都盼望进临安后猛猛地掳掠一番。伯颜曾向郎中孟琪问计，孟琪说：

“宋人之计，惟有窜往福建一条路。如果我军逼得太紧，他们必然逃得快，一旦秩序混乱，则临安三百年的积蓄将会荡然无存。不如设法安定他们的情绪，消除他们的恐惧。这样我们才能获得一座完整而富庶的国都。这就好像摘果子，熟了的才好，不过要稍待些时日。”

“汝言正合我意。”伯颜称他说得好，并根据他的建议把宋室朝廷稳住在临安。现在他们终于投降了。伯颜一方面派人将降表和传国玉玺送往大都向忽必烈报喜，一方面遣使到临安，点名要陈宜中前往皋亭山商议受降具体事宜。皋亭山离临安三十里地，此刻已是伯颜的司令部所在地。

陈宜中一贯主和，他所希望的是以割地赔款迁都为代价换得小朝廷的苟安，混得一时算一时，真正要投降，而且要他去当议降大臣，他就不能不有所考虑了。他怕将来成为投降卖国的罪魁祸首而被后世所唾骂。他想来想去，决定效法留梦炎，也来个不辞而别，他趁夜偷偷地出了城。第二天早上，人们才发现右丞相不见了。

朝中没有丞相怎么行！自己这边一切乱套且不说，伯颜那里还等丞相去谈判呐！太皇太后这时却又能当机立断，命人火速召文天祥入朝。她想此刻除了一个文天祥，恐怕再也不会有人愿意站出来承担这份责任。

文天祥本来是不肯接受任何议和使命的，更何况是以右丞相的身份去商谈投降，但是望着满头白发的谢道清在他面前哭诉，他又不能不强迫自己做不愿做的事。当谢道清央求地说：

“还要烦文卿往皋亭山面见伯颜。”

文天祥只能暗暗咬一咬牙答道：

“主忧臣辱，主辱臣死！臣身受国恩，誓以死报。太皇太后既以臣为可用，臣愿受命。”

悲壮一幕——城无虚井的长沙

忽必烈得到临安小朝廷投降的捷报时，虽然也很高兴，但却始终未能获得他对这件事来临所预期的快乐。理由是很简单的：原先他以为赵氏一降则江南已定，天下统一不必再费刀兵，现在事态的发展全然不是这样，南方各地几乎是人自为战、城自为战，投降的守吏虽然不少，而死战的军民似乎更多。而且，在暂缓对临安进行攻击的日子里，宋国又采用文天祥的建议，把赵显的哥哥赵昰和弟弟赵昺外放到福州和泉州，赵昰由吉王进封益王，赵昺由信王进封广王。忽必烈得知这个消息后当时就心往下一沉，埋怨伯颜疏忽，不该让这两个小孩离开杭州。伯颜何尝不懂这一点，但他接到情报太迟了，两位小王已经出发三天了。虽然他立即派范文虎率数千铁骑追赶，但终究是无功而返。当然，两个几岁的孩童带着一些随从，惶惶如丧家之犬，能有什么作为？但他们像一面旗帜，旗不倒，就会不断有人集合到它下面来；旗不倒，就会有人远在千里之外也甘愿为它浴血死战。从这段的战况看，征服江南还得准备花上更多的时间和精力，还得付出更大的代价。

忽必烈印象至深的是江西抚州、湖南潭州、江苏常州的抵抗，假如每个地方都这样誓死不屈，那么要到哪一天才能平定江南呢？所以当伯颜在常州屠城以后，忽必烈并未进行指责。

进攻抚州的是都元帅宋都木达。他渡江后长驱而进，所到之处，无不披靡，不几天，就连下江西十一城。隆兴（南昌）转运判官刘槃举城投降。江西制置使黄万石时驻抚州，听说元兵来了，这个有名的投降派赶忙逃往建昌。留守的都统密佑倒是一员勇将，他竟领着军卒出城，朝元军来的方向迎上前去挑战。两军相会于进贤坪。骄横不可一世的元兵问道：

“对面的宋兵是来降的，还是来斗的？”

“是来斗的！”密佑声色俱厉地答道。说完他就指挥兵丁杀入敌阵。他手下所率不过千把人，而对方的后续部队却难以数计。他边打边走，到了龙马坪地方时，已经被元军围了数重。这时元军箭如雨下，密佑身上中了四箭三枪，血满甲衣，仍然奋舞双刀，带领数十名敢死之士突围南去。来到一条小河边，板桥已断，无路可走，他终于被元军擒获。宋都木达目睹了密佑在战斗中的全部表现，不禁赞叹道：

“真是一条好汉！”

宋都木达想让密佑投降，关押了个把月，好生款待，但始终未能使他屈服。密佑时常高声咒骂黄万石，说“万石卖国小人，使我壮志不能伸”。宋都木达又派刘槃和吕师夔给密佑送去金符作为凭信，许以高官厚禄，也遭到密佑的拒绝。最后，他强令密佑的儿子到父亲面前哀告：

“父亲死了，孩儿去依靠谁呢？”

宋都木达想，密佑之子尚幼，不能自立，难道他能割断父子骨肉之情么？谁知密佑对儿子的答复竟会悲惨而又壮烈之极：

“儿啊！你到大街上去乞讨，并且说你就是密都统的儿子，谁会不怜你、助你！”

说完，他面色安详地解开衣衫，请刽子手用刑。由于他死的场景极为悲壮，在现场的不少元兵也为之感动得落泪。

抚州既失，黄万石在建昌自料也混不了多久，于是举军请降。宋都木达接着派他去劝降米立。米立原是黄万石帐下的都统，在江坊迎战元军时，受伤后被俘。因不肯投降，故长期被关押。黄万石心想该用什么理由去劝诱他投降呢？最后，他所使用的是一条极质朴的理由：

“我在宋朝的官衔，一张牙牌都写不下，我今天还不是投降了大朝！”

“侍郎乃国家大臣，我米立不过是一小卒，但祖上三世以来食赵氏禄，赵宋既亡，我还活着做什么？”米立的话句句是短枪，刺向黄万石，但黄万石毫无反应，米立接着又说：“我米立乃生擒之人，应当死，与投拜者不同。”这话就更直截了当，然而像黄万石这种丧尽廉耻的人根本听不进去，他仍然再三劝谕米立投降，好为自己增加一点投靠的资本。倒是宋都木达看出黄万石不可能取得成效，还不如遂了米立的心愿，让他以死尽忠。于是，他下令处决了米立。

宁死不降，在别的地方也许只能说是将吏们的个人行为，而在潭州（今湖南长沙）确实成了一种普遍性的民众信条。潭州知州兼湖南安抚使李芾上任时就已经抱定了以身家许国的决心。他是1275（至元十二年）年冬十月和家眷一起到达长沙的。那时阿里海牙的前哨部队已经活动于湘阴、益阳一带。而长沙城中的守卒不满三千。如此危急的形势，他带着家眷来上任，自然是早就准备好了与城共存亡。他联络湘西南的少数民族，招募了不少善战的峒蛮军。同时，他修缮器械，积蓄粮食，江上立木栅，城头设炮火，作好了抵抗的准备。不久，元兵就围困了长沙。李芾亲自登上城楼指挥作战，手下将领，各管一个地段，分工负责。城中百姓，不待动员，就男女老弱一齐上阵，以保甲为单位组成各种支前服务队。李芾向百姓宣传将士的英勇，向将士宣传百姓的忠义。军民之间，互相激励感染，抗敌情绪日益高涨。尽管在元兵强大的攻势下，死伤相藉，但军民仍然殊死奋战，对元军派来的招降使者，一律处死，以示决绝。

长沙的围城战进行了三个多月，大、小进攻达数十次，都被守城军民挡回去了。阿里海牙看见招降的人有去无回尽数被杀，便用箭将招降书射入城中，上面说“速速下城归降以救州民，否则我要下令屠城”。城内仍然毫无反应。阿里海牙随即召集将领会议，画出地形图分段包干，先破城者给予重奖。并且他又想出了一个引江水入城隍（城外护城的壕沟）再以树结梯去冲撞城门的办法。正在这时候，阿里海牙被流矢射中，伤势很重。这更激怒了阿里海牙和其他的元军将领，他们进一步严厉督促兵士进攻，发誓要在最短期间内拿下长沙。

城里的局势越来越困难了。继续支撑下去看来已无可能。守城的将领们哭着对李芾说：

“已经到了最紧急的关头了，我们这些人为国而死是没话说的，可是百姓民众怎么办呢？”

李芾听了，勃然大怒，开口骂道：

“国家平日以丰厚的待遇养着你们，不就是为了今天用得着吗？你们都跟我回去死守城池，谁要再说别的什么，我先斩了他。”

可是，城已经守不住了，东关被冲开了一个缺口，元兵从缺口处像蚁群一样涌了进来。缺口处的肉搏战进行得格外惨烈，不多久，双方士兵的尸体几乎把缺口都填平了。

城中军民知道最后的时刻到了。除了一些孔武有力的人准备再多杀几个敌人然后听天由命外，其余一般文弱病残老耄妇孺想起阿里海牙先前发出的屠城的恫吓，都不愿到时被元兵砍杀，纷纷走向自尽之路。衡州知州长沙人尹谷其时正寓于城中，依制为母守孝。这个人是个道学儒生，刚正清廉。虽然是丁忧期间，他仍在家设馆授徒，调教的学生彬彬有礼。长沙市民一眼就能认得出，以致看到讲礼貌的人就说：

“这必定是尹先生的学生吧！”

这天尹谷在家里给儿子行加冠（成人）礼。旁边的人多少有些不理解，劝他道：

“这都到了什么时候了，还做这些迂阔之事！”

尹谷惨然一笑，答复别人道：

“正要使儿子冠带整齐见先人于地下。”行完了礼，他就堆放好柴火，关上大门，举家望着朝廷方向行完跪拜礼，然后纵火自焚。等到邻家发现想来救助时，火焰已经炽烈得使人无法靠拢。远远望去，只见尹谷正襟端坐于火中，一门大小全部被烧死。李芾听说后以酒祭酹，并说：

“尹务实（谷字）是真男子，已先我而就义矣。”

他邀集属下幕宾僚佐在州衙会饮，酒从夜里一直喝到天亮。席间无非是些诀别的话，诅咒敌人或者指责朝政都已经没有意义了。在这个夜晚，他还发出了最后一道军中口令——“尽忠”。那些巡防查哨的军士，一路行去，呼答之间，“尽忠“两字为这危城的最后一夜平添了许多悲壮。

天亮了，参加饮宴的官佐们离去了，其中参议杨霆还未走出州衙，就纵身跳入花园池塘中自溺。这杨霆是个很能干的官吏，可惜生逢乱世，不能展其长才。他曾在吕文德手下做事，吕文德是个一贯轻视读书人的军阀，开始老是故意刁难，委派一些麻烦很多的任务给他，而杨霆仓促之间，常常完成得很令人满意。通营上下，杨霆了如指掌：某将可任某事；某营兵马多少、战斗力强弱；某库器械、粮草、被服若干等等，他随时可以提供详情。一份全面的战斗计划，他口授笔录，顷刻即可完成。吕文德对他的办事才干与效果大为佩服，说道：

“我生平轻视文人，因为他们往往能说不能干，先生能力如此出众，何官不可做？我又怎敢不敬重？”说罢，吕文德奏请委杨霆为江陵通判。杨霆在江陵这样一个“兵民杂处、庶务丛集”的战略重地，表现了突出的行政才干，随事裁决，出奇应变，受到了上下一致的称赞。后来，吕文德病死了，朱禩孙投降了，杨霆不愿背叛赵宋，逃到长沙，在长沙找到了生命的结局。

看到杨霆的死，李芾流下了几滴眼泪。他步入大厅，召来了亲信随从沈忠。他先给沈忠送了一笔钱，然后对沈忠说道：

“我已经尽了我的力，现在只欠一死了。我的家属也不可以被俘遭辱。我今托你一事，杀尽我的家人，然后再杀了我。”

沈忠跪倒在地，边哭边说边叩头：

“大人待我恩重如山，我怎么能做这种事！”

“我信任你才委托你，你不肯从命难道忍心看我和我的家人受那蒙古鞑子的凌辱么？”李芾厉声质问道。少顷，又神色平和地说：

“你既知我待你不薄，如何忍心拒绝我最后的请求？”

沈忠止住哭泣，不得已表示从命。他弄来一大坛酒，让李芾全家老小一个个喝得沉醉不醒，然后才于酒醉中把他们杀掉。李芾本人却还是清醒的，他从容地命沈忠在自己颈上砍了一刀。沈忠收拾好李芾一家的尸体，然后在屋外放起一把火，又匆匆赶回自己家中，杀死自己的妻儿，再回到州衙，望着熊熊大火，痛哭了一场，最后举刀自刎倒入火中。知州全家尽节，州衙中的幕僚也纷纷仿效，同时死去的如陈亿孙、颜应森、钟蜚英等都是湘中名士。

官员们殉国，又带动了百姓的自杀风，不少人家都是举家同死。一日之间"城无虚井"。旧日的长沙城，每街每巷甚至每个院落都有水井。"城无虚井"四个字，形容的是几乎每个井内都有自杀人的尸体，也就足见当时情况之惨烈。城东城北一带颇多树林，树间自缢者亦触目皆是，有的一棵树上甚至吊着两三个人。最后的守将吴继明等人终于举起了降旗。

元军官兵都巴望下令屠城，以便于他们大肆掳掠，同时也好泄泄心头之愤。这时，随军的行省郎中和尚对阿里海牙说道：

"抗拒我朝大军的是宋国朝廷，老百姓有什么罪呢？既然已接受了他们的投降，他们也就是我们的百姓，那么杀掉这些人我们又居心何忍呢？而且现在还有许多城池未破，如果执行降而后杀的政策，他们还敢来归降吗？"

阿里海牙觉得他说得在理，于是下命令，军队进入长沙一律不得肆行杀戮。对老弱鳏寡贫病交迫的，他还派人赈济。阿里海牙不屠城，而且还周济贫民，消息不胫而走，于是袁州（今江西宜春）、连州（今广东连县）、衡州、永州、郴州、全州（今属广西桂林）、道州（湖南道县）、桂阳、武冈等地先后投降。

1276年（至元十三年）正月二十日，文天祥以右丞相兼枢密使的身份，和左丞相吴坚、同知枢密谢堂、同签书枢密院事兼临安知府贾余庆同往元营出使。按照伯颜的要求，他们此行就是前来商议受降的具体事宜，但文天祥却有自己的想法，他打算先敷衍一番，赢得时间后，再重新组织对元军的抵抗。在文天祥出发前，张世杰和刘师勇就已经把队伍拖到定海方面去了，张世杰还派人给他送来一封信，上面写道：

“不能救国，生无生颜。未杀大仇，死不肯死。亡魂海上，誓图再举。聊寄寸言，以报知己。”

文天祥相信张世杰是个宁折不弯的抗战派，只要他能把队伍从海上转移，南方的大地上便还会燃起抗元的烽火。而文天祥自己早几日又正收编了一支来自天台山的义军，共四千多人，头头叫杜浒，是十足的一条好汉。文天祥让杜浒把部下安顿好以后随他一同出使元营。他相信，稍稍拖上几天，在自己的军队转往浙南后，南宋凭着相当的军事力量，还可以与元军对抗。

伯颜在皋亭山的因明寺内接见了文天祥一行人。两人一见面就展开了一场意志和智力的较量。文天祥首先就回避开议降的主题：

“议和之事，自始至终是前丞相在处理，我不清楚详情。故而此番太皇太后以我为右相，我辞不敢受。此行是奉旨前来贵军接洽商议。”

他根本不承认自己是丞相，意思是不能承担议和的责任。伯颜却也狡猾，含糊地接过话头：

“丞相亲自前来议事，甚好，甚好！”

文天祥索性不再谈议降之事，开始正面说理：

“本朝承帝王正统，衣冠礼乐之所在，北朝（元朝）是打算维持我国家体制，还是准备毁掉我国家社稷？”

伯颜心想，这人来议降，却开口就要保全国体，真是反客为主、以攻为守的高招。他本当给文天祥一个下马威，但看到对方从容镇定的神色，知道不是个好拿捏的软柿子，于是忍住气，把忽必烈诏书中的两句话搬出来应付：

“社稷必不动，百姓必不杀。”

这本是两句泛泛之论，社稷不动，可以解释为保留赵氏的家庙，封个空头的王侯什么的。至于百姓不杀，这自然是指愿意做大元顺民的百姓，违逆作乱，焉有不杀之理？可是文天祥却抓住这两句话做开了文章：

“既然北朝有意保存我国家社稷，那就请退兵至平江或嘉兴，然后再商议每年我方进贡银两和布帛的数量以及犒劳贵军等事宜。”

伯颜不以为然地“哼”了一声，他一时还没找到合适的话来批驳对方，文天祥却接着说：

“北朝全师而还，此为上策。如果执意要毁我国家社稷，则淮、浙、闽、广等地，尚有千百万决心抵抗的军民，战争继续下去，胜败尚难预测，于北朝也未必有利——"

“尔来议降，竟敢如此狂妄，岂有此理！”伯颜实在忍不下去了，厉声喝断了对方。但文天祥却是早有思想准备的，冷笑一声道：

“我南朝状元，端明殿学士，但欠一死报国。刀锯鼎镬，你有什么刑法，只管使出来。”

伯颜一时倒也不好如何发作。看到堂上的将士似乎都被文天祥的勇气所慑服，他觉得不能继续硬顶下去，那样只会成全文天祥的表演，必须立即改换一套策略。他把吴坚、贾余庆等四人请入后堂，设宴招待。酒席筵前，伯颜表示要将他们遣回临安，劝说谢道清向南宋全体军民下手诏，晓谕他们归顺元朝。但伯颜从文天祥身上受到了启发，南宋还有那么多土地、人民和军队，即使朝廷降了，抗元的战争未必能结束。送走那四位，而必须扣下文天祥。采取这个决定是有道理的，因为文天祥如果回了临安，必定会阻止谢道清下诏，而且就像龙归大海一样，他会带领他的部队重新掀起抗元的巨浪。

文天祥看到吴坚等人走了，便去质问伯颜：

“我此来为两国大事，何故将我留下？”

“别发火、别发火！你是首席议和大臣，责任最重，今天的局面，需要我和你一同负责。”伯颜倒是一副通情达理的样子，一面劝慰着，一面命令索都和囊加歹两人“陪文丞相别馆安歇”。文天祥和他的十一名随从就这样被软禁起来了。

贾余庆他们回到临安，对谢道清软硬兼施，又哄又吓。同他们一起来的还有在鄂州投降的程鹏飞，他此时效忠于新主子特别尽心卖力。太皇太后谢道清当即就免去了文天祥的右丞相之职，解散了他惨淡经营的勤王军，又任命贾余庆为右丞相、议降首席代表。贾余庆是个凶狡残忍的无耻小人，他根据伯颜的要求，把降表中的“宋国主”三个字换成了“臣”字，并且由中书、门下、尚书三省及枢密院联署行文，命令南宋各州郡军民一律投降。因为太皇太后已有手诏，三省及枢密院首脑官员都在文件上签了字，只有一个签署枢密院事家铉翁不肯签。代表元朝的宋人程鹏飞发火了，命令亲兵把家铉翁捆起来。家铉翁倒还沉得住气，说道：

“在中书省衙门无捆绑执政之理，回到我的私第后，听任你发落就是。”

程鹏飞也不想再追究了，反正少一个签名无关大局。这时，伯颜已经把忙加歹和范文虎派到临安来进行接管了。元军查封府库财物、档案文书及百官符印等等，撤销了南宋官署和侍卫军，在临安设立两浙都督府行使军政权力。范文虎的两浙大都督的衔头终于落到了实处。伯颜的司令部进驻到湖州去了，他命令范文虎慰谕太皇太后谢道清。范文虎大概还是觉得有点不好意思，只派人送去了一道表文，表文中还说：

“兹衔北命，来抗南师，视以犬马，报以仇雠，非曰子弟攻其父母，不得已也，尚何言哉！”

贾余庆、吴坚等奉降表又来到了伯颜营中。伯颜在接见他们的时候，有意地把文天祥也引来座前。文天祥没有料到贾余庆这批人如此迅速又带来了全套的投降文书，气得开口大骂这几个卖国贼臣不得好死。伯颜在一旁也不制止，一面请文天祥就座，一面口气平和地对他说：

“文丞相，你家皇上有诏书晓谕全体军民投降大元，你坚持不降岂不是违抗君命么？”

“我生为宋人，死为宋鬼。”文天祥坐下来接着说，“圣上可降，我不可降，他可以不为宋君，我不可以不为宋臣。我誓为南宋守节。”

“那你这节要守到何时呢？”伯颜问文天祥。

“能守一天便守一天，能守一时便守一时。”

“文丞相，大元皇帝很器重你的才干，你若归降，定可以大展自己救世济民的抱负。”伯颜对文天祥说道，口气愈加温和。他注视着文天祥的表情，只见对方沉默片刻后轻轻地说了一句：

“夷狄之有君不如中夏之无也。炎黄裔胄，岂可以觍颜而事胡虏哉！”

站在两旁的元军将领有许多是汉人，听到文天祥这些话，再也忍不住了，齐声嚷嚷道：

“这厮出言太狂妄，难道我们便杀他不得！”

“来啊，来啊！你们尽可动手杀！”文天祥也嚷起来。

当然，谁也不敢动手，一时气氛很僵。贾余庆觉得这是个表现的机会，便插嘴说：

“文丞相有心舍身报国，如今国已被破，你为何不自尽殉国，却一定要唤别人杀死。”

文天祥看到贾余庆竟敢插嘴帮敌人说话，气不打一处来，索性破口大骂起来：

“你这丧尽廉耻、猪狗不如的家伙，一心巴望我去死是吧？我不自杀，也不投降，为的是为国尽忠守节，可不像你为了卖国求荣苟且偷生。”

贾余庆毕竟有些心虚，一时无词以对。其他的人也不好再说什么。伯颜看到这一切，心想招降文天祥一时难以奏效，只能把他先送回别馆继续软禁起来再说。

第二天，伯颜又派吕文焕、吕师孟叔侄到别馆去看望文天祥。吕文焕在南宋资格比文天祥老，而且一向声誉较好，不是贾余庆那种无耻小人。但此时文天祥深知他的来意仍不外是劝降，因此端坐在屋内并不起身招呼。吕氏叔侄进得门来只见文天祥闭着眼睛毫不理睬，不免觉得尴尬，吕师孟脸皮厚些，先开口道：

“文丞相，别来无恙，我文焕叔父看你来了。”

“哼！叛贼！”文天祥只从牙缝里吐出这一句。

“文丞相，你是读书明理之人，如何忍心骂我为叛贼？”吕文焕忍不住了，他想，你文天祥资历远比我浅，今日不过是个囚人，岂可如此托大！

“宋室之倾覆，要害在襄阳失守，你不是叛贼是什么？普天之下，谁人不这样骂你！”

“我坚守襄阳六年，朝廷未尝发一兵一卒来救，我不降又待如何？”吕文焕为自己作辩护。

“你既食宋禄，就当与城池共存亡，以报君恩。无外援就可以投降么？你贪生怕死，害国害民，理当受到族诛，我恨不能为国用刑杀了你这满门逆贼！”文天祥说完又闭上了眼睛。

吕文焕想起自己是受命而来，不愿把事情弄僵，便强忍怒气，轻言细语地说：

“文丞相，人生一世，草木一春。大丈夫要识理明道、顺天应人，怎么可以逆天行事呢？”

“是啊！”吕师孟又在一边接过话头，“良禽择木而栖，良臣择主而事。南宋天数已尽，文丞相尽忠守节之说，不过是徒取一死而已！”

他们叔侄两人围着文天祥，把投降的道理说过来、说过去，文天祥只是闭着眼睛不作任何表示，他们却以为有了成效，越说越起劲。文天祥实在忍受不住了，突然圆睁双眼喝道：

“休要在此絮叨不停，令人生厌，你们且回伯颜处复命，说我决计不降！走吧！”

看到文天祥决绝的态度，吕氏叔侄知道多说无益，只得怏怏离去。

伯颜正接到了忽必烈的谕旨，要他差人护送请降使贾余庆、吴坚等一行去大都呈缴降表，同时提到了对文天祥的处置，不许杀，不许囚，可以严密监视，但要待以客礼，不肯降也不必强逼，着其与请降使等一并来大都候命。

贾余庆、刘岳、家铉翁和谢堂四位降使是头天走的，文天祥和吴坚第二天才出发（吴坚本以老病为由请伯颜准免其降使之任，伯颜后又改变主意命令他随使上京面圣）。为了体现忽必烈指示的精神，伯颜同意文天祥的十一名亲随与他一起上京，并负责一路照料他的生活。这不能不说是伯颜的一大失策。这些随从和文天祥朝夕相处，身份又相当自由，什么事情他们不能策划、筹备并且实现呢！而文天祥此时早已下定决心，只要一有机会，立即逃走。这些随从们后来果然就帮助他完成了这个心愿。

文天祥在镇江脱逃成功

元兵在进入临安之前，曾在钱塘江的沙滩上扎营，他们喜爱这一片开阔平坦的沙地，比在山林坡地上屯驻要舒适安全得多。当时，南宋的军民心头窃喜，因为钱塘江午夜的潮水是相当凶猛的，也许第二天一早，沙滩上的元军便会了无踪迹——葬身鱼腹了。可是，一连三天，竟没有涨潮，直到元军进了临安，江潮才恢复正常。谁能不对这样的事感到惊异呢？这如果不是天意助元灭宋，还能找到什么解释！南宋军民的抵抗意识不能不大受挫伤。

忽必烈现在也正是一心要消解南宋军民的敌对情绪，潭州和常州的围城战战况的惨烈，令他深有感触。他决心要加强政治的手段来配合军事行动。他对临安新附府、州、司、县官吏军民人等下了一道诏书：

> 间者行中书省右丞相伯颜遣使来奏，宋母后、幼主暨诸大臣百官，已于正月十八日赍玺绶奉表降附。朕惟自古降王，必有

朝觐之礼，已遣使特往迎致，尔等各守职业，其勿妄生疑畏。凡归附前罪，悉从原免，公私逋欠，不得征理，一应抗拒王师及逃亡啸聚者，并赦其罪。百官有司、诸王邸第、三学、寺、监、秘省、史馆及禁卫诸司，各宜安居。所在山林、河泊、巨木、花果外，余物权免征税。秘书监图书、太常寺祭器、乐器、法服、乐工、卤簿、仪卫、宗正谱牒、天文、地理图册，凡典故文字并户口、版籍，尽仰收拾。前代圣贤之后，儒、医、僧、道通晓天文、历数并山林隐逸名士，所在官司以名闻。名山、大川、寺观、庙宇并前代名人遗迹，不许拆毁，鳏寡孤独不能自存之人量加赡给。”

这简直是一个对南方新占领区的全面的施政纲要，具有极强的政策性。从大的方面看，有对前敌对分子的宽大赦免政策，有对百业民众的减免负担政策，还有对前朝政府机关及事业单位人员的留用政策，以及保护文物、保护宗教、重视知识分子、关注社会福利等各项内容。所有这些对争取民心都极为有用。

也许是在忽必烈政策精神的感召下，淮西制置使夏贵终于投降了。当时，阿术的部队驻屯于淮南东道，他命令万户昂吉尔进攻淮西。昂吉尔的部队准备从和州（今安徽和县）进攻庐州（今合肥）。夏贵知道了，主动给伯颜写信说：

“不要耗费国力去攻夺那些边远的城池。只要各路治所归附了，边远城池还能不降么？”

随后他把自己辖下的淮南西路献给了大元皇帝。忽必烈任命他为淮西安抚使，原地为官。

夏贵是南宋的宿将。虽然在鄂州、扬州等战场上，他一再地临阵脱逃，但他在自己的老巢庐州毕竟还拥有相当的实力，和淮东死守在扬州的李庭芝相呼应，构成南宋抵抗派心目中最重要的后盾。因此，尽管明知他老迈昏懦，毫不足恃，可是他一旦公开投敌了，造成的影响还是很坏的，军民的抗战情绪会再次严重受创。

当然，真正的抗战派始终不会变节。知镇巢军洪福，早年曾是夏贵的家童，积军功升到了现在的位置。夏贵认为招降这样一个昔日的家奴应该不成问题。他先是去了一封信，洪福不加理睬。接着夏贵派自己的侄儿去面谕招降，结果侄儿被洪福杀了。于是元军开始猛攻镇巢军，洪福早有准备，元军不能得手。这时，夏贵来到了城下，对洪福说了许多好听的话，可是毫无效果。夏贵计穷之时，忽又心生一计。他要求洪福让他单骑进城，叙叙昔日主仆之情。洪福破不开情面，相信了他，便命令部下开城迎接。谁知城门一开，早已埋伏在城下的元军一拥而上，想关却再也关不上了。洪福父子先后被俘。元军下了屠城之令，全城老小无一幸免。夏贵这无耻的老东西亲临洪福家来执行死刑令。洪福的儿子大源、大渊死前大呼道：

“法止诛首谋，为何竟屠戮全家？”

洪福圆睁怒目大声叱责两个儿子：

“以一命报宋朝，此乃人臣的本分，怎么可以向敌人哀告乞命！不争气的东西！”

接着便轮到他死了。他一直骂个不停，主要是历数夏贵的背叛君国、贪生怕死、投靠夷狄等罪行，最后只要求准许面对着南方而死——因为那是他誓死效忠的宋室所在的方向。

其实，宋室那时已可以说不存在了，谢道清领着孙儿赵显已经投降，而杨淑妃带着赵昰和赵昺还正亡命于南奔的路上。直到三月份，杨淑妃一行等数十人才总算到达了温州。签书枢密院事陆秀夫等人也赶来了。陆秀夫建议杨淑妃从温州乡下的清澳召来了先前弃官逃回的陈宜中，又从定海召来了张世杰及其部队，一个军事和政治的权力中心慢慢形成了。温州的江心寺一直保存着一张高宗赵构南奔时曾经坐过的椅子，逃亡中的君臣睹物伤时，一个个在座前痛哭。光哭也没有用，大家重新计议，还是只有振作精神继续与元军周旋。因为太皇太后和皇帝那边的情况还不太明了，于是先奉益王赵昰为天下兵马都元帅，广王赵昺为副元帅，统一军事调度和官吏任命等事权。一方面派秀王赵与择为福建察访使，先往闽中，安抚吏民，谕知百姓，打算把福建建设为抗战的后方；一方面向各地发出檄文，号召各路忠义之师，一齐集合到勤王的旗帜下，拯救危亡。

忽必烈早就担心会出现的情况终于产生了。他命令伯颜授意谢道清向温州方面发出诏书，召益王、广王返回临安，希望不再出现又一个南宋政权而使局势复杂化。伯颜受命后立即派安托哈进宫去见谢道清，宣读忽必烈的诏书。忽必烈在诏书里很客气地催促赵显和母亲全太后及太皇太后谢道清到大都觐见，并且说免去他们“系颈牵羊”的例规，感动得这两个女人哭着说：

“荷天子圣恩，赵氏满门没齿不忘！”

全氏和谢氏提出要面见伯颜致谢，请他向忽必烈转致赵氏一门的感荷之情，伯颜推辞道：

“未入朝之前，相见不合礼法。”

安托哈要她们写信召还益王、广王，她们当然照办不误，当即派出两名宦官带着八个士兵到温州去送信。但是这时的温州不会再服从投降了的朝廷的命令，由陈宜中作主把这些送信的人统统沉入江中溺毙。而且因为已得到临安朝廷投降的确信，在温州的南宋君臣迁到福州，正式奉赵昰即了帝位。接着册立杨淑妃为皇太妃，把福州的大都督府改为垂拱殿，便厅为延和殿。福州改为福安府，一个新政权就算是成立了。

且说文天祥一行沿大运河北上，途中所见所闻在他们心头酝酿的苦痛、悲愤、屈辱，更坚定了他们伺机出逃重举抗元大旗的决心。但想从元军的严密监视下逃跑实在是太困难了。当时沿途州县没有投降的地方官还不少，大股小股的抗元义军四处出没。为了保证南宋朝廷的祈请使官员以及文天祥等人能不出差错地到达大都，伯颜派出了一千人的卫队“护送”。船队停泊在谢村、平江（苏州）等地时，文天祥都曾起过逃走的念头，但因为和随从们联系不上，无法付诸行动，到达镇江以后，才终于有了机会。

镇江是南运河流入长江的河口。由于江北不少地方还掌握在宋军抵抗派将领的手中，特别是江对岸的重镇扬州和上游的真州（今江苏仪征）分别由淮东制置使李庭芝和安抚使苗再成固守着，无论由陆路或者海路北上都担着一定的风险。为了布置周全，元军在镇江停了下来。开始，他们把南宋的大员们都安置到府衙里居住，说是舒适一些，实际上是为着便于监视。左丞相吴坚原本有病，是伯颜硬逼着他来的，此时他病情加重，无论如何不肯离船上岸去府衙居住。文天祥和吴坚本是同一条船，于是便以照顾吴坚为由不去府衙。僵持了一番，元军便同意他们在江边的客店下榻。这样，文天祥和他的随从们终于可以在一起策划和筹备逃跑了。

首先要决定的是逃往哪里去！扬州去不得，因为江对面的瓜洲是通往扬州的门户，而瓜洲现在却是阿术的司令部所在地，万难通过，那么就只剩下往真州去投奔苗再成。真州就在江边，江面辽阔，只要有船就不难到达。

曾凤和杜浒两人竟然找到了一条船。那是一个在元军中管理船只的汉人帮的忙，曾凤、杜浒在酒店里结识了这个心怀故国的汉子，他被文天祥的精神所感动，拿自己的身家性命作冒险，弄来一条又新又快的篷船。

最后就是如何摆脱在小客店里监视他们的元军。他们把行动的时间定在离开镇江北上的前一夜。白天，贾余庆、刘富这一伙以及部分元军已经过江去了瓜洲，剩下的人准备第二天渡江到阿术营中会合。夜里，文天祥命令随从们分头行动：张庆、王青先上船准备接应；吕武、余元庆负责从一个蒙古军官手中骗取官灯（夜间通行证）；金应、夏仲、邹捷三人为先行；李茂、吴亮和肖发三人殿后。文天祥由杜浒保护着，灌醉了负责监视他们的元军官兵，溜出小客店，通过了镇江街道上的十余处哨卡，终于安全登上了那条逃亡之船。

江上的大小船只全在元军的控制之下，巡逻的元军舰艇决不会想到这只在黑夜里溯江而上的篷船里坐着逃亡的宋朝丞相和他的随从。在惊恐和劳累中度过了一夜之后，文天祥一行人在晨光里到达了真州城下。

唤开了真州的城门，这群逃亡者才松了一口气。这是出生入死的一夜，这是提心吊胆的一夜，这是满怀希望的一夜，这是精疲力尽的一夜。他们通过了众多哨口的盘查，摆脱了巡逻船只的追赶，桨橹齐下，不敢稍停，当船搁浅时，还要跳入冰冷的泥水中去推顶……所有这些，文天祥后来都在《脱京口》组诗中记录下来。那组诗共十五首，全以“难”字命题，如《定计难》《踏路难》《得船难》《定变难》《出门难》《出巷难》《出隘难》《上江难》《得风难》《上岸难》等等，由此可见那非同寻常的一夜是如何地令他刻骨铭心。

真州危城，孤悬在外，已经很久没有得到过朝廷的消息，军民看到文天祥一行的到来，兴奋鼓舞之情，自不待言。安抚使苗再成把客人们迎进州衙，立即摆酒接风。当文天祥向他们说起太皇太后投降、临安陷落等情况时，在座将领一个个义愤填膺，喊出了“国耻不雪，生不如死”的口号，要求文天祥领着他们继续和元军血战到底，苗再成流着眼泪说道：

“就凭两淮的兵力，也足以和鞑虏周旋。不过就是淮东制置使李公（庭芝）和淮西制置使夏公（夏贵）两人之间有嫌隙，无法合作共事。此番丞相到此，正好两下里疏通疏通。两淮能同时举兵，则不出一月，江北可复，江南可定！”

“那你的具体用兵计划是怎么定的呢？”文天祥看到大家情绪饱满，很感高兴，便问苗再成。

“先约淮西兵去进攻建康，元军一定会尽全力抵御。那时由我率淮东诸将，以通州、泰州的部队进攻湾头；以高邮、宝应、淮安的部队进攻扬子桥；而李制使（庭芝）率扬州部队进攻瓜洲；我同时出动水师直扑镇江。数路大军一齐行动，元军救此失彼。湾头、扬子桥的元军多数是新收编的降卒，心怀怨愤，日夜都盼着我军到来，他们必然是不堪一击、攻之即下。这样对瓜洲就形成了三面包围之势，我再从江上发起正面攻击，任他阿术如何勇猛，谋士如何多智，也将无能为力。只要拿下了瓜洲，我们以淮东兵入京口，以淮西兵入建康，断了元军的归路，连伯颜也将成为瓮中之鳖。”

苗再成拟定的战略方案，使文天祥大感兴趣，他连连表示称赞道：

“好计划，好计划！中兴大业有望了。”

事不宜迟，文天祥立即分别给李庭芝和夏贵写信，劝他们捐弃前嫌，共赴国难，一同举兵向阿术的主力发起攻击。可怜文天祥和苗再成都不知道，夏贵老儿在十多天前已经向元朝投降了，他们的计划、他们的兴奋全都是镜花水月，实际上根本不存在什么淮西兵了。

扬州的李庭芝那边反应又如何呢？更糟！

原来阿术在得知文天祥逃跑的消息后，又气又急，气的是手下官兵的无能，竟然让十二个活人从眼皮底下溜出了一层又一层的封锁线；急的是此事必然会惊动忽必烈，皇上怪罪下来，自己吃不了，连伯颜也兜不住。这个文天祥到了南方，定然如蛟龙得水，免不了要兴风作浪，以后的麻烦事还多着哩！阿术气急败坏之余，竟想出了一条毒计。他派出自己的一名亲随，混入扬州城内，故意露出马脚，让宋军擒获。军士们押着这名元军奸细来见李庭芝，审问之下，奸细承认自己是受“文丞相”之命前来策反劝降。李庭芝对文天祥多少有些了解，本也怀疑这个奸细是阿术派来行反间计的。但文天祥等十二人能够从镇江城中元军的严密防范下逃跑，却令他疑窦丛生。这事太神奇，太不可信！李庭芝思索了许久，觉得非常时期，审慎第一，此等事宁信其有，不能信其无。于是当他收到文天祥从真州派人送来的起兵信后，便不动声色，派了一名军官，带着自己给苗再成的密函随信使来到真州。李庭芝在密函中告诉苗再成，据奸细供称，文天祥已叛变投敌，此说极为可信，因元军防范严密，绝无十二人同时逃脱之可能云云。从扬州来的军官还传达了密令，要苗再成将文天祥等人处死。

苗再成不相信文天祥是叛徒，但李庭芝的分析也不无道理，何况李庭芝名义上是自己的上司，他的命令不好公开违抗。怎么办呢？最后他派了一名都统以请文天祥一行人出城视察地形和防务为名义，引他们到了城外。这名都统向文天祥出示了李庭芝的信件，请他们自谋去处，然后自己回城去了。文天祥一行人便被“凉”在野地里，进退失据。过了片刻，苗再成又派出两名军官带着几十个弟兄出城来见文天祥，他们问道：

“丞相此行不知要往何处去？”

“当然是去扬州见李制使，把事情弄明白。”文天祥回答说，他不明白这些人追出来干什么。

“苗大人说，丞相去扬州必然被杀。李大人派人传令要杀丞相，苗大人不忍，命我等来送行。”

“多谢苗安抚，扬州我是一定要去的。”

“丞相，苗大人说，此去只有两条路，不是往南归宋，就是往北投元。请丞相定夺。”

“怎么？连苗安抚也怀疑我投敌么？”

两个军官承认，苗再成确实怀疑文丞相，命我们出来试探，如果丞相一行人要往淮西去，必是投敌无疑，要我们就地剿杀，现在丞相既然真是要去扬州，那我们就此回去复命。

真州的官兵回去了，但通往扬州的路却满布着艰难和险阻。为了躲避元军的巡哨，他们白天不敢行动，蜷缩在草丛中，栖息在破庙里，到了夜间再赶路。好不容易摸到了扬州，正是天色将明未明之际，他们在城门口遇着几个早到的等候开城门的乡民，只听到有人说：

“制置司昨日又出了布告，缉拿文丞相等人，说他们已经投降元军，现正到各地来说降哩！”

“未必有那么蠢的人！明知要捉拿他杀头，还自己跑上门来送死。”

文天祥等人听了这些话，不约而同地又从城门口撤回到小树林里。确实，此刻进扬州去，那真是如乡民所说的“自己上门送死”。但是，不进扬州，下一步又该往哪里去呢？杜浒、吕武等人主张走高邮，奔通州（江苏南通），由海上南归。但是余元庆、吴亮等人却不同意，余元庆说：

“从通州入海，谈何容易！此去通州数百里，一路尽是元军，还这么天天缩在草堆里，人受得了么？”李茂、吴亮、肖发都支持他的意见。

文天祥一时也难以决断，但他知道进扬州说服李庭芝恐怕不会有效，极有可能十二人一齐死在李的刀下。只有到南方去重组队伍再树大旗是明智的选择，然而路途险恶又不能不虑。正在左右为难之际，突然遇到了老部下刘洙。刘洙身边还带着一个引路的樵夫，他答应为这一行人带路经高邮往通州去。

往何处去的问题虽已解决，但已经动摇了的人心却难以重新维系，余元庆等四人终于挟带部分银两不辞而别。十二个人只剩下八个了。饥饿和劳累使这八个人也难以支撑下去。一天早上，他们在山道上摸索了一夜之后，找到半山一个土围子（废弃了的民居）里休息，引路的樵夫到远处的村镇为他们采购食物去了。就在他们被饥饿折磨得无法入睡之际，元军的大队人马出现在坡下的路上，他们已经来不及转移到别处，只能静静地躺在地上听天由命。大队的人马是北归的蒙古骑兵和家属、辎重，足足好几千人，马蹄声、兵器撞击声从不远的地方传来，一直持续了大半天。说来也算天保佑，始终没有一个元兵想到进这土围子看一看。

等到元军过尽，已近黄昏时候，极度的紧张和饥饿使好几个人都进入了半昏迷状态。幸好这时有几个卖柴归来的樵夫，身边还带着些吃剩下的冷饭冷菜，看到文天祥等人的惨状，樵夫们把饭菜施舍给了他们，数量虽不多，总算解了急。这几个樵夫心地甚好，告诉他们昨日引路的樵夫回不来了，并将他们领回自己庄上休息了一日。第二天下午，他们从这里出发往高邮去。虽然新雇了引路人，但夜里还是迷了路。天明时，在一片竹林外面又遭遇了元军。他们躲进竹林，元军搜索追杀，结果虞候张庆被砍死，帐兵王青被俘获，杜浒和金应也曾被捉，但他们用金子买通了元兵又被释放……元军是路过此地，追杀胡闹一阵后就走了，而文天祥身边却只剩下六个随员了（包括后来会合的刘洙）。这时的文天祥已经精疲力尽，幸好又碰到了一群樵夫，他们便雇了其中几名壮实的汉子，编了个竹筐，把文天祥装在筐子里，抬到了高邮的嵇家庄。庄主、义军统制嵇耸父子深明大义，亲自护送这伙逃亡者到泰州，转通州，然后上了海船，一直驶向当时小朝廷的所在地温州。

从离开真州起，到在通州上船止，这一段跋涉的经历确实非同一般，那种劳累、饥饿和惊恐相交织的感受是意志力薄弱的人所无法忍受的。有了这样一段传奇式的逃亡，泰州至通州的军民没有人再相信李庭芝所说的那一套了，文天祥和他的随从们受到了最热烈的欢迎。

文天祥的诗集《指南录》第三卷中，相当一部分作品系统回顾了从扬州到通州的惊心动魄的逃亡生活。这些诗把个人的感受和国家的命运紧紧结合起来，十分沉郁、悲壮。作为诗人，他也许不是很杰出的，但由于他个人的特殊经历，他这一时期的诗作便具有了特殊的文学和历史价值。文天祥对自己这段逃亡的经历当然是刻骨铭心的，因而他对于记载这段经历的诗作也是十分珍视的。《指南录 · 后序》是他最著名的散文传世之作，文中十分精彩的部分就是他对于那些惊险的传奇遭遇的回顾。回顾之后他写道：“呜呼，死生昼夜事也，死则死矣，而境界危恶，层见错出，非人世所堪，痛定思痛，痛何如哉！”这沉重的感叹也成了千古名句。

从通州到温州，路上还算顺利。看到波涛起伏、浩渺无垠的大海，文天祥心头也涌起了忠君报国、振兴朝廷的浪潮，在船上，他抑制不住激情，写下了一首被后人视为代表作的七绝：

几日随风北海遊，回从扬子大江头，
臣心一片磁针石，不指南方誓不休。

当文天祥经台州到达温州时，南宋小朝廷已经迁往福州去了。他接着又匆匆地赶往福州，但福州的形势却很有些令他失望。益王赵昰即位大典那天，仪式正进行中，突然从后厅传出一声巨响，一股黑气随着响声涌出地面在厅堂间翻滚。许多人吓得当场瘫倒在地上，九岁的小皇帝哇哇大哭，坐在御座后面垂帘听政的皇太妃（即杨淑妃）浑身颤抖，不知所措。本来就十分草率简单的登基式，变成了一幕闹剧。幸好文天祥、张世杰、陆秀夫等人还沉得住气，把局面稳定下来。但许多人，特别是像太妃这样的妇道人家，心头的阴影却始终难以驱散。天不助宋，示警于人，有凶无吉，奈何奈何！

最令文天祥担心的还是朝中的政治局面。他虽然受命为右丞相兼枢密使，但真正能和他认识统一、步调一致的大臣没有几个。左丞相兼枢密使陈宜中虽然已经被迫放弃了投降议和的观点，但在朝中管不了多少事，朝政基本上是枢密副使张世杰说了算。张世杰这人虽然抗战坚决，但胸襟狭窄、刚愎自用，对文天祥抱有几分防范和妒忌，不好共事。直学士院、签书枢密事陆秀夫是皇上的老师，文臣中算最具影响力的，他想协调文天祥和张世杰的关系，但收效不大。文天祥觉得自己留在朝中并没有多大意义，何况这右丞相一职原本是授予李庭芝的，李庭芝权衡利弊，觉得还是统兵在外更痛快些，一切由他个人说了算，比当个左顾右盼的丞相强得多，因此推辞不就。李庭芝不愿干，不是没有道理。文天祥也向皇太妃力辞，请求放他去外地组织勤王义师，但杨太妃却不肯，身边人本来就少，这样的文武全才岂可再让他远离朝廷？留在中枢，至少能增加一份安全感。最后她同意文天祥不就右丞相职，而以枢密使同都督诸路兵马。

文天祥不忍再让太妃为难，便暂时留在福州。他分析当时的形势，投降派已经失势，士气民心还是可用的，问题就在于要把所有的抗战力量团结起来，一致行动。他积极着手做这件事。通州、台州、温州等地的官军和义军都积极拥戴他，准备配合大军从海上向元军进行反攻。可是张世杰的反应却比较冷淡，他害怕文天祥分享或架空自己的权力。当文天祥提出去温州开府募兵的计划时，他和陈宜中一起表示反对。由于浙东南的抗元力量没有按文天祥的部署集结，后张世杰进攻定海的行动也因为没有配合而遇挫。张世杰这才有些后悔。

朝廷终于决定让文天祥外放开府。这时已是文天祥到达福州三个月以后。朝廷最初准备让他去广州，但广州却已经降元，于是便改派他去南剑州（今南平）。文天祥来到南平，开始了南宋抗元的一个新阶段。

降将虽多，忠臣义士也不少

南征的顺利，特别是临安的迅速归降，本来给忽必烈带来了极大的愉悦：没有想到南宋政权是这样一触即溃，自己这样快就成为君临全中国的“真龙天子”，他已经准备好了在大都举办一场规模盛大的受降和封赏的大典。

然而跟着便传来了文天祥伺机脱逃和赵昰在福州登基的消息，这不能不令他大为光火。他深知南宋新政权的建立将带来极大的后患，许多州郡的宋室官兵在临安投降之后尚且不肯奉诏归降，现在新皇即位了，他们的抵抗就更加名正言顺，信念、勇气和由此唤起的力量都会大为增强。加之走脱的极富号召力的文天祥，他身边将会迅速聚集起可观的力量与元军作誓死的抗争，南方免不了还要打几场大仗、恶仗。

想到这里，忽必烈十分烦躁，还只不过是五月天，他便觉得天气燠热难受，决定提前往上都去避暑。临行时，左右请示说，南宋以吴坚、贾余庆为首的祈请使团早已来到大都，一直在候命，是不是接见一下？忽必烈答道：

“宋国的国主及太皇太后都早就投降了，还有什么祈请使团？朕哪来闲功夫见此等人！？”他本就心情不好，再加上他极其藐视所谓“祈请使团”的这一伙人，因而口气很不耐烦。

“启奏陛下，那宋国降王赵显和他的母亲全太后奉旨来觐见，现已将到，陛下是否和他们见一面再走？”左右又奏道。

“朕岂能受此酷热等他们到来？要他们随后赶到上都来就是。”忽必烈更不耐烦了。

忽必烈去了上都，“祈请使团”这些人滞留在北京不知道如何是好。驿馆里单调沉闷而又看不见希望的日子委实难熬，首先是高应松绝食，无论如何劝说，他不答一语，只七天功夫就饿死了。接着贾余庆也病倒了，这家伙看到元朝皇帝对自己根本不感兴趣，想巴结也巴结不上，心想长此下去，只怕回江南与家人团聚都无望了，他心里又急又怕，惹出一场病来，没几天就见了阎王。吴坚虽早已有病，此时倒还能拖下去，没有好转也没有恶化。家铉翁还是有些民族气节的，一天到晚以泪洗面，哭个不停，断断续续地也绝食，可是他是个胖子，体内脂肪还够消耗一些日子，不会立即死去。当全太后和赵显来到大都以后，只有家铉翁去馆舍迎谒，他跪在地上边哭边诉，说是“臣下无能，不能保全社稷，累及主上流离，万死不能赎其罪……”等等，一时君臣哭成一团，连元军也为之动容。

赵显和皇太后遵照忽必烈的旨意，匆匆忙忙又赶往上都。这回，忽必烈心情稍有好转，便在大安殿正式接见了这母子二人。过了几天，颁布诏书，授赵显开府仪同三司、检校大司徒，封瀛国公。赵显母子二人少不得要叩头谢恩，可这时候，同行北上的宫人安康朱夫人和安定陈才人，相约自缢而死。两人都在裙带上题了词，以图留与后人，道是：“誓不辱国，誓不辱身。”

忽必烈看到宋室少主和后妃的惨状，竟不禁产生了几分恻隐之心。亡国的下场是多么可怕啊！他想起接见赵显那天，回到后宫，皇后弘吉剌氏闷闷不乐，忽必烈问她道：

“江南平定，从此国家不用征伐，人人都高兴，可你为什么反而独自不乐呢？”

“自古无千岁之国，不要让我的子孙落到这种地步就算幸事了。”皇后的回答简明透彻，而且是至理名言，忽必烈当时好半天说不出话来。

忽必烈认为宋朝覆亡如此之快，关键原因是文武臣僚的毫无爱国心、廉耻心、责任心，平时只会盘剥百姓、聚敛私财，根本就不考虑民众的福祉、社稷的安宁。让一个几岁的小孩子来驾驭这一批毫无心肝的官吏，不亡国才怪！

正在这时候，一批宋室降将奉诏到上都来觐见皇帝。赐宴的时候，忽必烈忍不住问道：

“你等何故那么轻易就投降了呢？”

那批降将想是有思想准备的，一齐答道：

“贾似道专权误国，且每每优礼文士而轻视武臣，臣等久积不平，故大军一至，望风送款。”

忽必烈当时没作声，随后授意董文忠，要他向那些投降的将军转达了看法：

“贾似道确实是轻视你们，不过这也是贾似道一人之过，你们的国主又有什么对不起你们呢？既然你们有负国主，那么贾似道轻视你们也就是有道理的。”

接着，伯颜也班师回朝了。忽必烈命令百官到郊外迎接，以示慰劳之意。陛见时，下旨以伯颜为同知枢密事，赐食邑六千户。伯颜谢恩之后，君臣便开始拟定下一步的战略方案。

忽必烈想趁福州小朝廷立足未稳之际，发起更大规模的军事行动，不给南宋方面以喘息休整的机会。伯颜深以为然。于是当即商议决定，派阿剌罕为都元帅，董文炳为副都元帅，统领诸路人马，向福建、广东和江西进军。阿剌罕和董文炳组织了四支进攻部队：一支由李恒、吕师夔率五万人马，主攻江西；一支由麦术丁率领在江西协同作战；一支由阿里海牙率领三万部队由湖南下广西；一支由阿术率五万骑兵进攻扬州。当然，阿术的部队担负的任务是最迫切最重要的，忽必烈不能容忍在长江以北继续存在扬州这么一个抗元的堡垒。

阿术的司令部设在瓜洲。这里距扬州不过数十里，是扬州沿大运河进入长江的咽喉。阿术占据瓜洲，就掐断了李庭芝南下的水路通道。经过长时间的对峙和多次的交战，阿术深知李庭芝不好对付，特别是他身边有个勇力过人的助手姜才，姜才在三里沟一战中拔去肩头所中之箭挥刀突围的表现更留给他深刻的印象。阿术心里想，攻克扬州难免要付出极大的代价，如果能招降，则上对天子，下对军民，都是最好的结局。李庭芝其人，好权好利，私心有余而公心不足，上次他追杀文天祥的事就很能证明这一点，表面上是中了我的反间计，实际上他是害怕文天祥在淮东喧宾夺主。这种人是可以争取他改变立场的。

第一次招降没有成功。阿术命人手持太皇太后谢道清签署的诏书在城下向李庭芝宣读，要他投降，可是李庭芝答复使者道：

“我奉诏守此城，没听说过有下诏书谕令臣下投降的事。”说毕下城而去。

第二次招降是赵显母子往大都去觐见忽必烈途经瓜洲时的事。阿术又派使者去宣读谢道清给李庭芝个人的诏书，上面说道：

“上次下诏命你纳款投降，这么久了不见你回报，难道你没领会我的意思，还打算固守下去？现在我和皇帝既然都已臣服元朝，你还为谁而守城呢？”

李庭芝根本不答话，命军士发弩箭射使者，当场射杀一人，其他人立即都跑散了。阿术很气恼，这家伙不识抬举，看样子还得多多施加压力。他下令部队封锁高邮、宝应方向的道路，断绝了扬州的粮饷来源。同时他又从淮西夏贵营中调来部分官兵，向城上显示淮西已降的信息，断了城中对外援的幻想。这时阿术又派人持诏书来招降，李庭芝的幕僚中有人劝他重新拿个主意，李庭芝却只是简单地说：

“我惟有一死报国而已。”

说着他开城放使者进来，然后一刀结果了，把使者的脑袋挂到城楼上，烧掉了招降的诏书。

接着淮安、盱眙、泗州等城都因为粮尽而投降了。李庭芝下令征集民间粮食以供应军需，但民间粮食已经吃尽了，他又命令所有公务员和军官交粮食，混合着一切能吃的东西像皮革、酒糟等，一起煮着吃，甚至有自食其子的，可是李庭芝仍然坚持不降。姜才曾经带着五千步、骑兵出城到丁村去接应从高邮运过来的粮食，打了一个晚上，元兵本已支持不住了，可这时阿术发来了救兵，扬州兵看到阿术的旗帜，士气就垮了，姜才拼力死战才算逃回了城里。阿术就此把所有陆上的粮运全部断绝了。

阿术还是不肯放弃招降的打算。他请示了忽必烈，以忽必烈的名义赦免李庭芝焚诏、杀使之罪，劝他早早归降。李庭芝仍旧不理睬。恰好这时候，福州方面也派来了使臣，再次召李庭芝入朝。李庭芝此时也有些动心，因为入朝之后自己便是主持国家大局的人物，或许能干出一番名垂青史的中兴伟业。他的副手淮东制置副使朱焕也怂恿他归朝。说是外有重兵，内有实权，内外呼应，进退自如等等。于是李庭芝把扬州的防务交给了朱焕，自己和姜才带着七千兵马东走泰州，准备入海南下。谁知阿术立即带领三万人马追上来，把泰州围了个水泄不通。

李庭芝一走，朱焕立即向阿术递了降表。被围在泰州城里的李庭芝听说扬州失陷，不免乱了方寸。泰州无论如何是不能坚守多少时日的，李庭芝和姜才商议突围，强行冲破元军防线把部队拖到福建去。姜才当时正长背疽，疼痛非常，无法力战，但别的出路又没有，只好硬着头皮带着五千士兵冲出泰州东门。谁知出城不到片刻，阿术便亲率两万骑兵直扑过来。李庭芝一看敌众我寡，料知不能取胜，赶忙又下令退回城中。这一退，泰州城中军心大乱，既不能守，又不能逃，岂不只能坐以待毙？当下里便有裨将孙贵、胡惟孝等人偷偷打开北门，把元军放入城内。等到李庭芝得到报告时，元军已经快到府衙的大门口了。他扶起病榻上的姜才，两人披挂停当，率领亲随准备从后门冲出，但后门也已被元兵突破，两人在众多元兵前后夹击下，终于失去抵抗能力而被俘。

阿术在扬州接见这两个俘虏时，仍未放弃招降的打算。他想先杀杀他们的锐气，于是一开始便以严厉的态度指责李庭芝：

“本帅三番五次给你指明生路，你执迷不悟，杀使焚诏，嚣狂已极。今日兵败城破，被我生擒，你还有何话说？”

李庭芝确实什么话也没说，姜才却开了口：

“你怪他干什么？是我坚决不肯降！”

阿术望着这个已被疾病折磨得不成样子的勇士，心里有许多感慨。姜才在战斗中的勇敢和忠诚，他目睹过多次，他很想把他收归己用。

“阿术，你不要多费心思了，爷爷今日被擒，只有一死！早让我们死了，免得你多挨骂……”姜才竟然又在一边吼叫起来，在场的元军将领一个个眼露凶光，都有些忍不住怒火了。看到阿术仍未决断，朱焕在一旁插话道：

“扬州地区自战争开始以来，军民死伤无数，尸骸遍野，这都是李庭芝和姜才的顽固不化带来的后果，大帅不杀他们还等待什么呢？”

阿术听他这么一说，终于作出决定，将李庭芝、姜才就地处死。扬州的老百姓虽然饱受战祸的惨劫，但听到他们的死讯，许多人都流出了哀痛的眼泪。

扬州一破，淮东一带便呈土崩瓦解之势，破了一城又一城，最后一战是攻打真州，苗再成带着部队作了殊死抵抗，城破后以身殉国。

这时的南方各省，可以说到处都是战场。福州的小朝廷不可能指挥各地的抗元斗争，甚至连战况也无法了解。除了张世杰率领的部队始终拱卫中枢以外，其他各路都是军自为战、城自为战。如赵溍和方兴在广东，吴浚、邹沨在浙南，文天祥在闽中，都是自筹兵源和粮饷，和元军一城一地地对着干。往往一座城池，数次易手，今日宋军收复，明日元军收复，比如广州，元军得而又失、失而又得凡三四次。不过总体说来，守军越战越弱，反攻中恢复的地盘渐渐又丢光了。赵溍、方兴广州再度失守后，逃遁不知所终，谢枋得兵溃栖隐山林，吴浚等人投降元军，只有文天祥在闽西南一带还算打开了一个较好的局面。

四川和广西因为地处一隅，根本和朝廷音讯不通，抵抗斗争尤其显得悲壮惨烈。川东一带，像重庆、合州这些地方，作为前线，已经和蒙古人对峙了数十年之久。临安投降了，他们根本不知道，仍然以大宋臣民的身份坚守着城池。宋制置使张珏还利用元军内部的不和取得了光复泸州、涪州的胜利。到了 1278 年（至元十五年），忽必烈命令布赫、汪良臣等率军又大举向川东进军。开始是泸州因粮尽被破，接着涪州又被攻克，元军很快就包围了重庆。

汪良臣派人给张珏送了一封信，上面写道：

“君之为臣，不亲于宋之子孙，合之为州，不大于宋之天下。彼子孙已举天下而归我，汝犹偃然负阻穷山，而曰忠于所事，不亦惑乎？”

这就是谢道清要李庭芝投降时使用的同一套逻辑，张珏也不驳斥，就是置之不理。布赫发火了，便开始强攻，云梯、鹅车一齐上。张珏一点也不示弱，倾尽全力与汪良臣厮杀。那一仗打下来，汪良臣身中四箭，差点把命都丢了。第二天，元将伊索达尔将张珏的部队诱至扶桑坝一带，汪良臣部再从后面跟上，前后夹击，张珏溃败回城。当晚，都统赵安就偷偷打开城门投降。张珏率亲兵巷战，支持不住时，曾想自杀，但为部下所阻，他便从水路突围，意在顺流东走涪州，谁知布赫已经布置了水师拦截。张珏终于被俘，最后自然难免一死。

重庆虽被攻破，合州却仍不投降。自从窝阔台 1234 年灭亡金国以后，四川一直是宋元两国交兵的战场，四十多年来，除了中间有过两度短暂的和平（都是由于蒙古统治集团内部斗争激烈带来的），战争就没有停息过。合州在十六年前就曾被蒙哥大军围困，最后这位宪宗皇帝竟战死于此役。不能不承认这么多年来合州的军民抗元的决心和勇气极其难能可贵，但此刻却实在无法继续坚持下去了。

元朝在四川设了东川和西川两个行院（行枢密院），分别统管军民事宜。合州安抚使王立考虑到形势的严峻，为保全百姓和自己，他准备投降。可是他和长期围困合州的东川行院结怨太深，害怕投降后会遭到报复，于是便遣使往西川行院纳款请降。西川行院报请安西王忙兀剌，派丞相李德辉乘单舟至合州城下，与王立当面商定受降条件，李德辉应允保全合州吏民生命财产，双方达成协议。但东川行院对李德辉的做法极为不满，上奏忽必烈，说王立久抗王师、又曾辱骂宪宗皇帝，还有嗜杀贪赃等罪。忽必烈接到奏章，便下诏处死王立，并籍没其家产。接着安西王忙兀剌的表文也到了，详具了王立投降的始末情由，并提到东川行院妒嫉李德辉受降之功因而诬奏王立等内情，枢密院也确认前者所奏确为不实。忽必烈发觉因自己草率从事而造成了失误，便把一腔怒火发泄在枢密院官员的身上：

“你们把人命当儿戏吗？上次派的信使去了这么久了，想必王立早就已经被杀，现在才知追悔，还有什么用？”

他这些话其实只能用来指责他自己。好在随后安西王又派来信使，呈报说王立还没杀。忽必烈于是下诏命王立晋京陛见，并委派他任潼川路安抚使，知合州事，仍在原地为官。

阿里海牙从湖南进军广西，却演出了几段极为悲壮惨烈的故事。

宋广西都统马塈率领一万精兵把守严关。这严关地势险要，加之马塈治军有方，元军攻了十余日，伤亡了数千兵马，仍未能得手。有人告诉阿里海牙，说马塈自幼熟读兵书，精通韬略，兼之忠勇过人，严关只能智取而不能强攻。阿里海牙于是派出两支队伍，从山间小道绕过严关，攻取平乐和临桂两城，然后再回师严关背后，与主力造成前后夹击之势。马塈腹背受敌，知道严关已无法再守，便主动退到静江（今广西桂林）城。静江三面环水，易守难攻，阿里海牙便又想起了招降这一招，他派了一员能说会道的将领到静江城下去喊话。这个口若悬河的角色，从识时务者为俊杰的道理讲起，详析祸福，细陈利害，足足说了半个时辰，见马塈并无反应，他以为自己的言辞已经产生了初步的效果，便紧接着抛出了具体的诱饵——按阿里海牙的布置对城上喊道：

“马都统，只要你能权衡利害，自求多福，归顺我大元，皇帝将封你为广西大都督。”

马塈起先不作声是懒得答理，此时见对方越说越不是话，不由得怒从心上起，吼道：

“谁要做你们的鸟官，去你妈的蛋！”说着便从身边拿出弓箭，瞄准城下的说客一箭射去，只见那厮“哎哟”一声便倒在了马下。

阿里海牙虽是懊悔莫及，却仍不肯死心。他报告伯颜，要伯颜请恭帝赵显写了一纸诏书，命马塈降元。可是马壁把送诏书的使者臭骂一顿之后，一把火烧掉了诏书，并将使臣逐出城门。阿里海牙见一切招数用尽仍无效果，只好重下决心猛攻城池。他在静江城外的大阳江和小榕江上游筑起两道堤堰，拦断了河水，又从下游处挖开江堤，将水放干。这样城里很快就断绝了水源，再加上粮食不足，守城军士又饥又渴，而城外河床里已成一片卵石滩，再也无险可据，如何还挡得住那如狼似虎的元军。外城攻破了，马塈带着士卒又退守内城，奈何内城又被攻破，马塈身边只剩下极少数的亲兵了，他们仍然坚持巷战，直到最后一人。

马塈身臂负伤后倒地被俘。阿里海牙看见被缚的他，恨得咬牙切齿，走上前来，一刀砍下他的头，悬挂在城头示众。据说马塈的头被砍下之后，他又从地下握紧拳头奋然跃起，直立了个把时辰才仆倒在地，吓得周围的元兵都不敢靠近。

当时和马塈一起守城的，还有一个黄文政，城破被俘之后，他大骂不止。元军先割断他的舌头，接着又割掉他的鼻子，然后再断了他的双足，他虽然没有舌头，却仍然含糊不清地咒骂，一直骂到断气死去为止。

阿里海牙此后的进军便顺利多了。邕州（今南宁）守将马成旺投降。但马塈有个叫娄钤辖的老部下，带着二百五十人守在月城（城墙连结内、外城的部分）上不肯下来。阿里海牙看见了笑着说：

“这么几个人难道说还用得着发起进攻？”

他下令把月城围住。过了十余日，娄钤辖忽然从城壁间伸出头来叫道：

“我们肚子饿了，没法下来投降，如果能给些食物，吃饱了之后，我们听命就是。”

阿里海牙命人将几头牛、几斛米放在月城入口处，里面的人开门把食物拿进去，然后又关上了门。元军站在高处看月城里的动静，只见士兵把米分了、牛宰了，各自取一份米和肉，或数人一组，或一人一灶，有的甚至根本没有煮熟，不多时就吃了个一干二净。饭吃完了，就听见月城里鸣响起角号声、战鼓声，元军以为他们要出来拼一死战了，都整甲执戈等在外面。谁知这时娄钤辖命令部属点燃了月城内全部火炮。只听得惊雷般一声巨响，城堞皆崩，烟焰冲霄而上，不远处的元兵竟当场被吓死了好多。烟消火熄之后，阿里海牙派人进爆炸现场，只见一片灰烬，一具完整的尸体都没有了。

面对着如此顽强的抵抗精神，阿里海牙率性一不做、二不休，下令将静江城内剩下的军民一律活埋。有七百名百姓侥幸逃入附近的西山。阿里海牙事后似乎觉得自己不该如此残忍，便派人向这些百姓发话，只要他们出来投降，就全部予以宽大，不做追究。然而这七百人中竟没有一人出降，全部在山中自杀。

阿里海牙乘静江之胜，分兵连取广西境内的郁林、浔州（今桂林）、容州（今容县）、藤州（今藤县）、梧州等地。广西提刑邓得遇兵尽势穷，不甘被俘受辱，便自己整理衣冠，朝南方朝廷所在的方向拜辞以后，投南流江自尽。死前他手书遗言：

宋室忠臣，邓氏孝子，不忍偷生，宁甘溺死。

文天祥在南剑州（今南平）倒还确实曾开创过一个较好的局面。他虽然不是军人，但凭着满腔报国的热忱和无私奉献的品格，赢得了士民的拥戴。文天祥这个名字，逐渐形成了一种极强的感召力和凝聚力，更何况他又是文章高手，通过宣传鼓动去争取人心更是他的强项所在。他当时写下了一篇著名的檄文：

天生民族，惟我独尊；地劈中原，是谁无责？江山有警，铜驼向志士悲鸣；天地无心，金瓯有英杰整顿。清四方之兽迹，剩下头颅，荡万里之蛮氛，岂无热血！忍见腥风血雨，寸土皆污；可怜败水残山，大地无主。春城草木，生气犹存；破国山河，死灰未冷。衣冠故我，莫谓亡国无人；风景依然，休向新亭洒泪。映日之义旗高竖，举国皆兵；摩天之巨仞横飞，何敌不克！乾坤再转，日月重明，会看夺目之光辉，请认国旗之颜色。

文章骈四俪六，朗朗上口，豪气纵横，信心十足，四处张贴散发，那些良知未泯的爱国热血青年，闻风而动，纷纷到文天祥麾下报到。曾经在南归路上共过患难的杜浒和吕武，分别被派到浙南和江淮两地联络地方豪杰，招募仁人义士。刘洙和金应则同去江西开辟抗元基地。文天祥把进兵的重点放在浙南，因为那里地形较闽中宽阔，进可以向钱塘江流域一带发展，退可以作行都福安的屏障。但此时朝廷却下旨，严令他的都督府南迁到汀州。

汀州处于闽西南崇山峻岭之中，人烟稀少，迁往那里能有什么作为！但文天祥却能因势利导，浙江去不成，就向江西方向进军。他的打算是先取赣南，赣州得手后，再北取吉州，和元军抗衡于隆兴（南昌）。正当他着手实行这一计划的时候，福建招抚使王积翁弃守南剑州，逃往福安，伙同福安知府王刚中一起投降了元军。行都又失陷了，天下不能不为之震动。

仅仅在几天之前，赵昰小朝廷还呆在福安（即福州为行都后改称）。只因阿拉罕、董文炳的大军一路南来，势如破竹，连破建宁、邵武等地，看看已逼近了福安。是打还是走？南宋朝廷内又出现了分歧。打是打不过的，最后只有一死，可是大家都不愿死，于是只好三十六计走为上。这支庞大的撤退舰队大小海船两千余艘，上面装着太妃、皇帝、宫嫔、内侍、朝臣、大吏，还有军人十七万、民兵三万、淮上老兵一万。船队启锚的时候，岸上的百姓遮道痛哭，朝廷又扔下他们走了，谁来对他们的死活安危负责任呢？其实，还有这么多军队，只要想打、敢打、愿意打，未必就一定输给阿拉罕、董文炳，然而他们却仓皇入海、直奔潮州去了。

朝廷既然迁走了，留守的臣子又怎么还靠得住，何况是王积翁这种寡廉鲜耻的败类。但王积翁受阿拉罕之命去招降近在咫尺的知兴化军陈文龙，却碰了一个硬钉子，派去的使者带回来的是一顿臭骂。王积翁恼羞成怒，到阿拉罕面前极尽挑唆之能事，怂恿阿拉罕发兵猛攻兴化。

陈文龙知道以兴化之实力难与阿拉罕大军抗衡，于是一面派人四处请求援助，一面招募民兵加固城防。为了延缓元军进军的速度，争取待援的时间，他把城内精兵交给部将林华，要林华在境内山林险隘处设防。谁知这林华也是早怀异心，他带着部队直奔元营投降，并且主动充当攻城的向导。陈文龙发现这一切时，城外已经被元军围了个水泄不通，这时左右不免有人劝他纳款投诚，陈文龙答道：

“你们不就是怕死吗？但人一辈子不能够不死，既然总是要死的，为何不死得光明些！”

这种时候，光靠道理解决不了问题。通判曹澄孙终于开城投降了，陈文龙还未来得及抵抗就做了俘虏。阿拉罕、董文炳劝他投降，对他十分客气，可是他指着自己的肚子说：

“这里面都是节义文章，你们不要逼我了。”

陈文龙绝食饿死在押送临安的路上，他的老母也随之绝食而死，董文炳感叹道：

“有这样的母亲就该有这样的儿子！”

陷于绝境的陆上抗元部队

南宋朝廷流亡海上，陆上有一定规模的抗元力量只剩下文天祥这一支部队了。忽必烈已经不需要为战事的得失而费心劳神，彻底消灭南宋的反抗活动虽然还要花些时间，但那只是迟早之别了。忽必烈开始把自己的注意力转向了其他方面，对外，如日本、朝鲜、缅甸、越南的问题都已在他的视野之内；对内，则有更多的头绪纷纭的事等待他去考虑。

1277年（至元十四年），董文忠报告忽必烈，说廉希宪在江陵久病不愈，而江陵那种地方，又潮湿又炎热，再呆下去病情还会加重。忽必烈虽然并不很想让廉希宪入朝，但念及他多年来为国家付出的辛劳和创立的功业，还是下旨调廉希宪还京。廉希宪离开江陵的时候，百姓遮道号哭，因为像这样的好官实在是难得一遇。但是百姓们的挽留是没有用的，圣命岂能违抗？他们只能画下廉大人的像，建生祠供奉起来，寄托一点对他的思念和感激，同时也作为对后来所有官吏的激励。

廉希宪带着他的几箱书、一架琴回到了大都，行李之简单令所有的官员震惊和愧恧。消息传到忽必烈那里，他也颇为感动。他下令赐给廉希宪金钞若干，至少不能让廉洁的臣工衣食不继，否则真的不会有人愿意做清官了。但是清廉正直之士就是爱管闲事，有时管得叫人受不了。他们常常不体谅皇帝也有自己的喜怒哀乐、七情六欲。廉希宪还躺在病床上，就开始对朝政发表意见。当时，朝中有些人正在制造舆论，要求忽必烈将上都撤销或迁移他处，理由是龙冈失火，延烧民居，殊非吉兆。那天，廉希宪对前来探病的太常卿田忠良说道：

“上都，是圣上的龙飞之地，天下视为根本，岂可轻易迁徙？火灾之事，何时何地无之？决不可视为异常。希望你们注意，不要让那些妄谈地理的人在朝中胡说八道迷惑圣上。”

但是迁都的舆论越造越大，后来竟至于在朝廷上展开了辩论。朝臣们揣摩圣意，觉得忽必烈似乎倾向于迁，于是多数人都站在赞成迁的立场发表意见，只有枢密副使张易、中书左丞张文谦等人坚持反对立场，力言不能迁的理由，令忽必烈颇不高兴。这时太常卿田忠良站出来转奏了廉希宪的观点，忽必烈听后说：

“希宪病成那样子，心里还想着这件事吗？看来他的考虑才是最周全的。”

他信任廉希宪，从此不再提起迁都的事。而且他还从扬州请来了最有名的医生给廉希宪治病。廉希宪服药调养之后，病有起色，能拄着拐杖入朝谢恩了。忽必烈见了高兴地说：

“到底良医手段高明，卿的病往好处走了。”

廉希宪不急不缓地接过忽必烈的话头：

“医生用良药治疗臣的病，臣如能遵从医嘱，戒之慎之，那结果就会像圣上说的那样一天天好转；反之，臣如果肆行所欲，怠惰懒散，则再好的医生也是无济于事的。”

谁都能听得出来廉希宪是在借医病一事讽喻朝政。忽必烈当时没有反应，但话的意思他当然是明白的，但他不能表示赞成或者反对，因为他是圣明天子，即使从臣下那里得到了启发，也不可以说穿讲透，以免被误解为低能。在此后一个阶段，忽必烈确实表现了一种“戒之慎之”的明君风范。至元十三年（1276 年）冬天，北方无雨雪，春天也没下透雨，面对旱象带来的民生艰困，忽必烈召集了翰林国史院的耶律铸（耶律楚材的儿子）、姚枢、王磐、窦默等人，征询缓解国家困难的办法。那些人提出的建议是：

“当前保持粮食供给，主要得靠节约。至于浪费粮食最多的，莫过于酿制酒类。而自周朝、汉朝以来，就一直有禁酒的明令。各种祈神求佛、赛会社戏等大型活动，耗费的钱谷也不少。所有这些都该禁止。那时民生国计都将受益。”

“卿等所言甚是，着中书省下诏就是。”忽必烈马上接受了建议并付诸实行。他这几天正在听翰林侍制王思廉讲读《通鉴》里唐太宗的事迹，李世民虚心纳谏的精神又一次令他感佩，这不就是李世民之所以被称为“英主”“明君”的最重要的原因么？但是李世民也有不虚心的时候，回到后宫里才会说出要“杀掉魏徵这个乡下老儿”的话，要不是长孙皇后在一旁劝谏，说不定他也会干出杀害忠良这种蠢事。可见，朝中要有进谏的臣子，宫中还要有进谏的后妃。想到这里，忽必烈便命内侍把王思廉引到皇后阁，要他详尽地讲说这一段故事。皇后听了对王思廉说：

“这些史实确实有益于皇上的圣虑宸衷，你今后应该多选些善言嘉行给皇上进讲，切切不要用些污秽不良之辞烦扰圣听。”

此后每侍读时，忽必烈还要把一些汉文化修养较差的蒙古族大臣如御史大夫玉昔帖木尔、太师伊彻查拉、御史中丞萨里曼等人召集起来跟他一起听讲。

听讲听得多，果然便能采纳臣下一些与自己的意愿相违忤的建议。一次，在听到某些人说要从严治盗时，忽必烈深有同感，便下了一道敕令："犯盗者皆弃市（杀头）。"符宝郎董文忠知道后，立即觐见皇帝，说道：

"盗有强抢和暗偷等区别，赃物也有多寡不等，一律处以死刑，怎么行得通呢？"

忽必烈一想，还是董文忠说得有理，于是又立即下旨追还并取消了先前的敕令。

又有漕司衙门提出挖通沁水，使它向东流入运河以利漕运。忽必烈觉得这个主意好，准备征集民夫立即开工。董文用上殿谏阻道：

"卫州之地势最低，遇到下大雨的季节，沁水往往使百多里的河段外溢，雨再大一些，水来不及流进黄河里去，就往卫州一带漫浸过去，现在如打算挖通沁水之道，使它东来，那结果就将不但会完全淹没卫州，连大名、长芦都将化为一片泽国！"

忽必烈觉得他说的似乎有些道理，但又怀疑是否有可靠的根据，于是便问群臣：

"尔等可知道沁水河床比卫州地面高多少？"

"臣已着人进行过测量。"董文用答道，"卫州城中最高的佛塔，才与沁水平。"

听他这么一说，没有人再提出导沁水入运河以便漕运的事了。

为了更多地听到各方面的意见，以防止和补救政令的阙漏，忽必烈决定在扬州设置御史台，以都元帅姜卫为御史大夫，其下隶属八道提刑按察司。姜卫对忽必烈奏道：

“陛下以臣为耳目，臣以监察御史、按察司为耳目，倘若用人不当，就等于耳目先自闭塞，下情还怎么能够上达呢？”

忽必烈认为他的话很有启发性，当场表示嘉许，并且下旨命御史台认真甄别官员人选。

在诸道重设提刑按察司的问题上，是经历过一番斗争的。阿合马是坚决的反对派，他希望在朝独揽大权，不愿意受到其他部门其他官员的牵制。当年他到尚书省，就想尽办法架空中书省的权力。后来，他杀回中书省，又把他那一帮人带了过来。阿合马曾经向忽必烈建议要取消御史台，因为御史台妨碍他为所欲为，提刑按察司虽然对他本人不构成危害，但对他分布在各地的党羽，却是一个极具监督和限制作用的机构，当然也在取消之列。忽必烈曾一度同意了撤销提刑按察司。后来，监察御史姚天福向御史大夫玉昔帖木儿进言说：

“按察司的设立，主要是为了增广视听，以便及早掌握情况，防范非常事件的发生和发展，使朝廷能考虑深远、制定举措，并不仅仅是用以监督和规范有司衙门及其官吏。撤销按察司，于朝廷有害无益。”

“要不是你指出来，朝廷会犯一个大错。”玉昔帖木儿答道。当晚，他就到忽必烈的寝宫内，转奏了姚天福的话。忽必烈一听，也恍然大悟，才作出了恢复提刑按察司的决定。阿合马为此很恼火，后来找个茬把姚天福贬到了边远的衡州路去做同知。

就在忽必烈潜心于偃武修文、整顿吏治的时候，从北方传来了令人不安的消息，诸王昔里吉在阿力麻里（今伊犁附近）自立为“大汗”。一时之间，西路诸王（主要是窝阔台和察合台两人的后裔）差不多全反了，东部诸王，如脱黑帖木儿、翁吉剌部部长只儿斡带等也反了，大规模的“后院起火”，形势显得十分险恶。

忽必烈虽然登基已有十三年之久了，但广袤的北方草原大漠中，众多诸王并未真正地放弃野心，依然虎视眈眈地望着“大汗”位子等待时机的还不止一个、两个。当年，忽必烈还是诸王的时候，他的实力和才干使他享有极高的威望，但当他一旦当了帝，他立刻变成了众矢之的，昔日的一些追随者有的渐渐地成了对立面，离开他并且和他的宿敌结成了联盟。

此次称“大汗”的昔里吉是蒙哥的第四个儿子。当年叔父忽必烈接任“大汗”，他是投过赞成票的，他的三个哥哥都曾参与过小叔叔阿里不哥的叛乱，平叛之后，忽必烈赦免了他们。昔里吉原本也没有作乱的野心，可是他的一个侄儿——蒙哥的第三子玉龙答失的儿子撒里蛮却一个劲拥戴他，说是作为蒙哥的儿子，他比忽必烈更有理由当“大汗”。还有脱黑帖木儿，更是一个积极的策划者。他是东方诸王势力最大的帖木格国王（成吉思汗之弟）的曾孙，东部的反叛势力便是他串连起来的。

昔里吉的军队向东打，翁吉剌部只儿斡带的军队向西打，双方约定，以和林为进攻目标，和林得手以后，再召开库里台大会，由昔里吉名正言顺地取代忽必烈的汗位。但是，他们的军事行动却进行得很不顺利。一开始，昔里吉想和诸王海都结盟。他把自己扣押的北平王那木罕（忽必烈之子）和派到那木罕身边的右丞相安童一齐送往海都处，这本来是表示通好（海都是窝阔台的孙子，当然是仇视朝廷的），可是海都以为他别有用心，留下了那木罕和安童，却并未加害于他们，也不答复共同起兵的事。昔里吉的主要盟友只儿斡带在和林南面的合剌合塔，被忽必烈派来的诸王伯木儿打得全军覆没。昔里吉自己的部队，在斡尔寒河和土兀剌河地区（和林以北）与官军对峙了一个时期，后来，伯颜带着部队从南方来到这里，双方展开一场大战，昔里吉的队伍被击溃，自己逃往唐努乌梁海（今俄罗斯图瓦自治共和国一带）去了。

过了两年，昔里吉的力量稍有恢复，而伯颜早已奉诏回到南方，原来一直支持昔里吉的脱黑帖木儿又出兵进攻和林。这次他碰着的是刘二巴图（刘国杰）的军队，虽只有一万人，却极其英勇善战。脱黑帖木儿一战而溃，便去向昔里吉求救兵。昔里吉不想把自己有限的一点力量再一次投入冒险，便拒绝了他。脱黑帖木儿也就索性翻了脸，改换门庭，另捧蒙哥之孙撒里蛮为“大汗”，并扬言要攻打昔里吉，昔里吉吓得逃向额尔齐斯河流域。

阿里不哥的儿子药不忽儿，倒是一直忠于昔里吉，他不愿意跟着脱黑帖木儿去追随撒里蛮。也许是因为他觉得昔里吉毕竟是他的堂兄，而撒里蛮却是他另一堂兄的儿子（疏堂侄）。至于脱黑帖木儿则更是已经出了“五服”的疏党兄弟，亲疏有别，他便出兵活捉了脱黑帖木儿，送往昔里吉处，最终将脱黑帖木儿处死。

撒里蛮不敢自居“大汗”了，自己来到昔里吉帐前请罪。昔里吉派他往钦察汗国去联络术赤的孙子宽彻，谁知他在半路上又遇着旧部，那些人拥戴他杀回昔里吉大营，捉住了昔里吉和药不忽儿，并派兵押送这两人去大都，向忽必烈讨好。

押送人犯的这支队伍走到阿尔泰山时，经过别里帖·帖木儿（帖木格的另一个曾孙）的行营，别里帖·帖木儿受了药不忽儿的贿赂，释放了药不忽儿，并且帮助他发兵去进攻撒里蛮。撒里蛮不经打，竟一败涂地，只身逃脱，无处可去，只好跑到大都，向忽必烈请罪。

忽必烈倒是有个不念旧恶的优点，他明知道撒里蛮不是个好东西，昔里吉称帝，是这家伙唆使怂恿的，后来又和脱黑帖木儿勾结，自己称“大汗”，此后对昔里吉是降而又叛，反复无常。现在要不是只剩下光棍一条，他也决不会前来俯首称臣。不过，既然来了，也就是承认了自己的失败，念在他是自己的侄孙，忽必烈赏赐给他许多草场和牲畜，并拨给了一些军队让他统领。忽必烈觉得这样处置有利于争取其他已叛或将叛的诸王归心臣服。

不久，别里帖 · 帖木儿就派军队把患病的昔里吉送到大都来了，忽必烈把昔里吉流放到一个海岛上，让他在那里度过余生。

将昔里吉叛乱这件事彻底处理完已经是1282年（至元十九年）的事了。现在还得把话题转回到叛乱开始的年代去。1276年（至元十三年）的秋天，昔里吉称“大汗”，消息传来，已是年末，次年春天，忽必烈把征南的将领差不多都调回来了，因为当时形势很难预料，必须认真对待。几个月后，昔里吉一伙战败，虽未彻底消灭，但已不足为患，忽必烈这才慢慢再把军事进攻重点放到南方来。他必须这样做，因为就在这几个月里，南宋的残余力量在军事上取得了相当大的进展。

1277年（至元十四年）三月，文天祥收复了梅州（今广东梅县），四月，广东制置使张镇孙收复了广州。紧接着，文天祥从梅州北上，收复会昌、雩都，吉州、赣州诸县闻风响应，赣南一带出现了一片抗元救国的好形势。七月，忽必烈开始采取积极的应对措施。首先，他决定在江西设置行中书省，任命搭出为右丞，麦术丁为左丞，李恒、蒲寿庚、程鹏飞为参知政事。蒲、程二人都是新降将领，正想立功以示效顺之诚，让他们配合李恒去担当讨宋的前锋，最为合适不过。

当李恒等人率军队到达江西时，吉州（今江西吉安）所属八县，已被宋军占了六县，只剩庐陵、安福两县还未被攻下，赣州地区则只有州城一座，由麦术丁、搭出固守着，但也已是岌岌可危。其他袁州、虔州等地多数县城都陆续落入宋军手中。李恒根据忽必烈的布置，集中以超出对方一倍以上的优势兵力，先解赣州之围，同时又兵分两路，一路遏制在永丰方面的邹㵯的五万部队，另一路则由自己统率精兵去偷袭文天祥的司令部所在地兴国。

兴国此时实际上就是东南抗元力量的政治、军事中心，具有十分重要的战略地位。

李恒的骑兵行动迅速，当文天祥和文武僚属在商量应对之策时，他们已经扑到了兴国城下。文天祥考虑到元军锐气正盛，决定暂不应战，待其衰疲之时，再伺机出击。

赣州方面，张汴、赵时赏、杜浒等人率领宋军在梅林与元军进行了一场大规模的决战，结果元军折损了上万人马，主将搭出单骑逃回城中。宋军乘胜攻城，就在危城将破之际，元军的援兵到了，李恒派来的三万人马打破了宋军对赣州的围困。这三万人马的统帅是南宋降将吕师夔。他的底细，赵时赏、杜浒他们是知道的，对吕氏家族的背叛朝廷，他们更是十分痛恨。双方的第一仗互有伤亡，未分胜负。回营之后，当赵时赏等人正商讨明日的破敌之计时，文天祥的紧急命令到了，要他们放弃攻打赣州，赶赴兴国解围。

兴国危急，文丞相危急，必须立即去救援，但从赣州撤军却必须做到从容、隐秘，以免受到追袭。当下，赵时赏假意写了一份战书约吕师夔明日午后决战。吕师夔便下令全营好生休息，养精蓄锐，以利次日拼杀。赵时赏他们立即布置将士整理行装，于三更时分，出其不意，冲过元军的营区，往兴国方向赶去。吕师夔开始以为是劫营，便忙着集结队伍，准备厮杀，直到黑暗中宋军已不见踪影，才知道宋军是夺路北上。他赶忙进城报告麦术丁和搭出。他们对于宋军的撤走自然都很高兴，因为这一来解了赣州之围，二来说明李恒的部队已经包围了兴国，战争的形势逆转了。

根据忽必烈的命令，囊加歹率领三万人马也来到江西。他在名义上也受李恒的节制，接受的任务是对付占领永丰的江西招抚副使邹温。囊加歹从东、南、西、北四门同时发起对永丰的猛攻。他手下有火力强大的炮队，打得城上的宋军抬不起头。在炮火掩护下，元军的登城敢死队借助云梯等器械纷纷爬上城头。被炮火打得晕头转向的宋军无法抵御越来越多翻城而入的元军，终于四散奔逃。北门最先失守，接着东门又被攻破。邹沨见形势危急，当机立断，命令部队，从西门突围，可是西门被围得水泄不通，根本冲不出去。城头的宋军抛了一阵滚木磕石，元军稍稍后撤，可是城门一开，元军又已经恢复了队形，等待突围的宋军扑上来。

邹沨所统带的多数是义军，并未经过多少训练和实战，素质自然不如囊加歹麾下那批久历戎行的士卒。若硬冲出去，其后果是不问可知的。正在这时，城外陡起喧哗，一彪人马从西南方向杀入了元军的阵伍中，原来是刘子俊带着民兵赶到了。这支生力军冲乱了元兵的队形，金应和吕武赶紧带城内的士卒向外猛冲，终于打开了一条通道。邹沨指挥义军和刘子俊的民兵逐渐往城外的山坡上集结。

囊加歹听说邹源带部队冲出了西门，连忙率领部队赶来追击。偏偏邹沨等人仓促间走错了路，被一条湍急的山涧挡住了去向，只好回过头来转向另一座山，但是囊加歹的追兵已经赶上来了，双方面对面展开了一场拼杀。邹沨看到元兵越来越多，心想，继续硬拚下去，自己的军队肯定要输，甚至于会全军覆灭，而想以大部队的形式完整地冲杀出去也不可能，他立即传令，利用复杂的山地地形，部队化整为零，打破敌人的包围，边战边撤，等到甩开元军的追击之后，再重新集结。

但是元军太强悍了，即使队形分散，战斗力仍然比宋军强得多，拚杀下来，邹沨带出城来的部队已经折损了大半。邹沨本人如不是吕武接应及时，也差点做了囊加歹的俘虏。他们领一批精疲力尽的兵士，一连斩杀了两名元将，才终于冲到原先约定的一条三岔路口。冲破了重围的将士陆陆续续赶上来了，刘子俊的民兵也跟过来了，邹沨点一点队伍，大约还剩下三分之一的人。能够保全下这点力量，也要算是不幸中的大幸了。但是，作为文天祥的忠实部属之一的金应，却未能冲出血阵，他和身边的几百义兵一齐死在元军的箭雨之下。

赵时赏、刘洙、杜浒等人带领部队从赣州城下赶到兴国，只见城池已被元军团团围住。围城的指挥官程鹏飞，就是在武昌城下向阿术投降的那位前南宋都统。赵时赏和他原本相识，本想向他借条路进城，可是那程鹏飞办事极有原则：既已做了元朝臣子，便不再念宋朝的交情。于是，双方免不了一场激战，最后赵时赏总算杀开一条血路，把队伍带进了城。

困守在兴国的文天祥看到援军到了，自然高兴。只是城内兵多粮少，绝不可以作长久计。大家商议了一番，决定突围往永丰方向靠拢，与邹沨、金应他们会合了之后，再作打算。事不宜迟，当晚，文天祥就部署了突围方案。赵时赏、张汴带来的援军从南门杀出；自己和巩信、刘洙、杜浒等人带领城中的五万人马从西门杀出。行动中互相策应，出城后再会齐，然后向永丰方向进发。

赵时赏、张汴那一路冲出南门还算顺利，因夜深天黑，元兵也未追击，但出城不久，却遭遇了由赣州追赶到此的吕师夔的部队。真是冤家路窄，双方展开了一场激烈的拚杀。

文天祥亲自带的这一路也顺利地冲出了西门，他们往北面运动，想尽早与赵时赏的队伍会师。谁知走到四更时分，前哨部队就报告说李恒率兵把守山口，无法通过。这李恒并非汉人，乃是西夏国主的后代，五十年前，成吉思汗灭亡西夏时，他尚未出世。长大成人后，便在忽必烈帐前效力，骁勇过人，屡建战功，深受忽必烈器重。听说李恒在前道阻截，宋军不免有些慌乱。文天祥神气安详地吩咐左右传令：

“不要惊慌，听令行事，元军自会让出道路。”

接着他便命刘洙、杜浒二人行诱敌之计，将李恒引入山间难辨路径之处，然后再赶往东南方向与大军会合。

那李恒虽说勇猛无比，但智力平平，果然上了刘洙、杜浒二人的钩。刘、杜两人轮番向李恒挑战，战不几合，便败走，但他俩却又不走远，让李恒追杀，一直把李恒和他的军队引进了一条幽深的山谷。然后，刘洙和杜浒才去追赶已经夺路而出的文天祥的大部队。此时天色尚未大亮而雾气甚重，李恒带着部队没有一两个时辰是走不出那山谷的。

文天祥他们前进了不过几里路，并听到了赵时赏和吕师夔两支队伍厮杀的喊声。他连忙指挥队伍过去支援，正要取得胜利的时候，李恒的人马又赶上来了，刚刚形成的一点优势又被打破。文天祥知道在此种情况下仗打得越久，自己的损失就越大，于是他看准了元军兵力薄弱的地方，驱动队伍猛扑过去，总算撕开了一个口子，得到了一条出路。

太阳出来以后，连夜激战的宋军停下来休息，他们已经疲惫到了极点。文天祥命令各营清点人数，发觉这一夜之间损失了数十员将领、两万多兵卒。他压住心头的沮丧，仍然给将士们鼓气，说是到了永丰之后好好休整。

这时邹沨、刘子俊的队伍却正好也赶到此处，他们带来的是永丰失陷和金应殉国的消息，文天祥遭此打击，实在忍不住了，失声痛哭起来，其他将士也都不由得抱头大哭。

雷州湾上最后的集结

但事已至此，光哭是没有用的，作为最高领导人的文天祥，首先还必须稳定自己的情绪，并且努力使将士们振奋起来。他把各路主要将吏召集到雷州湾，最后一次集结起来讨论下一步的行动方案。就在会议刚开始的时候，斥候又传来了急报：

“囊加歹的大军正向我方挺进，游骑前哨距此不过三、四里路程。”

会场上顿时有些骚乱。邹沨跳起来叫道：

“囊加歹这狗东西从永丰一直追到这里，他以为我们真的惧怕他。请丞相下令，待某提本部兵马先去取他的头来。”

胆气是豪壮的，但对敌我力量只要稍作比较，就不难测知邹沨前去迎战的凶吉。不过此时文天祥又还能拿出别的什么办法呢？他同意了邹沨去迎战囊加歹。邹沨提枪上马而去，他并无怯意，可是一路突围奔逃至此的将士们却实在被恐惧和疲劳压垮了，哪里还有斗志！他们勉勉强强迎了上去，战不数合，便往后退。邹讽想制止士卒的退却，高声呐喊、呵斥，但都收效甚微，阵线被元军逼得不断收缩。

本已是很严峻的形势，不料李恒和吕师夔的兵马又在此时追了上来。占了优势的元军更加气焰高涨，奋勇争先，势如潮涌。邹㵯知道无法再抵挡敌人饿虎扑人般的攻势，便下令保持队形边战边撤。然而宋军将士听到一个撤字，便阵营大乱，变成了各自夺路逃命。前面的部队如此溃败下来，后面的阵脚如何还稳得住，文天祥只好下令后撤。这样一来，整个宋军全线崩溃。元军看到宋军的败溃景象，士气更旺，恶煞凶神般猛扑过来。前面跑得急，后面追得紧，宋军中自相践踏而死者都不计其数。所谓“兵败如山倒”，其势不可遏。

李恒指挥部队，紧追不舍，他知道文天祥的全部军事力量都集中在这里，他想就此一仗把他们完全消灭，活捉文天祥，回到大都向忽必烈请功领赏。宋军跑得快，元军追得也快，前者要逃生，后者想立功。当宋军到达庐陵东固方石岭下时，双方的距离已经离得很近。这时只见前荆湖都统、老将巩信勒住马说道：

“这样跑下去，不用多久就会被虏骑追上。请丞相先行，待老夫在此断后。”

“老将军，要走一齐走，怎可让你留下！”文天祥答道。这种情况下，断后其实就是送死。文天祥一介书生，自然不忍舍人而救己。

“丞相休要多言，事态危急，不如此只怕会一个都走不脱。”巩信仍然催文天祥快走，“丞相是中流砥柱，一人而系天下安危，丞相在，则抗元的事业不会灭亡，请赶快走！”

说罢，他也不再等文天祥同意，便带着数十名亲随往元兵追来的方向迎上去。文天祥望着巩信苍白的长髯随风飘动，心头涌起无尽的悲酸，老头子六十岁了，早年在荆湖领兵，便已是名震遐迩，值此大批将领纷纷投敌的时候，他却始终为救国救民拼杀不倦，甚至主动请缨自投虎口，而为他人争取一条活路，这种精神实在难得！文天祥又激动地流出了眼泪。

巩信带的数十人都是敢死之士，他们来到一处居高临下的路口，挡住了元军的去向。元军正追在兴头上，只见前面站着数十名宋军，中间一员老将，横枪勒马，满脸杀气，一时不知道是怎么回事。投降么？不像！打仗么？这几个人岂不是送死！这时只听得震雷般一声吼：

“该死的虏囚，不要命的快过来受死！”

吕师夔是认得巩信的，早先在吕文德帐下常常见面。此时吕师夔心虚，不敢上前，怕挨骂，悄悄躲到后面去了。李恒一时还拿不定主意，便没有下达攻击令。谁知巩信那边倒发一声喊直向元军阵中冲杀过来。这几十人是决心舍命的，自然无比骁勇，元军将士却有些疑惑和犹疑，结果是被他们左冲右突弄得十分狼狈。然而双方力量毕竟过于悬殊，战了不到一个时辰，巩信身边已只剩下十余人了。巩信带着他们撤出战场，朝宋军去的方向奔去。但他们已经无法继续赶路了，每一个人都伤痕累累，巩信的战袍被鲜血浸湿了大半边。他们勉强走到路旁一块巨石旁边，巩信扶枪而坐，其他的人或立或蹲，围在他两旁。

元兵追上来了，看见他们这副模样，心中又有些疑惧，是不是在这山上设有伏兵呢？李恒为了稳妥起见，命令士兵暂不靠近对方，只用箭射。箭射了一轮又一轮，却不见那些人倒下，李恒更觉奇怪，又捱了一阵，便派一员偏将上前查看。看到的是，巩信和身边的人都死了，虽全身是箭，可就是不倒地。

巩信和他这数十名部下以寡敌众的这一场阻击战，为文天祥及其残部赢得了时间。可是没料到前路上又遇到了麦术丁和搭出所设的埋伏，第一回合交手，疲劳已极的张汴就被搭出一刀砍死马下。赵时赏冲上去和搭出杀成一团。文天祥赶忙从中军后军中调人赶往前军助战。麦术丁和搭出从赣州带出来的兵力毕竟太少，敌不住这边几员大将的冲杀，终于退走了。

宋军稍事休整后继续赶路，但前面又遇着程鹏飞，他在一条谷底小道的两边山崖上安装了滚木礚石，这条小道是必经之路，冒险通过，死伤将无法估计。正在为难之际，只听得后面鼓炮连天，李恒、吕师夔、囊加歹再加上刚退下去的麦术丁和搭出，又纠合一起赶上来了。幸好刘洙和邹沨带着一些人攀登绝壁，到达山顶，居高临下，射杀了程鹏飞那些控制滚木硝石的士兵，占领了山口，让文天祥率领大队通过谷底到达了庐陵的空坑。

他们在空坑宿营，以为可以稍作休整。但睡到大半夜，只听见后山喊声四起，元军又赶上来了。文天祥在当地山民的向导下从间道离开了空坑，队伍里又夹带着许多逃难的百姓，说来也巧，就在断后的文天祥等人走过一个山口后，山顶上突然坠下一块巨石，把那条小路堵了个严严实实。元军追到此处便过不去了，只得迂回绕道。这块石头救了文天祥的命，后来被当地百姓称为“相公石”，又叫“相石”，筑亭于其旁，以为纪念。

这一支军民混杂的队伍行动当然缓慢，走到黎明时分，元军的追兵又尾追而至。好在山雾甚浓，看不清远处的景物，只听见喊声：

“活捉文天祥，皇帝有重赏！”

“休教放走了文天祥，立功就在此时！”

虽然是虚张声势，但距离确实已经很近。处此危急万分之际，赵时赏果断地对文天祥说：

“丞相请快快离开此地，待我去后军冒充丞相，蒙骗元军，争取一点摆脱追击的时间。”

又是一个为了救出文天祥，或者说为了救出这支队伍甘于牺牲自己的人！文天祥禁不住再次涌出了感动的眼泪，他对赵时赏说：

“绝不可以这样做！今日纵有不幸事发生，也应当大家同生死、共存亡！”

“请丞相以大局为重，切勿顾小义而损大义。今日天下可以无时赏，但不可以无丞相。”

说到此处，赵时赏跪倒在地，但文天祥仍然不为所动。赵时赏也不再多说，站起身来，翻身上马，直奔后军而去。

赵时赏去了。文天祥强忍悲痛，领着部队走进了大雾弥漫的深山，顺着山间的羊肠小道，终于走出了赣州地面，然后穿过了武夷山脉，回到了汀州。一路之上，他收集散兵游勇，到达汀州时，总算又有了一支万把人的队伍，这和在兴国时比较起来，十成只剩下一成了。好在汀州是他开府募兵的老地盘，有较好的群众基础，他决定留下来，休整士卒，再募新兵，准备再度掀起抗元的高潮。

赵时赏离开文天祥以后，吩咐手下准备了一顶轿子，自己换了一身袍服，坐在轿子上，指手画脚地故意招人注意。他带着一部分人转上另一条山路，走不多远，元军就追上来了。看到士卒们簇拥着一顶轿子，里面坐的无疑是个文官，立功心切的元军便喝问道：

“轿子里坐的是谁？赶快报上姓名。”

“我姓文，你们想干什么？”赵时赏答道。

元兵以为此人必是文天祥无疑，高兴得吱哇乱叫，一齐围了上来，不由分说，连轿带人一起拥到了指挥部。可是在场的元将都不认识文天祥，问轿夫，也不得要领，含含混混，被俘的宋军也争争吵吵，或说是，或说不是，弄得元军将领拿不定主意。在这片混乱中赢得的每一分钟都给文天祥他们的脱险增添了一分机会。然而不久，各路元军的统帅们都来了，其中麦术丁和搭出见过文天祥，而吕师夔更是熟识得很。赵时赏看到自己已被识破，索性破口大骂，骂得十分粗鄙，他本人是帝胄宗室出身，并不是鲁莽粗俗之人，但他觉得惟有用粗鄙的话骂这些人，他们才听得懂，自己才解气。

因为赵时赏是重要俘虏，李恒决定把他押解到隆兴（南昌），想慢慢软化他的立场。但赵时赏不领情，仍然是吃饱睡足了就骂“臊元鞑子”，骂“汉奸走狗”。有时看见自己同营的僚属被囚系在此，便故意装出一副不以为然的神气说：

“这种小小的办事吏员也关在此处，有什么意思嘛！不是白白耗费了囚粮？”

元将听他这样讲，便真的放掉了不少人，不知是认为他说得有理，还是做做姿态给他看。蒙古人的习惯是：降了就用，不降就杀！赵时赏始终不降，终于就在隆兴被杀害了。在赵宋宗室子孙中，他算是一位少见的英雄人物。在空坑一同被俘的将领为赵时赏的气节所激励，都表现得很勇敢，于是一同被处死。文天祥的妻子欧阳夫人、两个妾侍、次子佛生、次女和幼女，也被元军俘获。李恒奉忽必烈之命把他们全部送往大都。在途中，佛生死了。

文天祥在汀州休整了一段时日，发现元朝又集结大军准备对付他。他知道汀州地势狭窄，不便于军队的运动和发展，便决定重新进入江西。他先占领了会昌，然后由会昌南下进入广东，一直走到濒海不远的循州（今广东惠州），在那里驻屯下来，他一面派人寻找朝廷的所在，准备入朝面圣，一面和张世杰一同商量抗元大计。

朝廷此时停在潮州附近一个叫浅湾的小港口里——所谓朝廷，就是张世杰从福安带出来的那一千多艘船只组成的舰队。张世杰把皇太妃和皇帝及一干人等安排好，接着就率领主力部队从海路北上去进攻泉州。守泉州的是刚刚降元不久的宋泉州招抚使蒲寿庚。张世杰护着朝廷从福州南撤时，经过泉州，曾提出向蒲寿庚借一千艘船，遭到蒲的拒绝，张世杰便以朝廷的名义“征调”船只。这蒲寿庚本是个地方军阀，把实力看成自己的命根子，以前说“借”，自己还可以拖延推托，现在要“征调”，不从就是抗旨，是杀头的罪。蒲寿庚想来想去，最后的决定是干脆投降元军算了，只要元朝同意他原地为官，他的军队、权力、生命、财产都得以保全就行。于是，等张世杰再派人来与他联系时，泉州城上已换了元军的大旗，对于城下的宋使，他不仅闭门不纳，而且还箭弩齐发。张世杰当时气得暴跳，本想立即点兵攻打，可是陆秀夫提醒他太妃和皇帝还没安排好，打起仗来，两宫受惊，臣下有责。张世杰忍住气，指挥舰队继续南下，现在朝廷暂时已在浅湾落脚，他想到的第一件事就是率部队回师泉州找蒲寿庚这个老贼算账。

张世杰先是把泉州城团团围住。为了断绝泉州的外援，张世杰先派部分军队围住城池不让走漏消息，另外亲自率兵去攻打与泉州形成军事上的呼应之势的邵武。攻克了邵武之后，再回到泉州城下。这泉州城防甚是坚固，蒲寿庚经营此地已有多年，自然不易攻破，更兼蒲寿庚等人心中也明白，此次大战，没有任何妥协的可能，胜则生，败则死，要求生路，只有顽抗到底才有一线希望。既然如此，蒲寿庚的态度无疑是特别的坚决，尽管张世杰的实力比他强，作战也比他在行，但围攻了一个多月，仍然毫无结果。

就在泉州的形势越来越险恶时，张世杰手下却出了一个见利忘义的败类，他接受蒲寿庚的贿赂，给防线开了一个小缺口，让城内跑出一队快骑去蒙古大营告急。只不过几天以后，元兵就大规模出动，分三路扑来。一路由李恒、搭出率领，从西面攻向潮州，目标当然是两宫；一路由伊特木实率领，攻下了邵武，又直逼泉州而来；一路由索都、忙古歹率领，从北面向泉州进发。张世杰不能不顾及太妃和皇帝的安全，而且元军援兵一到，自己再留在此处，未必能有胜算，于是，他只得放弃围困达两个月之久的泉州，撤回到潮州浅湾去护驾。

泉州解围之后，元军决定立即向潮州进兵，因为忽必烈交代过，要集中全力先摧毁南宋小朝廷，只要宋室的帝统断了，各地一星半点的反抗并不足虑，到时候自然就平息了。根据忽必烈指示的精神，他们兵分两路，一路由索都、忙古歹、刘深和蒲寿庚率水师从海路直奔浅湾，一路由李恒、麦术丁、搭出和吕师夔率领步兵从陆上袭取潮州。

张世杰回到浅湾，将敌军两面来攻的情况报告了杨太妃，并提出将舰队转移到别处的建议。杨太妃也不想再在海上久居，希望找到一处城池作为朝廷驻跸的行在。上哪儿去呢？只能召集众大臣群议良策而后定。这时的所谓朝会，远非往昔可比。群臣稀稀拉拉，不合礼仪的地方多不胜数。这也难怪，挤在一个船舱里，不能有那么多讲究了，因为在外流离日久，南海一带天气又十分炎热，许多大臣连冠戴整齐都无法做到。只有一人例外，那就是陆秀夫。朝会时他总是保持着俨然的姿态，衣冠整洁，手捧朝笏，就像当年在临安一个样。杨太妃坐在帘后，满面愁容，开口说道：

“行在迁往何处，请诸位卿家各抒己见。奴家母子必当择善而从。”杨太妃还不很习惯现在这种垂帘听政的角色，讲话时仍保留着过去当妃子时的习惯，常常在臣下面前自称“奴家”。

“陆上城池甚不易守，除非远去占城（在越南南方），元军一时无法追击，可在彼地暂驻车驾，等待机会再图大举。”说话的是老丞相陈宜中。

占城海路甚远，陆路则中间还夹着个安南，安全较有保障，但情况太不明了，陆秀夫问道：

“谁了解占城的情况？那里的民心如何？”

“老臣情愿先往占城去了解情况，当尽快回报朝廷，再请太妃定夺行止。”又是陈宜中说。

皇太妃准了他的奏。陈宜中带着一伙人走了。试想占城那种化外之地如何能做得行都！陈宜中可能根本是在借机逃遁，总之从此以后再无他的音信。可怜杨太妃还眼巴巴望着他回来复命。张世杰知道不能再等下去了，元军很可能旦夕之间就会来到浅湾。他奏请杨太妃立即启锚往雷州湾进发。杨太妃女流人家，年纪又轻，几曾拿过什么主意！大小事情反正都是张世杰说了算。事不宜迟，张世杰命令三军作好启航准备，第二天清晨出发。

当宋师舰队正要趁着晨曦出港，迎面开来了刘深率领的元军水师。张世杰一看形势，知道这一仗无法回避，便立即下令所有的战斗舰只围成一个圆形，把宫内人员和朝中大臣们乘坐的楼船保护起来，然后鸣炮响鼓，向元军舰队冲去。宋军舰船比元军战舰高大，而且又尽张了帆吃满了风，一路撞过去，竟连续撞翻了几十艘元舰，有的当时就散了架，直沉海底。刘深一看，不敢硬挡，只好命令舰队左右分开，想从侧面夹攻宋舰，但炮火和箭弩又不及宋军强大，只能眼睁睁地看着张世杰带着他的舰队驶向远海。

宋军庞大的舰队总算平安到达了珠江口。在井澳这个地方，风停了，只见元军的舰队不紧不慢地又跟了上来。张世杰命令两宫人员从楼船转移到快艇上，以便迅速离开此地，他自己则率领战斗舰只殿后。形势危急到这种程度，小皇帝赵昰已经吓得六神无主，就在内侍抬扶着走下楼船的时候，一脚踏空，从跳板上跌落进海里。幸好艇上的水军熟识水性，连忙跳下海中把皇帝救起来。赵是吐出了腹中的海水，总算暂时捡回一条命，可从此以后患上了惊悸症，经常不吃不喝，胡言乱语，不时还惊叫两声，眼见得成了一个不折不扣的废人。

张世杰和陆秀夫等一班重臣都在殿后的战舰上指挥海战，顾不上在快艇上的皇帝的病了。

好在此时双方力量对比，宋军占有优势，元军的进攻并无收效。当晚各自收兵，而第二天一早，元军起锚出港，却并不再向严阵以待的宋军挑战，而是扯满风帆，掉头往北方驶去。原来昨晚刘深接到命令，说是李恒、搭出的兵马占据了潮州，军中突发瘟疫，死了好几千人。忽必烈念在南征将士暴露驰驱，劳苦备尝，诏命各路大军一齐班师，待过年之后，再谋克敌。刘深也觉得靠自己的水师还不能消灭张世杰及其所部，便遵旨班师，驶回泉州去了。

张世杰见元军退走，虽然不知情由，有些纳闷，但自然也不会贸然追赶。他命令士卒加速去追赶两宫的快船。到了珠江口，大舰才终于和快艇船队汇合在一起。张世杰在舱内看到了人事不省的赵昰和满脸泪痕的杨太妃，心中酸楚难耐，一时想不出该用什么话来安慰。当杨太妃问他下步打算时，他含着泪答道：

“此处已离硇洲岛不远，硇洲环境优美，地形险要。臣以为，此时宜速速赶往硇洲，让圣上登陆疗养，待圣躬康泰后再作计议。”

杨太妃答了一句：“就依卿所奏。”她从来都是这一句，张世杰的意见就是决定，否则她又还能怎么样呢？多说无用，何况自己也说不出。

位于雷州湾外的硇洲岛，北面与东海岛相邻。为了防备敌人的进攻，张世杰必须坐镇于舰上，以便扼守海口。这样两宫圣驾就不能住到路途较远的城里去，只能在靠近海口处另建一所御营。御营建好了，张世杰和陆秀夫等人就登上御舟，去接两宫圣驾登陆。赵昰已经不能走路了，全靠宫人抱上抱下。群臣见了，无不凄然心痛。雷州湾的冬天比较暖和，加之九个月没有战事，赵昰的病慢慢有些好转。可是一过了年，湿热的春天气候又使他的病情加重，拖到了四月间，眼见得已经朝不保夕、命若悬丝了。这天，赵昰突然显得很清醒，他命人叫来张世杰、陆秀夫两人，问他们道：

“张、陆二卿，朕死之后，宋室的社稷还有望保全吗？”说话间神色庄重，全不像个十一岁的孩子，张、陆二人泪水夺眶而出。

“圣上不必担忧，圣躬当会有康复的一日，万一有不讳之事，卫王昺尚在，社稷无虞。”

赵昰望着他们，轻轻摇了摇头说道：

“卫王年幼，何堪任天下之寄！朕以年幼被立，数年来虽有卿等费尽心力，却未能收尺寸之效。朕心甚愧！故朕死后，不宜再立幼君了。”

陆秀夫心想，这孩子的话逻辑多么清晰，说明他确实聪颖过人，有帝王的资质。可是天不假年，未及冲龄，竟将夭折……他呜咽道：

“臣等世受国恩，只有肝脑涂地、鞠躬尽瘁，卫王天潢帝胄，臣等岂可另奉他君？”

张世杰也在一旁点头附和道：

“圣上不要担心，只要臣等活在世上，就一定会扶保卫王力抗元虏，光复山河。”

赵昰殷切地望了望他们，然后两眼一翻又昏厥过去了。经过一番抢救，他慢慢醒转过来，却不再说话，只是微睁双眼，望着母亲杨太妃。杨太妃赶紧俯下身子，凑近他的脸问道：

“儿啊！你还有什么未了的心事吗？只管说与娘听，为娘好尽力去做。”

但赵昰再没有说一个字，连着昏过去好几回，最后终于永久地闭上了眼睛。皇帝龙驭宾天，虽说在流亡中，也是一件大事。在场的臣工一齐跪倒放声大哭，陆秀夫强忍悲痛，一把拉起嚎啕大哭的张世杰，对他说：

“这不是我们哭的时候，得赶紧安排后事。”

第一是装殓皇帝。蒙尘在外，当然只能因陋就简，礼数虽然不能少，排场却无法讲究，只好草草地将就了。第二便是择立新君。首先是群臣合议。一班大臣大多是心无主见随波逐流的人，跟着两宫逃难至此，无非看在朝廷还能维持给养，过得一时是一时，是出于无可奈何的选择。现在皇帝一死，不少人便想作鸟兽散，告退的告退，辞职的辞职，气得张世杰一时说不出话来。陆秀夫耐心开导大家说：

“古人以一旅之师而成中兴之业者，岂少见乎？越勾践、齐田单，兴灭国，继绝世，且不说他，汉光武起于草野，尚能光复炎汉之天下，诸位不记得了吗？现在我朝百官有司俱在，士卒十万有余，战舰一千余艘，如果不是天意要亡宋，难道我们就不能再图光复吗？”

大臣们虽然觉得他的话有道理，但残酷的现实本身却具有更大的说服力，他们仍只是呆呆地站在那里，不反驳，也不支持。这时张世杰的情绪稳定了一些，一腔怒气终于发泄出来：

“你们既食了宋朝的俸禄，就必须为宋室尽忠。此刻想溜走，和投降也差不了多少！国破家亡，难道有你颐养天年的地方吗？奉立卫王之事，不必再议了。望诸位自尊自重，精忠报国，敢不用命者，罪不容赦，有如此案！”说着他挥动手中之剑，劈掉了书案的一只角。

这一下倒是有效，大臣们诺诺连声，不敢再持异议。于是，张世杰和陆秀夫便进后帐去报告杨太妃：请立卫王为新皇帝。杨太妃却有些不很情愿，一再推辞，总是说卫王年纪太小，于国事无益，请另立长君。这也难怪她，一个年轻寡妇，从来不懂政治，带着两个小孩，受尽颠沛惊吓之苦，夭折了长子，现在又要她献出幼子，她实在不情愿。但此时也由不得她不同意了，国家不可一日无君，眼下除了卫王还能立谁？度宗三子，赵显被俘，赵昰病死，只剩下这个赵昺了。何况陆秀夫说得有理：

"光复国家不在君之长幼，而在天下归心。"

杨太妃总算首肯了。接着便由陆秀夫起草诏书告知天下：奉皇太妃之命立卫王昺为皇帝。群臣就在大帐内行跪拜大礼，分成文武两班，由皇太妃垂帘训政，然后宣布一系列诏命：为赵昰定下裕文昭武愍孝皇帝的谥号，庙号端宗；改元为祥兴元年，升硇洲为龙翔县；命陆秀夫为左丞相；张世杰为少傅、越国公；文天祥为少保、信国公。其余官员也各有升迁。

杨太妃希望有一个较安定的生活环境，便提出：

"嗣君年幼，国事不能拿主意，为了让张少傅能腾出手来主持抗元军事大计，宜早定一个行都，安顿了两宫，便可不再累及少傅兼顾内外了——前番命陈宜中去占城，可有消息？"

"陈宜中这老匹夫不会回来了。"张世杰答道，"先前在临安，他就逃过一次，后来在福安，他又觍颜来归。太妃念其先朝老臣，又委重任。但他本是不忠不义小人，不图报答圣恩，借机再次潜逃。等他无益，当今之计当另择一地。新会县南之崖山，与汤瓶嘴山对峙如门，扼控南海，又有天险可守。高宗时在此设寨，守备至今。此地虽不可定为帝都，但暂驻一时，还是比较安全的，请太妃定夺。"

杨太妃又是照例的一句："就依卿奏。"

宋军舰队马上投入紧张的检修和备航。最难的是粮食的筹集，硇洲地狭粮少，开始从琼州征粮，海道滩浅水急，十分不便，后改为从雷州等地筹粮，又常常受到元军的袭击。好不容易总算把一切准备工作都做得差强人意了，张世杰便指挥着那千多艘战舰、百多只楼船组成的大舰队离开了硇洲朝崖山驶去。

这是 1278 年（至元十五年）六月，他们在硇洲呆了半年。

文天祥在五松岭被俘

宋端宗赵昰病死和赵昺即位的消息是同时传入大都的。忽必烈想，当务之急是把南宋这个小朝廷摧毁掉，不然的话，麻烦总还是少不了的。就因为有了这么一个皇帝还摆在那里，哪怕他只是一个不晓事的八岁幼童，各地的抵抗运动也此起彼伏没完没了。他打算再次派大军南征，为此召开了紧急的御前会议。

大臣中有反对出师的，大学士许衡说：

"南宋新丧国主，此时出师，是为乘人之丧，即使成功，也将为后人讥笑，实属胜之不武。不幸失利，则更是名实两败，殊为不值。"

可是丞相兼枢密副使博罗的意见完全相反：

"南方之平实乃唾手可得之事。蕞尔小朝廷，流亡海陬，兵尽财穷，何堪我大军一击？"

其他的大臣议论纷纷，莫衷一是。元将中去年参加过南征的或以前与张世杰、文天祥打过交道的，大都劝忽必烈"持重行事"，而从南宋投降过来的文臣武将，则大都认为此时出兵万无一失、必操胜券，因为宋军已是灯枯油尽。蒙古人、色目人不急于打，而汉族人则好像不尽快灭了先前的朝廷自己寝食难安似的。尤其是早先南宋的左丞相留梦炎和在福安新降的王积翁，主张进攻最为积极。看到他们的表现，忽必烈一方面觉得像吃下了什么脏东西一样胃里难受，可另一方面又觉得这一切都是因为自己的招降纳叛政策伟大英明。忽必烈有意避免矛盾的表面化，而回过头来问阿合马：

“财政收入还经得起一场战争的开支吗？”

“启禀皇上，南方富庶，可以就地筹集粮饷，陛下尽可放心出师，为臣亲自来督办后勤事务。”阿合马恭顺地答复道。

忽必烈微微点点头，然后把目光落在左丞相伯颜的脸上，他没有开口，也不需要开口，君臣间的默契使伯颜知道该是自己表态的时候了。

“时机已经成熟，此时出师，大功可成！”伯颜的话十分简洁，群臣都知道，这就是忽必烈本人的意见，没有必要再讨论下去了。

忽必烈心里还在思考着刚才朝臣们的态度。许衡的话是十足的迂腐之见，这证明儒家的一套用以牧民则善，用以开国则非误事不可。蒙古、色目将领回避出征是因为地位优越、耽于享乐，而宋之降臣降将态度踊跃是因为他们想以此来证明自己对新朝忠心不二，希望通过战功来博取信任。忽必烈想，此次南征之师这两种人都不能用，而要用久在蒙古军中效力的汉人大将。这种人对赵宋没有感情，和南方也没有任何亲近的人际关系，完全可以放心使用；而另一方面，他们在蒙古军中始终有一种民族自卑感，总想不断用战功来进一步加强自己的地位，对此种人用起来收效必大。究竟用谁呢？勇谋兼备、资历相当而又年富力强者，首推张弘范。

张弘范，是张柔的第九个儿子，是一个在元史中受到很高评价的人物。有人称他为汉奸卖国贼，这话经不起验证。首先，他本人从出生之日起就是蒙古帝国的臣民，其次，他父亲以上的祖辈已经做了金朝顺民一百多年，从来和宋朝没发生过关系。他的父亲张柔在金朝做到了骠骑上将军、中都留守、大兴府尹，在抵抗蒙古人的紫荆口战役中，因坐骑摔倒而被俘。投降蒙古以后，他屡立战功，连夺河北州郡，威震一方，升到了河北东西路都元帅。张柔经营河北确有成绩，招流亡、垦荒莱、通商贩，使这一带经济得到了恢复和发展。后来他被封为顺天万户，成为“世袭汉侯”中势力最强大的一支。忽必烈即位后，张柔因年老“致仕“（退休）。长子弘略继承了万户之职。儿子中最有出息的张弘范一直在军前效命，当年征李璮，他的机智勇敢便深得忽必烈欢心，后来围襄樊、下汉水，直捣江南，更给忽必烈留下了良好的印象。此次南征，忽必烈用他为帅是深思熟虑后作出的决定，是一步极具战略意义的好棋。但是任命下达以后，各方面反映不一，连张弘范本人也很不安，虽然他也是赞成出师的，并且向忽必烈主动提出过建议，但他没有想到会让他挂帅，在接受诏命的时候，他对忽必烈奏道：

“国朝制度，从来没有汉人而典掌蒙古军的。臣汉人，恐乖误节度，错失战机，有辱君命，故请陛下以亲信蒙古大臣与臣同行。”

忽必烈当然理解张弘范这种心情，但正因为这一点，他才定张弘范身上可以调动出积极性，而且这种积极性还会对其他汉族将领产生辐射性影响。所以他决不能同意张弘范这一建议，相反他要摆出更明确更坚定的态度。他用带着深厚感情色彩的回忆来说服张弘范：

“一军二帅，任人不专，有害无益。你还记得当年你父亲和察罕南征的故事么？我军破了安丰，你父亲要留兵镇守此城，可是察罕不肯，全军南下，致使安丰又复被宋军占去。后来大军归路受阻，进退失据，十分被动，你父亲一直为这件事悔恨不已。既然有过这样的历史教训，现在我怎么能让你再有你父亲那种悔恨呢？”

一席话说得张弘范热泪盈眶，激动不已。这时忽必烈又下旨赐给张弘范锦衣、玉带，以壮行色。张弘范跪拜于地，辞谢道：

“奉君命远征，戎马疆场，锦衣、玉带用不上。只求陛下赐给宝剑和铁甲，使臣能仗国家之威灵，对那些不效忠用命之徒，及时进行制裁。”

“说得好！”忽必烈大声地夸赞道，随即下旨赐给张弘范上方宝剑，并且说：

“上方剑，由你执掌，凡属不听命令的，你就可以全权处置，先斩而后奏。”

到了快出发的时候，张弘范提名李恒当自己的副手。李恒是西夏人，不会妨碍他使用手中的全权，而且骁勇善战，是个好助手。他们来到扬州，点起水陆之师各二万，分头南下。上次南征主帅之一的搭出，忽必烈命他留在后方，负责军需供应等后勤事务。

张弘范亲领水军二万，由江入海，向潮州进军。李恒带着二万步军，由江西梅岭到广东。水陆两路准备在潮汕地区合围，聚歼文天祥的部队；其余受张弘范节制的还有吕师夔、阿里海牙、索都、忙古歹等各路大军共约八九万人，他们从不同地区出发，挥戈南下，配合张弘范作战。张弘范的弟弟弘正被授为先锋，领着一万人马在最前面廓清道路。张弘范对他说：

“我派你当先锋，是因为你作战勇敢，并不是徇私情给你优待。军法严厉，我绝不敢以私害公，你要切切小心谨慎。”

张弘正确实没有辜负兄长的信任。一路之上，身先士卒，所向必克。三江寨是南下遇到的第一颗硬钉子，因为寨子据隘乘高，地势险要，部队根本无法靠近。张弘正建议连兵包围，扫清外围，待其势弱，而后强攻。张弘范听了深以为然，便命令部队摆出一副准备长期围攻的姿态。寨子里面对如此强敌，不能不全体保持高度戒备，随时准备作殊死战。旁边的几个小寨因和大寨割断了联系，无所适从，不知所措，被张弘正带兵陆续逐个攻破。三江寨里的人，看到元军在寨外逞威，心里越来越虚，而高度紧张的敌忾又必然不能持久，终于在张弘正的猛烈进攻下，放弃了抵抗。

忽必烈向张弘范下达的主要任务是消灭南宋的小朝廷，而张弘范却先把进攻的矛头指向文天祥。这是他和李恒商量以后作出的决定。忽必烈虽然认为张世杰和文天祥都是最可怕的因而必须铲除的反抗势力，但在他心目中最先关心的还是消灭小皇帝的问题。李恒却不同，他跟文天祥打过交道，知道此人不好对付，不但意志坚强，而且组织能力出众，特别是在福建、江西、广东一带，有一呼百应的影响力。他说：

“大帅，文天祥比张世杰厉害得多，他深知兵法，处事沉稳，又最得民心，所至之处，应者云集，去年好不容易把他从江西赶到广东……”

“此人我早有所闻，只是还未与他照面。”张弘范说道，“你的意思是……”

“如果我们的军队去进击赵昺和张世杰，文天祥从后面袭来，使我们处于被夹击的状态，事情就不好办了。不如集中兵力先打文天祥，张世杰不可能远离两宫来支援他，我们胜算较大。只要灭了文天祥，张世杰就不难克服了。”

张弘范觉得他说得有理，便确定以潮阳为第一打击目标，得手之后再西进直奔崖山。他把自己的决策和进军路线及时上报忽必烈。他相信忽必烈不会怪罪，因为这一切和忽必烈的战略目标并不矛盾，更何况“将在外，君命有所不受”。

文天祥对张弘范大军的到来可说是完全没有思想准备。自去年空坑兵败之后，他率部辗转来到广东。几个月过去了，他从循州发兵，收复了潮州、梅州等地，后来便驻屯在海丰县的丽江浦。他多次派人去寻访朝廷的下落，可是都无结果。到了1278年（至元十五年）的五月里，他才知道赵昰死了，赵昺已经即位为帝。新皇登基，他作为天下兵马大都督，理应去觐见。他接连上了好几道奏章，一道是自劾督师无功，一道是请求为部下授新职，一道是为新近反正的将领请赏。每道奏章都表示了想入朝面君的请求。朝廷的答复是嘉奖文天祥及其部下，所请升赏诸事一概照准，但是不许文天祥入朝。这个态度自然不是来自八岁的赵昺，而是来自手握大权的张世杰，他担心文天祥入朝会打破他独揽朝纲的局面。

文天祥当然很气愤，他写信给陆秀夫进行指责：“天子幼冲，宰相陈宜中遁荒，诏令皆出诸公之口，岂得以游词相拒？”他知道朝中大小事情都是张世杰和陆秀夫两人掌握，所有诏书则更是出自陆秀夫一人笔下。但他的抗议也没有作用。崖山去不了，文天祥极感灰心。可这时又遭受到新的厄运的打击。军中起瘟疫，死亡军士数千人，他的母亲曾老夫人也染病去世。随后不久，他的大儿子道生也病故了。他不可能按“丁忧”返籍的规矩，回家乡为母亲守丧。在军中守灵不到两个月，朝廷就降旨起复原职，要他迅速发兵讨元。文天祥也知道值此国运奄奄一息的时候，如果自己还照旧制守丧三年，那就什么希望也没有了。他安排下人守护母亲的灵柩，自己则全身心地投入了新的战斗行动。

他正准备重新进入江西，到那里去集结力量与敌人周旋，张弘范的舰队便来到了附近，距离他们不过三十里。当时邹沨还说：

“也许是情报有误吧！张弘范奉忽必烈之命去追击两宫，怎么跑到我们这里来了？”

“这定然是他害怕我们从后面袭击，所以率性也出兵来对付我们。”文天祥立即作出了准确的判断，“张弘范亲率的这支部队兵力并不很大，我们将他们牵制在此处，使朝廷免受攻击，倒也不失为可行之计。”

然而就在此时，又传来了李恒占领广州，并向东杀过来的消息。很明显，这是有预谋的行动，两支部队一东一西取夹击之势。文天祥想，这样，力量的对比就根本改变了，如果不马上组织转移，自己的部队有被围歼的危险。但是向哪里转移呢？只有一条路，就是在敌人合围之前，从中路突破，北上沿南来时的老路入江西。这条路线他们是熟悉的，也是比较安全的。

这一天是 1278 年（至元十五年）的十二月二十日。文天祥的部队到达了海丰北面的五坡岭。天色阴晦，风雨交加，山林间雾气重重，能见度极差。文天祥认为张弘范在这种天气里未必能跟踪追来，于是他命令部队就地休息，埋锅造饭。可是他们的饭还没有吃完，张弘正带领的元军悄无声息地已经潜行到他们的眼皮底下了。当邹沨第一个发现敌情时，他还没来得及提枪上马，也没来得及发布任何命令，就被元兵砍倒在地。

文天祥正坐在虎皮椅上思索，忽然，他的坐骑在树下发出了恐惧的嘶鸣，文天祥警觉地抬眼往四下一望，只见周围山坡上已经满布元军，正在向自己的中军冲来。文天祥立即上马组织抵抗，并准备突围。但是敌军越来越多，一层又一层地包围着他们，要想冲出去已没有可能，只能奋力厮杀，作困兽之斗了。

由于双方力量太悬殊，杀了个把时辰后，文天祥的部下不断地牺牲、被俘，已经所剩无几了。这时，文天祥的战马被绊倒，他从马背上滚落到地面，他自知已回天无力，正准备自杀时，十名元兵一齐拥上将他按住，并随即捆送大营。

张弘正俘虏了文天祥，喜不自胜。他和阿里海牙两人一起升帐，准备先领略一番胜利者的滋味。不料，士兵们却先后带上来两个文天祥，两人都是一样地气宇轩昂，直立不跪，而且一样地出言不逊，毫无怯态。张弘正想了一下，却也无可奈何，因为在场的没有人认识文天祥。还是阿里海牙聪明些，他对张弘正说：

“先将两人都押起来，明日送往李恒大帅处，他是见过文天祥的，只要两人中有一个真的就行了。”

李恒听到文天祥被俘的消息，不禁兴奋得大叫起来，连忙叫把两个文天祥都押过来。先进来的那个文天祥不知道李恒见过文天祥，仍然摆出一副丞相的派头，想救真文天祥出险，后进来的文天祥知道李恒认识自己，便不想让冒名顶替的刘子俊无谓牺牲，他开口呵斥道：

“你一介无名小卒，怎么竟敢盗用本都督的名讳，快快与我滚到一边去！”

李恒看到此处，哈哈大笑起来，说道：

“你们这套把戏真让本帅开心。刘子俊，你不认得本帅么？本帅却认得你呢？”

坐在旁边的张弘正，气得跳起来叫道：

“这个刘子俊凶狡刁蛮，要让他不得好死！”

“你是个什么东西！有什么资格对我吼叫！？”刘子俊虽已被戳穿身份，但丝毫也未气馁。

“把刘子俊拖下去剐了。”李恒发出了命令。

文天祥眼见刘子俊为救自己而被处死，不禁为他这种崇高的精神感动得泪水盈眶，但他没有让泪水流出来，因为那样将会被他的敌人看作是软弱的表现。如果可以哭的话，该哭的事情还多着呢？这一仗折损了多少英勇的官兵啊，而且自己带在身边的两个女儿也都死在乱军之中了。从此孑然一身，倒也洒脱，不再系虑于对亲人的责任和情感，殉国一事就轻松多了。他知道自己难免一死，也必须一死。

张弘范并不急于把文天祥送到大都去，他决定带着文天祥跟他一起去进攻崖山，当然文天祥本人并不知道，因为他被拘押在船舱里。当元军舰队经过珠江口的零丁洋时，文天祥见景伤怀，写下了他那首最著名的七律《过零丁洋》：

辛苦遭逢起一经，干戈寥落四周星。
山河破碎风飘絮，身世浮沉雨打萍。
皇恐滩头说皇恐，零丁洋里叹零丁。
人生自古谁无死，留取丹心照汗青。

船队靠近崖山了，张弘范想请文天祥写信招降张世杰。他要李恒去说服文天祥，文天祥的答复是："我自己救不得父母，难道还能劝别人背弃父母吗？"李恒说了许多话，结果当然全是废话。文天祥把《过零丁洋》这首诗交给李恒，要他转给张弘范。张弘范读后赞叹道：

"真是好诗！文丞相是奇男子，令人钦佩。不必再勉强他做违心之事。"

张弘范确实很敬重文天祥。在潮阳时，部下押着文天祥来见他，当时文天祥镇定从容的神色就很令人心折。他亲自给文天祥解了绑，以客礼对待，为他设座，并称赞他的忠义。张弘范是世家子弟出身，受过良好的教育，懂得敬重忠臣孝子。更何况他身为汉人，虽然宋并不是他的母国，但宋人和他同一种族，他从内心深处惋惜文天祥效忠的是这样一个腐朽而气数已尽的朝廷。但是，惟其如此，他才是大大的忠臣。

张世杰护着两宫来到崖山半年了。来到崖山，他首先要办这么几件大事：第一是选择比较安全和便利之处，修筑行宫，安置好太妃和皇帝；第二是寻找一个风水较好之处，安葬端宗的梓宫；第三是建立工场，添造战舰、兵刃和各色器械。第一、二两件都已经顺利完成了。行宫虽然简陋，但还算实用，也在格局上体现了皇家气派。赵昰的墓葬当然不能与其他帝陵相比，但也算很不错了，出殡那天，在仪式上更是一点也不马虎。装载梓宫的那条大船由二十四艘小船围绕着，小船上坐满了内侍和乐工，其后是十六艘大船，载着文武百官，再后面是一百二十艘战舰排成方阵，官员和士兵一律着白色丧服。船队行到墓地所在的山前，由六十四名健卒抬起梓宫登陆上山。吉时一到，在礼炮声中，将梓宫放入墓穴。安葬完毕，再竖起一块石碑，举行祭礼，陆秀夫朗读祭文，赵昺领着众人，一一依次祭拜。有陆秀夫这样一位老夫子在，礼法上是没有打半点折扣的。

第三件事，却还没能干出多少头绪。因为崖山地处海瞰，是偏僻荒蛮之地，要召募民伕和工匠殊为不易。锻钢冶铁，一时也难以形成规模。造船的木材倒是遍山遍野，采伐也极便利，只因缺少工匠，船只的建造就进度极慢，而且质量还达不到要求。就在张世杰专心致志督造船只的时候，文天祥在五坡岭兵败被俘的消息传来了。张世杰赶紧向太妃和皇帝报告。杨太妃当时惊得说不出话来。张世杰接着奏道：

“元虏此番在潮阳得手，定然驱师来攻我崖山，需早作计议，以备不虞。”

杨太妃哪里说得出什么主意，只能应付一句：

“由国公（张世杰已晋封越国公）、陆丞相及朝中大臣商议对策便是。”

朝中除了张国公、陆丞相，这时也没有其他什么像样的大臣，自然说不出什么有分量的意见，就算能说得出，也未必有用。因为权力已经高度集中在张、陆二人手中。

“臣以为两宫需撤出行宫，回驻舟中。张国公守住崖门海口，使元人不得入。如此战能胜，自然是国家之福，若不幸而败，则我舰队犹可西撤，琼州、安南、占城，何处不可往？”这是陆秀夫的意见，他大约事前已和张世杰交换过看法，说出来就基本上是结论了。

“士卒久驻舟中，诸多不便，且容易消磨斗志，天长日久，不免离心离德。故此次元军挟势而来，必须与之决一死战。太妃及圣上请移驻舟中，以确保安全。”张世杰又作了补充。

“就依卿等所奏。”杨太妃还是这一句。她实在不愿意又住回船上去，但当危险迫在眉睫的时候，已经由不得她是否愿意。她只能立即命令管事的太监指挥宫内人众整理行装。数以百计的宫娥彩女和内侍簇拥着太妃和皇帝赵昺的銮舆回到了阔别半年的楼船。

张世杰把两宫送上船，然后回头命令军士放火烧毁行宫。这行宫本来就是木建筑，火燃之后不过片刻工夫，便已是烈焰腾空，浓烟滚滚，一幢接一幢地坍塌下来，两个时辰不到，行宫所在便只剩下一堆灰烬，几缕青烟。

宋室君臣从船上看到远处那一片熊熊火海，心头不能不涌起一股难以言喻的苦涩和凄怆。从临安，到温州，到福州，到潮州浅湾，到雷州硇洲，最后到崖山，这一路真个是惶惶如丧家之犬。眼前这一把火似乎是一个总结：不是在这场烈火中重生，就是在这场烈火中灭亡。当张世杰将将士全部撤上战舰后来向太妃和皇帝汇报时，有些大臣还是不禁问道：

“国公烧毁行宫，其用意何在？”

“留之何益？”张士杰答道，“此次决战，如能取胜，当就此向北反攻，以中国之大，何愁没有驻地！如果失败，难道还能在此地安身么？而且烧掉行宫，可以激励将士的必死之心，无此决心，则无法与元虏进行决战！”

原来国公持的是“置之死地而后生”的策略，所有的人也就都不再提出疑问了。

张世杰随即下令，所有战舰一律开到海湾当中重新结阵。他的构想是若战舰各自为战，威力太小，只有连成一体，方能制胜。他命令一百只舰为一排，十排结成一阵，战舰之间用铁链固锁，不容有半点摇晃活动。舰阵四面搭起楼棚，如城堞一般以便防守。太妃、皇帝和文臣们住在最中间。阵外另有两百只巡舰在周围游动，一百多艘战舰则守住海口。崖山的海口特别狭窄，被称为崖门的地方与对面的汤瓶嘴山相距不过三丈，潮流湍急，舰只停不住，这一百多艘舰只能停在两旁的山脚下。

张世杰想到了舰阵连环要防火攻，他命令舰只对外一面全部涂上海泥。总之，一切他可能做到的准备，他全都做到了。

南宋小朝廷的覆灭

张弘范率领的舰队停靠在崖山海口以外。因为不明海口以内的底细，张弘范命令兄弟弘正带了几十只小舰只去作试探性攻击。这批舰只进得海口便无消息，原来他们刚进去就被停泊在山后面的宋军舰只俘获了。元军的船小，单个作战，斗不过宋军的大舰，但还是有几只小船奋力拼杀，躲过了被俘的噩运，得以逃出海口。张弘正总算命大，全身而退，好不容易逃回大帐，向张弘范报告敌情。张弘范思索了许久，终于得了一条破敌之策——当晚三更涨潮的时候，他让舰队乘着潮势，鱼贯尾随，冲进海口。

当在海口内山脚停泊的宋军战舰迎上来时，顺潮而进的元军舰队已形成了一定规模。而且，宋军是逆潮而战，不免先带一点劣势，应战之间，元军从海口冲入的舰只便越来越多，终于形成了数量上的优势，宋军那一百多条战舰竟陷入了包围之中。杀了半夜，宋军终于抵挡不住，百多条船，全数被元军掳去。张世杰从自己“舰阵”的楼棚中，只看见远处混乱的厮杀场面在火光中或隐或现，想派舰只去支援，却又因为舰船之间的锁链绑得太紧而无法解开。一直到了天色放明，他才知道了战斗的结局，无奈地接受了海口已被元军占据的严峻形势。

张弘范第一个回合已经得胜，便再接再厉，向张世杰的“舰阵”发起攻击。但这个“舰阵”在防御方面果然极有威力，元军的小舰只往往还没有来得及靠近就被密集的炮石和箭矢压得抬不起头而终于退下来。张弘范损失了上千兵卒而一无所获。双方的战斗进入了一种相持状态。但拘押在张弘范船上的文天祥观察形势却预感到了宋军将面临的危机，他看到张世杰战术指导思想的谬误。他知道当此之时，纯粹的防御战观念绝对有害无益，不能主动出击，也不能主动转移，只等着被动挨打，纵或一时不败，但断不能维持长久。越拖下去，情况就会越糟。

果然，张弘范又想出了新点子。他一方面采取围而不打的办法，虽然不断做出进攻的姿态，但却并不大举进攻，只是让宋军不间断地处于高度紧张的状态；另外一方面，他派李恒率兵扼守于崖山北面，不让宋军往那边去取水，张弘范自己则守住海口，断了宋军的粮道，也断了宋军舟师奔往他处的去路。

崖山北面有几条溪流自大陆由此入海。张世杰的全军上下饮用的淡水都是从这些小河的河口取得。自从李恒封锁了北面的水道，守军中很快就引起了恐慌。一二十万人，靠船舱中贮备的淡水是维持不了几天的。五六天之后，士卒们造饭的米也没有了，便只能吃干粮，喝海水。但海水又咸又涩，越喝越渴，喝多了就会上吐下泻。虽然张世杰自己与士卒同甘苦，全军上下并无怨言，但人却是血肉之躯，经不起如此这般的煎熬，大多数的兵士被折磨得急剧消瘦，丧失了战斗力。

这时李恒提出用炮攻宋军，因为他认为宋军已是一群待宰杀的毫无反抗能力的疲弱之师，一顿炮火就能歼灭。可是张弘范不同意，他说：

“炮火猛攻，其’舰阵’必散，千余舰只，浮海散去，我军如何追赶？！不如稳住他们，再等一段时间，然后发起总攻，将他们全体歼灭。皇上一再交代，务必翦灭赵宋朝廷，如果让他们乘乱逃往他处，我们怎样向圣上复命？”

“大帅说得好！”李恒接着说，“但也不能等得太久，他们粮断水绝，自度无望，也许就会铤而走险，如果他们拆散‘舰阵’，则可以利用潮水的涨落而冲出海口，那样我军未必堵得住。到了大海之上，即使我们兵力再多，也难以为力了。”

张世杰的外甥韩福在张弘范军中任万户府经历之职。张弘范连续三次派他乘小船去宋营劝他的舅舅投降。张世杰是河北人，祖辈以来本是金朝的臣民，蒙古伐金时，他逃亡到南方，谁料想竟成了宋室倾危时的擎天立柱。他的亲属大都留在北方，金亡入元，又归顺了新的异族皇帝。这种时隔数十年、地隔数千里的甥舅重逢自然是很富感情色彩的，可惜双方各为其主，已经处在敌对的政治立场。韩福来了三次，带着张弘范的亲笔招降信，可是张世杰却说：

“我知道只要投降了，就能保全性命并且享受富贵，但我为主上而死的决心，已无可更改。”

每次都是这两句话，还要加上一段关于历代尽忠死节之臣的故事，这大约是为表明心迹增强信念，而并不是以此教育韩福，因为他并不指责韩福，他视韩福为另一国家的使者，为了忠于那个国家，来劝降也是履行臣民的职责。

张弘范一面遣人招降，一面又允许崖山的百姓每日向宋军舰队送一次淡水。双方对峙的形势相对平静。可怜张世杰竟然对张弘范的表面平静下的积极备战毫无感觉，他只是消极地等待着，也不知道是在等待决战还是在等待毁灭，如果是等待决战，他为什么不提前主动发起进攻呢？拖延一天，他的困境就加重一分，这是明摆着的事实。但他就这样毫无作为毫无希望地等待了二十多天，这个错误的战略决策为朝廷和他个人的命运种下了祸因。

在发起总攻的前一天，张弘范召集将领们开会，将兵力重新作了部署：李恒还是居于崖山北面；阿里海牙和吕师夔的部队则居于东面；西面是索都和忙古歹，张弘范自己领中军镇守南面。各支部队，相隔不过里多路。张弘范交代道：

“宋军东面靠近山崖，潮退的时候，一定会随潮水南移，这时我在南面之军马上要发起进攻，西北面部队需等待我音乐声起，再行出战。”这些天，张弘范每逢开饭时便奏乐，实际的目的是使宋军听成习惯而不会注意到这乐声便是他调动部队发起进攻的信号。

“宋军西南面都是大舰，统带官叫左大，是极其骁勇之人，让我自己来对付他。”张弘范接着布置道，“利用宋营的特点，各军要充分发挥炮火的作用。”

炮火，从前在海战中并未使用，因为舰只目标小，不易命中，火药昂贵，散落海中，岂不可惜？而这次张世杰连舟为阵，舰只结成一体，人员又密集，元军正好让炮火发挥作用。

第二天，上午退潮时，宋军舟师果然随落潮南移。张弘范指挥南面元军作出攻击的姿态，宋军“舰阵”上的兵力随之往南面集中，这时元军中忽然响起了音乐之声。宋军正纳闷，怎么这么早就开午饭了呢？北面的李恒听到乐声，立即下令顺潮流直冲宋舰。张世杰指挥他的淮勇奋力抵抗。两军互射的矢石密如雨点，遮空蔽日。当双方距离靠近时，元军开始向宋舰发射火炮，被炮火击中的宋舰立刻燃烧起来，虽然宋军灭火及时，但伤亡仍然不小。

中午时分，潮水上涨，南面的元军顺着向北的涨潮直扑过来，宋舰立即陷入腹背受敌的危境，好在此时李恒的北面军已处在逆潮中，攻势稍减。张弘范命令用布障将船的外部包围起来，将士持盾牌藏在后面，又命乐工奏乐。宋军以为这回该是元军开午饭了，于是稍稍放松了斗志，也准备就餐。谁知只一会儿功夫，张弘范的船队便靠近了宋军“舰阵”的西南面。守将左大忙下令放箭，片刻间，布障上便满是箭簇，连桅索都被射成一只刺猬一般。张弘范估计对方的箭矢大概已经用尽，便命令撤除布障，藏在后面的持盾将士纷纷跃出，矢石齐发。宋军猝不及防，往后退去，元军的舰只随即靠了上来，元军将士陆续跳上宋舰，与宋军展开了刀枪肉搏战。宋军先是被元军的来势所震慑，一下子就被夺去七八条大舰。但很快他们也意识到，海上决战，无路可退，更无路可逃，除了死拚硬打，没有其他求生之道，于是便重新鼓起勇气迎敌。元军是志在必得，宋军是死而后生，这一场大仗的残酷也就可以想见了。从巳时杀到申时，呼喊声、兵器声、炮火声响成一片，舰桥上、甲板上，到处是枕藉重叠的尸体，落海的也不计其数，有的已经死去，有的还在挣扎……

宋军将士这些天已经被上呕下泄折磨得不轻，战斗力大不如前，再加上元军一批又一批不断地跳上舰来，眼看就要支持不下去了。张世杰忙从其他各面抽调兵力到南面来抵挡。可这时，元军的东西两支大军也一齐围逼上来。形势的险恶似乎更激励了宋军的斗志，人人奋勇，拼死向前，不少的将士还主动跳到元军的舰上去厮杀。双方的血战处于一种胶着相持的状态。

这肯定是中国有史以来规模最大的一次海战，在世界史上也应说是空前的。这是 1279 年的春天，欧洲的那些海上强国都还未曾崛起，而距此时千多年前的希腊与波斯、罗马与埃及之间的大海战，双方动员的兵力都远远不及发生在崖山的这一场恶战。

当战斗还在激烈进行时，海上起了风暴。这场风暴来得又急又猛，开始是对元军不利，一连几艘战船都被掀翻。可是随后宋军就碰上了更可怕的险情。一阵强风过后，宋军一条大舰的桅樯发出一声“喀喇喇”的巨响，齐根折断，这桅樯断倒之后，船体失去重心，尾部下沉，船头上翘，眼看就要沉入海中。由于宋军的舰只是捆绑在一起的，这将要沉没的大舰必然带动旁边的舰只向一旁倾侧，一艘带一艘，一下子就有十多艘大舰失去平衡，将要一起沉向海底。张世杰情急无奈，只好命令士卒赶紧砍断铁链，让舰只各自散开，不致一同覆没。这个紧急情况彻底打击了宋军的斗志，抵抗的英勇激烈程度大大地降低了，一艘又一艘的船只被元军俘获。张世杰一看这情况，担心两宫的安全出问题，赶紧又抽出一部分精兵往中军集结。这么一来，更是触发了宋军的溃败。

这时候，天色已近傍晚，元军利用宋军的败落大肆进行招降活动，他们叫道：

“你们的张国公死了，赶快投降吧！”

失去了斗志的宋军果然有不少人放下武器投降元军，其中有高级将领翟国秀、凌震等人。

天色昏黑得不辨形影了，战斗慢慢停止下来。张世杰此时决定带着小皇帝赵昺突围，西去占城，再图发展。他派人先乘小船往赵昺船上通知，要他们作好随他突围的准备。他打算到了夜半时分再开始行动。

陆秀夫和赵昺在中军的一艘大楼船上，这艘楼船也和别的许多船锁结在一起。陆秀夫想，奉帝昺突围，这种大船肯定是不行的，别说连环结解不开，就算解开了，楼船的目标太大，又笨重，没有护卫舰队根本不能在海上行驶。如果转上张世杰预备的小船，条件艰苦不说，安全也太无保障。遇着心怀叵测的小人，随时都可能被出卖，送去元营请赏。陆秀夫想来想去，越来越清楚地意识到了目前处境的可怕，绝望的凄凉使他的心冷下来，并且由冷变硬。他果断地疆身走进内舱，对着赵昺刚要说话，可是看到那张小脸上期盼的神色和一双清澈的大眼睛里疑惑的亮光，他的嘴又闭上了。

“丞相，是否今日还要上课？”赵昺问道。

陆秀夫摇摇头，泪水已经积满眼眶，他哽咽着说不出话。赵昺还是一个不满九岁的孩子，聪明好学，这段日子以来，陆秀夫正在给他讲《大学》，每天一节，他接受很快，体会也很深。前两天，讲到第十章第四节的“有德此有人，有人此有土，有土此有财，有财此有用”时，他竟然抬起头望着陆秀夫问道：

“丞相，朕如果能遵行圣贤的修德之道，那么朕便能光复我大宋的百姓和土地么？”

“陛下说得对。”陆秀夫称赞道，“陛下如此年幼，便有宏远的志向，此诚我朝廷百姓之福也。”

赵昺对自己的老师陆秀夫是十分恭敬的，叫干什么就干什么，从不要“小皇帝”脾气。可是他不幸生在帝王家，哪怕你再小、再聪明可爱，你也必须为国家社稷的存亡承担后果。想到此处，陆秀夫心肠一硬，跪倒在地启奏道：

“国事到了这步田地，陛下应当为国而死！德祐皇帝（在临安投降的赵显）被元军掳去，辱国已甚，今陛下决不可再遭凌辱。”

说毕，他跪下来，要赵昺爬到他背上。赵昺乖乖地照办了，他似乎已经明白陆秀夫想干什么，也似乎理解了此时此刻自己必须有勇气维护天子的尊严，他没有叫嚷，没有挣扎，安静地匍匐在陆秀夫的后背。陆秀夫也没有再说一句话，只是噙着眼泪，一步一步走向船舷，肩头这个可怜的孩子不仅是他的学生、他的皇上，而且是他的理念和希望，他要永远厮守着他。陆秀夫翻过船舷，纵身跃入漆一样黑的大海。

张世杰没有看到派去的人回来，放心不下，担心元兵会直接向中军发起攻击，便亲自赶到皇上所在的楼船上，只见甲板上乱成一团，完全失去了平日“宫禁”的森严与庄重。他大声问道：

“你们这是怎么啦？皇上呢？皇上在哪儿？”

几个内侍听见他的声音，一齐奔过来哭着说：

“国公爷，陆丞相见我军已然溃败，担心皇上被俘受辱，背着皇上一同跳海啦！”

张世杰像猛然遭到雷击一般，一时失去了反应能力，过了一小会，才觉得嘴里一股腥味，张开口，鲜血便直喷出来。旁边的将领方兴等人赶紧扶他坐下。张世杰用嘶哑的嗓音哭喊道：

“天啊，天啊！你为何要将我大宋的军民如此赶尽杀绝？不公平啊，不公平啊！……”

“太妃那边不知情势如何，我们该赶过去看看。”方兴怕张世杰伤心过度，便提醒他意识到自己肩头还担着未了的责任。

张世杰站起来，正要去中军后阵太妃那边时，便见苏刘义、张达等人护着太妃乘船转往这边来了。

“皇上在哪里？”杨太妃看到这边船上的情形，心知有异，迫不及待地问皇上的下落。

“陆丞相见形势危急，负着圣驾投海自尽了。”张世杰说完这两句，已经抽噎得无法再说下去。

杨太妃立即嚎啕大哭起来。这个可怜的女人早有不祥的预感，“今朝都到眼前来”了。自从1276年（至元十三年）二月间逃离临安，到现在1279年（至元十六年二月）正好三年。在这三年里，她虽说是

“垂帘听政”的太妃，可一直在颠沛流离中担惊受怕。她的两个未成人的孩子先后被立为皇帝，不到一年时间，两个儿子都死了，一个十一岁，一个九岁。做母亲的心头那份惨痛别人是无法完全了解的。她哭了一阵，慢慢停下来，理理鬓发，整整衣襟，然后以平静的口气说道：

“三年来，我忍受了无数艰难苦楚，能支撑到今天，就是为了赵氏的一块肉啊！存大统、续香烟……可现在，什么希望也没有了……”

话似乎也没说完，她趁着周围的人没有防备，扑向船舷，一头扎进了大海。

皇帝和太妃都投海殉国了，后宫的内侍和宫嫔们自然也看不到生存的希望了，很大一批人都跟着投海自尽。张世杰当时和诸将商量，觉得手中还有数千强卒、百余艘战船，应该奋力突围，去到别处，再立赵氏子孙，另图大举。他们趁着昏黑的夜色，顺着退潮的流向，向海口冲出。堵住去路的元军舰队是由两名南宋的降将——陈懿和张全率领的。两宫新丧，宋军将士的心头都沉浸在悲痛之中，迎头撞上这两个卖国求荣的叛贼，悲痛的情绪立即转化为刻骨的仇恨。特别是张全，当年益王、卫王从临安出走，就是由他护送，一路上偷奸耍滑，贪生怕死，好几次让二王和太妃陷于险境，到后来，他索性投降了元朝。张世杰见到他，眼睛里只差没冒出火来，他搭弓在手，瞄个正中，弓弦响处，张全应声倒地。那边杨亮节也是一箭结果了陈懿。两员主将一齐毙命，元军顿时大乱。张世杰率领舰队从混乱中冲出海口，到了海上，重新集结，扬帆往西方逃去。因为夜色昏黑，张弘范也未再派人追赶。

崖山这一场大战，消灭了南宋最后的军事实力，宣告了宋室君臣中兴之梦的彻底破灭。皇帝和太妃死了，阵亡的将士总在十余万之数。过了几天，尸体陆续浮出水面，海湾里触目皆是，惨不忍睹。崖山的百姓发现了杨太妃的尸首，赶紧打捞起来，葬在海滨的山坡上。

至于其他的尸体是无法处理的，数目太大，崖山百姓无此能力，只能等待海中的鱼和天上的鸟来逐渐把它打扫干净，最终实现生物链的循环。元军士卒有爱财的，乘小船在那些尸体间转来转去，只要发现了貌似将领官吏的，就过去搜索财物。有一天，他们中某人发现了一具小尸首，是一个皮肤白皙的男孩，身上穿着明黄色的衣服。特别引人注意的是他身上还带着皇帝签署诏书时用的印。张弘范听说这个情况，赶紧来到海边验看，但尸首已经失踪。很明显，这是崖山百姓出于对故国旧主的尊重和哀悼，及早把他埋葬了。张弘范根据这些情况，就在给忽必烈的奏表中对赵昺作了溺死的结论。他知道忽必烈是很关注这件事的。

文天祥可说是自始至终目睹了这场战役，双方用兵的得失都在他的观察之中。如果前期张世杰的态度更积极更主动一些，不是消极防御，而是诱敌入海口围歼，或者把战场拖到外海，邀击或分割敌人再各个击破，也许都有胜算的机会。舟舰连环结阵肯定是败笔，它锁住了自己的手脚，却给敌人提供了实行有效打击的目标，带来了作战、运动、补给等一系列问题上的被动，十多万弟兄就这样一次性地被消灭了。文天祥看到那“流尸漂血洋水浑”的景象，难过得流下热泪。天色将暮之时，战局已见分晓，文天祥也想跳海一死，但身边的元兵看得很紧，把他押进船舱。他只能在黑暗中反复咀嚼着痛苦和忧愤，酝酿出生动、真实而感人至深的诗篇。对这场海战，他用诗表述了自己的感受，其中有这样的句子：

……

楼船千艘下天角，两雄相遭争奋搏，

古来何代无战争，未有锋猬交沧溟

一朝天昏风雨急，炮火雷飞箭星落。
谁雌谁雄顷刻分，流尸漂血洋水浑。
……
六龙杳霭知何处，大海茫茫隔烟雾，
我欲借剑斩佞臣，黄金横带为何人？

文天祥虽然是状元宰相出身，但并不擅长写诗。后来的学者一般都认为，他在元军渡江以前的诗作多属矫揉做作的无病呻吟，但自从投身抗元斗争，诗风彻底改变，作品全是“从血管里喷涌出来的生命之歌”，特别是被俘以后，诗风更见深沉浑厚，不少篇章成为传世佳品，以上所引的诗句也可算是其中部分。

张世杰带着突围脱险的那几千人，开始想去占城，可是占城一带的地方豪强根本不愿接纳他们，因为土豪们想维持一方的平静，不想给元朝以任何南侵的口实。没办法，张世杰率众又驶回广东。船过南恩路（今广东恩平县南）的海陵岛附近时，遇上了飓风，海水卷起丈余高的巨浪不断地向船队扑过来，苏刘义劝张世杰暂时靠岸停泊，可是张世杰不同意，他说：

“这风浪还不算大，我们应及早赶到广州去。”张世杰的计划是趁元军北撤之机袭取广州。

船队继续往东边走，风浪越来越大，甲板上根本站不住人，躲进船舱也被浪涛颠簸得跌跌撞撞。将士们都经受不住了，有人又提出来上岸避风，张世杰还是不同意。他说：

“如果天意阻止我们前进，那么我们弃舟上岸又有什么意义呢？”

这些船只许多是临时打造的，质量本就存在些问题，加上在海上已经航行了这么久，水和风的蚀耗更是相当严重，在超强飓风的打击下，只听见不时传来樯倾楫摧之声，有的甚至整个船体散了架。一艘、两艘，接二连三一共十多艘战舰被风浪掀翻，沉入了海底。张世杰心里在思索、在流血。难道这就是天命？大宋一定要灭亡，任何人想挽救它都是逆天行事，一切努力都是白费？三年来，自己历尽艰辛，维护了赵宋朝廷，保存了一支军事力量，结果却是一日之间土崩瓦解、溃不成军，现在连我身边的一点劫后之余都要彻底被毁掉，不给它以重新发芽的机会……这到底是为什么？为什么？

张世杰当然得不到答案。他决定走上舵楼去和肆行暴虐的老天爷直接对话，问个清楚明白。他命人点燃了一炷香，自己简单地整理衣冠后，走上舵楼，持香向天祷告：

“我张世杰为了赵氏江山，自问是尽了全部力量，一切该做的、能做的，可说我全部都做到了。立了一个皇帝，死了；我又立了一个，现在又死了。我没有死，为什么？因为我想什么时候，敌军稍退，我就再立一个赵氏子孙做皇帝。如今，我军飘泊无定所，我本想带领他们到广南去积聚力量，再图大举，可是眼前的这场风暴，好像是要阻止我继续努力于我一生不渝的事业。如果老天有怜我大宋臣民之意，请立即停了风暴，让我们前进；如果老天有意亡宋，那就请让风暴更激烈一些吧，我也不愿意再回到陆上苟且偷生……”

他的祷词还未完，一个巨浪迎面扑来，把他推向了舵楼的一边，手中的香也被浪卷走了。他踉跄了几步，正想重新站稳，突然又一个巨浪以排山倒海之势压了过来。待这个浪头退下去时，舵楼里寂然无声，空空荡荡，张世杰已经了无踪影——他被无情的浪涛吞噬了。

这支舰队大部分船只都毁于这次风暴，活着的人，后来不是投降了元军，就是当了海盗。

Kublai Khan

忽必烈

以谏为铭
以武服疆

（下）

雷池月 著

SPM 南方传媒 | 广东人民出版社
·广州·

图书在版编目（CIP）数据

以谏为铭，以武服疆：忽必烈 / 雷池月著．—广州：广东人民出版社，2024.1

ISBN 978-7-218-16431-1

Ⅰ．①以…　Ⅱ．①雷…　Ⅲ．①长篇历史小说—中国—当代　Ⅳ．I247.5

中国版本图书馆 CIP 数据核字（2022）第 257222 号

YIJIANWEIMING, YIWUFUJIANG: HUBILIE

以谏为铭，以武服疆：忽必烈

雷池月　著

出 版 人：肖风华

责任编辑：马妮璐
责任技编：吴彦斌　周星奎
装帧设计：VIOLET

出版发行：广东人民出版社
地　　址：广东省广州市越秀区大沙头四马路 10 号（邮政编码：510199）
电　　话：（020）85716809（总编室）
传　　真：（020）83289585
网　　址：http://www.gdpph.com
印　　刷：三河市中晟雅豪印务有限公司
开　　本：710mm×1000mm　1/16
印　　张：38　　**字　　数**：456 千
版　　次：2024 年 1 月第 1 版
印　　次：2024 年 1 月第 1 次印刷
定　　价：99.00 元（全二册）

如发现印装质量问题，影响阅读，请与出版社（020-85716849）联系调换。
售书热线：（020）87716172

卷——肆

Volume 4

做超越古今的第一雄主

色目人中坏人多，人才也多

崖山大捷的战报很快就传到了大都。忽必烈对于张弘范这么快就彻底解决了南宋问题欣慰之至：从此世界上没有什么宋国了，从漠北到海南，朕已是中华大地上的惟一君主。儒家说的“普天之下，莫非王土；率土之滨，莫非王臣”，不就正是朕今日大元帝国的真实写照吗？张弘范真是好样的，南宋的二十万大军，旬日之间，被他摧枯拉朽，悉数歼灭，而且尤为难得的是他还能相机行事，先下潮阳，一举生俘了文天祥。像这样精于韬略而又通达权变的帅才，史书上真的还不多见。不过，他今日能建此非常之功，归根结底，还是由于朕的决策英明、用人得当。当时，如果不是朕下令南征，不是朕力排众议以弘范为帅并授以全权，这一切便都不可能发生。以朕这样的英明神武，如何不成为“君临天下、德被四方”的一代圣主！一些大臣们在祝捷时总是说些什么“天命所归”“洪福齐天”之类的套话，他们就不知道“有其人乃有其时”，是因为朕的德识过人，才会有“天命”的佑护。想到这些，忽必烈露出了由衷的自信的微笑。

对于帝昺的蹈海而死，忽必烈有点遗憾。他原来所设想的是生俘赵昺，由自己来赦了他的逆天犯上之罪，再封个什么“公”“侯”之类的虚名，把他像鸟儿一样养起来。这样史书上就会称赞朕的“深仁厚泽”，朕也就更无愧为超拔古今的第一雄主！是的，朕就是“第一”，历史上没有任何一位中国皇帝拥有像朕一样广大的疆土，汉武帝、唐太宗，又怎么样，比起朕来，差远了。

而且，还有一个“第一”。在赵宋的帝统被彻底打断之后，朕就是第一个非汉族出身而统治全中国的皇帝。晋朝的南迁造成了长期国家分裂的局面，从那时起，北方的许多民族都有了做皇帝的机会，但那都是些偏居一隅的小朝廷，最大的格局，如北魏、辽、金等，也只统治了半个中国。汉族人是最讲究正统观念的，只要还有一个汉族朝廷存在，“正统”就归属于它，哪怕它小得不成比例。非汉族人而占据了“正统”的只有李存勖的后唐和石敬瑭的后晋，并且也都只有短短的十来年，而所管辖的地区尚不及朕的中书省直辖地大。朕今日的疆土，固然是前无古人，而朕在历史上的“正统”地位，又有谁还能提出质疑呢？

忽必烈开心极了，他决心当好这“第一个”，让历史永远记载下自己的丰功伟绩。但是有些人总是想在皇帝面前证明自己的器识深远，虽然他们并无坏的用心，但还是令忽必烈不快。

比如对阿合马的使用和评价，这些年来，一些汉儒大臣们不止一次地参劾阿合马，说他“专事刻削，敛聚无度，贪横苛酷”等等。这些书生完全不理解朕何以要重用阿合马。阿合马能为朕的国库筹到钱，你们这些人谁做得到？朕今日南征，昨日北伐，难道没有钱粮能兴师么？阿合马理财有方，这就是他最大的优点，朕就不能不用他。至于他有这样那样的缺点毛病，并不奇怪，他就是个生意人出身嘛！

这种人，不过是朕的一条狗，能狩猎时，就让他参加狩猎，跑不动了，随便怎么处置都行。

但是有些事也不能完全放任他去做。江南行省左丞崔斌日前觐见时提到阿合马大植党羽、任用私人的情况就引起了忽必烈的注意。崔斌是忽必烈旧时的老部属，当然信得过。

“江南各省抚治情况如何？”忽必烈问崔斌。

“治安之道在得人，今所用多非其人。”崔斌先不正面回答问题，而是摆出一个结论来，然后接着说道，“江南的官吏多而且滥，许多是走权门请托的路子当的官。阿合马溺于私爱，大儿子侯赛因当了大都路达鲁花赤，又让二儿子抹速忽当了杭州路达鲁花赤。阿合马早先曾故作姿态，报请免去其家人子弟的职务。可是实际情况却是，他自己在朝中任平章政事，他的儿子、侄子或当参政、或当尚书，或掌领将作监（统管基建及各种手工业生产的机关）及会同馆（接待贵宾的机构）这样一些肥缺。一门上下，悉处要津，有亏公道，且后果堪虞。”

阿合马任人唯私的作法，当年丞相安童就提出来过。那时忽必烈见他生财有道刚开始把大权付托给他，因此他的答辩是有恃无恐的：

“事无大小，皆委之臣，所用之人，臣宜自择。”

忽必烈为了表示对阿合马工作的支持，尽管对他这种说法不满意，但却默认了、接受了。现在看来，阿合马的这种作风又有了新的发展。崔斌反映的情况想必都是确实的，忽必烈向吏部查询之后，便下诏将阿合马的亲属所担任的要职一律免去。他要让他明白，什么“所用之人，臣宜自择”这种说法和做法都是荒谬的、不容许的。但对于阿合马本人，忽必烈还是不愿意进行查处，他还需要这样的“理财高手”。

紧接着，淮西宣慰使昂吉尔入朝觐见，也反映了冗官太多、以致办事效率低下、误国害民的情况。昂吉尔还分析了原因：冗官主要集中在阿合马设立的一些管理经济的机构和部门。如江西设榷茶运司（专营茶叶贸易），还有什么诸路转运盐使司（管官盐专销）、宣课提举司（国税部门）等，光一个宣课司就有官员五百多人。昂吉尔所说当然不无道理，但有些事情，不设机构，不派人，谁来办呢？阿合马要加强对财政的管理，广辟财源，设几个机构，派点人也还是必要的。于是，忽必烈作了一个折衷的处理。他宣布将榷茶、营田（农垦）司划归本道宣慰司管理，漕运司则归行省。这样把一部分机构和官员划到地方上去，也可算是精简了吧！为了怕臣民们误会阿合马因失宠而连续受到打击，忽必烈还特地向昂吉尔表明了自己对阿合马的评价：

“当宰相的人，要明天道、察地理、尽人事，这三个方面都具备，才能算得上称职。所以，宰相的人才是很难得到的。回回人当中，阿里海牙、麦术丁等，都还不够条件，只有一个阿合马，有当宰相的才干。至于南人，像吕文焕、范文虎率众来归，或者可以授以相位。”

忽必烈讲这番话的意思很明白，就是要让人们知道他是信任和倚重阿合马的。阿合马对这一点当然更是心领神会，一切事情，该怎么办，就怎么办，一如往昔。正好当时忽必烈有意加强南方行省的领导力量，便派崔斌到扬州去任行省丞相，可是阿合马恨崔斌，不想让他去扬州生事，找个藉口把这项任命撤销了。

过了几个月，被崔斌参倒的阿合马之子侯赛因和阿萨尔等人，又官复原职。提出此动议的是中书省参知政事张惠，阿合马的死党之一。张惠后来又请求恢复阿合马的另一个儿子抹速忽和侄儿巴图鲁丁的职位。但忽必烈却没有同意。不偏听偏信于某一方，保持一种平衡，他坚信是做圣明君主的必备之条件。

汉儒大臣们对皇上庇护阿合马的作法深感不满，但他们一时又找不到抵制和铲除阿合马的办法，只能把希望寄托在太子真金身上。忽必烈此时已经是六十多岁的老人，身体虽好，但只要太子分得清正邪是非，则这个希望的实现总不会为期太远的。太子自小接受的是汉儒教育，满脑子孔孟之道，自然对阿合马的行为是十分厌憎的，何况还有师傅大臣们的影响和熏陶。如廉希宪，他就不愿入朝与阿合马共事，一直称病在家。皇上越是催他"上朝理事"，他越是"病"得厉害。太子真金遣内侍去探病，当征询对治理国家的意见时，廉希宪就作了明确而尖锐的答复：

"君临天下之道，首在用人。用君子则治，用小人则乱。臣之病虽剧，但能否好转只能听天命，自己急也无用，臣最忧虑的是朝廷中大奸专政，一群小人跟随其后，为所欲为，残民害国，这才真是大病！希望殿下能注意并重视这件事，尽快设法屏除奸恶，不然的话，病情不断加重，直到有一天会无药可医。"

太子对这番话当然十分重视，但他还必须等待机会才能着手"除奸"，因为直到此刻，他还并没有取得干预政事的权力。有关"皇储预政"的事，臣下们是不便多发表意见的，要避嫌。这年（1279年）冬天，宫里作醮事，祈求上天赐福。主持其事的道士五祖真人李居寿颇受忽必烈器重，他终于找到了一个进言的机会。

"皇太子春秋鼎盛，应该让他参预国政。"李居寿借讲解君王积福之道提了这么一句，他想看看忽必烈的反应再说下面的话。

"很快就会有安排的。"忽必烈爽快地表了态，不需要李居寿再作进一步的宣传了。

第二天，忽必烈就在诏书里宣布：

“皇太子燕王参决朝政，凡中书省、枢密院、御史台及百司之事，皆先启后闻。”

一切政务都要先通过皇太子然后再上报皇帝，这一下，皇太子便处在了百官以上的位置。阿合马和皇太子之间的矛盾因此就越来越深，也越来越表面化，最终酿成了后来一系列重大的政治事件。

这年四月，帝师八思巴病死，忽必烈赐号为“皇天之下一人之上宣文辅治大圣至德普觉真智祐国如意大宝法王西天佛子大元帝师”。就从这三十六个字长的封号，也可以想见八思巴在忽必烈心中的重要地位。二十三年前，忽必烈在征大理的前夕认识了八思巴，从此以后把他放在自己身边，从他学习佛法。1260 年（中统元年）封八思巴为国师，1270 年（至元七年）又晋封为帝师。

忽必烈迷信佛法，主要是受八思巴的影响，后来藏传佛教为绝大多数蒙古贵族所信奉，在蒙古帝国享有至高无上地位，也是忽必烈一手提倡的结果。八思巴聪明俊雅，自有他个人魅力之所在，但藏传佛教在蒙古人，特别是上层贵族中的传播，靠的却是传授什么“房中运气”的“大喜乐”“秘密法”之类的房事技巧。论佛学理论，藏传佛教不可能超越禅宗佛教的水平，因此尽管帝师（代代相传）一直是全国佛教的最高统领，但汉族人地区还是信仰中国传统的大乘佛教。忽必烈和别的蒙古贵族一样，酷爱女色，晚年尤甚，喇嘛教僧侣给他传授过什么样的“御女之术”，不得而知，但他对喇嘛教的推崇肯定与此有关。由于帝师领宣政院（管理西藏的衙门）事，是整个西藏地区的政、教首领，而且又是全国佛教的最高统领，因而当时不知道有多少吐蕃僧人在内地以传教为名为非作歹，汉族百姓对这些僧人的恶行是十分痛恨的。

当时有个叫杨琏真伽的吐蕃僧人，借着忽必烈的宠信，当上了江南释教都总管，骄奢淫逸，作恶多端。至元十五年冬天，他带着一伙徒众，来到浙江萧山，挖掘宋代宁宗、理宗、度宗、杨后四座陵墓。宋朝派的守陵官罗铤，那时还未离职守，便上前力争。结果是被打得遍体鳞伤，恸哭而去。这些暴徒放手挖掘，得到不少珍宝玉器。尤其可恶的是他们把死了才十多年的理宗皇帝赵昀的头盖骨截开来，用作酒碗，在陵墓区饮酒高歌。其他骨殖，乱丢在草野里。当天晚上，据说四山皆闻鬼哭。

山阴县有个叫唐珏的义士，听说此事，痛愤至极。他卖掉了自己的家具，用卖契为抵押换得部分现金，买来了酒馔果品、牛羊鸡鸭，做好菜、摆好筷，请同里诸少年一起饮酒作乐。酒过三巡，菜到五味，一少年站起来问道：

“你也是读书人，你这么做到底是什么意思？”

唐珏含着眼泪把自己听到的情况告诉大家，并且希望跟大家一起收拾散乱的骸骨，并将其埋入地下。

“行，没问题！”众少年异口同声地答道。

“不过总浮屠（杨琏真伽）虎视眈眈，盯得很紧，事情暴露了又怎么办？”少年之一提出问题。

“我已经设想过了，”唐珏答道，“现在四郊到处是死人骨头，拾起来很方便，谁也不会察觉的。”

他事先准备了些木匣，上面刻着某某纪年中的一个字，然后让大家分散去捡骨头。众人按他指的方向，在夜间分别摸进陵墓区，找到历代皇帝后妃的骨头，拣进匣中。第二天早上再往唐珏这里集中。唐珏则逐个发给银子以为报酬。这样拣来的骨殖是否货真价实是值得怀疑的，但大家都明白，这时候真假并不重要，好歹就是尽一分昔日臣民的人意而已。

接着，杨琏真伽又发掘了徽宗、高宗、孝宗、光宗四朝皇帝和后妃的陵墓。有一个名为林景熙的前太学生（也是唐珏的好友），化装成乞丐模样，背着个竹篓，手持竹荚，碰到东西就夹起来丢进篓里。他腰里系着一块铸银的小牌，以此来贿赂喇嘛僧人，他直言相告：

“我所望不多，得到高宗、孝宗骨殖就够了。”

那喇嘛只要有钱，倒并不坚持其他原则，左指右指，果然让林景熙得到了两具完整的骨架。这两具骨骼后来与唐珏所收集的骨殖一起葬在兰亭山南麓，并且移植了旧时宫中的冬青树在上面，以作识别的标志。

这个杨琏真伽发掘完了陵墓还不作罢，又下令把所有取出的骨殖，和死牛死马的枯骨混在一处，埋于宋故宫的地下，上面再建一座白塔，名为镇南塔，施以咒语来永远镇压住这些亡魂。杭州人再怎么麻木不仁，看到这一切也不能不为之感到悲愤、屈辱，每每经过此处都不敢仰视。谁也不知道这个杨琏真伽为什么这样仇恨宋朝皇室，但后来揭发的材料证明他不过是贪图财宝而已，只是手段特别的残忍恶劣罢了。

还有一件比较奇怪的事：唐珏和林景熙他们做的这一切，因为牵涉的人不少，所以已无任何秘密可言，几乎杭州的人全都知道，而且有些胆小的人还预测唐、林二人旦夕之间就会有祸事临头。然而，自始至终，他们都没有受到任何追究，一直享有着被人尊称为“义士”的光荣。

这一年里，还死了一位政治历史地位相当重要的人，那就是云南行省平章政事赛典赤赡斯丁。他是回回人，成吉思汗西征时收降帐下，充任宿卫，太宗（窝阔台）、宪宗（蒙哥）两朝一直很受宠信，忽必烈即位后，对他的行政才能更是十分欣赏。至元元年，赛典赤被任命为陕西五路西蜀四川行中书省平章政事，政绩突出。至元七年，他出以诚信，收降了宋将昝万寿，嘉定城不战而下。至元八年，襄阳围城战期间，他遵照忽必烈的旨意，从四川方面出兵牵制敌人，并供应大军粮饷，作出了相当大的贡献。

赛典赤是1274年（至元十一年）进入云南的。忽必烈在向他授命的时候，对他说道：

“云南朕曾亲自领兵去过。多年来因为委任官吏不当，使当地百姓不能安生。现在想选一位谨厚的人前去抚治，比来比去，你最合适。”

此时赛典赤已经六十三岁，明知云南蛮荒瘴疠之地，自己这把老骨头肯定有去无回了，但他还是痛快地接受了任命，并随即进行了大量的准备工作，绘制详细地图、了解民俗风情、聘请向导顾问。忽必烈感到很满意，授之以平章政事之职，行省云南，享有便宜行事的全权。

那时云南的局势很复杂。原来被忽必烈封为云南王的王子忽哥赤于至元八年（1271年）被部下毒死，政局动荡，宗王脱忽鲁执掌着云南的最高军政权力。这位宗王左右的人挑动他备甲聚兵，准备抵抗赛典赤前来夺权。赛典赤听说之后，派大儿子纳速剌丁先去见脱忽鲁。

“皇上认为云南的治理者不得其人，致使诸国背叛。故命臣来整顿局面，并告诫臣，到云南以后重在安抚，臣不敢随意处置，希望大王派一人前来会商。”纳速剌丁用赛典赤的语气向脱忽鲁作了如上的表态。

脱忽鲁听了这番有理有节的话，心想既然对方很给我面子，我决不能先失君臣大义而把自己放在被告的位置，于是灵机一动便骂左右：

“我几乎被你们这些家伙害成叛臣贼子。”

第二天，他就派了亲信撒满和位哈乃二人随纳速剌丁来到赛典赤营中，赛典赤故意问道：

“该用什么礼节见面呢？”

“我等随纳速剌丁同来，彼此视同兄弟，当然请大人以父子之礼相见。”撒满回答说。

赛典赤也就不客气了，端坐中堂，由他们二人参拜。这两人跪拜之礼中规中矩，又献上名马为见面礼。旁边的人都为之不胜惊骇。接着是赛典赤赐宴，席上摆的尽是金银器皿，宴会结束，全部送给撒满和位哈乃。两人大喜过望，拜谢而去。第二天，又来拜谢，说是“老平章如此厚爱，我二人愿供驱使”云云。赛典赤说：

“你们二位虽是宗王亲臣，但没有正式名位，不可以共议国事。老夫打算先委你们为行省断事官，但还没有见过王爷，也不敢随便发表。”赛典赤一边说一边观察二人的反应。

“多谢老平章的栽培、提携。”那两人早已俯首向赛典赤道谢，巴不得及早兑现。

“那就先烦你们中先回去一人向王爷复命，看他是否同意。”赛典赤不急不忙地说道。

撒满先回去了，把赛典赤吹捧了一番，又说要命他们二人为断事官，而他们二人自然是忠于王爷、替王爷办事的。脱忽鲁听罢也心中大悦，立即同意赛典赤的安排，丝毫没有想到这两人从此便是赛典赤的下属，而且从此云南的政令就统一到了赛典赤的手中。

赛典赤意识到自己已经是六十多岁的老人，要建立中央对云南的有效统治，光把权力集中到本人手里是不够的，必须重新改造地方权力结构。首先，他奏请忽必烈批准改变过去军事、行政不分权，军民不分治的状况，下旨云南宣慰司不再兼行元帅府事，由行省节制。行省之下设八府、四郡、三十七部，所有行政官员均由朝廷委派，因为地僻路远，六品以下官员由行省、行台任命，报朝廷备案追授。过去那种由万户、千户们执掌军政大权各行其是的局面逐渐被扭转。只有一个曾经被忽必烈授权节制云南所有万户以下土官的大理王族段氏，仍然享有世袭大理总管的特权，但管辖的区域也从此被限制在大理地区范围之内。云南从隋朝以来数百年间一直处于独立或半独立状态，重新恢复由中央直接管理的郡县制，是有利于多民族国家发展的重大的历史进步。

云南民族众多，风俗不一。占人口比例最大的白族和彝族（即所谓“白蛮”和“乌蛮”），受汉化的程度也最深，其他还有不少民族处于半开化状态，即使是当地的汉人，也因为长期与中原隔绝，养成了不少“陋习”。赛典赤感到自己在推动云南文明进步方面担子很重。这项工作千头万绪，他决定先从礼仪抓起，通过礼仪形成长幼尊卑的观念，然后进一步培养其他的行为规范，比如实行媒妁婚姻，禁止自相配合；设棺椁，行祭奠，尊重死者等等；再进一步建孔子庙、明伦堂，讲习经史，倡导文风；修驿道，便交通，增进与中原的经济、文化联系；所有这些，经过一段实践，极大地缩短了云南和中原地区在社会发展水平上的差距，云南不再是野蛮落后的化外之区，逐步成为多民族地区文明进步的楷模。

云南地方的土豪，因为自己享有的特权受到了诸多限制，不能再像过去一样为所欲为、无所不为，自然会对赛典赤的改革产生抱怨。他们派了几个代表到大都去告御状，说赛典赤专权僭妄，忽必烈听了对大臣们说：

“赛典赤忧国爱民，一片赤诚，朕都知道得清清楚楚，这些家伙怎么敢进京诬告呢？”他根本不再听，就命令将他们押送回云南处置。

这些人戴着刑具，万里风尘回到云南。赛典赤立即命令去掉他们的刑具，并对他们说：

“你们这些人不知道皇上曾赐我便宜行事的特权，跑去告我专僭。既为不知者就不治罪吧！我现在授你们以官职，你们能尽忠赎罪吗？”

那些土豪都跪在地上叩头拜谢道：

“我们都该死！老平章给我们留下生路还让我们做官，今后我等誓以死相报。”

从此这些人心甘情愿供赛典赤驱使。

交趾国（今越南北部）时叛时服，反复无常。湖广行省曾多次从广西出兵征讨，未见功效。赛典赤派人去做说服工作，向交趾人讲明逆则取祸、顺则得福的道理，又相约为兄弟。交趾王被他感化了，亲自到云南来会见赛典赤。赛典赤举行盛大欢迎仪式，自己到远郊迎接，待以贵宾之礼。就这样，未用一兵一卒，使交趾王真心归顺，自请永为中国藩属。

罗盘甸（今红河哈尼族彝族自治州一带）发生叛乱，要发兵去征讨，可是赛典赤面有忧色。旁边的随从问他为什么担忧，赛典赤答道：

“我并非为出征担忧。我首先担忧的是你们冒着枪林箭雨，不幸以无辜而死；其次担忧你等劫掳平民，让他们活不下去而造反，那样你们又要组织再一次的征伐，循环无已，国无宁日。”

部队到了罗盘城下，围了三天，对方不投降。将士们请求赛典赤下攻击令，可是他不同意，派人进城去说理招降，罗盘主被说动了，答应降，过了三天，还是没有投降，元军将士奋勇请战，发誓要严惩这个反复小人。可是赛典赤还是不同意。终于有支部队忍不住开始爬城进攻，赛典赤知道后大发脾气，一方面鸣金制止，一方面把将领叫来痛加训斥：

“皇帝是命我来安抚云南，并不是要我到云南来大肆杀戮。你们没有我的命令竟敢擅自进攻，严重违犯军纪，论律当斩。”

说着他就命左右把这名将领捆起来，准备行刑。军中的将领一起跪下来叩首为这个人求情，说是等到城破的那一天再行处置。

所有这一切被罗盘主知道了，他叹息道：

“老平章宽仁如此，我如果再拒降，那就一定会遭到不祥的后果。”说毕，他带着全城百姓，向赛典赤投降。秩序井然，干戈平息，当然那些犯军纪的将士也被开释。赛典赤把罗盘甸一带改为元江府，后来升为元江路。这个成功的行动使西南一带少数民族倾心诚服。

各少数民族的首领们来参见时，照例要有所孝敬，赛典赤把这些东西统统分给属下官员或者贫民，一丝一毫也不据为己有。他每次都要宴请这些首领，并且制作些衣冠、袜履送给他们，让他们换下自己的草衣草鞋。你说这些酋长能不对他心悦诚服、感恩戴德吗？

赛典赤在云南只干了六年，至元十六年他六十九岁时死在昆明。死讯传出，百姓哀哭于途。交趾国王派遣了一个十二人的代表团到昆明参加葬礼并致祭奠。祭文里有“生我育我，慈父慈母”这一类很动感情的话语，一个人读，其余的人则在语句停顿之处大声号泣，声震山野。消息传到大都，忽必烈下诏从今以后云南守臣不得改易赛典赤所定的成规，使他的改革措施能长久保持。后来还加封他为太师、开府仪同三司，上柱国、咸阳王，谥号忠惠。

赛典赤是一个极为高明的政治家，直到现在，云南各族人民一直还怀念着他七百年前留下的德政。

天地有正气，沛乎塞苍冥

崖山大捷后的张弘范，率领舰队于三月中旬回到了广州。作为战俘，文天祥也随军到达。

张弘范可没把他当俘虏看，礼遇之隆简直无与伦比。在广州举行庆功宴时，张弘范竟让文天祥坐了首座，自己在下首作陪。席间他不断地文丞相长、文丞相短，专拣好听的说。

文天祥当然知道张弘范的用意，无非是以为宋室已亡，想诱使自己出仕于元朝。但文天祥早已下过决心，如不能脱逃，则惟有一死殉国，此生决不做贰臣。对于张弘范个人，文天祥并无反感，虽然是敌人，但各为其主，非此即彼，情理之中。而且张弘范智勇过人，在元朝军民中口碑都不错，再加上他对自己一直十分尊重，自己便也没必要令他难堪，应酬招呼不好拒绝，但多话是没有的，酒更是一口也喝不下。

元军将士在酒席筵前唱起了欢庆胜利的军歌，文天祥想起了自己的部队，在溃败中死伤殆尽，不禁为之落泪。张弘范劝他道：

“文丞相，你为国尽忠已经做到了不遗余力，宋国已亡，宋君已死，这都是天命。丞相何不顺天应人，以事宋之心改事我朝。如能如此，弘范敢说，大元宰相，非丞相莫属。”

话说得委婉，文天祥只好平静地回答道：

" 元帅，你不必再费此种心机。亡国之臣，安敢贰心？如今我已心如死灰，只求速速赐我一死，文某将不胜感激。”

国虽亡而爱国之心不可败，这种崇高的气节令张弘范十分感动，他不忍心再劝文天祥了。

宴会最后还是散得很尴尬。元将里有些人看不惯文天祥受到礼遇却仍然是一副不亢不卑的样子，于是便在席前借酒装疯，什么“鸟丞相”“臭俘虏”等等，不干不净地骂起来，惹得文天祥火起，大声痛骂元军，把一腔强压住的怒气全部爆发出来。张弘范只好将宴会草草收场。

文天祥这种情况，长留在军中是很不妥当的。张弘范把他的表现和自己的看法详细报奏给忽必烈。忽必烈看了奏章，也深为赞叹，命使臣专程到军前传谕，说文天祥孤忠难得，应好生待遇，并派得力干员早日送往北京（大都）。张弘范选派了镇抚石嵩护送文天祥北上。

这回的北上就人非三年前从临安北上时的情形可比了。那时身边有十二名肝胆相照、智勇双全的随从，可这次，开始虽说也有七个人相随，走到江西就纷纷散去，只剩下刘荣一人，过了吉安，才又多了一个张弘毅。文天祥不由得想起那些与他一起出生入死患难与共的部下，死的死、散的散，再也不可能和他们同赴国难了。

五月中，船到江西南安。这又是一座抗元名城。前年搭出攻江西时，带着万多精兵，将南安团团围住。李梓发、黄贤等率领民众坚守，城防牢固坚实，战术灵活机动，虽然是小城一座，而且城墙也就一人高，但搭出硬是没攻进去。搭出生气地说：“城如碟子大，人心却这般硬。”他自己跑去城下谕降，但结果差点被炮火打中。攻了三十五日，奉命北撤。崖山大捷后，参政贾居贞又来谕降。他以为这次宋室已彻底覆亡，小城应该会降了吧！谁知城上仍是诟骂不止。结果又攻了十五日，终于破了城池。城破后居民还坚持巷战，最后被元军差不多杀光了才平息了抵抗。

船过这种地方，文天祥固然许多感慨，元军也十分害怕地方民众组织起来抢人。他们把文天祥锁在船舱里，不让他露面。

文天祥在江西的影响特别大。这里是他的故乡，也是他抗元的主要战场。江西人在认定无法救他的时候，便希望他早早一死以全名节。从赣州到南昌，沿江而下，码头、渡口都张贴着所谓《生祭文丞相文》，那意思是希望他本人看见以后能及早决断自寻死路。但文天祥关在船舱里根本看不到这篇“祭文”，不过一路上他倒是在绝食求死，只是没有成功，因为元军捏住他的鼻子往他嘴里灌稀粥——他们是奉命送人，只要能安全把人送到，就顾不上讲“礼仪”了。而船过庐陵以后，文天祥得知将在建康（金陵）耽误较长时间，他估计会有人利用这段时间来劫夺他。他似乎又看到了逃脱魔掌、重举义旗的希望，于是，他停止了绝食，开始养精蓄锐。

在建康，文天祥住了两个多月。确实有不少人想营救他，但是，张弘范早就预计到这一点而作出了非常严密的部署。从建康经真州（仪征）一直到扬州这一段江面上，文天祥坐的船，整个被元军舰只包围得严严实实，真个是插翅难飞。进入运河以后，要想营救就更加困难了，因为两岸都有陆军押护，简直密不透风。

船队从淮安渡过淮河，文天祥就被安排舍舟登车，沿陆路北上。虽然只是一河之隔，但这历来就被视为北方的地区便具有了一种全然不同的景色，也许因为天气阴晦，又正值深秋，原野上万物萧疏，一派荒凉肃杀的景象。过去，文天祥从未到过高邮以北的地方，对于北方的风物只能得之于臆测。这次他总算能亲身领略这记载着华夏民族光辉历史的大地上的无数胜迹，而且作为一名俘虏，对着沉重而惨痛的历史，他更有无穷的感慨和惆怅。北方地区脱离宋朝的统治已经一百五十余年了，当年这里的百姓曾经为不甘于受异族人统治而付出过多大的代价啊！可是今天他们大多数人早就不把宋朝视为自己的国家，如果不认同元朝的统治，也只是视自己为金朝的遗民。有什么理由责怪这一点呢？就以元军南侵的将士而言，不是大多数都是汉人吗？他们把宋当作敌国，为了异族主子的利益去放肆杀戮本族同胞，他们以为是天经地义的事。恨只能恨当初放弃北方投降异族的那些败类！他在一首诗里写道："万里山河梦，千年宇宙愁。欲鞭刘豫骨，烟草暗荒丘。"他痛恨刘豫之类叛国贼臣，而当今之世，谢道清、贾余庆之流不是和刘豫一样的无耻吗？

文天祥被押送到大都后四天，张弘范、李恒他们也班师回朝了。忽必烈命令文武百官出城迎接凯旋的将军，自己则在金殿上等候他们来朝见。朝见的仪式是特别隆重的，他安排张弘范和李恒坐在自己的两侧向他禀报战绩。张弘范说得生动传神，忽必烈听得兴高采烈，不时还要提一两个问题，加一两句评价，或是感叹，或是赞扬，朝堂里气氛极为热烈。

朝见之后，便是庆功大宴。这时张弘范和李恒便趁机提起了文天祥的事，他俩奏道：

"故宋右丞相文天祥已先期押解至京，臣等想先去看看，恳祈陛下俯允。"

忽必烈当然早就已经熟悉文天祥的名字，状元宰相，智勇过人，是南宋第一流的人才，如果能够归顺，对于稳固大元对南方的统治是大有好处的。他踌躇了一下对张弘范说：

“朕今日要与众卿同醉，改日你们再去看他不迟。张爱卿和文天祥已十分熟悉，你就和孛罗丞相一同负责办理文天祥的案子吧！”

张弘范拜领圣命。在宴会中，忽必烈有意无意又问了一些文天祥的情况，张弘范和李恒自然大加赞扬（反正是自己手下败将，越吹得凶，越证明自己本事大）。忽必烈听后也不禁多方称许。当时在酒席筵前的右丞相兼枢密副使孛罗却听得十分不入耳，不就是一个俘虏吗？为什么吹得那么神，我明日就要给这个妄自尊大的南蛮子一个下马威，看他有多大本事！

张弘范和李恒去看了文天祥，并且向看管人员传达了忽必烈的授意，要他们尽可能地优待文天祥，争取软化他敌对的立场。从此文天祥开始受到贵宾般的待遇，但他却并不领情，只吃自己随从做的饭菜，只睡自己开的地铺，盖的是从南方带来的被子。

随之而来的便是一连串的劝降活动。

最先出现在文天祥面前的竟是他的两个女儿。她们和母亲欧阳夫人一起是在空坑兵败时被元军俘虏后送来北京的。这是文天祥的子女中还活着的最后两个了，父女相见之下如何能不情发乎中而伤心恸哭？文天祥此刻当然更思念欧阳夫人，但他知道，只让女儿而不让母亲前来相聚，显然是当权者的一种暗示：如果想见到你的妻子，就该立即表态归顺元军。反过来说，如果不愿意投降，也就别再想夫妻团圆。当女儿问他一家是否还能团圆时，他避开了她俩殷切的目光，转过脸去，摇了摇头。他已经决心为宋朝尽忠节之道，不会为了夫妻团圆而放弃自己的宝贵原则。

接着是在临安危急时逃跑的左丞相留梦炎也来看他。留梦炎和文天祥有一个很独特的共同点，即他俩都是科举中过状元的宰相。忽必烈认为，同为状元宰相，自然多一分共同语言。我这个状元宰相已经降了，你那个状元宰相难道便降不得？这本来也不失为一种逻辑，但它对于文天祥却不起作用。当初赵昰在福州登基，不念留梦炎弃职潜逃的前愆，下诏命他入朝，可是留梦炎却在衢州投降元朝，文天祥对他的这段历史痛恨入骨，一见面就开口骂道：

“你身为宋朝的状元宰相，朝廷赐你的是何等的荣耀！你竟然觍颜事敌，卖国求荣！自己甘愿为人奴仆不说，还要为虎作伥，来当说客，你当年饱读圣贤之书，难道竟一句也没留下，只剩下满腹猪狗文章，在世上做行尸走肉？！”

留梦炎被他骂得无法开口，灰溜溜地走了。

派来的第三位劝降者是赵显，文天祥昔日的君主。赵显这个“小皇帝”随他祖母、母亲降元已经三年多、快四年了，可年纪还不满十岁，他懂什么呢？他现在的身份是“瀛国公”，但他曾经是文天祥的皇上，君臣之义与世长存，要他当面指令文天祥降元，成功的可能较大。文天祥看到赵显，心中先吃了一惊，但马上就回过神来，变被动为主动，朝北面跪下大声号哭道：

“罪臣文天祥谋事不臧，致使天子蒙尘，朝廷受辱，社稷倾覆，生民涂炭。恳求大宋列祖列宗速赐一死，容臣效忠于地下，以赎前罪。”

十岁的赵显哪里见过这种场面，事先大人口授的话，到此时一句也说不出来，看到文天祥如丧考妣的悲痛表情，自己不禁跟着他哭了起来，也不知道是伤心还是害怕。

赵显什么作用都没有起，下面登场的是权倾一时的中书省平章政事兼制国用使阿合马。阿合马开始想用气势压倒文天祥，他装腔作势地说：

“你知道我是谁吗？”声音像从鼻子里出来的。

“适才有人说是宰相来了。”文天祥随便答道。

“既知我是宰相，为何还不下跪？”

“我也是相爷，相爷见相爷，难道要下跪？”文天祥不亢不卑地答道，他全心全意地在维护着自己的尊严、维护着民族和国家的尊严。

阿合马没有料到文天祥竟还会以南朝宰相自居，一时倒也不好如何发作，阴笑着问道：

“南朝宰相，怎么来到了北朝大都？”

这话里有话的提问，明显地是在嘲弄文天祥的俘虏身份。文天祥有理有节地回答说：

“南朝早用我为相，北可不至南，南可不至北。”这话好像不是对阿合马问题的回答，但实质上又正好是对阿合马问题的回答，并且用一种既有分量又不粗野的态度回答了他问题后面的内容。确实，南宋如果早采取文天祥的政策，革除弊政，纾解民困，整军经武，富国强兵，则“北可不至南”，实际上的意思是你想去也去不了，因为南朝有强大的防务后盾。既然你去不了，我自然也不会上你这儿来，即所谓“南可不至北”。当然也还可以从另一个角度来理解这话，即文天祥会执行一种主动的和平政策，而不会像贾似道等人一样谎报战功向朝廷邀宠又扣押来使向北朝启衅，使双方能在实力地位对等的前提下和平相处若干年。

阿合马也许能听得懂文天祥的意思，但要和他对话却显然不够层次，他只能摆出一副胜利者的姿态，用解嘲的口吻说道：

“何必这么神气？性命都还在我手里呢！”

文天祥火气上来了，对这种小人多说无益，他索性扬起脸，用傲慢的神气冷笑着说：

“亡国之人，人皆可杀，何须你来作什么主？”

阿合马也想多为自己保留一点尊严，匆匆地离去了，不过内心里添了几分对文天祥的敬重。

元朝时的监狱，条件是很艰苦的。孛罗和阿合马商量，要先杀杀文天祥的气焰。他们把他从馆驿迁入了兵马司监（军事监狱），并且上了刑具，不许再由随从照料他的生活，并且强迫他每天干浇灌菜园一类的粗活。而且，由于不能洗澡，身上很快就长了虱子。文天祥出生和成长的环境都比较优裕，少年得志，很早便入了仕途，一直是“自奉甚厚”的。先前在逃亡中，在军伍中，虽然有时也很艰苦，但毕竟时间短，而且身边有人照顾，并不怎么太难受。可眼前这一切，却实在是超出常人的忍耐限度，如果没有像他一样特殊坚强的意志，是决计坚持不下去的。他不断以古代的忠烈之士的榜样来勉励自己，并且把自己和先贤们归类于同一种思想境界，他认定这种境界来自于充塞于天地之间的浩然之气——“正气”。

他在狱中写下了名垂百代的长诗《正气歌》，表现的就是他全部精神力量的源泉所在，以及他如何凭借着自己超人的精神力量勇敢面对一切艰难险阻，坚定地维护自己的信念和尊严。《正气歌》里有如下的句子：

天地有正气，杂然赋流形，
下则为河岳，上则为日星。
于人曰浩然，沛乎塞苍冥。
皇路当清夷，含和吐明庭。
时穷节乃见，一一垂丹青。

……

顾此耿耿在，仰视浮云白。
悠悠我心悲，苍天曷有极。
哲人日已远，典刑在夙昔。
风檐展书读，古道照颜色。

从这首诗里，可以看出他在面对困难、面对死亡时为什么表现得那么镇定安详、从容不迫。

关押一段时间后，他和宰孛罗有过一场交锋。那天，孛罗和张弘范坐在堂上，派人把文天祥从牢里提出来。文天祥看到他们，强压一腔愤怒，抱拳向他们作揖致意。本来作为阶下之囚，这样的礼节已毫无必要，但也许只是为了表现自己的教养和风度，文天祥主动向对方施礼。但文天祥的礼节得到的回报却是通事（翻译）严厉地呵斥：

“跪下！”说着就要上来动手迫使他下跪。

文天祥当然不肯跪，他由于没有料到孛罗对自己的态度会如此粗暴，但他的回答却并不强硬：

“南方人作揖，就像北方人下跪。我是南方人，当然行南方的礼。”

孛罗却一心要把文天祥彻底制服，他吩咐左右一齐动手，扭的扭臂，按的按颈，踢的踢腿，终于把文天祥按倒在地。眼看自己最起码的风度也无法保持了，文天祥索性一屁股坐在地上。此时，张弘范叫那些爪牙们退到一旁。

“你有什么话要说？”孛罗粗声粗气地问道。

“自古以来，天下之事有兴有废。”文天祥从容地说道，“帝王以及将相，因国家之废亡而被诛戮，何代没有呢？我身为宋朝宰相，为国尽忠理所当然，今战败被俘，只求速死！”

孛罗忽然接过他的话，把问题岔向一边：

“你说天下有兴有废，且问你可知自盘古至于今日，共有几帝几王？”

这问题似乎有点莫名其妙，但其实是孛罗想出来的一着高招。从三皇五帝数下来，如果数到了忽必烈，那就等于承认了元朝的正统地位，你不降也等于降了。张弘范却觉得他这种提问方式不像审案而像考试，他看到了文天祥脸上讥讽的冷笑，很明显，他内心里极蔑视孛罗的无知。为了让孛罗不显得尴尬，张弘范用手指指侧前方的座位，对文天祥说：

“文丞相，你且坐下来讲！”

文天祥大大方方坐下来，然后对孛罗说：

“一部十七史从何说起！我今天又不是来这里应博学宏词科，哪有闲暇谈论这些！”

孛罗觉得自己很被动，但又不甘心，便接着问：

“你不肯说古今兴废之事，也罢！我问你，自古以来可有宗庙社稷付与别国而又复逃走的么？”

这件事不能不重新申明一下，因为当年文天祥虽然奉谢道清之命到元营议降，但他从未说过一个“降”字，总是说“和”，而且也没有以右丞相和朝廷全权代表的身份出现。所谓“以宗庙社稷付与别国”的不是他文天祥。他对孛罗说：

“把国家奉送他人，是卖国之臣。既然卖国，必然有利，他当然不会逃走。逃走的，当然是不愿卖国的。我当初不受宰相之职，出使元营，结果被你们拘押，我当然要设计逃走。恨只恨我朝中有那叛国的贼臣如贾余庆之流，出卖国家。国既亡，臣当死，我之所以当时未死是因为浙东还有广王、卫王在，国家尚有复兴之希望……”说到此处，文天祥有些接不上气。

“德祐皇帝（赵显）是嗣君，你弃而不顾，另立新君，一而再，这能算是忠么？”孛罗利用他说话的间歇，抓住二王的问题又做起了文章。

“当时形势下，‘社稷为重，君为轻’，我朝另立二君是为保存宗庙社稷。晋朝时，随着晋怀帝、愍帝而当了匈奴人刘曜的俘虏的，不是忠臣，而拥立晋元帝建立东晋的，才是忠臣。我朝随徽、钦二帝北上蒙尘的不是忠臣，而从高宗南下的才是忠臣。”

孛罗讨论这类问题又如何是文天祥的对手！他根本没有理解文天祥所表达的意思是臣子首先必须忠于国家而不是忠于皇帝本人，却仍然在忠君这个问题上纠缠不休：

“晋元帝、宋高宗都有所受命，二王不过是避难而逃，立以不正，只能算是篡位。”

“二王是奉太皇太后之命出镇闽、广，由陈丞相拥立，不可谓无所受命。”文天祥驳诘道，“景炎皇帝（赵昰）是度宗长子，德祐皇帝的亲哥哥，不可谓不正，而且他即位于德祐皇帝去位之后，更不可说是篡！”

“二王逃离临安，仓促之至，谁能证明有所谓太皇太后的授命？”孛罗还要坚持说二王没有受命。

“天与之，民归之，就算没有传授之命，民心归附，百官拥戴，又有何不可？”文天祥答道。这几句话从传统观念看有点出格，因而引起了堂上的一阵喧哗。文天祥以蔑视的态度不予理睬，自语般地说道，“众望所归，国祚所系，何篡之有？何篡之有啊！”

“你立二王，究竟又成了什么功劳？”孛罗恼怒地问道，那意思是说到头来还不是一败涂地。

“我立新君是为了保存宗庙社稷，活着一天，就尽一天做臣子的责任。国家既然已亡，还能说什么功劳不功劳！”

文天祥这话回答得很有分量，每个听者都会受到不同程度的感动，孛罗也不例外，不过孛罗却从另一个角度去考虑这一切，他说：

“既然知道不会成功，又何必勉强去做呢？”

“父母亲得了病，虽然已危殆而明知难以救治，但做儿子的能够因此不去请医用药吗？”

这又是一个很诚恳、很感人的回答，他的“明知其不可为而为之”的精神境界以最简捷的方式表达出来了。望着孛罗那茫然失神的表情，文天祥索性进一步补充道：

“救危亡，是尽我的心；救不了，则是天命。天命如此，我兵败被俘，惟有一死，不再多言。”

孛罗知道和这种人想达成什么交易是不可能的。既然达不成交易，留着他又有何用！因此他向忽必烈建议，还是早点把文天祥杀掉算了。但是忽必烈不同意他的意见，因为周围有太多的人称赞文天祥的才干，他很想让这个状元宰相成为自己的辅弼之臣。张弘范在病中还上疏，请求赦免文天祥，连伯颜和阿合马等人也向忽必烈提出过释放文天祥的建议。忽必烈当然不同意放，他只想让时间慢慢销蚀掉文天祥的斗志，促使他最终投降。

文天祥来到大都后的第二年（1280年）春天。他的弟弟文璧奉命入朝觐见忽必烈。文璧是在崖山海战以后降附元朝的。忽必烈很高兴地接见了他。右丞相帖木儿不花在一旁奏道：

“他就是文天祥的二弟。”

“啊，文丞相，人才难得啊！”忽必烈赞叹道。

“惠州城便是他归附时献上的。”不花又补充介绍文璧的情况。忽必烈听了更是高兴，说道：

“原来你是孝顺朕的，你哥哥像你一般就好了。”

文璧当然要来见兄长，因为他们从小感情就很好。文天祥在文璧来到之前写下了一首诗：

去年别我旋出岭，今年汝来亦至燕。
弟兄一囚一乘马，同父同母不同天。
可怜骨肉相聚散，人间不满五十年，
三仁生死可有意，悠悠白日横苍烟。

文璧读了哥哥的诗，知道他以身殉宋之心已决，“同父同母不同天”，这话算是说到尽处了。他没有再劝他哥哥投降。他哥哥也没有责骂他。崖山战后，宋室已亡，作为地方官的文璧为了保全一方生灵，选择了投降似乎也无大过。

文璧在大都住了约一年时间，被忽必烈授为临江路总管兼府尹。他在要动身回江西赴任的时候，给哥哥送去元钞四百贯。但是文天祥态度十分明确地拒绝接受，他说：

“这是逆物，我不能受！”

兄弟俩就这样彻底地永远地分道扬镳了。

文天祥是一个很重亲情的人，但他却能把政治原则放在亲情之上，不是他不念手足之义，而是他首先必须顾全民族大义。他在被俘以后，陆续写下《乱离歌》六首，怀念自己的亲人，其中流露的的真挚情感细腻深沉，催人泪下。给女儿柳娘写的那首是这样的：

有女有女婉清扬，大者学帖临钟王，小者读字声琅琅。朔风吹衣白日黄，一双白璧委道傍，雁儿啄啄秋无粱，随母北首无人将。呜呼之歌兮歌愈伤，非为儿女泪淋浪。

这首诗可以媲美于左思的名篇《娇女诗》，真切的父爱充溢全篇，但却另具一种沉痛和悲怆，使人读后更多一分感触。忽必烈知道他疼爱女儿便想利用他的女儿来软化他的立场，但他于儿女亲情面前却又表现了出奇的冷静，没有动摇自己尽忠的决心。

在福安降元的王积翁联络了南宋降臣谢昌元、程飞卿等十人，准备联名给忽必烈上表，请求释放文天祥去当道士。这本来也不失为救他一命的可行之法，但是这个想法受到了留梦炎的坚决反对，他惶急不安地说道：

“文天祥放出去了，又会号召江南民众继起反元，那么我们十个保人将处于何等位置？”

那些降臣本来就个个胆小，在朝廷做官不过为混口饭吃，听他这么一说，也就没有人再支持这个动议了。

文武勋臣的先后凋谢

1280年（至元十七年）的春天，平章政事、蒙古汉军都元帅张弘范病死了。

崖山灭宋之战凯旋，张弘范达到了他一生中富贵荣耀的顶点。也许盛极而衰是世上万物无可回避的规律，张弘范刚刚接受了内殿赐宴的殊荣，带着皇上丰厚的赏赐，回到府邸不久便患了病，病势一开始就很沉重，忽必烈闻知后，派太医去诊视，医生的结论是久历南方征战染上的瘴疠之疾。忽必烈又命令有关大臣组织了一个专门班子，研究病情和治疗方案，还派了一队宿卫禁军去充当保卫，以制止闲杂人等的干扰，真可谓圣眷优隆。

虽然太医们费尽心力，张弘范的病却日见加重。到临死那一天，他好像事先就已经有了预感。他洗了澡，换好了衣裳、帽子，由别人搀扶着，走到中庭，向着朝廷的方向，行跪拜大礼，以示君臣永诀。随后，他坐在厅上，命令设宴作乐，他与亲属故旧一一交谈作别。他把忽必烈赐给他的上方剑，交付给儿子张珪，并说：

“你父亲仗着它建立功勋，你应该经常将它佩在身边，好让自己不忘先人忠于国家的精神。”

说完这话，他就端坐在椅子上死去了。

张弘范只活了四十三岁，然而他却为忽必烈统一全中国建立过极大的功劳，是元朝历史上一个十分重要的人物。他死后，后代元朝皇帝曾经三次追封爵号，一次比一次隆重显赫：从银青光禄大夫、平章政事到推忠效节翊运功臣、太师、开府仪同三司、上柱国、齐国公再到保大功臣、淮阳王，谥号也换了三次：武烈，忠武，献武。从这点可看出他特殊的地位。

张弘范是个汉人，可是他却是蒙古人最后消灭汉族人政权的得力功臣。历来不少人基于这一点而对他多所指责，甚至骂他是汉奸卖国贼。他在崖山勒石，上镌“元张弘范灭宋于此”，更是引来许多责骂，说他是“出卖祖宗的炎黄败类”。其实这些结论都不够客观公允。张弘范是河北人，一百多年来，这里的人民和赵宋朝廷已经毫无关系。张孝祥在《六州歌头》里写到的“闻道中原遗老，时时犹望，翠葆霓旌”，在南宋初期，或许还反映了一点现实，但在经历了一百多年异族人统治之后，“遗老”早就死光了，百姓已经习惯于异族“真命天子”的统治，先前的本朝成了敌国，华北的汉人构成金兵中的大多数，在对蒙古、南宋两条战线上作战。张弘范的父亲张柔，本是涿州定兴农家子弟，组织了一支数千人的自卫队，盘踞乡里，受到金朝的中都经略使苗道润的赏识，提拔他当了定兴的县令。苗道润后来被自己的副手贾瑀杀害，张柔想替苗道润复仇，但一直没有机会。在金军中混了若干年，张柔终于爬上骠骑上将军、中都留守、大兴府尹的位子。一次，张柔领兵在紫荆口旁的狼牙岭抵抗蒙古军，因坐骑摔倒而被俘，于是投降蒙古，帮蒙古军队打下雄州、易州、安州、保州，同时捉到了老仇人贾瑀，剖出他的心肝祭奠了恩人苗道润。其后，张柔攻下了中山、宁晋、安平、槁城、无极、栾城，又从叛将武仙手中夺取了真定。从此，他控制了河北大部分地区，所谓“声名震河朔”。太宗窝阔台灭金以后，张柔被封为汉军八个万户之一，统率大兵，管辖一方，享有极大的权势，可以任命官吏、征收赋税、处理刑罚，而且世袭相传。

蒙古人要征服和统治中原，不能不依靠汉人，特别是必须依靠汉人的地主武装力量去攻城略地。这些武装力量地位的高低取决于他们的实力和地盘大小。蒙古人军队最多的时候只有十二万九千人，到了忽必烈时期，因为汗国的分裂，更少于此数。忽必烈深知蒙古人这点武装用作突击性的进攻还行，长期维持统治是绝对不够的。因此他放手使用这一批拥有强大兵力的汉人“世侯”，对他们给予了极为优厚的待遇，对其中头面人物更是十分尊重和客气。

张弘范是张柔的第九个儿子。他出世时，他的父亲已经被窝阔台封为“万户”，雄踞河北，威风十足。张弘范从小过的是金马玉堂的贵族生活，而且他本人又确实是十足的蒙古帝国的子民。除了元朝，他并没有别的什么“祖国”，所以说，他勒石纪功，称“元张弘范灭宋于此”，不过是实话实说，不值得痛加嘲骂。

而且，张弘范还并不是一个完全没有民族感情的人。他出身世家，受过良好的教育，不仅精于武艺，诗也写得不错，他当然懂得“夷狄之有君，不如中夏之无“的道理，但天下不可以无主，汉族人不能不承认夷狄之君事实上的统治，如果能“以夏变夷”，则夷狄之君也可以做中夏之主。这情况在九百年前就出现了。自从匈奴人刘曜灭亡了西晋，此后的三百年间华北和中原大地便一直是在北方夷狄各族的统治之下。五代时的后唐、后晋奉的也是夷狄之主，此后又有辽、金二朝，直到大元统一天下，将近一千年间，北方中国，汉人朝廷和胡人朝廷差不多是各占一半时间。所以无论在事实上还是人们的观念上，统治国家的君主未必一定非汉人不可。作为朝廷的子民，你必须忠于统治着国家的任何民族的君主。占据着君主地位的民族不免要享受一些特权，但这也并不意味着他们可以为所欲为。张弘范就不止一次抵制过蒙古人的狂暴和骄横。

当他还是个二十岁的青年时，哥哥张弘略奉旨去寿阳行都述职，把顺天府总管的事务交由他代理。张弘范处理政事有条不紊，吏民都很敬服。其时南征的蒙古军在顺天府过境者常有对百姓横施暴虐之事，张弘范从不姑息宽贷，总要施以杖刑然后驱逐出境。后来事情传开了，过境的蒙古军人再也不敢胡作非为。当然也有人向蒙哥报告，但那时蒙古朝廷非常倚重于张氏父子，对这类事是不会给予追究的。

李璮叛乱时，张弘范奉命出征，在济南城下设伏兵计大建奇功，给忽必烈留下了深刻的印象。平叛以后，所有汉世侯子弟统管军民的大权一概罢去，张弘范也在所难免，但只隔了一年多，他又被授为顺天路管民总管。第二年调到大名府，他看到当地闹水灾，便自作主张免除税赋。当朝廷追查时，他用一大套什么“大仓、小仓”的理论，说得忽必烈深以为然。当地的百姓对张弘范可是感激不尽并且永志不忘。

1276年（至元十三年），随伯颜大军南下临安时，张弘范破樊城、入襄阳开始，沿汉水而下，渡江取鄂，又于丁家洲大破孙虎臣，长驱而至建康，论功劳是数一数二的。伯颜作为主帅，心里当然清楚，但作为一个蒙古人，他总想煞煞张弘范的锐气。那天，他在建康城中召开将领大会，为有功的将领颁奖。擂鼓已过三通，诸将早已到齐，只有张弘范一人迟到。当张弘范不紧不慢进入大帐时，伯颜严肃地申斥道：

“军中集会，不按时到达者是为有罪，虽勋旧世家，亦不可赦免，你何以竟敢明知故犯！”

张弘范毫不慌张，叉手不离方寸，回答道：

“末将曾闻‘为将者出战不敢后，受赏耻居先’。既知为颁奖大会，故不敢早来。请丞相明鉴。”

一番话把伯颜堵得哑口无言。伯颜清楚了张弘范的分量，从此也再不和他为难了。

张弘范不但有过人的文武才干，而且有良好的品德修养。他常常教育部属和子弟的话是：

“律己严则公明自生，赏罚信则人皆效力，不怀报怨之心则怨亦自释。”

这些都是治世良臣的经验总结。张弘范本人大体上是实践了这些原则的。他十分欣赏文天祥，而且一直善待他，他不止一次上表请求忽必烈赦免文天祥。如果张弘范不死得那么早，文天祥是很有可能多活一段岁月的。

1280年（至元十七年），忽必烈亲近的或曾经亲近的大臣死了不少。紧随在张弘范之后的有姚枢、窦默和廉希宪。姚枢和窦默都是忽必烈在藩邸为诸王时的老班底，早年为他讲授汉儒之学，后来随军出征参谋擘划，倚重之殷无可比拟，忽必烈称帝前后推戴翊赞之功也是最为突出的。忽必烈曾经对左右说：

“如窦汉卿（窦默的字）之心，姚公茂（姚枢的字）之才，合而为一，可谓全人矣！”

可是他们却在三个月之内连续死去。这也是无法抗拒的自然规律——他们都老了，姚枢七十八岁，窦默更是已经八十五岁了。

而廉希宪却并不算老，还只有五十岁。他三年前从江陵召还大都时就已经患病，从南方请来名医诊治后有所好转。当时忽必烈打算任命他为门下省侍中，并且遣使告诉他：

“鞍马劳顿的事，决不再委任你了。坐而论道，偶尔到门下省看看，总还可以吧！有什么必须向我启奏的事，乘肩舆（轿子）入宫就是了。”

“臣的病不值得陛下操心。为陛下输忠效力，是我生平所愿。”廉希宪很为忽必烈的关怀所感动，又准备抖擞精神带病拼搏一回了。而且皇太子真金也专门派人通知他：

“皇上命卿领门下省，你只管大胆受命，不要害怕群小的干扰破坏，我替你翦除此辈。”

然而，门下省只停留在拟议中，并未真正设立，最后被阿合马否决了，因为他不愿意中央又出现一个制约自己的权力部门，更何况这个部门要掌握在廉希宪这样的人手中。

此后，廉希宪在政治上就没有什么作为了，病情也一步步转重，终于无法救治。临近去世的时候，他教育自己的儿子道：

“大丈夫见义勇为，不要先考虑自己的祸福，认为皋（皋陶）、夔、稷（后稷）、契、伊（伊尹）、傅（傅说）、周（周公）、召（召公）遥不可及，是自暴自弃的想法，天下事如果没有各种牵制，三代（夏、商、周）之治也是可以恢复实现的。”他又说，“你读过‘狄梁公传’吗？梁公有大节，可惜为其不肖子所累，汝辈宜慎之。”

他说的“梁公”是指唐代名臣狄仁杰，尽管本人做了许多好事，但儿子狄景晖却贪暴已极，受到百姓痛恨，结果把为他父亲狄仁杰塑的纪念像也毁掉了。廉希宪用这件事教育儿子，说明他到临死的时刻仍然是一个头脑清醒、胸怀远大、品德高尚的政治家。他死后也被追封过好几次，从忠清粹德功臣到推忠佐理翊运功臣，从太傅到太师，从魏国公到恒阳王，还有开府仪同三司、上柱国等等，谥号一直是“文正”。

窦默头年（1280 年）十一月病故，过了三个月，1281 年（至元十八年）春，许衡也去世了。这是元朝第一号的道学夫子，一生为推行汉法、倡导礼制作了不少的贡献。因为一再受到阿合马等权臣的阻挠和抵制，从至元八年以后，他就基本上退出了政治中枢，而专心致力于教育事业，担任国子监祭酒直至致仕。经他亲手培养的各族儒生多达数百，其中事业有成者亦不可胜数。至元十三年，许衡以国子祭酒兼领太史院事，主持制定新历。他花了五年的时间，和太史令郭守敬一起改造仪器，测量校正，反复计算，调节检验，终于在原来金朝大明历基础上，制成了一本可以推运到许多年以后还不出差误的新历书，这就是中国科技史上十分著名的《授时历》。

许衡是一个身体力行的道学家，一代大儒，教育家。关于他为人的作风有许多小故事。一次，大暑天逃难，道旁有梨树，同行者都抢着摘梨子吃，只有他正襟危坐于树下。别人问他为什么不吃梨，他回答道：

“不属于自己的东西随便取用，这是不许可的！”

“但这是乱世，梨树已没有主人。”旁人说。

“梨树无主，难道我的心也无主吗？”许衡答道。

许衡一生遵礼守法已进入一种完全自觉的状态，他始终过着清苦俭朴的生活，家有余财，就分给穷人和贫苦学生，别人送的礼品，有丝毫不合礼义也决不接受。连他的家人和学生也深受他这种作风的影响，都能洁身自好，循规蹈矩。他病重快死的时候，家人举行祭祀祖先的典礼，他坚持要参加，并且说：

“我一日未死，就要对祖先尽一份子孙的责任。”

家人只好搀扶着他去叩头祭奠。事毕，他带着一种很恬静安详的神色死去。

许衡对人永远是和气亲切的态度，即使对小孩说话，也是惟恐伤着别人的自尊。他教的学生，随才能大小的差异而各有心得，但都能为世所用。所以，无论贵贱贤愚，人们都愿跟从他学习。他离开一个地方，那里的人一定哭泣不舍。人们把他的教义当金科玉律般奉行终生，只要听到他说话，武人俗士桀骜暴戾之徒在那一刻都能得到感悟。皇太子真金曾对他说：

“公毋以道之不行为忧也，只要公健在，则总有大道行于天下之时。只望你爱惜身体。”

丞相安童见到许衡以后对身边的人说：

“你们自以为和他不相上下，其实这差别就好像十百与千万之间那么大。”

许衡死后，也历次被追封为正学垂宪佐运功臣、太傅、开府仪同三司，魏国公，谥号文正，而且后来还特诏将他从祀于孔子庙。

刘秉忠、宋子贞、赵璧、王鹗等人头些年都去世了，这一年来又连续故去了姚枢、廉希宪、窦默，到许衡病逝时，忽必烈早年十分亲近的汉人、儒臣集团便基本上凋零殆尽了。

还有一个推戴有功、几上几下的商挺，在 1280 年（至元十七年）遇上了麻烦事，差点性命不保。

商挺从至元九年起就担任安西王忙阿剌的丞相，这是一个重要的使命。忽必烈考虑到商挺学识渊博，策划周密，特别是在京兆（西安）已经多年，熟悉关中及秦陇形势，才安排他当皇子忙阿剌的辅佐要员。商挺也不辱君命，在安西王面前出了不少好点子。当然，时间一长，也可能和王爷有了特别深厚的感情。至元十五年，忙阿剌病死。王妃请商挺向忽必烈请命，要求以儿子阿南答继安西王之位。忽必烈批复：

“年少，祖宗之训未习，卿姑且行王府相事。”

王位继承这类事商挺是应该避嫌而不参与意见的，现在忽必烈虽然命他继续任王相，但心里可能留下了一些阴影。随后，忽必烈召另一王相赵炳入朝，赵炳详细汇报了陕西转运使郭琮、郎中郭叔云种种贪赃不法之事。忽必烈听了很生气，派员和赵炳一起回西安查处二郭。这二郭和王妃有点特殊关系，胆大妄为，竟敢以世子阿南答的名义，在赵炳到达后，将其与全家囚禁在平凉北崆峒山。赵炳的儿子赵仁荣赴大都上诉。忽必烈便派人赶往陕西释放赵炳，并要他们将郭氏一党械送来京。郭琮先稳住了来使，用酒灌醉他，随即就遣人把赵炳毒死于狱中，说他是畏罪自杀，想来个死无对证。但这事做得太笨拙，惹得忽必烈大动肝火，待郭琮等来到大都后，他亲自主持审讯。那真相当然是不难明白的，郭琮等人伏罪。忽必烈命令赵仁荣亲手诛杀郭琮、郭叔云于刑场，并且籍没郭氏家产作为对仁荣一家的补偿，可是赵仁荣却说：

“不共戴天之人的财产，我怎么能够接受！”

忽必烈认为他说得对，便另外赐给他二万缗钞，作为治丧费用，又追赠赵炳为中书左丞。

赵炳屈死这件事，本来和商挺一点关系也没有。可是王府里有个叫徂徂的女官，因为涉及到二郭的阴谋，被处死刑。刑前，她想借揭发他人来争取宽大，便在口供中暧昧不清地牵扯上商挺和他的儿子商璹。忽必烈居然就相信了，发怒之余，把商挺抓起来，拘押在赵炳家，商璹则干脆被关进了大牢。忽必烈要赵仁荣传达了一项谕旨：

“商孟卿（挺字），老书生，可由诸儒臣议定其罪。”

留梦炎那时当吏部尚书，他拐弯抹角地说：

“臣早岁事宋朝，不知商挺向来之功可补今日之过否？”他当然知道商挺昔日的功劳，这样说的意思是提醒忽必烈对商挺宽大为怀。

“你这不过是儒生同类相助之词！”忽必烈一针见血道破留梦炎的用心，口气十分严厉。

符宝郎董文忠此时赶紧接住话头说：

“梦炎不知道商挺是什么人，是我把昔日商挺的推戴之功说与他听的。”

忽必烈的口果然被堵住了，半晌没有出声。谁说不是呢？商挺在二十年前那些日子里出谋划策功劳确实不小！再说董氏兄弟的话他从来都是要给予特殊注意的。沉默之后他终于问道：

“那么商挺和赵炳这案子究竟有什么关系？”

“臣虽未亲眼得见，但听到的情况都可以证明，杀人之谋，商挺确实没有介入。”

忽必烈仍旧不作声。固然没有参与杀人，和二郭大约总有些拉拉扯扯的关系。他又想起商挺上书要让阿南答继位的事。阿南答和王妃都是二郭的保护伞。商挺在这里面不可能没有起坏作用。于是，他下旨：商挺不可以无罪开释。籍没其家产充公。两父子关押到了冬天才正式释放回家。到 1283 年（至元二十年），商挺复出，被任命为枢密副使，没干多久，因病免职。第二年（1284 年），赵仁荣又上诉，要求进一步查清他父亲的冤案，商挺便再度被捕入狱，关了一百多天终于又被开释。过了几年，忽必烈忽然想起了商挺，他问御史中丞董文用：

“商孟卿今年多大年纪了？”

“八十整。”董文用答道。

忽必烈轻轻吁出一口气，并且微微摇了摇头，那意思不知道是惋惜他“太老了，没办法再为朕效力”，还是感叹“这老东西身子骨还真经得起熬炼”！

比商挺更倒霉的是崔斌，这位至元初年以干练闻名于世的能臣，竟在这一年（1280 年）被杀掉了。丢命的惟一原因就是他始终跟阿合马对着干，最终着了阿合马的道，一命呜呼！

阿合马在位日久，恃宠生骄，贪横暴虐，无所忌惮。朝廷内有实权的岗位，大部分掌握在他党羽的手中。这些人相互勾结，对上专事蒙蔽，对下则放肆搜刮，以至民不聊生，怨声载道。朝廷内外虽受其威权之箝制，但无人敢站出来检举他们抢占民财、滥施刑狱的罪行。有个禁军中的宿卫士，名叫秦长卿，忍无可忍，上书揭发阿合马的奸恶不法之事。秦长卿久在上层，当然掌握了一些真凭实据，材料便转到中书省，说是查处，但中书省里大多是阿合马的亲信，再加上有地位的高官显贵的极力解救，结果什么问题也没有落实，就这么不了了之。阿合马虽未被告倒，但对秦长卿已是恨之入骨，后来找了一个诬告的由头将他送入监牢，籍没家产，授命狱吏在狱中杀死了他。

至于崔斌与阿合马结怨更是由来已久。至元十五年，崔斌揭发了阿合马，天下称快，阿合马个人因为忽必烈保着没有被扳倒，但他的儿子和亲戚不少人被免了职，受的打击还是很不轻的。那以后不久，崔斌调任江淮行省左丞。阿合马认定崔斌还会继续与自己作对，于是便来个先下手为强，奏请忽必烈同意核查江淮行省钱谷。派出稽查的人是阿合马的党羽布拉戈达尔和刘思愈。他们核查的结论是：江淮行省平章政事阿里布勾结右丞特木尔雅克和左丞崔斌等盗卖官粮四十七万石。有了这一条基本罪状，再加上什么随意增减政府机构和撤换朝廷命官，私铸银、铜印信等等，阿合马派都事刘正前往查处，结果未能落实，再派参政张澍等人前去会同办理，最后竟将崔斌等三人问成死罪。

崔斌是个文学修养很好而且政治才能出色的人，就是锋芒太露一点，这也许是他招来杀身之祸的重要原因。至元初年，他随忽必烈出征阿里不哥，就已经显露出杰出的参谋才干，后来任阿里海牙的副手，在荆湖、两广屡建大功，而且保全了许多南宋军民的性命。听说他被杀，天下人都为他含冤抱屈。皇太子真金是吃饭的时候得知这一消息的，当即放下筷子恻然良久。

在至元十七年这一年死去的还有一位很杰出的人物，那就是曾任安西王相的李德辉。但他却死得很风光。当年十月，忽必烈诏命设立陕西、四川等处行中书省，以布哈为右丞，李德辉、汪惟正为左丞。任命的诏书还没有到，已经降服了的罗施鬼国又叛乱了。这个罗施鬼国即居住在黔西和滇东北一带的彝族部族政权，很不好对付。忽必烈接到军报后，即下旨由云南、湖广、四川合兵三万人从三个方向发起进攻。当大军已经逼近罗施鬼国的时候，李德辉正好在播州（今贵州遵义），他马上派人乘快马分头阻止三路大军暂停前进，同时，又遣张孝思代表他去罗施鬼国招降。罗施鬼国酋长叫阿察，熟悉李德辉的名字，他问道：

“就是那个救活合州万民的李公么？他的话我是信得过的。”随即他就亲自到播州向李德辉呈交降表。李德辉将情况转奏朝廷，忽必烈下诏将罗施鬼国改为顺元路，由阿察任宣抚使。一场战争和屠杀由此得以避免。

李德辉招降有功，却遭人诬告，说是他私受了罗施鬼国好马千匹。小报告打到了忽必烈处，幸好这次皇帝还能明辨是非，只说了一句：

“李德辉这人朕素来很了解，就是一只羊他也不会随便接受的，何况乎马！这全是谎话！”

这时李德辉已经病倒了，当任命他当左丞的诏书到达时，他刚好死去。西南一带的少数民族闻讯恸哭，就好像哭他们自己的亲人一样。到处都是民众自发搭建的祭台，每个祭台前都聚集着数以千计的哀悼者。合州安抚使王立更是披麻戴孝，率领全城军民拜哭于灵堂之下。哭声震动合州城四周的群山，护丧的队伍多达万人。那种壮观而又感人的场面可说是合州有史以来所未曾有过的。这是发自由衷的真实感情，因为如果没有李德辉，抵抗蒙古人数十年之久的合州，绝对逃不脱被屠城的命运。

除了合州，兴元、播州安抚使何彦清也率民众为李德辉建庙，四时祭祀不绝。

进攻日本受挫

至元十七年（1280 年），忽必烈把酝酿多年的进攻日本的计划开始付诸行动。

他的这个计划最早可以追溯到至元三年。忽必烈在那年第一次命高丽国王派人护送黑的、殷弘两人出使日本，但是这次出使没有成功，因为高丽人担心使臣如果不能说服日本国来朝，忽必烈就一定会出兵攻打，免不了给高丽带来沉重的负担。于是他们用路途遥远，风暴险恶来吓唬两位使臣，让他们以“路远不达”回去复命。但是忽必烈已经铁了心要让日本归降，他责备高丽不肯出力，于第二年（1263）又一次派黑的等出使日本。高丽国王这次被迫无奈，命自己的大臣代替蒙古使臣赴日，结果这位大臣被日本方面扣留五个月后方遣回，这时统治日本的镰仓幕府根本不打算和蒙古帝国打交道。

至元五年，忽必烈第三次遣使日本，并且严令高丽王派大臣陪送。高丽王照办了，可是使臣在对马岛受到日军的阻挠，日方不准任何使臣通过此地。最后，他们只能随便从岸上抓了两名日本人回来交账。忽必烈对这两人说：

“你国朝觐中国，本是有久远历史传统的惯制。今天朕欲命你国来朝，并不是要逼你们归顺，而是朕欲以此而传名于后世。”

这话的意思很明白，忽必烈想比肩于李世民等盛世明君，他命人领着这两个日本人游览了燕京名胜之后，派人把他们送回了日本，并要他们带去了以中书省名义写的致日本国王的信。

从以上事实，已经完全可以看出高丽在实现大元帝国侵日计划中所处的重要位置。高丽王为什么这么心甘情愿地助忽必烈一臂之力？这必须从忽必烈和高丽王国的关系来分析。

在忽必烈之前，蒙古人对高丽所实行的是一种极野蛮的侵略和统治政策。高丽原本是和蒙古人联手对付契丹的盟友，但蒙古此后却一直把高丽视为任意谋求财富的对象。成吉思汗西征时期，他的弟弟斡赤斤对高丽人的高额勒索达到了空前的程度，高丽人忍无可忍，把前来索贡的使者杀死于途中。1231 年和 1232 年，太宗窝阔台两次武装进攻高丽，给高丽人民带来了极大的痛苦和伤害，遭到了十分坚决的抵抗。1235 年，蒙古灭金后，又一次入侵高丽，高丽百姓在困难条件下和入侵者周旋了几年，在 1241 年派遣王子到和林做人质，换得了几年相对和平的局面。

从 1247 年起到 1259 年，蒙古发动了四次征高丽的战争，烧杀掳掠，无所不用其极，史书说“其惨苦之状，目不忍睹”。但是蒙古人仍未达到征服高丽的目的。1259 年，高丽国王王瞮将世子王倎送到蒙古作人质，双方达成了一个临时性的和议。

1260 年——忽必烈登基的第一年，高丽王王瞮死了，忽必烈将王倎送回国即了王位。同时下诏让高丽“完复旧疆，安尔田畴，保尔室家”，并且宣布对以前的反抗者一律不再追究。后来，忽必烈还把自己的女儿嫁给高丽王世子王椹，王椹即王位以后，元朝和高丽便形成了所谓“甥舅之好”。自此，朝鲜成为元朝的臣属国。忽必烈为了起征日本的需要，在高丽设立了征东行省，以高丽王为行省丞相，这个行省不同于国内的其他行省，内政基本上是独立的，机构由自己设置，官员由自己委派，税赋由自己征受。元朝政府虽然也派出了达鲁花赤，但只能起到搜集情报上报朝廷的作用。忽必烈的高丽政策是比较开明的，相对来说，高丽王室也考虑到反抗最终是没有出路的，还不如接受这种臣属的名义以维持事实上的独立，于是双方的敌对状况基本上消除了，除了经济和文化的密切联系，高丽充当了元朝远征日本的基地和跳板。

1271 年（至元八年）初，忽必烈派遣赵良弼为国信使出使日本。在途中辗转了近一年时间，赵良弼率领使团到了日本，但他们被阻于太宰府，不准入京都。日本国王拒绝接见使团，使团也不肯间接呈递国书，僵持到最后，以送一个副本抄件给日本官员为了结。过了年，日本派人送赵良弼这一行人回国。赵良弼把护送他们的二十多名日本人带到大都，冒充日本使者，可是他们并未带来任何书面文件。忽必烈当然不会满意，他命令赵良弼再次出使日本。日本的态度依然如故，过了一年，又把这些使臣遣送回国。忽必烈连续五次派使臣去日本诏谕对方遣使来朝，但每次毫无结果——镰仓幕府拒绝给予任何答复。

在进行这一系列外交活动的同时，忽必烈又积极地筹备武装入侵。1274 年（至元十一年）一支由大小九百艘舰只、一万五千名士兵组成的征日本大军，从高丽的合浦港出发。统帅是凤州经略使忻都，副帅是高丽军民总管洪茶丘。这支大军取得了一些小胜，侵占对马岛和一歧岛后，在松浦郡和博多湾一带登陆。日本守军占据有利地形进行了坚决抵抗。元军耽搁了好些时日，耗费了许多粮饷，始终未能再深入日本的腹地。后来博多湾上刮起了一场大风暴，战舰大部分被毁坏。忻都不敢再逗留下去，只好掳掠了少量百姓、牲口等，仓猝撤兵回国。

因为赵良弼是多次到过日本多次的人，对于日本国情有较深的了解，他曾经把他所知道的情况（如朝廷制度、州郡名数、风俗人情、山川形势等）系统整理上报，忽必烈便召见他问道：

“卿前番数至日本，可谓不辱君命。这日本蕞尔小国，何以如此桀骜不逊，卿能言其详否？”

“启奏陛下，以臣所见，那日本国民狠勇嗜杀，连父子之亲，上下之礼尚且不知，焉能领会以小事大、以臣奉君的道理！”赵良弼回答道。这些话当然也只说出了问题的一个方面。

“然则朕当伐抑或不当伐呢？”忽必烈又问。

“据臣所知，日本地多山，无耕桑之利，得了它的人民不能供役使，得了它的土地不能增加收益。何况我军远渡重洋，舟师劳顿，风暴又常常不期而至，为害之烈实不可测，此所谓以有用之民填无穷之巨壑，臣以为可不伐。”

赵良弼这番话并不合忽必烈的胃口，但外交和军事上的连续受挫，使他不能不考虑这些分析中的合理因素，更何况此时正值征宋的关键时期，也不宜过于分散力量，于是他把对日本的一腔心思暂时收敛起来。

至元十二年，忽必烈又派礼部侍郎杜世忠和兵部侍郎何文著等再次出使日本，还是无功而返。到了至元十七年（1280 年），征宋的战争早已结束，忽必烈心里又惦记起日本来，他再次派杜世忠等人去向日本国下书。因为形势变化了，而从前又一再地碰了钉子，这次的国书里便不免说了些严厉的话，结果惹恼了日本国执政的幕府将军，把使团人员全部杀光。要不是有几名护送使团的高丽水手逃回本国，这些使臣们的下场根本就不会为人所知了。

忽必烈这回可是大为震怒了。他命令右丞相阿喇罕、中书右丞范文虎，以及原先到过日本的忻都、洪茶丘等将领，调集十万兵马，浩浩荡荡杀奔日本而去。

出师之前，翰林学士王磐谏阻道：

“日本小夷，海道险远。大军出征，胜之不武，不胜则损威，臣以为还是不伐为便。”

忽必烈此时怎么还听得进去这些话，他对着王磐发开了脾气：

“你说这些话真是有失臣体，若以我国之法论处，言者不赦，你是否怀有别的意图？”

王磐却也不肯示弱，大声地抗辩道：

“臣赤心为国，故而敢讲这些话，如果有别的意图，我当初何必从叛乱之地冒万死而来归陛下？臣今年已经八十岁，又无子嗣，我还有什么别的东西可以图谋？”

他说的“冒万死来归”，指中统元年他在益都任宣抚副使，是李璮的副手，李璮对他很尊重，但他在发现李璮谋叛的阴谋后，用计脱身，单骑逃回大都这段往事。忽必烈对这一切当然记得很清楚。不免觉得自己脾气发得有点过分，言语间伤害了王磐。第二天，皇帝派内侍来到王磐府中温言慰抚，消除他的忧惧之心，后来又把内府珍藏的一个碧玉宝枕赐给了王磐。

但是在忽必烈的心目中，日本是非征伐不可的。他在将领们陛辞的时候，又特别向他们补充交代了一件事：

“朕现在有一事最担心，就是怕因卿等不和而贻误军机。特别是范文虎，新降不久，汝等必然轻视他，这就大大有失朕望了。”

直到众将领在他面前作了保证，他才终于放了心。此次出征的兵力大部分是新收编的南宋部队，忽必烈知道此时必须要倚重范文虎。

阿喇罕老了，而且多病，他根本无力指挥这支庞杂的军队，还只到得高丽，他因协调不了进军方案的意见分歧，心绪烦急，寝食不安，因而诱发了老病，竟然就在军中一命呜呼。阿喇罕一死，指挥大权就落到了范文虎手中。尽管范文虎一心想为元朝建功，但他又如何能解决阿喇罕都无法解决的问题！忻都、洪茶丘虽然在皇帝面前作了保证，但仍然看不起他。作战方案长久议而不决，有的说要先占一歧岛，有的说要先攻平壶岛，众说纷纭，莫衷一是。

范文虎心想，你们轻视我，实在没有道理，出师已经两个多月，还停在此处，如何向皇帝交代？于是他一朝权在手，便把令来行，也不等新任命的统帅安塔哈到达，便以副帅名义下令向平壶岛发起进攻。

平壶岛四面临大海，并无港湾。范文虎的大军刚刚到达，就遇上了一场罕见的飓风。只见海面上波如山涌，阴霾密布，狂飙怒卷，涛声尖啸。一般大陆上去的军士们，几曾见过这等自然景象，一个个就算没有被吓昏，也已是晕眩呕吐，东倒西歪，哭爷叫娘，乱成一团。

元军的许多舰只实行的是张世杰在崖山用过的老法子，即所谓“缚舰为城”。这种方法防避小风浪的颠簸或者有效，但遇上这样的飓风则反而造成了更大的灾难，各舰之间震撼撞击，损坏者不计其数。范文虎此时只得命令部队，弃舟登岸。十几万大军拥塞在平壶岛西面的五龙山下。那五龙山其实是五座邻近的小岛，如何容得下这许多人马！范文虎待风势稍停，便命令士卒，收拾修整破损的船只，但舰只十成中怕只剩下两、三成而已，不得已，只有差兵士入山伐木打制新船。正是秋天多风暴的季节，过不了几天，飓风又起，那些已经丧失斗志的将领，纷纷登上坚实的战舰，各自逃命。范文虎见此情形，心里也没了底，怕自己被困死在这弹丸小岛上，给养已经所剩无几，如果日本军队再来进攻，后果不堪设想。想来想去，还是保命要紧，于是他命令自己的旗舰解缆启航，向西扬帆，逃归本国。

可怜范文虎带来的十万大军就这样被他们的将帅遗弃在平壶岛五龙山下。日本人知道了，赶紧派军队来进攻。这些失去了指挥、缺乏给养又没有斗志的元军如何是日军的对手？那不是战斗，简直就是一场变相的屠杀，所有的蒙古人、高丽人和汉人都被斩尽杀绝，只有新改编的南宋军人，日本人不杀他们，赶回去作奴隶（他们称这部分南人为唐人，意思是正统的中国人，给予了一点优待）。据说这十万大军得以逃归中国的只有三人。忽必烈这次进攻日本的计划就这样失败了，这是日本后宇多天皇弘安四年的事，所以在日本历史上称为“弘安之役”。

范文虎回到大都，为了保全自己，便谎报军情，说是部将不听指挥，未战先逃，他自己孤军奋战，力不能敌，才不得不带领部分败余兵卒逃回国内。跟他逃回来的都是他沿高丽一线收集的散兵败卒，这些人要想保护自己的身家性命，只有迎合范文虎作假证词。至于范文虎指责的那些“未战先逃”的将领，自己知道回朝来决没有什么好果子吃，于是一个个都已经隐姓埋名，避匿山野。既然没有人揭发，范文虎的谎报也就长期被承认。后来终于有一天，从平壶岛逃亡生还的人带回来了范文虎临阵脱逃的事实真相，但时过境迁，忽必烈已并不想再予追究。也许当初派范文虎出征是个错误，但是他有着长期在南宋率领水师的经历，出海远征，至少总比不习水战的蒙古或色目将领要强一些。加之途遇飓风也事属意外，谁去当统帅恐怕也难以应付，况且十余万大军成分复杂，不听新降不久的范文虎调遣指挥本也是意料中事……忽必烈竟从内心里替范文虎开脱。这是为什么？因为他不想以惩处主将来过分渲染这初征的失败，他还要继续对日本发起攻击。很快，他又任命安塔哈为日本行省丞相，彻尔贴木尔为右丞，刘二巴图（国杰）为左丞。他命令他们招募水师、打造舰只，准备再次进军日本。

但是，跨海远征这样的军事行动组织起来并非易事，仅从经济的角度而言，加给社会的负担就是非常沉重的。熟练的水手无非是沿海的渔民，征召他们入伍，势必影响无数家庭的生计；舰船的制造，成本很高，更何况还要供办其他的军需。总之，百姓（特别是高丽和江南的百姓）对于远征日本是十分反感的，而且为此还爆发过多起抗命不遵的武装斗争。

忽必烈不是不知道征日本一事的棘手，但他不愿意留下遗憾——就在一衣带水的近处有那么一个不肯接受他统治的民族存在着。到了1283年（至元二十年），他终于组织起一支两万人的水师，准备进攻日本。他一方面下诏令筹办军粮（光是高丽国就要承担二十万石的任务），一方面召见太常少卿汪忠良，要他选择出征吉日。汪忠良知道此事干系重大，委婉地谏阻道：

“僻陋海隅，蛮荒岛国，何足有劳天兵？”

忽必烈根本听不进他的话。看到皇上出征的意志这么坚决，朝臣中无人再敢劝谏。淮西行省右丞昂吉儿壮着胆子奏道：

“臣闻兵以气为主，而上下同欲者胜。近年连连有事于海外，三军屡遭败绩，还说得上什么‘气’？海内骚然不安，一遇政府有所调发，上下愁怨，自然更谈不上‘同欲’。请陛下罢兵息民。”

南台御使大夫姜卫也遣使入朝上奏道：

“倭人（日本）不奉命来贡，可伐而不可怒，可缓而不可急。过去用兵仓促，期限紧迫，准备不足，以致战船不坚，将士不精，器械不利，前车已经倾覆，后车就应当改辙。当今之计，应该是预修战舰，训练士卒，耀兵扬武，使日本人为我军的阵势所震撼，只知小心防御，不敢再事骚扰。过些年月之后，乘他疲惫，出其不意，顺风突袭，一举而下，此万全之策。”

忽必烈仍然不表同意，但臣下们反复表述的意见还是引起了他的深思。海军建设需要的投入确实太大了，百姓是实在不堪其苦才起来反抗的，如果为此再逼出什么大的骚乱，那就真是不值得了。思前想后，他又下诏罢掉了征东行省。当然，实际上他仍在等待着时机。

在福安献城归降的王积翁，跟那些来福建做生意的日本人，早年打过不少交道，学得了一点半瓶子醋的日语，便以“日本通”自诩。他知道忽必烈对日本那种耿耿于怀的心情，心里便总想发挥一下专长来对新朝廷新主子作些贡献。来到大都好几年了，虽然也享受着部级待遇，但总觉得寂寞、冷清、无所作为，有愧于皇上赏给的俸禄。于是他不断地放出空气，说自己能宣谕日本，令其归降。忽必烈听说王积翁有这等本事，喜之不胜，于1284年（至元二十一年）开春，就正式委任王积翁为国使，带着皇帝签发的诏书和锦衣、玉环、鞍辔等许多礼物，出使日本。忽必烈想到日本是信佛的国家，便加派普陀寺的和尚如智与王积翁同行。途径高丽，王积翁又强迫四艘熟悉航道的船只随行引路。海上的风涛变化莫测，王积翁吃了不少苦头，又迁怒于这些高丽船民，有事无事，常常鞭打他们。后来有人告诉他，高丽船民背后多有诟骂他的言语，劝他不要激成事变。王积翁于是换了一副嘴脸，只拿好话应付这些船民，说是回朝以后一定保举他们当官。那些船民也装出一派归心效命的样子。船过对马海峡，再往前行就是日本海面，船员们把王积翁带的随从都灌醉了，然后杀掉王积翁，把船上的钱财珍宝掳掠一空而去。王积翁在南宋时怕死投降，这回却死在了船民的刀下，虽说也算是因公殉职，但若早知如此，则在福安城下战死肯定比这要光彩得多。

忽必烈始终没有放弃招降或征服日本的打算，后来的五年时间里，他又两次设置征东行省，但都是不久又宣布撤销，想必都是在朝野官民的一致反对声中被迫暂缓执行东征的计划。此后直到他死，他也未能再向日本派出一兵一卒，而中日之间的经济和文化联系却不断有所发展，只有政治关系一直处于僵持状态。

忽必烈自范文虎全军覆灭后再不能组织起对日本的大规模进攻，最根本的原因还是各地的民众暴动此起彼伏，使他腾不出手来集中精力安排东征。在几条战线上同时作战从来都是兵家之大忌。和日本问题比较起来，国内的反叛是更可怕的，所谓“患生肘腋”，不可不早治、先治。

在这几年间，影响最大的民间武装暴动当数黄华、陈吊眼、林桂芳、欧南喜等数起。

黄华是福建建宁人，第一次起兵反元是在 1279 年（至元十六年）初。他联络一些盐夫、盐贩，和畲族许夫人的畲军集合成一支汉畲联军，号称“头陀军”，正式举起反元大旗。黄华亲自统率的武装就达三万之众，闽北浙南，一时为之震动。忽必烈派管军万户鄂尔者都前往镇压。鄂尔者都一方面大张旗鼓，造成王师压境天威莫测的声势，另一方面遣使与黄华接洽招降事宜。条件很简单，只要投降官军，黄华就可以当副元帅，随他一起去讨伐反贼陈吊眼，立功之后，再奏请圣上另行封赏。为了让黄华见识一下大军的威猛，他还特地邀请黄华观赏了一场大型围猎，只见满山遍野，旌旄飘舞，杀声鼎沸，一只山鹰正在天空翱翔，鄂尔者都弯弓仰射，弦声响处，山鹰中箭落地。围猎结束，所获飞禽走兽堆积如山，直看得黄华目瞪口呆，心悦诚服。用军威一震，用实力一吓，再加上用官职一诱，黄华如何能不降？降了以后，他还卖力地去打陈吊眼，借着熟悉地形，连破其五座险寨。可是过了不到三年，黄华又反了，而且这次规模更胜于从前，两三个月的时间，队伍便号称有二十万之众。但人数虽多，毕竟是乌合之众，不经打。在忽必烈派来的史弼、刘二巴图等勇将凌厉的进攻面前，他只坚持了两个月便兵败被杀。

陈吊眼部是坚持抗元的民间武装中规模最大、时间最长的一支队伍，他主要活动于闽西南一带。他结寨固守，不时还出击汀州、漳州等地，令官军十分头痛。当年临安失陷的时候，陈吊眼和许夫人领导的畲军就曾经积极配合张世杰在福建的抵抗斗争。宋亡以后，陈吊眼的势力较前还有所扩大，1280 年（至元十七年），他一度占领过漳州，杀死元朝官兵无数，部众增至十万人。

忽必烈调动了江淮、福建、江西、湖广四个省的军队，由鄂尔者都和高兴率领，对陈吊眼实行堵截围剿。如果正面作战，民间武装自然不能抗衡训练有素的官兵，而陈吊眼他们的优势就在于利用山区险要的地形，使官军奈何不得。据险而守，弓弩是要紧的兵器。当鄂尔者都围困了陈吊眼的主寨久攻无效之后，他想出了一条计策。他让士兵们用稻草将自己周身包裹起来，当前进到对方弓弩的射程以内时便停下不动，待到天黑，他们便把那些草扎成人形，披衣戴帽，手执兵器，然后自己隐蔽着退回本营。第二天，寨里的守卒一见寨前布满元军，也无暇再分真假，便发箭乱射，因距离远，无法确定有多少人被射倒。哪怕那一个个草人已经被射成刺猬一般，他们也还是射个不停。到了晚间，士兵们又摸到前沿，把草人身上的箭矢拔去，再移换一下地方。天明之后，守寨的陈吊眼部众依旧是乱箭齐发，置之不理是不行的，因为那些“人”看来确实在不断地前进……就是靠这种计策，鄂尔者都硬是在短期内耗尽了敌方的箭矢。陈吊眼的箭用完了，元军依然围困不退，没法采办原料再行制造，寨子如何还能守得住？1282 年（至元十九年），陈吊眼终于被元军擒杀。他分散在各山寨的余党本来还不少，可是“蛇无头不行”，主将一死，他们就没有勇气和决心继续下去。陈吊眼的叔父陈桂龙等人到了四月份就向元军投降了。忽必烈下令把这些人护送到京师，除了两个反对投降的处以极刑之外，其余人等一律遣送到边远的北方憨答孙地安置。

江东（今安徽一带）地区在 1282 年（至元十九年）也陆续爆发了许多起规模较大的武装反抗事件。其影响曾经波及到浙西各县。势力最大的活跃在宣城、徽州及整个皖南，他们攻占城池、杀死官吏，当然也掳掠民财，而地方官府对他们一筹莫展。后来，忽必烈命令驻屯建康（南京）的管军万户张珪率领精锐部队开赴安徽，费了不少劲，才总算把他们给镇压下去了。

在广东方面，1283 年（至元二十年）年初，林桂芳在新会一带建立罗平国，年号延康，设官署，任大臣，可是他们没有支持多久就被镇压下去。接着下半年，又爆发了规模特别巨大的欧南喜、黎德起义。这次举事的基本骨干还是那些盐贩、盐夫，他们闯荡江湖、见多识广，算是最具革命性的阶层。最初出没于东莞、香山、惠州等沿海地区，后来迅速发展为十余万人的队伍，欧南喜在清远称王，并调兵遣将进攻广州。但广州却让他遭到挫败，欧南喜便转道新会和黎德会合，一时之间拥有战船七千余艘，人马号称二十万之众。他们的反抗支持了一年多的时间，到 1284 年（至元二十一年）冬天，终于彻底被元朝消灭。欧南喜、黎德和他们下面的都督、丞相等二十四人被擒杀，也有部分将领被押送京师然后流放穷北（极远的北方）。

忽必烈对待南方各地的反抗斗争，一手是镇压，一手是招抚。他并不一味地主张杀戮，大体上能贯彻顽抗者严惩、投降者免死、立功者受奖的原则。对胁从者放下武器后一般都是就地遣散，镇压暴动最著名的刘国杰（二巴图），贯彻这条原则成效最为显著。对某些首领人物如黄华、陈吊眼，忽必烈还十分看重，只要能降就可以授官。像黄华，第二次起兵就是在担任建宁路管军总管的任上，被刘国杰击败后，他不好意思再次投降，便投火自尽了。又如陈吊眼，忽必烈曾一再要鄂尔者都和高兴设法招降，但陈吊眼利用这一点多次让他们上当。最后寨子被攻破，陈吊眼只身出逃爬上千壁岭，高兴跟在后面，同时还用招降授官的话引诱他。两人相持在一块岩石的上下，陈吊眼在上，高兴在下。高兴要陈吊眼拉他一把，让他上去后再作商量。那陈吊眼果真伸出手来（大约也是穷途末路想投降保命），高兴抓住他的手，猛地向下一扯，把陈吊眼整个人从上面拉了下来。高兴早就恨透了陈吊眼的反复欺骗行为，害得成千上万元军在山岭间疲于奔命，于是二话不说一刀将他结果了。高兴想，这种末路光棍投降了又有什么用？上报朝廷就说他顽抗到底被当场格杀。

忽必烈对民间暴乱不为已甚的政策从两件事里可以看出明显的思想脉络。一件是他授命史弼专门办理“贼党”的安置事宜时说：

“为首者和主谋者都已经死了，其余的统统都安置到淮上去屯田吧！”

按照这个命令，许多“贼党”迁徙到淮上，在开发苏北、皖北的垦荒事业中作出了不少贡献。

另一件事是他对前来告急的嘉定路总管伊彻尔忽分析动乱原因和交代对策时说：

“南人生长于离乱，岂有不厌兵畏战的！只因统治不得法，保之不以其道，故而会作乱。你将朕的意思传达下去：叛则讨之，服则舍之，既服则赦，毋多杀以伤生意，骚乱自会安定下来。”

忽必烈这个指导思想对于平息内乱稳定国家确实是起了作用的。

阿合马终于遭了报应

阿合马倚仗着忽必烈的宠信，为所欲为，无所不为，已经到了天怒人怨的程度。虽说他在 1281 年（至元十八年）十二月里才正式升任为左丞相，但他从 1264 年（至元元年）担任中书省平章政事以来，可以说就基本上掌握了朝廷的政治、军事大权。这十多年里，他卖官鬻爵，结党拉帮，收受贿赂，搜括民财，强占妇女，再加上排斥异己、残害忠良，干下的坏事实在是难以胜数。作恶许多，自然会有报应，何况恶贯已经满盈，怎么能逃得掉惩罚呢？

阿合马出身低贱（是察必皇后和忽必烈完婚时作陪嫁带来的奴隶），为什么能够平步青云在权力场中如此得意呢？除了小心卖力能博得主子的欢心之外，最大的本事就是会弄钱，有经济头脑。前面已经说过，他在担任领中书左右部兼诸路都转运（盐）使（相当后世之盐务总局局长）的时候，如何利用盐、铁专卖替国库增加收入；他在任制国用使的时候，如何在贸易、采矿等事业中广辟财源等等。这些都还未必是极端扰民害民的坏事，可是他在这个基础上又不断有所进步，有所创造，给百姓造成的负担就十分的沉重了。比如他始终严格实行盐、铁专卖，并且扩大到药材和铜都由政府专卖；又比如他提高各种税额，并且奏请忽必烈设立诸路宣课提举司（相当于设在各地的国税局），他把自己亲信的爪牙派往各路控制提举司，极尽威吓搜刮之能事，逼得小民砸锅卖铁、流离失所之事时有发生；再如他随意提取各路中统钞（中统年间发行的货币）准备金，因而造成中统钞一再贬值，百姓承受了巨大损失……当然，还有他和他的亲属、党羽恃强为虐，强占良田，强夺民女等等，凡此种种，如何能不怨声载道！然而他能替国库弄到钱，忽必烈南征北剿东讨西伐，需要的就是钱！因此尽管人们不止一次弹劾过阿合马，而且往往事实俱在，忽必烈始终没有认真查处过，在甚至于处理了他的儿子、侄儿的情况下，也从未降罪于阿合马。

前面讲到了阿合马在中书省时，成功地排挤了廉希宪、商挺、姚枢，在后来成立的尚书省，他任平章政事，便将中书省的大权削夺架空，而当他再回中书省时，他却带来了尚书省的原套人马，如同平章事张易、参知政事张惠、麦术督丁、李尧咨等人，等于是接管了中书省，接管了政府。其时，中书省上面还有三个比他更高的职位，即中书令真金（太子）、右丞相安童、左丞相忽都察儿。他们并不赞同阿合马搞的这一套，但中书省的干部班子已经由阿合马牢牢掌握，即使是太子和声望卓著的安童也没有办法改变各种荒谬的现实。

皇太子真金受的完全是汉儒教育，相信的是正诚格致修齐治平的道理，他当然看不惯也看不起阿合马。但他从 1262 年（中统三年）“守中书令”以来，有两次较长的时期在外执行任务，一次去潮海，一次去称海，都是为了控制当地局势，避免产生动乱。回朝以后，他这个名义上“一人之下，万人之上”的中书令，很多事情作不了主。

百官直接向忽必烈奏事，不一定经过他，即使经过他，还是要报请忽必烈拍板。直到至元十六年，忽必烈才正式下诏由太子参决朝政。真金对阿合马从来没有好脸色，但他心里清楚，父亲必须倚重阿合马，因为要靠他筹钱。自己虽然是太子，也无法搬得动阿合马。阿合马知道真金不喜欢自己，他当然也不喜欢真金，但真金毕竟是太子，而且又是自己的顶头上司，因而他对于真金还是有所忌惮的。

至于安童，阿合马曾在他手下工作，深知此人是自己必须排斥的对象。至元七年，他刚到尚书省时，就以安童威望崇高理应晋升三公为由，准备将他“一脚踢到楼上去”，但这个图谋当然瞒不过那些儒臣们的眼睛，他们坚持要忽必烈把安童留在中书。到了至元十二年，阿合马终于得逞。他说海都和笃哇在西北蠢蠢欲动，必须有像安童那样的勋旧重臣去镇守阿力麻里，才能稳得住形势。忽必烈果然接受了他的建议，派安童“行中书省兼枢密院事于阿力麻里”，去辅助皇子北平王那术罕。后来昔里吉造反称可汗时，他把安童和北平王送往海都处，名义上是加强政治联盟，实际上想借刀杀人，好在海都没有那么做，只把他们扣留了七年之久，然后又送回了大都。

安童让阿合马害得差点连命都丢掉了，能得到生还的机会真不容易。他不可能不痛恨阿合马，但当他回到大都时，阿合马却早已从人间消失了。阿合马的死是一个极富戏剧性的事件。

1282 年（至元十九年）春，一个以益都千户王著为主谋的暗杀阿合马的计划已经慢慢成熟了。王著和阿合马并无私怨，他之要杀阿合马完全是出于一种救国拯民的正义冲动。

王著只是一名千户官，以他的能力想要铲除阿合马，就只能使用阴谋和恐怖手段。他像一心要杀秦始皇的张良一样，也制造了一个大椎，铜铸的，他常常拿在手中把玩并且发誓一定要用这玩意砸破阿合马的头颅。但是他哪能找到这样的机会呢？

王著找到的同盟者是一批类似会道门信众的市井之徒。这伙人的头头浑名高和尚。然而他又并不是和尚，只是会些请神求佛、念咒画符的把戏，据说有辟谷养颐、点石成金、呼风唤雨、刀枪不入的能耐。部队方面曾请他去训练特种兵，谁知并不灵验，他只好诈死逃离，为了避免军方追索，他杀了一名徒儿，毁其面容，换上自己的衣服，冒名顶替，以假充真。他逃入大都，还是拾起过去那一套把戏，身边又集合起不少的信徒。

高和尚和王著很快就结成了一伙，并且制订出了一个诛杀阿合马的完整计划。参加到这次行动中的有高和尚的徒众和王著的亲信共八十多人。

王著知道阿合马和太子真金之间有很深的矛盾，他也知道阿合马怕得罪太子。因此当太子随忽必烈去了上都，阿合马奉命留守大都的时候，王著认为这是杀阿合马的机会来了。他第一步是差两个化装成西藏喇嘛的人到中书省报信，假称皇太子和国师要还都做佛事。当时东宫（太子居住的宫殿）都总管张九思和同知高觿正在宫中值班，便来诘问这两名喇嘛。这两人本是假货，多问几句便仓皇失措，不知对答。张九思觉得情形可疑，便把两人交给属下去审讯，但那两人一味装傻，什么也不肯说。高觿和张九思察觉有问题，并命令宫中卫士及禁卫军官兵手执弓矢，进入戒备状态。

到了下午，王著又派人假传太子手令，通知枢密副使张易，要他午夜发兵，与太子相会于东宫，执行太子的特殊命令。张易没有辨出其中有伪，还自作聪明地以为太子要自己协助他消灭权奸，实属莫大的信任。正当他要派兵的时候，高觿走过来问他：

“大人此时发兵意欲何往？”

他们都是亲太子的人，张易当然不避讳高觿，便把自己设想的发兵目的告诉他：

“太子今晚入城，就要诛杀左相（阿合马）。”

傍晚时分，王著亲自来找阿合马，说是太子回都，已快到城门口了，叫阿合马派人去接。阿合马认识王著，当然不会想到他在撒谎，就连忙派了中书省右司郎中脱欢察儿率领几个人骑马出城迎接太子。脱欢察儿这一行人出城走了十几里，碰到了高和尚等人假扮的太子及其随从。这时天色已黑，脱欢察儿等连人也没看清楚就被“太子”手下的人杀掉了，骑来的马匹也一并归了“太子”一党。

假太子带着他的一干随从，大大方方地从健德门进了都城。二更时分，他们来到了禁宫西门前。高觿和张九思正好在此巡查，远远听见人马喧哗，望见仪仗队的大灯笼缓缓靠近，一名卫士打扮的人策马到城楼下喊道：

“快快开门，太子回宫来了。”

高觿心存疑惑，对张九思说道：

“往日殿下还宫，都是以鄂勒哲和萨阳二人为先行，应该让这两个人露了面，然后再开门。”接着他就向城下喊：“鄂勒哲，萨阳，上前说话。”

对面没有一点反应。高觿便大声喊道：

“平日殿下入宫从来不由此门，今天何以来此？”他这仍是在试探对方虚实，因为情况确实太可疑，他不能不有所防范。

假太子这一伙人并不熟悉宫里的情况，心里没有底，不敢随便答话，只好临时改变计划，策马转向南门而去。高觿和张九思商量，觉得“太子”一行行动过于奇怪，便命令张子政等守住西门，自己和张九思也赶往南门方面去。

城外这一伙行动还是快些，不等高觿、张九思赶到，他们已经转开了城门，直抵行中书省。假太子在马上大要威风，传省官立即来见。阿合马带着左丞郝桢、右丞张惠早已伺候在此，他听说太子回都，就知道自己没有好日子过，必须时时小心，以防吃亏。太子是皇上的儿子、继承人，皇上无论怎样庇护自己，也不可能派太子的不是。阿合马当然不会忘记，有一次，太子用弓打破了他的脸，早朝时，皇上问道：

“阿合马，你的脸怎么伤成这个样子？”

“启禀陛下，臣不小心让马踢伤了。”阿合马不敢说自己是被太子打伤的，随口撒了个谎。

正好这时真金也赶来了，听他这么说，气就不打一处来，立即驳斥道：

“什么马踢的！你是不好意思说挨了我的打。你这家伙坏透了，我就是要打，就是要打……”说着，太子又冲过来，揪住他的衣领，举起拳头猛揍他的头部，一边打还一边骂。

阿合马不敢还嘴，更不敢还手，只是举手护住自己的头。最后还是忽必烈看不过意了，喝止住了太子，叫人把他们分开……阿合马怕见太子，但又不敢在太子传唤时不到。此刻他根本不敢抬头正视，只能畏畏葸葸上前见礼。

“阿合马，你这国贼！”“太子”在马上斥骂道，“你贪赃枉法，残害忠良，欺凌百姓，无恶不作，……今日就是你的死期，来人呐——”

“太子”的话音未落，那边王著早已着人将阿合马牵至一旁，他从自己袖中取出铜椎，猛地一下往阿合马头上击去……阿合马刚才听这“太子”说话的口气和声音都很不对路，正想弄个明白，还未来得及开口，便只见王著手中一团黑影向自己飞来，“扑”地一声，眼前一黑，一阵剧痛之后，便一切都消失了。

阿合马被打死之后，便轮到了左丞郝桢，这也是坏事干尽的阿合马的死党，不用多说，早有人上前一刀结果了他。下一个便是又一名死党右丞张惠，还没来得及动手，高觽和张九思已经带着卫队赶到了。他们终于看清楚马上那人不是真金太子，立即高声叫道：

“这不是真太子，快抓反贼！”

宫廷卫士听到命令，赶紧冲上去捕人。留守司达鲁花赤博敦提着棍子首先赶进一步一棍将假太子打下马来。假太子爬起来跑了几步被卫士们乱箭射死，其他扮作随从的数十人顿时作鸟兽散，黑暗中一时也难以将这些人捕干净。只有王著留在原地未动，他挺身站出来，承认自己是主谋，任由宫中卫士将他逮捕。

事件发生的时候，忽必烈正驻跸于察罕淖儿。听到这个消息，他当然大为震怒，当天就赶回上都开平，并命令司徒和礼霍孙、参知政事阿里等人立即赴大都查处乱党。忽必烈知道阿合马朝中政敌甚多，因此他怀疑朝廷大臣中参与密谋者不少。为了了解这方面的情况，他把典瑞少监王思廉叫到行殿，屏退左右后问他：

“张易参与谋反，你知道吗？”

“臣不太清楚。”王思廉答道。

“反都已经反了，怎么说不清楚呢？”忽必烈对他的回答显然不满意。

“僭号改元，谓之反；逃亡入他国，谓之叛；群集山林，贼害民物，谓之乱。张易属于哪种情况，确实说不清楚。”王思廉不急不忙地奏道。

忽必烈品味了一下这几句话，然后又稍稍转换了一下题目接着问道：

“朕即位不久，就碰上了李璮这种反叛之臣。有些人是不是把朕当成汉高帝（刘邦）、宋太祖（赵匡胤）这种以平民骤登帝位的人？”

“陛下天纵圣明，前代之君不足比也。”王思廉这种回答显然有谀君的味道，但是做臣子的除了这样回答还能说些什么呢？忽必烈听了只是轻轻地叹一口气说道：

“朕从前有事问窦默，话刚出口，他立即就能回答，这是因为他心口不相违，所以不用想就能答。朕现在问你，你能做到像他一样么？”说到这里，忽必烈稍停了一下，然后又问道：

“张易这回所干的事，张文谦知不知道？”

“文谦不知道。”王思廉回答得很快很干脆。

“你怎么知道他不知道呢？”忽必烈问道。

“他两人不和，所以我推断张文谦不知道。”

听到王思廉这些解释，忽必烈的心情又得到了少许放松。

没两天，高和尚在高粱河被抓住了。这种案件不宜耽搁太久，第三天，王著、高和尚就被当众处斩，并且用了醢刑（剁成肉酱）。王著毕竟是个有思想有觉悟的“乱党”，死得很勇敢，甚至有点悲壮的意味，他对围观者大呼：

“我王著为天下万民除害，今当死矣！异日必定有人会为我记下这件事。”

枢密副使张易本是亲太子的官员，听说要他发兵，他以为是协助太子除奸立功的大好机会，立即照办。谁知中了巧计，卷入一场政治阴谋，再也洗刷不清。对他的最初判决是“从王著为乱，处斩，并传首四方”。还是东宫都总管张九思向忽必烈进奏了一本，他说：

“张易临乱应变不审慎因而严重失职是实，指控他参与谋乱则夸大了，请免予传首。”

忽必烈接受了他这个说法，张易被斩之后才免去了首级传送到各处去展览的命运。

阿合马一死，和礼霍孙被任命为中书右丞相。皇太子对和礼霍孙寄予重望，对他说：

“阿合马死了，你主持中书省，只要是便国利民的事，你只管放手去做。旧规矩该改的你大胆改，如果遇到阻挠，我会尽力支持你。”

枢密副使孛罗负责审理整个案件，他在逐次向忽必烈汇报情况时不断地反映出阿合马平日的种种恶行。有些事忽必烈是早有所闻而并不在意的，有些事却是第一次听说，阿合马的贪婪、残暴，令他吃惊，令他震怒。同时他也想到了自己多年来对阿合马的庇护和宠信，当臣民们在诅咒着阿合马的时候，难道就不会对自己产生“昏暴之君”的腹诽吗？他痛感必须跟阿合马划清界限了。他对孛罗说：

“阿合马罪大恶极，王著杀他，杀得好！”

皇帝表了态，中书省、枢密院、御史台反应是空前的积极、迅速。专案班子成立了，代皇上拟下了一道又一道的敕令、诏命。首先要让朝野官民泄愤，那么第一件事便是发冢、剖棺、戮其尸于通玄门外。大都的百姓数以万计去看热闹，为了取得更好的观赏效果，戮尸之后，再放狗去把尸体扯个七零八碎，然后吃个一干二净。这一手政治效果奇佳，百官士庶无论是否到场围观，大体都是拍手称快。在这之后，紧接着便是大逮捕、大抄家。

抄家可抄出了更大的问题，而且是严重的政治问题。先是搜出了一个大木匣，里面装着两具完整的人皮，连耳朵都留存完好。问保管人皮的阿合马的小妾引住，“人皮有何用处？”引住答道：

“每行诅咒之术时，将神座设于人皮上，应验十分神速。”

蛊巫之类勾当是绝对犯禁的，不仅因为它手段阴暗，更重要的是它的对象只可能是指向最高统治者，别的会有什么人阿合马不能公开对付而要使用这种方法呢？从前宫中发现后妃有搞这套把戏的，要裹毡投河，决不轻贷。想不到阿合马这样的国之重臣也来这一手，确实可恶！

接着又发现了两幅帛画，上面画着一群全副武装的甲士，围着一所宫殿。甲士们张弓弦、挺刀刃，都面向着宫殿里面。那形状只能令人联想起逼宫篡位这类情节。作画的是一个姓陈的画家。跟着又搜寻出一份推算阿合马生辰八字的流年批解，推算的卦者名叫曹震青。另有一名叫王台判的人，妄引图谶，在旁边注上了许多语涉不轨的话。无非是说阿合马上应天命、下顺人心，时机一到，贵不可测云云。

上述这些，都属大逆不道。根据诏命，引住、陈某、曹震青、王台判四人均被剥皮。

抄家还抄出了一只玉桃盏，这是宋宫的宝物，价值连城。忽必烈看到它，立即想起了一桩往事。那是伯颜南征班师后不久，阿合马在忽必烈面前打小报告，说有人揭发伯颜在临安宋宫内得到了无价之宝玉桃盏，秘不上报，据为己有。忽必烈当即命令有司衙门查访落实，但因为没有真凭实据，事情未得结果。忽必烈心中则留下了一个疙瘩，对伯颜产生了怀疑。此刻看到这件玉桃盏，忽必烈想到可能是阿合马有意陷害伯颜。他向伯颜了解内情，伯颜道出了真情。原来伯颜班师回京，忽必烈命令百官郊迎于大都城外，阿合马却抢在大家前面，在半道上先和伯颜见了面。伯颜知道阿合马一贯贪财好利，尤爱美玉，此来无非是想提前捞点实惠。伯颜主动地解下了系袍子的丝绦上的玉钩交给阿合马，并对他解释道：

“宋宫内宝玉甚多，我个人实在没有私取。请不要嫌弃我这个玉钩太轻太薄。”

阿合马当然认为伯颜是有意轻藐自己，明明知道我喜欢宝玉，却拿这么个玩意来应付我，这不是羞辱人么？于是他回来便告了伯颜的黑状，说他隐藏了玉桃盏，其实这玉桃盏已在他自己手中。忽必烈直到此时才知道真相，不免愕然自语：“几乎害苦了我的忠良！”

抄家中才知道阿合马在全国各地强占或强买的“负郭（近郊）良田”多达数万顷。忽必烈下令将这些田产发还给原来的业主。而阿合马强占的民女民妻数字尤其惊人。除去他玩厌了赏赐给别人或发放原籍的不算，阿合马共有妻妾共四百余人。忽必烈晚年也很好色，但他听说阿合马有这么多女人，只能自叹不如，当然，也更激起了他的一种愤怒：朕贵为天子，怎么还没有阿合马那么多陪寝的女人呢？于是，他一道敕令，把这四百来人全部赐给了老百姓，大约都是让他们回到了丈夫或父兄的身边。当时忽必烈特别选了两个好点儿的女人赏给后卫亲军指挥移喇元臣，作为多年来他鞍前马后备历艰辛的犒劳。谁知移喇元臣世家出身，颇知自爱，当即辞谢道：

“臣家数世清素，不敢以此自污。”

忽必烈对他这种高尚的情操称赞不已。

紧接着的事情就是清理党羽。当时公认左丞郝桢、参政耿仁是阿党中最为凶恶者，于是诏令剖郝桢之棺，戮其尸；耿仁则斩首示众。其余党羽逐个审查甄别处理。初查的结果，省部官员中有迹可查的阿党分子共七百一十四人。原先已革职一百三十三人，此次一次性处理五百八十一人，全部罢官，接受隔离审查。

头号阿党分子当然就是他的儿子、江淮行省平章政事侯赛因。当把他押回大都时，他态度仍十分嚣张，他逐个指着那些审问他的大臣们说：

“你有什么资格审我，你曾收受过我家的钱。”

审问几乎进行不下去，幸好这时从陕西按察使任上新调入中一位参知政事，即张雄飞，他的出现终于使侯赛因认罪服法。

张雄飞刚直廉慎，器识过人，是一代贤臣典范。至元初年，廉希宪向忽必烈举荐了他。第一次召见时，忽必烈问他当今急务当推何事，这本不过是属于套话一类，凡见应召的儒生必有此一问，答案也大体雷同，可是张雄飞的答复却别开生面地接触到一个极敏感的问题：

“太子天下之本，愿早定以安系人心。市井小民有升斗之储（小额财产），尚知付托后人，天下至大，社稷至重，不早建储贰，不是妥善之计。要是先帝（蒙哥）想到了这一点，陛下能有今日乎？”这最后一句话好像是揭忽必烈的老底，但实际上却又是在替忽必烈谋划，希望忽必烈不要让别人走了他自己的老路。当然正斜倚在榻上的忽必烈，闻言霍然而起，连声赞道：

“说得有理，说得有理！”

有一次，忽必烈又向张雄飞问道：

“今之任职官吏多非其才，政事废弛，这好比是大厦将倾，非良工不能扶，卿能当此任否？”

张雄飞并不正面回答他，只是建议道：

“古有御史台，为天子耳目，凡政事得失，民间疾苦，皆得进言；百官奸邪贪赃不称职者，即可纠劾之，如此，则可立纪纲、治天下。”

“好！”忽必烈当即表态。随后，设立了御史台，以张雄飞为侍御史，协助御史大夫塔察儿工作。忽必烈还对他们进行了一番嘱托：

“卿等既为御史，职在直言。朕是你们的皇上，但只要所行未善，亦当极力谏止，百官就更不必说了。别人若嫉妒你们，有朕做你们的后盾。”

由于御史台跟阿合马一直关系紧张，张雄飞不久就被调为兵部尚书，变成了中书省官员，和阿合马更加格格不入。一次，阿合马要报复自己在制国用司时的老对头亦麻都丁，罗织了一堆罪名，中书省的官员们争相附会，可是张雄飞却说：

“亦麻都丁所犯的这些‘罪’都是在制国用司时的事，平章（阿合马）就是制国用使，对这些事难道能不承担责任么？”

一句话说得大家哑口无言，不敢再表态了。

阿合马要杀秦长卿时，张雄飞也持反对态度。阿合马派人去劝他：

“只要能杀掉这三人（还有刘仲泽、伊马都木达），马上任命你为参知政事。”

“以杀无罪的人来换取大官，我不会干。”张雄飞的回答十分干脆。阿合马发怒了，找了个岔子奏请忽必烈外调张雄飞为澧州安抚使。赶走了这个反对派，才终于除掉秦长卿等三人。

忽必烈后来又把张雄飞从澧州召回任御史中丞，主持江淮御史行台的工作。当时阿合马之子侯赛因当江淮行省右丞，阿合马想张雄飞肯定不会放过侯赛因干的那些不法勾当，于是他又变着法子让忽必烈改授张雄飞为陕西按察使，还没赴任，阿合马的案子发作了。朝内大臣因牵涉阿合马罪行的人太多，张雄飞被晋升参知政事。当对侯赛因的审讯进行不下去时，张雄飞站出来了，他走到侯赛因面前问道：

“我收受过你家的钱财物品么？”

“没有。只有你没收受过。”侯赛因如实回答。

“既然如此，那我应当有资格审你吧！”张雄飞说。于是，侯赛因不再嚣张，接受审讯并服了罪，最后被处死，并被剁成肉酱。他的弟弟们的死法不一，有被剥皮的，有被剁成肉酱的，最宽大的是一刀斩首。

中书省左右司员外郎刘正和参政扎希鲁丁也被视为阿党分子而被捕。忽必烈问他们：

“你等都党附于阿合马，能无罪乎？”

“臣未尝附和阿合马，只是依法办事而已。”刘正并不害怕，神色坦然地为自己辩护。

这时天黑了，忽必烈回转内宫，命人把刘正等人戴上刑具圈押在皇城东面的空坪里。几天过去，阿党分子一批批被处决。刘正等人又被关押到拱卫司监狱。忽必烈想起在当年阿合马陷害崔斌等人的案子中，刘正并未照阿合马的意思定案的事情，便让和礼霍孙传达了他的口谕：

“皇上说，刘正是穿着白衣服在煤井里走了十年，可称得上是个廉洁的人。”

于是，刘正被无罪释放了。

察必皇后去世，文天祥被处死

忽必烈七十岁了，已经是一个不折不扣的老人。他的身体很好，除了左腿上的老毛病有点不良于行，内脏各部分都很强健。从精神状况看，他不像一般老年帝王那样固执、多疑、昏愦、偏狭，比较明显的缺点有两个：一是佞佛；一是好色。其实，这两个缺点是互为因果、相辅相成的，因为他信奉的并不是以亲近女色为戒律之一的大乘佛教，而是对男女之间的欢喜缘法有登堂窥奥之研习的藏传佛教。

他虽然耽于淫乐，但很珍惜夫妻感情。因此，当他的发妻察必皇后在1281年（至元十八年）去世时，他经受了十分沉重的打击。

察必皇后出身弘吉剌氏，是开国功臣特薛禅的孙女、按陈的女儿。当年成吉思汗以特薛禅征伐有功，爵赏不足，便立下一条圣规："弘吉剌氏，生女为后，生男尚公主，世世不绝。"察必就是遵照这个制度当了皇后，并生下了真金太子。史书上对她评很高，说她"性明敏，达于事机，国家初政，左右匡正，当时与有力焉"，堪称有元一代的一位贤后。

至元初年，四大怯薛官联名奏请割划大都附近的农田作牧马场。这四大怯薛就是皇帝的四支宿卫部队，建立于成吉思汗时期，享有一般军队之上的特殊地位。对于他们提出的要求，忽必烈当然会表示同意。正当怯薛官们把割地的草图送到御前时，察必皇后看到了。她确认这件事必须谏止，为了达到最佳的进谏效果，她假装责备忽必烈身边的刘秉忠（子聪），说道：

“都说你是汉人中的聪明人，皇上对你言听计从，可这件事你为什么不劝谏呢？当初刚到中原定都时，如果定下此地作马场也无不可，现在军民分业已定，再把地夺回来，这行吗？”

忽必烈当然能领会她的用心，半天没有作声，最后终于否决了怯薛官们的要求。

有一次，察必皇后从太府监支取了缯、帛面料和里子各一件，忽必烈不满意，说道：

“此军国所需用品，非私家物，你怎能径自去取呢？”

从这以后，皇后带着宫女自己生产织物。她们先用废弃的旧弓弦练习手艺，此后就织出了很漂亮的绸，用以制衣。绸的质量不弱于绫绮。宣徽院有那弃置的羊臑皮（肚皮部分），皇后便取回来缝合为地毯。由此可想见她的俭节精神。

宋朝亡国的时候，她对赵氏家族寄予了深切的同情。

从临安南宋府库里取来的珍宝，陈列在大都的宫殿里展览。察必随便看了一下就走了，忽必烈叫内侍赶上去问她想要什么不，她答道：

“宋人贮蓄下这些珍玩宝物，遗留给子孙，可子孙不能守业，只能让宝藏归落我朝，我怎么能忍心从中取一物呢？”

南宋的全太后、赵显一家大小迁到大都，不服水土，生活上也不习惯，察必皇后就向忽必烈建议，让他们回江南去。忽必烈当然不同意。察必接连提出了三次，忽必烈想，妇道人家真是头发长见识短，看样子非跟她解释清楚不可，要不然她会一直念念在兹的。

“你们女人家，看问题无远虑。你要知道，如果把他们遣回江南，南方好事者浮言一动，结果就会毁了这一家人——那时候怎么还能保全得了他们呢？所以这不是爱护他们，而是害了他们。真正关心爱护这一家人，平时在生活上多给点照顾就行了。”

察必想了想，也不得不承认还是忽必烈想得周到。从此，她对赵氏一家更宽厚了。

察必这样的皇后是比较难得的。她死之后过了将近两年，忽必烈又立了新皇后南必。南必当然也是弘吉剌氏——她就是察必的妹妹。南必皇后的性格不大像她的姐姐，她好揽权，好管事。由于忽必烈年纪大了，精力自然有些不济，南必就老是劝他多休息，大臣们（哪怕是宰相）不再像过去一样能方便地见到皇帝，很多事情必须通过皇后去转奏。管事既多，难免失误也多，朝野对她的反映和史书上对她的评价便远不如她的姐姐了。

至元十九年（1282 年），文天祥面临了他生命中的最后一个转折点。从五坡岭被俘到现在，已经整整过去了三年有余，忽必烈之所以一直将他囚禁着不作最后处置，无非就是希望能消磨尽他的斗志最后投降自己。留梦炎曾向忽必烈进言：

“文天祥这种人，如杀了他，正好是成全了他——他就是想做个名垂千古的忠良；不如让他活下去，慢慢地耗尽他的勇气，说不定哪一天他就会投降。那样一来，圣上就成为三代以下首屈一指的盛德之主了。”

忽必烈觉得他这段分析很有道理，留梦炎虽然是个没有气节的人，但他作为状元出身的汉官，对儒生那种追求名节的心理是熟悉的。因此他接受了这个建议，把文天祥长期地关下去。

但是，形势的发展对文天祥却显然不利。年初，一个福建僧人，释名妙曦，进言道：

“十一月，土星犯帝座，恐会发生事变。”

接着，中山府有个薛宝柱，啸聚了数千人马，扬言要入京来救文丞相，之后，又发现了一些书信不像书信、传单不像传单的贴牍，上面写道：“两卫军尽足办事，丞相可以无虑。”还有什么“先焚城上苇子，城外举火为应”等话。王公大臣和文武官吏几乎都看到了，人人为之震惊惶恐。朝中都在议论：瀛国公（赵显）一族不宜再留居京城。太子真金把所有这些情况及时报告了忽必烈，忽必烈采取了对应的措施：一是京师戒严；二是把赵氏宗族全部迁徙到上都开平以北。至于对另一个敏感人物文天祥，则暂时仍未采取任何新的措施。

阿合马事件之后，和礼霍孙当上了中书右丞相。这也是一个受汉儒文化影响很深的人，他补充到中书省替代被清洗的阿党分子的官员，多数出身于儒生。在这种政治气氛下，举荐文天祥出仕的呼声又高涨起来。举荐者中，有蒙古人，如伯颜、和礼霍孙等，他们看中的是文天祥的才干品行；有汉人，如留梦炎、谢昌元、王积翁（那时他还没有死）等，他们想得更多的是多拖一个人下水有利于改善自己的历史形象（连文天祥都降了，可见大元天命所归，人心所向，降元是顺天应人的正当行为）。

忽必烈在一次出巡中问身边的群臣：

“南朝、北朝的宰相数谁最贤呢？”

“北人无如耶律楚材，南人无如文天祥。”几乎所有的人都是这同一个答案，而这个答案其实也正是忽必烈本人的看法，他决定只要文天祥肯投降，就委他做当朝的宰相。

忽必烈授意和礼霍孙、伯颜、谢昌元、王积翁等人给文天祥写信，在信中转达皇帝陛下的这个意思。但文天祥不为所动，宁愿死而不愿意当丞相，他在回信致答时解释了这一点：

“诸君义同鲍叔，而天祥事异管仲，管仲不死，而功名显于天下；天祥不死，而尽弃其平生，遗臭于万年，将焉用之？”

信复得很客气，但态度却十分鲜明。他把对方的劝降比之于鲍叔在齐桓公面前救管仲，指出对方错估了对象：管仲不死，后来在齐桓公手下作出了辉煌的贡献；而我文天祥不死，却将失去数十年来自己安身立命的精神基础，只能遗臭万年，那对北朝还有什么利用价值呢？

看来文天祥决不会同意出来作宰相。王积翁这些人又再一次向忽必烈进奏：

“文天祥状元宰相，兵败被俘，诗文气节都名满天下。如果对他采取宽大政策，不杀头，还将他养起来，既有益于凝集民心，又可为人臣树立忠于所事的榜样。陛下圣虑当早及于此。”

忽必烈半天没有做声。他当然舍不得杀文天祥，但是如果他不投降却给予礼遇，这事情不好办。王积翁他们只看到了问题的一面，不能说没有一点道理，但他们没有估计到问题的另一面：文天祥不降而受优待，那么广大的南宋投降的文官武将，他们将何以自处？目前南方形势仍然动乱不安，谣言四起，人心浮动，今日这里有真幼主（假托说赵昺海上遇救生还），明日那里有赵王孙，揭竿啸聚者比比皆是，文天祥不降而释，岂不是冒纵龙入海放虎归山的风险？忽必烈想到此处，缓缓答道：

“暂且由兵马司继续监管，各种待遇可尽量改善，等待他回心转意就是。”

文天祥是不会回心转意的。他也知道，自己不回心转意，死期就相去不远了，他要尽量快速地安排好自己的后事。三年来，他写了许多诗，他把这些诗和自己被俘前的诗作编辑、整理，并写好序、跋，托人带回南方。这些诗作按创作先后分为三个时期：第一期从他中进士开始到三十九岁在赣州任知州结束；第二期从赣州起兵勤王开始到五坡岭被俘为止，第三期则从被俘开始一直到殉难。因为他把第二期在军中及逃亡中所作诗歌先编了一本《指南录》，此后的创作所编诗集就叫《指南后录》。另外，他还编了一本《集杜诗》，里面的二百首诗全是他从杜甫的五言诗中采集的句子重新编排组合而成。这有点类似于文字游戏，但却反映出文天祥渊博的学识和诗歌方面的精深造诣。除了诗作，他还编了一本《纪年录》，是自己为自己作的“年表”，记载了他一生的经历和表现。

既然知道自己死期临近，他率性提前为自己拟定了临刑前的“衣带赞”，一共是八句话：

孔曰成仁，孟曰取义。惟其义尽，所以仁至。读圣贤书，所学何事？而今而后，庶几无愧。

赞前还有如下几句序言：

吾位居将相，不能救社稷，正天下，军败国辱，为囚虏，其当死久矣。顷被执以来，欲引决而无间。今天与之机，谨南向百拜以死。宋丞相文天祥绝笔。

最后是立遗嘱，无非是两件事：一是立文璧的二儿子为继子，文天祥的儿女都在战乱中伤亡殆尽，而“不孝有三，无后为大”，过继一子，则可保香火宗祧不断了；另一件事是嘱咐他舅父将他的遗体穿戴衣冠葬于文山之阳。就在文天祥作好一切死的准备时，他战场上的老对手麦术丁奉调回京任中书右丞。他在战场上吃过文天祥的亏，余恨难消，耿耿于怀。他先是亲自带人到兵马司监中收缴了文天祥的笔墨纸砚、书册棋弈，把文天祥用以寄托精神的一点点自由剥夺干净，然后他上奏忽必烈请立斩文天祥以绝后患。

忽必烈却仍然下不了决心，大元天下已是浑然一统，你文天祥究竟还为谁守节呢？做谁的宰相还不一样？反正都是协助君主治理万民，只要你做得好，哪朝哪代没有贤相？说实在话，你文天祥在南宋根本没有机会施展治世之长才，新朝甫立，百废俱兴，你怎么就不能试着为国家做点什么？……忽必烈越想越不甘心，他终于决定亲自找文天祥进行最后一次开导。

文天祥被带到了大殿上，形容憔悴却气宇凝重，面色苍白却双睛如漆，长揖不拜，站立丹墀。忽必烈见了他这副神气，先自动了爱才之心，以一种十分和蔼的语气问道：

“今日见朕，有什么话说么？”

“我是被押送来此，一介囚徒，有何话说？”文天祥一点不给面子，硬梆梆地作了回答。

“不管是怎么来的，既然已经相见，你有什么话尽管说。”忽必烈并不为文天祥的唐突而生气，仍旧是和颜悦色地说道。

“宋无可吊之民，无可伐之罪！”文天祥真的开了讲，一开始就提出一个正面的命题，然后再进行论证，“所不幸者是谢太皇太后（道清）年老，恭帝（赵显）年幼，权臣窃柄，举措乖谬，北朝用其叛臣叛将，破其国都，毁其宗庙。天祥入相为国家危亡之时，未能保全社稷江山，是失其职也，于理当速死，不当苟活人世。”

他这番话有些在理，但也不尽在理。两国的战争，宋难道没有开衅的责任么？先偷袭我后军，后扣留我使者，怎么不该伐！……忽必烈暗自默想，但此刻也不是进行这些学究式讨论的时候，宋都已经灭亡了，还用得着去争论它该不该打的问题吗？忽必烈没有接文天祥的话茬，却直截了当地提出一个实质性问题：

“你若能用事宋的态度事朕，朕即用尔为中书丞相，你看如何？”

“我是宋朝状元宰相，宋亡，只有一死，不应求生。”文天祥的回答还是那么不留余地。

“尔不愿当丞相，用尔为枢密，可否？”忽必烈还不甘心，又提出一种新方案。当枢密使和当丞相当然没有什么实质上的差别，一而再地换汤不换药的建议不过是一种迁就，反映出他在劝降文天祥这个问题上的诚意。

文天祥完全清楚忽必烈的态度里所表现的内心活动。他已经下了死的决心，决不会为忽必烈的态度所动摇，但此时他却觉得不必让忽必烈太难堪，于是改用一种尊重对方的语气回答道：

“天祥身受赵宋国恩，不能再事二姓，请及早赐死，便是陛下的恩典。”

话说到这份上，忽必烈知道再开口劝谕对方只能显示自己的不明事理。但他还是不忍心就下诏处死文天祥，他只是挥了挥手，让人把文天祥又送回兵马司监狱。

第二天早朝时，丞相孛罗出班奏道：

“文天祥既不愿归附我朝，不如从其所请，速速赐他一死。”

忽必烈沉默着，不置可否。这时，麦术丁又赶紧出列，跪倒丹墀，高声奏道：

“陛下可还记得年初福建妙曦和尚关于‘土星犯帝座’的星象预言？若再迟迟不决，臣恐他日后悔无及。”他知道忽必烈迷信星象，故不惜使用“后悔无及”的唐突说法，他觉得不如此不能促使忽必烈下决心。他担心再拖延些日子，冬尽春来，只要一交春令，依制便不能行刑，那样，文天祥便至少又可以活到来年秋后。

麦术丁这几句话真的起了作用，忽必烈的眉头紧锁起来。市井间纷传的谣诼不能不引起他警惕，万一妙曦所言有据，京畿地区的不逞之徒闻风蠢动，其后果确实堪虞。当时在场的朝臣中，没有了张弘范和伯颜这样的主张宽赦文天祥的实权派，麦术丁的意见一时间便成了朝议的导向，不少人随声附和。在一边倒的喊“杀”声中，忽必烈表情痛苦地又挥挥手，认可了孛罗和麦术丁的奏请。

麦术丁兴致勃勃领了圣旨，便命宣使衔命去兵马司奏金鸣鼓迎文天祥出狱。当惊慌失措的狱吏战战兢兢地请文天祥时，文天祥却早已作好了准备，神态平静地守候在牢房中。他素来讲究整洁，今天更是一丝不苟，须发齐整，袍服端正。听到狱吏的一句“有请文丞相”，他站起身来，环顾一下自己栖身三年的牢房，带着一种解脱似的表情，轻轻说了一句：

“吾事毕矣！”

然后，他把自己早已备好的《衣带赞》系在腰间，刽子手走到他身边，为他除去头巾，戴上黄冠。这时宣使向他读了“赐死以全其节”的诏命，便押着他走出牢房往刑场而去。

同时关押在兵马司监狱的宋朝宗室赵与槖，听到外面始而金鼓齐鸣，继而一队队士兵在狱中荷戈疾走，心知要有大事，爬到窗前偷看，只见文天祥头戴黄冠，腰系“衣带赞”，被持械的兵丁簇拥着，沿着走廊向大门走去。赵与槖只觉得心头一热，情不自禁，失声痛哭起来。文天祥听到哭声，回头望了他一眼，神色从容，似乎是与他诀别，勉励他好自为之。

这是一个特别寒冷而又阴晦的日子，漫天的风沙刮得人睁不开眼。大都的城头和各主要路口都布满了持枪挎弓的军士，以防万一。本来已经规定市民不许驻足围观，更不许喧哗拥挤，但这条禁令却未能生效，行刑队过处，尾随的市民越来越多，囚车到达刑场柴市口时，潮水般的人流把刑场围了个水泄不通。这些市民从他们的祖辈起，早已不是宋朝的子民。但文天祥的人格力量感动了他们。南朝竟然有这样一位饱读诗书宁死不屈的宰相，真是难得！关押在大都的三年，使他的事迹在市井坊间广为流传，诗文也被士林辗转抄阅，他受到了普遍的崇敬和尊重，这种情绪显然与传说的夸大有关。今天，听说了处死文丞相的消息，谁不想亲睹一下这位传奇人物的风采呢？

宣使放开喉咙对围观的群众吼叫道：

“文丞相，南朝大忠臣，当今皇帝欲用为宰相。文丞相决心为南朝尽节。皇帝赐其一死，以全忠节，此非他人之可比也！”说罢，他又回过头来问文天祥道：

“丞相如有话说，回奏尚可免死。”

“我自求一死，还有何话说？”文天祥答道。

接着，文天祥问身边的军士哪边是南方，军士告知他以后，他正正衣襟向南行跪拜礼，算是对赵宋王朝致最后的敬意。随后他说道：

“臣报国至此矣！”说完又索纸笔，写下了两首《出狱临刑歌》，诗曰：

昔年单舸走维扬，万死逃生辅宋皇。
天地不容兴社稷，邦家无主失忠良。
神归嵩岳风雷变，气吐烟云草树荒。
南望九原何处是？尘沙黯黯路茫茫。

衣冠七载混毡裘，憔悴形容似楚囚。

龙驭两宫崖岭月，貔貅万灶海门秋。

天荒地老英雄丧，国破家亡事业休。

惟有一腔忠烈气，碧空常共暮云愁。

就诗论诗，这或许不能算上乘的作品，但它是文天祥用生命和鲜血写成的，因而应该具有不朽的价值，那些吟风弄月的作品是不好来作比方的。

写完了诗，他掷笔于地，然后从容受刑。就在人头落地的一刻，忽必烈命令暂停行刑再候圣谕的后旨到了，可惜晚到了一步。不过，证明了忽必烈到最后关头，仍然没有抛开想留下文天祥的念头。

围观的群众发出了阵阵的叹息声、哭泣声，最特别的是有些从南方来的人，竟然在置酒祭酹时，还相互贺慰。为什么？因为丞相宁死不降，正所谓“威武不能屈、富贵不能淫”，总算为南朝人保留了一点尊严和荣誉，他终于死了，再也不必担心他投敌去效忠于蒙古人了。

麦术丁带着文天祥书写的《衣带赞》去向忽必烈复命。忽必烈细细读了一遍，赞叹道：

“好男儿、好男儿，可惜不肯为我所用。现在让他死了，总也算是求仁得仁。”

随后，他就颁布诏令，封赠文天祥为庐陵郡公，谥号忠武。因为惋惜他，忽必烈还下旨设坛祭奠，由丞相孛罗主持祭礼。开祭的这一天，忽然狂风大作，烛灭烟消，摆在桌上的神主牌，好像长了一双翅膀，陡然升空，随风不知飘向何处去了。孛罗当时确实吓了一跳，他认为这大约是文天祥英灵不散，不肯接受元朝的封赠，故而有此异象，他随后命人改写神主牌，突出了宋少保右丞相信国公的衔头，再行祭奠时，天霁风停，一切顺利。这件事一传十、十传百，文丞相忠魂显灵的故事就传遍了燕京街市，并传到了南北各地。

文天祥殉难以后，装殓还是很丰厚的。第二年，灵柩由他的两个女儿和张弘毅、吕武、刘洙等昔日的随员们护送回故里。他的妻子欧阳夫人得知文天祥死讯后说："我夫不负国，我安能负夫！"然后自刎而死。

这年年底，张弘毅带着文天祥的遗体回到庐陵，在祭奠的仪式上，当年在押送文天祥沿赣江北上的途中到处张贴着的《生祭文丞相文》的作者王炎午，悲痛感慨，不能自已，又作成一篇情深义长十分感人的《望祭文丞相文》，文中写道：

> 呜呼！扶颠持危，文山、诸葛，相国相同，而公死节；倡义举勇，文山、张巡，杀身不异，而公秉钧。名相烈士，合为一传，三千年间，人不两见……乘气捐躯，壮士其或，久而不易，雪霜松柏。嗟哉文山，山高水深，难回者天，不负者心……今夕何夕，斗转河斜，中有光芒，非公也耶？

王炎午先把文天祥的才具比拟于诸葛亮，然后把他的气节比拟于张巡。诸葛亮，彪炳青史的名相；张巡，光耀千秋的烈士。但文天祥却是名相烈士，一身兼之，三千年历史上找不出第二个。鼓一时之勇，壮士或者都不畏死，但久经磨炼而不变节就最为难得。虽然无力回天，但文天祥的英灵将永远如星光辉耀于河汉……这些评价都算是恰如其分的，文天祥作为宰相，当然没有诸葛亮一般的业绩，但他宁死而不易其节的精神史册上确实少见。

崔彧的建言和卢世荣的见用

忽必烈从阿合马事件中得到的一个重要启示就是有必要校正一下自己对待汉儒的态度。在藩邸当王爷的时候，忽必烈身边逐步聚集起来的汉儒集团，对于他夺取政权稳定大局起了十分重要的作用。他从内心深处喜爱甚至敬重这些儒生文士，认为他们的意见和建议对于治理国家至关重要。可是自从李璮谋逆并把王文统捎带进去以后，他对汉人（包括儒生）产生了一种疑忌和防范的心理。而且他渐渐觉得汉人儒臣身上也有许多令他反感的东西。比如说有些人往往迂腐而不识权机，固执而不知变通，或拘泥古法，或因循观望，特别是大都不善理财，只会唱恤民爱民的高调，却不懂军需国用之紧迫。还有的人天生一种直言犯上的毛病，常常让当皇帝的不痛快……

所有这些，使他和自己早先的汉儒幕僚班子逐渐疏远。其中的一些人，官衔虽然很高，但干预政事的力量却越来越弱。阿合马这种人读书甚少，本质很差，忽必烈何尝不知道？但用这种人顺手省心。何况阿合马在增加国库收入这点上有实绩可查，而这是忽必烈最为关心的一件事。当然，他事后才知道阿合马在替国库捞钱的同时，给自己捞得更多。他有些后悔对阿合马的过于宠信。他认为造成这一情况的重要原因之一是自己疏远了儒臣。他决心从这方面着手改变一下现状。原先追随在自己左右的儒臣大多去世，即使健在的，也已经是衰朽残年，不堪驱使了。现在必须重新再物色一批人，或者说在原来的基础上提拔一些人。

在清查阿合马一案中有一位崭露头角的新人叫崔彧。阿合马案刚暴露时，崔彧任集贤殿侍读学士，他向忽必烈进言道：

“阿合马当权时，台省官员皆知其恶，但并没有几个能站出来揭发；到了阿合马被诛之后，官员们又自诩廉洁，声称从未与其同流合污。这其实是一场骗局，自欺而欺人。陛下先已有旨将阿合马所用之人一并革职，臣以为守门卒隶亦不可留。所谓除恶务尽。”

“朕已敕令中书省，凡阿合马所用之人，一概罢免。要他们穷治党羽，纤悉无余。等这项清查工作完成后，朕再与你别有事说。”

忽必烈所说“别事”是指要任命他为御史中丞。忽必烈决心加强枢密院和御史台的工作，特别是御史台（包括诸道廉访司），因为承担着纠劾不法官员的职责，原先最遭阿合马一党的嫉恨，在阿合马专权时期，遭到了许多限制和打击，因此很有必要进行建设性的改造，而改造的第一步就是充实有生力量。只有把正直敢言之士放到御史台去，才能使这个机构发挥真正的监督作用，才能避免再蹈阿合马现象的覆辙。

但是并不是所有的人都具有这种认识，江淮行省的官员就上奏请将行（御史）台划属行（中书）省管理，即所谓“变条条为块块”。忽必烈先不表态，交由朝臣议处，兵部尚书董文用说道：

“这些年来，御史台就像一只睡着的老虎，虽然不吃人，但还是让人害怕。把行台划归行省管理，睡虎成了睡猫，连外形上那点吓人的作用都没有了，必然会导致纲纪败坏，风气糜烂。行台置于行省之下，等于取消行台。”

忽必烈当然支持董文用的观点，他先前不表态，就是为了让这种意见充分地发表出来。董文用所说的其实是个很简单的道理，把监察机关置于同级权力机关之下，就根本发挥不了它应该发挥的作用。当朝臣在这点上基本统一认识之后，他把正在奉旨钩考枢密文牍的崔彧，由刑部尚书改授为御史中丞。崔彧倒也并不推辞，只是就御史工作提出了些具体意见：

“台臣对于国家政治得失，生民休戚，百官邪正，无论涉及到哪位王公将相，都应该进行纠察。近来，好像仅有御史得有所言。臣以为台官皆当建言，这样才能对国家有所补益。”崔彧这话的意思是指御史台（包括行台）的所有官员都应该有充分的监察权，而不仅限于几位御史。接着他又提出了一个台察官员的任免权问题，因为这直接关系着监察工作的实际效果。谁都知道人事权是最根本的权力，阿合马把这个权力强占了，现在应该拨乱反正。他说：

“由中书省选用台察官员，必有偏徇之弊，导致台官惟知逢迎中书之命，形同虚设。今后宜一反阿合马之陋规，御史台得有选拔本台官员的权力。过去用汉人十六名，今后再增加蒙古人十六名，相参共事，更能体现公正。”

忽必烈全部采纳了他的意见，蒙古人补充到御史台去，大大有利于提高监察机关的权威形象，忽必烈很欣赏崔彧这极富策略性的一招。

崔彧真是名副其实的“言官”，皇帝的信任激发了他报效的热忱，他知无不言，言无不尽，在就任后的第二年里，他就上疏对国家政治、经济各个领域发表全面的纲领性意见，这就是元史中著名的“崔彧言时政十八事”。

这“言时政十八事”的主要内容是：

广开言路，多选正人，番直上前，以司喉舌，庶免党附壅塞之患。（正直敢言之士轮流担任监察官员，杜绝结党拉帮现象。）

阿合马擅权，台臣不敢纠其恶。阿合马事败后，接踵随声，徒取讥笑；宜别加选用，其旧人除蒙古人取圣断外，余皆当问罪。（阿合马倒台前后，“风派”人物的表演令人齿冷，对这种人应一律清洗并且治罪。当然，其中的蒙古人如何处置由皇帝钦定。）

枢密院定夺军官，赏罚不当，多听阿合马风旨，宜择有声望者为长贰，庶几号令明而赏罚当。（“国防部”里也是被阿合马的党羽控制着，领导班子必须重组。）

翰林院等也是一贯颂扬阿合马的功德，宜博访南北硕儒耆望，以重此选。（要把一班无廉耻无气节的文人从学术机关清除出去，重新选拔人才，以示对学术的尊重。）

郝桢、耿仁等虽正典刑，若是者尚多。罪同而罚异，公论未伸，合次第屏除。（所有阿党分子都应逐个彻底清除出国家机关。）

贵游子弟，用即显官，幼不讲学，何以从政！得如左丞许衡教国子，则人才辈出矣。（让高干子弟受到完善的教育，显露出才干后，才能当大官、当好官。）

今之起居注所书，不过奏事检目而已。宜择蒙古人之有声望、汉人之厚重者，居其任、分番上直，帝主言动必书，以垂法于无穷。（不能把皇帝的起居注变成工作日志，应选择负责任的人轮流值班，完成书写起居注的工作。皇帝的一切言行要无遗漏地全部记载下来，虽说是“垂法于无穷”，对皇帝本人却无疑构成一种威胁，不会有谁乐于接受。）

宜定律令，为一代之法。宪曹无法可守，是以奸人无所顾忌。（提出了法治国家的设想，改变以言代法、以权代法的状况。）

省冗官。官员太多太滥，裁减一员或并一衙，亦非经久之策。宜参众议，而立定成规。（精简机构和人员，光靠减员和合并机构，就不免走入精简——膨胀——再精简——再膨胀的怪圈，必须建立一套制度化的规定。）

官僚无以养廉，责其贪则苛。乞将诸路大小官员，有俸者量增，无俸者特给。然不取之于官，惟赋之于民，盖官吏既有所养，不致病民，少增岁赋，亦将乐从。（优俸以养廉，无养廉之俸，就不好责官贪了。优俸部分，由百姓负担，百姓多付出一点，能买得一个好官，必然是心甘情愿的。）

内地百姓流移江南避赋役者，已达十五万户。去家就旅，岂人之情？赋重政繁，驱之致此。乞特降诏旨，招集复业，免其后来五年科役，其余积欠并蠲，事产即日给还。民官满替，以户口增耗为黜陟的根据，其徙江南不归者，与土著一律当役。（这是一段闪烁着人道主义光辉的奏议，封建官史，犹能如此恤民，此后的当权者作为镜鉴，对比之下，能无愧疚么？忽必烈对财字素来看得重，这一条他是很难

点头同意的。）

凡丞相安童迁转良臣，悉为阿合马所屏黜，或居散地，或在远方，并令拔擢。（安童提拔的好干部，都受到阿合马的迫害，应彻底落实政策，恢复工作还要提拔使用。）

簿录奸党财物，本国家之物，不可视为横得，遂使滥用，宜以之实帑藏、供岁计。（专案人员决不允许利用罚没之机中饱私囊，所有逆产一律收归国库供给开支。）

大都非如上都止备皇帝巡幸，不应立留守司，此皆阿合马以此位置私党，今宜易总管府。（留守司、总管府，没有原则区别，关键还是要把阿合马安置的人撤下来。）

中书省右丞二，而左丞缺，宜改所增右丞置诸左。（左、右丞虽在平章政事领导下工作，但有尊卑之别，两个右丞即两人同一级别，不便工作，后任者当左丞比较合理。）

在外行（中书）省，不必置丞相、平章政事，止设左右丞以下官员。庶几可以强化中枢，不致内外势均、失衡难制。所谓非隆其名不足镇压地方者，奸臣欺君罔上之论也。（中央和地方，负责官员享有同等的名义和官阶，必然造成尾大不掉以致政令阻滞，下级机构以各种理由要求授予上级机构的级别待遇，一概是欺君罔上的行为。）

阿里海牙掌湖广兵民之权，子侄姻党分列权要，地方官吏出其门者，十之七八，其威权不在阿合马之下。宜罢职理算，其党虽无污染者，亦当迁转他所，勿使久据湖广。（兵民之权集于一身，时间一长，成为“针插不进、水泼不进的铁板一块”。应及早采取措施，或罢职，或调离，不使之长成气候。说阿里海牙之威不在阿合马之下，显然是夸张了。但崔彧揭发阿里海牙不止一次，其中也可能掺杂了私人恩怨，因为他哥哥崔斌长期和阿里海牙共事，后来被阿合马陷害惨死，他总认为阿里海牙有推脱不了的干系。）

中书省诠选官吏，报奏简历，例行公事，贤愚优劣，难以尽知。自今三品以上官员，必先引见而后授职。（限制中书省的人事诠叙权，措施似乎并不得力，三品以上才需经“廷试”，三品以下又当如何呢？想必是忽必烈年老力衰，极少接见各级官吏，只好如此折衷处理。）

崔彧的这些建议条陈，受到了忽必烈的高度重视，其中简易可行的部分，当天就命令中书省着手落实办理，一时办不到的，命崔彧和御史大夫玉昔帖木儿再商定执行的细则。

崔彧作为“言官”，不可能所“言”都符合皇帝的胃口。范文虎征日本兵败之后，忽必烈又积极地准备再次东征，崔彧当即进行了劝阻：

“近来江南盗贼，纷纷而起，共有二百余处，都是由于征募水手与造海船，民不聊生，激而成变。日本之役，宜暂缓筹备。征集军需，应量民力而行，召募水手，应从其自愿。等到民气有所昭苏，国力较今充裕，总之，两三年后，再行东征未晚。”

忽必烈对他这段谏议的反应是：

“尔之所言犹如一个射箭者，挽弓的姿势很好看，可是箭却根本没到靶子上去。”凡是反对东征的意见，尽管说得有理，却总不能让他满意。

第二年（1284年），崔彧因坚决反对任命卢世荣做宰相，违忤了忽必烈的意志，被罢官，一直到三年之后，他才重新被起用。

那么，这个被忽必烈看重的卢世荣又是何许人呢？其实，他本来就是阿合马一党的帮凶余孽。当初阿合马掌权，卢世荣靠行贿当上了江西榷茶运使。这是个搜括民财的要缺。可是卢世荣捞钱太过火了，被人参倒，罢官回乡。没想到罢官倒成全了他。阿合马倒台的时候，他不在官位，清理阿党分子也就漏掉了他。自从阿合马一死，朝廷大臣都很忌讳谈财利方面的事，这令忽必烈感到一种说不出口的失落，没人会理财，国库就不宽裕，什么事就都办不成。任总制院使（管理全国佛教及西藏事务的大臣）的桑哥深悉忽必烈的这番心曲，便出面举荐这位理财专家卢世荣，说他能制止货币贬值（救钞法）、增加赋税收入（增课额），上可裕国，下不损民，简直是一位经济奇才。忽

必烈听说之后，便立即召见。卢世荣能说会道，特别是介绍他自己的经济观点时，更能深入浅出，举一反三，令忽必烈十分高兴

发现了人才，当然就要果断地重用。但是像卢世荣这么一个鲜为人知的罢黜之官，要一下子放到特别重要的位置上去，首先就很难通过中书省诠叙这一关。忽必烈毕竟是一代雄主，有心机、有魄力，他第一步就是组织一个朝廷辩论会，让中书省官员和卢世荣当廷辩论当前经济形势及其对策。右丞相和礼霍孙、右丞麦术丁、参政张雄飞、温迪罕等人对经济问题所持的见解仍不外乎是儒家正统的那一套，观点显得迂腐不说，表达方式也十分陈旧。忽必烈本就听不入耳，而卢世荣却能提出一些花样翻新的建议，并且描绘出国用充足的美好前景。相形之下，忽必烈心中优劣立见。辩论一结束，中书省改组的敕令就随之发布。和礼霍孙、麦术丁、张雄飞、温迪罕等人一齐罢职。

卢世荣此时已成为忽必烈眼中的第一号红人，但就此任命他取代和礼霍孙担任右丞相似乎还是显得太突兀。恰巧在这之前，安童随北平王在海都处被囚禁了七年之后释放回来了。对于安童的归来，忽必烈因为听说他在漠北接受了海都的封委而很不满意。一同来归的断事官石天麟启奏说："海都系朝廷宗亲（窝阔台之孙、合失大王之子），偶有不逊之言，究竟还不是敌国，安童没有正面对抗他，是为了释其疑心，导其归顺。"忽必烈听了这些话，想起过去安童所表现的干练和忠诚以及这些年在漠北所经历的艰险，才表示了谅解之意。刚好这时中书省要改组，担任右丞相一职没有比安童更合适的人了（他在被阿合马排挤到阿力麻里去之前本来就是右丞相）。忽必烈亲自找安童谈话，从天黑一直谈到四更天，在安童表示对卢世荣的工作将给予大力支持后，忽必烈第二天就宣布了新的中书省组成人员名单：右丞相安童，右丞卢世荣，左丞史枢，参知政事不鲁迷失海牙、撒的迷失，

参议中书省事拜降。自史枢至拜降，全部是卢世荣所举荐。事实上，这是一个卢世荣一手控制的中书省。

一开始，大概是出于笼络人心，卢世荣确实和安童采取一致的步调，提出了一些便利民众的政策性建议。两人联署的第一份奏议的内容就是：“窃见老幼疾病之民，衣食不给，行乞于市，此非太平盛世应该看到的景象。建议由官府发给衣食，此事由各路正官（一把手）负责落实。”

这种奏议看来很富人情味，但却不具备基本的可行性。忽必烈当然不表同意，试问官府怎么能把“行乞之人”的衣、食全包下来呢？就算有这样的财力，也不能不看到它消极有害的社会影响——将保护甚至鼓励多少好逸恶劳的懒汉啊！安童毕竟是敦厚有余而经济不足，所以才会跟卢世荣一起提出这种迂阔的建议。

卢世荣却紧接着就国计民生问题不断有所上奏，而且，呈上表章不过三天，安童就替他来催忽必烈批复。忽必烈的答复是：

“除了给乞丐发衣食一条外，其余都照准吧！”所谓“其余”，在第一批奏章中就包括如下几项：

开放金银市场。卢世荣说，金银本系民间通行之物。自国朝建立平准库以来，就禁止百姓私相买卖，今后任民间随便交易。

取消“竹监”制度（即不再以某些地区竹产品为政府专利专卖）。怀州、孟州诸路竹货，系百姓栽植，但有司衙门不准民间发卖，使民重困，又致南北竹货不能流通，今当罢去“竹监”，任民间自行贸易，政府只收税款。

开放渔禁。江湖地区的渔税，已有定例，长流采捕，贫民恃以为生，所有渔禁，应一律取消，听由民众捕捞。

驿站开支概由政府负责。卢世荣指出，军国事务往来，全靠健全的驿站制度。现在马价已增，还要各驿户供使臣饮食，实属疲弊不堪负担，今后除驿马外，其余概由政府支出。

立常平盐局，以调节盐价。官商勾结，控制食盐零售业，以致盐价上涨，贫民多不得食。议将国家统采的三百万石盐，二百万石发卖给盐商，一百万石则发放诸路、府，成立常平盐局。只要盐商提价，盐局就向百姓供应平价盐，这样，庶民得食，国家亦有利。

以上的这些政策，平心而论，对百姓都带来了某些实惠。卢世荣还有若干便民利民的“德政”，是他的政敌也不能不承认的，不过他们认为卢世荣施行德政的目的是“释怨要誉”，即改变自己以往的政治形象来博取朝野的好感。他所做的这些都得到忽必烈的支持，主要内容有：制造“至元通宝”铜钱与至元绫券（绫质货币），与纸钞同时流通，以减缓纸币的贬值；用铁器专卖所得款项，购买粮食，贮入各地常平仓，以稳定粮食价格；在各路府成立平准周亟（急）仓，以纸钞低息贷给贫民；在各中心城市设立市易司（经贸局），为商人提供中介及其他服务，抽取交易税，按千分之二十五的税率（即四十取一）征收。所得税款十分之六用以增发地方官吏的薪俸，十分之四作为市易司本身的经费；由政府出钱，代江淮灾民赎回卖出的妻子儿女；命令江南的田主减收田租一成；增加中央和地方官吏薪俸二成，拟定官吏考绩和升迁条例等等。

忽必烈对卢世荣的工作是十分支持的，这主要是因为他在开辟财源方面确有见地。他提出大都豪门酿酒酤卖，价高味薄，可获暴利，应予禁止，改由官营。为此，他建议成立酒类专卖局。在酒类专卖过程中，他发现大都造酒，日用米千担，其生产能力大约是全国的三分之一，那么，全国其他地方造酒日用米当在三千石以上，可是根据各地报表统计只有三百六十石。其隐瞒数量之大真是惊人，一年下来，光这一项漏掉的税收就难以统计，于是他下令各地增收税款二十倍，交不上来的，从重治罪。卢世荣曾经对忽必烈承诺，他要实现全国税收从九十三万二千六百锭增加到三百万锭的目标。忽必烈不能不为这种敢想敢说敢干的气魄和那诱人的财政前景而心动。

卢世荣以中书省的名义奏请设立规措所，官阶五品，办事官吏，一律选拔会做生意的人。

“这个规措所是干什么的呢？”忽必烈问他。

“就是专门规划钱谷事务的。”卢世荣回答得很简单，忽必烈相信他，同意按他的意思办。

接着他又提出了进一步的要求：

“天下懂得规画钱谷的人，原先都在阿合马的门下，审查阿合马一案时，都被列入污滥官员之类，这当然是无法推翻的结论。臣欲从这些人中择其通才，授以职责，但是，臣又恐怕别人指责我重用罪人。”

“何必这么说！可用的人就用嘛！”忽必烈又同意按他的意思办。这一来，以前阿党的一批骨干，如前河间转运使张弘纲、撒都丁、石鲁合散、孙桓等人又纷纷被起用，担任河间、山东等路都转运盐使。其他被擢用的阿合马的老部下为数甚众。

用上这样一批人，就必然会嫌地方上的行御史台碍事。于是不久，卢世荣又以中书省名义请皇帝撤销行御史台，同时请设行枢密院。设行院是幌子，撤行台是本意。忽必烈答复道：

“设行院的事，先前也议过。可是由于阿合马怙权自私，想让他儿子侯赛因在任行省平章政事时能够掌握兵权，于是议而未决，现在实行前议，很好！”忽必烈没有回答行台的事。

卢世荣并不罢休，他继续坚持自己的意见：

“行台所隶的按察司可以转变职能，管理各路钱谷。选精明干练者用之，其原来管辖的刑名事务可以直接上报御史台。”

“你先去与老臣们商议，然后再实行就是。”忽必烈仍然不明确表态，因为这事不能不慎重。

过了一段时间，御史台的奏章也上来了：

“中书省请撤销行台，把按察司改为提刑转运司，使之管理钱谷。臣等窃惟：当初设置行台，朝廷老臣集议，以为有益，今亦未见有损，怎可辄罢！且按察司兼转运之事，则纠弹官员的职责就废掉了。请右丞相复与朝廷老臣共议。”

忽必烈同意由中书省和御史台集议此事。

第二天，御史台的复奏就送上来了：

“日前奉旨，令臣等商议罢去行台以及兼管转运之事。世荣言按察司官员，皆系才干出众而被举荐，兼管钱谷无不胜任，但廷臣以为不可。世荣所用之人，臣等不敢阻止，惟有对行台不可罢一事，廷臣意见一致。”

“那么卢世荣的意见呢？”忽必烈问道。

“他坚持说该罢行台。”

“那就照他的意思办好了。”忽必烈很爽快地就下了结论，他对卢世荣的支持到了这种绝对的程度。

朝廷的老臣当然不会轻易放弃和卢世荣的斗争。撤销行台一事毕竟还是没有能贯彻执行。当时左赞善大夫夹谷之奇就发表意见说：

“按察司承担着控制各路局势、及时揭露奸慝不法勾当的职责，这担子并不轻。如果让它去理财，要处理无数麻烦事分散精力且不说，整顿自身的纪律就将够费神的了，哪还谈得上纠举别人！这两种职能混淆不得。”

他这段话对忽必烈还是起到了一定的谏阻作用。忽必烈想起当年阿合马也提出过性质差不多的建议，理财之臣为什么总是要对准监察机关下手呢？如果不是有不可告人的动机，完全不必要这样做。尽管他寄厚望于卢世荣，但他还是不能完全赞同让监察机关去做征收税赋的工作，这事必须摆一摆再说。

当卢世荣在朝廷吹嘘自己能使赋税倍增而民不受扰时，谁也不敢驳他，只有董文用提出质疑：

“此钱不知是取之于卢右丞（世荣）家里还是取之于老百姓？如果取之于右丞家，我当然不清楚情况，如果取之于民，那我就有两句话说。牧羊人一年通常剪两次羊毛，现在牧羊人每天剪一次羊毛献给主人。主人固然是一时为多收了羊毛而高兴，可是羊却失去了抵御寒热的能力，一批批死去。试问，以后还有毛可剪么？民财是有限的，右丞将尽取之，就不考虑一下可能产生像那个日剪羊毛一样的后患么？”

面对董文用的辩驳，卢世荣一下子无词以对，颇为尴尬。退朝以后，好多大臣都围住董文用，向他表示钦佩和感谢，他们说：

“董大人以一言令厚敛之臣词穷，符民心而厚邦本，真所谓仁人之言啊！”

卷——伍

Volume 5

在失望中的踉扑与蹒跚

权奸的被诛和贤良的太子

卢世荣知道老臣们对他的经济政策是极其不满的，这些人迫于形势，暂时或者不愿意太显眼地抵制他，怕招致忽必烈的惩罚，但他们一定会寻找各种机会动摇忽必烈对他的宠信，而时机成熟时甚至将会置他于死地。为了及早有所防范，他抢先向忽必烈进奏道：

“臣之行事，难免招致某些人的怨恨。此后必有人在陛下面前进言谮害于臣，臣实在很害怕，故先向陛下说明。”

他的意思很明显，就是希望忽必烈先拿个态度出来，虽说君心莫测，但日后倘有差池，圣谕在前，多少会对自己有些保护作用。忽必烈当然懂得他的用意，于是安抚他道：

“你说得很对。可是世界上哪有能够不让人议论的道理呢？你不要对朕不放心，不要防朕，只要在饮食起居上注意自我防护就行了。跑得快的狗，狐狸不喜欢它，但主人怎么会不喜欢它呢？你实行的这一套，朕很满意，只有那些奸伪之臣不满意。你的职分已经确定，可以多带几个随从，也该加强住宅的防卫。”

忽必烈随即就命令安童给卢世荣多配备一些警卫人员，他对卢世荣的宠信关心简直无以复加了。可是卢世荣心里还是不完全踏实，过了两个月，他又找机会向忽必烈进言道：

“臣伏蒙陛下眷爱，授以重任。依臣之愚见，今日朝中之事如良田万顷，昔日无人耕种，满是杂草。臣着手经营以来，已耕者有之，未耕者亦有之，有的才播种，有的已出苗，如不令人守望，让野物糟蹋了，岂不太可惜吗？右丞相安童，督臣办事，可以算一位守望者。但是没有其他力量的支持，耕田者还是不免徒劳。守望者能给予许多助力，而如果天不下雨，则仍然得不到收获。所谓天雨，就是指陛下为臣添力。请陛下怜念臣的处境和用心。”

“朕知道了。卿但管放心去做。”忽必烈答道。

然而，无论忽必烈曾经说过什么，终究都不是确保安全的“铁券文书”。卢世荣执政不过四五个月时间，最终还是被御史台的人扳倒了。最初是监察御史陈天祥上疏，疏中说道：

> ……世荣素无文艺、亦无武功，惟以经商所获之资，趋附权臣，营求入仕；舆赃辇贿，输送权门，所献不足，又别立欠少文券（欠条）银一千锭。由白身（无功名）擢江西榷茶转运使；于其任内专务贪饕，所犯赃私，动以万计，经追纳及未纳见追者，人所共知。今不悔前非，狂悖愈甚，既怀无厌之心，广蓄攘掊之计。而又身当要路，手握重权，虽位在丞相之下，朝省大权，实得专之……朝廷信其虚诳之说，俾居相位，名为试验，实授正权。校其所能，败阙如此；考其所行，毫发无称。此皆既往之真迹，已试之明验。若谓必须再试，亦止可叙以它官；宰相之权，岂可轻授！夫宰天下譬如织锦，初欲验其能否，先当试之

布帛，如无能效，所损较轻。今以相位验贤愚，犹如舍美锦以较工拙，若致毁坏，其追悔何及！

国家之于百姓，上下如同一身，民乃国之血气，国乃民之肤体。血气充实，则肤体康强，血气损伤，则肤体羸病，未有耗其血气，能使肤体丰荣者。是故民富则国富，民贫则国贫，民安则国安，民困则国困，其理然也。夫财者，土地所出，民力所集，天地之间，岁有常数，惟其取之有节，故用之不乏。今世荣欲以一岁之期，将致十年之积，危万民之命，易己之荣，广邀增羡之功，不恤颠连之患，期锱铢之诛取，诱上下以交征，视民如仇，为国敛怨，肆意诛求，何所不得！然其生财之本，既已不存，敛财之方，复何所赖！将见民间由此凋耗，天下由此空虚。

计其任事以来，百有余日，今取其所行与所言不相符者，略举数端：始言能令钞法如旧，钞今愈虚；始言能令百物日贱，物今愈贵；始言能增三百万锭，不取于民而办，今却迫胁诸路官府增数包认。凡今所为，无非败法扰民者。若不及早更张，待其自败，则犹蠹之除尽而木病已深，救将何及！臣亦知阿附权要，则荣宠可期，违忤重臣，则祸患难测，止以事在国家，关系不浅，忧深虑切，不得无言……

这时忽必烈住在上都，陈天祥的奏疏由御史大夫玉昔帖木儿代呈。忽必烈看了奏疏，便找玉昔帖木儿询问有关情况。玉昔帖木儿当然支持自己衙门里的陈天祥，忽必烈也觉得事情有些不对劲。疏文的第一部分说起卢世荣的出身背景，这个问题不管你能做出多少文章都无法引起忽必烈的注意；第二部分讲的是富民强国的大道理，也未必能引起忽必烈的兴趣；关键的是第三部分，指出卢世荣上任以来，所行不符先前所言，难道这真是一个只会讲大话的浮夸之徒？如果确实如此，长此下去，后果真有不堪设想者。忽必烈命令安童召集朝廷大吏、儒士名流，讨论陈天祥的弹劾表文。卢世荣也出席了。事后，安童的汇报中说：

“舆论一致认为，卢世荣以虚诳之说，欺骗朝廷。就职已经四月有余，所行不符所言，所出浮于所入。”

这“所出浮于所入”六个字最令忽必烈恼火。先前你说得那么动听，朕破格重用你，但你折腾了这么几个月，财政还不断出现赤字，这不证明你增加国库收入的计划全是欺人之谈么？他诏宣卢世荣和陈天祥两人同赴大都，在御前展开辩论。这叫作“面质”。

“面质”的结果是卢世荣被捕下狱。因为御史台掌握了皇帝内心的变化活动，扎扎实实整理出了一份极有分量的罪行材料。卢世荣处在当时的情况下，已经无法辩驳，只能伏罪。

卢世荣的罪状其实未见得如何严重，至少比阿合马轻得多。他的主要罪行是擅权，并无个人贪污中饱之类事实。比如说他未通过安童批准，从国库中支钞二十万锭（并非私人占用）；擅自将六部升为二品衙门；任用阿合马党余孽潘杰为浙江行省参知政事、冯珪为湖广行省参知政事、宣德为杭州宣慰使等等，上述这些事，大都是忽必烈亲自点头的，他并不想也不可能瞒过任何人。又如他为了成立各路市易司，从地方官库中提钞八十六万锭作开办经费，说明是垫付，以后获利时归还，但各商行成立不久，尚无力归还，结果也成了一项大罪。

还有些更可疑的罪名。比如说他命驿站把传送的公文按缓急分别用红、青、白三种颜色的袋子装，因为过去李璮也这么做过，于是说他仿效叛臣，心怀叵测。又如说他未经枢密院同意，调动三省兵马共一万二千人驻屯济州，图谋不轨。问题是这三个省如何能奉卢世荣的命令就调动军队呢？而且这一万二千人驻在济州又能派什么用场？看来这些罪名都是御史台那批“专案”老手周纳锻炼出来的，是所谓“欲加之罪”。

总之，卢世荣的经济政策归根结底是失败了。他并不能为忽必烈带来收入猛增的大好形势。忽必烈失望之余，不免有一种被愚弄了的恼怒。不能让卢世荣这么搞下去，也不能让臣下们议论自己的好利喜功，用人不当，他只有不失时机地将卢世荣撤职并关入监牢。

忽必烈为了表示对卢世荣炮制的这场“改革”有所交代，他在批复御史台的奏状时写道：

“右丞相安童与诸老臣议，卢世荣所行，当罢者罢之，当更（改）者更之，其所用之人确实无罪者，朕自裁决。”

卢世荣被关押了七个月以后，朝臣们大多已经淡忘其人其事，忽必烈却并没有忘记这个令他难堪的“小丑”，一天，他问身边近侍忽刺出：

“你对于卢世荣这件事有什么看法？”

忽刺出天天在忽必烈身边，焉能不知道他心中的想法，于是很机灵地应答道：

“近来有新到中书省的汉官议论说，卢世荣已经审判，定罪伏罪，再无疑义。结了案的囚犯，天天用囚粮养着，岂不是一种浪费！”

忽刺出根本避开卢世荣究竟该不该杀的问题，只是说“养着是一种浪费”，这就促成忽必烈作出了最后的裁决：处死卢世荣，把他的肉割下来一块块喂给猎鹰和水獭吃。

卢世荣虽然死了，忽必烈的心却并未能完全平静。他深感自己在这一事件中扮演了一个令人耻笑的角色。他总结这一切得以发生的原因，最主要的一条是自己身边没有器识弘远审势明理的得力助手，具体说，就没有那些学识渊博深谋远虑的汉儒大臣。安童虽然是君子，但见识仍是不足，所以才会让中书省里大小事情全由卢世荣作主，当然也可能是因为在北方经历了十年艰难苦楚，人变得圆滑世故了。忽必烈又怀念起过去那班老幕僚来，他对安童说：

“有些事，你搞不清楚，朕身边已经没有汉人，只靠朕自己裁定可否，恐怕谬误在所难免。今后希望你多多尽心善治百姓，不要让朝政再度混乱，使朕蒙羞。”

安童能够理解忽必烈此时的心情，他准备建议召回几个汉儒旧臣，于是对忽必烈说：

“前次曾召徐世隆回朝任集贤殿大学士，可是他以年老力辞。世隆熟悉历朝典故，又善于审判疑难案件，虽老了，还是可以工作的。”

忽必烈对徐世隆是十分了解的，当年自己领兵征大理时，就是徐世隆对他讲了孟子的“不嗜杀人者能一之”的道理。登基以后，徐世隆在制定朝廷礼乐祭祀等典章制度方面做了不少贡献，甚至连机构设置、朝会礼仪等多是经他的手完备的。至元九年，随着许多儒臣的被冷落，他也放了外任。在山东、淮东等地一干就是十来年。现在启用他确实能顶用。但是忽必烈派遣的专使带回来的是徐世隆的辞谢奏章。徐世隆并不是跟皇帝过不去，他确实老了，而且多病，也就在这一年，八十岁的他去世了。

接着，忽必烈又想到要召李昶再度出仕。李昶当年曾在濮州向领兵伐宋的忽必烈谈治国用兵之道，深得忽必烈的喜爱。称帝以后，忽必烈在休息放松的时候，只要望见李昶的身影，就立即整理自己的仪容，并且说：“李秀才至矣。”这份敬重可谓非同一般。但此后不久阿合马开始掌权，至元六年，李昶就请求以老退休，至元八年，终于被批准致仕。退下去十多年的老人，他还会愿意出来工作吗？他还能工作吗？忽必烈征召令下时，李昶已是八十三岁，他当然地以老疾请辞，他在家里又活了三年，八十六岁去世。

忽必烈之所以想起用汉儒老臣，目的是裨补阙漏减少失误，但那些自己比较了解的人大都不在了，剩下一两个也确实老迈不堪，提拔新人则认识和鉴别又不是短期内可以做到的。他想起蒙古人中并不是完全不出人才，可惜自己没有充分注意倾听他们的意见。就在临任命卢世荣之前，他还向中书省参议博果密（元史作不忽木）问起他对卢世荣的看法，当时博果密就对他说：

“自古以来，聚敛之臣，如汉朝桑弘羊、唐朝宇文融之类，操牟利之术以惑君主，开始都以为他是一片忠心，等到罪恶酿成，国与民俱受其害，虽然后悔又有何用！臣愿陛下考察古今治道，莫用世荣之说。”

那时忽必烈对这些话听不进去，现在回想起来却不能没有感触，他特此对博果密说道：

“朕实在愧对你！”随即擢升他为吏部尚书。

在卢世荣事件结案之后，忽必烈的羞愧甚至担忧的心理是十分自然的。一代雄主，一代明君，臣工们历来不都是这样称颂自己么？怎么可以如此偏信和庇护一个擅权好利诛求苛刻的小人呢？就凭这一件事，历史将会怎样评价我忽必烈呢？

忽必烈的担心不无道理，御史台的一伙大臣们确实是认为“陛下春秋已高”，昏愦难免，应该考虑禅位给真金太子。他们的一番密议不打紧，害得这位贤明的太子过早地送了性命，构成了元朝史上的一大悲剧。

真金是忽必烈的嫡长子，从小就从姚枢、窦默这两位大儒读汉书、习汉礼，学得一派谦谦君子的派头，一时在其师友之列者，不是朝廷有德大臣，便是布衣中的节行之士。这些读书人都夸他“仁孝恭俭”，于是贤名满天下。

中统三年，真金被封为燕王，任中书令。中书令是最高的官职，名义上是领导整个中书省，但实际上它的作用只限于让真金（未来的太子）观察和熟悉国家政治的运作过程，至多有时发表些有分量的意见。因为它既不像中书省其他负责官员那样直接从事行政工作，又不像皇帝一样可以直接拍板。真金长期处在这样一个没有实权但却极有影响和威望的位置，更训练了他进退有节、礼让谦和的作风。他在中书省曾经对右丞相老元勋史天泽这样说：

“我年纪轻，未尝学习祖宗典则，对政治事务更是毫不熟悉，一旦担当了重任，我只能依靠你们这些德高望重的老臣。”

至元七年，他被派去巡视北方称海地区（即今阿尔泰山脉以东一带）。在那里，他会见了一些野心勃勃、蠢蠢欲动的诸王，如帖木哥斡赤斤的孙子扎剌忽和蒙哥的孙子撒里蛮等人。当时在真金身边只有伯颜。真金对他们说：

“我们难得有这种聚在一起的机会。今天大家都说说心里话，让我听听。”

撒里蛮是最不安分的，后来在昔里吉的谋反中起了很坏的作用，他抢先说：

“太祖曾经训示我们：’欲治身，先治心；欲责人，先责己 '。”很明显，他是在抢主动权，要真金不要找他们的麻烦。

伯颜反应很机灵，马上对他进行反击：

“皇上有训：欺罔和盗窃，是人之至恶。一旦为欺罔，说假话，则此后虽出善言，真言，别人也不会再相信。一旦为盗窃，则虽然没有被发觉，心里却总是惴惴不安，好像随时会被捕获。”扎剌忽感到双方的话火药味太浓，他似乎是想缓和气氛，出来说了几句模棱两可的话：

“我祖有训：‘长者梢，深者底。’意思是说说话贵在有始有终，长者，要说到树梢；深者，要说到树的根底。不可以中间插断了说。”

扎剌忽的话虽然平和，但用意却很明白，即朝廷不要因一时一事而对有着共同祖先的北方诸王产生疑忌和戒备之心。当时，真金以一种很沉静但却很威严的语调作了简明的总结：

“皇上的训示更简单：不要有野心，一旦有了野心，事情立即就会败露。我读孔子的书，见他也说过与皇上圣训一致的话。”真金的话具有威慑作用，他这一次的北边之行起到了安定后院的作用，叛乱活动推迟到五六年以后才爆发。

1273年（至元十年），真金被正式立为皇太子，仍兼中书令，并判枢密院事。册立的诏书由伯颜受皇帝命宣布，其中有这样的话：

> ……仰惟太祖皇帝遗训，嫡子中有克嗣服继统者，豫选定之。是用立太宗英文皇帝……自时厥后，为不显立冢嫡，遂启争端，朕上遵祖宗宏规，下协昆弟佥同之仪……立尔为皇太子……比者，儒臣敷奏，国家定立储嗣，宜有册命，此典礼也。今遣摄太尉（代理枢密使）、左丞相伯颜持节授尔金册玉宝（证书和印信）。……圣武燕谋，尔其奉承。昆弟宗亲，尔其和协，使仁孝显于躬行，抑可谓不负所托矣。尚其戒哉，勿替朕命。

这篇册文中讲到了成吉思汗立太子和窝阔台不立太子的历史经验和教训，肯定了自己继承大统的合法性和当前册立太子的必要性，并表述了对太子的殷切期望。

忽必烈是很疼爱这个儿子的。真金自小身体就不好，又喜文厌武，长大以后体质更见柔弱。为了让他健康起来，忽必烈常常亲自为他熬配药物，还派人去祭祀四方的名山大川，祈求保佑。可惜这一切都收效甚微，太子还是经常得病。由于读的是圣贤书，因此他一贯地节用惜物，自奉俭约，效法历代的明君贤臣。他不同意派许多人为他的病出去祭祀山川河岳，认为那样必然骚扰地方官民。他舍不得丢掉被弄污的绫袍，叫人染染色又重新穿上，并且说：

“我织一百匹绫也不成问题，但是这袍子并没有坏，染染照样可以穿，怎能丢掉呢？”

他所住的东宫进行改造修理，工匠的包头是个拍马的奴才，他提出凿石为池，仿效晋人曲水流觞的故事。真金听了对他说道：

“古之殷纣王有肉林酒池，你是想让我也去仿效他吗？”一句话吓得对方不敢再开口。

阿合马擅权秉政时，真金对他搞的一套非常恼火，一直不给他好脸色看，甚至还揍过他。阿合马知道太子在忽必烈心中的分量，因此从来也不敢顶撞他。正因为这一情况朝臣尽知，最终就设计出来假扮太子除掉阿合马的计策。

阿合马死后，真金太子更加热衷于读书。每当在史籍中发现他感兴趣的史实，便要联系自己来表态，比如对汉成帝不绝驰道、唐肃宗改绛纱袍为朱明服等等，他都在大加赞赏之余表示：“我要在当时，也会这么做的。”

真金的分地在江西隆兴路（南昌）。当年，江西行省以岁课羡余钞（税收超额完成部分）四十七万缗献上。真金大为光火，说道：

“朝廷令汝等安治百姓，百姓安，钱粮何患不足，百姓不安，钱粮虽多，怎能用以自奉？”他命令把这些钱统通退回去。

参知政事刘思敬派他弟弟刘思慕向太子献见新附之民一百六十户。真金问他：

“这些百姓究竟来自何处？”

“是我哥哥刘思敬征重庆时所俘获的。”

听到刘思慕的答复，真金的眉头蹙起来了：

“回去告诉你哥哥，这些人应该就地遣散为百姓，各复其业。不然会失去民心的。”

乌蒙宣抚司来献马，也是超过了规定的数额，本意当然是讨好，但真金当时就训谕道：

“去年就告诉你们不要多进献马匹，且不说征集之难，沿途发送，劳民扰民，今后莫再如此。”

真金自己好学，也十分注意办学培养人才。当时，国子监里的主要教职人员大多是太子东宫旧属。在国子监里学习，待遇是比较优厚的。蒙古和色目官僚中有些人就看不惯，他们曾经有意在忽必烈视察时把太学生的生活优裕的一面尽情展示，想引起一向主张节俭的皇帝的不满，或许他一生气就会把生员们的待遇标准减下来。谁知忽必烈一眼就看出了他们的意图，说道：

“你们以为我会觉得生员们过得太舒适么？不，还不够，我不但不可能降低对他们的供给额度，相反，条件合适，我还要提高。”

真金对父亲这个态度深为满意，他补充道：

“我听说金章宗的时候，有司进言说太学生开支太多，给财政造成了压力。金章宗说：‘养出了一个范文正公（仲淹），这投资的回报还能说少吗？’我看章宗这话说得很对。”他熟知历史掌故，知道范仲淹少时家贫，不进国子监享受太学生廪费待遇，根本难得修成日后的学业。

真金周围的儒者，确实在世界观、政治观，甚至性格和作风方面极大地影响了他。王祥编过一套《承华事略》，可以视为培养合格皇储的教学大纲，它共分二十个项目。其中，有的是修身养性的基础功夫，如“广孝”“立爱”“端本”“进学”“择术“谨习”等等；有的是治国抚民的必要方法，如“听政”“抚军”“明分”“崇儒”“亲贤”“去邪”“纳诲”“从谏”“推恩”等等；有的是为人君父的道德规范，如“尚俭”“戒逸”等等。这一整套东西贯穿了儒家政治思想的精华，真金在长年累月的学习中可说已经吃透了。除了王恽，后来在他身边还有李谦、夹谷之奇也向他进献过许多有益的启示，帮助他认识和处理他已经或将要面临的问题。他们说：

“殿下天生聪睿，正遵循皇上圣训参决政务。诸如视膳问安之类事亲之礼，不用我等多说，而有关军民之利病，政令之得失，事关朝廷，责在台院，亦非宫臣（东宫之臣属）之所宜言。独有澄原固本，保成守业，是殿下所当留心，也是臣等不能不说的。臣等敬陈十事如下：正心、睦亲、崇俭、亲贤、几谏、戢兵、尚文、定律、正名、革弊。”

夹谷之奇这样解释他的“正心”之说：

“太子之心，天下之本也。太子心正，则天下有所属，人心有所系矣！唐太宗曾经说：‘人主的一颗心，攻之者众，有的以勇力，有的以辩才，有的以谄谀，有的以奸诈，有的以嗜欲，围着它进攻，都想自己能得逞。为人主者，只要稍有松懈，接受其中之一，那危害就有不可胜言者。’殿下是至尊的皇储，想求一逞者也不为少，所以必须经常唤醒此心，不使它为物欲所控制，那就真是宗社生灵之福。澄源固本，这是至关重要的第一条。”

至于睦亲，夹谷之奇又有如下的见解：

“宗亲为王室之藩屏，人主之所自卫者也。大分（名分）既定，尊卑悬殊，必思意俯逮，然后得尽其欢心。宗亲之欢心得，则天下远近之欢心得矣。”

总之，太子真金就是在这种教育背景下成长起来的。他体恤百姓，节用惜物，优礼儒生，疏远奸佞，真所谓“天性仁孝，中外归心。”

太子的死和又一次大量任用儒生

皇储的声望太高未必是好事，特别是在特殊的政治形势之下，自古以来，不少的宫廷悲剧就是在这种背景中酝酿发生。

御史台的官僚们在对卢世荣的斗争中虽然获得了最后的胜利，但他们对自己曾经在卢世荣的淫威之下战战兢兢过日子的往事始终耿耿于怀。谁都清楚，当初之所以台宪被弄得那么灰溜溜的，主要原因就是皇帝偏听偏信，利令智昏，包庇重用奸佞小人。这些本性狂妄的监察官员在一起嘀嘀咕咕，竟产生了一份请忽必烈禅位于真金太子的联名上书。这件事当然必须先和太子通气，征求他的意见。太子被这个消息吓坏了，坚决不肯做这等不忠不孝的事。

太子既然不同意，御史台的官员们只好把表章扣下来，没有上报。但世上没有不透风的墙。这件事传到了阿合马的余党耳里，他们认为这是替阿合马报仇雪恨的时刻到了，

隐蔽得较深因而保全下来的阿合马余党塔奇忽和阿萨尔上奏忽必烈，请求收缴百司吏案（各机关档案），钩考天下钱谷。这个举动表

面上好像是彻底搞一次财务大审计，实际用意是想把御史台的请求皇帝禅位的表文挖出来，以坐实他们犯上作乱的罪行。忽必烈同意了。塔奇忽等首先就去接管御史台的档案库。御史台都事尚文知道对方的来意，如果把档案交出去则必将造成极为严重的后果。于是他扣留了包括禅位奏章在内的部分档案不肯交出。塔奇忽是有备而来的，一见尚文不肯交档案，便立即向忽必烈汇报，并且挑明了说御史台的档案箱里有不法文书。忽必烈听得将信将疑，就派大宗正锡彻罕专门去处理这件事。

事情发展到十分危急的阶段了。尚文觉得自己再也支撑不起这份责任，赶紧去向御史大夫（御史台长官）玉昔帖木儿报告：

“塔奇忽的来意很明显，就是要上危太子，下陷大臣，流毒天下之民，其谋至奸至恶。”

谁说不是呢？玉昔帖木儿和他一样清楚。塔奇忽这厮用心确实极其险恶，现在圣上已经两度发旨，玉昔帖木儿觉得自己也已经无力对付眼前的局面了。

“塔奇忽是阿合马的余党，赃罪狼藉，我们应该先下手揭发他，使其阴谋不攻自败。”尚文在一旁又提出一项补充建议。

玉昔帖木儿想，尚文说的化被动为主动确实是个好办法，但自己此刻站出来力量就显得单薄了，因为事情牵涉到御史台本身。眼前惟一可行之计是到中书省去找右丞相安童。

安童毕竟是政治经验很丰富的人，一听就知道此事非同小可，它可能导致的后果将是十分可怕的。谁能估计到忽必烈盛怒之下会怎样处置所有参与了这次“劝禅”活动的人呢？事已至此，只能采用尚文那个主意。作为丞相，他觉得自己有责任帮助御史台渡过这一难关。凭着忽必烈过去的信任和自己这张老脸，事情或许还有转圜的余地。

于是，安童和玉昔帖木儿两人一起向忽必烈面奏了有关此事的前后原委，当然着重指出塔奇忽所怀的政治阴谋。

忽必烈大为震怒，喝问他们道：

“说是塔奇忽的阴谋，难道你们就没有罪？”

“臣等之罪自然无可逃避。但塔奇忽、阿萨尔之流都是犯了重罪而尚未处以刑罚的人，竟敢做出这等事，动摇人心，宜选择有威望的大臣对他们进行管束，以确保大局的稳定。”安童神色安详地向忽必烈解释。

忽必烈在安童的劝解下怒气稍稍消解，最后接受了他们的奏请，免予追究“劝禅”一事，并对塔奇忽等作出了申斥。事情虽然过去了，但留下的阴影却决非一时可以散尽，甚至可以说，它像一道创伤，虽然可以愈合，但疤痕却无法去掉。忽必烈并不认为真金有逼他禅位之心，但政治斗争常常是被集团的利益所推动的，个人的意愿并不一定能充分受到尊重。历史上这样的例子太多了。特别是“禅让”这类把戏，与其说是被推上宝座的个人的强烈欲望，还不如说是那要从中获利的群体的积极要求，这点在从唐末到宋初这段历史中表现得最清楚。五代的皇朝都那么短命，皇室子孙的遭遇当然都很悲惨，可是那些制造了一次又一次“禅让”闹剧的文臣武将们，却大都长享富贵，官越做越大，财越积越多。为人君者，不可不对此保持高度的警惕，不能不防患于未然。他想到唐朝的李渊（高祖）和李隆基（玄宗），他们都是被自己的儿子逼着禅位的。那种悲惨的滋味真是外人所难以想象，而且历史从来不曾对他们寄予过同情，多数人只会从心底冒出一句：“活该！”自己如果真的被他们逼得禅了位，过着那种“西宫南内多秋草，落叶满阶红不扫……夕殿萤飞思悄然，孤灯挑尽未成眠”的凄惨日子，是否也会同样被后人嘲骂一句：“活该！”

忽必烈不能再往下想了，他知道从今而后，他和儿子之间心头的这点芥蒂再也无法消除。

读书甚多而又极其聪明的真金太子的心理活动就比他父亲更为复杂、更为沉重了。皇位的禅代、太子的废立，这是皇家父子关系中最为敏感的问题，由此引发的父子反目的悲剧真是多不胜数。真金绝对不愿意做一个无君无父之人。但他也明白人有时候是被形势推着走的，像眼前的这一次，他就差一点身不由已地被推到风口浪尖上去。父皇虽然并没有仔细追究，但谁知道他心里想过些什么、还在想些什么和将要想些什么！真金每每想到这里便觉得十分害怕，但越是害怕就禁不住越要想；白天想，晚上想，以至于夜夜做噩梦。先是从梦中被惊醒，后来便是醒着也会出现幻觉，老是半夜里听见宫门外人声嘈杂，由远而近，戈甲声中伴着叫嚷：

“休教放走了叛臣逆子！”

接着便是似乎看见内侍跑步进来报道“宫门被围”“军士们已然杀进宫中来了”……

每到此时，他就会惊厥过去，直到被人们救转过来，而浑身上下已被冷汗湿透。

真金身体本就荏弱，如何承受得起如此沉重的精神负担！没有多久，就形销骨立，任太医如何投药，都不见效，病情一天天加重。

他终于没能熬过至元二十二年的冬天。在卢世荣被处决之后个把月，真金就去世了，当时他还没有满四十三岁。

对于真金的死，忽必烈是非常悲痛的。他已经七十四岁了，在这种年龄失去自己寄托了最大希望的接班的儿子，那份打击不是什么人都能承受得了的。真金不是独子，但其他的儿子都具有各种不同的明显缺点，在忽必烈眼中均不堪受人主之重寄。出于对真金的感情，忽必烈准备册立真金的儿子为皇太孙，但因为真金有三个儿子，而且三个儿子都很为忽必烈所喜爱，究竟立谁为皇太孙合适，一时还真拿不定主意。这时朝臣中有人提议说太子已经去世，詹事院（东宫的办事机构，专管对皇储进行道德和知识教育）应该撤销，减冗员而省靡费。一直在太子身边工作的院丞张九思抗声辩解道：

“太子虽然薨逝，还有皇孙在，这就是国家宗社人心所托属。詹事院继续可以对皇孙进行道德学识的教育，怎么能撤销呢？”

忽必烈深以为然，点头称是。其他的朝臣见皇帝如此表态，也就不再做声了。

卢世荣的事件和真金的死，都促成了忽必烈进一步下决心启用汉儒。老臣太老，召之不来，即使召来也没有用了。唯一的办法就是重新去发现和征募精通儒学的人才，在南人中多的是儒生，征聘人才比从前是容易多了。1286年（至元二十三年）的春天，忽必烈诏命集贤殿直学士程钜夫专程往江南博采知名儒士，为了让他便于工作，临行前将他拜侍御史，行御史台事。

为什么会派程钜夫来担当这项任务呢？这话可以稍微说远一点。程钜夫的叔父程飞卿原是南宋建昌通判，忽必烈南征时投降。钜夫作为质子送入大都，受到忽必烈召见，以应答得体深受赏识。当时忽必烈对近臣言道：

“朕观此人相貌，已应贵显；听其言论，更觉其为聪明有识之人。可安置在翰林院供职。”

丞相和礼霍孙传旨到翰林院，那里的老学究们提出程钜夫太年轻，只宜任应奉翰林文字。对他抱有极大希望的忽必烈对他说道：

“从今以后，国家政事得失，朝臣邪正忠奸，你应该一一及时向朕报奏。”

程钜夫一面叩首一面答道：

“臣本疏远之臣，蒙陛下之知遇，敢不竭诚以报答陛下！”

很快他就被晋升为翰林修撰，后来又升为集贤殿直学士，兼秘书少监。此后的几年里，他提出过几条政策性极强而且影响深远的建议。如置贪赃籍（为贪污犯罪的官员设立的永久性档案），对惩治和防止官员腐败便起了较大的威慑作用。又如对江南官吏给予俸禄（元朝开国之初对官员实行职田制，按官阶划给田土而不发俸禄），对于整顿吏治、缓解社会矛盾也大有益处。至元二十三年，他又首先向忽必烈提出“兴建国学，遣使往江南搜访遗逸；御史台、按察司，都应参用一定比例的南人”。

至元二十四年，忽必烈决定用程钜夫为参知政事，程钜夫固辞不受。于是便任命他为御史中丞，御史台的官员又提出反对意见：

“程钜夫是南人，而且也太年轻，担任这样重要的职务怕不合适吧！”

忽必烈听到这话竟大发雷霆说道：

“你没有用南人，怎么知道南人不可用？从今后，省部台院，必须参用南人。”

于是程钜夫被授为集贤直学士，拜侍御史，行御史台事，奉诏往江南求贤。临行前，忽必烈还特别向他交代道：

“朕久闻赵孟适、叶李二人之名，卿一定要设法让这两个人到大都来见朕。”

程钜夫没有让忽必烈失望，他这次江南之行不仅召来了上述两人，还引荐了赵孟頫、余恁、万一鹗、张伯淳、胡梦魁、曾希颜、孔洙、曾冲子、凌时中、包铸等二十余位江南名士。

此时距离南宋朱程理学的昌盛不过数十年而已，但江南的士大夫文人已经没有几个人贯彻“饿死事小，失节事大”的原则，一个由异族人占据的实行不平等民族政策的政权终于成为他们心目中的正统，因为夷狄入主中夏是无法改变的现实。他们遵圣贤的教导，只知道尽生平之所学报效王家。王权谁属，历史上从来都是风水轮流转，是所谓“天下惟有德者居之”。儒家之徒就这样纷纷走上了仕进之路，其中最具典型意义的大概要推叶李和赵孟頫两人。

叶李在南宋做太学生时就已经出名了。当年忽必烈围困鄂州，因蒙哥去世仓促北撤，贾似道只不过击溃了几百名兀良合台的后军，便冒功请赏，盗名欺世，窃据国柄，气焰熏天。叶李联合了八十三名太学生，伏阙上书，指斥贾似道“谬司台鼎，变乱纪纲，毒害生灵，神人共怒”。贾似道气得七窍生烟，命令党羽捏造罪名，把叶李问了一个流放之罪，直到贾似道死后，叶李才得以回归原籍。元朝的江淮行省曾多次敦请他出山为官，他都以各种理由辞不受命。忽必烈早就对他闻名，而且读过他揭发贾似道的文章，对其中的“前年之师，适有天幸，克成厥勋”等语，最为叹赏。他听说行省官员征聘叶李碰了软钉子，便命丞相安童亲自执笔给他写信。其中这样说道：

“先生在宋，以忠言谠论著称，简在帝心。今授以五品秩，士君子当隐见随时，其尚悉心，以报殊恩。”

使者持丞相的书信来聘请自己，这可要算是给足了面子。叶李便在回信中说：

“仕而得行其言，此臣夙心也，敢不奉诏。”说罢他还向着北面一连磕了两个响头。

到了北京，择定吉日，才由忽必烈在披香殿亲自接见。

“卿自江南远道而来，辛苦了。”忽必烈以充满关怀的亲切态度说道，“你从前所写的斥责贾似道的文章，朕曾读过——写得很好。”

叶李当即谦逊地感谢忽必烈的称赞，随后他又详细地回答了忽必烈提出的问题，无非是历代王朝兴亡成败之道等等。忽必烈很欣赏叶李的博学多思和坦率直露。赐宴之余，还命他五日入朝一次参议国事。叶李提出的第一个重要建议就是恢复教育行政部门以促进文教事业的发展。当时各道原来设立的儒学提举司（类似教育厅）全部作为冗余机构被撤销了。叶李预见到了这种状况的可怕后果，便向忽必烈进言：

“臣阅读先帝时的诏书档案，深有感触，当时国家草创，军务繁多，尚且多方招致儒士。今日陛下统一天下，偃武修文，能不尽力培养人才以弘扬治国之道么？各道儒学提举司及学官，教授诸生明了修齐治平的道理，而且还可以把其中的上等人才选拔到太学里来，以备朝廷录用，其于社会风化和国家政治，意义至为重大。前者罢去各道儒学提举和各郡教授，实为不当，请陛下圣裁，及早恢复。此外，为鼓励向学之心，凡儒户的徭役，请一律蠲免。”

忽必烈同意了他的建议，与这一建议相关的许多措施对有元一代的文教事业的维持和发展起了极为重要的物质保证作用。

至于赵孟頫其人，出身、地位和影响更在叶李之上。后人大多只对他在书画诗文方面的成就表示推崇，而忽略了他政治上的远见卓识和知权达变，有人甚至以为身为宋室王孙的他觍颜事敌是人品上的极大污点，他自己表明心迹的诗句“往事已非那可说，且将忠直报皇元”，也成为指责他厚颜无耻的有力证据。

赵孟頫是宋太祖赵匡胤的第十一世孙、秦王赵德芳的后人。南宋高宗赵构没有儿子，传位给赵匡胤的七世孙赵昚，即宋孝宗。孝宗的哥哥赵伯圭就是赵孟頫的高祖。赵孟頫从小就聪敏过人，读书过目成诵，作文操笔立就，十四岁时，以父荫得官，通过吏部诠试之后，调为真州司户参军。没多久，宋朝亡了，回到湖州老家，努力读书不止。程钜夫奉旨南下求贤，找到了他。他倒也并不推辞，跟着程钜夫一道来到了大都。

赵孟頫的才气是出众的，而且仪表也不俗，风度翩翩，英姿焕发，所谓“望之如神仙中人”。忽必烈见了他，自有说不出的高兴，命他坐在叶李的上首，即最靠近自己的地方。当时就有人提醒说：“赵孟頫系宋宗室子弟，不宜让他太靠近圣驾，以免发生不测之事。”忽必烈根本不以为然，他不相信这种儒生还有胆量干什么惊天动地的不轨勾当。当时，他正决定重新设立尚书省，便命赵孟頫就此事起草一份诏告天下的文稿，稿子写好了，忽必烈边读边赞：

“真正是说出了朕心中想说的话。”

就在这一年，忽必烈召集百官于刑部讨论惩治贪污的法律。处罚条例草案中写了赃款超过至元钞二百贯者治死罪。大家都没有提出异议，但赵孟頫却发现了问题，他说：

“当初发行钞票时，以银为本位。和实物相比较，二十余年来，虚实之间差距扩大了数十倍，中统钞一百贯的购买力只值它发行初期的两三贯。于是朝廷改中统钞为至元钞，但二十年后，至元钞又必然会和中统钞一样贬值。如果刑法以钞数多少论罪，显然不合理。

“古时候，以米、绢两种民生必需品为实，以银、钱与上述二实比较、折算，称为二虚，四者相应，虽不时各有升降，但相差总不致太远。所以，以绢计赃，较为恰当。况且，钞票这东西，乃宋朝所创，当时主要施用于边远等流通不便之地，后来金朝一直沿袭下来，也是出于不得已，因为银、铜钱币商贾流通实属不便。现在竟要以价值不定的一纸钞票来断人死罪，似乎不足取法。”

赵孟頫这一番议论是很有见地的，但有人却不以为然，认为他年纪轻轻，刚刚从南方应召入朝，便口出大言指国法不便，无论是否有理，至少也失于狂妄。大臣中某人说：

“今朝廷刚刚发行至元钞，所以对犯法者以此计赃论罪，你认为不妥当，难道你想阻止至元钞的发行吗？”

发行至元钞是忽必烈的既定国策，一下子把问题提到这个高度上，是想逼得赵孟頫无法回应，但赵孟頫仍并不示怯，侃侃答道：

“法者，人命之所系，如果它订出了轻重不一的标准，则人的死活岂不也会失去合理的根据吗？孟頫奉诏命参与讨论，不敢不言。今中统钞贬值，改行至元钞，说至元钞永远不会贬值，世上哪有这个道理呢？阁下不讲道理，只想以势压人、以势服人，这办得到吗？”

忽必烈很欣赏他的见识和才气，想立即重用他，但却受到一些人的抵制，于是，锋芒毕露的赵孟頫虽然常在帝侧，很受信任，但官职却一直并不十分显赫。

程钜夫在江南的招募活动并非都那么一帆风顺。叶李、赵孟頫等人固然是招之即来，但也碰到过怎么也啃不动的硬骨头，比如说著名经学大师、诗人谢枋得，当初本是招聘名单上的第一名，可是他一再推辞，拒不受命。直到最后绝食饿死，他始终不曾在元朝政府担任过一官半职，留下了一段高风亮节的佳话。

谢枋得是江西弋阳人。年轻时就以智慧和直爽而闻名。据说他读书有“五行俱下”的本事，而且读一遍终身不忘。因为好说直话，又每每情绪激昂，在南宋仕运不佳。刚中进士时，就主动攻击丞相董槐和宦官董宋臣，被放了抚州司户参军这类小官，后来又改委建宁府教授，他都没有赴任。贾似道专权时，他到建康参加诠考，考试的题目便是对贾似道的内政外交政策作出评估。谢枋得的结论是六个字：

“兵必至，国必亡。”

当即有人把这话报告给了贾似道。不久，谢枋得就被以“居乡不法、讪谤大臣的罪名，削去官职，流徙兴国军。一直到了北边的军队眼看攻入江西，而投降派已经土崩瓦解之时，他才被授以江东提刑、江西招谕使的名义知守信州（今江西上饶）。谢枋得书读得虽多，领兵打仗却并不在行。当时进攻信州的元军由吕师夔率领，谢枋得以为自己和吕家有些渊源关系，先是打算只身入敌营去策反，他认为自己有把握劝说吕氏反正归降，但一直没有得到和他们对阵的机会。这次吕师夔来攻，岂不是机会来了么？他带着军队迎向元军，一面命前锋在前队大声呼喊：

“是谢提刑来了！谢提刑来了！”

谁知道吕师夔的部队根本不买账，队伍直压过来，只听见“嗖”的一声，箭射到了战马的脚边。谢枋得被迫逃向安仁，在安仁粮尽弹绝，又奔信州，最后信州也失守，部队溃散，自己成了光杆司令。他率性换了一个名字，逃入闽北山区，天天麻衣草履，一副孝子打扮，经常望着东方拜哭。乡下人不认识他，都把他当成疯子。此后他又流亡到建阳城里，因为自己还有一家人要吃饭，便以卖卜占卦为职业换些粮食鞋布之类，顾客有要给钱的，他却一律不收。后来，人们渐渐知道一些他的底细了，便纷纷请到家中为子弟讲学。南宋灭亡，元兵统一中国之后，谢枋得一直居住在福建。

程钜夫将举荐的文书送达谢枋得处时，谢杭得正居母丧，他复了程钜夫一封信，信中说：

“大元制世，民物一新，宋室孤臣，只欠一死。枋得所以不死至今者，以九十三岁老母在堂耳。今先妣寿终正寝，枋得自今无意人间事矣！亲丧在浅土，贫不能礼葬，寝苫枕块之余息，形虽存而心已死。前者小儿传到郡县公文，乃知执事荐江南士人凡三十人，贱姓名亦忝在其中，将降旨督郡县以礼聘召。执事为君设谋可谓忠矣，岂知枋得正值母丧，衰绖之服，不可入公门乎？稽之古礼，子有父母之丧，君命三年不过其门，所以教天下之孝也！解官持服守孝，在大元制典尤严。自伊尹、傅说之后，三千年间，山林匹夫，辞烟霞而依日月者亦多矣，未闻有冒哀匿服而应币聘者。传曰‘求忠臣必于孝子之门’。为人臣不尽孝于家而能尽忠于国者，未之有也；为人君不教人以孝而能得人之忠者，亦未之有也。枋得亲丧未克葬，持服未三年，若违礼背法，从郡县之令，顺执事之意，其为不孝莫大焉！传曰：‘君子成人之美，不成人之恶。’执事能亮吾之心，使幸而免不孝之名，是成我者之恩与生我者等也。”

一番话说得如此合情入理无懈可击，程钜夫只能知难而退了，忽必烈一时也无可奈何。但持服守丧是有时间限制的，忽必烈对谢杭得的推托之辞印象很深，两年多以后，他估算谢枋得守丧之期已满，便派行省丞相忙古歹奉诏前去再次礼聘谢枋得出山。忙古歹礼貌很周到，抓住他的手多方慰勉，可是谢仿得的答复是：

“上有尧、舜，下有巢（父）、（许）由，枋得姓名不祥，不敢赴召。”他这两句话意思很明显：人各有志，无法勉强，无论尧舜巢由；至于那些什么“姓名不祥”之类的话，显然是毫无根据的胡诌。

忙古歹看到的投降将官多不胜数，谢枋得这种视富贵如浮云的态度令他感到新奇，也使他肃然起敬，他不愿意强迫这样的人就范。

可是忽必烈却不愿就此放弃罗致谢枋得这等人才的打算。随后，他又命令福建行省参知政事管如德，携旨往江南求访人才，为了让谢枋得能听命来归，还特意叫留梦炎写了一封劝其出山的信。这个留梦炎总是恨不得把所有不肯投降的人都说降了，因为没有光荣的尽节者，变节者的耻辱就不会那么显著。他的信着重叙个人友情，并且一再推崇谢枋得的才学，希望谢枋得能用以经世济民。谢枋得的复信中这样写道：

“……江南人材，未有如今日之可耻。春秋以下之人物，本不足道，今求一瑕吕饴甥、程婴、杵臼厮养卒，不可得也。纣之亡也，以八百国之精兵，不敢抗二夷之正论，武王、太公凛凛无所容，急以兴灭继绝谢天下，殷之后遂与周并立。使三监、淮夷不叛，武庚必不死，殷命必不黜。夫女真之待二帝亦惨矣，而我宋今年遣使祈请，明年遣使问安。王伦一市井无赖狎邪小人，谓梓宫可还，太后可归，终则二事皆符其言。今一王伦且无之，则江南无人材可见也。吾年六十馀矣，所欠一死耳，岂复有他志哉！”

谢枋得似是无意而发，实则话说得很有讲究。一开始就提出一个江南无人材的全称判断，而且这一判断的内涵十分彻底，即连饴甥、程婴、（公孙）杵臼这类食客门人的材料都没有。谢枋得是在自谦吗？当然不是！下面话锋一转说起历史来。他一反习俗，以殷纣为正统，并且说周武王、姜子牙虽有八百诸侯的拥戴，但面临着伯夷、叔齐的指责仍然无词以对，被迫打出兴灭国、继绝世的旗帜保持了殷朝的宗祀。如果不是三监、淮夷的反叛，殷纣的儿子武庚便不会死，那么殷人的宗庙是可以传之长久的。又说到北宋的徽、钦二帝惨遭俘虏，市井小人王伦预言二帝的灵柩和太后都会获得遣返，结果全部应验，现在江南是连王伦这样的人材都没有了。谢枋得扯这么远，是让留梦炎之流南宋的降官意识到自己对亡国应负的责任，现在宋室宗庙已不存，什么希望都没有了，这不说明南宋人材奇缺的可耻局面吗？你们还揪住我这六十多岁的老头不放又有什么意义呢？

谢枋得就这样又躲过了一次招聘。

又过了一年，到了 1289 年（至元二十六年）春天，谢枋得终于被福建行省参政魏天佑用强制手段解送到了大都。

魏天佑也是想借荐贤以求功。开始，他派了谢枋得的朋友赵孟頫将谢蒙骗进城。然后，魏天佑上门去专程拜访，他自己在滔滔不绝大放厥词的同时，谢枋得却一直保持高傲的姿态，不施礼、不搭腔，不时说一两句尖锐的话，让魏天佑十分难堪。实在忍不住了，便开始了主动的进攻，魏天佑质问他道：

“封疆英才，当死封疆，安仁惨败的时候，为什么不战死在沙场？”

“程婴、公孙杵臼这样两个人，你们以为自己就比他们强么？实际上他们两个一个抚孤，一个死节，是自觉的分工。一个死于十五年前，一个死于十五年后。汉朝灭亡了十四年，龚胜才饿死；司马迁说过，‘死有重于泰山，有轻于鸿毛’，参政你是不配懂得这一点的！”

魏天佑气得说不出话来，便强逼他北上。从这时起，谢枋得就下定了必死的决心，离开嘉兴之日起，他开始绝食，二十多天死不了，他才又开始吃蔬菜水果。身体就这样一天天坏下去，来到燕京，已经是奄奄一息。他被安排住在悯忠寺，看见墙上有曹娥碑，他哭着说：

“小女子犹懂得大义，我能比你还不如么？”

他问知了太皇太后及赵显所在的位置，朝着那个方向拜哭以后便躺下等死。留梦炎派人给他送来药品和食物，被他愤怒地扔到地下，就这样拖了五天，他终于死去了。

忽必烈听到他的死讯，摇了摇头，他没想到南宋竟然还有这样忠贞不贰的人物。

进攻安南遭遇了挫败

忽必烈凭借武力建立有史以来最庞大帝国的计划，不仅在东征日本时受挫，在南方，他也碰到了一颗拔不动的钉子，那就是安南。

当年，忽必烈征服大理回师北上时，就曾经嘱咐留守的兀良合台注意对安南的经略。兀良合台在1257年派遣使者往安南“谕降”。那时的安南正值陈朝建国初期（陈朝于1226年取代李朝），经济得到发展，国力颇称强盛，国主陈日煚（陈太宗）把兀良合台派来的使者投入大牢，不加理会。兀良合台以此为由于1258年春率军侵入安南。陈日煚并不正面抵抗，主动撤出京城升龙（今河内），却在丛林中不断以小股力量袭击元军。兀良合台虽然占领了升龙，但因为安南游击战术的骚扰，后勤补给线受到严重威胁，故而在升龙不敢久驻，仅仅停留了九天就从原路退回了云南。

1260年（中统元年），忽必烈即位后，又向安南派出使者，态度比较友好（国内正忙于征讨阿里不哥，无暇对南方用兵），声称允许安南“衣冠典礼风俗一一依本国旧制”，并“戒边将不得擅兴兵甲，侵尔疆场，乱尔人民”。安南国主陈光昺也遣使报聘，表示“三年一贡”的善意。忽必烈下诏封陈光昺为“安南国王”。

此后的二十年间，安南和元朝保持着一种有妥协、有斗争但无大规模冲突的关系。忽必烈所面对的主要敌人是南宋，不可能直接对安南用兵，但他一直没有停止过迫使安南臣服的行动。他向安南国派遣达鲁花赤，不时在其境内往来督察；命令安南进贡儒士及精通医巫、阴阳之人、各色工匠、诸般特产；多次逼迫安南执行“臣服六事”，即：君长入朝，子弟入质，编民数，出军役，纳赋税、置达鲁花赤。安南国主总是援引中统六年诏书中忽必烈亲口答应的优厚条件，对元朝的各种要求进行抵制，他拒绝拜跪受诏，也不肯亲自入朝陛见，并不派子弟入质，总之拒绝各种屈辱。

1277 年（至元十四年），安南国王陈光昺去世，儿子日烜继位。这时，对南宋的战争已进入尾声，用军事手段解决安南问题被提上日程。忽必烈开始是遣使去责问陈日烜“不请命而自立”之罪，威胁他说：“如不亲来朝觐，则积金以代其身，两珠以代其目，付以贤士、方技、子女、工匠各二，以代其士民。不然，修尔城池，以待其审处焉。”由于当时南方各地抗元斗争还相当激烈，忽必烈对安南的实际军事行动推迟到了至元十八年以后。

安南之南是占城国（旧称占婆，在今越南南部及柬埔寨部分地区），因不服元朝政府的诏谕，忽必烈决定对其进行讨伐。中书右丞索都奉命率兵从广州浮海南下，直扑占城。占城王子补的，年少气盛，不肯示弱，发倾国之兵，号称二十万，和索都的大军在南海中展开激战。双方从辰时杀到午时，未分胜负。索都气恼不过，亲率敢死队向敌舰队发起冲锋。占城的军队终究支撑不住，全线溃散，损失了好几万人。索都乘胜登陆，又在大浪湖（今洞里萨湖）大破占城守军。王子补的带着残部窜入丛林，国都被索都占领。补的派人去向索都请降，并说是贡品尚未备齐，请大军延缓数日。索都以为大局已定，便一一照允。谁知过了十来天，占城方面却不见再有使臣前来议降。索都识破对方是在用缓兵之计，便连忙出动部队追剿补的残部。

占城地形极为复杂，有沼泽，有丛林，有崇山峻岭，有湖泊海洋。索都的军队不断受到占城军民的伏击，在木城一战，归路被人切断，几乎全军覆没，亏得士卒苦战，索都本人才逃脱性命。这一仗下来，索都只得撤出占城，暂驻在郊野开阔地带，一面将战况上报朝廷。

忽必烈为占城的顽强抵抗而震怒，于至元二十年（1283 年），命自己的九皇子、镇南王脱欢为帅，统率大军南下。陆路出师占城，非从安南借道不可。脱欢致书安南国主陈日烜，提出大军要从安南借道，要求陈日烜作出安排并亲自到军前迎拜，还要负责接济军粮。使者带来回报说，陈日烜愿意提供军粮，但拒绝到军前迎拜，假道一事也不作答。这种答复本在脱欢意料之中，“假途灭虢”这样的故事本就妇孺皆知，“军前迎拜”也明明是“送肉上砧板”一类花样，陈日烜又不傻，如何会从命？正是要他不从，王师才好进兵。脱欢全不把安南国放在眼里，便指挥部队侵入安南。

安南的兴道王、陈日烜的从兄陈峻统率重兵扼守要隘。但南下的元军挟势而来，安南兵显然不是敌手，接连两仗，安南将领阮盝、杜伟、杜祐等俱被元军俘获，众士卒更是被杀得七零八散。脱欢向陈峻下书，要他退兵让路，但未得答复，于是元军发动起第二轮进攻，连破要塞，兴道王终于弃兵而逃，不知去向。

元军在向升龙进军的路上，拾得两份文书，原来是陈日烜致脱欢的公文，上面写道：

“大朝前有诏敕，军不入境，今因占城抗命，大军经过本国，残害百姓，是太子（指脱欢）所行违误，本国不任其咎。伏望仍遵前诏，勒回大军，本国当具贡物驰献……”

脱欢看了，即命文僚草拟复文，大意说：

“我朝征讨占城，曾移文汝国，命汝开路备粮，不意汝违朝命，使兴道王等提兵迎战，射伤我军。我军不得已接战，是祸及汝民，实由汝自己开衅造成。今与汝约，即日收兵开道，安谕百姓，各务生理，我军所过，秋毫无犯，否则蹂躏汝国，毋贻后悔。”

这番答复实在有些强盗逻辑的味道。陈日煊面对这一切，除了誓死抵抗，再无其他出路。他调集了一千多只战船，仍由兴道王陈峻指挥，扼守于富良江上。脱欢的大军很快就进逼到富良江（今之红河）北岸，只见江中战船密布，旗帜飞扬，煞是壮观。脱欢命士卒赶扎木筏，大小配合，直冲敌舰，不多时，便夺得了敌船数十艘。兴道王又败走。元军把木筏连接成浮桥，人马辎重一律从桥上通过，直逼升龙城下。

进攻的元军和驻守的安南军隔着城外的防御工事——木栅栏展开了炮战，安南一方火力自然不敌，当晚又派出了谢罪的使臣，恳请脱欢班师，答应重币贡奉。但脱欢根本不予理睬，第二天一早又展开猛攻，攻了半天才发现安南军队已趁夜色撤走，脱欢命令撤除木栅，并率部队进入升龙。但升龙（今之河内）此时已是一座坚壁清野的空城，除了部分被毁坏的文牍档案之外，简直什么东西也没有留下。陈日煊的弟弟益稷带了少量部属到脱欢营前投降。脱欢想，南征的行动不能停止，一方面是为了追寻不知去向的叛王陈日煊，另一方面是为了早日和索都会师，于是命令军队向南穷追。同时，他又通知索都从占城方面北上，南北夹击之下，安南国的反抗力量可以一举而聚歼。

然而，人算不如天算，脱欢驻扎在升龙，却陷入了越来越严重的困境。首先，这是一座空城，无粮可筹，后方补给又供不上，部队面临饥饿。其次士兵长期劳瘁，又兼之水土不服，再加上热带雨季，天气闷湿，军中瘟疫流行，死亡官兵日渐增多，长此下去，不惟打不到占城，连眼前的难关都会熬不过去。与其拖延受害，不如当机立断，于是脱欢下令撤军。

元军又来到了富良江口，这回是由南往北渡。船是没有的，只能靠自己上山伐木扎筏。正当元军一批批走入山中伐木时，突然间响起一声呐喊，接着，四面山坡上的丛林中喊杀之声响成一片，原来安南兵早已在此埋伏，此时纷纷跳出，恶狠狠地扑向那些猝不及防的元军。元军不成队形，又毫无应战准备，一时被杀了个措手不及，眼见得有败无胜。脱欢赶紧组织部队抵抗，同时加速扎造浮桥。好不容易将浮桥搭好了时，岸上的元军已经伤亡了半数以上。脱欢这时便命副帅、中书左丞李恒断后，自己则带着部分军卒抢先过桥逃命。安南军队看到元军已陆续从桥上往北撤，便放射毒箭追击，元军且避且逃，桥又窄，人又多，被箭射中的，被挤落水中的，不计其数。越是混乱，就越是行动缓慢；越是缓慢，死伤就越多。那李恒本是元军中有名的勇将，当年在江西追击文天祥是建过大功的，可此时，他也奈何不了安南军队猛烈的进攻，好不容易等捱过了河时，他才发觉自己左膝已中箭伤，箭杆虽然拔出，但血流如注，且因箭头有毒，他只觉得全身麻痛，不多久就昏死过去了。由于断后的元兵及时毁去了浮桥，总算让安南兵无法继续追来。李恒由一名健卒背负着离开战场。当大队在思明州重新集结时，清点出此战损失了近一半人马，李恒因为箭毒发作而死去。

索都一军刚从占城北上，又奉脱欢之命追剿安南军队，虽然与脱欢的统帅部相距不过两百多里，却并不知道脱欢、李恒撤兵遇伏的消息。因为安南山势险恶，索都的追击诸多困难，于是他决定退向升龙方向与脱欢会合。谁知走到乾满江畔，又中了安南的伏兵之计。索都的军队被困在狭长的河滩地带，密密匝匝的安南兵士从周围的山坡上、密林中潮水般涌出，火炮声、锣鼓声、呐喊声惊天动地。索都和手下的元兵躲没处躲，逃无处逃，只能拼死奋战，奈何敌众我寡、强弱悬殊，杀开一重，又是一重，那黑瘦矮小的安南兵竟像是无穷无尽，前面的倒下了，后面的又跟上来，只是奋勇向前，全无一点畏意。索都是久经沙场的悍将，参加过数以百计的大小战役，但却从来未曾遭遇过如此被动如此险恶的场面。好在他勇力过人，杀了半晌，竟被他冲出了重围，可是定神一看，自己身边只剩下寥寥数十人而已。他再审视一遍自己，才发觉全身上下枪伤、刀伤、箭伤已不下十余处之多。伤口流血不止，全身疲惫之极。可这时，身后又响起安南追兵的呐喊之声，他知道自己是无力再战了，而前面却是乾满江的滚滚激流，无桥可渡。在这无路可进，无路可退，不能战，不能逃的境地中，索都仰天长啸一声，然后纵身跳入江中，霎时便没了踪影。他身边的残部也都效法他，先后投江自尽。

忽必烈接到南征兵败的战报后，气急败坏之余，更有一番悲痛。李恒和索都都是在他身边成长起来的将领，建立过无数功勋，因而深得他的宠爱。本来，以他们的战功和地位而言，不应该再放到艰苦的南方前线去亲冒刀枪矢石之险，可是忽必烈觉得他们最值得信赖，而且，有这样的助手，脱欢也会令他放心许多。谁知道这次南征竟让他们一齐丢掉了性命，脱欢的指挥不当和畏敌贪生肯定应该对此负相当大的责任，但现在且不是分析责任的时候，忽必烈决心要采取更大规模的报复性行动。

然而筹措新的军事进攻并非十分容易。第一批可增派的兵力只有五千人，发到思明州前线，丝毫起不到振奋士气的作用。忽必烈下令左丞相阿里海牙在各省大肆征兵，陆续补充到脱欢麾下，但这并非指日之间可以完成的事，仅新兵训练，没有几个月时间难以奏效。这时，湖南宣慰司上书朝廷，其中说道：

"……连岁用兵，百姓疲于转输，赋役繁重，士卒触瘴疠，多死伤者。群生愁叹，四民废业，贫者弃子以偷生，富者鬻产而应役，倒悬之苦，日甚一日。今复有事于交趾（安南），动百万之众，虚千金之费，非所以恤士民也。且举动之间，利害非一。兼交趾已尝纳表称藩，若从其请，以苏民力，计之上也。无已，则宜宽百姓之赋，积粮饷，缮甲兵，俟来岁天时稍利，然后大举，亦未为晚……"

忽必烈并没有重视这道表章提出的建议。接着，湖广行省专门派人到京面奏，说道：

"本省镇戍凡七十余所，连岁征战，士卒精锐者疲于外，所在者皆老弱，每一城邑，多不过二百人，窃恐奸人得以窥伺虚实。往年平章阿里海牙出征，输粮三万石，民且告病（吃不消）；今复倍其数（六万石），官无储蓄，和籴于民间（征购），百姓将不胜其困。宜如湖南宣慰司所言，缓师南伐……"

忽必烈仍然不为所动，他定下来的主意从来不想变动。但是吏部尚书刘宣的谏阻南征的奏章却引起了他的重视，其中这样写道：

"安南臣事已久，岁贡未尝愆期，往者用兵无功，疮痍未复，今又下令再征，闻者莫不恐惧。且交（趾）广（州）炎瘴之地，毒气害人，甚于兵刃。今以七月会诸道兵于静江（桂林），比至安南，病死必众，缓急遇敌，何以应之？又，交趾无粮，水路难通，不免陆运。兼无车牛驮载，一夫担米五斗，往还自食外，官得其半，若十万石用四十万人，止可供一二月军粮，搬载船料军需，通用五六十万众。广西、湖南，调度频数，民多离散，户令供役，亦不能办。况湖广密迩溪峒，寇盗常多，万一奸人伺隙，大兵一出，乘虚生变，虽有留后人马，疲弱衰老，卒难应变。何不与彼中军官深知事体者，论量万全方略！不然，将复蹈前辙矣。”

刘宣这道奏章，有情况，有数据，有分析，忽必烈看了之后，觉得有理，便遣使传谕脱欢，令他根据形势自定大计，毋逞一时之气再轻举劳师。脱欢在复奏中表示对父皇的指示已经领会，一切当从缓进行，只是陈日烜的弟弟陈益稷，主张归顺天朝而不能见容于乃兄，在升龙率众来归，现当如何处置？请父皇下旨明示，以便遵行云云。忽必烈当时便决定脱欢暂回本军。陈益稷安置在鄂州，优礼厚待，容时机成熟再图后举。

到了1286年（至元二十三年），忽必烈觉得各项准备工作已经就绪，便决定再次对安南进行征伐。他第一着是封陈益稷为安南国王，这样做的主要意义是使陈日烜沦于伪逆的名分，征讨安南便取得了道义上的主动。脱欢仍然担任总指挥，率领江淮、江西、湖广三省蒙古军及汉军七万人，云南军（主要由彝族和白族士兵组成）六千人，海外四州（即海南岛）黎兵（黎族为主）一万五千人，簇拥着陈益稷，浩浩荡荡杀向安南。主要带兵官还有右丞阿巴赤、程鹏飞和参知政事樊揖等人。所有调度指挥大权统统集中在脱欢的手中。

脱欢的留守总部仍设在思明州（广西凭祥），让万户贺祉带二千五百兵丁在此看守辎重。程鹏飞、阿里带兵万人从西道永平、奥鲁赤带兵万人从东道女儿关分头进兵，阿巴赤则带兵一万为前锋。乌马儿和樊揖由海道经玉山、双门安邦口，在海上和安南水师遭遇，一场大战，斩首四千余级，生擒百余人，夺得舰船一百多艘，直奔交趾海岸而来。程鹏飞、阿里的左路军经老鼠、茨竹、陷沙三关，连续打了十七仗，都获全胜。脱欢的司令部进驻茅萝港。

安南国的统帅还是那个兴道王陈峻，看见元军大兵已到，他又逃得无踪无影。脱欢在攻克了险要的浮山寨以后，便命程鹏飞和阿里带两万兵守住万劫（万劫是通往中国的要冲，脱欢接受上次的教训，先保证退路的通畅）。然后，要乌马儿带领水军，阿巴赤带领陆军，一齐扑向安南国都升龙。脱欢的大军渡过富良江后，来到升龙城下，尚未展开攻坚战，陈日煊便带着儿子逃往唊喃堡，元军几乎是兵不血刃地又占领了升龙（河内市）。

脱欢随即派兵前去追击陈日煊。但陈日煊率先乘船逃往海中，茫茫大海，渺无边际，你如何去寻，如何去找！结果是除了将士们被搞得劳累不堪，什么收获也没有。

脱欢是至元二十四年冬季出兵的，不知不觉间已经过了几个月，到了至元二十五年的仲春时节。乌马儿奉命去海上迎接运粮船，但没有接到，军粮供给立即就出现了紧张状态。右丞相阿巴赤向脱欢进言道：

“贼弃巢穴远遁，其用意分明是在等待于我们不利的时机。我军将士均系北人，春夏之交，瘴疠将作，如何能支持？今粮饷将尽，我军当速分兵定其地，招降纳附，及早班师。”

脱欢当时拿不定主意，因为陈日煊未能成擒，大军一撤，他回到升龙，一切照旧，这仗岂不又白打了？正在这时候，陈日煊派人来接洽投降事宜。脱欢等人都信以为真，便驻守在升龙等候。谁知过了许多天，却一直再无消息。阿巴赤等沿海巡查时，发现各处海口都有安南兵把守，便立即报知脱欢。脱欢究竟已和安南人打过一次交道，立即意识到安南人又在用切断归路围困进攻的计策。他正要派部队去剿灭安南守军，却发现许多将士已经为疠疫所染，部队战斗力大为减弱，原来占领的许多关隘又纷纷失守。脱欢知道，天气越来越热，再拖下去，情况只会越来越糟糕，自己只会越来越被动，于是他下令立即撤军回国。

可是这一决定毕竟为时已晚。那陈日煊这段时间已经集中了三十万兵力，绕道北方，扼守东关，阻遏元军的归路。十万元军，步步为营，且战且行。时时要应付安南军队的袭击骚乱，队伍中本来病号就多，而安南人占据险处，不断以毒箭发起进攻，死伤就更众，这一路的艰险困苦，真是莫可名状。好不容易到达了东关附近，这一带安南军队更为密集，不时向元军发起攻击，却并不正面进行决战，只是抢掠军械辎重，令元军惊惶不定。

东关之外有一片开阔地带，元军大队在此集结，正要发起抢关突围时，忽听得号角声响，四周的山坡和山脚一齐亮出了安南的军旗，安南士兵如蚁群般满布在开阔地的周围。元军发觉自己身陷重围，正在不胜惊愕之中，又只听敌军阵中鼓声响成一片，千万杆箭矢，雨点般直射过来。安南的丛林中有一种能提炼毒汁的树木，军队中所用的箭矢大都在毒汁中浸泡过，射中人体，毒随血走，杀伤力极强。元军将士虽是奋力死战，却始终无法摆脱被动挨打的局面，在不断飞来的箭雨的攻击之下，部队减员越来越多，战场形势越来越险恶。

阿巴赤和樊揖两人此刻心中的第一件大事就是要确保王子脱欢的安全。他们率领着精锐卫队簇拥着脱欢向着东关方向冲杀，想突破关口，夺路回国，但安南方面的兵将似乎早已知道他们的想法，一层又一层把他们紧紧围住，杀倒一片，又上来一片，使他们始终无法前进。阿巴赤看到这情形，估计硬拼是拼不过去的，他一方面命令兵士丢掉帅字大纛，因为这旗帜此刻不但不能起指挥战局和稳定军心的作用，相反给敌人提供了醒目的进攻标识——要不怎么会越打越难打，敌人是瞄着主帅来的；另一方面他向脱欢提出了化装逃走的建议：

“王爷，此时以安全脱身为第一。请换了士兵服装，避开敌人注意，向关外的山林逃去，山间定有小路绕到关后。我等在此与敌周旋，今日之事，看来只有以死报国了。”

脱欢听他这般说，也来不及细想，赶紧脱下战袍，换上士兵衣服，带着几名卫士，混入各自为战的士兵队中，慢慢地向山边靠拢，最后终于得到机会逃离战场窜入了丛林。阿巴赤和樊揖两人指挥残部血战到最后，终因寡不敌众双双被安南兵乱刀砍死。

脱欢刚刚溜出了战场，安南兵竟又追了上来。幸亏有位前锋叫苏都尔，他带领了部分健卒，返身截住安南兵，一场厮杀，才算让脱欢得到了逃走的机会。脱欢带着几名随员，只往那草深林密之处走去，不敢再走大路。好在翻过大山就是思明地界。脱欢一行最终逃出，保全了性命。

在山林里摸索着逃回思明的元军，最后统计了一下，还剩下三成左右。这次的损失比上次还要大，脱欢真正感到自己无颜回朝复命。可是，战况总还是要向朝廷报告的，脱欢硬着头皮将此次南征安南的前后情况、形势变化、惨遭失败以及原因和责任等等一一在奏章中写明，并且自请处分。

忽必烈看到奏章，自然十分震怒，亲拟诏书对这个不争气的儿子痛加斥责，并且命令他留守扬州，不必再入朝觐见，不仅这次不见，终生都不许觐见，对皇子，这是十分严厉的处分了。

安南究竟还打不打？这是一个难以决定的问题。忽必烈当然不愿意屡遭挫败后就此罢手，但继续进行第三次讨伐，却实在有些力不从心。一方面找不到合适的统帅和将领，另一方面重新招募大军非朝夕之功，再者后勤补给实在难度太大，陆上地形太险，海上安全没保障。忽必烈想，先准备一段时间，等机会成熟了再行进讨。于是他下诏，所有南征安南的将士一律回家休息一年，以示朝廷体恤之意。

陈日煊是个乖觉的人儿，见元兵退走，他立即派中大夫陈克用携带大量奇珍异物入大都谢罪，谢罪的表文写得辞卑情恳，令人不能不信其诚。忽必烈气虽未消，但对安南方面的态度却也不好再加指责，只是要求陈日煊亲自入朝觐见；陈日煊呢？什么都好商量，岁岁入贡从不误时，就是不肯亲自入朝。后来，忽必烈不得不集中精力去处理北方的事，南方的战争就此告一段落。接着，陈日煊敬献给忽必烈黄金铸的人像一座，双方关系便开始了一个和平的新阶段。

剿灭叛王乃颜及其余孽

大漠以北，是蒙古人的根基所在，是大元帝国的“后院”。那里虽然地广人稀，经济落后，但政治上的隐患却并不小，而且只要出事，就是涉及到皇位帝统的大事，对付殊为不易。忽必烈登基以来，已经闹过两起宗王自立为“大汗”的把戏，一个是忽必烈的弟弟阿里不哥，另一个是蒙哥汗的第四个儿子昔里吉，都是费了好几年的工夫才把他们彻底镇压下去。到了 1287 年（至元二十四年）春天，第三个自立的“大汗”又出现了，他就是帖木格国王的玄孙乃颜。

帖木格是成吉思汗的小弟弟，按蒙古风俗是“守家产的儿子”，所以称为帖木格斡赤斤。他的封地很大，往东往北都到达了最远的边境，往南则到了嫩江、松花江一带。统治中心在今贝加尔湖以东、哈拉哈河流域地区。帖木格的子孙承袭着最大的爵位——“国王”，还占有许多关内的封地（或者叫“分地”），如山东益都、河北平州和滦州等地，在这些“分地”里，帖木格国王可以直接任命官吏，享有“东道诸王”之首的地位。

乃颜的谋叛其实是受了海都的策动。

海都是太宗窝阔台的长子合失之子，一直是“西道诸王”中主要的不安定因素。当年，窝阔台一系的子孙被蒙哥杀了个七零八落，合失因为表现了比较合作的态度，得以保全，海都继承父业，获得了海押立（阿尔泰山以南、天山以北及巴尔喀什湖东南一带）作为封地。他对蒙哥和忽必烈保持一种表面的恭顺，暗地里则纠合前后左右地区残存的窝阔台的子孙，成为他们的共主，把一度被蒙哥分散拆碎的窝阔台汗国又悄悄恢复过来。他曾经拥护过阿里不哥，阿里不哥失败以后，他仍然雄踞一方，不肯奉命到大都朝觐。忽必烈当时还忙于对南方的战争，没有精力理会他的不臣之罪。

海都很精于搞纵横捭阖的把戏。察合台汗国的八剌合汗本是亲忽必烈的，但海都却能拉拢原来与自己对抗的钦察汗忙哥帖木儿，一齐对付八剌合，同时又对八剌合软硬兼施，连骗带吓，最后让八剌合心甘情愿地充当了自己的盟友。八剌合死后，海都帮助他的儿子笃哇从秃黑帖木儿手中夺回了汗位，于是笃哇成了海都最忠实的拥戴者，察合台王国成了窝阔台王国的附庸。他们两个汗国的军队历年来不断地骚扰边境，给当地百姓制造了许多痛苦。先后攻占了今天新疆的疏付、叶尔羌、莎车、和田等地方。到了 1285 年（至元二十二年），他们派兵深入到吐鲁番东南的合剌火者，胁迫畏吾尔国叛离忽必烈。畏吾尔国亦都护（国主）始终不屈，直到元朝的救兵赶到，才算是解了围。

第二年，海都和笃哇的联军在别失八里（今新疆孚远以北四十里处）打了一个大胜仗，活捉了戍守在别失八里已达六年之久的元朝大将藜公直和李进，并进一步又深入到哈密吐鲁番地区来威胁畏吾尔亦都护火赤哈的斤。忽必烈派右丞相伯颜率大军前来增援，但这回却来得晚了些，火赤哈的斤已在攻城中战死。海都和笃哇听说伯颜兵到，掳掠一番又退回到马纳斯河流域一带去了。伯颜本拟直入大漠追击穷寇，但却接到了忽必烈命他班师回朝的诏书。

原来忽必烈已经得到密报，说乃颜串通了“东道诸王”中绝大多数，并和海都、笃哇相勾结，准备谋反称帝。海都制造的麻烦尚且很难对付，如果“东道诸王”又一齐反了，那形势可十分严重。忽必烈召回伯颜，就是要与他商议应对的办法。

“乃颜谋逆不知有无实据？”伯颜问道。

“早有密报。近年来，乃颜多次征兵，朕命行省加以限制，他心中不满，公开口出怨言，威胁朝廷，反叛已只是早晚间事了。”忽必烈说。

“乃颜若反，胁迫东道诸王一齐行动，后果不堪设想。”伯颜表示了自己的忧虑。

“朕亦正是担心这一点。据可靠情报，合丹（成吉思汗弟弟合赤温的曾孙）、势都儿（成吉思汗弟弟合撒儿的曾孙）、火鲁火孙（合撒儿的孙子）、爪都（成吉思汗异母弟别勒古台的孙子）都已经表示愿意拥立乃颜为大汗。海都也答应派十万军队前来会合。”忽必烈忧心忡忡地说。

“臣愿亲往乃颜军中一探虚实。”伯颜请命道。

“彼既反心已决，卿此去岂不是羊入虎口！”

“未必！海都新败，乃颜一时之下可能还不敢轻举妄图。再说，臣自会相机行事，全身以退。”

忽必烈同意了伯颜的北行计划。伯颜出发时，车中装满了珍贵的裘皮衣物。每到一处驿站，他就给驿吏发一件皮衣，驿吏们看到丞相如此大方，心中都十分感激。他一路风尘赶到兴安岭下乃颜的大帐时，车上的衣服也差不多送光了。乃颜接待他，态度还算客气，但一说及朝政，就满腹怨气，牢骚不止。伯颜尽力劝慰他，并且晓以利害，后来又率性告诉他：

“皇上接到密报，说大王连续征兵，图谋不轨，劝皇上及早用兵。皇上不肯相信，说是宗室之间，岂可以兵相向！就命我亲自前来大王帐中查知究竟，以杜小人之口。”

那乃颜听了这番话，只是不作声，也不说反，也不说不反。两只眼睛轻轻转动着，不时露出一线凶悍狡黠的光。伯颜是何等乖觉之人，一看乃颜的神气，便知道这厮已非言辞所能打动，自己久留此处不但无益，弄不好随时都会惹来杀身之祸。于是，他就在当夜，也不告辞，带着两名亲随，纵马向南疾驰而去。

这时，在来的路上散发的裘皮衣服起作用了。那些驿吏纷纷献上最健壮的快马，让他能以最高速度逃离险境。事后，乃颜也曾派人追赶，但那又如何能赶得上！

伯颜回到大都，赶紧报告忽必烈。君臣商定，不能再存侥幸，眼下必须一心一意对付即将发生的叛乱。他们根据事态，当即作出了三条决定：

第一，由伯颜率军驻守和林，和林处于漠北地区的中央，伯颜驻此可以切断“东道诸王”和“西道诸王”的联系，更具体地说，就是为了阻断海都军往东来与乃颜军汇合。

第二，派遣得力的使臣往诸王处游说，安抚诸王，离间他们与乃颜的关系，即使不能明确支持中央，至少不附和乃颜起兵，这一条也许难于完全奏效，但要争取把乃颜的支持者减少到最低的限度。

第三，忽必烈领兵御驾亲征。忽必烈虽然已经年迈，但虎老雄风在，他能御驾亲征会使某些人闻风丧胆、不战而降。

第二项任务主要是由忽必烈的亲信侍卫阿沙不花去完成的。阿沙不花从十四岁起就担任忽必烈的侍卫，因为忠诚、机灵，深得皇上的宠信。一天，忽必烈就诸王联手谋叛这个严重的事实向他征求意见，他冷静地答道：

“愚臣以为莫若先安抚诸王，再行天讨，那样叛贼就自然势孤了，势既孤焉能不败！”

“很好，你替朕去走走这条路子试试看。”

于是，阿沙不花当巡回大使去了。他先到诸王纳牙处，开门见山地问道：

“大王听说了乃颜谋反的消息么？”

“听说了。”纳牙并不把阿沙不花当回事，随口就这么答复他，反正乃颜的事已经天下皆知。

“大王知道乃颜已经秘密遣使向朝廷表示归顺之意么？”阿沙不花接着又问他。

“不知道！”纳牙暗自吃了一惊。

“听说大王等都打算充当乃颜的外应，拥戴他谋逆。现在乃颜自己已经归顺朝廷了，那就只剩下大王独自跟朝廷对抗了。幸亏皇上圣明，知道谋反并不是大王您的本意，才置之不问。但是大臣们心里不能没有疑惑。大王何不亲自去大都作些解释，以策万全。”

纳牙被他说得怦然心动，他并不是乃颜的铁杆追随者，跟着乃颜干是形势使然。既然乃颜自己都收手了，他有什么理由还执迷不悟！他没有办法也没有时间去查实阿沙不花所言有无虚假，反正最安全的做法还是如阿沙不花所说的向朝廷低头认错。由于纳牙的转向，好些位诸王也退出了与乃颜的同盟，比如别勒古台的孙子爪都就是其中极具实力的一位。

阿沙不花回到大都以后，忽必烈才决定在辽阳地区集结兵力，亲征乃颜。出师前，下令对与乃颜封地交界地区实行戒严，断绝边民来往，吏民人等非在军中不准乘马持弓矢武器。前锋部队由大将博罗欢率领，是清一色的蒙古军，分属忙属、兀鲁、扎剌兀、弘吉剌、亦乞列思五人麾下。随后是御史大夫玉昔帖木儿统领的蒙古大军，最后面是汉军，由中书左丞、骠骑卫上将军李庭统带。玉昔贴木儿的蒙古军成分比较复杂，其中有精锐的钦察卫队（全部由勇猛善战的钦察人组成），也有畏吾尔、康里以及其他色目人部队。李庭麾下的汉军则成分更复杂，有金人（李庭本人就是金人，原姓蒲察氏，金末才迁入中原）、汉人、女真人、契丹人、高丽人等等，大约就是没有南人，因为南方的新附军在出征日本、安南的战争中损失很重，尚未来得及补充。这样一支由皇帝亲自统率的、由许多民族组成的、号称二十万之众的大军，浩浩荡荡从辽阳出发，向着兴安岭下的帖木格国王封地进发，那场面自然是非常的壮观。

忽必烈虽然每年都要往返于大都与上都之间，对草原和旷野的景色并不陌生，但亲自领兵出征却是许多年以前的事了。准确地说，在二十六年前从和林班师（击溃阿里不哥）以后他就再未领兵打过仗，也没有来到过漠北地区。现在，以七十二岁的高龄，他又亲率“十万貔貅”“躬行天讨”，这不能不给他带来一种兴奋的感觉。五月的塞北，草原上一片生机，流水潺潺，花香阵阵，畜群在野地里撒欢，云雀在高空中鸣唱。忽必烈被眼前的景象带进了遥远的回忆。

他想起当年祖父成吉思汗远征印度归来，自己和弟弟旭烈兀在伊犁大草原上迎接他的情景。兄弟二人跟着祖父行围打猎，自己射中了一只黄褐色的野兔，旭烈兀射中了一只鹿，祖父高兴得眉开眼笑，给了许多犒赏……自己现在比当年祖父的年纪还大，那年是十一岁，而朕的长孙今年已经快三十岁了，真是人世沧桑、光阴似箭啊！旭烈兀于宪宗（蒙哥）四年奉命西征后再也未曾东归，中统二年，朕初即大位，他还遣使来贺，说是要亲自入朝觐见，可是到了波斯后，他却没有再往东走，难道对朕有什么戒心不成？这些年来，每听得伊利汗国的消息，朕都好生牵挂。只是那里的蒙古人本就不多，现纷纷与阿拉伯人、波斯人联姻，改宗了伊斯兰教，只怕天长日久，江山就在不变中自变了。

忽必烈没有到过波斯，而巴格达、大马士革、阿勒颇等地更只是徒闻其名。但对这些地方，他也并不十分向往，人们告诉他，那里多风沙、少雨水，炎热干旱。没有水的地方不去也罢。他接着便想起了青年时期随拔都远征去过的那些地方，其中最令他怀恋的是克罗地亚的地中海沿岸。当年，蒙古大军把匈牙利国王贝拉四世追得走投无路，就是从这一带入海，躲到一个小岛上藏身。为了追捕贝拉，蒙古军队从奥地利跟到此地并着实停留了一段时间，后来，拔都催他们去塞尔维亚汇合，忽必烈才恋恋不舍地离去。当时他就想（事后也经常想），蒙古人为什么不在地中海周围安顿下来，建立自己的帝国？那里的女人皮肤多么白啊！朕今日贵为天子，广有四海，但想再到地中海边去看看，却是永远也不可能的事了。

大军进入了乃颜的分地——帖木格国王封地以后，前锋的蒙古军速度迟缓下来，有时候简直是故意延宕不前。如果遇上了小股的乃颜部队，那情形好像是亲友重逢，兵器丢在一边，竟各自勒住马缰谈笑风生。忽必烈得知这一情况，心里着急，万一乃颜的主力到了，发起攻击，那结果真是不堪设想。正在这时候，随驾出征的叶李进帐奏事。忽必烈便向他谈起自己的顾虑，叶李向忽必烈奏道：

“臣早已有虑于此，蒙古将士，如此亲昵，哪里还有心替陛下尽力，不过在此徒费陛下粮饷！而这些粮饷从全国四方转运至此，多么不易啊！”说到此处，叶李停顿了一会，再接着说，“兵贵奇而不贵众，临敌当以智取。依臣之见，此战当一改常规，令汉军列阵于前，依汉法督战，由步兵当敌，并将大车联结起来列于阵后，断其退路，以示死斗之志。乃颜素来小视汉军，必然不多防备，我大军即乘虚冲入敌营，则无不胜之理。”

忽必烈采用了叶李的建议，命令左丞李庭指挥汉军充前锋部队，博罗欢和玉昔帖木儿的蒙古及色目军则改为殿后军队。大队进到萨尔都鲁地方，终于遭遇了乃颜的主力。在正面阻击的是乃颜亲率的六万兵马，他们似乎根本不把李庭指挥的汉军放在眼里，谁知这些汉军一向受到轻视，心里都憋着一肚子气，这回能担当主力，和蒙古叛军对垒，正好显显威风、撒撒怨气，何况身后还有“置之死地而后生”的“大车联阵”阻断退路，不由得他们不奋力拼杀。双方厮杀了一日，朝廷方面明显占着上风。

第二天，从侧翼杀来了更多的乃颜叛军，他们是由塔布台和金刚奴率领的部队，号称十万之众。这时，在力量对比上乃颜方面已经占着上风。但他们并不急于发起进攻，似乎是在等待着有利的机会。忽必烈也没有命令部队主动出击，因为敌方太强大，自己并不能稳操胜算。于是，战场上便出现了僵持状态。

双方都无动静的局面持续了几天，司农卿铁哥向忽必烈献计道：

“乃颜兵力众多，偏不出来挑战，显然是有意顿兵，欲待我师老士疲、斗志衰竭之时，再行邀击。我方若就此与他相持下去，只恐正中他的诡计。请陛下明察。”

忽必烈沉吟了一会，然后向铁哥道：

“你说当如何处置？”

“依臣之见，当布一疑阵，所谓“兵不厌诈”，使彼对我方意图捉摸不定，最终自行退去，此时才可以出奇而制胜。”铁哥回答道。

“然则你想用何计设疑阵？”忽必烈又问。

“只要陛下能保持闲逸的态度就行了，乃颜得知陛下并不急于决战，也不急于退兵，他自然就会放弃对峙，另作图谋。”

忽必烈同意他的分析，于是照计行事，每日里坐在大帐中要臣下们陪着饮酒，随行的歌童舞伎少不得还要伴着乐部的鼓吹放歌起舞，那阵势仿佛并非来此讨逆，而是到塞外避暑消闲来了。乃颜听得侦骑送来谍报，说忽必烈如此如此，心中大生疑虑：难道忽必烈打算长期驻屯在此地吗？自己的兵力明明占着上风，对方却准备长期相持下去，难道他另有伏兵或者援兵？而且，他如果没有准备充足的给养，也绝对不可能如此镇定地在这漠北荒野之地作长住的打算！乃颜百思不得其解，对谍报的准确性又产生了怀疑。于是他率性带着精锐部队直逼忽必烈的大寨，想就近看个究竟。

忽必烈知道了乃颜来探虚实，便一方面命令李庭严阵以待，准备应付对方可能发起的突然袭击，另一方面，他故意张开帐幕，自己据胡床而坐，接受铁哥等群臣的敬酒。乃颜看到这一切，心里越发没有底，更不敢轻举妄动，他无声无息地领着兵马又退回本营去了。

乃颜回得营来，便召集塔布台和金刚奴等商议对策。塔布台当即发表意见道：

“忽必烈如此闲适淡定，定是兵多粮足，有恃无恐。我若与他长久相持，反而受了他的牵制，不如暂且退兵，扼险固守，看他如何动作。”

乃颜听他所说与自己想的大体一致，于是便作出决定：当晚部队乘夜色悄然撤退。将士们早就巴不得撤兵回去，听此令下，一个个忙着收拾行袋，全营上下乱成一片。

忽必烈并不知道乃颜的打算，便问李庭：

“你看敌人今晚当如何动作？”

“今晚一定会逃跑。”李庭毫不迟疑地答道。

“何以见得？”忽必烈又追问道。

“乃颜之兵虽多，但散漫而无纪律，可以逞一时之侥幸，不能作长期的坚持。乃颜对这一点是很清楚的。当他看到陛下车驾驻此而不战，必认定陛下作长久之计，既作长久之计，则必然粮饷充足且后有强援，如此则时间愈长对他愈为不利，故臣断定他今夜必然遁走。”

当晚，李庭在请示忽必烈同意后，带领十余名敢死之士，携带火炮（火药包），潜入敌营。他们在各个不同角落都安放了火炮，只待第一声炮声响起，便同时点响。顿时间，乃颜营中火光冲天，爆炸之声不绝于耳。乃颜军中将士们本已接到撤军命令，无心作战，见到眼前这番景象，更不知道是出了什么事，纷纷夺路而走，李庭和玉昔帖木儿此时更不怠慢，连忙催动兵马追杀溃散之敌。

乃颜的部队本就是在惊恐中逃亡，此时听到敌营人马杀声震天，只见那些平日不起眼的汉族兵士，此时一个个恶煞凶神一般直扑过来。刀光闪处，蒙古人的脑袋纷纷落地，叫他们如何不恨自己的爹娘少生了两条腿！天色墨一般黑，既结不成队形，又摸不着路径，只能各自逃命，听由朝廷大军斩杀。乃颜心知已无可能再组织有效的抵抗，便率性带着部分亲随骑将自己逃命去了。可怜被他抛在战场上的数万部众，除了少数侥幸逃走以外，俱被那李庭手下的汉军和玉昔帖木儿手下的蒙古军砍瓜切菜般杀了个干净。

在混战中，乃颜的大将塔布台被乱刀砍死，金刚奴则不知去向。乃颜带着数十骑逃离战场，在黑暗中奔走了十余里路，后面的追骑呐喊之声便越来越微弱。当他正在庆幸自己能从险境中逃生的时候，胯下的战马突然往前跪了下去，马背上的他控制不住奔跑中的惯性，身体往前一冲，滚落到了马下。原来天黑看不见地面，那马儿失足踏入了泥淖，而跌下马来的乃颜也落在泥淖内。他不敢放肆挣扎，恐怕自己越陷越深。乃颜在黑暗中大声呼喊，要随从们赶紧设法帮他爬出泥淖。确实有好些个人从马上跳下来，但就在他们还未来得及采取措施之前，追兵的马蹄声、呐喊声已经由远而近。

“就在那边！快，追过去杀狗日的！”

追骑已经发现了他们，一片叫嚷声中，举着火把的汉军士兵蜂拥着扑了过来，手中的刀片被火把映得闪闪放光。早已是惊弓之鸟的乃颜残众如何还有勇气再停留一分片刻，不待思索，纷纷上马落荒而逃，把一个身陷绝境的主子王爷丢在沼泽里，最后让元军像缚强盗一般捆了个扎扎实实，押回大帐请功。

乃颜太可恶了，不听招呼，肆意妄为，而且，他又是另外一些心怀叵测、蠢蠢欲动的诸王们的首领，首恶是必须严惩的，不杀不足以震慑那些图谋不轨的坏人，也不足以泄朕心头之愤。忽必烈未作多的考虑，便下令将乃颜就地正法——斩首以后，再处车裂之刑。

剿灭了乃颜，忽必烈班师回到大都。不久，辽东宣慰使塔出，派人送来八百里加急奏章，说是和乃颜一党的诸王势都儿又兴师作乱，兵犯咸平，请朝廷火速派兵援救。忽必烈接报，赶紧派皇子爱牙赤带了一万部队奔赴辽东。从大都发兵，三、五日断然赶不到咸平（今沈阳以北），而这一带的诸王原都是和乃颜勾结一气的，时日延宕了，只怕又会死灰复燃、蔓延成灾，搭出是个经验丰富的将领，当然能预见到这一严峻的形势，于是，他不顾安危，带领麾下十二骑立即出发，星夜兼程，赶往咸平。一路上，他又征集了约数百人，行到建州

（今辽宁朝阳南）便遭遇了势都儿的前军，约有数千之众，带队的将官叫达萨巴图尔。搭出本是一员勇将，当年和麦术丁一起在江西征讨宋军，战功卓著，眼前虽然面临敌众我寡的局面，他毫不畏惧，身先士卒，带着手下这数百骑士，冲入敌阵，以一当十，各自为战，竟将达萨巴图尔杀退。

在这场战斗中，搭出身中两箭，但他毫不在意，指挥自如。才杀退了敌军，又得到侦骑报告，说叛军自间道由西向东，袭击爱牙赤皇子的部队。搭出连忙聚集队伍，准备绕道拦截。到了懿州（今辽宁阜新）附近，与叛党帖古歹率领的叛军相遇。帖古歹自恃兵多势强，不把搭出放在眼里，他摆圆了阵势，趾高气扬地用小旗指挥军队，那神情简直是在表示：灭此朝食，不在话下。搭出也不答话，拈弓搭箭，瞄准了帖古歹，"飕"地一箭射去，说时迟，那时快，只听见"啊"的一声，那箭不偏不倚，直入帖古歹口中，箭头从后颈窝穿出，帖古歹当即跌落马下，一命呜呼。这一切来得太突然，还没有交战，主帅已经阵亡，余众一时无所适从，搭出忙驱动大队掩杀过去，势都儿的主力部队竟然就这样不战而溃散了。

搭出带部队回到懿州，当地老百姓都焚香在道旁跪拜，士绅代表感激涕零地说道：

"若非宣慰使大人到此，本地百姓无遗种矣！"

搭出连忙下马搀扶他们起来，并答谢说：

"上赖皇帝洪福，下赖将士勇力，得以逐出乱党，我有什么功绩？众位谢我，实不敢当。"

搭出一方面安顿了当地的百姓，一方面继续对逃窜在外的叛匪进行追剿。他一路向西，赶到了阿尔泰山，才撤兵东返。

第二年（至元二十五年），驻在哈剌温山（大兴安岭）西侧的诸王火鲁火孙又发动叛乱。他是势都儿的叔父、成吉思汗弟弟合撒儿的孙子。这时成吉思汗另一个弟弟合赤温的曾孙合丹也乘机与他联合再次揭起叛旗。忽必烈有意锻炼一下皇孙铁木儿（真金的次子），命他率领玉昔帖木儿、李庭、博罗欢等人的大军进剿叛军。火鲁火孙不经打，只与都指挥土土哈一次交锋，就全军瓦解。合丹则在贵烈河和托吾八河之间的地区与李庭的汉军进行了一场决战，败得很惨，无处藏身，竟带领残众一气逃入高丽。在那里，他又为非作歹，残害百姓，忽必烈应高丽君臣之请，派兵入境追击合丹，合丹走投无路，兵败之后，自杀身亡。

又起用一个理财高手——桑哥

征日本、征安南、讨乃颜、伐合丹，连年的战事，军费开支自然极为庞大。自从杀了卢世荣，忽必烈总觉得身边的大臣没有一个是理财高手，他迫切地需要寻求这方面的人才。

1287 年（至元二十四年）春，忽必烈像是忘记了阿合马事件的教训，又设立起尚书省来。尚书省两位平章政事——桑哥和帖木儿，实权则只在桑哥一人手中，忽必烈就是看中了这个桑哥是个弄钱的好手。

桑哥是畏吾尔人，从小跟着胆巴国师学习佛学，能通好几国语言，长大后担任专职翻译，主要为总制院传译藏语。因为总制院（宣政院）是管理西藏事务和全国佛教事务的衙门，具有相当高的地位（和中书省、御史台、枢密院平级），而忽必烈又深深迷恋藏传佛教，所以桑哥从年青时起就有许多接触皇帝和达官贵人的机会。他为人狡黠豪横，比文官更精明，比武官更粗野，很善于观察上峰的好恶，把握时机表现自己，而且没有丝毫瞻前顾后计较虚名的书生气，厚颜无耻兼凶横霸道。

桑哥和忽必烈确实有个很大的共同点，那就是好言财利。像他这种出身的人，不可能很懂得金融经济方面的事，但他偏偏很关心，并且每每发出些令忽必烈赞赏的议论。因为欣赏他，忽必烈一路把他提拔到了总制院使的位置。桑哥虽然没有在政府部门任职的经历，但在国家政治生活中发挥的影响却不可小视，比如他就不止一次地向忽必烈举荐过重要官吏，章闾当按察使最先是他提的名，卢世荣受到忽必烈重用也源于他的推介。

桑哥本人被选拔到政府部门工作，究其原因，是一件并不重要的事带来的直接后果。中书省经常派遣一个名叫李留判的人负责购销食油，用以调剂地区的余缺从而平抑物价。桑哥自己找到中书省，要求让他来承包这桩买卖。这有点近乎笑话，大宗正和礼霍孙对他说：

“你怎么能干这类事呢？有失身份啊！”

“什么有失身份！谁要你在此胡说八道？”桑哥一点也不给和礼霍孙留面子，出言不逊。

“我一番好意劝你，你竟出口伤人，真是一个未开化的山野匹夫，不识礼义廉耻为何物！”

那桑哥性格最是暴躁，他懒得再作口舌之辩，冲了过来举拳就想打人。在场的官员们立即过来劝阻。桑哥嘴里还不服气地说道：

“你懂什么？与其让这些钱被汉人侵盗，当然还不如让它为僧寺和官府获取利息。”

被他这么一闹，中书省就同意了批给他一万斤油的指标，让他去经营。后来桑哥的油生意真的做发了，他把经营中获得的利润送到中书省来，和礼霍孙还有点不好意思地说：

“当初我没有想到啊！”

这件事很快传到忽必烈耳中去了，桑哥当然也没忘记抓住和皇帝在一起的时候进行自我吹嘘。忽必烈认定他是一个经济奇才，决心等时机一到就大加重用。从这时起，朝廷中一切重要举措，人才进退，都一定会征询桑哥的意见。

桑哥当尚书省平章政事不到十天，就说动了忽必烈下诏将中书省六部改为尚书省六部，各地的行中书省改为行尚书省。中书省从此又变成了一个毫无作为的摆设衙门，一直到四年半以后桑哥终于垮台时才得以恢复原来面目。

桑哥上台的第一大政，就是发行新纸币。新纸币名为“至元宝钞”，桑哥想以它去代替旧纸币“中统宝钞”，以解决或遏制严重的通货膨胀问题。按桑哥制定的办法，“中统宝钞”五贯，等于“至元宝钞”一贯，两者可以同时流通，但纳税则必须用至元宝钞。桑哥以为，发行一种新货币，能够改善国家印制的钞票日益衰敝的信誉，谁知适得其反。两种钞票，只是名称不同，实质并无区别，而由于钞票发行总量的极度扩大，币值更是日益滑跌。

然而，忽必烈却对桑哥十分欣赏，他竟然批准桑哥的奏请，授权桑哥去“检核中书省事”，即对中书省进行全面的政治整肃和财务审计。桑哥的用意很明显，就是要彻底搞垮搞臭中书省这个机构和围绕着中书省的那一帮子人，光是抢了它的六部、夺了它的权，这还不够，还必须叫他永远不能翻身。

首先，桑哥通过财务审计，从中书省的历年账目中，发现了中书省亏欠好钞四千七百七十锭（二十三万八千五百两），昏钞（破旧钞票）一千三百四十五锭（六万七千二百五十两）。他藉此大发威风，在中书省搞开了专案隔离审查那一套，让大小官员人人过关。他本人最先讯问中书参知政事杨居宽，问他何以会有亏欠一事发生。

“我管的是诠选（人事），钱谷（财务）不归我分管。”杨居宽这答话并没有错，他确实不知情。

“混蛋！”桑哥听了却大发雷霆，也许因为杨居宽答得在理，使他一时为之语塞，于是他先开口骂人，把杨居宽的气势压下去，然后再想出理由进行辩驳。理由一时想不出来，他便命人打杨居宽的嘴巴，一面打，他一面想出了“理由”：

“你管铨选，难道在铨选工作中你就没有奖惩不公黜陟失当的地方吗？”

杨居宽不敢再辩，免得吃眼前亏。然而桑哥这算什么逻辑呢？本来是查财务方面的问题，却拉扯到人事方面去。任何人都能看出来，他就是要打杨居宽，有没有理由根本不重要。杨居宽是他此番整肃中书省运动的第一个目标，当然不会仅仅打几个嘴巴就算完事。他叫人炮制了几条罪名，把杨居宽的专案材料上报到忽必烈那里。忽必烈此时对桑哥是言听计从，便诏命桑哥与中书右丞相安童一同会审杨居宽。这个做法本身就很滑稽，中书省无论是财务管理或者人事管理上存在什么问题，首先负责的应该便是它的主管官安童，怎么又让安童去当什么审判官呢？而且，忽必烈还交代安童说：

“这些家伙（杨居宽等）都是很狡侩的，不要让他们日后又以被迫招供为由进行翻案。”

而杨居宽原本是安童的忠实部下和得力助手啊！从这里也可以想见当时的安童处境已是何等艰难，他的心理已经扭曲到何种程度！

不仅参知政事要被治罪，连中书平章政事麦术丁也被立案，不过麦术丁比较聪明，装出一副认罪服法的诚恳态度，不解释，不辩驳，总算没有遭到更大的噩运。其他还有中书参议伯降和王巨济等人都一一低头认罪。

另有一个和杨居宽命运同样悲惨的是参知政事郭佑。郭佑是从御史中丞的位置调升为参知政事的，迁升的原因是他当年负责搞卢世荣的专案时不遗余力，很让忽必烈满意。但是卢世荣是桑哥举荐的人，现在桑哥大权在握，能不替卢世荣报仇雪恨么？光凭这一点，郭佑就应该预感到自己不会有好果子吃。

桑哥亲自讯问的第二个人就是郭佑。

“中书省亏欠如此之多，你为什么不向上面报告？”郭佑也不是分管财务的，所以这回桑哥换了一种提问的角度。

“我有病。”郭佑这个回答确实也很牵强。什么病？什么时候有病？如果病得长期不能工作，为什么不辞官？

桑哥也不和他多作理论，便命人动手将郭佑痛打一顿，而且也是一边打一边骂道：

“你这种白吃俸禄的参政！你自己没有能力纠正中书省内的腐败风气，为什么不向上面的蒙古人大臣报告？”

所谓“蒙古人大臣”，指的是安童。桑哥用这种方式在向安童表示友好，让皇上和其他人认为安童对中书省的腐败并不知情，因为下面的官员根本没有向他报告。

桑哥向忽必烈奏报了讯问郭佑的情况：

“鞫中书参政郭佑，多所逋户，尸位不言，以疾为托。臣谓中书之务，毁惰如此，汝力不能及，何不告之蒙古大臣，故殴辱之，今已款服。”

忽必烈命令继续穷追猛打，一定要把中书省的问题彻底查清，为了推动整肃工作向纵深发展，更进一步震慑中书腐败分子，忽必烈后来下诏将杨居宽、郭佑二人斩首示众。

还有两个小官，在这场运动中，因出言不慎白白丢了性命。一个是御史台的小吏，名叫王良弼，曾与人议论尚书省的政事，并且说：

“尚书省钩考中书省，不遗余力。将来有一天我们能有机会揭发尚书省的不法之事，让他们受到诛杀和籍没（家产）也非难事。”

这番话传到了桑哥耳中，他下令逮捕了王良弼。一经审讯，王良弼便供认不讳。于是，桑哥报奏朝廷，说这种人诽谤成性，不杀不足以正人心而维法纪。还有一个是前江宁县达鲁花赤，名叫吴达，他在与人议论时政时说：

“尚书省今日揭露中书省的弊政，将来免不了又要遭到中书省的揭露，尚书省的人到时候也会要死不得其所的！”

桑哥把吴达也捕下来，问了几堂官司，报告忽必烈之后，就把这两个人一齐处死了。

总之这一次中书省是受到了最沉重的打击，没有相当时日或条件的变化，很难恢复原气。而专案结束不到十天，桑哥却官星高照，连升两级，当上了尚书省右丞相。这意思很明显，忽必烈想藉此让他和安童具有平起平坐的官衔。实际上，桑哥并不满足于和安童平起平坐，因为在朝政的运作过程中，安童逐渐地不再起重要的作用。应该说，桑哥在权力斗争方面的技巧还是相当高明的，他架空了安童的权力，却不把打击的矛头对准安童，甚至还给他留下相当的余地，使安童即使不对他满怀感激，至少也不会下定跟他拼个鱼死网破的决心。有了第一次的退让和容忍，就会有以后若干次的习惯性妥协，就这样，他迫使安童一步步地屈服就范和无所作为。而这一切都得到了忽必烈的认可。比如桑哥连续奏请任命沙不丁为江淮行省左丞、乌马儿为行省参政，并且照旧主持泉府（海运部）和市舶（经贸委）两司的工作，又授拜降为福建行省平章政事。这些都是十分重要的人事任命，颁旨以后，桑哥对忽必烈说：

“臣前者曾说过，凡任命省臣及行省官，并与丞相安童共议。今奏用沙不丁、乌马儿等，适逢丞相去了大都，来不及通议，臣恐怕有人会以臣所为不符前奏而提出异议。”

忽必烈当然懂得他的意思，便回答道：

“安童不在，你有什么责任呢？朕，是你的主子皇上，朕已允行，你还担心什么？谁有不同意见，叫他们到朕面前来提好了。”

桑哥是尚书右丞相，安童是中书右丞相，一朝而两个右丞相，前所未有。忽必烈曾经就此事向翰林诸儒臣征求过意见，问他们：

“以丞相主持尚书省，汉、唐时有此制否？”

“有的！”儒臣们的答复是一致的。

第二天，尚书左丞叶李又在集中反映群臣的意见时向忽必烈进奏道：

“前任的省官办不成的事，平章政事桑哥能办成，应该擢升桑哥为右丞相。”

其实这正是忽必烈早已形成的想法。桑哥就这么提上来了，取得了总揽朝政的皇帝之下第一人的地位。他奏请以平章铁木尔接替了自己原先的位置，右丞阿鲁浑撒里升任平章政事，左丞叶李升为右丞，参政马绍升任左丞。

桑哥对执行政策不力的官员处理很严肃，甚至可说很野蛮。他的一条重要的管理方法是体罚。诸道宣慰司及路、府、州、县官吏，只要是被他指为怠惰误事的，几乎都要受到他派出的巡回执行官员的笞责。不到一个月时间，被他参革的高级官员多达数十，如真定宣慰使速哥、南京宣慰使答失蛮、甘肃行省参政铁木哥、江西行省平章政事忽都铁木儿等等，兵部尚书忽都答儿都被他打了一顿然后才罢官。这些都是蒙古官员，汉、南人官员就更不在话下。处理了这些人，忽必烈还要对他说：

“这些家伙不罢官，你的政策怎么行得通！？”

桑哥的体罚政策后来也有一些变化，这是在赵孟頫也差点挨打时提出申诉后才产生的。事情的原委是：桑哥每天上班到得早，钟一鸣他就端坐在机关办公室。各部门官吏迟到的一律用鞭子抽。有一天，兵部郎中赵孟頫迟到了，值日的断事官援例准备对他施以笞刑。赵孟頫当即找到右丞叶李，对他投诉道：

“古者刑不上大夫，所以养其廉耻、教之节义，今官员受刑习为常事，则廉耻节义将荡然无存。且侮辱士大夫，就是侮辱朝廷！”

桑哥不知怎么对这两句话却听进去了，他极力劝慰赵孟頫，同时规定，从今而后只有曹吏以下的低级公务员才会因迟到之类过错而受笞刑。为了表示他对赵孟頫这种人的器重，他在听说赵孟頫入朝时在东御墙外从马上跌入了御水河之后，立即奏请忽必烈同意，将东御墙向西移靠了两丈多，拓宽了道路，使文官如赵孟頫辈不会再发生落水一类事故。

桑哥上台的第二件大政就是钩考天下钱谷（全国性的审计大会战）。为此，他专门成立了一个名为“征理司”的衙门。根据审计结果，专门负责追回应退赔的赃物赃款和亏欠短缺部分。桑哥定下的审计方法十分苛刻，毫分缕析，以至所有参与过国仓国库管理的人，没有一个逃得过破产的命运。要更换这些管理人员时，根本没人愿意干，指定到了头上，便举家逃亡以躲避。桑哥的审计会战第一期目标是六个行省，即：江淮、江西、福建、四川、甘肃、安西。湖广行省，已先期责令平章政事要束木自首偿付。他向这六个省一共派出一十二名要员去负责主持审计工作。这十二人中，以尚书省参知政事忻都和户部尚书王巨济为首，还有阿散、何荣祖、秃忽鲁、李佑、吉丁、戎益、崔彧、安祐和伯颜等人。他们带去的审计工作组，享有各种特权。在省部官员因问题严重而被停职反省时，由工作组指定代理官员。在审计期间，还特别交代要加强保卫，配备一定的兵力，以确保负责人员的安全。对于桑哥的各种推举和奏议，忽必烈可说是没有一件提出过疑义。

桑哥的新货币政策很快就带来了严重的社会后果。当初，忽必烈曾经对桑哥作过交代：

“发行至元新钞，所用者法，所贵者信，你可不要把它看成一张纸，其本不可失（一定要保证币值的实物含量），你应该时时清楚这点。”

可是桑哥就是把钞票当成一张纸，政府想印多少就印多少，印出来就是财富。1260年（中统元年）发行的中统宝钞，只有七万三千三百五十二锭，即七百三十三万五千二百贯。其后每年增加，到1287年（至元二十三年），累计达二百一十八万一千六百锭，即两亿一千八百一十六万六千贯。桑哥在至元二十四年开始发行至元宝钞，第一年就发行一百万零一千零十七锭。每锭至元宝钞等于五锭中统宝钞，这就等于发行了五百万零五千零八十五锭，即五亿零五十万八千五百贯。第二年，1288年（至元二十五年）起，到1290年（至元二十七年）底，三年时间，桑哥又发行了至元宝钞二百二十万一千九百五十五锭，即两亿二千零十九万五千五百贯，等于中统钞十一亿还多。1291年（至元二十八年），他还干了三个多月，增发了至元宝钞五十万锭。

上面的数字清楚表明，他在任的四年里，发行的货币总量超过前二十七年发行总量的八倍。货币增加了这么多，怎么去保证单位货币价值的实物含量不变呢？国家财政收入从数字上看大大提高了，可是由于货币的贬值，国家的财用却越来越显不足。怎么解决这个矛盾呢？桑哥自然会想到开辟财源。财源在哪里，无非是增加税收。桑哥向忽必烈进言：

“国家开支庞大，收入总是不敷所出，根据往年的统计数字，每年缺额达百多万锭（这是实情）。自从尚书省钩考天下钱谷，赖陛下洪福，以所追缴的款项贴补国用，未尝对百姓实行苛敛。臣恐今后难以再用此法，为什么呢？各部门（钱粮）可征缴的少了，而盗者（贪赃不法者）也少了，臣很为此事担忧。”

接着，他提出了新的增收办法，他说：

“盐税现今每引（三百斤）中统钞三十贯，宜增加到一锭（一百贯）；茶税今每引（短引九十斤、长引一百二十斤）五贯，宜增为十贯；酒醋税，江南宜增额十万锭、“腹里”（华北地区）增加到五万锭。如此，则国用庶几可支，臣等亦得免于罪。”

“就照你说的办吧！”忽必烈的支持一如既往。

桑哥其实早已把人事大权（诠选及迁调内外官吏）抓在手中，但按制度，代皇帝宣敕（发表任命文书）的仍是中书省。桑哥向忽必烈进言，说这样的规矩不合理，关系没理顺，工作受影响。忽必烈又听从他的建议，将宣敕的权力从中书省转移到尚书省。这样，桑哥干脆“以刑爵为贩市”（把刑罚和官职变成可买卖的商品）。想做官、想减刑的人，只要肯出钱，都能办得到。于是，搞得上上下下纲纪败坏，人心惊愕，不知道挽回风气的希望在哪里。

一直在朝廷中起监督作用的御史台，在桑哥专权的阶段，简直成了不起作用的摆设。为了打击和削弱台官的势力，他启奏忽必烈：

“近来委派省臣检责各机关文书档案，发现凡经监察御史核查批阅过的文件，缺漏遗失很多，今后应该让监察御史到各省部来批阅文卷，阅后在卷后签名，便于此后追查责任，同时再派一个侍御史在一旁监督，丢失了文件就以连坐治罪。”

忽必烈又同意了，而且当时就处罚了四名疏于职守的监察御史，处罚的手段还是老法子，用鞭子抽。一个监察机关的工作人员，不能在自己衙门里上班，而要在别人监督下坐到别的机关去看案卷，看完签字，发现丢失就挨鞭子，这样的监察官员及其机构还有什么权威可言？！说出话来还有什么人会听？！果然，从那以后，监察御史到省、部去办事，出来接待的全是掾吏一类低级公务员，而且是把文书拿来往桌上一放就扬长而去，监察御史们再兢兢业业地轮流阅读。监察机关比中书省还整得惨，灰溜溜地根本无从对任何事情行使监督职责。

桑哥的经济政策盘剥民众过于刻薄，它必然地要引发社会动乱。各地越来越多的盗贼开始让一些蒙古大臣产生危机感，他们在寻找打倒桑哥的时机并为此积蓄力量。但是一班谀佞之徒，朝内朝外却还在鼓吹为桑哥立石碑纪念他的不朽功德，事情呈报到忽必烈那里，他不加制止，反而附和道：

“百姓要立就立嘛！应该告诉桑哥，让他也高兴高兴。”他还生怕桑哥不知道。

忽必烈还亲自阅改了翰林院拟就的题为《王公辅政之碑》的碑文，里面尽是些浮夸溢美之辞，但他并未提出有任何不妥。接着，他又应桑哥的请求，将总制院改称为宣政院，其首脑食一品禄，用三台银印。桑哥被授以开府仪同三司、尚书右丞相、兼宣政使。总制院也好，宣政院也好，管的就是西藏事务和全国的佛教，无论桑哥如何强调它的重要性，但究竟日常需要处理的事情不是很多，有什么必要提到如此重要的地位呢？主要原因除了忽必烈信佛之外，就完全是根据桑哥本人的意愿——这里是他的发祥之地，理当受到特殊待遇。

四个国家级的机构——尚书省、中书省、御史台、宣政院，桑哥一人占据了两个，而另外两个又已经被他整得气息奄奄、形同虚设，桑哥真可算得是位极人臣、权倾天下了。桑哥并没有多大的本事，不过就是会想着法儿弄钱罢了，而忽必烈就是特别关心如何弄到钱。

当然，桑哥搞的那一套虽然说苦了百姓，但对改善朝廷的财政状况还确实起了些作用，要不是这一点，忽必烈不可能如此信任和宠爱他。桑哥在史籍里一直划入奸臣之列，但对忽必烈而言，他所建议和执行的一切并不可以用一个“奸”字概括，最起码的，那些年庞大的军费，如果没有桑哥，光靠几个唱“爱民惜民、与民休息”之类高调的汉儒大臣是怎么也筹措不到的。在这点上，忽必烈可不糊涂。

而且，桑哥关心经济问题，态度务实，他的政策对于促进经济发展并非全无好处。比如说，他大力支持海运事业，对于繁荣贸易和改善交通就大有裨益。海运发展了，漕粮大批从海上走，节省费用，提高效率，成效十分显著。漕粮的运输历来是各个朝代的大事。元代以前国家的政治、军事、文化中心在陕西、河南（除了偏安南方的小朝廷），漕粮是从东南往西北方向转运，元代以后，上都与大都分别在内蒙和北京，于是漕粮运输路线就变成由南往北，这样，加强海上运输能力显而易见是明智的决策。桑哥执政前的 1286 年（至元二十三年），海运漕粮上船五十七万八千五百二十石，实际运到四十三万三千九百零五石，而到他执政第四年的 1290 年（至元二十七年），上船是一百五十九万五千石，实际运到一百五十一万三千八百五十六石。数量上将近翻了两番，而损耗比例也大大降低了。为了加强对海运的管理，他设立了一个“行泉府司”

的衙门，原有漕丁（海运从业人员）只由两名万户管辖，桑哥又增加了两名万户，漕丁成倍地增加，当然是海运业得以发展的重要基础条件。

桑哥制定的对外贸易政策，有两条是值得注意并且应该给予肯定评价的。一件是他不许商人把铜钱运出口，这在现象上，有点像西欧自由资本主义阶段的“重商主义者”的主张，鼓励输入金银货币，禁止货币出口，把金银货币的积累视为国家富强的重要标志。另一件是他不许广州的“官民”（官商和私商）把大米运往占城及其他番邦。这样做的意义大概是为了维持广州本地粮食供应的稳定性，实际上是以宏观调控的手段来防止粮价的上涨，这对小民是有利的。

桑哥是一个工于心计、精明强干的“奸臣”，他的跋扈、凶残、刻薄，有目共睹，但他也对朝廷有所贡献。忽必烈一生用过无数文武人材，但其中没有任何一人享有过桑哥这样的地位和权力，这绝不是没有原因的。

董氏兄弟和其他儒臣对桑哥的斗争

就是在桑哥最炙手可热的时期，也还有少数人能够不屈服于他的权势，敢于和他对着干。这些人中最典型的，蒙古大臣当推博果密（不忽木），汉大臣则有董文用、程钜夫等。

博果密（不忽木）原本不是纯粹的蒙古人。他的祖父海蓝伯当年和成吉思汗一起臣服于克烈部的王可罕。王可罕被成吉思汗消灭以后，海蓝伯不接受成吉思汗的招抚，弃家出走，不知所终，而十个儿子则都成了成吉思汗的俘虏。最小的儿子燕真（博果密的父亲）年方六岁，成吉思汗把他赐给儿媳唆鲁和帖尼（拖雷之妻、史称庄圣皇后）。唆鲁和帖尼见这孩子怪可怜，便将他养育成人，然后让他去随侍自己的儿子忽必烈。

燕真跟随忽必烈南征北伐，立过不少战功，而且出过不少好主意。蒙哥伐宋时，命忽必烈在藩邸居守，这时燕真对忽必烈进言道：

“主上（蒙哥）素有疑心，今乘兴远征于危难之地，而殿下以皇弟独处安全，这合适吗？”

他的话提醒了忽必烈，立即主动提出参加南征，蒙哥果然很高兴。蒙哥战死合州前线，燕真当时随忽必烈的家属在金莲川留守。他发觉阿里不哥图谋不轨，便抢先一步，把察必皇后以下的一大家子人往南方转移，最后和还师北上的忽必烈在开平（上都）会合。

忽必烈即位以后，燕真还未被重用就病死了。博果密是燕真的第二个儿子，资质聪敏，举止风雅，忽必烈很看重他，命他在东宫为太子伴读。开始是从太子赞善王恂为师，后来又受学于国子祭酒许衡。在许衡的所有蒙古学生中，博果密要算是学习成绩最好的。有一次，忽必烈到国子监来查阅学生作业，当时博果密刚十六岁，用一笔清丽的楷书写下《贞观政要》数十条，恭呈御览。忽必烈很赞赏他的书法，也体会到他所写的内容包含着规谏的意思，不断点头称叹。许衡编了一本历代帝王名谥、统系、岁年的小册子，作为学生学习历史的工具书，博果密只读了几遍就全部背下来了，忽必烈亲自测试，果然一字不差。

至元十三年，博果密和国子监的蒙古族同学坚童、太答、秃鲁等给忽必烈上了一道疏，对于日后蒙古人接受儒家文化教育起了极为重要的作用，其中有几段议论颇为精彩：

臣等闻之，《学记》曰："君子如欲化民成俗，其必由学乎！""玉不琢不成器，人不学不知道。"故古之王者，建国君民，教学为先。盖自尧、舜、禹、汤、文、武之世，莫不有学，……降至汉朝，亦建学校……魏道武帝起自北方，既定中原，增置生员三千，儒学以兴，此历代皆有学校之证也。

臣等今复取平南之君建置学校者，为陛下陈之。晋武帝尝平吴矣，始起国子学。隋文帝尝灭陈矣，俾国子寺不隶太常。唐高祖尝灭梁矣，诏诸州县及乡并令置学。及至太宗数幸国学，增筑学舍至千二百间……乃至高丽、百济、新罗、高昌、吐蕃诸国酋长亦遣子弟入学，国学之内至八千余人。……然晋之平吴得户五十二万而已，隋之灭陈得郡县五百而已，唐之灭梁得户六十余万而已，而其尊崇学校已如此。况我堂堂大国，奄有江、岭之地，计亡宋之户不下千万，此陛下神功，自古未有，而非晋、隋、唐之所敢比也。然学校之政，尚未全举，臣窃惜之。

臣等向被圣恩，俾习儒学。钦惟圣意，岂不以诸色人仕宦者常多，蒙古人仕宦者尚少，而欲臣等晓识世务，以任陛下之使令乎？然以学制未定，朋从数少。譬犹责嘉禾于数苗，求良骥于数马，臣等恐其不易得也。为今之计，如欲人材众多，通习汉法，必如古昔遍立学校，然后可择蒙古人年十五以下、十岁以上质美者百人，百官子弟与凡民俊秀者百人，俾廪给（生活津贴）各有定制。选德业充备足为师表者，充司业、博士、助教而教育之……讲解经传，授以修身、齐家、治国、平天下之道。其下复立数科，如小学、律、算、书之类。每科设置教授，如令以本业训导。小学科则令诵读经书，教以应对进退事长之节；律科则专令通晓吏事；书科则专令晓习字画；算科则专令熟娴算数。或一艺通然后改授，或一日之间更次为之……有余力者听令学作文字。日月岁时，随其利钝，各责所就功课，视其勤惰而赏罚之。勤者则升之上舍，惰者则降之下舍，待其改过则复升之。假日则听令学射，自非假日，无故不令出学。数年之后，上舍生学业有成就者，乃听学官保举……其未成就者，令依旧学习，俟其可以从政，然后岁听学官举其贤者、能者，依例入仕，其终不可教者，三年听其出学。凡学政因革、生员增减、若得不时奏闻，则学无弊政，而天下之材亦皆观感而兴起矣。

臣等愚幼，见于书、闻于师者如此……伏望圣慈下臣此章，令诸老先生与王赞善等，商议条奏施行，臣等不胜至愿。

这道奏疏是由几名青年学生起草的一份极重要的教育改革纲领，是一份对教育事业产生过很大影响的文献。最难得的是它对学校教育的具体设想已和近代的学校模式十分接近：德、智、体、美全面发展的指导思想；多学科课程的设置；穿插式的教学方法；升、留级制度等等，虽然这一切都还只是一个雏形，但却十分难能可贵。要知道，十三世纪的欧洲，大学教育还整个蛰伏在神学的羽翼之下，远不如博果密的设想之充满生机。

至元十四年，博果密开始了仕宦生涯。第二年，就被外放为燕南河北道提刑按察副使。有一次，忽必烈命令身边的翻译官脱虎脱护送一名西藏僧人路过真定。这两个家伙骄横不可一世，为了一点小事，鞭打驿站官员几乎致死。被害人投诉到按察使处，按察使胆小，竟不敢受理。博果密接过了状子，当即命人拘捕了那西藏僧人。脱虎脱自以为是皇帝身边的人，不把博果密放在眼里，用十分傲慢的态度要博果密放人。谁知博果密却不好惹，命人摘掉脱虎脱的帽子，勒令他站在庭下，然后训斥他的种种不法之处。脱虎脱后来逃回大都，连哭带诉向忽必烈汇报博果密的作为。忽必烈答道：

“朕素知博果密刚正忠直，一定是你们或手下的流氓犯了法。他一般是不会胡来的。”

接着，从燕南出发的信使又赶到了，向忽必烈报告了有关案情，忽必烈听后对近臣们说：

“怎么样？朕说的没错吧，朕了解博果密。”

1284年（至元二十一年），博果密升到了中书省参议，忽必烈当时正准备重用卢世荣，便向博果密征求意见。博果密引证历史事实说聚敛之臣都不是什么好东西，也从没有什么好下场，劝忽必烈收回成命。忽必烈当然没听他的，而他也就辞受参议之职。后来，卢世荣被诛杀，忽必烈还专程向他表示歉意，并提拔他为吏部尚书。当时正是处理阿合马案件扫尾阶段，阿合马家有个奴才叫张散扎儿，平日作恶多端，理应处死，但他声称自己能提供重要情况戴罪立功。张散扎儿开出了一个长长的名单，说这些人都和阿合马有来往，接受过阿的馈赠。忽必烈听后便命令按名单钩考捕系，一时连累了不知多少无辜者，京师上下为此骚动不安。忽必烈心中也不禁生疑，便命令安童召集六部正、副长官等负责官员开会研究，为什么朝廷铲除权奸，百姓反而滋生了对立情绪呢？到会者众说纷纭，莫衷一是。博果密说道：

“这完全是张散扎儿一手制造出来的。这家伙是阿合马的心腹奴才，作恶多端，死有余罪。他以假供词乱咬人，制造混乱，无非是想藉此苟延岁月，希望日久生变能侥幸不死。政府岂可再受其欺骗嫁祸于善良？当务之急是赶快处死张散扎儿，到时怨谤之风会自然止息。”

安童把博果密的意见转奏给忽必烈。忽必烈立即领悟，指令博果密主持对张散扎儿的审讯。于是很快便真相大白，张散扎儿被处决，把所有被他攀诬而受害的人就全部解脱出来了。

博果密后来又调任刑部尚书。他在朝中一直以敢于主持公道、承担责任而著称，有两件事在当时留下了很好的口碑。一件是河东按察使阿黑麻，以贿赂买通了朝中权贵，从国库贷得大笔款项，约定以羊、马等牲畜偿还。可是，贷款归他私人占用了，而偿还却成了当地百姓的义务，每年他都要从民众畜产收入中提取部分偿还给国库。贷款数目大，期限长，百姓不堪其苦，便上告到朝廷。忽必烈派人去查办，但每次都无功而还，不是被收买，就是查不下去。最后博果密亲自去了太原，终于搜集到了阿黑麻犯罪的实际证据。就在这时，大同因灾闹饥荒，博果密以便宜行事的特权打开官仓赈济灾民。这下给阿黑麻在朝中的靠山提供了反击的机会，他们告发博果密擅自动用军事储备粮。这本来是一项大罪，可是他们对忽必烈和博果密的关系估计太不足，忽必烈当时的答复道：

“博果密出巡在外，发放粮食救活了我的百姓，这是他职分之所在，何罪之有？”

后来，博果密将案子带回大都，奏知了忽必烈后，将阿黑麻判了死罪。

还有一件是钦察卫都指挥使土土哈为了加强北方的防卫，对付不断骚扰的海都，提出请求以钦察人中之为人奴者补充到军队中去，因为钦察人体力强健，作战勇敢。他的要求被批准了，但在执行中他却玩了一点花样，不是征召那些“为人奴者”，而是把编在民籍的钦察人大量地补入军中。中书省佥事王遇是个认真而又细心的人，他逐个验明这些人的身份而纠正土土哈的做法。土土哈恼火了，向忽必烈告状说王遇说了一些对皇上不敬的话，惹得忽必烈一时怒从心上起，要杀王遇。博果密在一旁说话了：

“原来的命令是以钦察人中为人奴者当兵，并没有在籍编民也要入伍的决定。万一其他各卫（边防军区）都仿效土土哈的做法，民众户口耗失就大了，户口耗失，财赋从何而来？王遇有远见，严格按文件精神办事，是忠于职守，如果杀掉王遇，以后还有谁肯为陛下尽职？”

忽必烈的怒气很快消散了，王遇得以保全。

至元二十四年，桑哥奏请重设尚书省，博果密坚决反对。后来桑哥以钩考中书省为名，诬杀参知政事杨居宽和郭佑，博果密曾据理力争。桑哥认定博果密是自己掌权道路上一个重要而又难缠的对手。虽然，忽必烈此时绝对地信任和倚重桑哥，并没有采取支持博果密的态度，但桑哥却充分估计了博果密在忽必烈心目中的分量，想要点小手腕把这个最危险的政敌排除掉是不可能的事。桑哥曾对妻子说：

“以后带人来抄我们家的就是此人（博果密）。”

他终于得到了一个机会。夏天，忽必烈到上都去避暑。桑哥在大都滥行威福。一个下午，博果密离开衙署去吃饭，被桑哥发现，指责他不坚持坐班理事，准备以玩忽职守治他的罪。博果密情急之下，便称自己有病。桑哥说：

“既然有病，那就免除职务回家疗养吧！”他还不想做得太过分，只要把博果密赶走就行了。

忽必烈从上都回来时，博果密的弟弟也里审班正好随侍在御辇中。忽必烈对他说道：

“你哥哥一定会在某月某日来迎接我们。”他对博果密太了解了，而且也真心惦记着他。

果然，博果密正是那天前来接驾。忽必烈看见他瘦得厉害，面有菜色，便问他道：

“你一个月拿多少俸禄啊？怎么像个长期没有饱饭吃的人？”

博果密一时不好回话，旁边的人替他说道：

“陛下，他请过病假，凡请过病假的人都不给俸禄。”人们也不敢详说桑哥整他的事。

忽必烈看到博果密的样子，心中不忍，便下令将他休病假以来的所有俸禄补发给他。忽必烈也知道桑哥和博果密有些过节，桑哥可能故意整他，但他此时却不想就此事判断曲直是非，他必须尽可能支持桑哥推行他的“新政”。

桑哥另一个令他头痛的对头是董文用。

董家是元代的簪缨门第。父亲董俊是成吉思汗和窝阔台时期蒙古军中著名的勇将，立过无数战功，最后在蒙古灭金的战争中力竭而死。他死时只四十多岁，最大的孩子董文炳才十六岁，最小的尚在襁褓中。董文炳十几岁就担起了家长的重担，把下面的四个弟弟培育成人。

董文用是老三，上面的老二文蔚只是个千户官，至元五年就病死了。下面的老四文直是个田舍翁，在老家藁城守产理财。文用和大哥文炳、小弟文忠（老八，另有三个兄弟夭折）一直跟随忽必烈，而且都深得信任，官居高位。忽必烈对董氏兄弟的信任可以说在汉大臣中是首屈一指的，可以比拟的大概除了张弘范再无别人。李璮事件后，汉人世侯的兵权都被削夺，只有董文炳是个例外，连忽必烈都称呼他“董大哥”，君臣关系的亲密也就可想而知。

董文炳于至元十五年病死，董文忠比大哥只多活了三年，病死于至元十八年冬天。只有董文用活了七十四岁，一直到元成宗帖木儿的大德元年才去世，他是忽必烈一生中始终在他身边发挥着重要作用的大臣之一。

忽必烈在潜藩时，董文用就在他帐下当文书；忽必烈征大理时，董文用在军中管后勤并参赞军务；忽必烈南征攻鄂州时，董文用弟兄三人扬威江上，大破宋师。忽必烈当了皇帝，董文用以兵部郎中参议都元帅府事。李璮叛乱被平后，董文用以大哥文炳继续带兵为由坚决辞去了军队方面的职务（当时忽必烈曾规定，诸侯领兵者，子弟不得再任军职，但执行得并不彻底）。自这时起，他就一直保持着文官的身份。他曾经抵制过诸王只必铁木儿的贪得无厌的搜刮，迫使这位王爷向他低头认错，他在西夏和甘肃、山东等地招募流亡、开垦荒地，成绩是当时地方官中最突出的。安童保举他任工部侍郎，取代了阿合马的党羽纥石里，引起了阿合马其他党羽的嫉恨，他们唆使鹰监（养鹰房）的官吏上奏忽必烈道：

“自从纥石里去职，工部侍郎不发给鹰食，猎鹰们都瘦得快死了。”

这些家伙知道忽必烈爱鹰如命，故而从这里来点燃他的怒火。果然，忽必烈当时大发雷霆，在命人去给鹰治病的同时，立即传董文用入见。董文用奉命随着警卫们前来见驾。但当忽必烈从御座上远远望见沉稳持重、彬彬然有君子之风的董文用走过来时，一腔怒火即化为乌有，他醒悟到自己决不可以也不能整治他，于是对来告状者说：

“你们看董文用是个给你们准备鹰食的人么？”

从此，他放下此事不再提起，而提供鹰食也就不再是工部侍郎的职责了。

至元十九年，董文用当上了兵部尚书。从此他参与了各项朝廷大事的讨论和决策。他见识宏远，作风清廉，态度谦和而又坚持原则。惩办和处理阿合马余党时，他曾经提出：

“阿合马当权之时，商贾贱役，不少靠行贿而得官。现在阿合马垮台了，想把这些人全部清除，这个作法有欠妥之处，因为它的结果将是由阿合马售出的私恩，却让朝廷收回了怨恨。应该由按察司根据官吏们的政绩和表现，弹劾并处理那些确不称职或贪赃枉法者，使此后官吏们有所忌惮、百姓们有地方投诉。”

随后，他改任礼部尚书。卢世荣专权时，董文用在中书省办公会议上独树一帜和卢世荣对着干，用他那个著名的“剪羊毛”的理论说得卢世荣瞠目结舌无词以对，因为妨碍了朝廷大政的推行，董文用还一度受到申斥，当然卢世荣很快就完蛋了，事实证明了董文用的正确。

至元二十二年，忽必烈派董文用到江淮行省去当参知政事，他力辞不就，忽必烈对他说：

“卿家世非他人可比。朕命你去江淮，不是要你去管理钱粮之类琐事，你主要是去考察大政，有不便于民、不利于国之事，尽快向朕汇报。”

董文用去了。江淮行省长官忙古歹，素来态度傲慢，行省里的其他官员平时和他接触时，都不敢仰视，甚至跪着对话，如小吏见大官一样。董文用就不同了，他总是大大方方往堂上一坐，从容不迫，侃侃而谈，剖析事情的是非可否，从不迁就长官的意见，有时还不免产生正面的对峙。有一次，忽必烈批准了西藏僧人的建议，在杭州宋故宫的遗址上建造佛塔。因为是圣旨，各级官府督办得很急。当时正值严冬，天下大雪，入山伐木备料者，冻死达数百人。董文用对忙古歹提出：

“在这种季节里驱使百姓从事苦役，民不堪命矣！是否等到春暖以后再说？”

“董参政是想违忤圣意吗？”忙古歹威胁他。

“我当然不敢违忤圣意，但今天这种困民之力而失民之心的做法，难道是圣意吗？”

董文用并不示弱，一句话驳得对方无话可说，终于决定把工程暂时停顿下来。

桑哥当权以后，董文用担任御史中丞。桑哥的跋扈是闻名的，简直无人可比，哪怕你是王亲贵戚、勋旧高官，见了他都要逊避一旁，连大气也不敢出。从来没有人敢违拗桑哥的意见。可是董文用却没在他面前表现过半点逢迎之态。桑哥知道董文用在忽必烈心中有分量，于是便命人暗示董文用在皇帝面前替自己讲好话，董文用装糊涂不作出任何反应。桑哥不死心，竟亲自对董文用摊牌：

“所有的衙门都给丞相府送了食品，吃又吃不了，退又退不掉，倒添了一件麻烦事。”

这更是赤裸裸地勒索。别人不断给我送东西，你一点表示也没有，就算舍不得花钱，难道连一点亲近的态度也拿不出来么？

董文用仍旧装糊涂，对桑哥的话好像没听见一般，不置一词。

因为对乃颜和海都的战事，朝廷财政方面承受的压力加重，桑哥的搜括政策就进一步加紧执行。董文用直接向桑哥提出了异议：

“这样下去，老百姓承受不起了！外难没有缓解而又从内部伤其根本，丞相要考虑一下后果。”

接着便是各地盗贼蜂起，董文用又对桑哥说：

“百姓难道不想过安稳太平的日子吗？是苛法暴敛逼得他们铤而走险。御史台的作用本就是为了补救政事的失误，丞相应当支持它的工作，而不应当压抑它。御史台失去作用，则老百姓找不到告讦罪恶的地方，罪恶得不到揭发，国家政治必然日益混乱，那就不止是御史台不起作用的问题了，后果将会可怕得很。”

桑哥当然不会接受他这套道理，反而更进一步想方设法打击御史台的威信，妨碍御史台的工作。董文用为了维护御史台最起码的那点监督职权，和桑哥一党进行了许多抗争。桑哥如何能容忍！于是三天两头在忽必烈耳边打小报告，但又苦于没有把柄，只好老是对皇上说：

“董文用在朝中大臣中是最为桀骜不逊的，自恃勋旧世家，目无他人，一向阻挠尚书省的工作。为了保证新政的推行，请痛加惩治。”

可是忽必烈也接到了许多董文用许多揭发桑哥的奏状，他虽然很需要桑哥为国库辟财源，但也不会完全无视董文用反映的情况。他相信董文用的忠诚不二，于是回答桑哥的话不外乎是：

“他是担任御史的职务啊，御史提出不同意见有什么罪呢？而且董文用为人端厚严谨，朕素来所深知，你该好生看待他啊！”

话只能说到此处，忽必烈一时是不会作出是非裁断的。桑哥和董文用的矛盾依然没有结局。

博果密和董文用在同桑哥对抗时，还是讲究了一些策略的，因为他们知道皇帝此时需要桑哥，而没有皇帝的支持，斗争绝无获胜的希望，原则虽然必须坚持，但为了保全自己以便坚持长期的斗争，则一时不能过于激化矛盾。另有一人则与他俩有所不同，他不顾一切地展开正面攻坚战，成败利钝、生死荣辱他都置之度外，就是一心要搞垮桑哥，这人就是前度往江南选贤的程钜夫。他与忽必烈的关系显然不如博、董二人之密切，但他却能冒死出击，确实表现了过人的勇气。

程钜夫其时并不在朝内为官，他的职务在江淮，是行御史台的侍御史。他耳闻目睹了桑哥的政策给百姓带来的危害，于是在入朝觐见皇帝时，直接上了一疏。疏文中说：

> “臣闻天子之职，莫大于择相，宰相之职，莫大于进贤。苟不以进贤为急，而惟以殖货为心，非为上为德、为下为民之意也。昔文帝以决狱及钱谷之事问丞相周勃，勃不能对。陈平进曰：‘陛下问决狱，责廷尉；问钱谷，责治粟内史，宰相，上理阴阳，下遂万物之宜，外镇抚四夷，内亲附百姓。’观其所言，可以知宰相之职矣。今权奸用事，立尚书钩考钱谷，以剥害生民为务，所委任者，率皆贪饕邀利之人，江南盗贼窃发，良以此也。臣窃以为宜清尚书之政，损行省之权，罢言利之官，行恤民

之事，于国为便。”

桑哥看到了这份奏疏，气得七窍生烟，下命令将程钜夫羁留在大都，不许回江南去，同时奏请忽必烈将程钜夫处以死刑。他连续上奏了六次，忽必烈始终不肯批准。因此，程钜夫平平安安地回转江淮行台去了。

这件事情的处理实际上是一个信号。从表面上看，桑哥和程钜夫也只是打个平手，谁也没有伤害得了对方。但实际上，程钜夫的奏疏再加上董文用的一些密报，已经在某个方面打动了忽必烈。他们都提到全国各地盗贼蜂起的情况，而且一致归罪于桑哥的经济政策。盗贼增多，这是一个客观事实，在广东、赣南和闽西一带有钟明亮和董贤两股“巨匪”，在浙江台州，杨镇龙率领的一股势力更大，号称十二万之众。其他各地小股毛贼更是多不胜数……

如果这种局面真的是由桑哥的政策所造成，那就太可怕了，帝国怎么能依靠这样一个制造盗贼的专家来当丞相、执掌朝政呢？

继续清除桑哥一党余孽

盗贼的蜂起，当然是一种警示。但接踵而来的一连串灾异，更给忽必烈带来强烈的刺激。他是极为迷信的，“天象示警”，最令他担忧。

1290年（至元二十七年）的八月、九月，武平地区连续发生了强烈的地震。八月间的地震伴随着日蚀，九月里的地震规模更大，地面陷塌，黑沙水不断涌出，损坏了官舍四百八十余间，民居不计其数，百姓死难者达数十万人。

问题还不在于物质损失的巨大，在中国历史上，地震一直被视为社会动乱的前兆，不祥之甚，因而统治者对它的出现向来十分介意。忽必烈深感忧虑之余，命尚书平章政事阿鲁浑萨里召集集贤殿和翰林院的官吏，讨论灾异出现的缘由。官僚们心里都认为这是在横征暴敛带来的社会危机总爆发之前上天发出的警告，但嘴里谁也不敢说，只是泛泛引证些经传里的五行灾异之说来敷衍搪塞。只有一个赵孟頫（当时任集贤直学士），通过和阿鲁浑萨里的个人关系，向忽必烈转达了一个建议：请蠲除百姓欠征的钱谷，或可消弭种种灾异。所谓百姓欠征钱谷，可不是一个小数。根据桑哥的手下干将忻都和王巨济的计算，天下钱谷已征者数百万，而未征者尚有数千万。

忽必烈面临一个难题：一概蠲免，岂不是意味着国库要减少几千万收入？如何舍得？如果继续征收下去，百姓只怕也确实难以承受了。这么多人自杀逃亡、沦为贼寇，这种社会矛盾的尖锐化可能带来致命的动乱，不可小视。他踌躇再三，终于决定接受赵孟頫的建议。尚书省在讨论诏书草稿时，桑哥满面怒容地说道：

“这一定不是出自皇帝本人的意思。”

赵孟頫知道桑哥迟早会发现建议人是自己，既然如此，还不如早点站出来作解释：

“如果钱谷尚未征足，而人户已死亡殆尽，那还找谁去征收呢？现在不及时宣布除免，将来如果有人奏事，以失陷钱谷数千万之责归咎于尚书省，那时丞相不是要深受其累吗？”

赵孟頫确实很聪明，一套纯粹舌辩之徒的逻辑居然让桑哥信服了。忽必烈的蠲免诏书很快下达了，困难到极点的民众总算松了一口气。这件事让忽必烈清醒了许多，他已经开始把解决桑哥问题提到议事日程上来考虑。

有一天，忽必烈在单独召见赵孟頫时，向他提出一个问题，要他比较一下叶李和留梦炎的优劣。赵孟頫稍稍想了一下答道：

“留梦炎是臣的父执辈，臣本不敢妄议，但知其人重厚，笃于自信，好谋能断，有大臣的器识和风范。至于叶李，他所读过的书，臣亦皆读过；他所知道的事，臣都知道，他所能做的事，臣都能做——如此而已。”

忽必烈微微一笑，然后缓缓地说道：

“你认为留梦炎贤于叶李，是吗？”忽必烈稍作停顿，接着说，“留梦炎在宋朝时，身为状元，且位至丞相，可是当贾似道欺君罔上、专权误国时，留梦炎的态度却是阿谀逢迎。叶李不过是一介布衣，却敢于伏阙上书，揭发贾似道的诸多罪恶。由此比较，还是叶李贤于留梦炎啊！”

赵孟頫听了忽必烈这一番话，回家细细一想，觉得皇上的议论不像是偶然而发。他分析了眼前的政治形势，桑哥残害异己，盘剥百姓，已经到了天怒人怨的地步，人们将他类比于南宋的贾似道实在是十分自然的。皇上对这一切不可能毫无察觉，只是情况还不够清楚，而且兹事体大，一时无法作出最后的判断，更难以形成查办的决心。他向我谈起留梦炎和叶李，显然是有意或无意地表示他欣赏一种向坏人坏事作斗争的勇气。

赵孟頫掂量了一下自己，觉得应付这样复杂的局面有些力不从心，倒还不完全是缺乏勇气，而确实是实力不够，若挺身而出，精神虽然可佳，结果却只怕是徒然自取亡辱。他想到了一个人，通过这个人对桑哥发起正面攻击，或有胜算，这人就是忽必烈身边的近臣——奉御彻里。

彻里这时还只是一个不足三十岁的青年，以勋旧后裔的身份，他于至元十八年来到忽必烈身边担任亲随。虽然年轻，但他品行风度俱佳，且又肯发奋读书，所以很快赢得了忽必烈的信任，得授奉御之职（大约相当于侍从室主任副主任的位置）。彻里曾奉旨出朝办理过一些事情，所到之处口碑都不错。至元二十三年，他出差到江南一带，见行省因急于筹措钱谷，竟出卖当地学田，以所获之值塞国库之需。彻里当即十分果断地制止了这种现象。他说：

“学田是用来供奉祭礼、培育人才的，怎么可以卖呢？再继续下去必奏知朝廷严加查处。”

回朝后，他汇报了自己处理此事的经过，深受忽必烈的称许。此后，忽必烈遇到重大问题也常常向他征求意见，对他十分倚重。

赵孟頫打定了主意，便找到彻里，对他说：

“皇上对我说到贾似道专权误国的往事，指责留梦炎当时位居使相，却不进一言以揭发似道之奸佞。今之桑哥，罪恶在贾似道之上，而我等亦未进一言，他日权奸被黜，我等何以辞其责呢？然我乃疏远之臣，即使进言，皇上亦必不听。侍臣中读书知礼义，慷慨有大节，又为皇上所亲信者，没有能超过阁下的。古之仁者，不惜捐弃个人之性命而为天下百姓除残贼，以公之德性修养，当不让于古人。”

赵孟頫的话是切合实际并且言之成理的，后面的几句虽然有些“戴高帽子”的味道，但也属于正当的策略而并非权术。对彻里而言，其实没有这些“高帽子”，他也是会见义勇为的。不久，忽必烈带一些人在郊外打猎，彻里乘着当时皇上心情好抓住机会向他反映桑哥的问题。他从桑哥钩考中书省、杨居宽和郭佑两位参知政事冤死的事情说起，接着又讲到桑哥横征暴敛的政策给百姓带来的疾苦。当他说到各地百姓不堪重负而纷纷自杀、逃亡或在狱中庾毙的惨况，说到事主无力缴纳则祸延亲戚邻里的情形时，情绪越来越激动，用词也越来越激烈……

忽必烈本来一直在静静地听，此时却突然发作起来，厉声指责他诋毁大臣，有失礼法，命令左右抽他的嘴巴。从旁观的角度看，似乎忽必烈是被彻里激烈的言词激怒了，或者是他对桑哥的问题毫不知情，因而站在维护桑哥的立场来制裁敢于“诬害“桑哥的任何人。但是事实上，忽必烈这番动作带有表演的性质。此刻的他即使没有下最后的决心、也已经初步打算抛弃桑哥了，但他必须让臣民认为桑哥的所作所为他并不知情，皇帝必须和罪臣划清界限，天子永远是圣明的，苛政、暴政都是奸臣干的坏事。

一顿嘴巴抽下来，彻里却并未屈服，他的辩解还越来越有力。他一边擦去嘴角的血一边说：

“臣与桑哥无仇无怨，臣之所以要奋不顾身揭发他的罪恶，完全是为着国家的大计。如果害怕皇上发怒而不再讲话，则奸臣怎么能得到清除？民众疾苦怎么能得到解脱？而且还将使陛下落得个拒谏的名声，那决非我所愿。”他那意思是达不到清除奸贼、解救百姓的目的，决不放弃自己的立场，何况这还牵涉到皇帝千秋百世的声名——谁愿意被人视为拒谏的暴君呢？

忽必烈做出一副依违两可、犹疑不定的神情，随即传旨召博果密，意思是要向他问个究竟。博果密正出差在外，忽必烈连派了三批人才算是把他召回来了。其实，博果密是桑哥的政敌，忽必烈心里很清楚。博果密对桑哥的问题持什么态度，难道还用得着问吗？从这点也可以看出忽必烈是在贯彻自己的战略意图。

博果密的意见果然十分简单明确：

“桑哥欺君罔上，壅敝（天子）聪明，紊乱朝政，言不合己意者，即诬杀之。今百姓失业，盗贼蜂起，为乱天下在朝夕之间，如不及早诛除桑哥，臣为陛下忧，为社稷忧。”

有了博果密这一番话，廷臣们闻风而动，过去一直想说而不敢说的话全都端出来了。桑哥的全部恶行很快就暴露无遗并且归纳得有条有序，总之只待审判定罪了。

然而忽必烈对这件事的处理十分稳妥、细致，按部就班，毫不火躁。他的第一个动作当然是罢官，把桑哥的尚书右丞相撤掉，把他以下的尚书省官员，平章政事、左丞右丞、参知政事统通挂起来听候甄别处理。他首先要把权力收回来，然后才能着手调查、定罪、惩办。紧接着，忽必烈下诏宣布撤销征理司。这个机构是桑哥横征暴敛政策的产物，是给民众带来了无穷苦难的罪恶政策的设计院和司令部，是一个黑暗历史时期的象征，撤销之令一下，全国百姓额手相庆。忽必烈先取得了“圣明天子”道义上的主动。

坏人撤掉了，就得启用好人，国家不能没有官员来管理。关于接替右丞相位置的候选人，忽必烈首先想到的便是博果密，当今论学识、修养、道德、才干，没有人能超过他。没想到在找博果密谈话时，他竟然推辞不受。忽必烈说：

“朕这几年太过于听信桑哥的谬论，给天下政事带来了不少失误，现在后悔已不可及了。朕是看着你长大的，送你求学，也就正是为了备今日之用。你当不会令朕失望。”

“今朝廷勋旧中，论年龄、资历、爵位，在臣之上者甚多，臣受破格之提拔，难以服众。”博果密的推辞是真诚的，而且也并非没有道理。

“那么你看谁适合当右丞相呢？”忽必烈问道。

“臣以为太子詹事完泽可以胜任。”博果密胸有成竹地答道，“几年前抄阿合马的家，发现阿合马贿赂天子近臣，每次都在簿籍上留有记载，但独不见有完泽的名字。而且完泽曾经预言过：'桑哥为相，必败国事。’今日事实果如其言，是以臣知其可也。”

作为这样重要的人事推荐，博果密的话似乎太简单了一点，但他却提到了关键性的两条：一条是完泽清廉，一条是完泽具有政治远见。在当前这个特定时刻，这两条确实至为重要。

完泽这个人，忽必烈还是比较了解的。当年，他是以大臣之子的身份被选为太子王府僚属，后来一直在真金太子身边工作。真金活着的时候，对完泽是十分器重的，署他为詹事长（东宫的办公厅主任）。由于他的小心缜密，沉稳持重，东宫的内外事务，从参政议政到警卫后勤，全靠他提调安排。真金曾经当着许多宗王贵胄的面称赞完泽道：

“亲善远恶，为人君者之首急之务，而善人之如完泽者，群臣中岂易得哉！”

真金死了以后，完泽仍留在詹事府。王孙铁木儿两次奉旨北征，都把完泽带着，这种父子两代相承的信任自然非同一般。

为了避免重蹈用人不当的覆辙，忽必烈又向其他可靠的人征询了意见。当时江淮行省参知政事燕公楠正奉旨来京汇报革除桑哥弊政在江南引起的反应。燕公楠是著名的能臣、贤臣，主持开垦两淮地区的荒地闲田大有成效，此次汇报中，他又极力说明江南人民遭桑哥弊政残害的种种痛苦，以及对中央铲除奸佞的果断决策的无比拥戴。忽必烈听得十分受用，便问燕公楠，政府要员大换班，他能举荐些什么人。燕公楠一口气说了十个人，如伯颜、博果密、彻里、史弼、陈天祥等等。忽必烈进一步问道：

“你认为最合适的首相人选是谁呢？”

“天下人望所属，莫若安童。”燕公楠答道。

“其次呢？”忽必烈对上述回答显然不太满意。

“完泽也可以胜任。”燕公楠作了补充回答。

燕公楠究竟是外臣，许多情况他不甚了解。安童还可以说是最佳的丞相人选吗？这些年来，具体地说，从他和北平王从海都那里释放回来以后，他几乎没有起什么重要作用。卢世荣利用他，桑哥也利用他，他心里不可能不清楚，可是他从来没有站出来说过什么话，他的锐气在七年的囚禁生活中已经销蚀殆尽了。

忽必烈又向自己最亲信的侍从贺胜征求意见。贺胜虽然是汉人，因他父亲贺仁杰是功臣并且对忽必烈最是忠心耿耿，所以贺胜十六岁时就调到忽必烈身边当警卫。他凝重寡言，忽必烈对他的信任简直可说无以复加，任何密奏，对贺胜从无回避一说，而只要是他值班随侍，连亲王们都不得随便接近天子。忽必烈亲征乃颜时，乘舆夜行，究竟年纪老了，一双脚冻得受不住。贺胜解开自己的衣服，用体温给皇帝暖足。还有一次忽必烈打猎归来，御用戏班跳狮子舞迎驾，想不到拉车的大象受惊了，狂奔不止。贺胜当机立断，用自己的身体挡住象的去路，待其他人割断拉车的套索，象脱身逃走，忽必烈才避免了一场极大的险情。贺胜当时受了重伤，忽必烈亲自为他敷药调治。事后，授他集贤学士的官衔，食一品禄。贺胜的父亲贺仁杰任上都留守数十年，也是极受宠信的旧臣，因为不肯阿附桑哥，被桑哥诬告了数十次，可是都扳不动他。以忽必烈和他父子的关系而言，这是情理之中的事。忽必烈问贺胜谁可以当首相，贺胜的答复是：

"天下之公论，皆以为当属完泽。"

完泽担任尚书右丞相的事就这么定下来了。只是下诏前，迷信已成习惯的忽必烈还找道教宗师张留孙算了一卦。卦象是"同人"之"豫"。张留孙向忽必烈作出了解释：

"'同人'，离上乾下，柔得位而进乎'乾'，是君臣相合之义；'豫'，坤下震上，象曰：雷出地奋，雷是阳气之声，奋是震动之状，万物被阳气而生，利建侯、命相之事也。哪里去找比这更吉利的卦，陛下不要迟疑了。"

于是完泽得以拜相，天下也以为得贤相。但是忽必烈不久就发现完泽是一个平庸的人。

要治桑哥的罪，必须先让他服罪。忽必烈首先召集御史台的官员，对他们说道：

“朕曾屡次听说桑哥压制打击御史台，不准别人提出不同意见，甚至还体罚御史。现在该辨明一下是非了，他究竟凭什么这么干！”

桑哥等人拿来了已由御史台官签阅过的文书档案，侍御史杜思敬等负责查验，一件一件地逐事辩论。桑哥等人在被剥夺了权势之后，辩论中自然处于下风，常常理屈而辞穷。

忽必烈在去上都的路上，驻跸在土口，又召集御史台与中书、尚书两省的官员双方展开廷辩。这回尚书省带来的一批文书档案中据说有些实质性的内容，足可证明御史台的失职和不法行为。辩论的气氛更趋激烈。

“前浙西按察使（御史台的派出机构按察司的主管官）勒济奉命监督销毁旧钞票，中饱赃款达千锭之多，当时尚书省向御史台行文查询处理情况，两年多来却没有得到任何答复。”

尚书省揭发的这一情况是惊人的，而且揭发者手里还拿着有关的档案卷宗。这时只见杜思敬神色镇定、从容不迫地说道：

“反映事件始末的原始材料全部都封存在卷宗里，请令尚书省拆卷核对，真相一目了然。”

尚书省的官员抱来了卷宗，杜思敬接过卷宗，陡然精神振奋，大声说道：

“陛下请看，在档案管理中为了防止失窃及调换，原始记录及有关原件每页之间都用硃印骑缝。尚书省这伙号称宰相的人，居然把对不上骑印的文书拿来与人辩理。这种公然欺弊的行为，是在教唆官吏犯罪，应当严惩。”

杜思敬的反击太有力了，忽必烈立即表示同意，连尚书省的官员一时也想不出该如何对答。史籍上对这一细节的记载仅此而已，问题是这里留下了两个疑点：一是御史台究竟有没有纵容包庇下属贪污的事实？一是尚书省何以会那么愚蠢，把一些明显的有破绽的档案材料拿出来给对手提供把柄？

最有趣的是忽必烈此时并不乘势支持御史台攻讦尚书省，而是回过头来斥责御史台：

“桑哥怙权作恶前后达四年之久，其奸赃之状暴露于天下不可谓少，难道说你们御史台不知道？知道而又不弹劾，你们该当何罪？”

他这番话自然是说给朝臣和百姓听的，意思是桑哥这样的奸臣能够误国害民达四年之久，就是因为御史台失职，没有及时向皇上纠举。这样，他就使自己很轻松地站在局外了，或者说置身于矛盾之上了。可是如果有人用他责问御史台的逻辑来责问他，真不知道他该怎么回答。

没有人有责问天子的胆量，杜思敬他们更没有，他们只能诚惶诚恐地回答皇上：

“御史台有负朝廷重托，理应受罚，或夺官，或追俸（扣发或削减工资），听凭圣上裁决。”

怎么处分，议了数日也无结果，结果通过一项决定，在御史台工作年限太久的官员，令其退休或者外放，新来不久的则仍予保留。这算是个什么处分呢？显然，忽必烈追究御史台不过是种姿态，好让自己撇脱干系。这么些年来，御史台委委屈屈窝窝囊囊的状态他不是不知道，还怎么谈得上去进行查处！为了改善和加强地方监察机构的工作，两天后，忽必烈下诏，将各地的提刑按察司改为肃政廉访司，每道依旧设官员八人，除了正使、副使两人在司机关统管全道的监察工作外，其余六人分别派驻辖区各部分，民政、财政、纪检都交由他们负责，年终时，中央省、台再派官员对他们进行考核。

忽必烈意识到，是必须对尚书省采取激烈的人事组织措施的时候了。首先，他宣布撤销尚书省，政府权力及所属六部又全部划归中书省。尚书右丞相完泽改任中书右丞相。原来的中书右丞相安童顺便就给撤掉了。安童在朝内曾经享有很高的政治威望，当年和阿合马作斗争，旗帜鲜明，不计利害，后来被排挤到阿力麻里北平王处去当丞相，因为昔里吉之乱，在海都那里当了七年俘虏。回来以后，整个变了个人，遇事因循观望，消极保守，身居首相，却很少对朝政发表过什么有影响的建议。卢世荣、桑哥表面上都对他极为尊重，但重要决策很少让他与闻。以安童的政治洞察力和从政经验，他不可能不清楚这两人的政策给国计民生带来的严重危害，但他同样清楚这两人的背后有着忽必烈的强有力的支持。也许是长期的软禁生活已经使他丧失了正直勇敢的政治品质，总之，他的沉默甚至苟同，已经使朝野许多敬重他的人感到失望。忽必烈觉得再把他留在右丞相的位置上是没有意义甚至于是很不恰当了。

接着，忽必烈派彻里率宫廷卫士三百人抄了桑哥的家。从桑哥家中没收的珍宝，总价值相当于皇家库藏的一半。桑哥积敛的私财如此之多，令忽必烈十分愤怒，但他并没有立即对桑哥采取更严厉的措施，而是顺藤摸瓜，查抄凡属认为与桑哥有牵连的中央和地方官员。首当其冲的是尚书省平章政事阿鲁浑萨里。作为桑哥的副手，阿鲁浑萨里以连坐问罪，本属顺理成章，但他过去长期在忽必烈身边任宿卫，备受信任。此时虽然被列为第二号抄家对象，忽必烈仍然心存怜惜，在朝堂他问阿鲁浑萨里：

“桑哥为政如此，卿何故竟无一言？”

也许这只是一个有意让他为自己辩解开脱的问题，因为这个问题的真实答案是谁都知道但谁都不敢说的——忽必烈授权桑哥诛戮反对派的事实在人们脑海中记忆犹新。阿鲁浑萨里能够领会皇帝的好意，便侃侃答道：

“臣未尝不言，只是言而不为桑哥所用。陛下当时信任桑哥，桑哥所忌的就是臣得有机会向陛下进言。臣数次批评他的政策，但毫无用处，就好像抱柴救火，只能使火更旺。故臣以为不如在尚书省作些弥缝工作，尽量减少他的政策所造成的危害，使之无伤国家大本。陛下过些日子想必也会想到并理解臣的用心。”

阿鲁浑萨里本人是比较清正廉洁的，而且也确实在某些问题上纠正或劝阻过桑哥，所以上面这些话也并无溢美不实之处。为了帮助他早日从审查中得到解脱，忽必烈当众说道：

“朕甚觉有愧于卿。”

但阿鲁浑萨里毕竟是尚书省的副长官，必须仔细查证核实才能作结论。最后倒是桑哥帮了他的忙。当审查官员问桑哥，阿鲁浑萨里和他有些什么勾连，桑哥的答复是：

“我惟不肯用其言，故致失败，他没有责任。”

有了这句话，忽必烈更明确了要为阿鲁浑萨洗刷干净的决心，宣布发还他被抄没的家财，并赐给金帛，以示慰勉，但阿鲁浑萨里不肯接受。到了秋天，他申请致仕（退休）。这时有个司天监的官员刘某以为是落井下石的大好时机，便奏言阿鲁浑萨里在太史院曾数言国家灾异之兆，有“大不敬”之罪，请朝廷予以惩治。不料忽必烈竟对告讦者大发雷霆，说是“诽谤大臣，理当抵罪”。这时阿鲁浑萨里却为那位刘某求情，他说：

“臣仰赖陛下天地含容之德，虽万死莫报。但如欲为庇护臣而治言者之罪，臣恐怕自今而后没有人再向陛下进言了。”

靠他的力争，刘某总算得释，忽必烈赞道：

“阿鲁浑萨里真有长者的风范。”

阿鲁浑萨里虽然就此罢政，但忽必烈还是常常召他入宫议事，对他十分信任。

尚书省的其他官员就没有阿鲁浑萨里这样幸运了。除了右丞何荣祖、参知政事贺胜、高翥三人，因为是桑哥二月份罢官以后才调进尚书省，此时他们几人随完泽转往中书省工作，其他官员一律听候审查处理。地方上的官吏被举证为桑哥一党者，也一并停职接受审查。

中书省右丞麦术丁和参知政事崔彧对于处理桑哥专案提出了一个纲领性的建议，其要点是：

一、桑哥窃据国柄达四年，中央和地方官吏中，不靠行贿而得官者甚少。桑哥对自己的兄弟子侄、妻族故旧，都授以要官、外放也都在富庶地区。这些人专以欺蔽朝廷、盘剥百姓为能事。应令两省（中书及尚书，其时尚书省尚未撤销）严加考核，凡属桑哥一党的，一律汰逐之。其中派遣在外及任按察司官员者，也照此办理，除名为民。

二、桑哥所设的衙门机关中，其闲冗不急（无所事事）的官员，徒费国家禄食，应令各机关集议，然后汰罢，以精简机构，节约开支。从今以后，官吏调迁应恢复旧时制度，要实行籍贯回避，以避免徇私情而害公理的现象。

三、大都的高利贷户，多数为桑哥等所包容庇护，而各种徭役，大多只以贫民去承当。今后徭役宜行均输之法，有敢以行贿方式来求人庇护而逃避徭役者，从严治罪。

四、国家主要道路上的军站（驿站）民户，因不堪官吏的无厌索取，多有流散逃亡，今后应规定，凡非奉圣旨或省、部文书，敢私自勒索站户或役使军匠的，一律治罪。

五、自太宗（窝阔台）朝呼都呼那颜查实并确定户籍以来，明令各诸王贵族不许擅自召集民众流徙迁居。现江南百姓户籍查验已经完成，请依太宗所行办理，毋使民户流徙。

麦术丁和崔或的这些建议，全部被忽必烈采纳了。

叶李也在清查运动中下台

最先受到惩罚的是桑哥在地方上掌权的党羽。先后被逮捕的有江淮行省平章锡布鼎、湖广行省平章要束木、河间都转运使张庸、燕南宣慰使巴济扣、福建行省平章灭贵里等人。要束木和巴济扣都是桑哥的妻党，受贿积赃的罪行最为昭著，很快就被斩首示众。

要束木是 1286 年（至元二十三年）由桑哥举荐派往湖广的。当时中书省同时委派两人：一个是要束木，任平章政事；一个是土土哈，任参知政事。忽必烈看到敕令草稿时说：

“要束木小人（出身微贱），事朕才不过五年，授一理算官足够了。土土哈，人奴之奴（钦察人家的奴才出身），充其量胜任令史、宣使一类的官员。读了你们拟的敕草，真怕惹人耻笑。”

但要束木却不怕别人耻笑，到了鄂州不到一个月，他就胸有成竹地上奏朝廷：

“荆湖行省阿里海牙赃罪俱显，请加稽考。”

阿里海牙被诏入朝，不服气，也奏道：

“要束木在鄂州，时间虽短，赃贿之罪人所共知，臣亦请对其进行钩考。”

阿里海牙是南征的功臣，所请自然得准，而且还给他配备了参倒过卢世荣的侍御史陈天祥这样的干将。他们到了鄂州，没费多少气力就搜集了要束木贪暴不法的劣迹多宗，上报朝廷。但要束木和桑哥是姻亲，多年来就是朋比为奸的一对。他们从陈天祥的奏章中寻摘出若干词句，指控他大逆不道之罪，并派去办案大员，准备置他于死地。幸好派去的人里包括荆湖行台御史申屠致远，他连续上章极力论证陈天祥无罪。当桑哥正要操纵朝堂定陈天祥死罪时，申屠致远的奏章到了，之后双方相持不下，把个陈天祥下在大牢里关了四百多天，直到遇赦才得释。这样折腾了一番，要束木也不敢再向阿里海牙寻衅，阿里海牙升任湖广行省左丞相。只是上任没有几天，就一病不起了。

过了一个月，中书省上奏道：

“前者阿里海牙和要束木互请钩考，今阿里海牙虽已死去，但事情的是非真相，应当公之于众。”

“阿里海牙的贪横诸事，是要束木揭发的，此事还应当按要束木的意见进行。”忽必烈的这个答复是在桑哥的包围和蒙蔽下作出的。当然也反映了他本人对阿里海牙贪赃行为的不满，人活着，总还要给这位战功赫赫的勋旧留几分面子，人死了，那就无法顾全了。结果是阿里海牙的家产全部被要束木抄没，送往北京。

要束木从此在湖广行省站住了脚。除了对一个行省平章政事史格，他稍有忌惮，其他人都不在他眼里了。史格是功勋世家（史天泽的儿子），战争中以勇猛著称，立功累累，是受到忽必烈特殊看顾的人。要束木对待行省官吏，动辄痛骂，嚣横已极，但在史格面前却不能不有所收敛。对要束木的所作所为，史格也曾多次提出过匡正，虽然效果不大，但百姓还是得到过不少实惠。史格死后，湖广百姓立祠纪念。而对要束木却是恨之入骨，当朝廷来使将要束木逮捕送京时，大家拍手称快。

要束木被捕时，抄家得黄金四千两。其贪赃不法之程度，于此可见一斑。除了贪赃以外，他还有许多不法勾当也被一一揭发，比如他欺压百姓，强占民财，制造冤狱、残害异己等等，最严重的是他竟敢心怀鬼胎、大逆不道。正月初一，行省百官依礼都该在衙署内集会，举行团拜仪式，仪式的第一项就是北向朝廷行君臣大礼，遥祝皇帝新年吉庆。可是胆大妄为的要束木竟将百官召至其家中先向他拜年，然后再去省衙望大都方向行常礼如仪。这还不算，他还暗里召来些算命卜卦的术者，听他们吹捧自己，什么日后贵不可测，早晚要龙飞九五等等。对此，他不但不制止，相反自己也泄露出踌躇满志的意态。如此这般，忽必烈如何还能容得？既然湖广百姓恨透了这家伙，何不干脆押回湖广让民众泄泄愤！要束木于是又被千里迢迢从大都解回鄂州，在那里公布其罪状，而后明正典刑。据说处死以后，不少人争着去割他身上的肉煮来吃。

要束木是盘踞在地方上的桑哥党羽中作恶最多、名声最大的一个。由于地方官直接与百姓打交道，那些奉行聚敛政策的自然特别招人痛恨，也难免成为弹劾查办的主要对象。桑哥罢官之后不久，地方上掌权的党羽很快就被核实罪名并大都处死；而在中央，在桑哥直接控制下的尚书省、征理司，清查工作却进行得较慢，由于情况复杂，只有三名最卖力的骨干分子被判了极刑，他们是纳苏剌丁默里、忻都和王巨济。处决之前，忽必烈对忻都还动了怜才之意，想赦免他，以备后用。可是博果密力争强谏，一天之内上了七道表章，忽必烈被他缠不过，终于下决心把忻都也一起杀掉了。

忻都长期以来都是负责财政工作，刻薄精明是出了名的，从来都是只想多从百姓身上刮一点，而决不愿意多留给百姓一点宽松的余地。博果密知道忽必烈就是欣赏忻都的这个特点，但博果密却认为正是这样的人应该从朝廷清理出去。就在桑哥被罢官以后，忻都还曾经奉旨和翰林学士唐仁祖一道往辽阳赈救饥民。忻都提出按户籍本上的大口小口发放粮食，可是唐仁祖一眼看穿了他的意图，说道：

“户籍册登记的小口，今日不都已经长成大口了吗？按小口发给，实为不公。”

忻都仍不以为然，反驳道：

“你这不是为了博取善名而陷我为恶吗？”意思是说你向民众讨了好而让我在皇上面前犯错误。唐仁祖很坦然地笑着回答他：

“你我二人之善与恶，百姓心中早有定论。怎么会轮到今天再来考虑名誉问题！我只知道为国家而怜恤民众。”

唐仁祖这话是明白提醒忻都，你这个桑哥党羽还有什么资格来谈论善恶的名声问题，你就等着听候处理吧！忻都听了他的话，果然不敢再作声，赈饥粮还是按大口发放下去了。

像忻都这种人再留在朝廷工作确实是害国害民，所以博果密坚持说非杀不可！

桑哥本人是在至元二十八年秋天才被处死的，因为只有所有从犯的案件审结判处之后，才能轮到对首犯进行发落。桑哥死得倒还爽快，不但没有攀诬他人，反而还主动地为平章阿鲁浑萨里和左丞马绍进行解脱，说自己因为没有听他们的劝阻，所以落得如此结局，如果当初采用了他们的建议，自己必不至于遭今日之祸。

说来也奇怪，尚书省本是桑哥的司令部、大本营，但其中的负责长官竟然没有一个是他的死党，相反，还有的堪称是他政治上的反对派，如一直任尚书左丞的马绍。

马绍是山东济州人，儒士出身，受丞相安童的举荐出仕。做过几任地方官，政声良好。后来迁升到刑部尚书、兵部尚书等职务，也是众口交誉的能臣。至元二十四年，设立尚书省时，马绍被拔擢为参知政事。当时，桑哥正在发行至元宝钞。有个叫杜瑞的官员公开说：

“至元宝钞于公于私均不方便，应当停发。”

桑哥听了这话，不由得勃然大怒：

“杜瑞是个什么东西，竟敢破坏新钞法么？”他当即准备治他以重罪。因为对新钞法的推行忽必烈正在兴头上，只要奏上去，杜瑞小命难保。

幸好马绍在一旁从容地制止了桑哥：

“国家为政，就是要引导人们说出心里话。说对了，就采用它；说得不对，不用就是，也不必加罪。今若治杜瑞重罪，岂不与皇上提倡进言的诏书精神相违背么？”

杜瑞被保全下来了。桑哥也并未见怪马绍。到十一月份，桑哥自己晋升为尚书右丞相时，尚书省其他长官一律水涨船高：阿鲁浑萨里由右丞升任平章政事；叶李由左丞升为右丞；马绍也由参知政事升为左丞。这时又发生了一起边防部队超定额支出廪米（给养）的事，桑哥对这类事情（增加开支）最为敏感，便奏知忽必烈准备究问部队长官之罪。这是某位亲王率领的部队，驻守在北方。当时正值海都蠢蠢欲动的年月，马绍便立即向忽必烈奏道：

“当前正值北边形势动荡，治将士之罪，只会使他们离心离德。不就是超过了一些供给标准吗？让他们从以后年度的额度里扣除就行了。”

忽必烈接受了他的建议，不久便发生了海都和乃颜叛乱的事变，这支军队对平叛起了重要作用，桑哥不能不承认马绍的政治远见。

由于海都叛乱，从大漠南逃的蒙古百姓达七十多万，散居在云州、朔州（今之晋、冀、蒙边区）一带。桑哥想把这些人迁移到内地来就食，马绍坚持不同意。桑哥发脾气了，说道：

“马左丞只知爱惜汉人，你是想让这几十万蒙古人饿死吗？”

桑哥自己是畏吾尔（色目）人，但这种说法却含有极险恶的挑拨用意。在蒙古皇帝下面效忠的汉人大臣或多或少都怕这一手。但马绍就并未被桑哥的来势吓倒，他徐徐答道：

“南方土地燥热，北方逐水草而居的百姓去了，恐怕会因水土不服而生疾疫。如果担心他们会饿死，可以按人头发给购买牲畜的本钱，让他们回本乡本土去。只要有人带头回去了，其余的就会欣然相从的。意见不一，本属正常，丞相何必发怒？奏明皇上，听候圣裁就是。”

于是他把两种意见报上去，忽必烈表态说：

“还是马秀才的话有道理。”

有一次，桑哥集中了诸路总管三十人，由他亲自引导去拜见忽必烈。桑哥想让这些人各自介绍他们在当地征理财赋的经验，再根据相对时间内聚集财赋的多少进行一次评比，以刺激这些地方要员今后焕发出更大的工作热情。这个做法有点过分热衷于财利的味道，而且也太露骨。忽必烈虽不能自居为尧舜之君，但一般帝王表面上必须遵循的仁民爱物的道理和原则他还是明白的。孟夫子说：“王何必曰利？”而桑哥却要在朝堂比较逐利之臣手段之高低，这种事岂可做得！当下，他神色俨然地说道：

“财赋的办集，越是时间短、数量大，越是以民力的困竭为代价。朕为天下百姓之主，府库之中岂可去追求如此之积蓄？”

桑哥的脑子一下子还没有跟上忽必烈的思路，不明白圣上今日何以会对财赋失去了兴趣。而马绍却赶紧把忽必烈的这几句话追录下来，作为圣训，要太史书之永久。

后来桑哥要增盐税，马绍不同意（他力争至少山东不能再增）；桑哥要增加田赋，马绍也不同意，并且有针对性地提出：

“如果不从节约开支、减少浪费入手，就是再增重赋税数倍，财政的状况也不会好转。”

增赋的事因马绍的反对而终于作罢。

都城附近种苜蓿的地，原决定分给居民。朝廷里有权势的人免不了乘机纷纷据为己有，而划给马绍的一份，却被他拒绝了，他说：

“我本就以非才而忝居政府要职，常常担忧的是不能尽应尽之责，怎么还敢去谋求非分之福，那不是加速自己走向因罪致祸的道路么？”

桑哥垮台以后，查阅他的收受贿赂的名单，其中独独没有马绍的名字。忽必烈感叹道：

“马左丞忠洁可尚，应该保留其原有职务。”

于是，马绍的政治生命并没有随尚书省的垮台而终结，他被调去任中书左丞。

阿鲁浑萨里一度受到牵连，最终得到解脱，马绍则根本未受牵连，官职一如其旧，原来尚书省的负责长官就只剩下一个右丞叶李了。

叶李的情况比较复杂。他来到忽必烈身边的时间比较晚，1286年（至元二十三年），程钜夫南下访求贤才时，他才受聘进京。但因为早年弹劾贾似道名声远播，兼之才学确实出众，所以一开始就受到重用。就在这一年，随忽必烈出征乃颜，在战略和战术上提出了克敌制胜的建议，从此更为忽必烈所亲信。第二年，就被特授御史中丞，兼商议中书省事。叶李是个有见识的人，深知官场上“不次迁升”（破格提拔）可能招致的嫉妒是何等可怕，自己入朝没几天，骤登高位，未必是好事。“木秀于林，风必摧之”。何以能摧之？因为基础不牢固，还没有形成深入而发达的根系。当然，这些道理不便明说，他只是托辞自己患有足疾，不良于行。

“你的脚有毛病，难道你的心也有毛病吗？”忽必烈这话语气很硬，虽然是笑着说的，背后却隐着一股君主的霸气，但叶李仍然没有改变辞职的决定，只是对如何做好御史台的工作提出了一些建议和设想，表示对君恩的感荷和回报。他的建议还真有些实质性的东西，他说：

“御史台，天子之耳目。日常事务性工作的内容，可以呈报中书省。但如果监察御史的奏疏、咨禀，事关国家军政要务和民生利害，宜准其便宜闻奏（建立直接将材料送达帝前的渠道和制度），以广天子视听。不许一一照普通公文对待。臣请下诏，今后台臣（御史）言事，各许实封，各级呈转，不得擅拆。”他还补充说道，“台宪之臣以纠谬惩恶为职，如果缺乏自律，则本身就不可能充分发挥监督作用。对他们当中的腐败分子，也应通过法律制度的完善，建立起一套完整的奖惩措施，来维持自身的纪律。”

叶李这个让御史台扩大情报功能的想法是很有新意的，日后调查统计局这一类情治单位的雏形大概有源于此。为了保证情治系统的独立性和特殊性，便于开展工作，他主张不通过政府的公文渠道而直接向帝王呈报材料，虽然迹近诡秘，开了“打小报告”不良风气的先河，但扩大皇帝视听的正面效果也是不容忽视的，何况许多政治行为也是不能一律“光明正大”的。而尤其可贵的是，他还能预见到监察和情治官员自身必须接受监督和约束的问题，不建立完备的法纪，这些人也会被自己手中的权力所腐蚀，而其腐败的后果则更为可怕。

没过两个月，尚书省恢复了。忽必烈任命叶李去当左丞。叶李还是请辞，他说：

“论臣资格，不宜遽然至此高位。”

这回不说“脚痛”了，而是谈出了真实想法。可是忽必烈不同意，引经据典地驳道：

“商汤起用伊尹，周文王起用姜太公，难道是根据资格办事么？尚书省干系天下之轻重，朕是有意烦劳爱卿，望不必推辞了。"

为了表示诚意，忽必烈还赐给他大车小车各一辆，大车是上下朝的轿车，小车类似现在的轮椅，特许他乘小车出入宫禁，真是“浩荡皇恩，不可谓不厚”了。

叶李担任尚书左丞，提出过一些“善政”。比如太学的设立，他功不可没。是他向忽必烈进言：

“善政不可以徒行（需要基础和条件），人才不可以骤进（需要培养和锻炼），必训以德义，摩以《诗》《书》，使知古圣贤行事方略，然后贤良辈出，膏泽下流（对社会基层产生好的影响）。唐、虞三代，都办有学校，汉、唐明主，经常到太学视察，并不是做做样子图好看。”

随后，他还草拟了设立太学的具体规划和管理细则，忽必烈都接受并照办。

不知道听了谁的建议，忽必烈总觉得宋朝宗室及大姓留在南方不安全，决定下诏将他们统通北迁。叶李后来找了个机会向忽必烈进言：

“宋室已归命于我大元，其民安于田里。今闻毫无缘故命其迁徙，必将产生疑惧。万一有奸党乘衅而起，形势难以估计，于国不利啊！”

忽必烈也醒悟到迁徙宋宗室大姓实在是自找麻烦之举，还是叶李所虑有理，此议当作罢。

叶李很快被提升为尚书右丞。当时，为了拯救淮、浙一带的灾民，他奏请忽必烈下诏减去一半租税，并从湖广、江西运去大量粮食，以应急需。就在这种情况下，忽必烈还打算远征交趾，召叶李商议，叶李提出了反对的意见：

“远土蛮夷，得之无益，军旅一兴，粮饷縻费动辄巨万。此去交趾，山道险恶，深入敌境，万一蹉跌，那就大失示威于远人之意了。”

忽必烈再次接受他的劝阻，放弃了进军交趾的计划。

1288 年（至元二十五年），忽必烈已经决定再晋升叶李为平章政事，可是叶李坚决不肯接受，忽必烈最后赐给他一品俸禄、良田数千亩以及玉带等物，似乎不这样不足以表示恩赏的心意。正是桑哥权倾天下、炙手可热的鼎盛时期，叶李并没有留下什么积极支持桑哥政策的记载，可为什么忽必烈会对他如此厚爱呢？这确实是一个值得思索的问题。桑哥垮台以后，作为尚书省负责长官之一的叶李，照理至少要追究“匡正不力”的渎职罪，但他却在停职之后呈请病退独自回南方去了。

由于叶李在政治上的全部表现给人们留下了较好的印象，人们并不把他视为“桑党”，也不想多追究他其他方面的责任。但扬州学正李澄却不肯放过这个机会，他在《上皇帝书》中说：

“叶李本一黥徒（指他在南宋受过刑事处分），受皇帝简知，可为千载一遇。而才近天光，即以举桑哥为第一事（虽有这方面的记载，但桑哥的被重用绝非叶李一言所致）；禁近侍言事，以非罪杀参知政事郭佑和杨居宽。迫御史中丞刘宣自杀，锢治书侍御史，罢御史门答占、侍御史程文海（钜夫），杖监察御史；变钞法，拘学粮，征军官俸，减兵士粮……增盐酒醋课税，官民皆受其祸。尤可痛者，要束木祸湖广，沙不丁祸江淮，灭贵里祸福建。又大钩考钱粮，民怨而盗发，天怒而地震……（上述种种都是桑哥的罪恶及其后果，此处含含糊糊一股脑儿算到了叶李头上）。尚赖皇帝圣明，更张政化。人皆知桑哥用群小之罪，而不知叶李举桑哥之罪。叶李虽罢相权，刑戮未加，天下往往窃议，宜斩叶李，以谢天下。”

这封书奏，确实分量很重，竟至于提出要杀叶李谢天下。通篇言之，不能说没有道理，但又明显地带有一种强加于人的霸道文风。文中指责叶李之处都留下了“漏洞”：

第一，所谓“本系黥徒……”云云，根本不能构成罪错。叶李在南宋挨贾似道的整正是他一生最光荣的一段历史，不管合适不合适，先把一顶顶臭帽子套住对方，这正是常用的“刀笔”手法。

第二，列举种种罪行及其严重后果，都是桑哥政治路线的产物。叶李究竟有无责任？该承担哪些责任？一概未作具体分析，作为控状的主体部分，如此含糊其辞，实在草率之至。

第三，说叶李“才近天光，即以举桑哥为第一事”，事实并非完全如此。桑哥的资格比叶李老得多，早就为忽必烈所宠信，哪里会需要一个“才近天光”的叶李来举荐呢？

叶李在和桑哥的关系中，当然缺乏明确的是非原则，这只是证明了他出于明哲保身的意图，不愿意和邪恶势力进行斗争，但并不能就此认定他是桑哥一党。这点其实朝野人士何尝不清楚，而对他发起攻击的原因并不在于他究竟是或者不是桑哥的党羽，这点叶李自己也清楚。归根结蒂，忽必烈对他太好了，“才近天光”（入朝连头带尾不过四年），便一再拔擢，事必征询，言必有中，恩赏无数，这种情况太让人羡慕，也太让人嫉妒。在朝的大员心理不平衡（连赵孟頫这种比较旷达的人也对忽必烈说“叶李所读之书，臣皆读之，其所知所能，臣皆知之能之”，其他人的情绪则更不难想见）；在基层未显达的儒士们也必然眼红（李澄就是一例）。在这种情况下，遭到别人的反对当然是很正常的。尽管他早有预见，尽量地韬光养晦，但终究还是不能避免这种被动而难堪的局面。

幸好忽必烈始终对叶李保持着一种特别的好感。他在看过李澄的上书之后说道；

“叶李廉介刚直，朕素来所深知，此种性格为常人所难容，朕却独爱。李澄所言实为太过，怎么能这样说，这样说……”忽必烈的神色很凝重，似乎有些吃惊，又似乎有些气愤。

这时，叶李已经南下了，而且就根据这么一纸“上书”，也绝不可能对他进行查究。但是，忽必烈却觉得有必要对李澄的“直言”精神给予旌表，这样才能在平衡中体现公正，因为以常理度之，如果不查处被告，则应该问原告的诬陷之罪。现在，他把李澄召到京师，迁升为江阴路教授，李澄的“直言”得到了报酬，想必也就心满意足，不会继续生事。至于叶李，忽必烈却还是想把他召回来，授以重任。他派出的信使在山东临清赶上了南归的叶李，向叶李传达了皇帝的诏谕：着即授中书省平章政事，协助丞相完泽工作。叶李当然还是上表称病力辞，不过这回他的病是确实让他无法再入朝报答“君恩”了。

桑哥在位的时候，叶李就意识到了不妙的前景而忧心忡忡，以他的聪明，推算出桑哥的政策必然崩溃决非难事，作为副手，他该怎么做？进行抵制，只能自取其祸；不进行抵制，日后难免承担连带责任。几年的岁月就是这么在彷徨苦恼中走过来的。桑哥垮台以后，果然，他不得不承受来自各方面的压力，指责、咒骂，甚至连“杀之以谢天下”这样的呼声都冒出来了，他知道攻讦他的人许多都是出于嫉妒和表现自己的动机，本不值得为这些人的喧嚣而气愤，但是无论如何，自己面对桑哥种种被揭发的罪行，不能不产生羞愧，自己是愧对百姓、也愧对忽必烈的信任和倚重的。所有这些情绪，成为叶李身上越来越重的包袱。他背不动了，终于倒下来，而且不久便死去，年仅五十一岁。

叶李没有被抄过家，临死前，他嘱咐儿子把所有皇帝赏赐的财物全部退还朝廷。他说：

“我家世代儒生，甘于清贫简朴，只知以忠义来换取主上的信任。尔等今后要清廉、谨慎，不要为我增过。”他又指着那些财物补充道，“这些东西终归还是要还给朝廷。”

叶李的儿子照他的吩咐办了。人们这才知道叶李为官确实清廉，一向自奉十分俭约，而到临终竟没有留下什么财产。从此再没有什么人提出过叶李党附桑哥应予追究之类的问题了，只是忽必烈为他的早死表示深深的遗憾。

卷——陆

Volume 6

晚年：进取不息和征伐不断

贯通运河、发展海运的丰功

叶李的结局启发了赵孟頫，使他感到自己的处境也值得忧虑。赵孟頫是和叶李同时入朝的，虽然官不及叶李大，但受到的礼遇却可以说在叶李之上。特别是在桑哥下台以后，尚书省的官员们大都挂起来了，忽必烈很想让赵孟頫到中书省去协助完泽和博果密工作。赵孟頫是聪明人，坚决不肯受命，找出各种各样的理由推辞。忽必烈心里也明白，这些读书人鬼得很，他们（赵孟頫、叶李之流）把中书省看作是非之地，好像一只大火炉，谁坐上去都会被烤焦。于是，他也不勉强赵孟頫接受任命，只是赐给他一个自由进出宫禁的特权，他经常在宫中和赵孟頫谈论治国之道，君臣之间十分投机。赵孟頫很快就意识到，这样下去还是不行。自己虽然不入中书，却能常在帝侧，在有些人看来，这比入中书更可怕，当然也更让人眼馋。眼下一时半会没事，长了必不可免地要成为许多人攻击的靶子。人无远虑，必有近忧。于是他赶紧上奏请求外放补官，一次不准，再来一次。他终于说动忽必烈给他放了一个同知济南路总管府事，避开了京城这种勾心斗角、尔虞我诈的政治空气。

政治舞台上每一次重大的权力改组，总要为官僚政客提供一个大表演，或者说大暴露的机会，人性丑恶的一面往往得以充分地展现。桑哥垮台之后，有两种人的活动最为积极：一种是桑哥专政时长期受压的政治反对派，他们当然要乘机宣泄胸中的积愤，以伸张自己手中受到压制的“正义和公理”；另一种人则是曾经一度向旧当权者逢迎讨好的人，他们急于要划清界线、改变形象，于是，在把昨日的谀词换成今日的声讨的同时，还不择手段地告讦攀诬、落井下石。《桑哥辅政碑》事件是最典型的例证。

为当朝的大臣立碑勒石，纪其功德，这种事本来世所罕见。但翰林院的一班官僚们，为了讨好桑哥，竟想出这么个点子，并且得到了忽必烈的同意。《桑哥辅政碑》上的文字是一篇集体创作，那些翰林院里的无耻之徒把古往今来最美好最夸张的吹捧之词堆砌起来，为桑哥的“政绩”编织了一件色彩绚丽的外衣。这块大碑立起来不到两年，桑哥就垮了，当然立刻就有人奏请忽必烈把石碑推倒。碑推倒了，事情还没有完。翰林院里有人提出要追查撰写碑文的人，并建议皇帝对这种党附权奸的无耻文人进行制裁，以匡正士林风气。提出建议的自然也是文人，一个叫冯子振，一个叫刘道元。忽必烈根据他们的建议，命令中书省和御史台组成专案班子，调查与立碑有干系的朝臣。专案班子由董文用和留梦炎牵头。

董文用是桑哥的老对头，当然不会对这种事手下留情。至于留梦炎，因为是南宋状元宰相出身，颇受忽必烈礼遇，他并不需要靠桑哥的庇护过日子，因而此时处境也较主动。他们花了一段时间查实取证，然后上报忽必烈：

“翰林院诸臣参与撰写《桑哥辅政碑》者，共有十余人。其中主要执笔人阎复，后外放为廉访使，现已免官，其余人等，听候圣裁。”

忽必烈看了他们附呈上来的名单，只说道：

“死者就无需追究了，活着的一定要处罚而不可以宽恕。”他说话的口气并不十分坚决。

既然说要处罚，告讦者自然就越来越多。不久，中书省就上疏揭发道：

“前者佞人冯子振，告发翰林院词臣为桑哥撰碑引喻失当，据查，冯子振本人曾写过不少诗赞誉桑哥，此事系由国史编修陈孚所检举，陈孚因参与撰碑一案现尚在接受审查，请陛下念其检举冯子振奸状有功，将其遣返回籍。”

忽必烈看了这份奏疏，简直有些哭笑不得，这些读书人常爱标榜气节，可现实表现是何等令人作呕啊！为了显达于官场，或为了保全于混乱，他们互相乱“咬”，丑态百出。检举别人的人原本自己就有见不得人的过去；而被人检举的却还想通过告讦立功而争取宽大处理。什么乱七八糟的事！忽必烈想，清查桑党应该结束了。再继续这样搞下去，还不知道要揭发出多少丑剧、闹剧。他对臣下们说了几句话作为小结：

“不要再去追究词臣（翰林院的笔杆子们）的罪责了。如果说吹捧桑哥要问罪，试问，朝廷中的大臣，谁又没有或多或少说过吹捧的话？朕不也多次称赞过桑哥吗？桑哥的罪恶有一个发展、暴露的过程，谁能一眼识透他的奸恶？”

忽必烈还有意识地表彰了提点太医院事许扆，说他风格高、气度宏。许扆是安童的好友，对国家大政喜欢发表看法，因而受到桑哥的嫉恨。桑哥多次向忽必烈打小报告，历数许扆所谓“不法之事”，请予严办。但是因忽必烈不相信，许扆才得以平安度过了这人人自危的一段时期。桑哥被捕以后，系押于左掖门，忽必烈命许扆去那里向桑哥脸上吐痰，意思是让他泄泄愤。可是许扆却不愿那么做，以为“睚眦必报非仁者所为”。他这个态度，颇令忽必烈感动，和一般朝臣们比较起来他显得太高尚了，应该给予高度肯定。忽必烈赐给许扆一条白玉带，并对他说：

“因为你品格高尚，明洁无瑕有如此玉，故朕赐给你玉带一条。”

关于桑哥案件的余波至此应该说是已经平息了。从桑哥被捕到忻都、王巨济等人被处决，最后宣布为郭佑、杨居宽平反，前前后后拖了年把时间。整个过程，波及面很广、震动很大、影响也很深，无论是谁都会从中得到程度不同的启发。可就在 1292 年（至元二十九年）三月，中书省平章政事麦术丁竟然又提出了重新设立尚书省的建议。麦术丁建议的动机令人费解，因为这时的他并不像桑哥当年那样为了和安童分庭抗礼，所以需要拉起尚书省的山头，把中书省的权力架空。他在中书省当平章政事，顺风顺水，搞出个尚书省来，对他能有什么好处？绝不可能让麦术丁去当尚书右丞相，又把完泽架空。这点他心中还是有数的。然而除了这点实在无法解释他为什么要提这种建议。他的建议遭到了博果密的坚决抵制：

“阿合马、桑哥两大权奸，相继误国，最后落得个身诛家灭的下场。他们都是利用尚书省这块招牌，怙权作恶，结恨于天下人。前车之鉴，不可谓远，怎么又想重蹈覆辙？”

确实，这时候，除了麦术丁之外，不会有任何人支持恢复尚书省这类荒唐的意见。

忽必烈尽管费了不少心思想在自己和桑哥之间划一条界限，以摆脱自己可能要承担的历史责任，但效果如何呢？他心中没有底。他知道这种责任的分析是后朝后世的事情，眼下决不会有人站出来指责皇帝贪财好利、宠信奸佞聚欲之臣，而到了自己百年之后，想让大家不评说是不可能的。忽必烈认为，无论从哪方面排队，自己都可以毫无愧色地跻身于最伟大的君主之列，特别是就“武功”而言，我忽必烈可以说是前无古人、首屈一指。马其顿的亚历山大大帝据说建立了历史上版图最大的帝国，可是他的帝国比我的帝国就小得多了。我去过他的帝国的中心地带，可我的帝国的中心地带他甚至一无所知。除了亚历山大大帝，其他的“一代雄主”就更无人能和我比肩而论了。至于“文治”，忽必烈觉得自己也是不错的。蒙古人这样一个马背上的民族入主中国，建立并巩固对数量为自己数十倍的汉人的统治，绝不是单靠武力可以办到的。自己启用并倚重的许多汉族儒士，在这方面的贡献是决不可低估的。对这些汉人，无论是世代勋旧还是近年归降、是庙堂高官还是山林隐逸，朕在使用时都是大胆而放手的，这点，不要说朕是异族人，就是汉族人自己当皇帝，有几个能做到？特别是对降臣降将，气量大一点的皇帝，也无非是实行“养起来”的政策，不加杀戮，有谁能像朕一样授予他们实权？

问题是在阿合马、卢世荣、桑哥这三个人身上，后世人难免会指责我接二连三宠信奸佞，给百姓带来了深重的苦难。可是这也是只知其一不知其二。这三个人贪婪成性是不假，可是他们在理财方面还是各有所长的。朕当年用他们不就是为的充实府库增强国力吗？平心而论，他们在这点上还是作了一些事情的。害民扰民有时候也是免不了的。当然，他们实行的政策最终造成了那么严重的后果，是我始料所不及的，在我知道了以后，不是都采取了断然的措施进行补救吗？而且话说回来，如果完全搞儒生们鼓吹的爱民恤民那一套，国家能有今日之一统局面吗？朝廷能拿得出那么多钱来对外用兵、对内建设么？

说起建设，忽必烈更是觉得自己造福黎民、于心无愧。最令他引为自豪的是在他手里完成的交通运输面貌的根本变化，而这方面最突出的成就便是京杭大运河的全线贯通。运河是隋炀帝开凿的，可是那是一条迂回曲折的水陆联运的交通线。它由杭州至镇江，过江后北上入淮，再向西溯黄河至中滦（今河南封丘县南），然后陆运至淇门（今河南淇县东南、卫河南岸），入卫河，经直沽（今天津南）转入白河，到达通州（今北京通州），再陆运至大都。那时由南至北的物资运输十分繁忙，这样一条要中途两度水运改陆运的运输路线，不能适应形势的需要是显而易见的事实。

忽必烈决心改变上述劳民伤财又极不便利的运输状况，他一方面大力加强海运航线的建设，一方面千方百计改善河漕运输。

改善河运实现南北畅通，并不是一件容易的事。至元十八年的时候，忽必烈曾批准了一项开挖济州河的计划，打算沟通汶水和泗水，南面再衔接淮河，以为这样就可以使江南船只从扬州北上，入淮河后逆流而上到徐州再转入新开的济州河，一路北上入大清河（今天的黄河下游），顺流至利津入海，再由海路至直沽，改陆运入大都。谁知利津海口全是一片浅沙滩，无法通航，于是又被迫退到大清河上的东河，改成陆路运输，入御河（卫河），由旧路去大都。总而言之，还是一样的曲折迂回、水陆交替，不能提高运输效率。

为了减少一道水陆联运的麻烦，后来又着手开凿了一条贯穿山东半岛、从胶州（今青岛）到莱州的运河。想让南船从淮河入海后经黄海北上，从胶州湾入运河，到莱州湾再下渤海，奔直沽。可是这条运河的工程太复杂，花了不少人力、财力，最后终无成效。

到了 1289 年（至元二十六年），忽必烈下定决心开凿一条沟通南北的大运河。这条运河从东平路须城县（今山东东平）开始，经寿张县西北至东昌路（今山东聊城），再往西北至临清，汇入御河（卫河）。全长二百五十余里。这条运河命名为会通河，它彻底解决了大清河以北由陆路转运这一道难题。

修好了会通河，杭州的船舶便可以一路北上到达通州，但从通州进大都这段路程还是需要从陆路转运，虽说只有五十里路，可是运粮的大小车辆数以万计，人力物力的消耗十分惊人。过高的运输成本迫使忽必烈下决心再修一段运河，这就是全长一百六十里的通惠河。这条河由著名水利学家郭守敬设计。它的水源来自京西北昌平县的白浮及瓮山等山泉，西折而后南流，经瓮山泊，从西水门入城，汇集于积水潭，再东折而南流，出南水门，再往东一直到通州。这条通惠河修好之后，南方来的漕船可以驶入积水潭，于是，大都城内、樯帆相接，甚为壮观。从此，繁重而昂贵的陆上运输被完全取代了，通州一带的大规模仓库也陆续迁到大都城郊，于商民及官府均带来了极大的便利。

京杭大运河的贯通可以说是十三世纪人类最伟大的水利工程，在数千年的文明史上也占有一个极其辉煌的位置。虽然忽必烈主持开凿的只有济州河、会通河、通惠河三段，其他河段只做了些疏浚沟通的工作，但正是这三段的开凿通航才实现了大运河名垂千古的完整形象。而且，开凿这三段运河的技术难度，远非隋炀帝时代凿通的河段可以比拟。

就以会通河和通惠河来说，其总长度虽然只占整个大运河的十分之一强，可是由于地形的复杂，工程十分艰巨。会通河地处山东省的东平到临清地段，两端低，中间高，中间一段河道要穿越高地，加上引进的汶水处理不当，如照一般设计施工，则中间河段必然岸窄水浅，通航困难。通惠河的水源引自昌平白浮泉，为了拦截各路山泉，须迂回曲折，才到得积水潭，而从南边出大都城后，东去通州，有较大的水位落差，为了解决这两条河因地形高低变化给航行带来的困难，以郭守敬为首的工程技术人员，利用宋代复式船闸技术，将它进一步发展为梯形船闸，多级船闸的应用保证了这两条河道的畅通，创造了航运史上的伟大奇迹。

会通河二百五十里水道上，共造了船闸十三座。北面临清至聊城段，闸距为一百五十八里，而自聊城往南至东平这一段，每闸之间相距不足十里。船闸一般高一丈一尺，十三座船闸说明河道海拔高度高低相差十余丈。通惠河上共有船闸十座，其密度更在会通河之上。此外在济州河上，东平到济州段有四座闸，从济州至沛县段又陆续修筑了十四座水闸。所有这些水闸，通过闸门的启闭，可以调整两闸中间河段的水位，从而使航行得以顺利进行。忽必烈到船闸去观看过不止一次。每次都看得眉开眼笑，兴奋不已，极力称赞郭守敬的聪明才智。

郭守敬是 1262 年（中统三年）由张文谦举荐入朝的。三十年来，他在兴修水利方面作出的贡献多不胜数，后来在太史院主持修订历法，成绩尤为显著。至元二十六年以来担任修河主管官，奇技巧思，令人佩服。为了表示对郭守敬的卓越才能的特殊尊重，忽灭烈命令丞相以下的官员都要到运河工地上去参加劳动，按照郭守敬的命令而后定行止，有意让郭守敬摆尽了威风。郭守敬在受到一般大臣难以享有的尊崇的同时，官职也从都水监一直提到昭文馆大学士（这是宰相的头衔）、知太史院事。

除了开凿运河、加强漕运，开辟和发展沿海航行事业也是忽必烈一生贯彻的重大目标。中国自秦、汉以来，就有海运，但担负的只是临时的、短途的任务。海运真正形成规模，并在国家经济事务中发挥举足轻重的作用，则是在忽必烈时期才出现的局面。

1276年（至元十三年）的时候，伯颜取得临安，南宋府库中的许多珍宝、物资，要运往大都献捷。可是那时淮东、淮西还分别控制在李庭芝和夏贵的手中，想过江北路上走不通。伯颜把目光转到了海上，他招降了两名亡命已久、熟悉水情的海盗——朱清和张瑄，令他们替自己来完成这项使命。这两人还真是不负所望，任务完成得很好。以后几年里，因为南北运输状况越来越紧张，伯颜想起成功的往事，便向忽必烈建议漕粮部分由海上北运。

第一次从海上运粮的船队于至元十九年秋天从上海出发。因为风信反常，冬天滞留在山东刘家岛（蓬莱县境内），第二年才到达直沽。试航的时间虽然长了点，但总算是成功了。1283年（至元二十年）就正式成立了两个万户府专门管理海运事务。朱清当上了万户，张瑄也当上了千户。海运业逐年发展起来。

海运业能够迅速地发展，最基本的原因是它低廉的运费。当时南北物资的交流，主要通过陆路、河漕和海运三种途径，而在费用上，河漕比陆路，大约要省三四成，而海运比陆运，则要省七八成。忽必烈看到了这一点，因而大力发展海运。为了让尽量多的粮食能够从海上运往大都、运往北方，他还制定了一条特殊政策，即对离海岸较远的江西、湖广等行省，准其将准备北运的粮食换成钞票或折价到江浙一带再兑换或购置粮食，然后装船北上。这个办法当然受到民众欢迎。

忽必烈时代开辟过三条海运航线，都是从江苏太仓刘家港出发驶往天津界河口（大沽）。第一条航线从崇明出海后，一直沿近海航行，因为缺少能够胜任远海航行的船只和水手，近海自然比较安全，但由于一方面近海浅滩多，航行不便，另一方面海岸线的曲折造成了航线加长，全线航程达一万三千三百五十里，途中至少要费去一个多月时间；时间长当然就意味着成本高、效率低。第二条航线开辟的目的就是避开一些沙滩区，往稍远处海中放两段较直的线路，以缩短航线和航程。一段是从崇明出海后过万里长滩，以较直线路驶往胶州湾，一段是绕过山东半岛后，从莱州湾直往大沽口。这第二条航线顺风时只需半个月日程，如风水不便则也要拖上个把月。它比第一条航线能节约些时间主要原因是避开了沿岸的沙滩。第三条航线的开辟则是更具胆识。船队从崇明入海后，直取北方，穿过黄海中部，到达成山（山东半岛的东端），然后西折，经威海、登州，穿过渤海，直驶大沽口。这条航线，顺风顺水时，从上海（崇明）到北京（大都）只要十天左右。之所以能缩短航程就是因为航线拉直了。

忽必烈发展海运事业是中国航海史上具有划时代意义的宏图壮举。它不仅促进了南北物资的流通和工商经济的发展，还保证了大都这个世界上最庞大帝国中心的供给和繁荣，而且，更大大推动了造船术和航海术的提高和完善，从当时的发展趋势来看，如果没有后来明、清两朝的自我封闭政策，中国是很有可能最先选择“蓝色文明”而率先进入新世界的。

海运的发展使元朝政府大获其利，忽必烈自然高兴。管理海运的官员大发其财，如朱清、张瑄之流，“位至宰相，弟侄甥婿皆大官”，真可谓名利双收。至于一般百姓，因南粮北调而带来的运输负担有所减轻，商人、船民则更可以从中得利。因此，从君主到庶民，都会肯定海运在国计民生中的积极作用。当然，海运的消极面也是存在的，最明显的是，海上波涛不测，海运越发展，海难事故也就越多，每年在风浪中葬身鱼腹的人总在百千之数。

比较起来，陆路运输当然安全得多，不过动辄要使用人力、畜力，不能得风力、水力之便。尽管如此，就一个国家特别是一个领土广袤的庞大帝国而言，陆路的运输与交通仍然是最重要最基本的方式。为了保证帝国中心和各个部分之间的联系畅通，早在成吉思汗时期，就开始了驿路的修建，在驿路上配置驿站，负责道路的维护和来往人员的后勤补给。太宗窝阔台在和林建都以后，驿路和驿站的建设逐步走向制度化、规范化。比如从和林到中原的驿路，每七十里设一驿站，由一个千户负担站役。从和林到察合台王国、再从察合台王国通往拔都的钦察王国，都设置了驿道和驿站。

忽必烈对于驿道和驿站的建设更是气魄宏大、规模惊人。以大都为中心，向东通高丽，东北至奴儿干（今俄罗斯之尼古拉也夫斯克）黑龙江河口，北达吉利吉斯（今俄罗斯叶尼塞河上游一带），西通伊尔汗国（远至巴格达、大马士革及格鲁吉亚、亚美尼亚）和钦察汗国（远至保加利亚、罗马尼亚和波兰的加里西亚），西南抵乌斯藏（西藏），南接安南与缅国（缅甸）。通往岭北行省的驿路就有帖里干道、木怜道、纳怜道等共计一百一十九站。全国共有驿站约一千五百处。驿路有些段落在水上，故驿站也有陆站、水站之分。漠南、漠北地区的驿站称蒙古站，中原、江南地区的则称汉站。大站置驿令，小站的头领称提领，一般由路一级的长官管理，离路的治所较远的则委托当地州县管理。

与驿站配套的还有一种“急递铺”，主要任务是转送朝廷和地方的紧急文书。“急递铺”每十里、十五里或二十里设一个，每铺有铺兵五人，每十铺设一邮长，京师设总急递铺提领所。

驿站和急递铺的设立，对于加强中央和地方的政治联系是十分重要的，否则，如此一个大帝国，政令的通达就大成问题了。当然，它对于促进各族人民的经济、文化交流和加速边远地区的开发，也起到了极为重要的作用。

驿路和驿站的建置，对忽必烈说来，当然是又一项引为骄傲的业绩，但对于承担着驿路繁重徭役的广大站民而言，它带来的却是极为沉重的负担。站民，这是忽必烈首创的一个特殊社会阶层，它虽然来自普通民户，但却隶属于另一种站户户籍。一百名站户受一名百户官管辖，一千名站户就受一名千户管。他们要负责供应来往人员的饮食，还要提供马匹等交通工具（东北有狗站，大约是用狗拖雪橇），提供各种劳动服务。所以无论在哪一方面的负担都比普通民户重。但站有站田，站民可以耕种，加之生活比较安定，日子还算过得去。

随着社会腐败现象的加剧，驿站的管理制度也出现了危机。许多来往官员没有公务证件，携亲带眷，把驿站当作私人旅行的客栈，白吃白住，还要勒索马匹及其他馈赠。驿站的过重负担造成了站户的日益贫困化，忍无可忍的时候，站户逃亡的现象大量发生。所以麦术丁和崔彧在上书言政的时候特意把改善驿站管理、减轻站民负担列为一项重要的内容。忽必烈采用了他们的建议，重申驿站管理的各项制度，并惩办了一些敢于以身试法的在驿站敲诈勒索的官员，但并没有从根本上解决问题，因为一个社会的腐败有其内在的根本原因，光靠严明法纪往往是难以疗治的。杀一批、抓一批，但后继的官吏仍然照贪不误，甚至于贪得更凶，这就是人们常说的“杀不尽的贪官”。吏治的清明不是通过屠刀实现的，相反，当危险时刻提示着他的时候，贪婪的人想到的是抓紧时间捞足一把，危险未必就落在自己头上，实在当上了“出头鸟”，那也只好怪命该如此了。

在漠北彻底摧垮了海都

窝阔台的孙子海都对帝统从自己家转移到叔祖父拖雷家，始终是不服气的。海都的父亲合失是窝阔台的长子，但却并未获得继承权，正由于这一点，蒙哥称帝时和他达成了某种默契，而事后窝阔台的子孙迭遭镇压，合失一支却得到保全，海都并获得海押立（阿尔泰山和天山之间、巴尔喀什湖东南一带）作为封地。海都在这块封地上，一方面对蒙哥和忽必烈表示恭顺，一方面积蓄力量，纠合周围窝阔台家系的残余力量，逐步恢复了一度被蒙哥拆得七零八碎的窝阔台王国。

忽必烈即位之后，幼弟阿里不哥拒不承认，并自立为大汗。海都支持阿里不哥，谁知这一宝却下错了注。阿里不哥被打垮以后，忽必烈召海都来朝，他当然不敢来，而且自认有些实力，索性和忽必烈撕破了脸，不再尽臣下的职分。他知道忽必烈的主攻方向是南宋，暂时还腾不出手来对付他。海都把忽必烈派到察合台王国来当汗的八剌合，拉拢到自己一边。八剌合死后，他帮助八剌合的儿子笃哇从秃黑帖木儿手中夺得汗位，从此笃哇的察合台王国成了他的同盟者，笃哇则事事听他安排，成了他的死党。

海都和笃哇在新疆地区从未停止过他们的骚扰活动。他们多次胁迫畏吾尔国王叛离忽必烈，1286年（至元二十三年）还在别失八里地区打了一个大胜仗，活捉了忽必烈派遣的万户綦公直和总管李进（前文已叙）。

1287年（至元二十四年），海都挑唆乃颜造反。本来约定他率军与乃颜会师于和林，但听说伯颜镇守和林，心中有些怯惧，便取消了这个东进的计划，结果坐失良机，使忽必烈能够集中精力来对付乃颜。不到三个月，乃颜全军覆没被擒杀，海都和笃哇只好缩回自己的封地去了。

第二年，他们连连在甘肃、蒙古西南的业里干湖及其他几个边境地区发起进攻，都未能得手。到了1289年（至元二十六年），海都从额尔齐斯河流域向东方大举进攻，长驱直入逼向和林。忽必烈派皇孙甘麻剌镇守北边，双方遭遇于抗爱山。甘麻剌抵挡不住海都凌厉的攻势，往北面退却，最后被包围在色楞格河河边，眼看已是山穷水尽之时，北方来了一支援军，那就是土土哈率领的“钦察亲军”。

土土哈是钦察人。钦察人是个很广的概念，它所包括的部族分布的地区，西至里海、黑海之间，东至贝加尔湖地区。土土哈的祖先在叶尼塞河上游地区建立了一个钦察国。当成吉思汗征讨蔑里吉人时，蔑里吉的部落长投奔钦察避祸。土土哈的曾祖父亦纳思是钦察的国王，收留了落难的蔑里吉部落长火都。成吉思汗派人去向亦纳思传话：

“你为什么要把我用箭射中的鹿收藏起来？赶快交出来！不然你会大祸临头的。”

亦纳思并不畏惧，他的答复是：

“一只逃避鹰隼的小雀，地上的灌木草丛都能为他提供生路，我难道连草木也不如么？”

成吉思汗于是准备对钦察进行讨伐。亦纳思老了，有救人之心而无救人之力，国中听到成吉思汗来伐的消息，陷入一片混乱。亦纳思控制不了局势，他的儿子忽鲁速蛮遣使向成吉思汗请降，而同时蒙哥的部队已经到达钦察国境，忽鲁速蛮的儿子班都察带领全族人投降。班都察后来跟着蒙哥西征，建功累累。从西方回来后，他拨归忽必烈帐下，曾随从远征大理、南讨鄂州，以强悍勇敢而知名。土土哈，就是班都察的儿子，中统年间以来，从军出征，颇多功赏。班都察死后，土土哈袭了父职。

土土哈天生是海都的克星。至元十四年，诸王脱脱木、失烈吉等受海都的唆使发动叛乱，土土哈率兵征讨，在秃兀剌河和斡欢河两度大败脱脱木，实现了一方的安定。至元十五年，土土哈继续以钦察精骑千余人，把叛王失烈吉赶到了阿尔泰山以西。土土哈夺回了被叛王掠走的太祖用过的账房，是大功一件。忽必烈为了表彰他，除赐给他金银酒器及财宝之外，把这顶大帐也赏赐给他，并且对他说：

“祖宗所用武帐，人臣本不得用，但因为它是你夺回来的，所以就赏赐给你。”接着他又下旨道，“钦察人众中，凡属民籍（即非奴隶）者，统归土土哈管辖，每户赏钞二千贯，岁赐粟帛，选其材勇，以备禁卫。”

至元十九年，土土哈被封为昭勇大将军、同知太仆院事，第二年，又改授同知卫尉院事，带领南宋新附军及自己部族百姓在霸州屯田。至元二十二年，拜镇国上将军，枢密院副使。一年以后，忽必烈成立钦察亲军卫，指定土土哈担任钦察卫都指挥使。

海都多次想越过阿尔泰山东进，但都受到了土土哈有力的抵抗。

乃颜叛乱时，派人往西边来联系诸王也不干、胜剌哈，但信使一去便未回来——被土土哈截获了。胜剌哈大概探得了一点风声，便设了一个鸿门宴，邀请土土哈和他的副手朵儿朵怀。土土哈胸有成竹，派朵儿朵怀去赴宴，自己则留守大营——既给了对方面子，又掌握了应变的主动权。不久，忽必烈就诏令胜剌哈入朝。胜剌哈准备从东道走，土土哈却向当时主持北方事务的太子真金进言：

“胜剌哈封地在东，他从东道走，发生点什么不测之事，那不正是纵虎归山么？”

于是真金命令胜剌哈从西道入朝。胜剌哈走后，就传出了也不干将叛的消息。有人说还是先向朝廷报告，得旨后再发兵平叛，可是土土哈此时却坚决不同意，他说：

“兵贵神速，人所尽知。如果也不干真的叛变了，我军出其不意，可将其一鼓成擒。如果他并未叛变，和他约定同时撤回就是。”

他带着钦察精骑，疾驰了七昼夜，渡秃兀剌河，在学干岭与已经揭起叛旗的也不干大战一场，也不干全军覆灭，只身逃往海都营中去了。忽必烈当时也正在征乃颜的前线，便命令土土哈沿秃兀剌河而下，剿灭叛王余党。土土哈奉旨沿秃兀剌河到色楞格河流域，一路击溃叛王也铁哥部，擒叛王哈尔鲁。整个贝加尔湖以南以西地区，全部被他平服。忽必烈下令，北方地区的钦察、康里部众，归附者统统划归土土哈管辖，并为他设立了一个哈剌鲁万户府，散处在安西诸王部下的钦察人，全部交由土土哈集中管理。

1287 年（至元二十四年），忽必烈把皇孙铁木儿放到北边来继承他父亲真金的职权，同时命令土土哈随从铁木儿行动。土土哈不负所托，在哈拉温河消灭了乃颜余党，诛杀了叛王兀塔海，第二年又大败叛王火鲁火孙、哈丹，基本上实现了东路的稳定与平静。

忽必烈为了奖励土土哈历年征战的卓著功劳，便将诸王也只里的妹妹塔伦许配给他为妻。也只里曾经遭到叛王火鲁火孙的攻袭，危在旦夕，是土土哈解救了他。

所以，当皇子甘麻刺被海都的军队围困在色楞格河畔时，来解救他的只能是土土哈率领的钦察亲军。当时形势已是十分危急，海都的部队占据了各处险要隘口，甘麻刺的亲军且战且退，士气已经十分低落，只要海都方面再发起一次冲锋，甘麻刺就难免兵溃被俘的噩运。土土哈的钦察骑兵就像是自天而降，一个猛虎下山，就冲破了海都的阵线。土土哈冲入甘麻刺营中，亲自护卫着这位吓昏了头的王爷冲出了海都的防线。来到安全地带，土土哈请甘麻刺先行回营，自己带领军士们负责断后。海都那么多部队，怎甘心就这样放走了甘麻刺？追兵在后面潮水般涌来。土土哈挑选了部分精锐，依山设伏，待追兵将近时，先用些部队与他截杀一阵，然后以不敌之势败走，将追兵引入埋伏圈中。这时，他一声令下，山坡上的伏兵一齐杀出。海都的部众腹背受敌，便先自气馁，稍一接触，即呈败溃之象，亏得人数多，总算是抵挡了一阵，然后夺路逃走。

甘麻刺虽说是有惊无险，但事情惊动了忽必烈。海都这家伙如此猖狂，不早日翦除，必为国家大患，忽必烈决定御驾亲征。这时的他已是快七十五岁的老人，亲自统兵到漠北之地去作战，按常理说，实属荒谬。然而他决定了的事情没有人敢提出异议，更没有人敢说“陛下春秋已高，恐有不测”这类败兴的话。于是，亘古未闻的七十五岁老皇帝亲征漠北的事发生了。

开始，形势确实十分严重。海都的军队进逼到和林时，强大的声势吓得和林宣慰使怯伯不战而降，而且怯伯还为海都献谋，指点他进攻皇子甘麻刺，最终将甘麻刺围困在色楞格河畔。但是宣慰副使刘哈拉巴图儿却不愿意投降海都，他找了一个空子，逃出和林，直奔忽必烈的御营。这时忽必烈的大军距和林还有千里之遥。刘哈拉巴图儿的到来很令忽必烈高兴：

“人们都说你已陷入贼中，想不到到了这里。”

忽必烈命令设酒馔招待这位自敌营冒死来归的英雄，他对周围的侍臣们说道：

“比方说养了一条狗，得了好吃的东西就背弃自己的主人，这就是怯伯；虽然没有得到吃的东西而不忘其主，那就是你们眼前这个人。”说着他轻拍了一下刘哈拉巴图儿的肩膀，并且还赐给他一个新名字叫察罕瓦托齐。

当忽必烈的大军在向北挺进的途中，便传来了土土哈援救甘麻剌脱险的消息。忽必烈本来想继续北进，寻找与海都主力决战的机会，但不久就传来海都已率部撤回额尔齐斯河流域他的老巢去了的消息。忽必烈知道，即使再派人马去追，海都也会越跑越远，终究抓不着它，还不如等他下次来骚扰时，再与他决战，将其殄灭。在准备班师前夕，忽必烈召见了土土哈，对他大加慰勉，并且极带感情色彩地说道：

“昔年太祖皇帝被克烈部王罕逼困到班朱尔河时，处境艰难，射野马为食，汲浑水以饮，太祖对追随他的伴当们宣誓，‘只待我克定大业，当与诸人同甘苦，苟谕此言，有如河水’，言毕大众共饮河水以明誓。后来，太祖果然带领部众，在折运都山与王罕激战三日三夜，击溃了王罕，从此奠定了帝业。太祖皇帝又与众将同饮班朱尔河水以记其功。今日朕在穷北之地为卿记功，其情其义，亦无愧于古人，卿当自勉，无负朕之重托。”

班师回到上都，忽必烈又大宴群臣。当着百官的面，忽必烈又对土土哈说道：

“北方来人，说是曾听到海都对部将言道，’杭爱山之役，如果对方的将领都像土土哈一样勇敢善战，我们还有什么活路！”

论功行赏，忽必烈准备先奖赏钦察亲军。可是土土哈谦让不受，说道：

“庆赏之典，应以蒙古将士居先。”

“你不要谦让了。蒙古人地位当然在你钦察人之上，但他们的战功难道在你们之上吗？”忽必烈不许他推辞，对所有将领，根据他们的战斗表现而不是族别，给予了不同的奖赏。

海都果然如忽必烈之所料，过了不过一年多，他又卷土重来了。这回他首先唆使诸王明理铁木儿发难。明理铁木儿是阿里不哥的儿子，虽然保留了诸王的封号，但对他父亲被伯父忽必烈打败的惨痛往事，一直耿耿于怀。在海都的一再怂恿下，他便答应作为海都的前锋，向和林发起进攻。忽必烈命令右丞相伯颜率军征讨。两军在阿撒忽突岭下遭遇。明理铁木儿的军队先到，已占据有利地形严阵以待。伯颜的部队刚刚靠近，对方箭如雨下，射得他们抬不起头，只能退到弓箭射程以外的地方。伯颜看到这种情况，赶紧进行战地动员，他骑在马背上，手里挥动着令旗，用最大的嗓门向将士们喊道：

“你们冷的时候，是皇上赐给衣服；你们饿的时候，是皇上赐给饮食。所有这些不就是为了让你们效力于此时吗？这种紧要关头不能奋死向前，还能用什么去报答皇上？！”

说完了，他把令旗向前一指，指挥诸军对敌实行强攻，有畏缩退后者，立斩无赦。伯颜本人身先士卒，冲入敌阵，他的亲随们簇拥着他登上一处高地，他从高地上不断发出督励将士奋勇杀敌的呼喊。大军官兵的斗志被最大限度地激发起来了，一齐冒死往敌营冲去。明理铁木儿看到伯颜大军的锐不可当之势，先自失了勇气，他料想自己的部队必然溃败，便索性带了几个亲随逃离战场，消失在大山的林莽之中。伯颜见明理铁木儿逃走，忙派速哥、梯迷秃儿等将去追赶，自己则驱动大军清剿敌部残众，不多时候，即将战场打扫完毕，伯颜集合大军徐徐退向自己的营地。

部队行走到必失秃岭下，已是日落西山的时分。伯颜仰望前面的大山，只见群鸟盘旋，仿佛下面有诸般异物而不敢投林栖宿。他当即命令全军山前扎营，人不卸甲、马不离鞍，就地歇息、整装待命。将领们不理解，纷纷入帐请求赶回大营，好生休息。伯颜对他们说：

“你等没有看见岭上的飞鸟么？天色已晚，却不敢归巢，想来地面必有伏兵。我等若鲁莽进军，岂不正好中了他的计么？”

“丞相既料知内有伏兵，何不下令上山搜索，杀他个一干二净。”将领们一心想着厮杀。

“暮色苍茫，黑夜将至，不便入山搜剿。”伯颜驳斥了将领们的意见，并立即向诸营下令，“有敢违令妄动者，斩无赦！”

将领们纵然心中有话要说，此时也不敢再开口，只得怏怏地各回营伍去了。

少顷，天就完全黑下来。到了一鼓时分，各营将士因日中劳困，除哨兵外，俱已昏昏睡去，四野一片寂静，此时猛听得岭上胡哨之声四起，伯颜在未接到侦骑报告之前，马上命令各营坚壁自守，如有敌军前来偷营，只许在营前放箭，不许出营接仗。如有违令擅动者，虽胜亦斩！

严厉的军令吓得全营将士无一人敢出营接战，任凭从山上下来的叛军三番五次到营前袭扰，只是一顿弓箭将其射退。就这样在翻来覆去的攻防之间，天渐渐亮了。伯颜又再发出一道命令，要各营将士登山与敌决战，务歼顽敌。

山上明理铁木儿的军队见伯颜大军潮水般涌上山来，心知不敌，便向山后退去。伯颜此时又下一道命令：敌逃我追，迟缓者斩！于是，登山杀敌的元军一个个脚下更是有力，直向那退向山后的叛军扑去。前面逃的跑得飞快，只恨爹娘少生两条腿，后面追得飞快地跑，恨不能胁下长出双翼来。两军相距越来越近，眼看就要追上时，叛军的前营突然混乱起来，后面跟着跑的不得不止住脚步。原来是日前派去追赶明理铁木儿的速哥、梯迷秃儿因没有追寻到那厮的踪迹，便收兵回转大营，不想正好与这股溃败的叛军撞个正着，免不了要截住厮杀。伯颜看到这番情景，更是十分高兴，连忙指挥军队乘势冲入敌群之中，斩瓜切菜般地杀了个痛快。可怜这股叛军，本已丧失斗志，只求逃命，谁知竟遭遇了这前后夹击，哪里还有什么反抗的能力？除了几十百来个腿长脚快的，侥幸窜入山林，拣得一条性命，其余的终不免都做了无头之鬼。

不到半个时辰，战斗便已停止。各营将士将斩获的首级呈缴请功。伯颜叫人点了一下数，一共是二千六百余颗头颅。明理铁木儿一时不见踪影，伯颜便命令部队鼓乐齐鸣奏凯班师。回到和林，正好侦骑擒获了敌方间谍一名，伯颜将那人召入帅府，赐以酒食，好生款待。诸将领中有的主张杀掉此人，以免除后患。伯颜不同意，反送给他一些金帛，放他回去。临行之前，交给他一封书信，要他转致明理铁木儿。那个间谍高高兴兴地走了，过了几天，伯颜便收到了明理铁木儿派人送来的复信，信中表示愿意归降，望忽必烈皇帝不念旧恶，看在伯侄之情，给予一条出路。

海都得知明理铁木儿为伯颜所败最后还被伯颜感化自愿投降的消息后，十分气恼，他动员自己的全部力量，向和林方面发起进攻。伯颜见他来势凶猛，便通知各地关口要塞，严密防守，无上峰命令，不准出战。朝廷方面有些人对伯颜的一再立功，心存嫉妒，此时见他坚壁不出，不免制造出许多流言蜚语来，或说他怯敌畏战，或说他观望迁延，甚至还有人说他久镇北方，心怀不轨，与海都暧昧勾结等等。忽必烈本不是个昏庸的君主，对伯颜的了解更不可谓不深，无奈谗言一再反复，纵然你心明如镜，也难免糊涂恍惚起来。过了一段时间，忽必烈终于把持不住，发出一道诏书，由皇孙铁木儿镇抚北方，统掌兵符，辅助他的大臣是太傅、御史大夫玉昔帖木儿，并命令伯颜交卸职权后，还居大同，静待后命。

但是玉昔帖木儿还没有到达前线，海都却又一次发起了进攻。伯颜这时已接到了忽必烈的诏书，心里难免不是滋味，表面上却不动声色。诸将当然都有些替伯颜抱不平，都主张立即出兵，先消灭海都，再奉迎皇孙和玉昔帖木儿。伯颜看到军心可用，便笑着对大家说：

“消灭海都也并非难事，只是不知道诸君是否肯听我的将令。”

诸将众口一词，都说愿随丞相赴汤蹈火。于是伯颜便派人去给途中的玉昔帖木儿捎话：

“大人且稍缓前进，待我与众将翦灭此寇，然后来迎接大人，犹未为晚。”

于是，他点齐人马，迎战海都。两军接触后，伯颜下令各营与海都交战时，只许败，不许胜，违者军法从事。

大家心里对这道命令，都颇感疑惑，但又不敢不服从，每次各军出战，都是稍稍接触，便即败退。伯颜的指挥部也是每天后撤十里。就这样一连败了八天，退了八天。败退到第五天时，诸将就已经在交头接耳地议论，认为伯颜有畏敌情绪，不敢与气势汹汹的海都碰硬。退到第六天，实在忍不住了，诸将一齐向伯颜提出质问：

“连日退兵，长他人志气，灭自己威风。难怪别人要在皇上面前进谗言。丞相难道还不改掉只许败、不许胜的命令么？”

“丞相如果惧怕海都，何不早日将兵权交与御史大夫（玉昔帖木儿）？”

伯颜此时却板起了面孔训斥众将道：

“诸君先前与我有约，保证服从命令，今日再有敢言改变作战计划者，立斩无赦！”

诸将不敢再行反驳，个个屏息退下。然后又是奉命出战，奉命再败。忍气吞声熬到了第八日，诸将再也不能忍受，他们顾不得后果，又一起来找伯颜算账。伯颜只能对他们解释道：

“这便是所谓骄兵之计，你们懂得么？”

“战了八天，败了八阵，退了七十里。这骄兵之计也用够了。难道还要败下去么？何时是个了结？”众将一齐抵制伯颜的话。

“唉！”伯颜只能发出一声长叹。跟这些人确实很难解释清楚，更重要的是自己已经遭到谗言中伤，很难不引起别人的怀疑，如果一意孤行，坚持己见，甚至动用军法，说不定就会激成大变，将自己作为国贼除掉的。

诸将仍然坚持要与海都拚杀的请求：

“我等愿与海都决一死战，如不能获胜，甘愿接受军法处置。“

伯颜还想说服他们接受自己的战术思想：

“海都远离他的封地，以所谓悬军入寇。行十步而有九疑。我军若胜他一仗，他必然远遁而去。只有诱他深入，使其懈怠，然后一战可擒。诸军定要与他决战，倘若被他逃跑，试问谁人敢负此责？”说罢眼光扫视众将。

谁知道这些将领们铁了心，虽则觉得伯颜说得固然有理，但终究还是想打一场硬战来发泄心头的闷气，于是七嘴八舌地说道：

“丞相高见，原是有理，但皇孙及太傅等，现正停驻于中途，他们并不知道丞相的密计，如将现状再奏知朝廷，于丞相恐多有不便。故今日之势，利在速战。丞相若是顾虑海都逃走，末将等情愿承担责任。”

“唉！”话说到了这一步，伯颜觉得再费唇舌也无益处，便答道：“这也是海都命不该绝的侥幸，你等定要出战就出战吧！”

作战命令一下，官兵上下欢跃，随即大开营门，奋勇争先，直向海都大营扑去。

海都一连胜了八日，正是志满踌躇之际，忽听探马来报，说是敌军打过来了。海都笑道：

“不过又是来演戏！”说着便不慌不忙地命令各部整队上马，准备迎战。

然而这一回却大不相同了。海都这边尚未准备停当，伯颜的大军却已经冲进营盘来了，一个个生龙活虎，精神百倍。和对方的斗志高昂正相反，海都的官兵根本没有进入状态，稍一接触，便纷纷后退。海都久历戎行，经验丰富，一看这情形，知道自方面已陷于被动，硬撑下去，打得越久，损失越大。连日来伯颜的诱敌之计已经见了功效，自己无论如何也改变不了眼下士气上彼张我弛的状态了。三十六计，只能走为上计。他当机立断招呼部众，且战且退，好在自己方面尚未陷于险境，往西撤退，道路平坦易行。辎重马匹的损失是顾不上了，不过人员折损不多，除了几百个老残官兵或被俘或被杀之外，精丁壮卒差不多都跟着海都逃往了大漠深处，就此一路转回额尔齐斯河去了。

伯颜手下的将军们追了几十里，终究只能眼看着敌人越去越远，无可奈何，拾了些军械器杖收兵回营。伯颜在大营迎着诸将言道：

“如何？被我言中了吧！”

将领们都惶恐地低着头请罪。伯颜接着说：

“从此后尔等出征，要汲取这次的经验教训。跟随主帅要小心奉命，自己做了主帅，更要小心慎重。老夫年迈力衰了，你们诸位尽忠报国的日子还长，今日之错，将来改正就是，我也不愿意和你们认真计较了。”

众将领一个个被这番话感动得热泪盈眶。

海都跑了，皇孙铁木儿一行人也来了。伯颜把印信兵符一概交付给了太傅玉昔帖木儿，自己准备动身去大同等候新的圣命。

皇孙铁木儿在给伯颜饯行的宴会上向伯颜进酒，同时很诚恳地向伯颜问道：

“丞相临去，何以教我？”

伯颜看了看铁木儿，心想这是老皇上的孙子里最有气度的一个，将来执掌江山的重任难免落在他的肩上。于是也举起杯诚恳地答道：

“杯中物不可多饮。酒和女色，这就是两件最需要慎重对待的东西。”

“谨受丞相之明教。”铁木儿恭谨地表示接受。

“军中固然要严明纪律，但恩德也不可偏废。宽严有度，恩威并济。冬夏驻营，各宜照旧。”

铁木儿又频频称是。说完这些，伯颜便神情磊落地南下大同去了。

女真人出能臣啊！

北方的大局，靠着土土哈和伯颜，总算稳定下来了。忽必烈心里着实感到安慰。他想自己这几十年来最大的成功就在于用人，关键的时候总有关键的人物出来替他排难解纷。特别当自己年纪一天天老、许多事情已经力不从心的时候，尤其如此。比如这次收服明理铁木儿驱走海都，虽说他亲自出征到了漠北，但要真正指挥作战就精力不济，更不要说亲执戈矛上马杀贼了。土土哈、伯颜把一切都搞妥了，这当然也是由于自己用人有方（他不会想起在阿合马、卢世荣、桑哥等人使用问题上的失误）。其实，不仅是北方，南方何尝不是不断出现这样那样的乱子，但靠着臣下努力，都没有构成什么心腹大患。在南方各地征剿有功的有史弼、高兴，刘国杰，而最值得称道的就是驰骋在湖广、江西所向披靡的刘二巴图（国杰）。

刘国杰本来是女真人，姓乌古伦，金朝时，祖先迁入中州，改姓刘氏。他生来体貌雄伟，胆力过人。宪宗（蒙哥）时期，他投入蒙古军中效力。从小队长干起，到1269年（至元六年）跟着张弘范进攻襄阳的时候，他已经是一名千户官了。在襄阳城外的万山堡，他带领数百名兵丁与宋军展开血战，斩敌首四千余级，从此在军中以勇武闻名。破樊城的时候，身上多处受伤，坚持不下火线，直到城破敌降。襄阳之战结束，忽必烈特此召见了他，大加褒奖，并晋升为武德将军、管军总管。

1274 年（至元十一年），随伯颜南征。破黄家湾沿汉水南下，克服沙洋、新城，入长江，在丁家洲大败孙虎臣，战功累累，升为万户。后来跟随阿术在镇江和张世杰决战，大败张世杰，缴获战船数百艘。忽必烈接到战报后，赞赏不已，加封为怀远大将军，并赐号为“巴图”（巴图即蒙古语勇士的意思）。因为刘国杰排行老二，人们从此称他为“刘二巴图”，他的真名倒渐渐地被人淡忘了。

过了两年，北方有警，忽必烈把刘国杰调往漠北对付那些不肯安分的诸王。为了表示信任，授他以镇国上将军、汉军都元帅的衔头，统领左、右、中三路卫军（边防军），并在诏命中明确他享有的特权：“有不用命者，斩之以闻（不服从命令的，先斩后奏）。”诸王脱脱木兴兵进犯和林时，刘国杰料定他全力出击，大营必定空虚，便领轻骑，直捣脱脱木的虚营。脱脱木前战失利，后退失据，加之平日残暴、专横，最终被自己的部下杀了，残众全部投降。

到了 1282 年（至元十九年），范文虎等人征日本大败而归。忽必烈震怒之余，又想起了刘国杰，便调他为征东行省左丞。向他授命的时候，忽必烈满怀怒火地说道：

“征东将帅尽是些酒囊饭袋，朕要将他们全部撤免，卿可以另行组织指挥人员。”

刘国杰却不以为然，他向忽必烈进言道：

“败兵之罪，只在元帅。倘蒙陛下圣慈，复诸将之职，则彼等必然人人思奋，以报陛下之恩，以雪败亡之耻。”

忽必烈接受了他的建议，只是尚未来得及发兵东征，黄华却在福建造反，一时声势颇大。于是忽必烈又改命刘国杰前往福建平乱。黄华敌不过大军，自杀身亡，余众溃散。这时和刘国杰协同作战的福建行省左丞忽剌出的想法是将溃散的“乱党分子”一律处死，可是刘国杰说：

“为首作乱者，黄华一人而已，其余的都是胁从，能招降则招降，不肯降杀之未晚。”

后来，果然大量的“溃匪”都投降了，刘国杰安置他们归田务农，做了良民。

这时候，忽必烈已经暂时放弃进攻日本的打算，刘国杰的征东行省左丞免掉了，改授为湖广行省左丞。湖广行省的辖区在今湖南和广东省中西部，盗匪此伏彼起，治安情况极差，最需要一个刘国杰这样的人去对付。

1286 年（至元二十三年），广东巨盗邓太獠和刘太獠占据肇庆，称雄一方。太獠，即大佬，赣粤方言中大哥之意，可见黑道上呼领袖为大哥，那时就开始了。邓大佬居于前寨，刘大佬聚于后寨，互为呼应，攻此则彼援，攻彼则此援，极难对付。刘国杰想，前寨当于要冲，而后寨地形险要，一般规律都是先攻前寨，后寨必闻风来援，使进攻者两面受敌，难以取胜。他决定出其不意，带领精兵从山间小径直捣后寨，后寨猝不及防，而前寨因无出援习惯一时必然发兵困难，只要攻克了后寨，对前寨形成围攻夹击之势，取之也就易如反掌了。

他的这套作战方案果然奏了效。由后至前，两寨相继攻克。至于邓大佬和刘大佬，擒获以后，就在当地枭首示众。

1288 年（至元二十五年），湖南方面又出了个盗首叫詹一仔，诱胁衡州、永州、宝庆、武冈等地不安分的乡民，啸聚于四望山，四出抢掠，危害地方，还屯粮积草，心怀叵测。当地官军已经在进剿时连遭败绩。刘国杰来了，一鼓而破其寨，把詹一仔等数名盗魁斩首之后，其余的盗众都跪在地上请降。有的将领说：

“这些家伙为乱已久，事态紧急混不下去时就投降，降了以后遇有机会，又再反。明知其反复无常，不如一齐活埋了算了，免留后患。”

“为将者不可嗜杀，何况其已降，杀之更为不武，我自有办法处置他们。”刘国杰答道。

他的办法是在三个不同的要地设立屯寨，在衡州的叫清化，在永州的叫乌符，在武冈的叫白仓。他把盗众中家有田宅的尽行遣散，各归故里，没有田宅的便分别安置在上述三屯中，每屯五百人、一方面防备盗贼再起，一方面开垦当地的荒田旷地。每屯设屯长，管理屯民。此后这里再没有孳生过盗贼。

接着，广东怀集出了个萧大佬，清远又出了个闫大佬，还有什么严大佬、曾大佬，这些大佬们手下都有上千人马，盘踞一方，鱼肉乡里。刘国杰逐个将他们先后剿灭。有一股盗匪，躲入深山，官兵无路可入，刘国杰硬是凿开了一条通道，入山以后，将藏匿其间的五千草寇全部歼灭。在追击陈大佬股匪到贺州（今广西贺州）时，军士感染了时疫，刘国杰亲自为将士熬制汤药，使患者得以不死，最后自己也病倒了，于是，率军退守道州（湖南道县）。那个陈大佬可谓穷凶极恶，见刘国杰退兵，以为机会到了，竟率众打上门来。刘国杰从病床上跃起，领兵迎战陈大佬，并就此将他一举歼灭。

1290 年（至元二十七年），江西龙泉又生盗贼，地近湖广，刘国杰下令军队前往讨伐。当时部队里有些军官怕苦怕死，向刘国杰谏阻：

“这是别省的盗贼，何劳我们征剿？”

刘国杰听了，也未申斥他们，只是解释道：

“纵容盗贼，必成后患，患既生成，就难以对付了。剿贼之事，岂可以分什么彼此？”

他选择了一部分强壮而精干的兵士，不用旗鼓，去掉缨饰，强行军一昼夜，深入贼境。数千名贼兵早已闻讯设防，严阵以待，一看见眼前刘国杰这支军队既无旗鼓缨饰，又无整齐的军容，一颗心早已放松，相顾而言：

“这是乡丁队伍，绝不是正牌官兵。”

看到对方对自己的藐视，一方面觉得很高兴：对方轻敌，机会来了；一方面更激发了一种敌忾心理：且让你们见识一下“乡丁”的厉害。刘国杰只领着数十骑骁勇之士，直冲敌阵，大部队紧随其后。群盗根本没有想到这群“乡丁”会有这么勇敢，还没有来得及作准备，阵脚就已经被冲垮。刘国杰等人在阵中一顿砍杀，斩首五百余级，并夺回贼众抢掠来的男女，日暮之时，便收兵而去。周围村堡中的山民，看了这一场冲杀，都觉得惊讶，不知道这伙人是谁。第二天，刘国杰又来了。他召集邻近各堡的村民，把贼众掳掠的人口归还给他们，并且对他们宣布道：

“我就是刘二巴图！”

望着眼前的这员勇将，原来他就是妇孺皆知的刘二巴图，村民仿佛见到了天神一般惊奇得张大了嘴。惊愕之余，少不得是一番感恩颂德的话。然后，又向刘国杰提供了另一股盗匪钟大佬的有关情报。那钟大佬的老巢就在不远处的南安县十八耒，山势虽然险恶，村民们都愿意充当向导为官军引路。

刘国杰正要剿灭这个恶贯满盈的钟大佬。在村民的引导下，借着大雾的掩护，刘国杰带着部队突袭贼巢。钟大佬和他的徒众，做梦也没有想到这种神兵天降的场面，惊慌失措，乱成一团，不但没有办法组织起有效的抵抗，反而在争路逃命时自相践踏造成了许多伤亡。官军则尽操主动，四处追杀，从早晨杀到中午，基本上把全部匪徒非擒即杀统统消灭。

解决了钟大佬，刘国杰回师湖南桂东县。不几天，龙泉的残匪又死灰复燃，进犯湖南酃县。酃县与桂东相邻，刘国杰自然要率兵前去征剿。匪徒们退向大井山（地属罗霄山脉，此大井想必便是今日井冈山之大井），凭险自保。刘国杰兵分三路向大井进袭，有的地方，山路险峻，马不能行，他命令将士弃马步行入山。当时天下大雨，匪众根本没料到官兵在如此恶劣的天气里能徒步入山进击，毫无准备，一战即溃。因为是一股反复作乱的惯匪，刘国杰命令部下无需姑息。除了少数早早放下武器者外，差不多都被杀光了。

回镇道州不久，刘国杰又歼灭了永州李七千所率土匪武装。这个李七千嚣张得很，曾经屡败官兵，连广西全州的达鲁花赤（总管）土鲁都被他杀掉了。但他不是刘国杰的对手，最后被刘国杰枭首示众。刘国杰前后这些功劳，上报到朝廷，忽必烈给他的奖赏是从湖广行省左丞升为右丞——作为酬劳，似乎太少了点。

至元二十八年（1291 年），上思州知州黄胜许，以为“山高皇帝远”，自己经营边远山区多年，手头积蓄了些本钱，便产生了不轨的念头。因为地处边防，他长期和交趾国勾勾搭搭，互为表里，公然抵制朝命的事情时有发生，并愈演愈烈。忽必烈早就不愿容忍黄胜许这种一面里通外国、一面又挟外寇以自重的表现，到刘国杰扫平湖广之贼以后，就正式诏命他出师去讨伐黄胜许，以儆天下之效尤。

黄胜许训练了一支两万人的精锐部队，主要基地设在象州（今广西象州）。他的这支队伍多系当地招募，一般都体型精干，动作敏捷，习惯于在丛林和岩洞中活动。由于这一带地区多竹林，他们中许多人都练得一身绝技——能攀附于竹梢上，利用竹子的弹性，飞快地进退转移，迅疾有如鸟类一般。主要的武器是弩机，发射用毒液淬制过的箭矢，入人皮肤之后，毒性立即随血脉而行，一时三刻，取人性命，无药可解。但即使是这样一支队伍，也不能抵挡刘国杰所率官军的攻势。不过他们有一大优势，即熟悉并且适应热带地区特殊的地理环境，打不赢就走。

黄胜许带着他的部下逃到与交趾（安南）交界的象山地区。这里山高林密，外人不得其径而入。刘国杰看到这一情况，心知冒进无益，着急也白费，于是，便在贼众出入之处，修起木栅实行封锁，另一方面则慢慢伐木修路，步步为营，且战且进。从形式上说，这有点类似后人所实行的“堡垒战术”。刘国杰坚持这一战术达大半年之久，最终攻克了黄胜许的最后据点——象山寨。黄胜许藉着熟悉山中路径，寨破时化装潜逃，孤身一人远走交趾，连老婆孩子都顾不上了。刘国杰给交趾国王写了三封信，请他交出黄胜许，可是交趾国王很讲义气，答复刘国杰时一味地装糊涂，始终不肯交人。因为没有真凭实据，刘国杰也不便兴师问罪，便只好宣布班师了。撤军前，他把贼巢所在地辟为屯田，召募山区的“撞人”（壮族）来此耕种安居，同时武装训练这些“撞人”，作为广西的屏障。

刘国杰回朝复命时，忽必烈对朝臣们说：

“湖广这样复杂而又重要的地方，只有刘二巴图这种人才能镇守，别的人都不行！”

在准备对交趾兴师问罪时，忽必烈加封刘国杰为湖广、安南行省平章政事。可惜忽必烈身体条件不允许，刘国杰自己也病了，进攻交趾的计划未能付诸实施。刘国杰曾经说：

“交（趾）贼不臣已甚，若有幸病体小愈，灭此狂虏，则死亦无憾了。”

刘国杰戎马一生，确实不怕死，他说过：

“我为国家出力，纵然是身弃草野也无所抱恨，何必一定要什么马革裹尸还？！”

像刘国杰这样的一生冲锋陷阵刀头舐血的武夫，却又深通韬略，懂得如何在军事行动中贯穿政治原则，实在是不可多得。忽必烈觉得在自己数十年来所统驭的臣属中，文武兼备者本来就少，而可以与刘国杰并论的更是少乎其少。就以伯颜、史天泽、麦术丁、董文炳这些位极人臣的使相一级人物而言，也许都称得上是文武全才，但忽必烈对他们还是存在着这方面或那方面的不称意的感觉。只有一个人，忽必烈觉得无可挑剔，文韬武略、勇猛持重兼而有之，与刘国杰相比较有过之而无不及，那就是任过蒙古汉军都元帅的张弘范。

张弘范死得太早了，才四十三岁，刚好替朕完成了南征大业。如果能活到现在，那该多好。或者哪怕就是多活十年，也不知道他还会为朕做多少惊天动地的事。忽必烈想到这些的时候，就觉得自己还欠张弘范一点什么。死者已矣！无论追封给他多少头衔都只能是给别人看的，起所谓激励来者的作用。如果说真有点实质性的意义，那就只有封妻荫子，让活着的亲人得点实惠。

忽必烈想起了张弘范的儿子张珪。那是一个极有才识、极有前途的年青人。张弘范教子有方，文武两方面都给儿子打下了极好的基础。文学，师从前南宋礼部侍郎邓光荐（邓被俘之后受到张弘范礼遇，聘为家教），诗礼史志，无不烂熟于胸；武学，则师从自己的父亲，十五岁时在行军途中，曾力挽强弓射杀猛虎。张弘范死时，张珪才十六岁，授了一个管军万户的官衔。十七岁时正式就职，继续统带他父亲的部队，驻在建康。就职时，忽必烈召见了他，当面对他进行慰问和鼓励。张珪对皇上说：

“臣年纪幼小，责任太重。有个叫聂桢的人，随臣的父亲、祖父，久历戎行，经验丰富，希望陛下能让他充当臣的副手。”

忽必烈听了，不住地点头赞叹道：

“能想到请老成的将领担任自己的副手，这真不是一般资质的孩子能设想到的。”当即批准了他的要求，重重地赏赐了张珪和他带来的随员，打发他们回南方去了。

两年以后，太平（今安徽黄山市）、宣州（今安徽宣城）、徽州（今安徽歙县）等地盗匪为患，江淮行省命令张珪去征剿。他的部队开始老是打败仗，后来发生了一起士兵把老百姓的猪杀来吃掉并且打伤猪的主人的事件，张珪说：

“这就是官兵为什么老打败仗的原因所在。”

他下令斩掉了那违犯军纪的士兵，最终，那带地区的盗匪竟然被他平息。当时张珪还不到二十岁，朝野人士莫不举手称赞他的见识和才干，都说是张弘范有子如此，可以瞑目了。

这事已过去好些年，张珪算来应该有二十七八岁了，忽必烈下诏命他入京觐见。这时朝廷上下正在议论的大事是行枢密院的保留和撤销问题，不少人认为，天下已经安定，行枢密院可以撤掉了，各地的军事指挥权由行中书省统管就是。那个当海盗出身的靠着管理海上运输业起家、现任江浙行省参知政事的张瑄，也趁在京汇报海运工作的机会，大肆宣传上述观点。他这时是红人，说话很有影响。到了召见张珪这天，枢密副使暗伯先找到张珪，想打听他的态度。枢密院对这件事是比较紧张的，各地的行枢密院一旦撤销，军政、民政一并归于行中书省，枢密院就会像失去了双腿的巨人一样，只能趴在中书省的背上。腿长在别人的身上，那是一种什么样的滋味？！暗伯知道张珪面圣的时候免不了会谈到这个问题，他们认为张珪为人忠直，出身于军人世家，定不会附和那些心怀叵测的人的谬论。

张珪确实为人忠直，他不愿意做任何带有串连策划、拉帮结派色彩的事，淡然答道：

“见了皇上我当说出自己想说的话。”

看到张珪一脸的正气，暗伯知趣地住了口。

见到忽必烈时，张珪果然被问到对行枢密院撤留问题的意见，他的回答非常简洁：

“纵使行院可以撤，也不是张瑁这种人该说的。”

这话是很有分量的，它提醒忽必烈考虑，主张撤行院的都是些什么人？他们为什么那么积极地想把行院撤掉？特别点了张瑁的名，是因为张瑁最具典型性，说来说去，他总是一个海盗出身。像忽必烈这样政治经验极其丰富的人，张珪话里想要传达的信息是点滴也不会漏掉的。他考虑了一下，终于作出决定：行枢密院不能撤！行枢密院保留下来之后，旋即任命张珪为江淮行枢密副使。

行院管辖的虽然是地区性的军事事务，但他的长官和枢密院是同级的，张珪这时的职务就相当于国防部副部长（或副总参谋长）兼南京军区司令员。这样重要的任命当然会引起某些人出自不同原因的抵制，御史大夫玉昔帖木儿和太傅月儿鲁那颜都曾经对忽必烈说：

“张珪年纪还轻，如果圣上确实有意重用，再等些日子也不为迟。”

“不然！”忽必烈很果断地反驳道，“他一家人为国灭金、灭宋，尽死力效忠，已经整整三代了！怎么可以吝惜这一点点恩赏呢？”

何况乎还并非完全是恩赏，张珪的见识和能力都足当此任，这些年的治绩就是证明。

诏书立即下发了，拜张珪为镇国上将军、江淮行枢密副使。张珪没有辜负忽必烈的特殊关注和殷厚期望。在以后的成宗、武宗、仁宗、英宗四朝，前后三十多年里，他在朝廷政治生活中发挥了重要作用，称得上一代名相。

任命了张珪以后，湖广行省平章政事阔里吉思上表荐举前永州判官乌古孙泽。说是此人才德出众，堪当方面重寄。忽必烈最早听说这个人是在伐宋战争的最后阶段，那时乌古孙泽是索都的下属。第二次进攻兴化得手后，索都对兴化军民降而又叛十分恼火，便下令屠城。乌古孙泽多次劝谏无效，最后他总算找到了一个有力的论据，说服了索都。他对索都说：

“张世杰根本没想到我军会来得这么快！他现正猛攻泉州，打算以那里为根据地。泉州落入我军手中还没有几天，民心并未归附，早晚都可能失守。如果等我们把兴化收拾干净了，再整兵向南，他恐怕已在泉州扎下牢固的根基了。当前的办法，最好是放走兴化的百姓，让他们南下泉州，一方面替我们传递信息，一方面替我们扩大宣传，动摇泉州军心民心。张世杰将胆怯而逃，于是我军可以不战而得其地，比我们大队伍去增援快多了。”

索都果然接受了孙泽的建议，后来事情正如孙泽所预料的那样：张世杰见到兴化的难民，知道兴化已破，援军不日就会赶到泉州，于是匆匆解了泉州之围，撤兵走了。孙泽的这番话救活了千万条性命，当战报送到忽必烈手中时，他也对孙泽的作法称赞不已。跟着就在福建设立行中书省，索都被授为行省平章政事了，乌古孙泽则安排为知兴化军。不久兴化改军为路，孙泽就当上了兴化路总管府事。当地的民众唱歌跳舞欢迎他，并赞他“是吾民复生之父母也”。

乌古孙泽在兴化做了不少好事。接管一个反复遭到战祸荼毒的地方，光是掩埋尸骨、收容孤寡、招集流亡、恢复生产这些事，任务就够繁重的了，更何况兴化还有它的特殊性。比如，当年陈瓒在这里第二度起兵反元响应张世杰，百姓跟随他困守孤城，战死者数颇不少。到这时候，办事官员援引旧例要籍没这些人的全部家产，乌古孙泽对官吏们说：

“我朝廷本着大公至仁的精神，只诛杀了陈瓒一人，追随陈瓒者尚给予宽宥，一般百姓怎么还要连坐治罪呢？”接着他又补充道，“百姓不幸误随陈瓒受诛，或者战死而无后人者，其田产房屋等一概发还其族戚或姻亲，政府机关各部门不得收受。”

他是长官，官吏们不能违抗他的指示，籍没家产的事停止了，无数孤儿寡母生活有了保障。

当时天下初定，盗贼横行，为了维持治安，乡民自组武装，保卫乡里。后来时局安定了，江淮行省就提出要将这些乡勇收编为部队。赞成者和反对者议论纷纷，相持不下。乌古孙泽向行省当局提出了自己的看法：

“国家的军队并不少，把民团编入军籍，等于宣布军队还嫌少，这不利于消除民间反侧之心。而且收入军籍人数众多，也恐其萌生异志。”

经他这么一说，赞成收编的人也改变了原来的立场，当地的百姓便免去了一场灾难。

1284 年（至元二十一年），忽必烈把乌古孙泽调到永州路任判官。永州属湖广行省，在行省任平章政事的便是贪纵淫虐、诛求无厌的要束木。为了抵制要束木的穷凶极恶得搜刮，乌古孙泽真是想尽了各种办法。但要束木是桑哥的亲戚，而皇上对桑哥又言听计从，所以孙泽的各种办法都收效甚微。迫于无奈，他只好自己勇敢地站出来为民请命，惹得要束木大发雷霆：

“郡国钱粮无不较前增羡。永州为什么就独独不然呢？这分明是孙泽府判自恃其才而轻慢于我！马上把他给我抓起来，不到死那天不许释放。”

乌古孙泽一直被关押到第二年，桑哥垮台了，要束木被斩首了，他才官复原职。既然有阔里吉思保荐，忽必烈便决定任命他为广西两江道宣慰副使，佥都元帅府事。两江（左、右江）是边远蛮荒之地，民众不知礼法，孙泽亲自为他们编制了《司规》三十二章，作为推行教化的依据，使当地的文明程度接近于湖广内地的水平。某年饥荒，孙泽一方面上报请免租赋，一方面打开官仓发放救济粮三千五百石，发放完毕才向上报告。当时行省平章政事和礼霍孙，体谅他这番爱民的诚意，没有治他的专擅之罪。此外他还做了许多纾解民困、发展生产的好事，如裁并官马养殖场、招抚流亡、开垦荒地、惩治贪污等等。

根据御史台的建议，忽必烈提拔乌古孙泽为海北海南廉访使。过去，官员的俸禄是在秋收以后圭田（俸禄田）田租上交到官衙时一次性发给，后来为便于工作改为按月发放。乌古孙泽到任三个月，收入官租计大米五百石。乌古孙泽得俸心不自安，对属吏们说道：

“夫子有言，‘事君者先其事，后其食’（工作在前，报酬在后）。我到任时间不长，而所得俸禄是以前的四倍，心里实在过意不去。”

他把禄米除留下必要的用度外全部交给学官，资助诸生的学业。而他本人的生活则俭朴到极点，一领布袍穿上好几年。他的妻子也是平民衣着，朴素无华，全不像个官太太。旁人多有议论，他根本不以为意，只是常说：

“士非俭无以养廉，非廉无以养德。”

海北海南廉访使的辖区就在琼州海峡南北一带。海北的雷州半岛地势平坦，但却一直未得到开发。因为半岛东南低、西北高，溪流从东南入海，但潮汐倒灌使这一带盐碱化而无法耕种，西北面没有碱害的问题，却又缺水。乌古孙泽巡视了整个半岛的地形，对下属说：

“三条溪水白白流入大海，而不能用于灌溉，真是太可惜了！”

他组织民众疏浚淤塞的湖泊，筑堤修坝，把三条溪水都拦蓄起来，再开挖了二十四条渠道，通达于整个灌区。渠上都设了闸门，派专人守视，不时启闭以满足大田的需要。就这样，乌古孙泽在雷州半岛开辟了良田数千顷。对于他的这一项德政，当地百姓在民歌中唱道：

舄卤为田兮，孙父之教。渠之泱泱兮，长我粳稻。自今有年兮，无旱无涝。

多么好的父母官啊！忽必烈想，要是有几百个、哪怕是几十个这样的地方官，天下大治就指日可待了。乌古孙泽和刘国杰一样，也是女真人，看来女真人中真出能臣。

老臣的进谏永远值得重视

前右丞相安童去世了，才四十九岁。

对于安童的死，忽必烈确实十分伤感。中统元年，安童以元勋之后补入宫中宿卫时，还是一个十三四岁的童子，三十多年来，除了中间有九年的时间羁留在漠北，一直就没有离开过忽必烈。从少年到青年，再入中年并未老而先衰，忽必烈观察到了这全部过程，怎么能够不为他的死讯而动感情？他沉痛地说：

“别人告诉我丞相病了，我一直都不相信，怎么这么快就走了呢？这是天丧朕的良弼啊？”

悲伤是真挚的，但最后一句话却未必完全由衷。或者曾经视为“良弼“（好助手），但现实的情况却是安童已经罢相两年了，什么职务也没有，只不过享受一份俸禄、没有致仕回归田舍而已。这是“良弼”应该受到的对待吗？很明显，谁也能看出来，忽必烈不再信任他了。

安童的不被信任当然主要该由他自己负责，因为自从他从海都那里释放回来以后，一直就没有勇敢地承担过职责。卢世荣、桑哥专权期间，安童一直是首相，可他没有正面抵制过他们祸国殃民的行为。因循苟且，明哲保身，忽必烈就是根据这条罢了他的相位。皇帝有意要凸显他失职宰相的形象，以便自己能减轻若干用人失误的责任。可是安童不可能全部接受皇帝内心的逻辑，他觉得委屈。当年他是因为跟阿合马不合拍而被派到阿里麻力去的，那实际上是一种流放，不仅环境艰苦，而且要周旋在那些如狼似虎的北方诸王之间（昔里吉、撒里蛮、药不忽儿、海都，一个比一个凶恶），要不是他善于应对，就是有十条性命也回不来了。自己在海都处拘押了那么久，却没有丝毫有辱国格人格的表现，回朝以后，有些人造谣中伤，说他向海都称臣讨好，忽必烈当时表示绝对不相信，但是安童心里明白，忽必烈内心深处是种下了怀疑的，在召见自己的那个夜晚，谈到四更天，皇上为什么翻来覆去老是问海都和自己谈话的内容，无非是想从那些细节中分析出我在海都面前的真实表现。卢世荣也好、桑哥也好，他们得以窃据国柄和我安童绝无任何关系。事实上，我还曾经两次提出过撤换桑哥的建议，但皇上根本就听不进去。到了至元二十五年，一切权力归尚书省，我中书右丞相已经是徒有虚名了。我多次请求病退，可又得不到批准，我除了因循观望，还能有什么作为？可是到了至元二十八年，撤销尚书省，却连我这个中书右丞相也一起撤掉了。这是什么意思？难道桑哥作恶多端却要我来替他负责任么？安童想不通，越想越不通。终于积郁成病，拖了一年多，不治身死。

安童罢相以后，接替的人是完泽，但忽必烈最信得过的却是平章政事博果密。许多事情上，博果密都能起到别人无法代替的匡正作用。西藏僧人利用忽必烈笃信佛教的弱点，提出来索要金银币帛祀奉神佛，忽必烈正积极着手准备远征爪哇，平日就比较吝啬的他，此时更难得拿出手，更何况数字又如此巨大。此事他只能和博果密一人商量，博果密说：

“他们信奉的佛，不是以去贪为宝吗？怎么会需要这么多金银作贡奉呢？”

忽必烈听了这话，很以为然，便驳回了喇嘛们的请求。因为有了博果密“去贪为宝”的理论依据，他也不担心神佛的怪罪了。

近臣中有人提出应该将大都居民中的蒙古人和汉人分区重新安置，以避免发生不测事件。博果密却就此发表了自己一针见血的看法：

“大都居民，许多系新迁入不久，还没有完全安定下来，如果又要大规模搬迁，必然令他们失去生业，折损钱财。此种计划分明是奸人欲从中取利（仅房屋交易便将给那些专擅其事者带来难以计算的好处），交结近臣，让他们以进忠言的形式来为实现自己获利的目的服务。”

接着他又把大都城中蒙古贵族及官吏的宅第和汉人居民房屋犬牙交错的分布情况，绘制成图，呈交忽必烈，让他知道实际情况的复杂和它的难于处理。忽必烈也看出了这个搬迁计划纯属劳民伤财，便降旨毋容再议。

近臣中又有人告发右丞相完泽枉法徇私，忽必烈向博果密了解情况，博果密说：

“完泽和臣一样，抱着待罪的心情在中书省工作，怎么敢胡作非为？！”他先肯定了完泽不会干违法乱纪的勾当，然后再说，“而且，完泽位居宰辅，如有人揭发他阴私不法之事，应该当面质问，落实情况后，明示责降。如果只是内怀猜疑，非人主至公之道。”

事后核查对质，果然是诬告。忽必烈大怒，命左右把告发者猛抽了一顿嘴巴并赶出殿外。这天天气很冷，忽必烈解下自己身上的黑貂裘外衣赐给了博果密，算是嘉奖他帮助自己避免了一个可能出现的失误，而这个失误将导致对首辅大臣的判断差错，甚至造成冤狱。

忽必烈常对近侍之臣称赞塞咥旃是个能干的人，臣下们不明缘故，但不敢多问，只是习以为常地唯唯称是。博果密有一次态度从容地问忽必烈，这塞咥旃究竟有些什么出众之处？忽必烈略想了想，轻轻答道：

“他在宪宗（蒙哥）在位时颇受信任，许多次背地里给我以财力上的支援。”

博果密听了哑然失笑，然后严肃地说道：

“这就是所谓为人臣而怀二心者。今天要是有人以内府财物私下里交结亲王，陛下认为这算是什么性质的行为？”

忽必烈赶紧挥手制止他继续说下去：

“不要说了，不要说了！是朕一时失言。”

至元三十年（1293 年）十月，一颗光芒达尺多长的大彗星，进入了紫微星座所处的天域。这可不是什么好事情，紫微星是帝座，彗星闯入帝座，谁能看不懂？谁能不担心？谁能不害怕？而且，谁也不敢随便议论这件事。

夜里，忽必烈把博果密召进宫中，征询他对这异常天象的见解。彗入紫微，绝对是一种天意的显示，而且当然不是祥瑞，问题是人能够有什么办法对它进行消解。博果密答道：

“风雨自天而降，人则造屋宇以安身，江河隔断了大地，人则作舟楫以通行，天地有些办不到的事情，人还可以通过自身的努力去创造，此人所以能与天地参。而且当父母发怒的时候，人子不敢抱怨，只能更加恭谨孝顺，所以《易经》上说，‘君子以恐惧修省’。《诗》

曰，‘敬天之怒’。三代圣王，谨守天戒，所以能善始善终。汉文帝在位时，同日山崩达二十九处，日蚀、地震频频发生。但由于他善用‘敬天’‘修省’之道，上天也产生悔过之心，于是，海内粗安，生民乐业，此前代之龟鉴也。愿陛下效法。”

接着博果密向忽必烈讲诵了汉文帝日蚀求言诏里面的主要内容，其中有云：

> 朕闻之，天生蒸民，为之置君以养治之。人主不德，布政不均，则天示之以菑（灾），以诫不治。乃十一月晦，日有食之，适见于天，菑（灾）孰大焉！朕获保宗庙，以微眇之身托于兆民君王之上，天下治乱，在朕一人，唯二三执政犹吾股肱也。朕下不能理育群生，上以累三光之明，其不德大矣。令至，其悉思朕之过失，及知见思之所不及，匄（概）以告朕。及举贤良方正能直言极谏者，以匡朕之不逮……

难为忽必烈这样一位八旬老者，听得悚然动容，不住地点头称善，并对博果密说：

“这些话很合朕意，你再重复诵读一遍。”

博果密于是又为他逐句详细讲解，君臣二人围绕着这个话题长谈到四更天。

第二天，就有了大赦天下的诏书。第四天，又下了禁止买卖人口的敕令。忽必烈虽然不愿意向臣民们表示“人主不德，布政不均，则天示之以菑”“朕下不能理育群生，上以累三光之明”这一类的意思，但推行善政的态度倒是很明朗的。当时买卖人口是个严重的社会问题（北人买南人），每个妇女可以卖得二三百两银子。处处有人市，价分数等。人口贩子，买进卖出获取暴利，有的童男童女甚至被辗转倒卖了十多次，买主为防止逃跑，或用药将他们变哑，或用火将他们烙伤，驱使那些孩子有如禽兽，种种不人道现象令人发指。忽必烈禁止人口买卖确实是积下一行大德。

要行善政，以“养治天下之民”，以“获保宗庙”，首先还必须像汉文帝一样广开言路，向臣下征求批评和意见，所谓“悉思朕之过失，及知见思之所不及，匄（概）以告朕”。这时，正好爱提意见的王恽从福建闽海道提刑按察使位置上被召还大都，忽必烈知道他好指责时政，便召见他，慰谕良久，然后鼓励他提意见。

王恽先前在太子真金身边是极有影响力的人。太子死后，他就被外放，后来曾一度被召回，但他不能与卢世荣合作，又不为桑哥所喜，于是许多年来一直下放在福建边远地区。他倒一点也不在乎，当年卢世荣想笼络他，可他就是不受抬举，根本不去见面，别人问他原因，他说：

“力小任大，剥众利己，没有听说能够保全始终的，隔得远远的我还怕脏污了自己，怎么还敢去靠近！”

这样的态度只下放而未受害已经算是幸运的了。现在，他回到了大都，可是他一点也没有准备采取明哲保身的沉默战术。而且他不说则已，一说就是长篇大论，就当前政治的迫切问题他一口气提出了十四条建议。

王恽的十四条建议立论的基础是：“臣闻自古创业垂统之君，必定制画法，传之子孙，俾遵而守之，以为长世不拔之本。臣请以立法定制为论治之始。”

他建议的主要内容是：

一是议宪章以一政体。国家有天下六十余年，从中央到地方，徒具司法之官而无可守之法，这就如同有医而无药。于是平刑断狱，酌量准拟，不同时间、地域，差异甚大。宜将已定之律令，颁布为新法，与民更始。

二是定制度以抑奢靡。古之衣服、饮食、舆马、屋庐，皆有恒制。今则臣民衣着消费，逾于公侯贵戚。僭越暴殄，致使物价踊贵，钱币虚轻，上下困弊，日甚一日，宜重行定制，禁止奢华。

三是节浮费以丰财用。财非天来，皆自民出，当量入为出，一切省减。改变每岁经费不足的状况，力屈财殚，非所以养民而强国也。

四是重名爵以揽威权。古称官爵为天赐，不轻以付人。今四海一家，权宜假借之举，日见希阔，正是国家收揽权威之时。近年委重任者，不考其一贯表现，即授崇品，固然是驾驭英雄、励其建立功业的手段，但也会带来用非其人贻误国事的后果。

五是议廉司以励庶官。廉（访）司初设，内外之官悚然有改过自新之意，大奸巨猾，畏慑而不自安。行无几何，法禁稍宽，监督者劲气自敛，奸弊者潜滋复萌，风气败坏，官吏无耻。宜人法并任，精选人员，优加俸禄，官有作新之气，吏无糊口之虞。我之气既伸，彼安得不振；我之政既肃，彼安得或私！风气将为之一新，政治之澄清有望矣！

六是讲保举以核名实。实行《品官保举法》，南方尤宜急行。因为前之所谓省调官，往往贿而后放，行省注拟，尤为滥杂。所以贪赃之徒盘剥渔侵，惨于兵凶。盗贼窃发，指此为名。今宜委派官吏，进行分拣，其停职、革职人员，不至于开除者，降职下放到边远地区；边远地方之有见识有业绩者，使之升迁内调，这样来形成一种激励机制。

七是设科举以收人才。进士之选，历来为取士正科，理不可废。

建立了定期的考试制度，士争力学、人才辈出的好局面指日可待。

八是试吏员以清正务。前代取吏，规矩甚严。今之府州司县一切胥吏（公务员），多为长官推荐，滥竽者甚众。不如实行吏员法进行考试，中选者取得吏员资格，各州府郡统一考试标准，并制定相应的待遇及晋升办法，月俸之数，按级定规，先使得糊其口，然后再责以廉。

九是恤军民以固邦本。国家自攻襄阳以来，军事总动员已达四次。军队所需供给，全赖民户充办，急征暴敛，侵渔无法。请将历年来民间积欠部分，概行蠲免。

十是复常平以广蓄积。为平抑粮价而设立的常平仓，是保护贫民的古今良法。近年来徒有名而无实。请诏示各路复设常平仓。

十一是广屯田以息远饷。一切边境地区因人口内迁被抛荒的土地，应置营屯（军事屯田），或招募愿屯垦者耕种。已有营屯，应派遣尽心有为的能臣，检勘督促，所谓极人为而尽地力。

十二是息远略以抚已有。陛下临御三十余年，广有四海，三皇五帝以来，未有如此之盛。愿息远略（放弃向外扩张），抚已有（经营版图以内的国土），此天下臣民之所愿也。

十三是感和气以消水旱。近年以来，水旱无时，霜灾屡作，山崩地震，变出非常，奸臣柄用，盗贼窃发，百姓嗷嗷，日趋于困。此与国家用兵太盛，不无关系。陛下未尝不以生灵为念，国书诏条，莫不弃捐细故（不计较琐细的纠纷摩擦），讲信修睦。愿陛下为民祈天请命，使黎庶知其无好兵之心，天地鬼神谅其不得已之意，庶几天回哀眷，易乖戾而为和平，变荒歉而为丰稔，天下幸甚！

十四是崇教化以厚风俗。国家以四教为本：仁以养之，义以取之，礼以安之，信以行之。而前执政者（指桑哥），曾不务此，专以威虐肆心，督责为令，取办一时，流毒四海。其陵迟偏颇，不可救药，又如何能指责民心之不敦厚、风俗之不纯良？！惟四者本立，天下悚然有忠厚廉耻之心，于是父子有亲，君臣有义，四海之内，风恬俗美，臻于教化。

忽必烈看了王恽的指陈时政十四条，首先是表示肯定，称赞他关心国事的精神，同时也接纳了他的基本观点。为了表示嘉勉，诏授王恽为翰林学士。可是忽必烈没有采取任何具体的步骤来贯彻落实王恽的建议。从总体上说，忽必烈觉得王恽和别的儒士们一样，长篇大论多是着眼于宏观，大视野、大问题、大方案，但却常常因为大而失之迂阔甚至空洞。你不能指责他们在理论上有什么错误，但也不容易在实践上找到准确的切入点。就以王恽的十四条而言，其中设科举、试吏员、复常平、广屯田几项较为简单，但具体实施却还需要制定细则，至于其他各项简直就不具备可操作性，特别是“感和气以消水旱”“崇教化以厚风俗”等等，尤其如此，是纯粹的从理论到理论。

然而，即使是纯粹的理论也没有什么坏处，国家的政治生活有时也需要这些东西来点缀，它是社会文明化的一个重要标志。忽必烈很为自己对这一点的理解而自豪，蒙古人过去在这方面完全是一片空白。而不把这一切尽快地吸收并消化，要维持对一个庞大帝国的统治是根本不可能的。所以要重视对汉儒文化的推广，要充分发挥汉儒在国家政治中的作用，也许不应该授予他们最大的权力，但一定要让他们享有尊崇的地位。

在王恽的十四条建议中，忽必烈真正不以为然的只有一条，即所谓“息远略以抚已有”。汉儒们总是对帝王的开拓边疆的事业抱一种抵制的态度，所谓“息远略以抚已有”，无非就是劝朕满足于已有的统治范围而放弃对周边的征抚。他们难道不明白，有没有“远略”，以及实施“远略”有无成效，这是衡量一个帝王毕生业绩的主要标志！其实，儒生们经常提出“天下混一、四海升平”的向往，但如果所有的君主都满足于“抚已有”，那么这种统一昌盛的局面又如何得以形成呢？儒生们动不动爱说“三代以上”如何如何，可是“三代以上”的君主所统治的有多大一块地方呢？充其量也不会超过朕的一个行省辖区。历代的圣君雄主如果没有“远略”，那么今日之中国能有现在的规模和实力么？

当然，“远略”的实施，常常免不了要打仗，而战争就要造成损失、带来痛苦。任何一位英明的君主都不会单纯热衷于打仗，都会懂得临之以威、晓之以理、诱之以利、动之以情的几手策略，只要对方能真心臣服、恪守臣道，谁愿意劳民伤财地去诉诸武力？！朕已经年近八秩，早已不能上马挽弓，也没有了远征异域的兴致，但遇见那些不肯俯首听命的小邦之君，你还是不能一味忍让、迁就纵容吧？姑息即是养奸，非帝王求治之道。王恽老儿“息远略”之论，用心虽然不恶，而立意却实在迂腐。

眼前就有一个安南王陈日烜多次拒命不肯来大都朝觐天子的问题。忽必烈认为这事不可以小视，必须认真处理。

几十年来，安南和日本一样，始终是忽必烈的一块心病。至元十八年秋天远征日本所遭到的惨败，不但不能使他放弃继续进攻的打算，反而激起了他更强烈地灭亡这个岛国的决心。他积极筹措了好几年，但终于因为建造船队、征募水手等投资太大、困难太多而无限期地把计划延后（实际上是中止了）。既然明知力不从心，他也就表示接受了臣下们劝谏的那些理由，什么“僻陋海隅，何足劳天戈”“可伐而不可怒，可缓而不可急”等等，把一腔怒火强忍了下去。特别打动忽必烈的是吏部尚书刘宣的几句话：“日本海洋万里，疆土阔远，……纵不遇风，可到彼岸……彼军四集，我师无援，万一不利，欲发救兵，其能飞渡耶！隋伐高丽，三次大举，数见败北，丧师百万；唐太宗以英武自负，亲征高丽，虽取数城，徒增追悔。且高丽平壤诸城，皆居陆地，去中原不远，……尚不能克，况日本僻在海隅，与中国相悬万里哉！”日本确实具有一种人力不可改变的“地利”之便，而这种“地利”，又会带来“天时”（海上风浪不测）与“人和”（彼全民皆兵而我后援不至）的结合，要想攻克它是难乎其难，只能忍痛作罢了。但是安南的情况却并非如此。

安南与中国山水相连，虽说是山高林密，道路崎岖，还有什么瘴疠害人、虫蛇剧毒等等，但总之并非不通人迹，别人走得，难道我军走不得？朕当年离开大理北上时就曾经嘱咐兀良合台，要他伺机行事，把安南的问题解决了。可是四十年来，数次用兵，安南总是不肯老老实实低头臣服，只是上表进贡，说几句好话，送上些礼品，而其国王是从来不肯到大都来朝觐的。忽必烈忘不了至元二十五年皇子脱欢是怎样地被打得狼狈逃窜、只身归来，他气得下命令让这个儿子终生不要再来见他。虽然后来安南王陈日煊又上表请罪，赔礼认错，但忽必烈的怒气并没有化除，他一直在准备力量南征，要一劳永逸地彻底解决安南问题。

1291 年（至元二十八年）冬天，安南国世子陈日烽遣使到大都报告他父亲陈日煊病死他将袭爵为王的消息。这本来是一种讨好的姿态，你承不承认，赐不赐封，反正他已经即了王位，报告请封，是尊重你的宗主国地位。可是这件事却惹发了忽必烈的怒气，他又打算再次出兵安南——陈日煊虽然死了，也要问他的罪。

陈日煊的一项大罪就是屡次拒绝来大都拜见忽必烈。从至元二十二年夏到二十五年春，安南先后两度大败元军，李恒、索都、阿巴赤、樊楫数员大将均死在安南军手下，想到这点，忽必烈就火冒三丈；同样是想到这点，陈日烜就害怕万分，所以元廷多次召他入朝，他就是不敢来。实在催逼不过了，他就派他的一位叔父陈遗爱入朝。忽必烈因恼恨陈日烜，便要了点小手腕，册封陈遗爱为安南王，并且派人把遗爱送回安南，其用意当然是挑起安南王室的内讧。果然，陈遗爱回国不久就被他侄儿陈日烜设计害死。于是，忽必烈派使者向陈日烜问罪。陈日烜知道此时有理也是说不清了，便干脆来个拒使不受命。他当然也想到了忽必烈的下一步必然是军事进攻，便积极进行防御作战的种种准备。由于他的备战措施颇有成效（许多工事都是多年来不断修筑完善），忽必烈派来问罪的队伍刚入边境便遭到挫败。就在这个时候，陈日烜患病身死，王位传给了陈日烸。

陈日烸袭爵的表文其实就是在南征部队受挫的战报之后没多久送到的。忽必烈还正在气头上，他召集中书右丞相完泽和中书平章政事博果密等人商议继续向安南进兵。博果密和完泽都不赞成用兵。完泽说：

“陈日烜拒命不朝，罪当讨伐。现其人已死，其犯上不臣之罪于理不当追及妻孥。陈日烸报请袭爵，则其臣服大朝之意甚明。可派遣使臣前往晓谕义理，令其来朝。不用干戈而再实藩封，于国于民，均属有利。”

忽必烈沉吟不语，博果密看出皇上的心思已然同意完泽的意见，只是在出使人选问题上还未拿定主意，便连忙接过话茬说道：

“蛮夷小邦，本不足以劳中国。”他先说两句自大的话让忽必烈高兴，然后接着就提出具体建议，“前临安广西道军民宣抚使张立道，前些日子才被调为大都路总管，现在还未启行来京，可令他就近出使安南。他曾经两次出使安南，都能不辱使命，这次再派他去，想必也不会推辞，再说他也是第一流的安南问题专家。”

忽必烈听他提起张立道，果然立即表示同意。但就从广西直接去安南，似乎太嫌草率，于是以加急文书将张立道召回大都面授机宜。

“安南小国，犯上不恭，今遣汝前往代谕朕意，使其知惧来归。望卿能尽心尽力。”忽必烈简洁地向张立道交代使命，事情的前前后后就不必说了，张立道对情况清楚得很。

“君父之命，虽蹈水火不敢辞。臣愚恐不足专任，乞另委重臣一人，臣为之副。”张立道说。

忽必烈听出他的意思，当副手是托词，他是需要一个郑重的名义，便连忙接口道：

“卿是朕心腹之臣，再派一个居卿之上，只会妨碍你的思考和决策——授卿为礼部尚书，佩三珠虎符。卿只管放开手脚独当其任。”

安南息兵，爪哇遭败

礼部尚书这样一个正部级头衔，应该说是够分量了。张立道带着随行人员和皇帝赏赐的锦绫衣段、金鞍玉辔等物向安南出发。

张立道是北方（河北大名）人，可是在南方做官已经三十来年，习惯了南方的一切。因为父亲张善是拖雷手下的亲信，张立道十七岁时就补入宿卫，随侍忽必烈。中统初年，他跟着忽必烈北征阿里不哥，以机灵勇敢而为人所知。至元初年，皇子忽哥赤封云南王，忽必烈就诏命张立道随忽哥赤往云南就藩任职。

张立道一直对农业很感兴趣，他劝忽哥赤发展农业，天下百业，务农为本，农业发展了可以富民生、厚民俗，是实现安定团结的第一重要前提。忽哥赤便委他为大理等路劝农使，兼领屯田（农垦）事务。

农业还未来得及发展，“安定团结”方面却发生了大问题。云南三十七部都元帅宝合丁长期在这“山高皇帝远”的地方行专制之权，渐渐萌生了窃据一方的野心。忽哥赤被派来做云南王，对宝合丁当然是一个实现野心的极大障碍。他思量再三，杀机陡起，请人调制了云南特有的“孔雀胆毒酒”，然后请忽哥赤赴宴，用特制的双层酒壶斟了毒酒送入忽哥赤口中。

宝合丁收买了王府的人不许走漏消息，但张立道还是很快就知道了。他急忙赶往王府，守门人却不让他进（想必已被宝合丁贿买）。张立道大怒，双方争吵起来，惊动了忽哥赤，才让人召他入内。张立道把宝合丁下毒的事一一报告，忽哥赤也不作声，只是抓起张立道的手放入自己口中——原来他的口腔已经溃烂了。张立道来得太晚，一切已经无可挽回。

当天晚上，忽哥赤就死去了。宝合丁于是得偿所愿，他窃据了王座，又派人来向王妃索要王印。张立道约集了有心除奸杀贼为王复仇的义士共十三人，歃血为盟，准备共同举兵声讨宝合丁，同时推定一个人往京师报信并求援。

报信的人走了，但起事的计划却在行动的日期前暴露了。宝合丁先下手，把张立道等人囚禁起来，准备待诸事就绪后处死。有一个管理工匠的提举官叫张忠，也是河北人，平日里被张立道认为宗兄，相处甚厚。这个张忠胆大仗义，喜欢结交些江湖上人物，颇受他们爱戴。此时张忠决心要把张立道从濒死的绝境中救出来，便求助这些江湖朋友，夜间前去劫狱。这些鸡鸣狗盗之辈上战场不一定行，但劫狱之类勾当却在行得紧，果然马到功成。

张立道出了牢门，便连夜带着这伙人北上吐蕃（川西藏区），打算回大都告急。一干人等走到半道便遇见了奉忽必烈之命赴大理问罪的御史大夫博罗欢、忽哥赤的师傅别帖，还有原先推举去送信的那人也被一起带回来了。他们这支队伍回到云南，立即按律查治宝合丁和其他同谋的罪行。诛杀巨奸，人心大快。

事情完了，张立道奉旨入朝。忽必烈详细地向他询问宝合丁之变的前后情形，当张立道向他说到忽哥赤中毒身死的若干细节时，忽必烈忍不住流下了几行热泪。欷嘘良久后说道：

“你等为我家中事，可谓劳苦之甚。现在作何打算呢？是愿侍候朕，还是愿意侍候太子或者安西王呢？总之随你们的意思办！”

张立道等人都愿意留在忽必烈身边做事。于是各授官爵不等，张立道还特赏黄金五十两。

没过多久，因为出使安南的需要，又把他派到了云南。从安南回国后，他被任命为大司农兼理大理等处巡行劝农使。就是在这段期间里，他完成了围垦滇池的伟大工程。通过疏浚排水，把一个“五百里滇池”变成了接近今天的模样，从滇池边上得到了万余顷良田。除了垦殖，他引进蚕桑、设置学校、教化野人、改良风俗、招剿叛逆、拓展郡县，做了不少事情。但此后的相当长的阶段里，他的官职却没有什么变化，一个临安广西道宣抚使（兼管军招讨使）他干了十多年。至元二十四年，他入朝述职，因为不受桑哥看重，还一度投闲置散（即挂起来）好长一段时间，直到至元二十七年，才被重新起用。

话说张立道奉了圣命，带着一干随从，晓行夜宿，不觉便来到安南地界。陈日煊派了官员到国境线上来迎接天朝使者，张立道只交代了那位迎宾官员一句话：

“回去告诉世子，要亲自出城迎接天子诏书。”

陈日煊照办了。他带着百官，焚香伏拜于道左，向天朝使臣致意。进了王府以后，陈日煊毕恭毕敬，拜跪钦使，听张立道宣读诏书。张立道转达了忽必烈的命令，历数安南王不臣之罪。陈日煊诚惶诚恐地听完了训斥，然后说：

“我国三世以来都有辱您来出使，真是又荣幸又惭愧，荣幸者受益良多，惭愧者无以报答。阁下是大国之卿，也就是小国之师也，不知又将何以教我？”说话的态度是极为诚恳。

张立道也不客气，直接就进入了正题：

“当年镇南王（脱欢）奉命来讨伐汝国，并不是你安南能打败他，而是由于他不用向导，率众深入，山中不见一人，乃迟疑而返，还没有走出险境，风雨骤然而至，弓矢被水浸坏，众军不战而自溃，天子（忽必烈）也已经知道了此事。”张立道这段话说的虽是历史，用意却在现在。告诉安南不要心存侥幸，元朝君臣对此仗已有一致的评估。接着他又说道：

“汝国历年来所恃者，无非是山海之险，瘴疠之恶而已。但是云南、岭南地方，与安南风俗相同，技艺相同，现在用他们来出兵，后面再以北方的劲卒压阵，难道你们还能对抗得了吗？”

说完了作战条件，以下便是对未来的估计：

“你打败了，惟一的出路是逃入大海，那时海岛上的蛮族，必然会乘衅来袭扰你，你没有后勤补给定然不能持久，迫不得已就要向他们屈服，与其臣属于岛夷，何如臣服于天子呢？现在海上这些蛮族，每岁向你进贡，也是害怕我天朝大国作你的后盾。圣天子有德于你不可谓薄啊！”

分析完了战后的利害得失，张立道话锋一转：

“前年我国出师，并不完全是皇帝的意思，当时边将报奏了许多对你不利的材料。你一直不清醒，不知道派出使节，进京谢罪请命。相反动辄称兵抗拒，驱逐我国使人，以至终于激怒我皇上，要兴兵讨伐。现在祸事临头了，世子你要早拿主意。”说完，他冷静地望着陈日燇，看看对方究竟有什么反应。

陈日蹲果然拜倒在地，一边哭一边说：

“阁下的话说得太对了。为我谋事的人，都想不到这些，前些日子打那一仗（指陈日煊临死前挫败元军之战），不过是拼死救命的意思，难道我们真的不惧怕天子的威怒吗？今天阁下到此必能救我军民之命。”

说罢，他又向北面叩拜，口中不住地念叨，说是誓死不敢忘天子再生之德。拜完了，把张立道迎入王宫，拿出许多奇珍异宝要献给“天子之使”，谢救命之恩。张立道一点东西也不受，只是坚持要陈日烄随他入朝，说是只有这样才是救他性命的惟一办法。陈日烄哭丧着脸说：

“贪生畏死，人之常情，日烄凡人，岂能免俗？如果皇上有诏书赦我为无罪，我还有什么不入朝面圣的道理！”

接着他就派遣大臣阮代之、何惟岩等随张立道去大都谢罪，恢复过去每岁朝贡的制度，而且表示自己愿意在赦书一到之后立即启程赴京师朝觐天子。当时大都朝廷里有那么几位大臣不想让张立道太显山露水了，真要下了赦免诏，把个几十年不肯来朝的安南国主弄到北京来了，那他张立道的风头可就出到顶了。这些人不愿意看到张立道占尽风光，于是他们坚决反对发赦免诏，说是先朝而后赦，旧例一贯如此，事关天朝体面，不可随意更改。

越是不肯下诏，陈日烄越是害怕，最终，他还是没有到京师来朝见。

张立道对朝廷不下赦令当然感到失望，因为陈日烄没有来朝觐天子，就说明自己的外交使命没有完成。但事已如此，有什么办法？他只能接受新的任命到浙江后又转到四川做官去了，这是至元二十八年夏天的事。

到了至元三十年，忽必烈又派了另一个大臣——淮西宣慰副使梁曾出使安南，还是要他动员陈日烜来朝，这件事不实现，忽必烈不安乐。

梁曾出发前授吏部尚书，佩三珠金虎符。礼部郎中陈孚任他的副使。梁曾也曾经长期在云南、广西为官，当过云南诸路行省都事，后又升转广南西道左右两江宣抚使，加之至元十七年，他曾经到安南出使，因此他对安南的情况是十分熟悉的。正因为熟悉，一开始就几乎为了从哪座门入城而闹僵。原来安南的京城北面有三个门，中间的叫阳明门，左边日新门，右边云会门。前来郊迎的安南陪臣安排他们从日新门进城。梁曾一听就火了，大发雷霆：

“奉天子诏书而不由中门，是有辱君命。不进城了，回去，回去！”他说回去并不是说马上回北京，而是回馆驿，看安南方面的反应如何。不一会儿，陪臣又来通知，说是请从云会门入。左门改为右门，反正不是中门，那有什么意义？梁曾仍然不肯进城，也不再说回去。

安南方面终于妥协了，决定从阳明门迎接梁曾一行人入城。梁曾并不以这第一个回合的胜利为满足，又提出要陈日烜亲自出城迎接诏书。见到陈日烜，梁曾又给他上了一顿课，从以小事大的道理讲起，大肆宣传了一通忽必烈的威德之后，再次劝他入朝圣，指出邀天子之恩宠是他自保求存的惟一办法。陈日烜一面听一面显出一副极其感激钦佩的表情，不住地点头称是。不过说了半天，他还是不肯爽快地表示自己愿意随梁曾一道去大都谢罪。梁曾后来又连续开导了他三次。最后，陈日烜命令国相陶子奇等先期随梁曾诣阙请罪，并献上一篇文辞华美的《万寿颂》，对忽必烈阿谀吹捧极尽其能事。另外还有金册表章，地方特产等物。另一方面，也给梁曾个人赠送了大量黄金器币及各色珍宝，梁曾一点也没有接受，全部把它退还给了陶子奇。

一行人来到大都，已是八月中秋时令了。梁曾先向忽必烈汇报了此行前后情况以及双方交换的有关文字材料。忽必烈很高兴，解下自己的衣服，赐给梁曾，并且令他就地而坐跟自己说话。这是少见的恩宠，如果不是元朝皇帝有踞坐在毡上据矮几办公的习惯，那就要视为严重的君前失仪之罪了。中书右丞阿里看到皇上如此抬举梁曾，克制不住内心的嫉妒，流露出不以为然的神色，嘴里还不停地在嘀咕。忽必烈看到和听到了这一切，顿时勃然大怒：

“梁曾两次出使外国，凭口舌之能而息干戈之患，于国有功，你怎么敢摆出这种态度？！”

阿里吓得不敢再有半点不满的表示。这一天，刚好一位亲王从和林来大都朝觐。忽必烈命令内侍斟酒，先赐给梁曾，同时对亲王说：

“你所办的是你的事，梁曾所办的，是你和我、我们大家的事，——所以，你不要认为先给他赐酒是怠慢了你。”

随后，忽必烈又在便殿中专门为梁曾赐宴。当晚还要他留宿于宫中，君臣细说安南情事，直到二更时分。第二天，忽必烈正式召见安南来使陶子奇等人。安南人呈献了特产大象、鹦鹉等，忽必烈看了喜不自胜。梁曾还当场表演了一手绝活，用袍袖指挥大象，让那样庞然大物或立或坐、或匍或卧、或进或退、或左或右，无不听命。看到梁曾俨然像个驯象高手，忽必烈心中十分惊奇。所有的象，没有一头不听梁曾的指挥。忽必烈想，这真是个有福之人，所以能令巨象驯服。他问梁曾道：

“你曾觉得害怕么？”

“当然也有些怕，但君命不敢违。”梁曾答道。

忽必烈所问的似乎是指他驯象的事，问他害不害怕那庞然巨兽。梁曾的回答却似乎是指出使的事，因为君命是要他出使，而并非要他去驯象。驯不驯象并不涉及是否有违君命的问题。虽然答非所问，忽必烈仍然称赞他答得好。

因为有人曾经进谗言，说梁曾接受了安南王陈日烜的贿赂，忽必烈便问及这件事。梁曾不慌不忙，坦然回答道：

“安南王曾送臣黄金器币及珍奇宝物，臣未收受，全部退给了陶子奇。”

“嗨，你为什么不收？收一部分有什么不可以？”忽必烈笑眯眯地说，有点像打趣，又似乎很真诚。梁曾的诚实和廉洁使他心里很舒服。

梁曾没有作声，只是浅浅一笑。使臣在外收受贿赂，这是最犯忌的事，弄不好丢了脑袋还不知道是怎么回事，以我梁曾的学识和政治阅历，这点常识难道还没有？皇上笑着说“收点有什么不可”，可你要是真收了，皇上恐怕就不可能再望着你笑。

为了表彰梁曾，忽必烈赐给他白金一锭、金币二枚，数量是不多，主要意义在于它象征一种崇高的荣誉，为了突显这一点，他还命中书省将出使安南的三珠金虎符永久赐给梁曾，作为这次成功的外交行动的纪念性的嘉奖。

忽必烈虽然已经是风烛残年，但对于遥远的外部世界的向往和渴望丝毫也没有减退。

往北，蒙古人的统治已经到达了蛮荒的不毛之地，沿着叶尼塞河（谦谦河）、鄂毕河（亦马儿河）往下游前进，寒冷而漫长的冬天使人无法忍受，那里没有什么再值得去追求的东西了。往西，确实还有非常美丽宜人的大片土地，可是，钦察汗国和伊利汗国是通向西方的前沿，再要西进，首先也只能是这两个王国的事。而且，那里也过分的遥远。往东，茫茫大海中，只知道有日本国和瑠球（台湾）。为了征服日本，付出的代价真够惨重的，海上的风涛惊险莫测。1281 年

（至元十八年）秋天平壶岛一仗，就损失了十多万人，此后再也组织不起大规模的远征舰队。至于瑠球，至元二十八年曾进行过一次试探性的进攻，结果也是无功而罢。当时，海船副万户杨祥奏请带兵去征伐。忽然有个叫吴志斗的福建人，向朝廷进言，自称熟悉海道，请准其先往进行招谕，如果瑠球王坚持不降，再出兵也不为迟。忽必烈准其所奏，委任杨祥担任宣抚使，与兵部员外郎阮鉴和礼部员外郎吴志斗一齐随同前往招谕。第二年，杨祥等回朝复命，说是途遇风暴，不能到达瑠球，只好退回泉州，而吴志斗则在海上大风暴里落水身亡。有人怀疑吴志斗是被杨祥害死了，因为吴志斗一路上老是跟杨祥意见相左，作为下属，他甚至公然指责杨祥诞妄邀功，杨祥在气愤之余也曾扬言要动用军法处决吴志斗。忽必烈接到奏报后，命令福建行省按问查处，可是由于无实据可依，而不久朝廷又颁布了大赦令，此案也就不了而了之，征伐瑠球的计划从此中止下来。

往西、往北、往东，一时都没有文章可做了。那么往南呢？安南、占城、缅国，暹国都已经大体臣服，只听说大海南面甚远处还有个爪哇国。蒙古族达官贵人们对珍宝和香料的追求和爱好，使他们极为向往出产珍宝及香料的爪哇国。前往南洋群岛去招谕海上诸国的使者从至元十六年就出发了，从那时起，爪哇就开始和元朝建立了贸易往来。可是，忽必烈当然不会满足于货物的交易，他要君临那一方的人民，让他们归于天朝的版籍。1292 年（至元二十九年）春天，忽必烈蓄谋已久的征伐爪哇的战争终于进入了行动阶段。

其实，在这之前，也并非没有行动。忽必烈早就认定爪哇是南海诸番国中最具实力因而也最有影响的头号大国，只要征服了爪哇，“其余小国即当自服”。至元十六年和十七年，他两度遣使去爪哇“招谕”，爪哇国王也遣使来大都表示通好之意。至元十八年，忽必烈就命爪哇国王亲自来朝见，遭到了理所当然的拒绝。以后又连年多次向爪哇遣使，恫吓诱骗、恩威并济，但始终未能使爪哇国王屈服。至元二十六年，爪哇国王葛达那加剌自恃有些实力，不愿忍受忽必烈派来的使臣孟琪狂妄无礼的纠缠和威胁，一时火起，将孟琪跋面（脸部刺花）后送回。

忽必烈想，这可是起兵的机会来了。这个葛达那加剌竟敢向天子使用刑，真可谓狂悖之至！是可忍孰不可忍，朕自然要亲援甲胄、躬行天讨，不灭此顽敌何以服天下？

忽必烈任命经管海运的泉府太卿亦黑密失、邓州万户史弼和福建左丞高兴同时担任福建平章政事，率大小海船五百余艘、将士两万余人，沿海岸南下，直扑爪哇。因为筹措人力、物力，大军出发时已经是 1292 年（至元二十九年）冬天。

这支军队的统帅是史弼，亦黑密失和高兴任他的副手。当时在南方，除了刘国杰，没有比史弼和高兴更出色的将领了，亦黑密失则更大程度上是起监军使的作用。早在至元二十六年，忽必烈就在史弼入朝时对他说：

“内外诸臣堪为朕之心腹者甚少，朕有意于爪哇，欲以此事托付与卿。”

“陛下命臣，臣何敢自爱？南征之令一下，臣当肝脑涂地以报陛下知遇之隆恩。”史弼答道。

此后几年里，史弼没有忘记忽必烈亲自口授的这项使命，他注意搜集了解南洋一带的地理形势和风土人情，并参加水师训练，以增进航行知识，他终于使自己具备了指挥海上远征的必要主观条件。史弼在三十余年的军旅生涯中，以勇武著称。初从军时，他曾举起四百斤重的石狮走出数步之外使全营上下为之震惊。攻襄樊、破鄂州，他都是身先士卒，杀敌无数，带伤奋战，屡建奇功，从管军总管一路晋升为副万户、定远大将军。围攻扬州的时候，他领兵驻守于扬子桥。这里是扬州出入之道。宋将姜才欺他人少，以数倍的兵力来攻，结果中了他的伏兵之计，连战连败。最后，在至元十三年六月，史弼率领少量精锐，冲出了姜才的重围。突围中，史弼亲手格杀宋军达数百人之多。因为有他殿后，敌人不敢靠近，眼看着他与援兵会合，然后转入反攻。宋军全线溃败，姜才逃奔泰州。攻破扬州之后，史弼任扬州路总管府达鲁花赤，兼万户，后又升任江淮行省参知政事、黄州等路宣慰使。由于在淮西、浙西、福建等地平定叛乱功勋卓著，他在至元二十六年被拜为尚书省左丞，行淮东宣慰使。就在此时，他接受了准备进攻爪哇的命令。

史弼、亦黑密失、高兴等人率领的远征舰队，离开泉州不久，就在海面上遇到了罕见的风暴，山峰般的巨浪把船队时而抛向高空，时而卷落谷底。所有船上的将士为风浪所苦，一连好几天吃不下饭。风暴过去以后，他又带着自己的士卒继续南下。一路上，舰队经过了七洲洋、万里石塘（西沙、南沙群岛），经交趾、占城海域，最终来到了假里马答（今加里曼丹岛）地界，在此登陆驻兵，伐木制造小舟，以便进入爪哇岛的内河河道。

这时的爪哇岛上正在进行着激烈的内战。被杜马班朝征服的葛朗国（谏义里）王室的后裔哈只葛当起兵攻破杜马班，杀死了爪哇国主哈只葛达那加剌。葛达那加剌的女婿土罕必阇耶逃到麻诺八歇，积聚力量准备反攻。1293 年（至元三十年）二月，元军到达了杜并足（厨闽），高兴率步军从陆上进军，亦黑密失率领水师从河上前进，两军会师于八节涧（今之泗水）。土罕必阇耶正遭到哈只葛当的围攻，处于朝不保夕的危境，听说元军到了，连忙派遣其宰相到元营请求援救。并且献上了爪哇国的山川、户口等各项资料，表示归降之意。史弼为自己遇到了这样的天赐良机而喜不自胜，毫不犹豫派出了大批精锐，在土罕必阇耶的配合下，击退了葛郎国的围兵，接着又进军到葛郎国都答哈城下。葛郎军民进行了激烈的抵抗，但终究敌不过强大的元军，哈只葛当被迫宣布投降。

在对葛郎国的战斗中，副统帅之一的高兴起了十分重要的作用。当时，亦黑密失率领水师堵截葛郎军于西南方向，结果却扑了个空。高兴便在敌兵的东南方向发起攻击，连捷两仗，最后打得葛郎国主逃归本国。高兴分析了情况，向史弼建议道：

“土罕必阇耶虽然已经归降，但其心难测，倘中道发生变故，他又与葛郎国勾结一气，则我成孤军，悬绝于海外，其结局甚可忧虑。”

史弼听取了他的意见，兵分为三路，自己和亦黑密失及高兴，各率一路，围攻葛郎。哈只葛当组织了十万大军进行抵抗，从早晨打到晌午，终于兵败，于是才被迫请降。

四月间，史弼准备带上俘虏和珍宝等战利品班师回朝。这时，他犯了一个极大的错误——过高地估计了土罕必阇耶与之合作的诚意，贸然提出要土罕必阇耶随他一起去大都朝见忽必烈。土罕必阇耶的降元本来就是出于无奈，不投靠强大的元军，自己就要沦为哈只葛当的阶下囚，而且，他认定元军不可能久留于爪哇，只要他们一走，自己仍然是一方君主，什么已降与未降都无关宏旨。可是此时，史弼却提出来要我土罕必阇耶随军入朝，这事情可就非同小可了。忽必烈久有吞并八荒之心，我如奉命去到大都，吉凶实在难料，就算他忽必烈大发善心，给予赏赐，准我回国，但那时的爪哇还能是我治理下的领土么？谁知道他会派些什么人来干些什么事？自己最好的下场也不过就是当个傀儡国王而已！而傀儡，哪一个国王愿意当？

土罕必阇耶动了动念头，他便向史弼提出，要回麻诺巴歇去换正式的归降表文，同时也好多带些精美贡品，以向大元天子表示归顺之诚。史弼和亦黑密失表示同意，派遣万户担只不丁和甘州不花带领二百名军士作为护卫随土罕必阇耶行动。高兴是个精于谋略的将领，这一点在他当年剿灭陈吊眼的战争中已经充分证明，他觉得史弼和亦黑密失的决定太冒险，便当场表示了反对意见。但他在这支远征军中不过是排行第三，无法左右大局，只能眼睁睁地看着土罕必阇耶一行大摇大摆地去了。

土罕必阇耶随同元军一起行动了好几个月时间，尽知营中虚实。元军因为不适应赤道海洋地区的湿热气候，为疫病所困，减员甚多，而在围攻答哈城的战斗中，因遭到哈只葛当的激烈抵抗，更造成了人员的大批死伤。土罕必阇耶认定，此时的元军已经无力再进行大规模的决战。他暗地里联络自己分散在各地的部队，在途中向护送他的元军发起攻击，将二百余名军士悉数歼灭，担只不丁和甘州不花不明不白便做了无头之鬼。土罕必阇耶待自己的军队集结完毕后，便立即向史弼的大营发起了猛烈的进攻。正如土罕必阇耶之所料，史弼率领的远征军果然不敢再与爪哇军队展开决战。好在他们的舰只坚实无损，史弼、亦黑密失和高兴领着他们的二万名残病之师匆匆登上战舰扬帆北归。由于这是一支战斗力极弱的部队，一路上被土罕必阇耶追击，且战且行，虽然史弼亲自断后，但仍然损失了三千多士卒，才走完了到达海口的三百多里路程。

爪哇未能征服，但却也带回了大量的金银、珍宝、香料等方物特产。因而本来是一场失败的远征，却并未使忽必烈从扩张的迷梦中警醒，相反更激起了他强烈的占有那富庶而遥远的岛国的欲望。

起辇谷啊！神秘而安宁的归宿地

忽必烈不能容忍史弼等人遭到的挫败，他要追查这一失败的罪责。他十分了解史弼的过去，一点也没有忘记史弼在历年征战中的英勇和功绩，而且他也深知此次对爪哇的远征条件是何等艰苦，敌情是何等复杂，能保全大队归来并上缴诸多贡品，可说是不惟无过，实属有功。可是为了激励和鞭策来者，继续完成征服爪哇的宏图伟业，忽必烈觉得必须处分一下此次败归的将帅。但是对于史弼这样的勋臣宿将，怎样处分才算是轻重得宜呢？既不能让勋旧寒心，又要让臣下知儆。忽必烈盘算了很久，最后下诏：史弼受杖十七，没收家产三分之一，以惩罚他在远征爪哇的渎职罪。而为了表示公允，对于附和史弼的亦黑密失给予了同样处分，而对于力持异议的高兴则给予赐黄金五十两的奖赏。所谓“力持异议”，就是指高兴不同意将土罕必阇耶放归本国，土罕必阇耶不获自由，则元军不会遭此大败。

这年（1293 年）秋天，忽必烈召见了刘国杰（这是此时他最为倚重的将领），对他说道：

“爪哇岛国，史弼得而复失，卿可愿意为朕去辛苦一趟？”

“爪哇不过是指尖上的一点小东西，算得了什么！臣愿为陛下取之！”刘国杰的答复永远是那么充满豪情与勇气。在他眼里，没有什么办不到的事情，除非他死了。而他又从不知道怕，正像他自己说的：“为国宣力，虽身弃草野不恨，何必马革裹尸还哉！”

忽必烈听了这样的答复，高兴极了，说道：

“爪哇这件事就好像痒在心里，根本不是一般人的抓搔所能及，只有卿言深合我意。”

“犹痒在心”这话确实形象地表现了忽必烈此时的精神状态，他渴望着征服爪哇，扬威海外，为此，他很快决定筹组十万远征大军，准备让刘国杰率领再度进攻爪哇。

然而，造物无情，老天却不肯再给他以必要的时间去完成自己的心愿。其实，也不该再抱怨造物无情了，他已经是八十高龄的衰翁，在古今帝王中算罕见的寿数了。

忽必烈意识到了自己的衰老，他想尽快安排好几件大事，以便出现不测时，大局能够平稳地过渡。立储当然是这些大事中的头件大事。但他却不愿意通过一纸诏书来简单地解决自己的接班人问题。虽然他深深地知道，储嗣的名分不及早确定，往往成为一代新朝廷引发内乱的重要原因，但是，真正强有力的君主正是从斗争的实践检验中成长起来的，只有能克服复杂险恶的政治局面从中脱颖而出的人，才能承担得起君临天下的重任。

皇太子真金有两个才能出众的儿子——长子甘麻剌和三子铁木儿。真金死后，甘麻剌和铁木儿都被忽必烈放到风口浪尖上去锻炼，都有比较优秀的表现。至元二十年以后，甘麻剌在岭北镇抚各路亲王，他带兵有方，爱护部卒，实现了相当长一个阶段的安定。忽必烈听到过有关他的一些善待下属、知书识礼的传说。当初甘麻剌出征于阿尔泰山，暴风雪的日子，他烤着火坐在大帐中对左右人说：

“今天风雪如此狂烈，我等在帐中拥火而坐犹有寒意，那些从征的将士也是人啊，他们腰系弓矢，手持戈戟，在野地里巡逻站岗，该是一种多么难熬的滋味啊！”

他命令为所有的将士煮肉粥御寒，并亲自尝味遍赐各营。全军上下无不感动。

闲暇无事的时候，甘麻剌喜欢召集众将，请蒙古儒生用蒙语讲解《通鉴》，以古拟今，由远及近。听后颇多心得，他曾对近侍们说：

“朝廷委我以屏藩重任，事情做得不周到的地方，就需要你们辅助。你们中如果谁倚势作威，不听我的命令，轻者我打发他走，重者奏知朝廷处置，所以你们一定要谨慎从事，使百姓安居乐业，主上无北顾之忧，则我和你等也能安乐居于此地，这也就是报效国家之道。”

海都作乱的时候，甘麻剌因轻敌大意，诸军连败数阵，还是靠了土土哈的钦察部队，才得以突围而出。忽必烈亲征漠北后，封甘麻剌为梁王，调他到云南。过了两三年，又改封晋王，移镇北边，统领蒙古故土及今东西伯利亚广大地区。甘麻剌勇猛不足而宽仁有余，最大的长处是无论在哪里都能注意体恤民众，即使是征战或移防途中，也未尝有害民扰民之事。

铁木儿是真金的第三个儿子，当甘麻剌在平海都遭到败绩之后，他被派到北边统领军务。他到达和林的时候，海都已被伯颜击溃，逃窜到遥远的阿尔泰山之西的地方去了，好几年再无动静。在形势安定的北方，铁木儿在武事方面并无多大建树，但他却受到了有关大臣们的一致好评。当时奉命平边的伯颜和玉昔帖木儿都对铁木儿印象极佳。忽必烈在他们的影响之下，才终于逐渐下定了立铁木儿为皇储的决心。在正式颁诏之前，忽必烈还正式向已经退休的阿鲁浑萨里征求意见，阿鲁浑萨里也说铁木儿“仁孝恭俭宜立”，这样，才促使他作出了最后的决定。当然，他也不能再迁延下去了，这时是至元三十年，忽必烈还有一年就整八十高龄，立储之事是再紧迫不过的了。

忽必烈派玉昔帖木儿去充当铁木儿的太傅，玉昔帖木儿提出要求，请忽必烈授给铁木儿“储闱旧宝”（皇太子东宫使用过的印玺）。忽必烈同意了，把真金太子的“皇太子宝”（太子官印）授给了铁木儿。这一举措，至少保证了铁木儿在此后的继承权争夺中占得了名分上的先机。至元三十年，在明确了铁木儿的皇太孙地位之后，为了让他有朝一日能顺利登基并且平稳执政，忽必烈把河南江北行省平章政事伯颜从开封调回大都，担任中书省平章政事。他知道，伯颜是十分赞赏和支持铁木儿的，而伯颜又是朝中最有威望最有实力的大臣，在关键时刻是能够控制局势发展的铁腕人物，铁木儿只要有伯颜和玉昔帖木儿两人在左右撑腰，什么样的难关也能渡过。

1294 年（至元三十一年），刚过完春节，忽必烈就病倒了。他一生很少生病，而且这次发病之初情况并不严重，不过是偶感风寒而已。可是年岁毕竟不饶人，身体各部分器官都已经磨损老化了。平日里似乎还在顺利运转，可是一遇到病变，整部机器就立即濒于瘫痪，每个部件都失灵了，每个部件之间的联系也错乱了。不过短短的十来天，忽必烈就从一般的感冒发热进入到病危状态，最后给他带来致命威胁的是肺气肿导致的呼吸困难。当他在病榻上气喘吁吁的时候，考虑得最多的不是自己病情的顺逆，而是铁木儿皇孙将来事业的成败。

对自己的病，忽必烈已经不抱什么希望了。太医们开出的药方都是无可挑剔的，但却无法改变一个八十老翁油尽灯枯的体质，他们所能做到的充其量是延缓一下死期的来临。寺庙里的喇嘛天天都在举行法会，为皇帝祈福消灾。可是忽必烈心里很清楚，喇嘛们的祈祷比太医们的药方更没有用。随着年龄的增长，忽必烈对于佛教的迷信与热情日渐减退。他回顾自己几十年来从吐蕃僧人那里得到的教益，除了御女的房中技巧之外，可说是别无其他，可是自己七十五岁以后，对女人已经基本上提不起兴致，过去那种一夕而御数女的情况再也不可能出现了，渐渐地就是一女陪侍也常有力不从心之叹。既然如此，藏僧们传授的那些把戏也就因为无所施用而荒废了。于是，这些喇嘛对于他来说，也就越来越没有意义，因而也就越来越与之疏远了。

明知道自己的病情已经没有好转的希望，忽必烈自然就把心事主要放在了皇孙铁木儿的身上。这时候，最令他欣慰的就是伯颜从开封赶回了大都。伯颜是绝对支持铁木儿的，而且他在朝中的威望如此之高，只要他能坐镇中枢，朝廷上就不大可能有人敢公开对铁木儿的继承权提出挑战。至于铁木儿身边，有玉昔帖木儿在，就不必担心发生其他不测的事变。

趁着自己头脑还清醒，忽必烈亲自处理了几件政务，主要是授职给几个功臣后裔，他觉得他不完成这件事，便有愧于他们为国死事的先人。当自己去到另一个世界时，会因为这一笔欠账而无颜和英烈们面对。

在这些勋旧子弟中还真有几个才识过人的好角色。至元十四年在黄州平叛时殉职的湖北道宣慰使郑鼎的儿子郑制宜，袭父职为太原、平阳万户，仍继承父亲未竟的事业戍守湖北。他年纪轻轻，却很懂得爱民恤民的为政之道。朝廷征日本时，在长江上的何家洲开辟大型造船基地，决定就近向四旁迁徙安置原有居民，郑制宜不同意，他把所有迁徙户移居到土地广阔的地带，使他们的生活不致受到太大的损害。当地老百姓都为此事对他感激不尽。至元二十四年，他奉旨随驾出征乃颜。忽必烈见到他，高兴之余，却又对左右亲信的人说道：

“他（指郑制宜）的父亲死于王事。只有这么一个儿子，不要把他派到最前线去。”

可是郑制宜一次比一次坚决地要求上前线。在被允许投入战场后，他屡立战功，最后忽必烈授他为怀远大将军、枢密院判官。元朝的旧制规定，当枢密院官员随皇帝巡幸上都时，衙门里只留一名官员处理日常事务，因为事关军机，留下来的这个人不能是汉官。可是忽必烈在至元二十五年巡幸上都时，却派了郑制宜一人负责枢密院的日常工作。郑制宜先是推辞，以为这与旧制不符，忽必烈对他说：

“你的情况怎么可以和一般汉人相提并论？”终于他还是把郑制宜留下来主持枢密院事务。

1291 年（至元二十八年），郑制宜升任为湖广行省平章政事。那时正是为害湖广达数年之久的要束木被逮捕法办以后，忽必烈当然希望郑制宜能够去改变一下当地的面貌。当郑制宜向他陛辞的时候，他出自诚心地说：

“你父亲为国捐躯，你并没有得到任何赏赐。前不久，要束木已依法处死，并没收了他的全部财产人畜，那些东西里，你看着有合心意的，尽管取回去就是了。”

没想到他的好意却遭到拒绝，郑制宜答道：

“要束木就是因为贪赃而身败名裂，臣现在又去取他的财产，这岂不是污辱自己？！”

忽必烈很赏识郑制宜在财利问题上表现的襟怀，为了表示嘉奖，赐给他白金五千两。

在忽必烈患病前，郑制宜又被授为湖广行枢密副使。那里地域辽阔，形势险要，寇盗出没，从来没有过平静的时候。郑制宜不负忽必烈所望，率领大军从赣南经湖南直到广西，进行了一次长距离的大规模剿伐，所有贼党魁首，一律斩杀不贷，湖南茶陵的谭计龙，聚集恶少年千数人，私造武器，图谋不轨，结果被郑制宜设计一网打尽，当胜利的好消息报至大都时，忽必烈已经病得奄奄一息。他很高兴，自己能够慧眼识拔勋旧的子弟，充分发掘出了这些人的政治能量，让他们为国效力。

还有一个前福建行省参知政事王积翁的儿子王都中，表现也很令忽必烈满意。当年王积翁自称能说服日本来降，受命蹈海东行，结果在途中被舟人害了性命。那时的王都中才七岁，跟着母亲到大都陛见忽必烈，皇帝怜他幼小，赐给他苏州地区良田八千亩，宅院一座，发给驿券，送他们母子南还。到了王都中十七岁那年，忽必烈追念他父亲的功绩，觉得对死于国事的功臣之后，必须授以官职，于是便委任王都中为少中大夫、平江路（今苏州）总管府治中。一个十七岁的孩子，自然不免受到奸猾胥吏的轻视。但他们没有想到王都中确实非等闲之辈，遇事剖析，颇中肯綮，使合衙上下无不佩服，不敢稍存欺瞒之心。昆山县有人使诡计骗换上等官田，事情虽被立案，却拖了八年仍不能判决，王都中披阅历年案牍卷宗，终于洞察内情，并提出了有力的证据，迫使罪犯抵头认罪。平江的学舍颓败破旧，久失维修，而当时郡守（地方官）缺任，王都中对众人说道：

“圣人之道，人所共由，因而这决不是郡守一个人的事。”

说罢他带头捐钱，并吁请官绅百姓慷慨解囊。在他的支持下，平江新建了学舍和礼堂。他的这些德政很快被报达朝廷，可惜的是这时的忽必烈已经病入膏肓，说话都困难，只能轻轻颔首表示肯定和称赞了。这个王都中后来成为元朝少数杰出的地方官吏，史书说他“所至政誉辄暴著，而治郡之绩，虽古循吏无以尚之，当世南人以政事之名闻天下，而位登省宪者，惟都中而已”！这样一个人才的发现和擢用，是忽必烈晚年在人事安排方面的一大功德。

病情一天天地发展，忽必烈不再能够处理政务了。进内宫来探视病情或通报情况的全是忽必烈指定的几名蒙古勋旧，其他人一律不许入见。博果密老成持重，处事谨厚，每日在忽必烈病榻前料理医药，不离左右。最亲信的侍卫长彻里此时已外放了湖广行省平章政事，闻讯后日夜兼程赶回了京师，和博果密一起主持制定和完善治疗方案。

俗话说，“药能治病，不能治命”，何况乎药也未必能治所有的病。忽必烈的病已经到了药石无灵的程度，因为肺部的炎症，他的呼吸越来越困难，而且隔不了多久，侍候在身边的宫女便要从他的气管中吸出大口痰液，否则他就会有被憋死的危险。虽然已经进入弥留阶段，忽必烈脑子里还是很清晰的，他命令内侍宣博果密、御史大夫月鲁纳颜和知枢密院事伯颜三人入宫接受遗诏。博果密是中书省平章政事，他和月鲁纳颜及伯颜，各自代表着中书省、御史台和枢密院这构成国家机器的三大衙门。中书省的长官，右丞相完泽随后便赶到了，但却被门卫阻拦不得入内。完泽很气恼，但又无可奈何，只得在宫门外逡巡等候，好不容易总算等到了月鲁纳颜和伯颜二人从宫中出来，他连忙抢上前去问道：

“二位大人，论年资、论职位，我都在博果密之上，国家面临这样的大事要商议，而我却不能参预，这是怎么回事呢？”

伯颜叹了一口气，回答他道：

“如果丞相有博果密那样的见识和头脑，何至于会让我们这些人经受这等辛劳！”

一句话堵得完泽说不出话来，但他仍不甘心就这样接受令人难以容忍的轻侮，他掉转头就去找对他印象颇佳的南必皇后。皇后果然被他哄得晕头转向，下旨要博果密、月鲁纳颜和伯颜三人到她宫中回话。这个弘吉剌氏南必历来就是喜欢干预朝廷政治的，当皇帝处在奄奄一息、朝不保夕的境地时，作为皇后，她却不能在病榻边接受顾命，这使她又气愤、又担心。她必须把这三个受遗诏的大臣叫来，听取他们的报告。

三位顾命大臣及时赶来了，一看到南必皇后的表情，心里便明白了几分。紧接着皇后便以很不客气的态度向他们提出质问，面对这种情况，月鲁纳颜态度严肃地回答道：

“臣等接受顾命，陛下只要观察臣等所为就行了。臣等若误国，甘愿受诛，而宗社之大事，非后宫所当预知也。”

南必皇后不能不承认他说得有理，于是便和他们一起商议起立新君的大事来。

忽必烈在临终前向博果密等宣布的遗诏，实际上就是帝位继承权的交代。他要求三位大臣要竭尽全力，确保皇孙铁木儿的顺利登基。当听到博果密等三人一齐表示一定不负皇上所托时，忽必烈因充血而紫胀的面孔上露出了一丝满意的微笑。他相信他们的诺言，更相信他们的能力，铁木儿只要有他们三人再加上玉昔帖木儿的支持，继承大统绝无问题。诚然，有人指出过，铁木儿性格宽仁，作为帝王，是个守成有余、进取不足的材料。但通过多年来自己的全面考察，还是觉得他长处较多，继承帝位比较合适。说实话，开疆扩土的事情朕已经做得差不多了，不再需要后继者有多少“进取”，只要能“守成”就算不错。

继位者的安排与落实，是忽必烈心中惟一牵挂的大事，想到这件事终于有了比较稳妥的前景，他的心情自然便觉得轻松了许多。作为一个八十岁的老翁，对于死亡他已经具有一种比较平和从容的态度。

面对死神的步步逼近，他并没有太多的恐惧，而且，患病以来，他屡屡回顾自己的一生，也没有太多的遗憾。像其他有所作为的君主一样，忽必烈也很关心历史将如何评价自己。三十五年来，自己的武功和文治，应该说是前无古人吧！当然，也有败笔，比如武功方面的征日本和征爪哇，文治方面的任用聚敛之臣阿合马、卢世荣和桑哥，这些事确实留给了他永远无法弥补的遗憾。但是话说回来，世上哪有不留下任何遗憾的圣君明主呢？有时他想，后人会提出指责的或许并不是这些遗憾，他知道有人对发生在他身上的其他一些事抱有怀疑、不满甚至极度地反感。哪些事呢？第一无非是说朕好利，先后重用的奸人都是靠进聚敛之奇方而得宠，肆行搜刮，民受其害。从现象上看，他们说得似乎符合实情，但他们可曾想到，朕之广有天下历年来需要动用多少兵力，又需要耗费多少军械粮秣？任何军事行动都离不开充足的后勤保证，巨大的军费开支不取自百姓，难道能从天上掉下来吗？朕生性俭朴，从未将百姓的奉献大量用于自己的享乐，此心此情，苍天可鉴。第二大概会说朕佞佛。这其实也是知其一不知其二。朕一生对于佛、道、儒、伊斯兰、也里可温（基督教）等各种宗教，都抱定一种兼容并蓄的态度。朕本人之信奉佛教，以西藏僧人为国师，其主要目的在于稳定广至万里的吐蕃地区，而这个地区的稳定不仅减少了一个正面强敌，对于四川、云南的安全、对于箝制察合台汗国和伊利汗国均有着极为重要的作用。第三可能就要说朕好色了。这根本是一种误解。朕虽然临幸过数以千计的女人，但朕却不是一个好色之徒，完全是为了练习道家的房中采补之术。至于采补之术究竟有无效果很难断言，反正朕是戎马倥偬大半生，却依然能活到八十岁，至少证明它无害于健康。总之，朕俯仰无愧于天地，尽可以安心地到上帝的天堂里报到去了……

忽必烈就是在这种心情下安详地离开了这个世界。顾命三大臣把大行皇帝的遗命告诉了南必皇后，他们共同决定立即发使向皇太孙铁木儿告哀，并通知诸王及大臣，由知枢密院事伯颜总理百官事务。

在这种关键时期，必须要由伯颜这种既有见识又有威望、既精明又果断的人来控制局势，否则很难想象会出现些什么情况。忽必烈在临终前把伯颜从开封召回大都，实在是十分英明的一着。因为先帝崩逝，新皇未立，朝廷官员们不免表现出一种反常的紧张。兵马司提出，由过去的按晷漏时刻鸣钟改为日出鸣晨钟、日入鸣昏钟，理由是提高警惕、防止变故。伯颜听了他们的建议大声呵斥道：

“是你们打算去做贼吗？自惊自扰的蠢材，一切都照过去的规矩办。”

这时正好发生了一起内府库银被盗的案件。案犯很快就被擒获了，只是一名内府的役夫。管事的官员们认为这家伙肯定是心存侥幸，以为新皇登基必定大赦天下，于是铤而走险偷盗库银，这种想利用国家大局变化而蓄意作案者，最为可恶，他们于是决定立处其死刑，但这项判决的执行却被伯颜制止了。他对官员们说：

“嗣皇未归，禁中无主，保持镇静最为要紧，寻常盗窃案，何时无有？稍加惩处，便可了事，施用大刑，不过是自示惊惶而已，有何好处？再说，杀人必须得皇上之命，目下有何命可承？虽说是盗匪，以谁的命令来诛杀呢？”

所有的官员不能不佩服他的沉稳和明达。

铁木儿接到讣告以后，便立即检点行装及随行人马，从和林向大都进发。虽然在去年（至元三十年），他已经获得了法定继承人的资格，但蒙古人早先的习俗此时并未完全取消，册立一个新皇帝总还需要库里台大会的通过。当时分封在漠北一带以及原来的东路诸王大都来到了上都，商议立新君的事。铁木儿也只好在上都停留下来，等候协商的结果。

参与会议的诸王态度都很暧昧，没有人积极站出来为铁木儿说话，虽然也没有人公然表示自己要参加帝位的竞争，但新皇帝的提名却迟迟未能获得通过。不知不觉就过了三个多月，御史中丞崔彧忽然出了个花点子，说是得到了一枚传国玉玺，要献给皇孙铁木儿的母亲故太子妃弘吉剌氏。那玉玺据说是成吉思汗开国功臣木华黎国王的家传宝物。木华黎的曾孙索迪死后，其妻贫困，将玉玺拿到街市出售，被崔彧购得。玺上的印文是八个字："受命于天既寿永昌"。崔彧造空气说这便是秦代的传国玉玺，此时出现，应是上天授命铁木儿为真命天子。当今皇后弘吉剌氏便把这玉玺遍示群臣。在朝的大臣纷纷祝贺，俱说此印便是铁木儿龙飞九五之兆。于是，弘吉剌氏派中书右丞张九思率领数百名禁军，带着玉玺往上都去奉迎铁木儿。铁木儿受了宝玺，喜形于色，摆出一副受命于天的神色。在上都的文武百官也先后前来祝贺，形势出现了对铁木儿极为有利的转变。只是诸王中此时仍有些人持观望的态度。这时玉昔帖木儿意识到诸王中晋王甘麻剌的态度是最关键的，因为最有资格竞争帝位的是他，他是真金太子的长子。他如明确表态，其他诸王是没有多少话说的。他找到甘麻剌并对他说：

"宫车晏驾，已逾三月，神器不可久虚，宗祧不可无主，储闱符玺久有所归（指玉昔帖木儿当年从忽必烈处为铁木儿争取来的皇太子宝和授玺文书等物），王为宗盟之长，何故迟迟不表态？"

甘麻剌被他这一逼，不免有些尴尬，他本是个较为本分的人，想起父亲早死，铁木儿是自己嫡亲兄弟，祖父既有意于他，臣民们又是众望所归，自己就不必耿耿于怀了，于是说道：

“昔日皇祖命我镇抚边疆、保卫社稷，我久历边事，愿意把这个任务永远担当下去。母弟铁木儿仁孝，宜嗣大统。”

甘麻剌的态度明朗化了，其他诸王也就纷纷效法。看到形势的变化，伯颜和玉昔帖木儿决定抓住时机让铁木儿登基称帝。1294 年（至元三十一年）四月六甲午日，铁木儿的登基典礼在上都大安阁举行。在此之前，甘麻剌已为首与诸王们联署了一份劝进书，并且宣布：

“皇帝践位，吾当北面事之！”

甘麻剌的态度使玉昔帖木儿十分感动，他说：

“大事已定矣，吾死且无憾了。”

临到大典这天，又听说有诸王出言不逊，心怀不轨。为了防止万一，由伯颜手握长剑站立在陛前，向群臣宣布忽必烈的遗命，讲述先皇帝立铁木儿的考虑和理由。伯颜在平时就是一个威严庄重的人，此时他满脸的肃杀之气更让人慑服，虽然是宣讲先皇顾命，可是声调却高亢而严厉，一双铜铃大眼不住地在诸王的面孔上搜索，仿佛硬要从他们中寻找出存心抗命的人，就在这大殿上绳之以法。那些原本想弄点小动作的诸王，这时只觉得两条大腿在不住地颤抖，一个个驯服地走到陛前向铁木儿下拜称臣。伯颜和玉昔帖木儿这时交换了一个会心的微笑，忽必烈的遗愿总算在他们手中顺利实现了，为人臣者可以无愧矣！

铁木儿在即位诏书中这样说道：

“朕惟皇太祖圣武皇帝，受天明命，肇造区夏。圣圣相承，光熙前绪，迨我先皇帝，体元居正，然后典章文物，灿然大备。临御三十五年，薄海内外，罔不臣属，弘规远略，厚泽深仁，有以衍皇元万世无疆之祚。我昭考早正储位，德盛功隆，天不假年，四海缺望。顾惟眇质，仰荷先皇帝殊眷，往岁之夏，亲授皇太子宝，付以抚军之任。今春宫车远驭，奄弃臣民，乃有宗藩昆弟之贤，戚碗官僚之旧，谓祖训不可以违，神器不可以旷，体承先皇帝夙昔托付之意，合辞推戴，诚切意坚。朕勉徇所请，于四月十四日即皇帝位，可大赦天下。尚念先朝庶政，悉有成规，惟慎奉行，罔敢失坠。更赖宗亲勋戚、左右忠良，各尽乃诚，以辅召德。布告远迩，咸使闻知。”

过了半个月，铁木儿为祖父上了尊谥：“圣德神功文武皇帝”，庙号世祖。从此，在历史上，忽必烈有了一个使用得更多的名称，即元世祖。当然，这一切他本人都并不知道，他已经和他的先人（蒙古的帝王们）一起，葬在起辇谷中。起辇谷，这是一个永远找不到确切位置的历史地名，蒙古的帝陵都深埋在地下，葬后还让马儿把地面踏平，来年春草发生，便再也找不到墓葬的痕迹，一切回归自然，就仿佛证明着人类所谓业绩的虚幻和渺小。

2022 年 3 月改毕于北京望京橄榄城